# 한국 현대문학사
# 2

# 한국 현대문학사

**권영민**

**2**

## 1945~2010

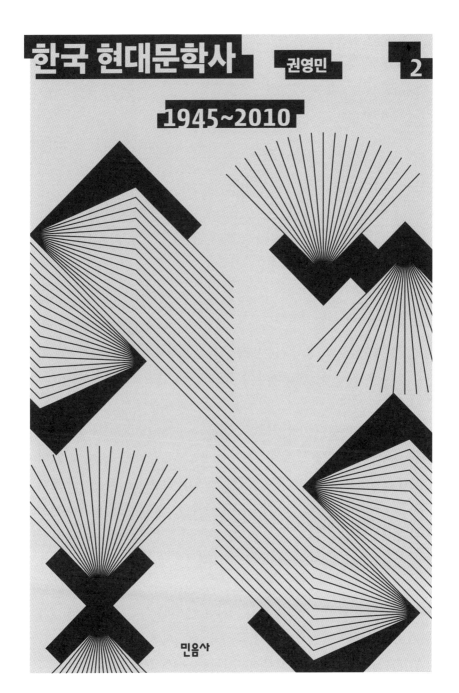

민음사

한국 현대문학의 전개 과정은 한 세기 정도에 불과한 짧은 기간이다. 한국문학은 19세기 중반 이후 전통 사회가 붕괴되고 근대사회가 확립되는 상황 속에서 새로운 변혁의 과정을 거친다. 그리고 개화계몽 시대에서 식민지 시대로 이어지는 정치 사회적 격변과 분단의 고통 속에서 문화적 자기 정체성의 가장 중요한 징표로 자리하게 된다. 한국 현대문학은 한국 사회의 발전 과정에서 형성된 공동체의 산물이기 때문에, 현대사라는 말이 지시하는 시대적 범주를 벗어날 수 없다. 이것은 한국 현대문학의 범위를 설정하기 위한 하나의 전제 조건이 된다. 그렇지만 한국의 현대문학은 문학이 기반하고 있는 역사적 조건으로서의 '현대'를 어떻게 규정하느냐에 따라 필연적으로 그 성격과 내용이 달라지게 된다.

이 책에서는 한국 현대문학의 역사적 전개 양상을 개화계몽 시대의 문학, 일본 식민지 시대의 문학, 민족 분단 시대의 문학이라는 세 개의 단계로 구분한다. 『한국현대문학사 1』은 19세기 후반 개화계몽 시대의 문학부터 일본 식민지 시대의 문학까지,『한국현대문학사 2』는 1945년 광복 이후부터 2010년대까지의 문학을 대상으로 한다. 그리고 1945년 광복을 분기점으로 하여 그 이전을 일반적인 관례대로 '근대문학'이라고 지칭하기도 하고, 그 이후를 당대의 문학이라는 의미를 강조하여 '현대문학'이라고 지칭하기도 한다. 이러한 근대/현대의 시대 구분은 한국 근대문학의 기점 설정 문제와 함께 가장 고심했던 대목이다. 문학에 있어서 근대적/현대적 양식의 생성과 변화라는 개념을 어떻게 규정하느냐 하는 문제는 문학사의 기술 이전에 문학 연구의 본질과도 직결되기 때문이다.

이 책의 첫머리에서는 개화계몽 시대 국어국문운동을 민족어의 재발견이라는 문화사적 명제로 내세우고자 한다. 국어국문운동이라는 사회 문화적 실천운동을 기반으로 전통적인 한문학이 붕괴되고 문학 양식이 새롭게 분화되는 과정 자체가 바로 근대문학의 기점에 해당하기 때문이다. 그리고 한국 현대문학의 전개 양상을 개화계몽 시대, 일본 식민지 시대, 민족 분단 시대라는 시대적 순서 개념에 따라 각각 몇 개의 단위로 구분하여 기술한다. 문학의 역사적 전개 양상을 놓고 시간적 휴지부를 어떻게 찍느냐를 결정해야 한다는 것은 하나의 논리적 가설에 속한다. 문학사 연구에서 시대 구분은 문학 텍스트에 대한 심미적 해석과 역사적 이해가 동시에 필요하다. 이것은 문학 텍스트의 시대적 순서 개념과 그 문학적 본질 개념을 상대적으로 통합하는 일종의 역사적 인식 행위라고 할 수 있다.

한국문학은 문학사의 전체적인 체계 내에서 볼 때 고전문학에서 현대문학으로 이어지는 연속성을 지니는 하나의 사회 문화적 실체로 존재한다. 물론 문학사의 전체성이라는 개념은 문학적 사실에 대한 기록을 통해 수립되는 것이 아니라 사실에 대한 해석을 통해 구축되는 논리의 문제라고 할 수 있다. 문학 텍스트는 문학사에서 일반화되고 범주화되는 것보다 더 많은 다양성으로 실제의 역사 속에 존재한다. 그리고 그것은 한 시대에서 다른 시대로 이어지면서 지속적으로 변화한다. 문학사 연구는 이러한 문학 텍스트의 다양성과 변화를 전체적으로 이해하기 위해 필요하다.

문학 연구는 문학의 본질과 그 가치의 미학적 특성에 관심을 두지만, 문학사 연구는 역사적 실체로서의 문학 텍스트의 존재 방식과 그 시대적 의미에 관심을 기울인다. 역사의 본질이 바로 변화를 의미하는 것처럼 문학사에서도 문학의 역사적 변화를 중시한다. 그러므로 문학사 연구는 특정 시대의 문학 텍스트의 존재 방식과 그 의미에 대해 질문하면서 그 의미가 어떻게 당대의 문학 속에 구현되는가를 논의하게 된다. 이러한 접근 방법을 통해 문학 텍스트의 시대적 문맥이 문학사 속에서 재창조되며, 그 문학적 가치와 역사성에 대한 인식을 바탕으로 과거의 경험과 현재의 미의식이 서로 통합하게 된다. 이러한 역사적 통합주의의 관점은 문학사 연구가 본질적으로 지니게 되는 방법론의 속성이라고 할 수 있다. 물론 여기에서 문학사 연구는 문학 텍스트가 구현하는 의미의 본질이 역사적 맥락을 언제나 초월할 수 있는 것임을 놓쳐서는 안 된다.

이 책은 지난 2002년 초판을 발간한 『한국현대문학사 1, 2』의 개정판에 해당한다. 한국 현대문학의 전체적인 흐름을 기술하는 기본적인 관점은 유지하면서 그동안 한국 현대문학의 역사적 체계화를 위해 필자가 수행해 온 연구 작업을 새롭게 종합한 결과라고 할 수 있다. 특히 『한국 현대문학사 2』의 경우는 2010년을 하한선으로 하여 그 서술 내용을 대폭 수정 보완하였다. 이 책을 낼 수 있도록 지원해 주신 민음사의 고 박맹호 회장님께 감사드린다. 본문의 교정과 색인 작업을 도와준 정영훈 교수와 서울대학교 현대문학교실 안서현, 서여진 강사에게도 고마움을 표한다.

2020년 2월

권영민

# 차례

# 서설: 분단 시대의 한국문학

## (1) 민족 분단과 한국문학

한국문학은 1945년 해방과 함께 한국 사회의 변화와 발전에 직접적으로 대응하면서 새로운 민족문학으로서의 면모를 갖추게 되었다. 해방 이후의 한국문학은 식민지 문학의 한계를 벗어나 민족 전체의 삶과 그 가치를 새롭게 구현할 수 있는 가능성을 확보한다. 하지만 해방과 함께 강요된 민족과 국토의 분단 상황이 지속됨으로써 문학의 영역에서도 분단 상황의 역사적 인식 문제를 중시할 수밖에 없게 된다. 실제로 해방 이후 한국인의 삶에 가장 커다란 영향을 미치고 있는 역사적 상황의 변화는 식민지 지배로부터의 해방과 함께 강요된 민족 분단이라고 할 수 있다. 해방은 식민지 시대의 노예적인 문학적 관습에 대한 비판과 민족문학에 대한 새로운 인식을 가능하게 하고 있다. 해방과 함께 문학 정신의 재정립이 가능했으며, 문단 자체의 정비가 이루어졌던 것이다. 식민지 시대의 문화적 잔재를 청산하고 새로운 민족문학을 확립해야 한다는 시대적 요구가 해방 직후에 문학의 목표로 설정되었던 사실이 바로 이러한 상황을 입증해 주는 것이라고 하겠다.

그러나 한국의 해방은 광복이라는 절대적인 가치 개념만으로 그 역사적 의미를 규정하기는 어렵다. 해방과 함께 한국인들은 식민지 시대의 정치적 속박으로부터 벗어나게 되었지만 열강의 대립 속에서 강요된 민족의 분단이 해방 이후 한국인들의 삶에 또 다른 제약으로 작용하고 있다. 특히 민족과 국토의 분단이 이데올로기의 갈등을 저변에 깔고 있기 때문에 한국인들의 삶 전체가 이데올로기의 요구에 따라 그 문제적 범주를 한정받게 된 것이다. 한국인들은 이미 민족 분단의 비극을 한국전쟁의 소용돌이 속에서 절실하게 체험한 바 있고, 분단으로 야기된 문학의 파행적인 양상들을 기억하고 있다. 이데올로기의 대립과 갈등에서 비롯된 전쟁의 절박한 상황은 문학의 영역에서 더욱 극적인 긴장을 수반하면서 형상화되어야 했고, 분단의 현실과 그 암울함에 대응하는 저항의 언어가 문학의 세계에 요구되었던 것이다.

한국의 현대사에서 해방 이후의 시대는 민족 분단의 시대에 해당된다. 해방 이후의 문학을 동일한 맥락에서 '분단 시대 문학'이라는 말로 지칭할 수 있을 것이다. 물론 이러한 명칭은 개화계몽 시대 문학→식민지 시대 문학→분단 시대 문학이라는 현대문학사의 단계를 놓고 볼 때에도 문학의 본질적 요구보다는 역사적 조건을 강조하는 것처럼 보이기도 한다. 여기에서 문학에 대한 모든 논의가 문학의 독자적인 가치와 그 존재 의미를 구현할 수 있는 문학성의 발견에서부터 출발해야 한다고 하더라도, 그 역사적 객관성을 인정받기 위해서는 문학이 기반을 두고 있는 시대적 여건을 포괄할 수 있는 통합적인 해석이 필요한 것이다. 특히 한 시대의 문학적 특성은 이른바 시대정신의 향방과 밀접한 관계가 있으므로 그 시대의 문학을 총체적으로 이해하기 위해서는 시대적 상황 자체에 대한 이해가 전제됨은 물론이다. 예컨대 개화계몽 시대 문학이 주체적인 근대 지향 의식의 문학적 형상화라는 점에서 그 문학사적 의미를 인정받을 수 있다면, 식민지 시대 문학은 식민지 현실의 인식과 그 정신적 극복 의지의 문학적 구현에 문학사적 의미가 부여될 것이다. 마찬가지로 분단 시대의 문학은 분단의 극복과 민족 전체의 삶에 대한 총체적인 인식을 문제 삼는 경우 더욱 의미 있는 문학적 현상으로 평가될 수 있을 것이다.

한국문학이 해방 이후부터 오늘에 이르기까지 민족 분단의 시대라는 하나의 역사적 조건에 얽매여 있다는 것은 문학사적 인식의 가능성을 문제 삼을 수 있는 중요한 요건이 된다. 문학사적 인식은 문학을 역사적인 대상으로 취급한다는 의미와 동일한 맥락을 갖는다. 여기에서 문학에 대한 역사적 접근이란 그 방법론적인 측면에서 매우 복잡한 과정이 필요하다. 문학이 본질적으로 역사적 현상에 속하며 사회 문화적 산물이라는 사실을 인정한다 하더라도 초역사적인 속성과 개인적 특질 역시 문학의 중요한 부분이라는 점을 간과해서는 안 된다. 그러므로 문학의 역사적 연구는 문학사 연구의 방법론에 대한 탐구가 선행되어야 함은 물론이다. 모든 문학 텍스트는 객관적인 실체로서 그 위치가 규정되어야 하며 실증적인 방법에 의해 유기적 연관성과 역사적인 전후 관계의 맥락이 규명되어야 한다. 그리고 문학 텍스트에 내재되어 있는 한국인의 삶과 그 정신적 지향에 대한 깊이 있는 인식이 필요하다. 문학 정신이란 문학에 내재해 있는 인간의 사고 과정의 모든 것을 의미하며, 삶의 경험과 함께하면서도 시대를 초월한 가치로 존재하는 것이다.

해방 이후 분단 시대 문학을 대상으로 하여 미적 관점과 역사적 관점을 통합시키면서 문학사를 기술하고자 할 경우, 우선 모든 문학 텍스트를 대상으로 각각의 텍스트에 대한 개별적인 본질 연구가 수행되어야 한다. 텍스트에 대한 개별적인 해석과 평가의 문제는 작품의 구조와 그 의미에 대한 이해를 목표로 자료의 확정과 선별이 선행되어야 할 것이다. 자료 정리의 기초적인 단계를 거쳐서 텍스트와 텍스트 사이의 상호 연관성을 규명하고, 작가와 작가 사이의 영향 관계를 고려하여 이들을 구분해 보는 단계가 수반되는 것은 물론이다. 텍스트 상호 간의 연관성은 문학적 관습과 장르적 규범 속에서 해명될 수 있는 문제이긴 하지만, 작가 상호 간의 영향 문제는 실증적인 검토 작업이 요구된다. 한 작가의 여러 작품이 함께 검토될 경우 작가의 시대적 변모가 드러나며 그 의미가 부각될 수 있을 것이다. 문학사 연구의 근본 과제는 문학의 시대적인 변화와 그 의미를 파악하는 것이라고 할 수 있다.

물론 민족 분단이라는 시대적 상황 속에서 문학 텍스트의 상호 관련성을 구별해 내고 각각의 텍스트가 지닌 예술적 가치를 해석, 판단하면서 하나의 연속적인 문학사적 의미를 포착하는 것은 간단한 작업이 아니다. 특히 해방 이후의 문학은 경험적 당대성의 의미를 어전히 내포하고 있다. 이 기간에 산출된 모든 문학 텍스트는 여전히 하나의 문단적 사실로 기억되고 있는 것들이 많다. 해방 이후 문단에 등단한 문인들 가운데에는 숱한 자기 변모의 과정을 거치면서 지금도 작품 활동을 지속하고 있는 경우도 적지 않다. 이처럼 문학사적 대상이 유동적이라는 사실은 문학의 역사성에 대한 인식을 중시하는 문학사 기술에서 여전히 문제가 되고 있는 부분이다.

그러므로 해방 이후 분단 시대 문학에 대한 문학사적 접근은 문학의 역사적 연속성과 그 상황적 요건의 충돌 과정에 대한 하나의 질서화 과정이라는 다분히 관념적인 도식화 방법을 취할 수밖에 없다. 여기에서 분단 시대라는 상황성과 이에 대응하는 문학 정신의 추이를 하나의 문학사적 맥락으로 파악해야 한다는 원칙론을 강조하지 않으면 안 된다. 물론 이러한 방법론적 원칙은 연구의 대상이 되는 문학 텍스트의 속성에 따라 달라질 가능성도 없지는 않다. 그러나 분단 시대 문학, 나아가서는 한국의 현대문학 전체를 문학사적 대상으로 놓고 볼 때, 시대 상황과 그에 대응하는 문학 정신의 향방이 문학사를 이끌어 가는 해석의 원리가 될 수 있다는 것은 당연한 일이다. 문학사의 연구가 통합적인 것이 되기 위해서는 역사적 실증주의에서 정신사적 해석의 단계로 그 방법론을 끌어 올려야만 한다. 문학사 연구는 인간의 삶과 그 문학적 형상화 과정에 대한 역사적 인식을 중시하기 때문이다.


### (2) 분단 시대 문학의 전개

분단 시대의 한국문학을 문학사 연구의 대상으로 삼을 경우 문학사의 연속성 문제를 일단 규정해 두어야 할 필요가 있다. 여기에서 대두되는 문제가 바로 식민지 시대 문학과 해방 이후 문학의 연속성에 대한 인식이다. 이 문제는 해방이 분단 시대의 시초에 해당되기 때문에, 민족과 국토의 분단과 이념적 대립이라는 상황적 요건의 제약이 해방 이후 문학에 커다란 영향을 미치고 있다는 점에서 연유하는 것이다. 실제로 문학사에서 식민지 시대의 문학과 해방 이후의 문학을 놓고 볼 때, 남북 분단으로 인한 문학의 이념적 분열 문제가 객관적으로 해석되지 못한 점이 없지 않다. 이러한 문제를 극복하고 분단 시대 문학을 문학사의 차원에서 정리하기 위해서는 보다 높은 문학적 가치의 자율성이 확보되어야 한다. 분단 의식의 실체를 정신사적으로 해명한다는 전제 아래 문학사적 단절을 넘어설 수 있는 과감성이 필요한 것이다. 역사를 이야기할 수 없다는 것과 이야기할 필요가 없다는 것은 엄청난 차이가 있다. 이야기할 필요가 없는 것은 역사의 지평에서 사라지게 마련이며, 이야기해야 할 것은 언제나 살아남기 마련이다. 식민지 시대의 문학과 해방 이후의 문학이 문학사적 연속성을 회복하기 위해서는 남북 분단 과정에서 문학예술의 이념적 선택과 그 대립 과정을 반드시 비판적으로 인식할 필요가 있다.

그리고 해방 이후 분단 상황 속의 남한과 북한문학에 대해서도 그 흐름과 변화의 과정을 정확하게 파악해야 한다. 이 경우 서로 다른 정치 사회 체제 속에서 문학이 어떤 역할을 담당하였는가를 밝혀내고 다양한 문학 외적 요소들의 요구와 충돌 속에서 문학이 보여 주는 의미 있는 질서화의 과정을 확인하는 일이 필요하다. 물론 문학적 현상은 연속적인 요소와 비연속적인 요소를 동시에 포함하는 것이며, 복잡하고 다양한 과정을 드러낸다. 이러한 과정을 문학사적인 차원에서 서술할 경우 실제로는 복잡성에 대한 단순화, 무질서에 대한 질서화의 과정을 통해 문학사적 연속성의 의미가 부각되는 것이다.

이와 같은 문학사적 연속성에 대한 인식을 바탕으로 해방 이후 한국 문학은 남북 분단의 조건 속에서 이루어진 순서 개념이나 본질 개념의 상대적인 가치를 인정하지 않을 수 없다. 한국 문학사의 전체적인 흐름 속에서 분단 시대 문학이라는 하나의 단위를 무시할 수 없기 때문이다. 문학사의 기술에서 시대 구분이란 문학적 현상의 기록 자체보다는 그 해석의 영역에 속하는 문제이다. 문학사의 시대 구분이 갖는 양면적 논리, 즉 연속성과 비연속성의 매듭을 보다 높은 차원에서 다시 이어 가는 해석 방법의 확립이 필요하기 때문이다. 분단 시대 문학이라는 하나의 단위는 해방 이후의 문학을 사회 역사적 단위 개념과 대등하게 파악할 것을 요구한다. 분단 시대라는 사회 역사적 조건과 문학의 지향이라는 두 가지 요소는 서로 긴밀하게 작용하고 있다. 이를 근거로 해방 이후 문학은 그 변화 과정을 크게 세 단계로 구획할 수 있다. 먼저 시대적 순서 개넘에 따를 경우에 ① 1945년~1960년대 중반, ② 1960년대 후반~1990년대 중반, ③ 1990년대 후반~현재까지라는 세 단계의 시대 구분이 가능하다. 이 세 단계의 시대적 순서 개념에 상대적으로 대응하고 있는 사회 문화적 현상은 문학의 정신적 지향과 연결되면서 ① 민족문학의 확립, ② 문학의 사회적 확대, ③ 문학의 위상 변화라는 세 가지 특질로 규정된다. 그리고 이러한 특질을 구체적으로 살펴보면, 해방과 남북 분단 그리고 한국전쟁과 전후의 상황 속에서 민족문학의 가치 정립이라는 첫 단계를 거쳐 산업화 과정과 민주화운동, 사회 계층의 대립과 갈등에 대응하는 문학의 사회적 확대로 이어졌고 정보화 시대의 매체 변화, 세계화라는 새로운 질서 속에서 문학의 자기 위상의 전환으로 이어지고 있다. 이를 구체적으로 설명하면 다음과 같다.

민족문학의 확립

한국문학은 해방을 기점으로 하여 1960년대 중반에 이르기까지 민족문학의 새로운 인식과 그 확립을 핵심 문제로 제기하였다. 이 때문에 식민지 문화 잔재 청산과 함께 민족문화의 기반을 확대하기 위한 문단의 조직 정비, 새로운 문인들의 등장과 그 문학 활동 등이 주목된다. 하지만 민족과 국토의 분단으로 인하여 민족의 삶에 대한 총체적인 인식이 불가능해졌으며, 한국전쟁을 겪은 후 문학은 심각한 이념적 분열을 드러낸 채 분단 논리에 빠져든다. 전후 문학이 보여 준 피해 의식과 정신적 위축은 4·19혁명을 통해 현실적으로 극복되기 시작하고 문학은 새로운 감수성의 변화를 보여 준다. 한글세대 작가들이 소시민적인 삶과 그 내면 의식에 대한 추구 작업을 전개하면서, 문학은 개인적인 삶 속에 자기 존재를 발견하기에 이른 것이다. 특히 문학적 자기 인식이 현실 문제에 대한 관심으로 확대되면서 문학의 사회적 역할이 새로운 관심사로 제기된다.

## 문학의 사회적 확대

한국 사회는 1960년대 후반부터 경제개발을 목표로 하는 산업화 단계에 접어든다. 분단 상황에 안보 논리를 덧씌운 유신 체제가 만든 정치 사회적 억압 상황 속에서 반체제 운동이 확산되었고 한국문학은 급격한 사회 변동 속에서 그 사회 문화적 기능을 확대하게 된다. 1970년대 초부터 한국문학은 시대적인 상황에 첨예하게 대응하면서 민족문학론을 중심으로 리얼리즘 정신을 강조하게 되었고, 뒤이어 민중문학론이 대두되면서 산업화 과정에서 드러난 한국 사회의 비리와 모순에 대한 비판적 인식을 가능하게 한다. 분단 상황에 대한 정신적 극복 문제를 형상화한 이른바 '이산문학' 또는 '분단문학'이 새롭게 등장했고, 급격한 산업화 과정에서 야기된 빈부 격차와 계층적 갈등을 다룬 '노동문학'이 크게 확대되었다. 이러한 변혁의 과정 속에서 '광주 민주화운동'을 기점으로 한국 사회는 민주화의 단계로 접어들게 되었으며 한국문학은 문학 정신의 자유를 되찾게 된다. 이 시기에 문단에서는 계간지를 중심으로 한 비평 활동이 문학론의 방향을 주도하면서 정치 사회적 담론과 활발하게 소통한 것도 특기할 만한 현상이다.

## 문학의 위상 변화

1990년대 이후 한국문학은 세계화라는 거대한 조류에 직면하면서 정보화 시대의 새로운 변화에 따라 그 위상을 조정하게 된다. 한국문학은 민주화 과정에서 산출된 사회 문화적 거대 담론의 구조를 벗어나면서 개별적 주체의 내면세계를 추구하거나 일상성을 새롭게 인식하는 등의 주제에 그 관심을 집중한다. 여성 문인의 문단 진출이 활발해지고 활동이 증대하면서 1990년대 전환기 문학에서 여성문학의 비중이 커졌으며, 여성적 글쓰기의 새로운 가능성을 인정받게 된다. 한편 인터넷과 같은 새로운 매체가 대중적으로 확대되는 동안 오랜 전통처럼 이어져 왔던 신문 연재소설이 대부분 사라졌으며, 많은 장편소설이 전작의 형태로 발표되면서 문예지의 역할도 축소되기에 이른다. 한국문학의 세계화를 통해 해외문학과의 교류도 활발해지면서 한국의 시와 소설이 외국에서 번역 출판되어 세계의 독자들과 자연스럽게 대면할 수 있게 되었다.

### (3) 한국문학의 지표

해방 이후 반세기에 걸쳐 한국문학이 걸어온 길은 문학 외적인 상황의 변화에 따라 그 방향이 바뀌어 왔다. 소설의 경우에는 그 방법과 정신의 측면에서 볼 때 리얼리티에 대한 신념이 기반을 이루고 있다. 여기에서 말하는 리얼리티에 대한 신념이란 개인과 현실에 대한 적극적인 관심은 물론이고, 인간의 존재와 삶의 방식에 대한 총체적인 인식을 뜻하는 것이다. 격변하는 사회 현실 속에서 한 시대를 증언해 온 소설문학의 성과는 소설적 주제의 확대와 소설적 장르의 확대를 동시에 꾀하고 있는 점에서 찾을 수 있다. 그러나 소설 형태 자체의 내적인 측면을 문제 삼을 경우, 한국 현대소설의 미학적 요건도 깊이 있게 천착해야 할 것이다. 시의 경우에도 개인적인 정서와 순수한 시정신을 바탕으로 하는 서정적인 시 전통이 기반을 이루는 가운데 실험적인 시가 없지 않았으며, 삶의 현실에 대한 비판적 의지를 노래하고자 하는 시도 적지 않았다. 그렇기 때문에 어떤 경우에는 순수와 이념의 대립이 시적 과제로 제기되기도 하였고, 전통과 실험의 변주가 시단의 관심사가 되기도 하였다. 하지만 한국 현대시가 시정신의 지향과 균형을 중시하면서 민족시의 자기 확립을 꾀해 왔다는 사실을 주목하지 않으면 안 될 것이다.

한국문학은 해방 이후 그것이 거두어들인 문학사적인 성과만이 아니라 격변하는 현실 속에서 한국 사회의 정신적 지표를 제시해 왔다는 점에서도 중요한 의의를 인정받을 수 있다. 민족과 국토의 분단이라는 비극적 상황을 깊이 있게 인식하고, 그 역사적 조건의 극복을 위해 새로운 비전을 제시하는 데 문학의 역할이 컸다. 그러나 오늘의 한국문학은 분단 상황에만 안주할 수는 없는 일이다. 해방 이후의 역사가 민족과 국토의 분단으로 조건 지어진 것이라면, 내일의 문학은 이러한 비극적 조건을 극복할 수 있는 통일 시대의 문학을 정신적 좌표로 설정하지 않으면 안 된다. 그러기 위해서는 오늘의 문학이 한국 민족 전체의 문학으로서 지닐 수 있는 미적 가치와 기준을 더욱 확고하게 확립해 나아가야 할 것이다. 한국문학이 통일의 시대를 구가하면서 민족 전체의 삶의 한가운데 온전히 자리 잡고 그 자체의 관습과 전통을 세워 나갈 수 있다면, 인간의 영원한 삶과 보편적인 정신세계가 그 속에서 자연스럽게 표출될 수도 있을 것이다.

분단 시대의 한국문학이 민족문학의 총체성을 확립하면서 통일 시대를 열어 가야 한다는 것은 당연한 논리이다. 분단 시대의 문학이 민족 분단의 상황에서 비롯된 것이라면, 분단문학의 정신적 지향점이 어디에 있어야 하는가는 자명하다. 분단문학은 분단 논리를 극복하고 민족 문화의 총체성을 회복하고자 하는 데 그 의미가 있기 때문이다. 분단문학이 분단 극복의 의미를 적극화하기 위해서는 민족 사회의 내부적인 모순을 철저하게 비판하는 자세가 전제되어야 한다. 그것은 분단 시대의 상황적 문제성에 대한 비판적 인식에서 민족 분단 자체의 역사적 모순을 극복하는 데까지 그 정신적 영역을 확대해야 한다. 분단 시대 문학은 결국 분단 논리에 의해 은폐되어 있는 한국 사회 내부의 구조적 모순을 규명하고, 그것을 정신적으로 극복하는 데 의미가 있다.

# 1장
## 한국문학의 새로운 위상

# 1 민족문학의 자기 정립

## (1) 한국의 해방과 문학

### 광복의 의미

1945년 8월 15일 한국이 일본 식민지 지배로부터 해방된 것은 '광복'으로 그 역사적 의미가 규정되었다. 한국 민족은 일본 식민지 지배에서 해방되면서 잃어버린 언어를 되찾고 위축되어 있던 민족정신을 다시 불러일으킬 수 있게 된다. 한국이 해방을 통하여 얻어 낸 독립과 자유는 당시의 사회적 상황이나 민족적 이념으로 보아 거의 절대적인 가치를 지닌다. 한국인들은 바로 그 자유의 사상을 바탕으로 새로운 민족국가를 건설해 나아갈 수 있는 기회를 획득한다. 하지만 한국은 해방된 순간부터 민족과 국가를 어떻게 재건할 것인가 하는 절박한 과제에 봉착한다. 해방 직후 미국과 소련의 개입으로 한반도의 남북 분단이 이루어지고 사상적 대립과 분열로 말미암아 사회적 불안과 혼란이 계속되었기 때문이다.

해방 직후 문단에는 식민지 시대 문학의 청산과 새로운 민족문학의 건설이라는 두 가지 과제가 제기되었다. 문단이 정비되면서 대부분의 문학인들이 식민지 시대의 문학적 체험에 대한 반성과 함께 민족문학으로서의 한국문학의 새로운 진로를 모색하는 데 관심을 집중하게 된 것이다. 새로운 민족문학의 건설을 위해 먼저 식민지 시대 문학의 청산이 요구되었으며 일본의 강압적인 통치로 초래된 민족정신의 위축을 벗어나 민족 문화의 방향을 올바르게 정립해야 한다는 각성이 이루어졌다. 일본 제국주의 문화의 모든 잔재를 청산하기 위해서는 철저한 자기반성과 비판에 근거하여 민족 주체를 확립하지 않으면 안 된다는 주장도 등장한다. 이 같은 움직임은 일본의 식민지 정책에 의해 강요된 민족 문화의 왜곡을 바로잡지 않고는 새로운 민족 문화의 건설을 생각할 수 없다는 인식이 당시 문단에 널리 일반화되고 있었음을 말해 주는 것이다.

　해방과 더불어 한국문학은 모든 억압으로부터 벗어나 인간 본연의 가치를 추구할 수 있는 문학의 정신적 자유를 획득한다. 일본의 식민지 지배로 인한 정신적 상처를 극복하고 민족 전체의 조화로운 삶을 모색할 수 있는 진정한 민족문학의 가능성이 열린 것이다. 민족문학의 새로운 건설이라는 명제 속에는 문학의 창조적 주체로서의 민족이라는 개념뿐 아니라 민족의 총체적인 삶을 대상으로 하는 문학이라는 뜻도 포함되어 있다. 그러므로 새로운 민족문학은 어떤 독단적인 이념이나 급변하는 사조에도 방해받지 않고 민족의 삶을 진실하게 보여 줄 수 있는 문학이 되어야 함은 물론이다.

## 해방 공간의 문단 정비

해방 공간에서 이루어진 한국 문단의 정비는 새로운 민족문학의 건설이라는 목표에 근거하여 창작 활동의 사회적 기반을 확립하기 위한 작업이었다고 할 수 있다.[1] 이 작업은 식민지 문화 청산과 문인들의 자기반성을 전제로 한다. 그런데 문단 정비 작업은 그 실천 과정에서 이념의 대립과 갈등을 피할 수 없게 된다. 정치 세력의 사상적 대립이 민족 분열의 심각한 위기를 초래하면서 수많은 정당 조직을 만들어 냈던 것처럼, 문단에서도 여러 분파가 성립되면서 서로 다른 이념을 내세우며 대립하게 된다.

해방과 함께 가장 먼저 조직된 문인 단체는 임화, 이태준, 김기림, 김남천, 이원조 등에 의해 결성된 조선문학건설본부이다. 이들은 비슷한 성격을 가진 조선음악건설본부, 조선미술건설본부, 조선영화건설본부 등과 연합하여 조선문화건설중앙협의회(1945. 8. 18)를 결성하면서, 예술 활동 전반을 장악할 수 있는 해방 후 최초의 문화 단체로서 그 조직을 확대하였다. 그런데 조선문화건설중앙협의회를 주도하는 임화 등의 사상적 성향에 불만을 갖고 있던 민족 계열의 문화인들 중에서 조선문화건설중앙협의회에 가담하지 않은 변영로, 오상순, 박종화, 김영랑, 이하윤, 김광섭, 김진섭, 이헌구 등이 별도의 문화 단체인 중앙문화협회(1945. 9. 18)를 설립한다. 조선문화건설중앙협의회에 대한 반발은 좌익 계열의 문인들 사이에서도 일어났다. 이기영, 한설야, 송영, 윤기정 등은 조선문화건설중앙협의회의 지도 노선에 반발하면서, 조선프롤레타리아문학동맹

---

1 권영민, 『해방 직후의 민족문학운동 연구』(서울대 출판부, 1986), 7~8쪽; 조선문학가동맹 편, 『건설기의 조선문학』(조선문학가동맹 중앙위원회 서기국, 1946); 조연현, 「해방 직후 5년의 회고 1~5」, 《신천지》(1949. 9~1950. 1) 참조.

(1945. 9. 17)을 설립하고 각 부분의 문화예술인들을 규합하여 조선프롤레타리아예술동맹(1945. 9. 30)을 조직한다. 이들은 식민지 시대 사회주의 문학 단체였던 조선프롤레타리아예술동맹(카프)의 정신을 이어받아 프롤레타리아문학의 정통성을 계승해야 한다고 내세우고 있다. 좌익 계열의 문화 단체가 조선문화건설중앙협의회와 조선프롤레타리아예술동맹으로 이원화되자, 조선공산당은 서로 대립하여 갈등을 보이고 있는 두 문화 단체의 조직을 합작하도록 종용한다. 조선공산당은 장안파와 합류하여 좌익 계열의 정치운동의 단일 노선을 구축하게 되자, 문화운동의 영역과 그 조직에서도 이념적 투쟁보다는 전선적 통일이 중요함을 강조하였다. 1945년 12월 좌익 계열의 두 단체는 좌익문화운동의 통일 전선을 확립한다는 성명을 발표한 후 조직의 통합을 결의하였다. 그리고 1946년 2월 전국문학자대회를 개최하면서 일본 제국주의 잔재 소탕, 봉건주의 잔재 청산, 국수주의 배격, 진보적 민족문학의 건설, 조선문학의 국제문학과의 제휴라는 다섯 개 항목의 강령을 채택한 후 조선문학가동맹을 정식으로 출범시켰다. 그런데 조선문학가동맹의 결성으로 좌익 문단의 세력이 강화되자 이들의 정치적 입장을 반대했던 민족 진영의 문인들은 중앙문화협회를 중심으로 전조선문필가협회(1946. 3. 13)를 결성하고, 문학인으로서 민주주의 국가 건설에 공헌하고 민족 문화를 발전시켜 나가자는 목표를 내세웠다. 이 단체에 가담하고 있던 조연현, 김동리, 서정주, 조지훈, 곽종원 등은 별도로 조선청년문학가협회(1946. 4)를 조직하여 활발한 문학 활동을 전개하면서 조선문학가동맹과 대립한다.

한편 북한에서는 1945년 8월 24일 소련군 선발대가 평양에 들어오면서 사회 상황이 급변하기 시작했다. 건국준비위원회의 활동이 소련군에 의해 제지당하고, 민족 진영과 공산주의 진영의 타협에 의해 인민정치위원회가 결성되면서부터 정치 사회적인 측면의 실제적인 주도권은 공산주의자들에게 넘어갔다. 해방과 함께 평양 지역에서 평양예술문화협회(1945. 9)가 등장했다. 이 단체는 자유로운 창작 활동을 지향하면서 최명익을 회장으로 내세우고 조직을 갖게 되었지만 그 자유주의적 색채 때문에 활동이 제대로 이루어질 수 없었다. 북한 지역에 소련군이 주둔한 후 결성된 조소(朝蘇)문화협회(1945. 11)에 상당수의 지식인과 문학 예술인들이 가담하였으며, 1946년 3월 북조선문학예술총동맹이 결성되었다. 서울 문단과 거리를 두고 북쪽에서 활약했던 이기영, 한설야, 이북명, 이찬, 안함광, 남궁만 등의 이른바 '재북파'와 송영, 박세영, 이동규, 윤기정, 이갑기, 조벽암, 신고송 등이 이 조직을 기반으로 북한 문단을 장악하게 되었다. 이처럼 문단이 정비되는 과정을 보면, 해방 공간의 문단에서 좌익 계열의 문학 노선이 지배적인 영향력을 미칠 수밖에 없었음을 확인할 수 있다. 조선문학가동맹의 조직이 1946년에서 1947년에 이르기까지 거의 절대적이라고 할 만큼 남한 문단에 세력을 확대하였고, 북조선문학예술총동맹의 한설야, 이기영, 송영 등이 평양에서 독자적인 조직 활동을 전개하기 시작했기 때문이다.

그런데 정치적 상황이 점차 좌익문학운동에 불리하게 변화하기 시작했다. 미 군정 당국은 이른바 정판사 위폐 사건(1946. 5)이 터지자 공산당에 강경한 태도를 취하기 시작했고 공산당의 정치운동을 불법화했다. 이렇게 정세가 급변하자 그동안 국제 민주주의 전선에 입각하여 미군을 해방군으로 인정하고 합법적인 운동을 표방해 왔던 공산당은 '미제 타도'를 내걸고 폭력 투쟁을 전개하게 되었다. 1946년 9월의 철도 파업을 전후하여 각지에서 폭동이 일어나면서 공산당이 이에 가세하였고, 조선문학가동맹이 선동 임무에 앞장서게 되었다. 1946년 9월 7일 미 군정 당국이 서울 시내에 경찰의 비상경계령을 발표하고 박헌영을 지명수배하자 공산당의 활동은 지하로 스며들 수밖에 없었다. 1947년 중반을 지나면서 이동규, 한효, 홍구, 윤기정, 박세영, 박아지 등의 모습이 사라졌다. 이미 홍명희는 월북한 후였다. 1947년 연말에 조선문학가동맹의 실질적인 책임을 맡고 있던 임화도 박헌영의 뒤를 따라 월북했다. 이태준은 평양의 조소문화협회 남측 대표로 모스크바를 방문한 후 서울로 돌아오지 않았고 김남천, 이원조, 오장환도 서울에서 자취를 감추었다. 1948년 남한의 단독 정부 수립이 기정사실화되면서 안회남, 허준, 김동석, 김영석, 박찬모, 조영출, 조남령, 김오성, 박서민, 윤규섭, 이서향, 박팔양, 신고송, 이갑기, 조벽암, 박승극, 이근영, 박영호, 윤세중, 지봉문, 이병철, 김상훈, 김상민 등이 모두 월북하였다.

이처럼 해방 공간의 문단 상황은 정치적 현실의 변화가 문단 조직 자체에 직접적으로 영향을 미치면서 이념적 갈등과 투쟁, 대립과 분열을 드러내었다. 해방 직후 남북 분단 상황이 고착되자, 문단의 좌우 분열과 남북한문학의 분열을 맞게 되었기 때문이다. 다시 말하면 문단의 좌우 분열이 민족문학의 이념적 분열로 이어진 것이다. 해방 직후부터 남한과 북한에 각각 '한국문학'과 '조선문학'이라는 두 개의 서로 다른 문학이 등장하게 되었음은 물론이다.

### 식민지 문화 잔재의 청산

해방 직후의 문단 조직 과정에서 중요한 실천 과제로 제기된 것은 식민지 문화 잔재의 청산과 새로운 민족문학의 건설이다. 식민지 문화 잔재의 청산 문제는 일본의 식민지 지배 정책에 의해 훼손된 민족정신을 바로잡기 위한 과거사의 정리 작업에 해당한다. 그리고 식민지 시대에 대한 반성은 정신적 자기비판의 의미를 갖는다. 이것은 문학의 영역에만 한정되는 것은 아니다. 식민지 역사를 살아온 민족 전체의 문제에 해당하기 때문이다. 해방 직후 민족적 자기비판이라는 커다란 명제에서 자유로울 수 있는 것은 아무것도 없었다.

여기에서 먼저 주목해야 하는 것은 일제 잔재의 청산이 개인적 윤리 의식의 차원을 넘어서는 문제라는 사실이다. 이것은 민족적 자기비판을 전제하는 것이며, 역사의식의 새로운 각성과 민족정기의 재확립을 의미 한다. 자주 의식과 민족정기에 바탕을 두고 행해지는 일제 잔재의 숙청 만이 모든 사대적 사상을 거부하는 민족의식과 상통한다. 그렇기 때문에 일제 잔재의 청산은 새로운 국가 건설의 지표와도 밀접한 관계를 갖는 다. 비극적인 식민지 역사 체험에 대한 민족적 반성과 함께 새로운 민족 정신의 정립을 위한 전망이 이에 포함됨은 물론이다.

일제 잔재의 숙청 작업 가운데 사회 문화적 관심사가 되었던 것은 국 어 정화 작업이다. 국어 정화 작업은 일본의 '조선어 말살 정책'으로 인 한 사멸의 위기를 회복하고 민족어로서의 한국어의 위상을 되찾는 작업 을 말한다. 당시 일상적인 한국어에도 일본어가 널리 침투했고 그 영향 이 심각한 상태였음은 두말할 필요도 없었다. 식민지 시대에 일본은 강 압적으로 '조선어 말살 정책'을 시행하면서 일본어 사용을 강요했고 '황 국화 정책'으로 한국 민족 자체를 말살하려 했기 때문이다. 그 결과 일상 적인 언어생활에서의 일본어 사용이 확대되었으며, 창씨개명으로 일본 식 이름이 통용되었다. 또한 모든 공문서에서 일본식 문투와 명칭, 일본 식 지명 등이 그대로 고정된 채 널리 사용되었다.

언어에 나타난 일본적 잔재야말로 우리 국민정신에 끼치는 영향이 여간 큰 것이 아니다. 당장 이렇다 할 표적이 표면에 나타나지 않으므로 일반으 로 등한에 붙이기 쉬우나, 실상은 부지불식중에 우리의 정신생활을 좀먹어 들어가게 된다. (……) 언어라는 것은 일상생활의 필수품이 되는 동시에 정신의 표식이 되고 문화의 용기가 되기 때문이다. 그러므로 국어 이외의 어떤 다른 말을 일상 사용한다는 것은 그 말이 지니고 있는 정신에 감염되고 또 그 문화에 도취되기 쉬운 결과를 가져오게 된다.[2]

해방 직후의 국어정화운동은 일본어에 심각하게 오염된 국어의 실태에 대한 비판적 자각에서 비롯된 것이다. 국어를 정화하기 위해 일상화된 일본어 남용을 금하고 국어에 섞인 일본어를 알맞은 국어 어휘로 교체하는 작업이 이루어졌으며, 국어 문법을 정비하고 표준어와 맞춤법을 정리하는 등의 작업이 이어졌다. 당시 사회에서 널리 호응을 얻은 '우리말도로찾기운동'을 보면 일본어의 세력에 밀려난 한국어를 다시 살려 내고, 새로운 말을 만들어 그 뜻을 규정한다는 방침이 있었으며 그 운동이 폭넓게 홍보되고 있음을 알 수 있다. 또한 국어의 회복과 그 가치에 대한 새로운 인식이 민족문화 건설의 정신적 기초가 된다는 인식이 널리 퍼졌음을 확인할 수 있다. 국어 정화 작업의 선봉에 섰던 최현배는 "외래 문자에서 벗어남 없이는 정상한 우리말, 우리글의 발달을 기하기 어렵고, 우리말, 우리글의 발달 없이는 우리의 새로운 문화 창조란 필경 허황된 꿈이 아닐 수 없다. 진정 힘이 되는 교육은 우리말로써 이루어질 것이고, 참된 생활은 우리말 가운데에서 나타날 것이다."[3]라고 주장하기도 했다.

일제 식민지 잔재의 청산 문제는 친일파 숙청에 관한 논의가 시작되면서 뜨거운 정치 사회적 쟁점이 되었다. 해방과 광복의 감격 속에서 친일파, 민족 반역자라는 말은 문학인들에게도 미묘한 반응을 불러일으켰다. 일부 문인의 친일적 문필 활동에 대한 비판과 반성이 곧바로 제기되

2 이희승, 「일상용어에 있어서의 일본적 잔재」, 《신천지》(1947. 6), 62~63쪽.
3 최현배, 「우리 문화 창조의 기초」, 《문화창조》(1945. 12), 15쪽.

었기 때문이다. 당시 친일 문학 행위에 대한 비판은 문단 조직의 정비 단계에서부터 꾸준히 논란의 대상이 되었다. 그러던 중, 좌익 계열의 문단에서는 조선문학가동맹의 결성과 함께 전국문학자대회의 참가 문인을 지명하는 과정에서 명백히 친일적인 행위를 했던 문인을 제외시키는 일이 벌어졌다. 준비 위원들이 일부 친일파로 지목된 문인들을 놓고 전국문학자대회 참가 자격을 문제 삼았던 것이다. 물론 이미 "우리 문학자들 가운데 특히 활동적이고 저명한 사람으로서 과연 몇 사람이나 암흑기의 전 기간을 통하여 억센 부정성과 적극성을 그대로 지속해 올 수 있었겠는가? (……) 대부분의 문학자가 붓을 꺾어 던지고 농촌으로 또는 여러 가지 직장으로 도피했던 사실을 누가 감히 부정하랴."[4]와 같은 의견이 있었다. 그러나 전국문학자대회 준비 과정을 보면 친일 문학인의 처리 문제가 단순히 개인적인 자기비판과 반성만을 요구하는 것이 아니었음을 짐작할 수 있다.

친일 문학 행위에 대한 자기비판과 반성 문제가 문단에서 논의되기 시작하자, 친일파와 민족 반역자에 대한 처벌 문제가 정치 사회적 쟁점으로 크게 부각되었다. 1948년 정부 수립 직후 '반민족행위처벌법'이 제정되고 그 시행 방법에 대한 구체적인 논의가 이루어지면서, 이 문제는 새로운 정치적 국면에 접어들었다. 당시의 한 조사 보고서[5]에서는 문인 중에서 이광수, 김동환을 광적인 친일 분자로 규정하였고 최남선, 이헌구, 유진오, 김기진, 박영희, 정인택, 주요한, 김동인, 모윤숙, 백철, 장혁주, 이찬, 김용제, 최재서, 이석훈, 정인섭, 유치진, 박영호, 노천명, 홍양명, 안함광, 이서구 등의 친일적 행적도 폭로했다. 이들 가운데 이광수와

---

4 한효, 「문학자의 자기비판」, 《우리문학》(1946. 2), 67~68쪽.
5 민족정경연구소 편, 『친일파 군상: 예상등장인물』(삼성문화사, 1948) 참조.

최남선은 반민특위에 체포되어 조사받았지만 곧 석방되었다.

해방 직후 친일파 반민족 행위자에 대한 처단은 민족적 양심을 내세울 수 있을 만큼 당당하게 수행되지 못하였다. 정부 수립 직후 이승만 정권은 친일파 처단에 소극적이었고 기득권을 유지하려는 친일파의 반발도 적지 않았다. 친일 행위에 대한 공소시효가 앞당겨졌고 상당수의 혐의자들이 불기소처분 또는 병보석으로 석방되기도 하였다. 더구나 국회 결의에 의해 조직된 반민특위의 작업이 제대로 마무리되지 못한 채 한국전쟁의 거대한 소용돌이에 휩싸임으로써 모든 문제가 유야무야되었던 것이다. 그러므로 이 문제는 해방 이후 반세기가 지난 후까지 민족 정의의 부재라는 역사적 반성과 함께 비판적 논란을 거듭하게 되었다.

### (2) 민족문학의 재인식

#### 좌익 문단의 민족문학론

해방 직후 문단에서는 새로운 민족문학의 건설이 최대의 당면 과제로 내세워졌다. 좌익 문단에서는 조선문학건설본부와 조선프롤레타리아문학동맹이 문학운동의 이념적 정통성과 노선 문제를 놓고 갈등하면서 각각 '인민에 기초한 새로운 민족문학'(조선문학건설본부)과 '계급에 기초한 프롤레타리아문학'(조선프롤레타리아문학동맹)을 목표로 내세웠다. 조선문학건설본부에서는 식민지 문화 잔재의 소탕과 새로운 민족문학의 건설을 우선적인 과제로 제기하였는데, 그 구체적인 내용은 조선문학건설본부를 중심으로 이루어진 조선문화건설중앙협의회의 「문화 활동의 기본적 일반 방책」에 제시되어 있다.

1. 일본 제국주의에 의한 일체의 야만적이고 기만적인 문화 정책의 잔재를 소탕하고 이에 침윤된 문화 반동에 대한 가책 없는 투쟁을 전개한다.

2. 문화에 있어서의 철저한 인민적 기초를 완성하기 위하여 일체의 ① 봉건적 문화의 요소와 잔재, ② 특권계급적 문화의 요소와 잔재, ③ 반민주적, 지방주의적 문화의 요소와 잔재의 청산을 위하여 활발한 투쟁을 전개한다.

3. 세계 문화의 일환으로서의 민족문화의 계발과 앙양을 위하여 필요한 모든 건설 사업을 설계한다.

4. 문화 전선에 있어서의 인민적 협동의 완성을 기하여 강력한 문화의 통일 전선을 조직한다.

5. 이상의 일반적 방책에 준한 각 부내의 구체적 활동을 위하여 활발한 논의를 전개한다.[6]

조선문화건설중앙협의회가 설정한 문화 활동의 기본적 일반방책은 대체로 일제 식민지 문화 잔재의 소탕, 문화의 인민적 기초 확립, 문화통일전선의 조직으로 요약된다. 이 가운데에서 앞의 두 가지 요건은 문화 활동의 목표를 내세운 것이며 문화통일전선의 조직이라는 셋째의 요건은 그 실천적 방법을 말한 것이라고 할 수 있다. 그런데 이러한 민족문학의 건설 목표는 조선문학가동맹의 결성과 동시에 그 이념적 성격이 더욱 강화되고 있다. 조선문학가동맹은 1946년 2월의 전국문학자대회를 통해 정식으로 출범하면서 강령과 결정서를 채택함으로써 이념과 노선의 새로운 정비를 꾀하게 된다. 조선문학가동맹은 조선공산당의 정치노선과 그것에 기초한 문화 건설의 노선을 그대로 따르면서 그 조직 자체를 당조직의 산하단체로 편입시켰다. 조선문학가동맹의 강령에서 강조했

---

6 1945년 8월 31일 조선문화건설중앙협의회 발표. 《문화전선》(1945. 11) 수록.

던 진보적 민족문학의 건설이라는 항목은 다음과 같은 조선문학가동맹의 조직을 주도했던 임화의 견해를 통해 그 성격을 이해할 수 있다.

조선문학의 발전과 성장의 가장 큰 장애물이었던 일본 제국주의가 분리된 오늘, 우리 문학의 이로부터의 발전을 방해하는 이러한 잔재의 소탕이 이번에 조선문학의 온갖 발전의 전제 조건이 되는 것이다. 그러므로 이러한 제거 없이는 어떠한 문학도 발생할 수 없고 성장할 수도 없는 것이 현실이다. 그러면 이러한 장애물을 제거하는 투쟁을 통하여 건설될 문학은 어떠한 문학이냐 하면, 그것은 완전히 근대적인 의미의 민족문학 이외에 있을 수가 없다. 이러한 민족문학이야말로 보다 높은 다른 문학의 생성 발전의 유일한 기초일 수가 있는 것이다.

이것이 우리가 건설해 나갈 문학의 과제이며, 이 문학적 과제는 또한 이로부터 조선 민족이 건설해 나갈 사회와 국가의 당면한 과제와 일치하는 공통된 과제다. 여기에 문학 건설의 운동이 조선 사회의 근대적 개혁의 운동과 조선의 민주주의적 국가 건설의 사업의 일익이 될 의무와 권리가 있는 것이다.[7]

임화는 진보적 민족문학이라는 것을 근대적인 의미의 민족문학 또는 보다 높은 다른 문학의 생성 발전의 기초라고 설명하고 있다. 그리고 새로운 민족문학의 건설은 한국 사회의 근대적 개혁운동과 민주주의적 국가 건설 사업의 일익이 될 의무와 권리가 있음을 강조하고 있다. 하지만 이 같은 민족문학운동은 그 실천이 불가능했다. 공산당의 정치 활동이

7 임화, 「조선 민족문학 건설의 기본 과제에 관한 일반 보고」, 『건설기의 조선문학』(조선문학가동맹 중앙집행위원회 서기국, 1946), 41~42쪽.

미 군정 당국에 의해 불법화되면서 임화는 그 활동 무대를 평양으로 옮겼다. 그는 월북 후에도 조선문학가동맹의 조직을 기반으로 민족문학의 이념 정립을 다음과 같이 주장한 바 있다.

우리는 결코 조직의 방편이나 운동의 수단으로서 민족문학의 구호를 내걸고 있는 것이 아니다. 민족문학의 외형 속에서 계급문학의 건설을 기도하고 있는 것도 아니다. 우리는 열렬한 애국심에서 민족에 대한 진정한 충성에서 진실로 민족적인 애국적인 민족문학 건설에 종사하고 있는 것이다. 문학가동맹은 이것의 실천을 주요 목적으로 하는 단체이다. 그러므로 우리 동맹은 단일한 목적에 대한 공통한 자각에 의하여 모든 성원들이 결합되어 단체가 되지 아니하여서는 안 된다. 문학운동의 사상적 통일과 그 수준을 높이기 위하여 새로운 노력을 경주할 필요가 있다. 이러한 목적은 전 인민의 이념으로서의 노동계급의 이념, 전 민족의 이념으로서의 노동계급의 이념, 민족문학의 이념으로서의 노동계급의 이념을 더한층 고양하고 한층 더 깊이 파악함으로써만 달성될 것이다. 현재의 단계에서 노동계급의 이념은 노동계급만의 이념이 아니라 인민 가운데 포함된 모든 계층의 공통한 이념이기 때문이다.[8]

임화의 주장 속에서 발견할 수 있는 중요한 대목은 민족문학의 이념을 노동계급의 이념으로 규정한 부분이다. 이 같은 계급적 이념성의 표출은 그동안 좌익 문단에서 내세운 인민에 기초한 문학, 진보적인 민족문학, 민주주의적 민족문학이라는 개념에 내포되어 있던 이념적 불투명성을 제거하기 위한 것임을 쉽게 짐작할 수 있다. 그리고 여기에서 좌익

---

8 임화, 「민족문학의 이념과 문학운동의 사상적 통일을 위하여」, 《문학》(1947. 4), 16쪽.

문단에서 제기하고 있는 민족문학의 건설이 결국 노동계급의 이념성에 의해 규정되는 계급문학으로 귀착되고 있음을 보게 된다. 이들이 각기 다르게 내세운 '진보적', '민주주의적' 등의 관형어들은 모두 문화통일전선운동을 전개하기 위한 방편으로 동원된 것이라고 할 수 있다. 노동계급을 민족 해방의 동력으로 내세웠던 이념주의자들의 정치운동은 해방 직후 문학운동의 노선을 완전히 장악할 정도로 세력화되었다. 그렇지만 좌익 문단의 민족문학론은 조선공산당의 모든 정치 활동이 금지되고 조선문학가동맹의 중요 구성원들조차 대부분 월북해 버림으로써 점차 그 영향력이 줄어들었다. 특히 민족문학에 대한 논의 과정 자체도 정치운동과 문화운동의 접근을 시도했던 이념론자들의 논리를 추종하고 있었기 때문에, 좌익 문단의 민족문학론은 현실적인 정치조직의 기반이 와해되기 시작하면서 실천적인 입지를 잃게 되었다고 할 것이다.

민족문학으로서의 순수문학

좌익 문단의 민족문학에 대한 논의가 계급적 이념성에 의해 규정되고 있던 것과는 달리, 민족 계열의 우익 문단에서는 조선청년문학가협회를 중심으로 민족문학에 대한 다양한 논의가 전개되고 있었다. 조선청년문학가협회는 ① 자주독립 촉성에 문화적 헌신을 기함, ② 민족문학의 세계사적 사명의 완수를 기함, ③ 일체의 공식적, 노예적 경향을 배격하고 진정한 문학 정신을 옹호함이라는 강령을 통해 문학 정신의 수호를 강조하였다. 이러한 조선청년문학가협회의 문학 노선은 좌익 문단의 문학운동 노선과 두 가지 차원에서 대립된다. 첫째는 문학의 자율성에 대한 주장을 들 수 있다. 좌익 문단의 문학운동 또는 문화운동은 모두 정치적인 민족통일전선운동에 포함되어 있다. 그러므로 문학운동의 이념과 노선은 모두 정치운동의 이념과 노선을 따르기 마련이다. 우익 문단에서는 공식주의적인 문학의 경향을 배격하고 문학의 독자적인 영역을 강조했다. 이러한 상반된 견해는 문학의 개념에 대한 인식의 폭을 어디까지 확대하느냐 하는 문제와 연관되는 것이다. 좌익 문단은 문학의 개념을 정치적으로 확대하고 있으며, 우익 진영은 오히려 문학의 개념을 축소시켜 문학주의를 표방하고 있는 셈이다. 둘째로 문제가 되는 점은 문학의 순수성에 대한 주장을 들 수 있다. 좌익 문단의 민족문학에 대한 논의는 인민에 기초한 문학의 건설에서부터 시작되어 결국은 노동계급의 이념을 대변하는 문학으로 고정되고 있다. 이 같은 민족문학의 개념 규정은 민족문학에 대한 논의 자체가 가치론적 차원에서 이루어지고 있음을 의미한다. 그러나 조선청년문학가협회에서는 문학 정신을 강조함으로써 그 이념적 편향을 경계하고 있다. 이들은 문학의 자율성에 대해 관심을 표명하고 있으며, 표현론적 관점에 입각하여 문학의 미적 속성을 중시하고 있다.

조선청년문학가협회에서 강조하고 있는 문학 정신은 이 단체를 주도했던 김동리의 순수문학에 대한 주장을 통해 그 방향과 성격이 잘 드러나고 있다. 김동리의 순수문학론은 역사와 현실에 대해 문학의 초월적인 입장을 고수한다는 점에서 좌익 문단으로부터 반역사적인 문학주의로 매도되기도 하였고, 현실도피적인 문학으로 비판받기도 하였다. 그렇지만 김동리의 주장은 조지훈, 조연현 등에 의해 지지를 받고 논의가 거듭되면서 그 영향력을 확대하였다.

순수문학이란 한마디로 말하면 문학 정신의 본령정계(本領正系)의 문학이다. 문학 정신의 본령이란 물론 인간성 옹호에 있으며, 인간성 옹호가 요청되는 것은 개성 향유를 전제한 인간성의 창조 의식이 신장되는 때이니만

큼 순수문학의 본질은 언제나 휴머니즘이 기조가 되는 것이다. (……) 우리
는 민족적으로 과거 반세기 동안 이족의 억압과 모멸 속에 허덕이다가 오
랜 역사에서 배양된 호매한 민족정신이 그 해방을 초래하여 오늘날의 민족
정신 신장의 역사적 실현을 보게 되었거니와 이것은 곧 데모크라시로서 표
방되는 세계사적 휴머니즘의 연쇄적 필연성에서 나오는 민족 단위의 휴머
니즘으로 볼 때, 휴머니즘을 그 기본 내용으로 하는 순수문학과 민족정신이
기본되는 민족문학과의 관계란 벌써 본질적으로 별개의 것일 수 없다는 것
을 알 수 있다. 우리가 목적하는 민족문학이 세계문학의 일환으로서의 민족
문학인 것처럼 우리의 민족정신이라는 것도 세계사적 휴머니즘의 일환인
민족 단위의 휴머니즘으로서 규정될 것이며, 이러한 민족 단위의 휴머니즘
을 세계적인 각도에서 내포하고 있는 것이 오늘날 순수문학의 문학 정신인
것이다.[9]

김동리의 주장 속에서 민족문학과 순수문학은 등질적인 관계로 설명
되고 있다. 김동리의 주장에 따르면 문학의 본질적인 속성이란, 인간성
옹호와 개성 향유를 전제로 한 인간성의 창조 의식의 신장 등으로 요약
된다. 그는 이러한 정신이 휴머니즘에 맞닿는 것이기 때문에 휴머니즘의
정신에 바탕을 둔 순수문학이 민족문학의 실체임을 강조하게 되는 것이
다. 문학의 순수성이란 문학의 본질 문제이며, 어떤 관점이나 이념으로
발전하는 것은 아니다. 그것은 시대와 역사를 초월하고 있는 예술주의의
본령일 뿐이다. 김동리는 민족정신이라는 것을 민족 단위의 휴머니즘이
라고 주장함으로써 임화가 내세웠던 노동계급의 이념으로서의 민족의
이념이라는 개념에 정면으로 충돌하고 있다. 민족 단위의 휴머니즘을 민

---

9 김동리, 「순수문학의 진의」, 《서울신문》(1946. 9. 14).

족정신이라고 할 경우 민족에 대한 계급적 인식을 초월하는 포괄적인 관점을 취할 수밖에 없다는 것은 당연한 일이다. 하지만 엄밀한 의미에서 볼 때 김동리의 견해가 민족의 계급적인 구분을 통합, 지양할 수 있는 관점의 우위를 확보하고 있다 하더라도, 민족정신을 민족 단위의 휴머니즘이라는 관념적인 도식으로 규정하는 것은 민족정신 또는 민족문학이라는 역사적 실체에 대한 구체적 인식을 결여하고 있다는 비판을 피하기 어렵다.

김동리는 자신의 민족문학론에 대한 좌익 문단의 비판이 계속되자, 그가 내세운 순수문학을 본격문학이라는 이름으로 새롭게 논리화하였다. 그는 「문학이라는 것에 대한 사고(私考) ── 나의 문학 정신의 지향에 대하여」[10]라는 글에서 자신의 문학관의 특징을 설명한 후 진정한 의미의 문학이란 '어떤 구경적(究竟的)인 생의 형식'을 찾는 것이라고 말한다. 자신에게 부여된 운명을 발견하고 그 타개를 위해 노력하는 것, 그것이 바로 구경적인 삶이라 부를 수 있는 것이며, 또한 문학하는 것이라고 일컬을 수 있다는 것이 김동리의 견해이다.

나는 문학이 ── 특히 장편소설일 때 ── 시대적, 사회적 의의와 공리성을 가질 것을 주장한다. 그러나 그것이 문학적 사상의 주체가 되거나 유일한 것이 된다고 생각하는 것은 배격한다. 왜 그러냐 하면, 참다운 문학적 사상의 주체는 시대와 사회를 초월하여 인간의 보편적이요, 근본적(구경적)인 문제, 다시 말하자면, 자연과 인생의 일반적인 운명에 대한 독자적인 해석이나 비평에서만 가능한 것이며, 시대적 사회적 의의니 공리성이니 하는 것들은 이 주체적인 것의 환경으로서 제이의적 부수적 의의를 가지는 데 지나지

---

10 《백민》(1948. 3).

못하기 때문이다.

끝으로, 이러한 참다운 문학적 사상의 주체는 작가 자신에게 출발한다는 것을 말하여 둔다. 왜 그러냐 하면, 시대와 사회를 초월하여 인간이 영원히 가지지 않을 수 없는 인간의 보편적이요 근본적인 문제, 즉 인간의 일반적인 운명은 작가 자신에게도 부여되어 있기 때문이다.

이 글에서 김동리는 본격문학의 내용적 기반을 시대와 사회를 초월하여 인간이 지닐 수밖에 없는 가장 본질적인 문제라고 말하고 있다. 이와 같은 김동리의 주장은 개인적인 문학관의 표명이라는 단순한 기술 행위와는 전혀 다른 의미를 갖는다. 그의 순수문학론은 민족 분단이라는 상황 속에서 이념과 체제 선택을 두고 새로운 민족문학의 방향을 규정하는 것이었고, 민족 진영의 문학론을 대변하는 입장이었다. 더구나 김동리가 강조하는 순수문학의 지향 자체가 한국 정부 수립 이후 한국문학이 추구해야 하는 절대적 가치로 정립되었다는 사실이 주목된다. 김동리를 중심으로 하는 조선청년문학가협회가 정부 수립 후에 문인 집단의 중심을 이루게 되었으며, 그 문학적 지표가 모두 김동리의 순수문학적 입장과 동일선상에 놓여 있었던 점이 바로 이를 입증해 준다.

이러한 민족문학의 개념에 대한 방향 정립은 당시의 사회 상황으로 보아 정치적 이념의 요구에서 벗어나고자 하는 의욕을 보여 주는 것이다. 하지만 민족문학 자체의 속성이나 그 역사적 의미에 대한 논의가 순수문학론이라는 표현론의 테두리 안에 갇히게 되었다는 한계성을 안고 있다. 민족문학의 방법에 대한 논의가 더 이상 진전될 수 없었던 이유가 여기에 있다. 실제로 김동리가 내세운 순수문학으로서의 민족문학이라는 개념조차 정부 수립 이후 한국전쟁을 거치고 격동의 시대를 살아오는 동안 그 역사적 성격과 의미를 잃어버렸다.

해방 직후의 문단에는 민족문학의 수립이라는 문학적 지표가 있었으나 그것을 실천에 옮기기 위한 방법과 노력은 제대로 의미를 드러내지 못하였다고 할 수 있다. 그 방법을 이데올로기가 대신할 수 있으리라고 믿었던 많은 문학인들은 월북을 선택함으로써 한동안 문학사에서 제외되었다. 가장 자유로운 정신을 표방하는 문학의 세계에서도 그들의 이름 앞에는 '월북 문인'이라는 금기의 지대가 설정되어 있었다. 결국 해방 공간은 식민지 시대에 잃었던 문학을 되찾고, 새로운 문학 정신을 확립해야 하는 중대한 시기였음에도 불구하고 오히려 정치적 이데올로기에 문학의 상당 부분을 다시 빼앗긴 시대가 되었다. 그리고 그 이념의 대립과 갈등은 분단의 현실 속에 여전히 큰 영향을 마치고 있다.

## (3) 민족 분단과 분단문학

### 남북 분단과 이념의 분열

해방 이후 한국 사회에서 민족 분단이라는 말은 한국이 처하게 된 정치, 사회, 역사, 문화적 상황과 성격을 규정해 주는 포괄적인 용어로 일반화되고 있다. 민족과 국토의 분단이라는 시대적 상황을 생각한다면, 분단 시대라는 말이 당연한 역사적 시대 개념으로 고정될 수 있다는 점을 부인할 사람은 없을 것이다. 그러나 해방 이후 한국 사회의 변화를 좀 더 깊이 있게 더듬어 보면 분단 시대는 그 전대의 식민지 시대라는 명칭과 마찬가지로 역사적 피해 의식을 바닥에 깔고 있음을 알 수 있다. 실제로 민족과 국토의 분단이 한국 민족의 요구와는 아무 상관없이 강대국의 지배 논리와 이데올로기의 대립에 의해 강요된 것이라는 점은 당연히 지적되어야만 할 일이다. 무엇보다도 더 큰 비극은 바로 그러한 타율적인 요구가 냉전 시대의 상황론에 의해 남북 분단을 기정사실로 인정하게 만들었고, 분단의 논리가 사회 전반에 널리 자리 잡을 수밖에 없도록 구조화되고 있다는 사실이다.

한국의 남북 분단은 한국전쟁과 그 뒤를 이어 지속된 냉전 체제에 의해 분단 의식을 일상화하는 민족사적 모순을 노정하고 있다. 북한은 김일성의 독재 체제를 유지하기 위해 남반부 해방을 내세우며 분단의 논리를 이용하였고, 남한은 안보의 논리를 내세워 정치 사회적 민주화에 제동을 걸어 왔다. 그 결과 남북 분단의 상황 속에서 이념과 체제를 달리하는 정치권력의 확대를 초래하였고, 각각의 정치권력이 자체의 모순을 은폐하기 위해 분단의 상황을 더욱 과장해 왔음을 쉽게 확인할 수 있다. 실제로 분단 현실 속에서 정치 사회적 모순이 거듭되는 동안 남북한 사회의 모든 영역에 분단 의식이 일상적인 것으로 확대되었고, 그로 인한 의식의 편향이 두드러지게 드러나고 있다. 그리고 한국전쟁을 겪은 뒤부터 이데올로기의 적대적인 대립 양상은 냉전의 논리에 따라 자연스럽게 고정되었다. 북한은 자유민주주의의 사상을 자본주의의 모순과 부르주아의 타락을 의미하는 것으로 배척하면서 마르크스 레닌주의의 전체주의적 변형에 다름 아닌 김일성의 주체사상을 모든 가치 개념의 정점에 세우고 있다. 남한의 경우에는 이데올로기에 대한 극심한 피해 의식을 벗어나지 못한 채 사회주의 이념을 철저히 배제하게 되었다. 그 결과 진보적인 사회사상이 지지 기반을 갖지 못한 채 반체제의 논리로 비판되기도 하였고, 분단의 상황에 안주할 수밖에 없는 의식의 편향이 초래되기도 하였다.

문학의 경우에도 이러한 현상은 비슷하게 나타났다. 북한의 문학은 해방 직후부터 이미 집단성의 이념에 매달렸고, 남한의 문학은 개인성의 추구에 더 많은 관심을 기울였다. 실제로 북한의 문학은 사회주의 예술에서 요구하는 이념성에 근거하여 당의 정책에 따라 그 방향이 정해졌다. 1970년대 후반에는 주체사상에 입각하여 주체의 문예 이론을 확립하였고, 그 논리를 문학의 기본 방침으로 내세우고 있다. 남한의 경우는 해방 직후 탈이데올로기를 지향한 순수 문화 예술에 대한 주장이 표면화되었고, 이 경향은 문화 예술의 영역을 정치 사회적인 현실과 분리하고자 하는 순수주의를 낳은 바 있다. 그런데 1960년대 중반 이후, 이러한 태도는 민족문학에 대한 새로운 인식을 근거로 하여 극복되기 시작하였다. 사회 현실에 대한 문예 영역의 비상한 관심이 제기되면서 통합론적 관점에서 문학의 방향을 새롭게 논의하려는 다양한 시도가 이루어지고 있는 셈이다. 이것은 한국 민족의 문학이 분단의 상황 속에서 체제와 이념의 논리에 의해 남북한의 문학으로 양분되어 왔음을 말해 주는 것이다.

### 한국전쟁과 분단 의식

한국전쟁(1950~1953)은 민족 분단의 현실을 가장 뼈저리게 절감하게 해 준 역사적 비극이었다. 이 참담한 전쟁 이후 민족의 이념적 분열이 더욱 심화되고 대립과 갈등이 고조되었기 때문에, 한국 사회는 동서 냉전 체제의 전개 과정 속에서 분단 현실을 기정사실화할 수밖에 없는 상황에 직면하게 된다. 북한에서는 공산당 독재 체제를 유지하기 위해 '남조선의 혁명'을 전면에 내세웠고, 남한에서도 반공주의 논리가 민주와 자유를 강제로 유보시킬 수 있을 정도로 위력을 발휘하기에 이른다. 그 결과 남북 분단의 현실 속에서 정치의 독재, 경제적 불평등, 사회적 갈등이 확대 재생산되었고, 분단 논리 자체가 민족의식의 내면에 자리 잡으면서

의식의 편향을 초래하여, 한국 문화의 전반적인 풍토가 편협성을 벗어나지 못하게 되었다.

한국전쟁은 한국 정신사의 황폐화를 초래했으며, 잃어버린 문학의 시대를 낳았다. 전쟁이 휩쓸고 지나간 폐허에는 해방 직후에 만끽했던 민족적 감격도, 정치적인 이념과 열정도, 새로운 삶의 의욕도 남지 않은 것이다. 전쟁과 피난과 수복으로 이어지는 참극 속에서 새로운 민족문학을 꿈꿨던 희망도 사라졌고, 문학 자체에 대한 열정마저도 상실된다. 새로운 민족문학운동은 그 출발점에서부터 사회적 기반의 결정적인 파괴에 직면하였고, 문학은 일시적인 공백 상태를 모면할 수 없게 되었다. 해방 직후에 제기되었던 일제 식민 잔재의 청산이라는 탈식민주의적 담론이 전쟁과 함께 자취를 감추게 된 이유가 바로 여기에 있다. 당면한 남북 분단의 고통과 이념적 갈등이 지나 버린 식민지 역사의 깊은 상처를 그대로 덮어 버리고 만 것이다. 그러므로 일제 식민지 역사에 대한 민족적 반성과 비판, 그리고 새로운 탈식민주의적 지향과 그 모색 등이 모두 역사적 과제로 미루어지게 되었던 것이다.

한국전쟁은 남북 분단과 민족의 이념적 분열이 어떤 문제성을 지니는 것인가를 민족 전체가 절감하도록 해 준 역사적 비극이 되었다. 그것은 전쟁의 참혹성뿐 아니라 이데올로기의 충동이 갖는 폭력성을 동시에 드러낸다. 이 동족 살육의 전쟁에서 당사자는 바로 한국 민족이었지만, 전쟁의 발발에서부터 그 전개 양상과 처리 과정이 모두 민족 전체의 의사와 무관하게 이루어졌다. 더구나 이 전쟁은 '휴전'이라는 이름으로 여전히 남북한의 적대적 대립과 긴장을 지속시키면서 오늘날까지 이어지고 있다. 특히 이 전쟁은 민족 분단을 고정시킴으로써 전쟁 이후 지속된 냉전 체제 속에서 분단의 모순을 은폐시켜 버렸다. 남북 분단의 상황 속에서는 민족 공동체의 확립이 불가능하였으며 민족의 삶에 대한 총체적 인식도 가능하지 않았다. 오히려 분단 논리가 확대 재생산되는 동안 민족의식의 분열과 그 이념적 편향이 더욱 부추겨졌다. 바로 이러한 왜곡된 정신적 성향이 '분단 의식'이라는 이름으로 보편화되었음은 물론이다.

### 분단 상황과 분단문학

한국문학은 한국전쟁을 거친 후 전후 현실의 황폐성과 삶의 고통을 개인의식의 내면으로 끌어들이기는 하였지만, 이데올로기의 허구성을 정면으로 파헤치지 못한 채 정신적 위축 상태를 벗어나지 못했다. 남북 분단과 이념의 대립을 초래한 공산주의 또는 사회주의 사상은 모든 공적 담론의 장으로부터 배척되었다. 해방 직후에 활동 무대를 평양으로 옮긴 이른바 '월북 문인'[11]에 대한 모든 논의가 한동안 금지된 것도 이와 동일한 맥락으로 이해할 수 있다. 결국 남북 분단은 문학의 영역에서조차 자유로운 소재로 취급되지 못하였기 때문에 그 자체가 하나의 이념의 금기 지대가 되었다.

이 같은 상황에서 생산된 '분단문학'은 남북 분단에 대한 인식 방법에 따라 그 가치 지향 자체의 변화를 드러내고 있다. 분단 상황에 안주하면서 민족 분단을 불가피한 것으로 인정하는 경우도 생겨났지만, 분단 상황의 문제성을 비판적으로 인식하고 분단 극복의 의지를 적극적으로 구현하고자 하였다. 물론 '전후문학'이라는 이름으로 규정되는 1950년대 문학은 분단 상황과 그 체제의 모순에 소극적일 수밖에 없는 한계를 분명히 드러내고 있다. 민족의식의 분열과 대립이 참담한 전쟁으로 이어지고 남북 분단 상황이 긴장된 대립 관계로 돌출되자, 문학은 개인의식의

---

11 월북 문인의 문학 작품은 1988년 정부가 발표한 '월북 문인 해금 조치'에 의해 일반에게 공개되었다.

위축과 피폐를 감추기 위해 이념으로부터 도피하였다. 전쟁으로 인해 민족의식의 대립과 갈등과 분열이 더욱 고조되고 민족 전체의 삶의 터전이 황폐화하였는데도 정치 사회적 혼란과 경제적 궁핍은 거듭되었다. 이러한 상황 속에서 문학은 이념의 영역으로부터 벗어나 개인의 존재와 예술적 순수를 강조하면서 현실의 불모성과 삶의 고통을 초월하고자 하였던 것이다.

한국전쟁 이후 문학의 변화를 보면, 전후 현실의 암울한 상황과 위기의 삶에 대한 비판과 부정이 강조되었음을 확인할 수 있다. 전쟁으로 인하여 폐허화된 현실이 삶의 터전이었고, 그것이 그대로 문학의 기반이 될 수밖에 없었다. 전후의 현실을 바라보는 불안과 절망은 모든 것을 잃어버린 시대에서 비롯된 상실감과 함께 새로운 삶의 가능성을 전혀 찾아볼 수 없는 상황에 대한 좌절감에서 비롯되었다. 그런데 이 시기의 문학에서 드러나는 현실에 대한 부정과 비판은 그 외양적 포즈가 서구적인 니힐리즘이니 실존주의적 경향을 추구하는 듯한 인상을 지울 수가 없다. 인간의 근본적인 자유와 권리를 추구하고자 한다면 그것은 당연히 분단 상황의 모순에 대한 비판과 저항이 되어야만 하였다. 하지만 그러한 비판 의식이 허용되지 않았다. 그러므로 문학의 영역에서 문제 삼았던 것은 기성세대의 가치관이거나 사회 윤리적인 문제였다. 전쟁의 비극을 초래한 민족의 이념적 분열과 대립 문제가 전쟁 이후 문학의 가장 커다란 관심사로 제기되었어야만 함에도 불구하고, 그 문학적 형상화 작업이 문학 외적인 제약으로 인하여 불가능했던 것이다.

## 2 분단 상황과 소설의 서사적 대응

### (1) 해방과 소설 문단의 재편

해방 공간의 소설 문단

한국소설은 해방과 함께 식민지 시대의 정신적 위축 상태를 벗어나게 되었다. 일제 강점기의 한국어 말살 정책에 의해 강제 폐간되었던 신문과 잡지가 해방과 함께 대부분 복간되었으며 그 지면의 상당 부분이 새로운 문학 활동을 위해 할애되었다. 한국문학은 새로운 민족문학의 건설이라는 목표를 내걸고 문학인들의 창작 의욕을 북돋우면서 다양한 비평적 담론들을 생산하기 시작했다.

해방 공간의 소설 문단에서는 작가층의 새로운 교체와 함께 좌우 이념의 분열에 따른 문단의 재편이 이루어졌다. 당시의 소설 문단은 '신문학의 제1세대'라고 할 수 있는 이광수, 김동인, 염상섭, 전영택, 박종화, 이기영, 한설야 등이 여전히 중진으로서 위치를 점하고 있었고, 1930년대에 들어서면서 왕성한 창작 활동을 보여 준 '제2세대'의 채만식, 이태준, 박화성, 최정희, 이무영, 계용묵, 정비석, 김동리, 박영준, 박태원, 황순원, 안회남, 박태원, 허준, 박노갑, 지하련 등이 잇달아 작품을 내놓기 시작했다. 이들의 활동은 이 시기에 발간된 계용묵의『별을 헨다』(1949), 김남천의『삼일운동』(1947),『맥』(1947), 김동리의『무녀도』(1947), 김동인의『발가락이 닮았다』(1948), 김만선의『압록강』(1948), 김사량의『풍상』(1947), 박노갑의『사십 년』(1948), 박영준의『목화씨 뿌릴 때』(1946), 박종화의『민족』(1947),『대춘부』(1949),『청춘 승리』(1947), 박태원의『성탄제』(1948), 박화성의『고향 없는 사람들』(1948),『홍수 전후』(1948), 안회남의『전원』(1946),『불』(1947),『폭풍의 역사』(1947), 엄흥섭의『봉화』(1943),『흘러간 마을』(1948), 염상섭의『삼팔선』(1948),「두 파산」(1949), 이광수의『꿈』(1947),『나』(1947),『선도자』(1948), 이태준의『세 동무』(1946),『해방 전후』(1947),『농토』(1948), 정비석의『파도』(1946),『제신제』(1948), 주요섭의『사랑방 손님과 어머니』(1948), 지하련의『도정』(1948), 채만식의『제향날』(1946),『아름다운 새벽』(1947), 최명익의『장삼이사』(1947), 최정희의『천맥』(1948),『풍류 잡히는 마을』(1949), 허준의『잔등』(1946), 현덕의『남생이』(1947), 황순원의『목넘이 마을의 개』(1948) 등을 통해 그 구체적인 성과를 확인할 수 있다.

그런데 문단의 좌우 분열과 이념적 대립이 노정되면서 이들 가운데 1948년 한국 정부 수립 이전에 북한으로 넘어간 이른바 '월북 문인'이 생겼다. 1950년 한국전쟁 시기에는 상당수의 문인들이 납북되는 상황이 벌어졌는데 이광수도 여기에 포함되었다. 이 같은 과정을 거치는 동안 자연스럽게 문단이 재편되면서 세대교체가 이루어졌고 남북한 소설 문단이 분열되어 서로 다른 이념과 가치를 지향하게 된 것이다.

해방 직후부터 한국전쟁에 이르기까지 해방 공간이라고 지칭되는 시기는 문학의 이념 지향 자체가 비교적 자유롭게 열려 있던 시기였다. 그렇기 때문에 대부분의 작가들은 '무엇을 써야 할 것인가.' 하는 문제에 매달릴 수밖에 없었다. 작가들에게 있어서 이 문제는 소설적 대상으로서의 주제와 이념적 가치의 선택에 직결된다. 물론 이것은 작가의 세계관에 따라 방향이 결정될 수 있다. 그러나 해방 직후 대부분의 작가들은 사회 현실의 혼란에 직면하여 그것을 바르게 인식하고 소설적으로 형상화할 수 있는 정신적인 여유를 갖지 못하고 있었다. 역사의식과 세계관을 강조하면서 이념적 지향을 분명히 내세운 작가라 하더라도 관념의 테두리를 배회하거나 자기감정의 과잉 상태를 벗어나지 못한 경우도 적지 않았다. 좌우 이념의 갈등과 정치적 이데올로기의 요구에서 벗어나 소설 자체의 본질적 속성에 따른 리얼리티의 추구에 전념한다는 것이 간단치 않은 일이었음을 다음과 같은 기록에서 확인할 수 있다.

해방 후의 개별적인 작가들이 지향하는 바를 볼 때에, 아직도 19세기 말엽에 일세를 풍미하던 프로문학을 흉내 내고 있는 사람도 있고, 한편으로는 자연주의 문학의 구각을 벗지 못하고 그대로 답습하는 작가들도 있다. 제3휴머니즘이 비록 새로운 영토를 개척하려고 의기를 보이고 있으나 아직 이론의 확립에 바빠서 작품으로서의 뚜렷한 지반을 닦지 못한 채 있고, 그 밖에 군소 조류가 착잡하게 엉클어져 있다.

우리가 문예사상사적으로 보아서 그 주류의 포인트를 파악하지 못할 정도의 현상이 나타나도록 된 그 원인에는 여러 가지를 열거할 수 있을 것이다. 이 땅의 문학이 재출발한 8·15 해방 후로 아직 옅은 시일에 주제 구성의 준비가 미급했다는 것도 그 하나일 것이요, 정치적으로 이데올로기의 대립상이 양대 세력으로 분열을 가져오게 하였고 그것이 다시 파생하여 사분오열된 현상을 빚어낸 것도 그 하나일 것이며, 또한 사회 정세의 혼란과 경제적 파탄이 작가들로 하여금 가장 올바른 문학관을 가지고 새로운 문학 사조의 방향과 지향할 바를 연구하고 공부할 여유를 허락하지 않았던 것도 그 하나일 것이다.[12]

소설적 방법의 재확립이란 창작 방법에 대한 새로운 반성을 뜻하는 것이다. 해방과 더불어 민족의 자유분방한 삶과 그 현실적인 제반 양상을 총체적으로 파악하여 소설화해야 한다는 것은 당연한 요청임에 틀림없다. 하지만 해방 공간의 소설은 대체로 두 가지의 흐름을 보여 주고 있다. 하나는 소설을 사회 현실의 반영물로 인식하고 그 방향을 정치 사회적 이념의 지표에 연결시켜 보고자 하는 움직임이다. 삶의 현실 문제를 계급의식에 대응시켜 보고자 했던 좌익 계열의 작가들이 이러한 경향을 대변하고 있다. 또 하나의 경향은 문학과 인생에 대한 폭넓은 조망을 통해 인간의 삶의 모습과 그 존재의 의미를 추구하고자 하는 것이다. 이들은 문단의 좌우 분열과 갈등을 지켜보면서 이념의 요구에 비교적 초월적인 자세를 보여 주었다. 해방 공간의 소설에서 볼 수 있는 이 두 가지 경향은 당시 문단의 좌우 대립 양상과 직결되는 것이지만 그 문학적 추구 방식은 해방 직후 한국소설의 고통스러운 자기 정립 과정으로 기록될 것이다. 식민지 시대의 모든 제약에서 벗어나면서부터 이미 소설적 수법 자체의 과감한 혁신이 요구되기 시작하였기 때문에, 모든 작가들은 전통적인 문학적 관습에 대한 전체적인 반성과 함께 민족적 자기 인식에 기반을 둔 문학의 사회적인 요건을 새롭게 인식해야만 했던 것이다.

---

12 곽종원, 「창작계 4년의 개관」, 《민성》(1949. 8), 80~81쪽.

## 해방 공간의 현실과 소설적 상상력

해방 공간의 소설은 주제와 소설 내적 공간의 깊이보다 소재의 폭이 중시되고 있는 점이 특징이다. 일제 식민지 시대의 비극적 역사 체험을 객관적으로 형상화하기 위해 사실성 추구 작업에 주력하면서 나타나게 된 자연스러운 현상이라고 할 수 있다. 물론 당면 현실에 대한 비판적 인식을 강조하기 위해, 현실 인식 자체의 철저성을 문제 삼고 있는 경우도 많았던 것을 확인해 볼 수 있다. 당시의 소설 가운데서 주목되는 박종화의 「청춘 승리」(1947), 박노갑의 「사십 년」(1948), 안회남의 「폭풍의 역사」(1947) 등은 식민지 시대의 역사와 현실 체험을 대비하여 민족의 삶의 전체적인 모습을 서술하고자 한다.

박종화의 장편소설 「청춘 승리」는 이 작가가 관심을 두어 온 역사소설의 부류와는 약간의 차이를 드러내고 있다. 우선 소설적 무대가 작가의 경험적 영역에 해당하는 식민지 시대로 고정되어 있고, 그 구성에 있어서도 역사적 사실과 허구적 인물의 소설적 결합을 꾀하고 있다. '광주 학생 사건'[13]에서부터 해방에 이르기까지의 스무 해 가까운 시간을 배경으로 하고 있는 이 작품에서 작가가 의도하고 있는 것은 민족 수난의 역사에 대한 비판적 재인식이라고 할 수 있다. 소설의 내용은 식민지 지배 아래에서 불행하게 태어난 젊은 세대들이 조국과 민족을 위해 겪어야 했던 고통스러운 투쟁 과정이 회고, 수난, 치욕, 해방의 네 단계로 나뉘어 전개된다. 작가의 개인적인 감격과 심정적인 진술로 인하여 서술상의 객관적인 거리를 제대로 유지하지 못하고 있으나, 식민지 시대의 비극적 체험을 허구적인 인물을 통해 형상화하면서 해방의 역사적 당위성을 강

---

13  1929년 광주 지역의 학생들이 일으킨 항일 독립 만세운동.

조하고 있는 점이 주목된다. 박노갑의 장편「사십 년」의 경우에도 식민지 시대의 비극적인 역사가 한 개인의 삶의 과정으로 집약되어 나타난다. 일제 식민지 지배의 참상과 황폐화된 개인의 삶이 함께 부각되는 이 작품에서 작가가 강조하는 것은 일제의 억압적인 통치 질서와 그 고통 속에서 성장하고 있는 민중 의식이다. 그러나 역사의 진보에 대한 작가의 신념과 계급적 관념으로 인하여 개인의 삶과 사회의 상황이 만족스럽게 통합되지는 못한다. 주인공의 삶의 단계도 개인적 운명과는 관계없이 시대적 상황 변화에 따라 꿰어 맞춘 듯한 작위성이 없지 않다.

안회남의「폭풍의 역사」는 해방 전의 기미년 만세운동과 해방 후의 3·1절 기념식에서의 민중 폭동을 계급투쟁이라는 하나의 이념으로 묶어 놓고 있다. 이 작품은 역사와 현실을 이데올로기의 요구에 따라 해석하는 대표적인 예에 속한다. 안회남 자신은 소시민적 자의식을 벗어 버리고 일상적인 자기 체험의 변두리를 벗어났지만, 그의 소설이 역사 속에 살고 있는 인물의 진실한 삶을 총체적으로 제시하는 데 성공한 것은 아니다. 안회남은 신변적 체험을 기록하는 것으로 만족해야 했던 식민지 시대를 벗어나 자기 내부의 욕구와 현실의 상황을 통합시켜 보려고 했지만 이러한 의욕에도 불구하고 작가의 관념과 주장이 작품 속에서 그대로 생경하게 노출되고 있다. 역사 속에서 움직이는 인물을 통해 역사적 진실을 말하게 하지 못하고, 작가가 자신의 정치적 이념 선택을 앞세움으로써 생겨난 문제라고 할 수 있다. 이와 같은 실패는 신변적인 기록과 일상 체험의 영역에 묻혀 있던 그의 소설 세계가 현실의 변화와 그 필연성을 제대로 감당하지 못하게 된 사례에 해당한다. 결국「청춘 승리」,「사십 년」,「폭풍의 역사」등이 보여 주는 식민지 시대의 삶은 그 경험적 사실성에도 불구하고 심정적인 차원을 벗어나지 못하고 있다. 해방의 감격이 경험적 사실 자체의 서술에 균형을 이루기 어렵도록 작용하고 있기 때문이다. 이들 작가에게는 자기 체험의 영역을 역사적 지평으로 끌어올려 객관화시킬 수 있는 시간적인 거리가 필요했다.

해방 직후의 소설에서 식민지 체험에 대한 비판적 정리 못지않게 중요한 과제로 취급된 것은 해방 공간의 현실에 대한 소설적 형상화 작업이다. 해방의 의미가 잃어버린 조국을 되찾았다는 역사적 사실로 규정되고 있듯이, 잃어버린 고향으로의 귀환 과정이 소설 속에 자주 등장한다. 새로운 삶의 출발과 그 지향을 동시에 문제 삼고 있는 작품으로서 특히 주목되는 것으로 계용묵의 「별을 헨다」(1946), 「바람은 그냥 불고」(1947), 허준의 「잔등」(1946), 정비석의 「귀향」(1946), 김동리의 「혈거부족」(1947), 최인욱의 「개나리」(1948), 최태응의 「고향」(1948) 등이 있다.

계용묵[14]은 「별을 헨다」, 「바람은 그냥 불고」 등에서 해방 직후의 현실 공간에서 가장 문제가 되고 있는 삶의 터전의 상실을 깊이 있게 천착한다. 「별을 헨다」의 주인공은 해방과 더불어 만주에서의 고통스러운 삶을 청산하고 귀국하지만 38선 이북의 고향으로 가지 못한다. 북쪽에 소련군이 주둔하여 고향으로 돌아가는 길이 수월하지 못하다는 사실을 알고, 노모와 함께 서울에 자리 잡게 된다. 그러나 혼란 속에서 삶의 곤궁함을 이겨 낼 수 없고 방 한 칸 마련도 어렵게 되자, 모자는 결국 북쪽의 고향에 마지막 희망을 걸며 고향으로 돌아갈 것을 결심한다. 서울역에서 북으로 가는 기차를 기다리는 동안, 모자는 북쪽

---

14 계용묵(桂鎔默, 1904~1961). 본명 하태용(河泰鏞). 평북 선천 출생. 휘문고보를 거쳐 1928년 일본 도요 대학(東洋大學) 동양학과 수학. 1925년 시 「부처님, 검님 봄이 왔네」가 《생장》의 현상문예에 당선. 1927년 《조선문단》에 소설 「최서방」 당선. 소설 「인두지주(人頭蜘蛛)」(1928), 「백치아다다」(1935) 발표. 광복 직후에 좌우익 문단의 대립 속에 중간적 입장을 고수하며 정비석과 함께 《조선》을 창간. 소설집 「병풍에 그린 닭이」(1944), 「백치 아다다」(1946), 「별을 헨다」(1950) 등과 수상집 「상아탑(象牙塔)」(1955) 출간. 참고 문헌: 김영화, 「소설의 수필화: 계용묵론」(《현대문학》, 1975. 9), 정창범, 「계용묵론」, 《인문과학논총 8》(건국대 인문과학연구소, 1975).

에서 밀려 내려오는 많은 피난민들의 행렬을 만난다. 이북에서의 생활이 너무 고통스러워 서울로 피난을 오게 되었다는 말을 들으면서, 이들은 대합실에 우두커니 서 버리고 만다. 행렬이 빠져나간 역 구내의 차가운 기운과 함께 고향마저 잃어버렸다는 허탈감이 감돌고 있을 뿐이다. 이 작품이 그려 내는 해방 공간의 상황을 보면 해방의 감격이 삶의 현실에서는 피상적인 감상에 지나지 않음을 읽을 수 있다. 귀향 의식의 종착지가 상실의 극복으로 통하지 않고 오히려 국토의 분단과 또다른 고향 상실을 예고하고 있는 것이다. 작가 자신의 시선 역시 비록 잠정적인 선택이라 하더라도 현실에 대한 환멸 이외에는 아무것도 없다. 해방 공간의 상황을 뚫고 나가는 길이 허공의 별을 헤아릴 수밖에 없는 행위로 표상되고 있다는 사실은 삶의 좌표를 찾기 어려운 현실을 암시하고 있다. 이 소설의 관심은 별이 표상하는 새로운 삶의 세계가 과연 어디일까 하는 질문에서 비롯되지만, 그 해답을 어디에서도 찾을 수 없는 것이다. 이처럼 작가 계용묵이 포착한 상황적 아이러니는 되찾은 조국과 또다시 잃어버린 고향이고, 그 상반된 의미로 인하여 비극성을 드러낸다. 그의 또 다른 작품 「바람은 그냥 불고」에서는 징용에 끌려간 아들에 대한 어머니의 기다림이 간절하게 그려진다. 물론 작가는 기다림의 과정보다는 일제의 앞잡이로 징용을 강요했던 한국인이 해방 후에도 여전히 득세하며 살고 있는 현실을 비판하는 데 주력하고 있다. 아들을 기다리는 어머니에게는 해방이 가진 추상적 의미가 실감으로 다가오기보다 여전히 '바람'이 불어 대는 황량한 삶의 공간이 더욱 절실하게 느껴지고 있을 뿐이다. 계용묵은 아이러니의 방법을 통해 해방 공간의 비판적인 현실 인식과 그 소설적 형상화의 가능성을 보여 준 셈이다.

허준[15]의 「잔등」은 만주에서 서울까지 돌아오는 귀환의 과정이 소설화된 작품이다. 회령과 청진을 경유하는 주인공의 귀환 과정은 이 소설의 내면 구조에 해당된다. 그 귀환의 여정에는 해방의 감격도, 고통스러웠던 만주 생활에 대한 푸념도, 새로운 희망도 끼어들지 못하고 있다. 주인공은 조국이 해방되었으니 그저 돌아가야 한다는 생각만으로 피난민의 대열에 끼어 무개화차에 올라탄다. 작가는 "새 시대의 거족적인 열광과 투쟁 속에 자그마한 감격은 있어도 좋은 것이 아니냐고들 하는 사람이 있는 데는 나는 반드시 진심으로는 감복하지 아니한다. 민족의 생리를 문학적으로 감득하는 방도에 있어서 다시 말하면 문학을 두고 지금껏 알아 오고 느껴 오는 방도에 있어서 반드시 나는 그들과 같은 소망을 가질 수 없음"을 이 작품의 서문에 기록하고 있다. 「잔등」에서 작가가 보는 해방 공간의 현실에는 흥분과 광기가 넘쳐 있을 뿐이며, 그 한구석에 비애와 허무가 곁들여 있는 정도이다. 청진 역전에서 만난 노파의 국밥집에 희미한 불빛이 명멸하는 것을 보면서, 주인공은 서울까지의 여정이 절반이나 남았지만 자신의 피난길이 끝난 것이나 다름없음을 알게 된다. 길은 남아 있으나 이미 여행이 끝난 것이다. 남아 있는 여정이 별다른 의미를 찾기 어려운 것이라는 주인공의 생각이 작가의 의식과 이어지는 것이라면, 바로 그러한 냉정한 자기 정리가 해방 공간을 객관적으로 바라보는 하나의 방법일 수 있음도 인정해야 할 것이다.

---

15 허준(許俊, 1910~?). 평북 용천 출생. 일본 호세이 대학(法政大學) 졸업. 1935년 10월 《조선일보》에 시 「모체(母體)」, 1936년 소설 「탁류」를 발표한 후 「야한기」(1938), 「습작실에서」(1941) 등을 남김. 광복 후 조선문학가동맹 가담. 「속 습작실에서」(1947), 「평때저울」(1948), 「역사」(1948) 등과 소설집 「잔등」(1946) 발간. 이후 월북하여 북한에서 활동. 참고 문헌: 권영민, 「해방 직후의 민족문학운동 연구」(서울대 출판부, 1986); 김윤식, 「소설의 내적 형식으로서의 '길'」, 「한국 근대 리얼리즘 작가 연구」(문학과지성사, 1988); 채호석, 「허준론」, 《한국학보》(1989. 가을); 권성우, 「허준 소설의 '미학적 현대성' 연구」, 《한국학보》(1993. 겨울).

귀향 의식의 추이를 인간성의 내면을 통해 묘사하고 있는 김동리의 「혈거부족」에서는 만주에서 고국을 그리며 죽어 간 남편의 유골을 안고 귀국한 여인의 고뇌가 돋보인다. 삶의 고통을 이겨 나가기 위해 개가하여 생활을 새롭게 꾸릴 수도 있지만, 주인공은 죽은 남편의 소망을 떨치지 못한다. 이와 비슷한 소재는 최인욱의 「개나리」에서도 다루어지는데, 새로운 삶에 대한 전망이 제대로 드러나지 않는다는 점에서 귀향 의식의 상황적 한계를 짐작하게 한다.

해방 공간에서 대부분의 작가들은 소설을 통한 현실 비판에만 매달린다. 이것은 시대 상황 자체가 방향성을 잃고 있다는 조건에서 비롯된 문제이긴 하지만, 전체로서는 삶에 대한 인식이 소설을 통해서 이루어지기 어려웠음을 말해 주는 것이라고 하겠다. 그러므로 새로운 소설 창작 방법의 확립 문제가 모든 작가들의 중대한 관심사로 대두되었다. 해방의 감격 속에서 식민지 시대의 체험을 정신적으로 극복하는 것은 체험적 진술이든 비판적 진술이든 소설적 방법 자체에 대한 반성을 요구하는 것이다. 이것은 단순히 어떻게 쓰느냐의 문제를 떠나 작가의 세계관 선택에 의해 좌우될 수 있는 커다란 변수를 내포하고 있다.

창작 방법은 창작에 있어서의 규범이라기보다는 차라리 창조적 부면에 있어서 작가의 능력과 사회적 투쟁을 인도할 수 있는 원칙적인 것 다시 말하면 예술적 창작의 기본적인 방법이라는 데서 우리에게 요구되는 것이라 믿어진다. 물론 창작 방법은 고래불변인 것도 아니오, 또 만인 공통인 것도 아니다. 그러나 우리 문화 예술가가 민주주의 조선의 탄생과 육성이라는 위대한 역사 시대에 처해서 무엇을 들고 이에 이바지하고자 하는가 하는 문제에 있어서 우리의 생각과 마음은 공통인 것이며, 이것이 토대가 되어 비로소 우리는 우리의 창작 이론인 혁명적 로맨티시즘을 자체 내의 커다란 계기

로 하는 진보적 리얼리즘의 제시가 그 의의를 완전히 할 수 있는 것이라고
생각한다.[16]

앞의 인용에서 확인할 수 있는 것처럼, 좌익 문단에서 제기된 진보적
리얼리즘이란 정치적 이념 또는 계급의식의 소설적 실천을 의미한다. 진
보적 리얼리즘에 근거하여 이루어지는 소설에서 중시되는 것은 투쟁과
실천이다. 여기에서의 투쟁과 실천이란 다른 말로 계급적 투쟁이라고
할 수 있다. 그러므로 이들이 내세우고 있는 리얼리즘이란 대상의 객관
적 인식이 아니라 이념적 통일을 문제 삼는 규범이다. 작품 속에 등장하
는 인물의 성격조차도 개성적인 면모보다는 이념적 투철성 여부에 그 성
패의 판단 기준을 두고 있다. 이러한 방법적 요구에 의해 이루어진 작품
가운데 이태준의 「해방 전후」(1946), 「농토」(1948), 지하련의 「도정」(1946),
이근영의 「탁류 속을 가는 박 교수」(1948) 등을 보면, 그 문학적 실상이
쉽게 드러난다.

이태준의 「해방 전후」는 식민지 체험에 대한 지식인의 자기비판과 해
방 이후의 이념 선택을 문제 삼고 있다. 1930년대 소설 문단의 정점에 서
있던 이태준은 일제 말기 고향인 강원도 철원에서 은거하다가 해방을 맞
았다. 그는 이 소설에서 일제 말기에 붓을 꺾고 낙향한 주인공과 고향 마
을 향교를 지키는 노인의 삶의 방식을 대조적으로 그리고 있다. 젊은 주
인공은 강압에 못 이겨 친일적인 문학 활동에 강제 동원을 당할 수밖에
없게 되었지만, 해방 직후 모든 것을 떨쳐 버리고 새로운 진보적 이념을
신봉하며 문학운동에 앞장선다. 봉건적인 사고방식에서 벗어나지 못하
는 노인이 끝내 자기의식에 함몰되어 버리는 것과는 달리, 주인공은 과

---

16 김남천, 「새로운 창작 방법에 관하여」, 조선문학가동맹 편, 「건설기의 조선문학」(1946), 164~165쪽.

거를 청산하고 역사의 전면에 나서는 것이다. 이 작품에서 주인공이 새로운 이념의 선택을 통하여 식민지 시대의 무의지적 자세를 스스로 극복하고 있는 것처럼 그려 놓은 것은 당시 지식인들의 정신적 지향의 한 단면을 보여 주는 것이라고 할 수 있다. 이태준의 장편소설 「농토」는 그가 북한에서 발표한 첫 소설이라는 점에서 특히 주목된다. 이 작품은 해방 직후 북한 지역에서 강제로 시행된 토지개혁의 과정을 배경으로 한다. 일제 식민지 시대에 지주 집안의 머슴으로 살아오다가 소작농으로 신분이 바뀌어 겨우 연명하던 주인공이 해방 직후 토지개혁이 실시되자 떳떳한 농민으로서 토지를 소유하게 된다는 것이 전체적인 줄거리다. 악덕 친일 지주는 해방과 함께 몰락하고 지주들의 횡포에 시달리던 소작농들이 새로운 역사 속에서 진정한 토지의 소유자가 된다는 식의 도식적인 역사 해석은 한국의 해방이 갖는 의미를 계급 혁명의 이념에 맞춰 설명하려는 의도를 내포하고 있다.

이태준[17]은 「농도」를 발표하기 직진 『소련 기행』(1947)을 빌간했다. 1946년 8월부터 10월까지 조소문화협회의 소련 방문단에 참가하여 그 여행 체험을 적은 기행문이다. 이 기행문은 1946년 조선문학가동맹 기관지인 《문학》에 연재되면서 커다란 반향을 불러일으키기도 하였다. 이태준은 70여 일 동안 모스크바와 레닌그라드, 스탈린그라드, 그루지야 공화국, 아르메니아 공화국 등을 여행했다. 이 여행기의 대부분은 주로 사회

---

17 이태준(李泰俊, 1904~1970). 호는 상허(尚虛). 강원 철원 출생. 휘문고보 수학. 일본 도쿄 죠치 대학(上智大學) 중퇴. 1933년 구인회 동인. 1939년 《문장》 편집 주관. 1934년 첫 단편집 『달밤』 발간을 시작으로 『가마귀』(1937), 『이태준 단편선』(1939), 『이태준 단편집』(1941) 등 단편집과 『구원의 여상』(1937), 『화관』(1938), 『청춘무성』(1940) 등 장편소설 발표. 광복 직후 조선문학가동맹 가담. 월북 후 조선문화사 절단의 일원으로 소련 방문. 한국전쟁 직후 숙청. 참고 문헌: 김환태, 「상허의 작품과 그 예술관」《개벽》, 1934. 12); 김윤식, 「이태준론」《현대문학, 1989. 5); 이익성, 「'사상의 월야'와 자전적 소설의 의미」, 『한국 근대장편소설 연구』(모음사, 1992); 상허문학회, 『이태준 문학 연구』(깊은샘, 1993); 박헌호, 『이태준과 한국 근대소설의 성격』(소명출판, 1999).

주의 국가의 전범으로서의 소련 사회에 대한 견문과 찬사로 채워져 있지만, 작가로서 창작에 있어서의 사상성과 예술성의 결합 문제를 어떻게 해결할 것인지에 대한 고민을 담고 있다. 그가 소련 여행기를 쓴 후에 창작한 소설 「농토」는 일제 강점기 말부터 해방 공간에 이르는 북한 지역 농촌의 변화에 초점을 두고 그 현장의 사실적 묘사에 치중하고 있는데, 이것은 해방 공간 북한 사회의 변화에 대한 작가로서의 정치적 입장을 표명한 것이라는 점에서 더욱 주목된다. 특히 북한에서 시행했던 토지개혁의 정당성을 인식하고 이를 적극 실천하고자 하는 주인공의 긍정적 태도를 강조하고 있는 것은 장편소설 「농토」가 강한 이데올로기 선택과 지향성을 드러내고 있는 작품임을 그대로 보여 주는 셈이다. 더구나 이 작품 속에서는 남한 미 군정의 부르주아적 성격을 부정하면서 이를 공격하고 있다.

지하련[18]의 단편소설 「도정」은 해방 직후에 등장한 사회주의 운동가의 두 가지 유형을 대조적으로 그리고 있다. 하나는 일제 식민지 시대 사상운동에 가담했던 인물로서 당 조직과 개인의 관계에 대한 깊이 있는 이해와 함께 계급운동 자체에 대한 의지를 지니고 있다. 그러나 또 다른 인물은 광산업을 하여 돈을 번 속물로서, 자신의 금력을 이용하여 당의 고위 간부가 되고 당을 이용하여 개인적인 권력욕을 충족시키고자 한다. 이 작품은 이 같은 두 인물의 대비를 통해 사이비 사회주의자에 대한 비판과 당파적 이념에 대한 열정을 강조하고 있다. 이 작품과 비슷한 주제를 다루고 있는 이근영의 「탁류 속을 가는 박 교수」의 경우는 다양한 이념적 충동이 공존하고 있는 대학 교정을 중심으로 좌익운동의 정당성을

---

18  지하련(池河蓮, 1912~ ? ). 본명 이현욱(李現郁). 경남 거창 출생. 일본 쇼와 여고 졸업. 1935년 카프 해산을 전후하여 임화와 결혼. 1940년 백철 추천으로 소설 「결별」을 《문장》에 발표. 주요 작품으로 소설 「체향초」(1941), 「가을」(1941), 「산길」(1942), 「도정」(1946), 「광나루」(1947) 등이 있고 소설집 「도정」(1948) 출간. 참고 문헌; 서정자 편, 『지하련 전집』(푸른사상, 2004); 손유경, 「해방기 진보의 개념과 감각: 지하련을 중심으로」, 《현대문학연구》 49집(2013. 2).

심정적으로 그려 낸다. 지식인의 냉철한 현실 인식이나 역사의식에 근거하기보다는 개인적인 체험의 일단을 보여 주면서 사회주의 이념에 대한 자기 지향을 제시하고 있다.

## 자기변명과 자기비판의 논리

1945년 광복과 함께 한국 문단의 최대 관심사는 친일 문학 행위에 대한 비판과 그 청산 문제였다. 문학인들의 경우에는 특히 이 문제에 관련된 자기반성이 매우 중요한 과제로 제기되었다. 그것은 이른바 암흑기로 지칭되고 있는 1930년대 말엽부터 해방까지의 시기에 이루어진 문학 행위가 직접적인 비판 대상으로 가로놓였기 때문이다. 특히 식민지 시대의 문학이 식민지 지배 상황에 대한 정신적 극복을 위한 투쟁에 바쳐졌어야 했다는 비판이 대두되면서, 이른바 친일파로 지목되었던 문인들은 어떤 형식으로든지 이 문제에 대한 비판을 거치지 않을 수가 없었다.

이광수[19]에게 해방 공간은 그의 문학적 활동의 마지막 장면에 해당한다. 그는 일제 친일 문학 단체였던 조선문인보국회를 실질적으로 주도했고 일본의 황민화 정책을 앞장서서 지지하였다. 스스로 가야마 미쓰로 〔香山光郎〕로 창씨개명한 이광수는 일본의 전쟁 승리를 기원하는 많은 글

---

19 이광수(李光洙, 1892~1950?). 호는 고주(孤舟), 외배, 춘원(春園). 평북 정주 출생. 일본 동경 명치학원 중학부 졸업. 와세다 대학 재학 중 장편소설 「무정」(1917) 발표. 1919년 동경에서 2·8독립선언을 주도한 후 중국으로 망명. 1921년 귀국 후 「재생」(1925), 「마의태자」(1927), 「단종애사」(1928), 「흙」(1933), 「이차돈의 사」(1935), 「사랑」(1938), 「원효대사」(1942) 등을 발표. 1937년 수양동우회 사건으로 체포되어 투옥 생활. 1930년대 말부터 향산광랑(香山光郎, 가야마 미쓰로)으로 창씨개명 후 친일 문필 활동을 함. 1945년 광복 직후 반민특위에 의해 친일파로 지목 수감되기도 하였고, 1950년 한국전쟁 당시 납북 사망. 참고 문헌: 김동인, 「춘원 연구」, 《삼천리》(1934. 12~1935. 10); 김윤식 『이광수와 그의 시대 1. 2. 3』(1986); 구인환, 『이광수 소설 연구』(삼영사, 1983); 이경훈, 『이광수의 친일 문학 연구』(태학사, 1998); 한승옥, 『이광수 장편소설 연구』(박문사, 2009); 김영민, 『이광수 문학의 재인식』(소명출판, 2009); 이재선, 『이광수 문학의 지적 편력: 문학론의 원천과 형성』(서강대 출판부, 2010).

을 썼고 학병 권유 연설을 하기도 했다. 그가 해방을 맞이한 것은 경기도 양주군 사릉(思陵)에서였다. 그는 일제 강점기 말의 소개(疏開) 정책에 따라 한 해 전부터 그곳 농가에서 칩거 중이었다. 그가 해방의 소식을 전해 들은 것은 8월 16일이었다. 모든 사람들이 감격에 휩싸여 새로운 조국의 앞날을 노래하는 동안, 이광수는 거의 아무 내색도 할 수 없었다.

나는 사릉에 여전히 가만히 앉아 있었다. 독립의 기회가 이렇게 쉽게 온 것이 큰 기쁨임은 말할 것도 없거니와, 조국이 전장이 되지 않고 만 것, 동포가 일본의 손에 학살을 당하지 아니하고 만 것이 다 기쁜 일이었다. 앞으로 나 자신이 어떻게 할까 하는 데 대하여서는 여러 가지로 생각이 있었으나, 결국 가만히 있기로 하고 나는 역사와 철학 서적을 읽으면서 그날그날을 보내었다. 칠팔 년간 내가 걸어오던 길, 하여 오던 생각에서 벗어난 나는 완전히 무념무상의 심경으로 세계와 우리 민족의 장래에 대하여 명상할 여유가 있었다. 왜 그런고 하면, 나는 다시는 세상에 안 나설 사람이기 때문이다. 과거 칠팔 년 걸어온 내 길이 그 동기는 어찌 갔든지 민족 정기로 보아서 나는 정녕 대도를 걸은 사람이 아니었다. 내가 조선 신궁에 가서 절을 하고, 가야마 미쓰로로 이름을 고친 날, 나는 벌써 훼절한 사람이었다. 전쟁 중에 내가 천황을 부르고 내선일체를 부른 것은 일시 조선 민족에게 내릴 듯한 화단을 조금이라도 돌리자 한 것이지마는, 그러한 목적으로 살아 있어 움직인 것이지마는, 이제 민족이 일본의 기반을 벗은 이상 나는 더 말할 필요도 또 말할 자격도 없는 것이다. 가장 깨끗하자면 해방의 기별을 듣는 순간에 내가 죽어 버리는 것이지마는 그것을 못한 나의 갈 길은 입을 다물고 가만히 있는 것이라고 나는 생각하였다.[20]

20  이광수, 「나의 고백」, 『이광수전집』, 7권(상중당, 1971), 282쪽.

이광수는 은거하듯이 바깥세상에 얼굴을 내놓지 않았다. 그는 해방 이듬해인 1946년 9월 사릉을 떠나 양주 봉선사로 거처를 옮겼다. 그곳에서 숨어 살면서 그는 수필집『돌베개』를 쓰기 시작했고, 흥사단의 청을 받아들여「도산 안창호」를 집필하였다. 그는 식민지 시대 말기에 이미 써 두었던 소설「꿈」을 단행본으로 간행하면서「나: 소년편」,「나: 스무 살 고개」를 위시하여「나의 고백」을 쓰게 되었다. 이 작품들은 모두 단행본으로 간행되었고, 새로운 문단의 관심사가 되기에 충분하였다.

이광수는「나의 고백」을 통해 일제 식민지 시대 자신의 행적을 비교적 사실적으로 요약 서술하고 있다. 이 글은 이광수의 반생을 망라하고 있는 본격적인 회고록에 해당한다. 그러므로 해방을 맞이한 당시의 상황으로 볼 때 이 글은 당연히 이광수 자신의 진정한 자기비판과 반성을 담아내야만 했다. 그의 친일 행위에 대해 분노를 표명하고 있던 모든 사람들 앞에「나의 고백」은 참회록의 형태로 나타났어야만 했다. 그러나 이 글은 자기변명으로 일관하고 있다. 이광수가 자신의 친일 행삭을 어떻게 참회하고 있는가에 관심을 기울였던 사람들은「나의 고백」을 통해 드러난 이광수의 자기변명 논리에 아연할 수밖에 없었다. 더구나 '반민법(反民法)'의 제정 문제가 논의되고 있는 가운데 발표된「나의 고백」은 오히려 이광수의 친일 행위에 대한 사회적 비판 여론을 더욱 확대시켰다.「나의 고백」의 내용은 ① 민족의식이 싹트던 때, ② 민족운동의 첫 실천, ③ 망명한 사람들, ④ 기미년과 나, ⑤ 나의 훼절, ⑥ 민족 보존, ⑦ 해방과 나 등 7장으로 나뉘어 있다. 각 장의 제목에서도 알 수 있는 바와 같이 이광수는 자신의 행적을 모두 민족의 문제와 관련시켜 술회하고자 하였다. 그런데 민족의식의 자각에서부터 민족운동의 대열에 나서게 된 과정에 이르기까지 이광수가 생각했던 민족의 과제는 지극히 심정적인 방편으로 이해되었음을 알 수 있다. 이광수는 자신의 오산학교 교사 생활을 민족운동의 실천 작업으로 내세웠고, 기미년의 만세운동과 상해 망명으로 이어지는 고통의 세월을 상세하게 기술하고 있다. 그러나 정작 그러한 민족적 각성과 의지를 지녔던 것으로 스스로 평가하고 있는 이광수가 상해에서 귀국한 후부터 보여 준 문필 활동은 확실히 자신의 의지를 배반한 것임을 부인할 수가 없다. 그는 민족의 현실이 정치적인 측면에서 투쟁과 살육의 상태를 벗어나지 못하고 있으며, 경제적인 면에서 의식주의 기본적 요건조차 갖출 수 없는 암울한 상태에 빠져 있음을 전제하면서도 그것을 극복할 수 있는 방법의 모색에 지극히 소극적이었다. 그는 민족의 감정과 기질을 민족성이라고 하였고, 이것을 개조하기 위해 개인의 도덕적 수양을 내세웠으며, 그 실천 방안으로 민족 전체의 도덕적 개조를 가능하게 할 비정치적 단체운동을 전개할 수 있어야 한다고 하였다. 결국 이광수의 정신적 파탄은 그의 적극적인 친일 행동 이전에 이미 드러나고 있었다고 할 수 있다. 그는 식민지 현실의 삶의 고통을 지적하면서도 그 근본적 요인을 일제의 식민지 지배와 그 자본주의적 착취에 있음을 제대로 제시하지 못한 채 오히려 민족의 도덕적 심성의 타락에서 찾고 있었다. 이러한 패배주의적 민족 인식은 그의 주장이 어떤 역사적 전망도 지닐 수 없는 것임을 말해 주는 것이다. 더구나 이광수는 민족의 예술적, 도덕적 개조를 말하면서도 어떠한 예술을 어떻게 전달해야 할 것인지를 생각하지 않았고, 예술의 수용 계층으로서의 민중의 기반을 제대로 고려하지 않았다. 자신의 직업과 생활을 예술로 생각해야 한다는 막연한 이상론을 되풀이하여 강조하였다. 그는 문인보국회에 가담하게 된 경위와 친일 활동을 전개하는 과정을 술회하면서도 '민족 보존'을 위한 자기희생이었다고 다음과 같이 주장하고 있다.

나는 원래 정치적으로 무슨 명성 있는 인물도 아니지마는 일본 관헌의 명부에 민족주의자의 한 사람으로 적혀 있는 것이었다. 만일 이 몸을 던져서 한 사람이라도 동포의 희생을 덜고, 터럭 끝만치라도 닥쳐오는 민족의 고난을 늦출 수가 있다고 하면 내 무엇을 아끼랴. 게다가 나는 언제 죽을지 모르는 병약한 몸이었다. 이렇게 생각할 때에 내 눈앞에는 3만 몇 명이라는 우리 민족의 지식계급과 현재 이상의 무서운 압제와 핍박을 당할 우리 민족의 모양이 보였다. '내 몸이 죽어서 정말 저들의 머리 위에 달린 당장의 고난을 면할 수만 있다면,' 하고 나는 생각하고 괴로워하였다.[21]

이광수가 내세우고 있는 자기희생의 논리로는 그의 민족적 배신 행위를 결코 정당화할 수 없었다. 그의 입장은 이성적인 사고에 근거한 역사적 통찰을 바탕으로 자기반성이나 비판을 염두에 둔 것도 아니었다. 그는 자신의 친일 행위를 민족의 안위를 위한 '자기희생'이라고 말하였지만 그것이 자기변명의 논리에 불과하다는 사실을 독자들은 모두가 알아차렸다. 그러므로 해방 공간에 들어서면서 본격화된 이광수의 문필 활동은 작가로서의 신념과 사회적 모럴의 요구 등이 엇갈리는 민족적 감정에 직면하면서 커다란 반발을 불러일으켰다. 문학인들 사이에도 그가 보여 준 역사의식의 무감각을 비판하는 사람이 적지 않았다. 이광수의 새로운 글쓰기 작업들은 진실한 참회의 뜻이 담겨져 있지 않으며, 자기중심적 태도에 빠져 균형을 잃고 있다는 혹평을 받았다. '자신의 이해에 따라서 이렇게도 글을 쓰고 저렇게도 글을 써 가지고 그것을 민족을 지도라도 하는 것처럼 착각에 빠져 있다.'라는 비판과 함께 그의 모든 문학을 '위선자의 문학'으로 몰아붙인 비평가도 있었다.

1948년 정부 수립 후 '반민족행위처벌법'에 관한 논의가 국회 안에서

---

21 위의 책, 278쪽.

본격화되기 시작할 무렵부터 이광수는 이미 '광적 친일 및 열성 협력자'로 지목되었다. 1949년 2월 7일 이광수는 문화 예술계 인사로서는 첫 번째로 '반민특위'에 검거되었다. 이광수를 석방해 달라는 사릉 일대 농민들의 진정이 제출되었고 그의 아들의 혈서 탄원도 있었다. 김동인도 이 무렵에 잡지《신천지》에 연재하고 있던 「문단 30년의 자취」에, 반민법의 처단을 기다리고 있는 이광수를 보기 민망하다고 적으면서 이광수는 '조선문학 건설의 최고의 공로자'라고 추켜세우기도 하였다. 이광수가 병보석으로 풀려나온 것은 수감된 지 한 달이 채 되지 않는 1949년 3월 4일이었다. 그리고 곧바로 불기소처분으로 자유로운 몸이 되었다.

이광수는 자신의 친일 행위에 대한 비판에 대해 「친일파의 변(辯)」이라는 글을 통해 직접적으로 자기 견해를 제시하였다. 이 글은 반민특위에 제출했던 것인데 식민지 상황과 친일 문제에 대한 그의 입장이 잘 드러나 있다. 이광수는 '친일'이라는 행위의 범주를 먼저 아주 넓게 일반화시켰다. 그는 일제 강점기에 세금을 바치고 법률에 복종하고, 일장기를 달고, 신사에 참배하고, 국방 헌금을 내고, 관공립 학교에 자녀를 보낸 것도 모두 일본에 대한 협력이라고 하였다. 그리고 죽지 않고 살았다는 것조차 문제시될 수 있는 게 아니냐고 반문하고 있다. 일제 시대에 국내에 살았던 모든 사람은 치욕의 삶을 살아왔지만, 민족 전체가 다 같이 애국지사가 되어 피를 흘리고 싸울 수 없기에, 교육에 나서기도 하고 관공리로 일하기도 하고 동포의 복리를 위해 일한 사람도 있었다고 하였다. 그는 "민족 전체를 병자호란 당시의 삼학사(三學士)의 절개를 표준으로 단죄한다는 것은 불가능한 일"이라고 단언하기도 하였다. 그는 민족정기를 확립하기 위해 친일파를 처단한다는 것이 오히려 민족의 화합을 깨뜨릴 것이라고 경고하면서, 민족의 화합과 공산주의자들에 대한 대항을 위해 친일파에 대한 민족적 관용이 필요하다고 역설하였다.

민족 대의로 말하면, 지난 3년간의 친일파에 대한 설주(舌誅)·필주(筆誅)의 고통도 이미 3년 징역의 고통만은 할 것이요, 또 반민법의 제정으로 민족 대의의 지향을 명시하였으니 이제 더 추궁함이 없이 「망각법(忘却法)」을 결의하여 민족 대화(大和)를 회복하고 민족 일심일체의 신기력을 진작함이 현명한 조처가 아닐까.[22]

이광수의 이러한 견해는 당시 정치 세력의 좌우 분열과 그 대립 과정에 미묘하게 얽혀 우파 세력에 기대어 있던 친일파들의 주장과 그대로 일치했다. 게다가 반민특위에서 이광수에 대한 공소시효 기간을 단축함으로써 반민족 행위자로 지목되었던 이광수에 대한 처단은 종료될 수밖에 없었다. 이러한 조치는 민족의 대화합이라는 명분으로 치장되었지만 민족 정의의 확립을 기할 결정적 기회를 놓쳐 버린 결과가 되었다.

이광수는 반민특위에서 석방된 후 다시 문필 활동을 시작하였다. 역사소설 「사랑의 동명왕」을 탈고한 뒤에는 장편소설 「서울」을 《태양신문》에 연재하면서 장편소설 「운명」도 집필했다. 장편소설 「서울」은 1950년 1월 한 달 동안 신문에 연재되다가 분명한 이유 없이 신문사 측에서 일방적으로 발표를 중단했지만 작가 이광수가 당대적 현실에 직면하여 그 갈등과 혼란의 상황을 어떻게 소설적으로 형상화하고자 했는지를 엿볼 수 있다. 「서울」은 제목 그대로 서울의 젊은 남녀 대학생들이 벌이는 크리스마스 파티의 풍경에서부터 가치관의 혼란과 외래 풍물의 홍수를 파노라마적으로 보여 주고 있다. 이데올로기의 갈등과 윤리 의식의 부재, 외래 풍조의 범람 등 풍속과 세태에 관심을 집중하고 있는 이 작품은 그 스토리의 구도에서 이미 통속화의 경향을 벗어날 수 없음을 확인

---

22  이광수, 위의 책, 288쪽.

할 수 있다. 더구나 인물의 성격화를 뒤로 미룬 채 상류층 또는 지식층 젊은이들의 맹목적인 시대 편승적 태도만을 가지고 해방 공간의 삶의 모습을 전체적으로 형상화하기 어려울 것이라는 점도 예측이 가능하다. 이광수의 또 다른 미완성 작품 「운명」은 일제 식민지 시대 일본 유학 중인 한국인 유학생이 귀국길에 오르면서 겪는 이야기를 사건의 발단으로 삼고 있다. 그러나 처음부터 이야기를 애정 관계의 갈등으로 끌어갈 개연성을 드러내고 있다. 식민지 지식인 청년이라는 문제적 개인과 현실 세계의 총체적인 관계가 도외시되고 있는 것이다. 이는 주인공을 문제적인 상태로 성격화하지 못했고 작중의 현실도 구체적 상황으로 제시하지 못한 점을 통해 확인할 수 있다.

결국 이광수는 해방 공간의 혼란 속에서 자기 논리의 한계를 벗어나지 못했다. 그가 「나」와 「나의 고백」과 같은 회고적인 글을 쓸 수 있었던 것은 객관적 형상화를 요구하는 소설의 서사적 요건과는 아무런 관계가 없는 일이었다. 자기 심정의 변화와 그 추이를 서술하는 것으로 충분했기 때문이다. 소설가 이광수의 존재는 장편소설 「서울」과 「운명」의 미완성으로 인하여 여전히 식민지 시대 친일 활동을 펼쳤던 이광수에서 한 발자국도 나아갈 수 없게 되었다. 이광수는 한국 근대문학사의 첫머리에 자리 잡고 있지만, 그의 문학과 그의 인간은 식민지 시대에 대한 반성과 비판이라는 명제로 해방 공간에 문제적인 상태로 가로놓여 있게 된 것이다.

김동인[23]의 경우에도 해방 공간은 그의 문단적 존재를 확인할 수 있

---

23 김동인(金東仁, 1900~1951). 호는 금동(琴童), 필명은 춘사(春士). 평남 평양 출생. 일본 메이지 학원(明治學院) 중학부와 가와바다 미술 학교(川端畵學校) 수학. 1919년 주요한(朱耀翰), 전영택(田榮澤), 최승만(崔承萬), 김환(金煥) 등과 문학 동인지 《창조》 발간. 1923년 잡지 《영대》 발간. 중요 작품으로 단편소설 「약한 자의 슬픔」(1919), 「마음이 옅은 자여」(1920), 「배따라기」(1921), 「감자」(1925), 「광염 소나타」(1930), 「광화사」(1930) 등과 장편소설 「젊은 그들」(1931), 「운현궁의 봄」(1934), 「왕부의 낙조」(1935), 「대수양」(1941) 등을 발표. 평론 「조선 근대소설고」, 「춘원 연구」를 발표. 참고 문헌: 윤홍로, 「한국 근대

는 마지막 단계가 되고 있다. 그는 일제 강점기 '북지황군위문단'의 일원으로 만주 전선을 시찰한 바 있었고 히가시 후미히토(東文仁)로 창씨개명후 친일적 문필 활동을 계속했다. 그가 소설가 김동인으로 다시 돌아온것은 해방 이듬해였다. 당시 문단은 조직의 정비에 열띤 경쟁을 하고 있던 때였는데, 김동인은 조선문화건설중앙협의회의 결성에도 참여하였던 것으로 알려져 있지만 좌익 문인들이 이광수에 대한 제명 처분을 의결하는 데에 반대하면서 점차 문단의 표면에 나서지 않았다. 1946년 3월 전조선문필가협회의 준비 위원으로 우익 문단의 정비 과정에도 이름을 올렸던 그는 여기에서도 적극적인 활동을 꾀하지 않았다. 이러한 문단 활동 대신에 그는 1946년 초부터 단편소설 「송 첨지」, 「학병 수첩」, 「석방」등을 잇달아 발표하면서 식민지 시대의 자기 체험을 정리하기 시작하였다.

해방 후 첫 작품에 해당하는 「송 첨지」는 한 인물의 삶의 과정을 통해 식민지 시대의 사회 변화를 전체적으로 회고하고 있다. 개방적인 액자소설의 유형을 따르고 있는 이 작품의 주인공 '송 첨지'는 동경 유학을 거친 지식인이었으나, 귀국 후에 제대로 일자리를 구하지 못하고 시골의 면 서기로 일하게 된다. 서무 주임과 아내 문제로 갈등을 겪다가 아내와 헤어지고 면 서기마저 그만둔 그는 서서히 식민지 현실에 대한 비판적 인식을 키우게 된다. 조선 독립이 이루어지기에는 민도가 너무 낮다는 생각을 갖고 있던 그는 자신도 모르게 뛰어든 3·1 만세운동을 겪으면서 애국주의자로서 신념을 키운다. 그는 식민지 시대에 태어난 어린아

소설 연구』(일조각, 1980); 백철 편, 『김동인 연구』(새문사, 1982); 김춘미, 『김동인 연구』(고려대 민족문화연구소, 1985); 김윤식, 『김동인 연구』(민음사, 1987); 권영민 편, 『김동인 문학 연구』(조선일보사, 1988); 장백일, 『김동인 문학 연구』(인문당, 1989); 강인숙, 『자연주의 문학론』 1, 2(고려원, 1991); 강영주, 『한국 근대 역사소설의 재인식』(창작과비평사, 1991).

이들은 모두 일본식 교육을 받고 일본 정신을 본받으며 자라고 있다는 점에서 '왜종(倭種)'에 다름없다고 생각한다. 송 첨지는 여러 차례 투옥되었으나, 방랑 생활을 계속하면서 만주 일원까지 다다라 애국 사상을 계몽한다. 지나사변(중일전쟁)이 터지고 일본의 세력이 더욱 확대되는 동안, 송 첨지는 강성한 일본이 점차 불리한 전쟁을 확대시켜 가는 것을 본다. 결국 병석에 눕게 되었지만 조선 독립에 대한 확신을 놓지 않는다. 이 소설은 주인공 송 첨지가 일본이 항복하던 바로 그날 세상을 떠나는 것으로 끝난다. 이 작품에서 확인할 수 있는 작가 김동인의 식민지 현실에 대한 비판적 태도 가운데 주목할 사항은 송 첨지의 입을 빌려 말한 "조선이 없어진 뒤에 낳은 것은 모두 왜종"이라는 말이다. 식민지 시대에 출생한 사람들은 이미 조선이 없어진 상태에서 일본식으로 교육받고 성장했으니 그들이 진정한 한국 사람이 될 수 없다고 말하고 있는 것이다. 광무(光武) 융희(隆熙) 연간에 태어난 송 첨지의 이 발언은 일본식 교육을 받으면서 자라난 식민지 세대에 대한 비판을 드러내고 있다. 식민지 현실의 엄청난 비극을 그 현상 자체에 대한 표면적 인식에 근거하여 판단하고 있는 이런 태도는 역사의식에 철저함을 보여 주지 못하고 있는 경우라고 할 수 있다. 송 첨지는 일본에게 나라를 넘겨준 자기 세대의 무능력을 문제 삼지 않고, 오히려 일제의 지배하에서 자랄 수밖에 없었던 비극의 주인공들을 '왜종'이라고 거부한 것이다.

김동인이 「송 첨지」에 뒤이어 발표한 소설 「학병 수첩」과 「석방」은 식민지 체험에 대한 김동인 자신의 태도를 소설적 상황과 인물을 통해 암시하고 있다. 「학병 수첩」은 일제의 학병 모집에 못 이겨 일본군으로 전쟁에 가담했던 한국인 젊은이의 고뇌를 그렸다. 전쟁이 점차 확대되면서 일본군의 전세가 불리해지자, 소설의 주인공은 조선인으로서 일본을 위해 싸우는 자신의 위치가 미묘한 상태에 놓여 있음을 깨닫는다. 일본이 전쟁의 승리자가 된다면 '조선의 이익'도 한몫 끼어들 수 있겠지만, 비록 전쟁에 패하더라도 지금보다 더 나쁠 것도 없다는 막연하고도 단편적인 생각이 '나'의 머리를 스쳐 지나가기도 하고, '조선의 독립'을 기대하며 가슴 설레기도 한다. 그러나 '나'는 일본 제국에 병합된 이후에 출생한 자신이 태어나면서부터 이미 일본인이었던 것이 아닌가를 고심하면서 새로운 조국이 건설된다면 어떤 일이 벌어질 것인지 걱정한다. 물론 주인공은 해방을 맞이하면서 모든 고민에서 벗어나지만 한편으로는 일본의 통치가 조선의 발전에 큰 도움이 되었다는 생각도 부인하지 못한다. 이러한 주인공의 태도는 아무리 독립과 해방의 기쁨을 내세운다 하더라도, 김동인이 우려했던 대로 '왜종'의 속성을 완전히 벗어나지 못한 상태임을 말해 주는 것이다. 식민지 지배와 그 경제적 수탈을 명확하게 이해하지 못한 채, 일본의 통치 이후에 이루어진 외형적 변화만을 들어 일본의 지배에 의한 근대적 발전으로 평가하는 것은 민족적 열등감에 사로잡혀 있다는 증기이다. 「학병 수첩」의 주인공이 보여 주는 식민주의적 의식과는 달리, 단편소설 「석방」에서는 해방과 함께 감옥에서 풀려나오는 한 젊은이를 통해 새로운 의지의 가능성을 보여 주고 있다. 이 작품은 평양의 어떤 중공업 회사 공장에서 일하던 '숙희'가 해방을 맞이하여 서울의 감옥에 갇혀 있던 남편을 만나는 내용이 그 줄거리의 전부이다. '숙희'는 어린 아들을 데리고 혼란 속의 서울에 당도하여 남편을 만난다. 해방의 감격에 들떠 흥분된 거리의 물결을 헤치고 만난 남편은 아내에게 "일본의 세력은 조선을 떠났다 하지만, 지금 다시 새로운 힘이 조선의 위에 씌워질 게요."라고 말하면서, 새로이 전개될 투쟁을 앞에 두고 의연한 모습을 보인다. 지극히 암시적인 결말이기 때문에, 이 소설에서 젊은 남편이 준비해야 할 새로운 투쟁이 어떤 성격을 지니는 것인지 정확하게 말하기는 어려운 일이다. 그러나 해방의 감격 속에서 새로운 역사의 가능성을 읽어 내려는 주인공의 자세를 충분히 음미할 필요가 있을 것이다.

김동인의 「반역자」(1946)와 「망국인기(亡國人記)」(1947)는 한 지식인 주인공의 식민지 체험을 우의적으로 대조하여 보여 주고 있다. 「반역자」는 이광수의 행적을 모델로 하고 있지만, 「망국인기」는 김동인 자신이 겪었던 식민지 시대의 고통을 서술하고 있기 때문이다. 「반역자」의 주인공은 평안도 선비 집안에서 태어나 일본 유학을 거친 후에 조선 민족의 문화적 향상을 위해 선도적인 역할을 담당하게 된다. 그는 일제의 억압 속에서 조선 민족의 장래를 걱정하면서도, 만주사변이 확대되고 일본이 전쟁에 몰리자 일본에 협력해야 한다고 믿는다. 일본이 승리하는 날에 조선에 돌아올 여덕을 생각했기 때문이다. 하지만 일본이 패망하게 되자, 일제에 협력했던 주인공은 조선 민족의 반역자로 낙인찍힌다. 이 작품의 마지막 장면에는 일본 천황이 항복을 포고하는 방송을 듣고 눈물짓는 주인공의 모습이 그려져 있다. 작가 김동인은 「반역자」를 통하여 식민지 시대를 살았던 한 지식인의 정신적 몰락 과정을 추적하고 있다. 민족과 역사에 대한 인식의 불철저에서 오는 인간의 불행과 파멸을 보여 주는 이 작품에서 김동인이 의도한 것은 인간 이광수의 반민족적인 행위를 우회적으로 비판한다는 뜻도 있으나, 더욱 중요한 것은 작가로서의 자기 모럴에 대한 대타적 암시를 내포하고 있다는 점이다. 그 이유는 김동인 자신도 1939년 4월 박영희, 임학수 등과 함께 '황군위문작가단'으로 만주에 다녀온 일도 있고, 잡지 《조광》에 황민화운동에 연관되는 일본 역사를 배경으로 소설 「성암(星巖)의 길」(1944)을 연재했으며, 일본을 찬양하는 「감격과 긴장」(1942), 「일장기의 물결」(1944) 등 많은 수필을 썼다는 점을 숨길 수 없기 때문이다. 그렇기 때문에 김동인은 「망국인기」를 통해 자신의 작가적 경륜과 살아온 과정을 고백하고 있다. 그리고 자신이 마음 편할 수 없었던 몇 가지 사실로 '일본 명치유신의 지사'들의 약전을 쓰면서 일제 말기에 생계를 유지했다고 밝히고 있으며, 일본말로 쓴 한 편의 수필이 죽을 때까지 가슴을 아프게 할 재료가 될지 모르겠다고 술회하고 있다. 김동인은 스스로 국어국문의 수호와 소설의 발전, 문학의 발전을 위해 30년의 세월을 보냈다고 말하면서 한국문학을 위해 힘쓰다가 재산을 다 잃었던 자신이 해방과 함께 적산가옥이나마 얻어 쓰게 되어 기뻐했으나 결국 다시 그 집을 내놓게 되어 간신히 오막살이에 들어 살게 되었다고 말하면서 "엎어져도 망국인, 자빠져도 망국인 — 이 망국인이 망국 기록을 하나 더 쓰면 무얼 하느냐."라고 자조에 빠져 혼란스러운 현실에 눈을 돌리고 있는 것이다.

김동인의 작품 활동은 그가 당대 현실을 비판적으로 조망했던 두 편의 단편소설 「김덕수」(1946)와 「환가(還家)」(1948)로 마감된다. 소설 「김덕수」의 경우, 주인공 '김덕수'라는 인물은 일제시대 일본 경찰의 끄나풀이 되었다가 뒤에 형사가 된 악실 분자로 그려져 있다. 작가는 이 인물이 식민정책에 따라 교육을 받고 성장했기 때문에 일본을 조국으로 알고 자랄 수밖에 없었던 상황을 더욱 중요시하고 있다. 해방이 되자 '김덕수'는 다시 경찰에 투신하여 반공주의자로서 공산주의자들과 대결하지만, 일제시대의 형사로서의 행각이 드러나 민족 반역자로 수감되기에 이른다. 그는 스스로 자신의 무지와 죄과를 깨닫고 민족의 감정이 어떤 것인지를 알게 된다. 작가는 시대적 상황의 소용돌이에 희생되는 한 인간의 삶의 과정을 객관적으로 보여 주고 있다. 소설 「환가」는 중학교 교원의 아내인 여주인공이 남편의 무능력에 불만을 품고 집을 뛰쳐나와 학생 시절의 친구를 찾아가는 내용이다. 혼란의 틈에서 출세하고 횡재를 누리고 명성을 얻는 사람들이 많은데, 오직 교원으로 만족하는 못난 남편을 원망하는 여주인공은 친구의 호사스러운 생활을 보고 무척이나 부러워한다. 그러나 며칠을 지내면서 그 집안의 풍파와 악질 모리배로 지목된 친구 남편의 행태를 확인하고, 결국 다시 집으로 돌아온다. 김동인은 전도된 가치관과 혼란의 상황을 바라보면서 나름대로 해방 공간의 풍속도를 그렸다. 그는 새로운 민족문학을 건설하는 데 까다롭고 고상한 어떤 방법이 있을 수 없으며, 오직 모든 작가가 각자의 문학의 길을 개척하는 것뿐이라고 주장하면서도 시대적 상황을 의식하지 않을 수 없었던 것이다.

## 중도파의 시선과 풍자 정신

일제 강점기의 소설 문단에서 굵직한 작품들을 잇달아 발표했던 작가 염상섭[24]에게 민족의 해방이란 어떤 의미가 있는가 하는 질문은 간단하게 넘겨 버릴 수 없다. 1930년대 후반 서울을 떠나 만주 지방에서 일제 말기의 고통을 겪어야 했던 그는 만주에서 해방을 맞이한 후 1946년 귀국했다. 그렇기 때문에 그의 귀국이 해방된 조국에서의 문학적 재출발을 뜻하는 것으로 이해되는 것은 당연한 일이다. 염상섭은 귀국 후 해방 공간의 문단이 좌우 세력의 대립으로 첨예한 갈등을 노출하는 상황에서 그 분파적 경향이나 정치주의적 색채에 관심을 기울이지 않고 자신의 위치 조정에 골몰한다. 그는 《경향신문》 편집 책임자로 자리 잡으면서 문단의

---

24 염상섭(廉想涉, 1897~1963) 본명은 상섭(尙燮), 호는 횡보(橫步). 서울 출생. 중학 시절부터 일본으로 건너가 게이오 대학(慶應大學) 문학부에서 수학. 1920년 2월 《동아일보》 창간 기자로 활동. 1920년 귀국 후 동인지 《폐허》를 창간. 1921년 「표본실의 청개구리」 발표. 이후 「암야」, 「제야」와 장편소설 「만세전」, 「삼대」, 「무화과」, 「모란꽃 필 때」, 「그 여자의 운명」 등을 발표. 1936년 만주로 건너가 《만선일보》의 주필 겸 편집국 역임. 8·15 광복 직후 귀국하여 단편소설 「두 파산」, 「일대의 유업」, 장편소설 「취우」 등 발표. 참고 문헌: 김종균, 『염상섭 연구』(고려대 출판부, 1974); 김윤식, 『염상섭 연구』(서울대 출판부, 1986); 권영민 편, 『염상섭 문학 연구』(민음사, 1987); 김경수, 『염상섭 장편소설 연구』(일조각, 1999); 이보영, 『염상섭 문학론』(금문서적, 2003), 장두영, 『염상섭 소설의 내적 형식과 탈식민성』(태학사, 2013).

세력권에서 일단 비켜서지만, 그의 불분명한 태도로 인하여 '중간파' 또는 '회색분자'로 지목되어 비판받기도 한다. 당시 '중간파'라는 말은 해방 직후 정치적 소용돌이 속에서 좌우 세력의 중간 지대에 서 있던 정치인들을 지칭하던 말이다. 문단의 경우에도 중간파의 입장은 정치적 파당성에 대한 비판적인 태도에서 비롯된다. 문단 조직이 좌우 정치 노선에 따라 양분되자, 문학의 정치주의적 편향을 문제 삼는 문학인들이 등장하기 시작했고, 이들이 문단 조직에서 손을 떼면서 중간파적 입장이 드러나게 된 것이다. 염상섭은 「문단의 자유 분위기」[25]라는 글을 통해 문학이 정치적 집단적 제약에서 벗어나야 함을 강조하면서, 문학의 독립성과 자유로운 문학 활동을 지향하는 문학인들을 이단시하거나 중간파라고 비난하는 것은 가당치 않은 일이라고 못 박았다. 그는 진정한 민족문학은 단일한 민족의식을 통해 가능한 것이며, 민족 전체의 삶을 포괄할 수 있는 것이어야 한다고 주장한다. 이러한 염상섭의 문학적 입장은 당시 문단의 분파로 볼 때 좌우 세력의 중간적 위치에 서 있는 것처럼 보이지만, 그의 뜻은 오히려 좌우 문단의 세력을 모두 포괄할 수 있는 위치에 서는 것이었음을 알 수 있다.

염상섭은 단편소설 「첫걸음」(1946)을 발표하면서, 해방 직후 국내에서의 창작 활동을 시작했다. 뒤를 이어 발표된 「모략」, 「혼란」, 「이합(離合)」, 「그 초기」, 「재회」, 「이사(移徙)」 등은 대부분 해방 직후 만주를 출발하여 서울로 돌아오는 귀환의 여정을 상황적 여건의 변화와 함께 여실하게 보여 주는 것들이다. 「모략」과 「혼란」은 만주 지방에서 해방을 맞게 된 한국 민족이 어떤 상황에 처해 있었는지를 사실적으로 그려 내고 있다. 두 작품은 발표 시기에 약간의 간격을 두고 있고 제목이 다르지만, 줄거리

---

25 염상섭, 《민성(民聲)》(1948. 12).

의 연속성을 유지하고 있다. 등장인물과 배경도 동일하게 이어진다. 줄거리의 선후 관계로 본다면 「혼란」이 앞부분이고 「모략」이 뒤에 이어진다고 할 수 있다. 작가는 이들 작품에서 만주 지방의 한국인 사회가 해방을 맞게 된 후에도 정신적 결집력을 갖지 못한 채 아무런 지표도 없이 혼란을 거듭했음을 비판적으로 그려 놓은 셈이다.

염상섭이 만주인들의 무관심과 일본인들의 모략을 벗어날 수 있는 길로서 제시하고 있는 것은 조국으로의 귀환이다. 그는 이 귀환의 과정을 소설 「첫걸음」(「해방의 아들」로 제목 바꿈)을 통해 그리고 있다. 이 작품은 만주 안동현에서 신의주에 이르기까지 압록강을 사이에 둔 귀국길에서 주인공이 부딪치는 몇 가지 사건을 해방의 상황과 결부시킨 '여로형' 소설이다. 주인공은 일단 만주에서 신의주로 들어서면서 해방된 조국에 안착한 셈이지만, 한국 민족의 해방을 위해 진주했다고 선전하는 소련의 '붉은 군대'의 모습과 공산주의 이념으로 체제를 정비하기 시작한 북한의 정치적 상황에 부딪친다. 그러나 이러한 문제는 사건의 핵심을 이루지 않는다. 오히려 작가는 주인공의 이념적 선택 문제를 유보한 채, 기구한 상황에 처한 한 가족을 등장시킴으로써 목전의 문제를 우회하게 된다. 소설의 주인공이 만나게 된 한 가족이란 일본인 여인과 결혼하여 일본인 행세를 하며 만주에서 살았던 한국인과 일본인 처다. 작가는 이 소설에서 일본인들의 틈에 낄 수도 없고 그렇다고 선뜻 한국인이라고 나설 수도 없는 이들 부부를 한국의 품으로 끌어들일 수 있도록 유도한다. 일본인으로 가장하고 일신의 안위만을 꾀했던 사나이지만, 해방된 조국은 이들을 관용적으로 받아들여야 한다는 뜻도 포함되어 있다. 그렇지만 이와 같은 작가의 의욕에도 불구하고 해방된 조국에서 이들 귀환 동포들은 삶의 터전을 제대로 확보하지 못한다. 그 이유는 이들 귀환 동포들이 해방된 조국에 주둔한 붉은 군대의 이념을 수용하지 않으면 안 되는 단계에 직면하였기 때문이다.

'신의주 학생 사건'[26]을 국외자의 입장에서 단편적으로 다루고 있는 「그 초기」는 공산주의가 뿌리내리기 시작하는 북한 사회에서 직면하게 된 첫 단계의 상황적 모순을 제시한 것이다. 소련군의 비호 아래 공산주의자들이 독자적으로 시행한 친일 분자 처단, 농지개혁, 여성해방 등을 일종의 통치 전략으로 파악한 염상섭은 이념의 색채에 의해 부부도 갈라설 수밖에 없는 상황을 소설 「이합」을 통해 여실하게 보여 주고 있다. 여성해방을 강조하면서 부녀회 등에 나다니며 좌경 의식을 키워 가는 아내가 점차 가정에 소홀하고 남편에게까지 사상성의 문제를 놓고 덤벼들자, 아들 하나만 데리고 이북 땅을 떠나 서울로 남하한다는 「이합」의 줄거리는 뒤이어 발표된 「재회」를 통해 이념의 허구성을 깨닫고 인륜의 정을 다시 회복하게 되는 부부의 재결합으로 이어지고 있다.

염상섭이 소설을 통해 그린 만주에서 서울에 이르기까지의 여정 중에서 가장 커다란 긴장을 수반하고 있는 마지막 단계는 「삼팔선」이다. 이 작품은 소설이라기보다는 삼팔선을 돌파하여 남하했던 작가 자신의 체험 수기라고 할 수 있는데, 사리원에서 개성으로 들어가는 연변의 당시 상황을 세밀하게 기록하고 있다. 소련군과 미군이 대치하여 해방된 조국의 허리를 잘라 놓은 삼팔선을 넘으면서 작가가 느꼈던 감회는 자못 의미심장하다. 그가 이 소설에서 삼팔선의 경비 초소에서 처음으로 만난 사람이 미군 병사였다는 사실을 지적한 것은 해방의 실상이 무엇인가를 암시해 주는 대목이다.

해방 직후 염상섭의 작품 활동은 자기 체험의 정리 작업에 해당한다. 「혼란」의 만주를 벗어나 압록강을 건너 「이합」과 「재회」의 우여곡절을

---

26 1945년 11월 신의주 지역의 학생들이 소련의 간섭과 공산주의를 반대하며 벌였던 반공 시위 사건.

겪으며 「삼팔선」을 넘기까지, 작가 염상섭이 보여 주는 귀환의 여정은 해방과 더불어 직면할 수밖에 없었던 고난의 길이라고 할 것이다. 하지만 그가 만주에서 서울까지 돌아온 과정 자체가 이념적 선택에 의한 것이 아니듯이 그의 소설 속에서도 그러한 귀환의 과정은 본래적인 삶에의 복귀를 의미할 뿐이다. 이 작품들은 소설집 『삼팔선』(1948)과 『해방의 아들』(1949)로 묶여 출간되었다.

해방 공간의 혼란한 현실과 작가 염상섭의 이념적 지향을 동시에 보여 주는 문제작이 장편소설 『효풍』(1948)이다. 이 소설은 신문에 연재되던 당대의 한국적 현실 자체를 그대로 작품 배경으로 끌어들인다. 다시 말해 소설의 서사가 당대의 경험적 현실에 밀착되어 있다. 당시 한국 사회는 제2차 미소공동위원회(1947. 5)가 결렬된 후 남한의 단독 정부 수립(1948. 8)이 이루어졌지만 정국의 혼란이 계속되고 있었다. 이 과정에서 남한 지역을 통괄하고 있던 미 군정 당국의 정치적 선택이 한국의 운명을 결정하게 되었음은 물론이다. 이 작품의 저변에는 일제 식민지 시대에 누려 왔던 기득권을 놓지 않으려는 친일 모리배와 새로운 지배 권력으로 등장한 미 군정에 야합하여 이권을 챙기려는 기회주의자들이 함께 배치되어 계층적 갈등과 이념적 대립을 보여 준다. 『효풍』에서 중심인물로 등장하는 것은 좌익지 기자로 활동하였던 박병직과 그의 상대역인 김혜란이다. 이 두 인물의 애정 갈등이 서사의 큰 줄기를 형성한다. 김혜란은 대학에서 영문학을 전공한 인텔리 여성이다. 그녀는 학교 교사로 근무하다가 '빨갱이'로 사상적 의심을 받는 모략에 휘말려 학교를 사직한다. 그리고 골동상 경요각의 지배인으로 일하게 된다. 두 사람의 애정 관계는 좌익지의 여기자였던 최화순의 등장과 함께 미묘한 갈등을 노출한다. 박병직은 김혜란을 한 사람의 여성으로 사랑하고 있지만, 이념적 선명성을 드러내면서 급진적인 사상을 대변하는 최화순의 매력에 빠져든다. 이러한 삼각 구도는 애정 문제와 이념 선택 문제를 복합적으로 엮어 놓은 것이라고 할 수 있다. 특히 해방 공간에서 좌우 합작 노선을 지지했던 작가 자신의 이념적 지향이 분명하게 드러나고 있다는 점에서 주목된다.

염상섭의 소설적 관심은 1948년을 넘어서면서부터 정치적 이념과 현실 문제를 떠나 점차 일상적인 삶의 문제에 집중되기 시작한다. 삼팔선 이남 지역의 총선거 실시와 단독 정부의 수립이 이루어지면서 남북 분단은 기정사실처럼 굳어졌고, 좌우 세력의 대립을 계속했던 문단에서 월북 문인들이 생겨난다. 혼란된 사회가 점차 균형과 질서를 회복하는 동안, 민족 계열의 문학인들은 자유민주주의의 이념에 입각한 참다운 민족문학의 건설을 다시 논의할 수 있게 된다. 염상섭은 여전히 문단의 표면에 서지 않은 채, 새로운 민족문학의 진로를 모색하고자 한다. 염상섭이 지향하는 새로운 문학의 길은 1949년 발표한 「임종」과 「두 파산」을 통해 극명하게 제시되고 있다. 이 작품은 해방 직후의 염상섭이 자기 체험의 기술에만 관심을 기울어 왔던 점과는 달리, 보다 깊숙한 인간 정신의 내면을 그리고자 했다는 점에서 중요한 의미를 지니는 것들이다.

「임종」은 한 노인의 죽음의 과정을 통해 생명에 대한 애착과 명예에 대한 욕망을 치밀하게 그려 내고 있다. 죽음을 눈앞에 둔 노인의 심리적 변화를 놓고 작가는 생명의 경외감보다는 삶에 대한 인간의 욕망이 마지막 순간까지 지속된다는 사실을 말해 준다. 죽어 가는 노인을 바라보는 주변 인물들의 의례적인 행동을 통해서 우리는 삶의 문제가 결국은 개개인에게 국한될 수밖에 없다는 엄연한 사실을 다시 확인해 볼 수 있는 것이다.

「두 파산」은 식민지 시대를 거쳐 해방을 맞으면서 소설의 등장인물인 두 여인이 어떻게 변모했는가를 대조적으로 보여 주는 작품이다. 일제 시대부터 고관으로 재산을 모으고 호강을 누리며 살았던 한 여주인공은 해방이 되자 고리대금업에 손을 대어 더욱 큰 재산을 얻게 된다. 그러나 같은 여학교의 친구인 또 다른 여주인공은 힘든 살림에 고생을 겪는다. 학교 앞 문방구를 근근이 운영하고 있으나 은행에 저당잡힌 집문서를 결국 찾지 못하고 파산하기에 이르는 것이다. 한 여인은 부정한 방법으로 재산을 모으지만 다른 한 여인은 열심히 살아 보려고 해도 결국은 파산한다. 작가는 이 두 여인들의 삶을 통해 진실한 삶이 용납되지 못하는 현실의 모습을 보여 주며, 곤궁의 삶에서 빚어진 재산의 파산보다 부정한 방법으로 돈을 끌어모으는 인간의 정신적 파멸을 더욱 신랄하게 조소하고 있는 셈이다.

염상섭이 보여 준 일상적인 삶에 대한 관심이 총체적으로 집약되고 있는 것이 장편소설 「취우」(1953)이다. 한국전쟁이 휴전하기 직전 1952년 7월부터 1953년 2월까지 《조선일보》에 연재된 이 소설은 전쟁 발발 직후부터 9·28수복을 거쳐 1·4후퇴에 이르기까지의 전쟁 상황을 배경으로 이야기가 전개된다. 전란의 현장을 가장 가까이에서 그려 낸 이 소설에서 주목되는 것은 전쟁 직후 한강 인도교가 폭파되어 남쪽으로 피난하지 못하게 된 사람들이 겪었던 이른바 '인공(人共) 시대'의 은둔 생활이다. 하지만 이런 상황 설정에도 불구하고 이 작품은 풍속과 세태에 흥미의 초점이 맞춰지면서 신문소설로서의 대중적 취향에 접근함으로써 이야기 자체의 통속성을 크게 벗어나지 못하고 있다. 이 소설에서 해방 직후 힘겹게 자리 잡기 시작한 자본주의 체제와 시장 질서가 전쟁으로 인하여 붕괴되는 과정을 전체적으로 확인하기 어려운 이유가 여기 있다. 그러므로 식민지 시대에 「삼대」를 통해 구현했던 리얼리즘의 정신적 지향과는 상당한 거리가 있다는 점을 확인할 수 있게 된다. 이러한 특징은 일상성에 함몰된 리얼리즘의 한계를 보여 주는 것이기도 하지만 작가 정신 면에서도 상황적 인식의 치열성이 그만큼 둔화되고 있음을 뜻하는 것이라고 하겠다.

채만식[27]은 자신이 겪었던 일제 강점기의 굴욕을 스스로 과감하게 노출시켜 자기비판에 앞장섰다. 그는 조선문인보국회에 가담하고 「여인전기」(1944)와 같은 친일적인 작품을 발표하기도 하였지만 자신의 친일적 문필 활동을 스스로 비판하면서 해방 공간의 혼란과 비리의 현실에 관심을 집중하게 된다. 그가 현실의 모순을 비판하기 위해 활용하고 있는 풍자의 방식은 단편소설 「맹 순사(孟巡査)」(1946), 「미스터 방(方)」(1946), 「도야지」(1947) 등을 통해 그 소설적 형상성을 획득하고 있으며, 「민족의 죄인」(1948)은 철저한 자기비판의 형식을 띠고 있다.

소설 「맹 순사」의 주인공은 일제 시대에 순사를 지내다가 해방이 되자 보복이 두려워 사표를 낸다. 그러나 생활이 어려워지자 아내의 성화에 못 이겨 다시 파출소에 취직하게 된다. 파출소의 순사로 쉽게 취직이 되긴 하였지만, 맹 순사는 옛날만큼 신이 나지 않는다. 사람을 함부로 체포할 수도 없고 위협도 못하고 세력을 누릴 수도 없는 세상이 되었기 때문이다. 그가 그런대로 순사 노릇을 하고 있는데, 난데없는 인물이 나타난다. 일제 강점기에 살인강도로 자신에게 체포되었던 자가 어엿하게 순사가 되어 나타났던 것이다. 그자가 칼이라도 뽑아 보복할 것 같아 맹 순사는 허겁지겁 집으로 돌아와 순사 노릇을 그만두기로 결심한다. 이 소설에서 작가는 우선 맹 순사의 자기기만을 폭로한다. 그리고 더욱 강조

---

27  채만식(蔡萬植, 1902~1950). 호는 백릉(白菱). 전북 옥구 출생. 중앙고보, 일본 와세다 대학 예과 수학. 1924년 《조선문단》에 단편 「세길로」를 발표. 중요 작품으로 「인형의 집을 나와서」(1933), 「레디—메이드 인생」(1934), 「탁류」(1938), 「태평천하춘」(1938), 「치숙」(1938), 「쑥국새」(1938), 「냉동어」(1940), 「미스터 방」(1946), 「민족의 죄인」(1948) 등과, 소설집 「채만식 단편집」(1939), 「탁류」(1939), 「아름다운 새벽」(1947), 「태평천하」(1948) 등이 있다. 참고 문헌: 홍이섭, 「채만식의 '탁류'」(창작과비평, 1973. 봄); 김영화, 「채만식 소설의 구조」(《현대문학》, 1977. 12); 신동욱, 「채만식의 소설 연구」(《동양학》, 1982. 11); 황국명, 「채만식 소설 연구」(태학사, 1998); 우한용 「채만식 소설의 언어 미학」(제이앤씨, 2009); 이주형 외, 「채만식 연구」(태학사, 2010).

하고 있는 것은 해방 직후의 현실 상황이 보여 주는 가치 전도의 광태이다. 이 소설에서 살인강도와 순사를 등식화하는 결말의 장면은 결국 왜곡된 현실 상황의 문제에 대한 고발을 의미한다. 특히 일제 시대의 순사가 살인강도와 다를 게 없고, 해방 후의 순사가 일제의 순사와 조금도 달라진 것이 없다는 점에서 작가의 비판적 관점이 무엇을 문제 삼고 있는지 짐작할 수 있다.

「미스터 방」의 경우에는 주둔한 미군 세력에 빌붙는 아첨배의 형상이 희화적으로 그려져 있다. 인물의 풍자 자체가 작위적인 속성을 드러내고 있지만, 혼탁한 사회적 풍속을 예리하게 꿰뚫어 보고 있다는 점이 특징이다. 일제 시대에 신기료 장수로 겨우 연명하여 살아온 주인공은 상해 등지로 떠돌아다니면서 얻어 배운 영어 덕분에 미군의 통역이 되어 일시에 출셋길에 오른다. 그의 출세가 소문나자 시골에서 친일파로 세력을 떨치며 살던 사람이 찾아와 자기 집을 습격하려는 동네 사람들을 미군의 힘을 빌려 처벌해 달라고 부탁한다. 그는 이 부탁을 쾌히 승낙하였으나 공교롭게도 양치질한 물을 집 안으로 들어오는 미군 장교의 얼굴에 뱉어 버리게 됨으로써 당장에 그 자리를 잃게 된다. 시대적 상황 변화에 따라 권력층에 아부하며 살아가려는 아첨배의 기회주의적 행태와 그 몰락을 비판적으로 그려 내고 있는 이 작품에서 풍자의 시각이 성격에 맞춰져 있다는 점은 특히 주목을 요한다.

「민족의 죄인」은 자기변명이나 자기 합리화의 방식을 통해서가 아니라, 식민지 시대의 정신적 상처를 자기 모럴의 확립을 통해 극복해 보려는 노력을 보여 준다. 이 소설에 등장하는 세 인물은 각각 일제 시대 지식인들이 보여 준 삶의 세 가지 방식을 대변하고 있다. 자기 신념에 의해 절필한 인물과 강요에 의해 친일적인 문필 활동을 행한 인물, 그리고 경제 사정으로 친일적인 신문의 기자로 끝까지 남아 있어야 했던 인물의 행적이 바로 그것이다. 작가인 '나'는 일제의 억압이 거칠어지자 붓을 꺾고 귀향하여 농촌에 파묻혀 산다. 그러나 일본 경찰의 끈질긴 감시를 받게 되고 결국은 마지못해 문인보국회에 가담하여 친일 문학 활동에 끌려들게 된다. '윤'의 경우는 다니던 신문사를 집어치우고 고향에 돌아가 일체의 문필 활동을 금하고 은둔 생활을 하였고, '김 군'은 생활을 위해 끝내 신문사를 버리지 못하고 친일적인 신문 제작에 가담한다. 이 세 사람이 해방과 함께 다시 만나 새로운 조국의 문화 건설에 나선다. 하지만 윤은 일제 식민지 시대에 친일적인 문필 활동을 계속했던 나와 김 군에게 노골적인 비난을 퍼붓고 그 비난을 받은 나는 작가로서의 자신에 대한 혐오감에서 헤어나지 못한다. 살아남기 위한 최후의 방법으로 친일 활동을 할 수밖에 없었지만 민족의 죄인이 되었음을 부인하지 못하는 것이다. 하지만 작가는 윤의 비판적 태도를 두둔하고 있는 것은 아니다. 왜냐하면 윤이 내세우고 있는 민족정기라는 것도 사실은 '실험당하지 않은 지조'라는 점을 꼬집고 있기 때문이다. 결국 이 소실은 해방 공간에 등상한 세 사람의 지식인을 통해 식민지 시대의 체험에 대한 비판의 논리가 어디에 근거해야 할 것인가를 보여 준다.

「민족의 죄인」의 핵심 쟁점은 민족의 식민지 체험에서 무엇이 문제로 남아 있는가라는 질문이다. 소설 속의 김 군이 강조하고 있는 상황 논리를 따른다면, 일제하에서 교원 노릇을 하며 살아남기 위해 황도 정신을 강조하는 교육을 할 수밖에 없었다는 주장도 가능하다. 식민지 치하에서 신문기자는 저들의 침략 전쟁을 합리화하는 기사를 쓰지 않을 수 없었고, 광산에 끌려간 노동자도 저들의 전력 증강에 종사할 수밖에 없었던 것이다. 모두 식민지 상황 그 자체의 문제이며, 그 속에서 살아남기 위한 방법이었던 것이다. 하지만 목숨을 붙이고 살아남기 위해 친일 활동을 하지 않을 수 없었다는 것은 목숨을 걸고 일제에 항거했던 투쟁의 역사 앞에서는 하나의 부끄러운 자기변명에 불과하다. 그러므로 친일파 처단에 대해 "웬만한 놈은 죄다 쓸어 숙청을 해야지, 관대했다간 건국에 큰 방해"라고 말하는 윤의 단호한 태도에 수긍하지 않을 수 없다.

채만식의 「민족의 죄인」은 민족의 식민지 체험이 개인적 모럴의 선택 문제와는 별개의 것임을 분명히 한다. 개인의 생존 문제를 사회 윤리적 판단의 기준으로 내세울 수는 없기 때문이다. 물론 작가 자신은 소설 속의 '나'라는 인물의 입장 뒤에 숨어 있지만, 식민지 시대의 비극적 역사 체험은 사실 개인적인 체험 영역이 아니다. 오히려 이 문제는 개인의 윤리 영역을 벗어나, 역사에 대한 객관적 인식에 근거한 민족 전체의 자기 비판을 필요로 하는 일이다. 문학인의 경우에만 한정할 경우 이 문제는 식민지 시대에 한국문학이 어떠한 경로를 거쳐 왔고, 또한 어떠한 위치에 처해 있었는가를 명확하게 인식하는 데서 출발하지 않으면 안 된다. 이 소설에서 작가는 철저한 자기비판만이 죄의식에서 벗어날 수 있는 길임을 제시하고 있지만 '민족의 죄인'이라는 명제는 식민지 체험에 대한 개인적인 참회와 반성을 요구하는 것이 아니다. 개인의 생존 문제와 모럴의 선택이 서로 대응하고 있다 하더라도 식민지 상황은 민족 전체의 삶의 역사이지 개인적인 경험의 영역은 아니다.

### (2) 한국전쟁과 소설적 응전력

전후 소설 문단의 세대교체

한국 현대소설은 한국전쟁의 충격 속에서 정신사적 단절을 겪게 된다. 하지만 1950년대 중반을 지나면서 사회적 혼란에서 점차 벗어나 소설적 관점과 서사 기법의 균형을 되찾게 된다. 초토화된 삶의 터전이 복구되고 폐허의 도시에 약동의 기운이 스며들면서, 전쟁을 불러일으켰던 이념과 체제에 대한 거부와 반항이 싹트기도 하였고, 새로운 삶의 지표와 가치의 정립을 위한 몸부림도 나타나게 된다. 특히 전쟁으로 인해 폐허가 되어 버린 문단에 《문예》(1949), 《문학예술》(1954), 《현대문학》(1955), 《자유문학》(1956) 등을 비롯한 순문예지가 등장하였으며 《신천지》(1946), 《신태양》(1952), 《사상계》(1953), 《새벽》(1954) 등 종합지가 창간되어 문학 활동의 기반을 확대하게 된다. 이러한 문단적 기반 위에서 이른바 신세대 작가의 등장으로 전후문학의 경향이 다양하게 전환되기에 이른다.

한국문학에서 해방 직후부터 한국전쟁으로 이어지는 격변의 시기는 소설 문단의 세대교체가 가장 크게 이루어진 시기라고 할 수 있다. 기성 문단의 작가 가운데 이른바 월북 문인을 제외하고 보면 김동리, 황순원, 안수길, 최정희, 이무영, 박화성, 박영준, 정비석, 임옥인, 최태웅 등이 새로운 작품 세계를 모색하면서 작가적 변모를 꾀하였다. 이들 기성 작가의 뒤를 이어 나온 새로운 작가들, 이른바 전후 세대 작가들은 다양한 체험과 서로 다른 소설적 관심을 바탕으로 각자의 위치를 차지하게 된다. 해방 직후에 등단한 손소희, 한무숙, 오영수, 손창섭, 유주현 등과 함께 장용학, 곽학송, 박연희, 강신재, 이범선, 김광식, 정한숙, 전광용, 김성한, 선우휘, 박경리, 이호철, 한말숙, 정연희, 오유권, 오상원, 하근찬, 서기원, 최일남, 최상규, 이문희, 박경수 등 새로운 얼굴이 소설 문단의 신세대를 이루면서 전후 문단의 새로운 가능성을 열어 가게 된 것이다. 전후 세대의 작가들은 대부분이 일제 강점기에 소년 시절을 보내면서 해방을 맞았고 청춘을 전쟁 속에서 보낸 후, 폐허의 터전에 새 삶을 가꾸기 위해 나선 사람들이다. 이들이 참혹한 현실 속에서 익혀 온 언어는 삶에 대해 절망과 회의 속에서 던진 질문의 형태일 뿐이다. 모든 가치 개념이 붕괴되고, 꿈과 이상이 상실되어 버린 거칠어진 현실이 이들이 서야 할 땅이다. 이러한 상황과 거기에 대응하려는 정신의 갈등 속에서 때로는 거부의 몸짓으로, 때로는 비판의 눈길로, 때로는 자조의 탄식으로 이들의 언어가 문학적 형상화의 가능성을 얻게 된다. 바로 이것이 1950년대 전후문학의 실체이다. 분단 역사의 첫 단계에 해당되는 새로운 문학의 시대는 바로 이러한 폐허 위에서 꾸며 낸 언어로 채워지게 된다.

전후 세대의 작가들이 자기 변모의 과정을 거치는 동안, 새로운 소설적 감성을 바탕으로 하는 또 다른 부류의 작가들이 등장한다. 1950년대의 막바지에 문단에 나선 강용준, 남정현, 이문희, 천승세, 최인훈, 홍성유, 손장순 등이 본격적인 작품 활동에 돌입하였으며, 1960년대에 들어서는 김승옥, 박상륭, 박태순, 서정인, 유현종, 이문구, 이청준, 정을병, 홍성원, 박순녀, 김의정 등이 소설적 경향의 다양성을 추구하게 된다. 이 새로운 문학 세대의 등장과 함께 가장 두드러지게 드러나기 시작한 소설적 경향의 변화는 1950년대 전후소설에서 볼 수 있었던 전쟁의 비극적 상황이 일단 문학의 표면에서 뒤로 물러나게 된 점이다. 물론 전쟁의 아픔과 분단의 고통이 모두 사라진 것은 아니다. 이는 오히려 더욱 본질적인 문제로 문학에 내재됨으로써 모든 문학인들이 반드시 짚고 넘어가야 할 중요한 테마가 되었다. 그러나 일단 전쟁의 현장에서 눈을 돌린 작가들이 관심을 기울이기 시작한 것은 자신을 포함한 모든 인간들의 삶의 방식과 그 사회적 연관성을 검토하는 작업이다. 개인의 존재와 현실 인식을 문제 삼는 이들의 태도는 부정과 저항만으로 치닫지 않았다. 어떤 경우에는 다분히 이지적인 자기 논리를 내세우기도 했고, 어떤 경우에는 감성적인 접근을 보여 주기도 한다. 이러한 특징은 이들 작가들의 개인적 재능과 관점의 차이에 따라 독특한 개성으로 자리 잡혔기 때문에, 소설적 기법과 문체의 측면에서도 다양성을 보이게 된 것이다.

## 분단 시대 한국소설의 원점

해방 이후 한국소설의 전반적인 흐름을 놓고 볼 때 김동리와 황순원은 그 원점에 해당한다. 이 두 작가의 소설 세계가 곧 해방 이후 한국 현대소설사의 전반부를 그대로 말해 준다. 이들이 확립한 소설적 문법이 곧 한국 현대소설의 기법적 전통으로 자리 잡고 있으며, 그 정신적 지향 자체가 한국소설의 이념과 가치를 대변하고 있기 때문이다.

김동리[28]의 소설 세계는 해방 이후 방향과 지표가 더욱 명확해졌다. 그는 인간의 운명에 대한 소설적 추구 작업에 집중하면서도 역사와 현실의 변화보다는 인간 삶의 의미와 가치를 강조한다. 해방 공간에서 노골화된 좌우 문단의 분열과 대립 속에서 그는 순수문학으로서의 민족문학을 주장하면서 계급문학을 거부했으며, 그의 문학이 지향하는 '생(生)의 구경적 형식으로서의 문학'에 대한 신념을 분명히 표명한다. 개인의 자유와 인간의 존엄을 내세운 김동리의 순수문학에 대한 견해는 정부 수립 후 민족문학이 지향해야 하는 정신적 지표처럼 널리 확대되기에 이른다. 하지만 그가 강조한 대로 문학을 통한 인간의 운명에 대한 인식은 그 방법과 정신이 삶의 현실에 대한 객관적 인식을 초월한다는 점에 특징이 있다. 모든 인간의 삶에서 본래적으로 부여된 운명을 발견하고자 한다는

---

28  김동리(金東里, 1913~1995). 본명은 김시종(金始鍾). 경북 경주 출생. 대구 계성학교를 거쳐 서울 경신학교 수학. 1935년 《중앙일보》 신춘문예에 「화랑의 후예」, 1936년 《동아일보》 신춘문예에 「산화」 당선. 단편소설 「바위」(1936), 「무녀도」(1936), 「황토기」(1939) 등 발표. 광복 직후 조선청년문학가협회 창설. 서라벌예술대학 문예창작학과 교수 역임. 「역마」(1948), 「등신불」(1961), 「늪」(1964), 「까치 소리」(1966), 「저승새」(1977) 등과 장편 「사반의 십자가」(1957), 「을화」(1978) 등 발표. 참고 문헌: 김동석, 「순수의 정체 ─ 김동리론」, 《신천지》(1947. 12); 조연현, 「무대의 확대와 사상의 심화」, 《현대문학》(1958. 6); 신동욱, 「미토스의 지평 ─ 김동리의 '무녀도'를 중심으로」, 《현대문학》(1965. 2); 백철 외, 「동리 문학 연구」, 《서라벌문학 8집》(1973); 이동하, 『현대소설의 정신사적 연구』(일지사, 1989); 김윤식, 『김동리와 그의 시대』(민음사, 1995); 홍기돈, 『김동리 소설 연구』(소명출판, 2010); 김주현, 『김동리 소설 연구』(박문사, 2013).

것은 삶의 구체성에 대한 인식을 전제로 한다. 그런데 김동리는 그 삶의 구체성 속에서 어떤 본질적인 것을 추구한다. 그가 1930년대에 발표한 단편소설 「바위」, 「무녀도」, 「황토기」 등을 보면 식민지 현실에 대한 비판적 인식과는 무관하게 인간의 운명에 대한 허무주의적 접근을 드러내고 있다.

김동리가 해방 직후에 발표한 단편소설 「달」(1947), 「역마」(1948) 등은 그 주제 의식을 「바위」, 「무녀도」, 「황토기」 등의 연장선상에서 이해할 수 있다. 그것은 이 작품들이 보여 주는 인간의 운명에 대한 인식 방법과 그 소설화의 방향이 일관된 성격을 드러내고 있기 때문이다. 일제 식민지 지배로부터의 해방이라는 역사적 대전환을 놓고 본다면 김동리가 추구하는 인간의 운명은 하나의 원형적 패턴처럼 소설에서 반복됨을 확인할 수 있다. 김동리는 자기 소설의 주제를 사회 역사적으로 확대하는 일보다는 그것을 심화 반복하고 있는 것이다. 소설 「달」은 「무녀도」의 이야기와 그 패턴을 함께한다. 「무녀도」의 무당 모화와 낭이의 관계는 그대로 「달」의 이야기 속에서 무당 모랭이와 달이의 관계로 재현되고 있다. 하지만 이 소설은 「무녀도」에서 암시되었던 기독교와 무속의 대결 양상 대신에 '달'이라는 자연물에 대한 동경과 염원을 신비화하고 있다. 「역마」의 경우는 이와 다르다. 이 소설은 핏줄을 거역할 수 없는 인간의 미묘한 운명적인 삶의 양상을 보여 준다. 역마살로 표상되는 한 사내의 비극적인 삶은 어머니의 이복동생을 사랑하게 되는 고비에서 하나의 반전을 일으킨다. 하지만 주인공은 자신의 사랑을 운명처럼 체념해 버리고 방랑의 길을 떠남으로써 혈연에 대한 거역을 모면하게 된다는 것이다. 자기 운명에의 도전보다는 인륜에의 추종으로 결론지어진 이 작품에는 현실이나 사회 문제가 거의 드러나 있지 않다. 현실적인 상황으로부터 유폐된 공간이 한 인간의 삶의 테두리로 설정되고 있을 뿐이다. 보편적인 의미에서 볼 때, 인간의 운명이란 삶의 현실을 떠나 구체화될 수 없다. 인간의 삶도 현실 속 삶의 과정과 그 행위의 방향에 따라 분명한 의미를 갖게 된다. 그러므로 인간의 보편적인 운명과 궁극적인 삶의 태도를 따지기 위해서는 삶의 조건을 문제 삼지 않으면 안 된다. 김동리의 순수문학론이 역사의 진보를 회의하고 해방 직후 혼란한 현실을 외면하는 비논리에 빠져들고 있다는 당시의 반론이 이유 있는 지적으로 받아들여지는 것은 이 때문이다.

김동리의 소설은 한국전쟁에서 신화의 공간까지 확대되어 있는 소설적 무대 위에서 운명적인 인간의 삶의 본질을 파헤치고자 한다. 전쟁과 현실의 혼란에 대한 그의 비판적 관심은 「귀환장정」(1951), 「흥남 철수」(1955) 등의 전쟁소설로 구체화되기도 한다. 그리고, 소설 「역마」의 운명론적 세계는 그 연장선상에 놓일 수 있는 「등신불」(1961), 「까치 소리」(1966)로 이어진다. 인간의 원초적인 죄의식과 번뇌, 그리고 이에 대한 종교적 구원이라는 주제는 김동리의 문학 세계를 형성하는 중요한 하나의 축이다. 소설 「등신불」은 태평양전쟁 당시 학병으로 끌려 나간 주인공이 중국 남경에서 탈출하여 불교에 귀의한 사건이 구성의 골격을 이루고 있지만, 주제와 관련된 무게중심은 소설 중간에 삽입된 만적(萬寂)의 고사에 있다. 만적은 당나라 때의 인물로, 인간사의 번뇌를 소신공양으로써 극복한다. 만적의 소신공양은 자기 구원과 타인 구제의 양면적인 의미를 갖는다. 즉 만적이 스스로를 불사르는 의식에는 자신의 존재와 연관되는 근원적인 죄, 그리고 그 죄의식이 가져온 번뇌로부터 자기를 구원하면서, 동시에 모든 인간들의 숙명적인 고통에 대한 절대자의 자비를 구하는 대속의 의미가 담겨 있는 것이다. 이 같은 만적의 고사는 소설의 주인공이 살생을 면하고 불은에 귀의하고자 한다는 내용의 혈서를 쓰고 탈영에 성공하는 내용과 서로 대응하고 있다. 전쟁이라는 대량 살상의 소용돌이에 휩싸이지 않겠다는 의지를 보이기 위해 주인공이 자기 살을 물어 뜯는 행위는 부분적이나마 죄악의 현실로부터 벗어나려는 자기희생이라는 점에서 만적의 소신공양과 유사한 의미를 나타내는 것이다.

소설 「까치 소리」는 한국전쟁이라는 시대적 상황을 작가의 독특한 운명관으로 채색하고 있는 작품이다. 저녁 까치 소리가 표상하는 숙명론과 전장에 임한 병사의 심리가 병렬적으로 전개된다. 전장은 죽음의 위협이 상존하는 곳이며, 병사는 그 운명에 불가분하게 결박된 존재이다. 주인공은 스스로 손가락을 자르는 자해 행위를 통해 죽음이 지배하는 전장으로부터 벗어난다. 하지만 고향에 돌아와 발견한 것은 배반의 현실이며, 기다림에 지쳐 버린 어머니의 기침 소리일 뿐이다. 죽음과 고통의 전장으로부터 벗어나려던 주인공은 오히려 새로운 적의와 분노에 휩싸여 더 큰 죄악 속으로 빠져든다. 이 작품은 죽음에의 불안과 삶에의 욕구, 적에 대한 분노와 전우에 대한 죄책감 등 전장에서 볼 수 있는 병사들의 복합적인 심리 상태와 그것의 귀결점을 상황적으로 암시하는 까치 소리의 반복과 함께 구조적으로 병치됨으로써 극적인 효과를 거두고 있다.

김동리의 장편소설 「사반의 십자가」(1957)는 예수와 함께 십자가에 못 박힌 사반의 일생을 예수의 삶과 대조적으로 제시하고 있는 작품이다. 이 작품은 성서에서 그 소재를 얻고 있지만 소설적 상상력에 의해 사반의 성격을 적절하게 창조하고 있다. 사반은 유대를 점령한 로마군을 물리치기 위하여 집을 나와 무술을 연마하다가, 유대의 독립을 위해서는 잘 훈련된 군대와 민중을 움직일 수 있는 메시아의 존재가 필요하다는 것을 깨닫는다. 그는 메시아로 추앙되는 예수를 두 번이나 만나지만, 예수가 유대인을 위해 땅 위에 새 나라를 세우기보다는 하늘나라에 새 나라를 세우려 한다는 것을 알게 되자 크게 실망한다. 그리고 사반을 사랑하며 힘이 되어 주었던 마리아가 예수에게 귀의하자 점차 자신감을 상실한다. 그는 로마군에게 잡혀 십자가에 처형될 때도 예수가 말하는 내세의 낙원을 거부하며 죽음을 맞는다. 이 작품은 결국 인간적인 의지와 신의 섭리를 지상의 것과 천상의 것으로 대립시켜 놓고 있다. 주인공 사반이 목숨을 걸고 추구하는 자기 민족의 독립을 인간적인 가치이며 지상의 것이라고 한다면, 예수가 말하는 하늘의 세계는 신의 뜻이며 천상의 것이라고 할 수 있다. 이 두 세계는 서로 대립되는 것이기 때문에 사반과 예수는 함께 죽으면서도 다른 길을 갈 수밖에 없다. 이 소설의 구성상 땅위에 유대 왕국을 세우기 위하여 투쟁하면서 메시아의 날을 기다리는 사반과 하늘의 왕국을 위해 자신을 버리는 예수와의 만남은 매우 극적인 의미를 드러낸다. 사반은 예수가 강조하듯이 아버지의 뜻이 땅에서도 이루어지기를 바라지만 예수는 이를 용납하지 않는다. 작가는 이 소설에서 사반이 추구하는 인간적 가치의 실현과 예수가 주장하는 천상의 영광을 대조적으로 보여 줌으로써 인간의 구원을 위한 현실 참여와 종교에서 추구하는 이상의 세계가 시로 괴리됨을 암시하고 있다. 이 소설은 그 소재의 특성이나 규모의 광대함을 자랑하면서 인간 존재의 의미와 영혼과 육체의 조화 등의 관념적 주제를 포괄하고 있지만, 인간의 원초적인 죄의식과 자기 구원의 길에 대한 추구라는 주제 의식의 무게를 완전히 벗어나지 못한다. 현실적 공간과 유리된 신화적 세계에서 소설이 요구하는 실재성의 원리를 확보하기 어렵게 되자, 이야기 자체가 관념화되고 있는 것이다.

　김동리의 작품 활동은 단편소설 「무녀도」의 연장선상에서 토속적인 무속 신앙의 세계를 한 무녀의 생애를 통해 총체적으로 그려 낸 장편 「을화」(1978)로 사실상 마감된다. 김동리의 문학 세계에서 뚜렷한 흐름을 이루고 있는 것은 토착적 한국인의 삶과 정신에 대한 깊이 있는 탐구라고 할 수 있다. 「을화」는 1920년대 경상도 경주의 한 작은 마을을 배경으로 이야기가 전개된다. 소설은 옥선이라는 여인이 무당이 되어 살아가는 생애의 전 과정을 보여 주고 있다. 소설의 전반부가 옥선의 성장 과정과 옥선이 무당 을화가 되기까지의 내력을 그리고 있다면, 후반부에서는 무당 을화를 중심으로 을화와 아들의 운명적인 만남과 갈등을 극적으로 서술하고 있다. 이러한 내용은 「무녀도」의 서사 구조를 확장하고 변형하는 과정에서 그 구체적 형상성을 획득하고 있다.

소설 「을화」에서 주목되는 무당 을화의 성격에는 두 가지 이미지가 서로 겹쳐 있다. 하나는 전근대적 사회에서 남성으로부터 버림받은 옥선이라는 여성 이미지이다. 이 여성 이미지는 자신의 비극적인 삶을 운명으로 받아들이며 살아가는 수동적인 태도를 통해 표출된다. 을화의 내면에는 이러한 여성 이미지가 원형처럼 자리 잡고 있다. 또 하나의 이미지는 아들 영술을 낳고 딸 월희를 키운 어머니상(像)이다. 을화는 처녀 시절 이웃 총각 성출과 관계하여 임신하지만 성출로부터 버림받고 마을에서 쫓겨난다. 그러나 그녀는 아비 없이 영술을 낳고 홀로 키우면서 아들에게 집착한다. 그녀는 영술의 삶에 결여되어 있는 '부성(父性)'의 의미를 채워 주기 위해 그를 공부시키고자 한다. 하지만 영술은 기독교도가 되어 집으로 돌아와 어머니인 무당 을화와 대립하다가 끝내 어머니의 칼에 희생된다. 무당 을화는 남성으로부터 버림받은 여성의 삶과 동시에 성이 다른 아들과 딸을 키워야 하는 어머니의 삶을 살았던 것이다. 그러므로 이 소설에서 주축을 이루고 있는 것은 여주인공 옥선의 비극적인 성장 과정과 을화라는 무당이 되기까지의 운명적인 삶 그 자체이며, 전근대적 인습과 여성 차별 속에서 고통받는 '여자의 일생'을 그대로 대변한다.

소설 「을화」는 한국인의 전근대적인 삶과 그 풍속의 재현을 바탕으로 무속 세계의 신비성을 특이한 환상처럼 제시하고 있다. 무당 을화는 자연의 모든 것을 신령으로 받들면서 거기에서 삶의 힘을 찾는다. 그녀는 전근대적인 무속의 세계에서 자기 존재 의미를 찾았기 때문에 자신이 믿고 의지하는 신령에 거의 맹목적인 복종을 보여 준다. 이러한 성격은 그녀가 신내림 굿을 통해 무당의 길에 들어서면서부터 절대적인 의미를 갖게 된다. 을화는 근대적인 교육을 제대로 받은 적이 없으며 여성으로서 제대로 된 역할을 부여받지도 못했던 인물이다. 하지만 그녀는 무속의 세계에서 스스로 영험을 얻고 거기에서 무당으로서의 자기 존재를 드러낼 수 있었던 것이다. 그러므로 무속의 세계는 그녀에게 삶의 전체이면서 절대적인 공간이 되고 있다. 그런데 이 절대 공간은 아들 영술이 기독교도가 되어 돌아오면서 균열이 생기기 시작한다. 영술은 무지한 어머니를 무속의 세계에서 구원하고자 하지만, 을화는 영술이 예수 귀신에 씌었다고 크게 반발한다. 결국 어머니와 아들은 각각 그들이 섬기는 신의 이름으로 대립할 수밖에 없게 된다. 작가는 토속적인 무속 신앙과 외래적인 기독교 신앙의 충돌 속에서 기독교도인 아들을 죽음으로 몰아간다. 그리고 무당 을화를 무속의 공간 속에 그대로 가두어 둔 채 이야기를 맺는다. 이러한 결말 처리는 종교적 갈등 구조가 상호 파멸로 귀결되어 버린 단편소설 「무녀도」의 경우와는 서로 다르다. 이것은 표면적으로 토속적인 무속 신앙에 의한 외래적인 기독교 신앙의 배격을 말하고 있는 것처럼 보인다. 하지만 무당 을화는 무속 신앙의 절대 공간에 스스로 자기를 유폐시키고 있을 뿐이다.

김동리의 문학 세계에서 뚜렷한 흐름을 이루고 있는 것은 토착적 한국인의 삶과 정신에 대한 깊이 있는 탐구 작업이라고 할 수 있다. 그는 한국인의 삶과 그 운명적인 양상을 소설적으로 형상화함으로써 우주 속에 놓인 존재로서의 인간에게 주어진 운명의 궁극적인 모습을 찾아보고자 하였다. 김동리를 한국의 현대소설가들 가운데서 전통의 세계, 종교의 세계, 민속의 세계에 가장 깊이 관심을 기울인 인물로 평가하는 이유가 여기 있다. 김동리의 소설은 그 서사적인 폭과 정신의 깊이를 감당하는 산문의 미학을 성취하였다는 점에서 한국문학이 거두어들인 하나의 독특한 성과로 기록될 수 있을 것이다.

황순원[29]은 해방 이후 소설이라는 장르가 포괄할 수 있는 모든 방법을 시험해 왔고, 소설적 형상화가 가능한 모든 주제를 다루어 왔다. 그의 작품 속에는 소설사의 전체적인 윤곽을 구획 지을 수 있는 여러 가지 특징이 담겨 있으며, 그의 언어는 한국어가 산문의 영역에서 도달할 수 있는 미적 가능성을 골고루 내포하고 있다. 이 작가가 보여 주는 소설의 세계는 몇 가지의 단계를 거쳐 변모해 오고 있다. 첫 단계는 해방을 전후하여 1950년대 초반까지 지속된 단편소설을 위주로 한 작품 활동을 들 수 있다. 작품집 『목넘이 마을의 개』(1948), 『기러기』(1951), 『곡예사』(1952) 등에 수록된 단편들이 모두 이 시기에 이루어진 것들이다. 둘째 단계에는 장편소설 「카인의 후예」(1954) 이후 「인간접목」(1956), 「나무들 비탈에 서다」(1960), 「일월(日月)」(1964)에 이르기까지를 포함시킬 수 있다. 소설적 장르의 확대를 꾀하며 장편소설의 영역으로 자기 세계를 변모시킨 것이 바로 이 시기이다. 세 번째의 단계는 「움직이는 성(城)」(1972)에서 「신들의 주사위」(1982)에 이르는 후기의 업적이 중심을 이룬다. 이 시기의 작품들은 소설적 주제의 폭이 더욱 넓어지는 가운데, 그 무게를 더하고 있음을 확인할 수 있다. 이러한 세 가지의 단계는 작가 황순원의 개인적인

---

29  황순원(黃順元, 1915~2000). 평남 대동 출생. 일본 와세다 대학 영문과 졸업. 1931년 《동광》에 시를 발표. 시집 『골동품』(1936), 소설집 『목넘이 마을의 개』, 『별과 같이 살다』(1950), 『곡예사』 등과 장편소설 『카인의 후예』(1954), 『인간접목』(1957), 『나무들 비탈에 서다』(1960), 『움직이는 성』(1973), 『일월』 등이 있다. 1983년 『황순원 전집』(문학과지성사)이 간행되었다. 참고 문헌: 곽종원, 「황순원론」, 《문예》(1953. 2); 김치수, 「아름다운 사회성」, 《문예중앙》(1982. 가을); 오생근 편, 『황순원 문학 연구』(문학과지성사, 1983); 이동하, 「황순원론」, 《문학사상》(1988. 3); 권영민, 「황순원과 산문 문체의 미학」, 『소설과 운명의 언어』(현대소설사, 1992); 장현숙, 『황순원 문학 연구』(시와시학사, 1994); 김윤정, 『황순원 문학 연구』(새미, 2003); 황순원학회 편, 『황순원 연구 총서』 1~8(국학자료원, 2013).

작품 활동 측면에서 볼 때, 단편소설에서 장편소설로의 장르 확대라는 외형적 변화가 중심을 이룬다. 그러나 보다 중요한 것은 삶의 한 단면을 제시하고자 했던 초기의 주제 의식이 어떤 이념의 추구 또는 삶의 양상의 총체적인 인식이라는 확장된 주제로 방향을 전환시켜 나아가고 있다는 점이다.

황순원의 단편소설들은 대부분 일상적인 생활 공간에서 이루어지는 하나의 사건을 짤막한 삽화로 처리하고 있는 경우가 많다. 그 서술의 방향도 내용의 사실성보다는 작가 자신의 정서적 반응이 중심을 이룬다. 시대적 상황에 매달리지 않고 자신의 상상적 구도에 의해 작품을 창작하고 있는 것이다. 그렇기 때문에 그의 소설은 대상의 사실적인 인식보다 묘사의 집중력과 특유의 서정성을 바탕으로 한 정서적 감응력이 중시된다. 그의 단편소설을 평가하는 데 관형적으로 붙는 '서정적'이라는 용어는 작품의 주제나 격조를 가리키는 말이다. 그리고 이것은 그가 활용하고 있는 작품 구조의 개방석 결말 형식, 응축된 문장과 감각적인 언어를 통해 실현되는 전체적인 분위기와도 연관된다. 황순원의 단편소설에서 즐겨 구사했던 간결한 문장 호흡과 감각적인 언어가 환기하는 정서가 인상적이다. 이러한 서술 방식은 이야기의 줄거리를 전달하기 위한 것이 아니라, 주어진 상황에 대한 내적 반응을 통일시키기 위한 방편으로 활용된다.

황순원의 소설은 1950년대 중반에 들어서면서 새로운 변모를 겪는다. 한국전쟁의 체험과 고통스러운 삶의 과정을 거치는 동안 작가 황순원의 경험적 자아는 자기 내면의 갈등과 외부적 조건을 전체적으로 조망하지 않으면 안 되는 상황에 직면한다. 이런 조건에서 선택된 것이 바로 장편소설 양식이다.

황순원의 첫 장편소설은 「별과 같이 살다」이다. 이 작품은 원래 1946

년 창작한 것으로 알려져 있지만 「암콤」, 「곰」, 「곰녀」 등의 여러 단편소설로 나뉘어 발표된 바 있다. 황순원은 이를 단행본으로 출간하면서 장편소설의 형태를 갖출 수 있도록 재배열하였다. 이러한 변화 과정은 당시의 잡지나 신문 등이 지니는 발표 지면의 한계를 보여 주는 것이지만 작가 자신이 지향하는 삶의 총체적인 인식 문제가 소설적 양식의 선택과 긴밀하게 연결되어 있었음을 말해 준다. 「별과 같이 살다」는 '곰녀'라는 여주인공을 중심으로 일본 식민지 시대부터 해방 직후까지 시련의 역사를 살아온 가난한 농민들의 삶의 전락 과정을 보여 주면서 새로운 전망을 모색하고 있는 작품이다. 이 소설의 이야기는 가난한 농민의 딸로 태어난 곰녀의 성장 과정이 전반부를 이루고 있으며, 고향에서 유리된 그녀가 거리의 여인이 되어 술집을 전전하게 되는 전락의 과정이 이야기의 중반부를 이룬다. 그리고 해방과 함께 황폐한 삶을 청산할 수 있는 계기를 부여받음으로써 새로운 인생의 가능성을 내다볼 수 있게 되는 단계에서 이야기가 끝난다. 이러한 이야기의 전개 과정에서 주인공 곰녀는 아버지로부터 받은 곰녀라는 이름 대신에 삼월이라고 불리기도 했고 유월이, 복실이라는 이름으로 불리기도 한다. "후꾸꼬"라는 일본식 이름도 그녀에게 붙여진다. 그녀에게 붙여진 이러한 숱한 이름은 그녀에게 강요된 처참한 삶을 의미하며 그 전락의 과정과 기복을 상징한다. 하지만 그녀는 자신을 호명하는 이름들과는 상관없이 '곰녀'라는 여인으로 살아남는다. 그러므로 이 소설의 이야기에서 곰녀는 일제 강점의 수난 속에서 고통당하던 민중을 상징하며, 계급적인 차별 속에서 성적 차별과 함께 육체적인 수탈을 강요당했던 가난한 한국의 여성을 표상하기도 한다. 작가는 곰녀라는 여주인공이 보여 주는 자신의 운명에 대한 긍정과 삶에 대한 끈질긴 욕망을 통해 해방과 함께 도래한 새로운 역사에 대한 낙관적 전망도 제시하고 있는 셈이다.

황순원이 해방 직후 좌우 이념의 대립과 갈등 속에서 현실적 삶의 좌표를 선택적으로 제시하고 있는 것은 장편소설 「카인의 후예」이다. 이 소설은 작가 자신이 해방 직후 북한에서 체험했던 살벌한 테러리즘을 소재로 삼고 있다. 광복 후 토지개혁이 시행될 무렵의 북한의 한 마을을 배경으로 하고 있는 이 소설은 악덕 지주로 몰려 토지를 빼앗긴 채 수난을 겪는 청년 박훈을 주인공으로 내세운다. 하지만 이 소설에서 박훈보다 더 강렬한 인상을 주는 것이 오작녀의 인간상임은 부인할 수 없다. 이 소설은 오작녀라는 여인의 극적인 삶을 통해 휴머니즘의 참된 의미를 제시한다. 좌우 이데올로기의 갈등을 넘어서 격동의 역사에 대응하여 인간을 구원할 수 있는 가능성은 어떤 정치적 이념이 아니라 인간에 대한 무한한 사랑이라는 것을 오작녀의 헌신적 사랑을 통해 보여 주고 있는 셈이다. 작가 황순원은 이 작품에서 오작녀라는 특이한 개성을 가진 인물을 창조하는 데 성공함으로써 이야기를 이데올로기의 대립과 갈등 상황을 그린 시대극으로 고정시키지 않는다. 이 소설은 격동기를 살아가는 다양한 인간상을 통해 삶의 참된 가치를 여지없이 짓밟아 버리는 맹목적인 이데올로기의 횡포를 비판하면서, 당대 현실에 대한 비판적 재인식을 촉구하고 있다. 특히 인간의 삶의 자세와 그 참다운 가치를 추구함으로써, 궁극적으로 인간의 삶에 대한 역사적 설명보다 오히려 그 가치에 대한 신화적 해석을 가능하게 하고 있는 셈이다.

황순원의 소설 세계는 「인간접목」에서 「나무들 비탈에 서다」 등에 이르는 동안 전쟁의 참상과 그 상처의 극복 과정을 총체적으로 문제 삼게 된다. 전후의 상황을 직시하고 있는 작가의 폭넓은 관점과 휴머니즘의 정신이 이들 장편을 통해 더욱 구체적으로 형상화되고 있다. 황순원은 이러한 장편소설 이외에도 「일월」, 「움직이는 성」 등을 발표함으로써 한국 현대소설의 기법과 정신을 확대 심화시키는 데 기여하였다.

장편소설 「나무들 비탈에 서다」는 죽음과 맞선 전쟁을 체험한 젊은 세대들이 전쟁이 끝난 후에 겪는 정신적 방황과 갈등을 통하여 삶의 의미와 구원의 문제를 다룬다. 이 작품에는 두 가지의 서로 다른 공간이 제시된다. 하나는 전장이고 다른 하나는 일상의 공간이다. 이 두 개의 공간은 삶과 죽음을 갈라놓는 전쟁의 참혹함과 함께 그 죄의식으로 인하여 좌절하는 인간의 모습으로 대조적으로 제시하고 있다. 전투에서 사람을 죽인 후 살인을 저질렀다는 죄책감보다 살아났다는 사실에 오히려 기뻐했던 주인공은 술집에서 자신의 동정을 더럽힌 가책과 후회로 고민하다가 결국은 자살에까지 이른다. 또 다른 주인공은 전쟁 중에 사람을 죽이는 살인 행위에 대해 아무런 가책을 느끼지 않았으나, 제대 후 일상의 현실에 안주하면서 무위와 권태 속에서 방황한다. 그리고 자살한 친구의 애인을 범한 뒤 다른 사건에 연루되어 형무소에 수감된다. 전쟁으로 인한 인간의 파멸 과정을 대립적인 인물의 운명을 통하여 그려 낸 이 작품에서 가장 중요한 문제 장면은 전쟁 자체이다. 이 소설에서 전쟁은 인간이 통과할 수 없는 절대적인 장벽에 해당한다. 전쟁으로 인해 겪는 고통은 살인에 대한 죄의식이나 인간적 순수의 상실에서 오는 좌절에서 끝나는 것이 아니라 결과적으로는 자살로 이어지고 끝없는 방황으로 귀결된다. 이 작품은 전쟁이 인간 스스로 회복해야 할 순수와 이상과 진실을 모두 가로막는 엄청난 죄악이라는 것을 암묵적으로 인정하고 있는 셈이다. 소설의 마지막 장면에서 여주인공이 자신의 배 속에 자리 잡고 있는 새 생명이 전쟁의 상처이면서도 그것을 극복할 수 있는 새로운 가능성의 씨앗임을 밝히는 것은 인간의 생명에 대한 구원의 모색으로 이해할 수 있다.

　장편소설 「일월」의 경우는 인간의 존재 방식과 그 숙명에 대한 소설적 탐구라는 주제를 담고 있다. 이 같은 주제는 전쟁과 죽음의 문제를 중심으로 했던 「나무들 비탈에 서다」에서 이미 다루어졌고, 뒤에 발표한 「움직이는 성」에서도 새로운 소재를 통해 깊이 있는 천착이 이루어졌다. 「일월」의 주인공은 학위 논문을 준비하고 있는 촉망받는 건축공학도이다. 그는 자신이 백정의 후손이라는 사실을 우연히 알게 된다. 이 충격적인 사실로 인하여 그는 심각한 정체성의 혼란을 겪으며 방황하고, 그를 둘러싸고 있는 여인들과도 멀어져 완전한 고립감에 빠져든다. 더구나 신분을 위장하고 살아온 주인공의 아버지가 사업 실패로 자살하고 어머니는 기도원으로 옮겨 가고, 누이가 불의의 교통사고를 당하는 불운에 빠져들자 방황을 거듭한다. 그러나 주인공은 이러한 운명에 끌려가지 않고 시련 끝에 자아를 찾아 세우며, 그 고독을 딛고 일어선다. 스스로의 힘에 의해 이루어지는 자기 구원의 가능성을 제시하는 이 작품을 통해 작가의 인간주의적 태도가 드러나고 있다.

황순원의 작품 세계는 전쟁과 일상이라는 두 가지의 상반되는 생활 체험이 바탕을 이룬다. 그러니 작품 속의 현실은 언제나 우리가 보고 듣고 몸소 겪은 경험의 현실보다 우위를 점한다. 황순원의 소설은 서로 소재 내용이 상반됨에도 불구하고 인간의 내면을 보여 주기도 하고, 존재의 의미를 들춰내기도 한다. 이처럼 황순원의 소설에서 전쟁과 일상의 체험이 예술적 현실로 고양되는 것은 그 소재의 속성이나 주제 의식의 지향에 의해 이루어지는 것만은 아니다. 이 창조적 변화는 그의 특이한 주제 의식과 함께하는 언어의 형식, 서술의 방법에 의해 방향이 결정된다. 그는 체험을 통해 선택한 다양한 삶의 양상을 자신만이 지니고 있는 언어의 힘을 통해 서술하고 소설적으로 형상화한다. 그에게 있어서 언어란 이야기의 내용을 전달하는 서술적 수단만이 아니라, 그 문학적 가능성을 결정짓는 중요한 요소이다. 작가 황순원만이 지니고 있는 언어, 작가 황순원만이 표현할 수 있는 문장과 그 서술의 힘, 이 모든 것을 '문체'

라고 할 수 있다면, 우리는 황순원의 소설을 보면서 그의 이야기가 주는 흥미보다 문체의 감응력에 빠져들고 있는 셈이다. 뿐만 아니라 황순원의 문체는 그 자신의 정서적 체험의 깊이를 나타내 준다. 그리고 정신적 통찰의 높이를 보여 주기도 한다. 그가 구사하는 언어적 표현에 의해 그의 인간적 애정과 삶에 대한 폭넓은 이해가 소설적으로 실현되고 있는 것이다. 그의 문체는 서사적 속성을 살려 내는 특이한 감응력을 지니고 있기 때문에, 한국 현대소설에 있어서 산문 문장의 또 다른 전형을 보여 주고 있는 것으로 평가받는다.

안수길[30]의 작품 세계도 황순원의 경우와 비슷한 장르의 확대 과정을 보여 준다. 「제삼인간형」(1953)과 「배신」(1955) 등에서 예리한 면모를 보이는 이 작가의 시선은 장편소설 「북간도」(1959)에서 역사의식의 투철성으로 구체화된다. 단편소설 「제삼인간형」은 한국전쟁이라는 거대한 민족적 체험이 소시민적인 사람들의 삶에 어떤 영향을 미쳤는가를 날카롭게 파악하고 있다. 작품 활동에만 전념하던 주인공은 전쟁의 와중에 생계를 위해 교사로 취직한다. 생활에 쫓기어 살아가던 그는 함께 작품을 썼던 옛 친구가 작가로서의 길을 포기하고 세속적인 삶을 살고 있음을 알게 된다. 그리고 자신이 알고 있던 사람들이 전쟁을 겪으며 변해 가는 모습을 보고는 스스로 "사명을 포기치도 않고 그것에 충실치도 못하고 말라 가는 나는? 나도 사변이 빚어낸 한 타입이라고 할까?"라고 자문하게 된다. 이 작품의 주인공이 고민하는 문제는 삶의 자세, 또는 모럴과 연관되는 것이다. 작가는 물론 이 작품에서 어떻게 사느냐에 대한 해답

---

30 안수길(安壽吉, 1911~1977). 함남 함흥 출생. 일본 와세다 대학 영어과 수료. 1935년 《조선문단》으로 등단. 일제 강점기 말에 만주에서 문필 활동. 소설집 『북원』(1943), 『제삼인간형』 등과 대하소설 『북간도』 발표. 참고 문헌: 염무웅, 「노작가의 향수」, 《문학과지성》(1977. 봄); 윤재근, 「안수길론」, 《현대문학》(1977. 9~10); 김영화, 「'북간도'의 세계」, 《현대문학》(1981. 8); 김윤식, 『안수길 연구』(정음사, 1986); 안수길선생추모문집편찬위, 『안수길 문학 그 삶의 향기』(한국소설가협회, 2007).

을 제시하지 못하고 있다. 전후 현실을 살아가는 인간의 유형 몇 가지를 사실적으로 묘사함으로써 읽는 이로 하여금 어떤 것이 진정 올바른 삶의 방법인가를 생각하게 할 뿐이다.

소설 「북간도」는 조선 말기부터 일제 강점기에 이르기까지 민족사의 격동기를 만주 북간도에 이주해 살고 있는 한 가족을 중심으로 서술한다. 이 작품은 한국의 농민들이 지니고 있는 땅에 대한 애착과 그 저류에 흐르는 민족의식을 대하적인 구성을 통해 구체적으로 형상화하고 있다. 그러므로 이 소설의 서사적 골격을 구성하는 데 주도적인 역할을 담당하고 있는 것은 한두 사람의 영웅적 인물이 아니라 북간도에서 민족적 자긍심을 잃지 않고 살아온 한국인들 전부라고 할 수 있을 것이다. 물론 작가는 자신이 개척한 땅을 지킨다는 명분으로 굴종과 타협으로 현실을 살아가고자 했던 인물들의 패배를 비판하고, 자기 정체를 지키지 못하면 결국 어느 것도 지키지 못하게 된다는 사실을 강조하기도 한다. 그러나 무엇보다도 중요한 것은 이 소설이 서사석인 쪽을 확대하여 식민지 시대 민족사의 또 다른 면모를 소설적으로 재현함으로써 대하 장편소설의 새로운 가능성을 보여 주고 있다는 점이다.


### (3) 전후소설의 주제와 기법

전후소설과 현실 비판

1950년 한국전쟁 이후의 '전후문학'에서 발견할 수 있는 정신적 불모성은 이 시대를 살았던 작가들의 의식 세계를 그대로 보여 주고 있다. 참혹한 시련 속에서 삶과 죽음의 극한적인 분기점을 숱하게 넘어서야 했던 전후 세대 작가들은 창작의 영역에서 자기 존재의 좌표를 어떻게 설정할 것인가 하는 문제에 각별한 관심을 기울였다. 그들에게는 견주어야 할 어떠한 가치의 기준도 없었고, 기대어야 할 어떠한 이념의 지표도 없었다. 전쟁은 윤리의 붕괴를 가져왔고 삶의 의미와 그 가치를 무너뜨리고 말았다. 이들이 가장 중요한 관심사로 제기하고 있는 것은 자아의 궁극적인 존재 양식에 대한 추구에서 비롯된 두 가지의 대응 논리이다. 그 하나는 현실적 상황과 조건에 대한 저항이며, 다른 하나는 현실 자체에 대한 적극적인 비판과 고발이다.

전후 세대의 작가들은 기성의 모든 것에 반항하는 논리에 매달리기 시작한다. 이들의 작품에는 기성세대의 윤리 의식과 사회 도덕적 가치 개념에 대한 반항 의식을 드러내는 것이 많지만, 그것이 소설의 세계에서 중요시되는 요건 중의 하나인 서사적 자아의 확립을 통해서 표출된 것은 아니다. 이들은 자신들의 논리를 전후 한국 사회의 지성에 커다란 영향을 미친 프랑스의 사르트르나 카뮈의 실존적 의식에 빚져야 했고, 자아의 존재 인식과 저항의 정신, 앙가주망과 자유의 의미도 모두 서구적인 것을 빌려야 했다. 이것은 전후 세대 작가의 특징적인 일면이면서 동시에 그들의 문학 세계를 전후의 상황 속에 가두어 놓고 볼 수밖에 없도록 만든 한계라고 할 것이다.

장용학[31]은 전후의 암울한 현실 상황을 소설적 배경으로 수용하면서 소설이 지켜 온 이야기의 틀을 벗어나고자 한다. 그의 「요한시집」(1955)

---

31  장용학(張龍鶴, 1921~1999). 함북 부령 출생. 일본 와세다 대학 상과 중퇴. 1949년 《연합신문》에 소설
「희화(戲畵)」를 연재하며 등단. 소설집 『원형의 전설』(1962), 『유역』(1982) 등 출간. 참고 문헌: 이철범,
「장용학론」, 《문학춘추》(1965. 2); 임헌영, 「장용학론」, 《현대문학》(1966. 3); 김윤식, 「우화성의 이데올
로기 비판」, 《문예중앙》(1981. 봄); 방민호, 「한국 전후문학과 세대: 이어령·장용학·손창섭을 중심으로」
(향연, 2003); 나은진, 『1950년대 우리 소설의 세 시야: 장용학·손창섭·김성한의 서사적 모형』(한국학
술정보, 2008).

은 서사성의 요건인 행위의 구조를 해체하고 오히려 대담하게 관념의 단편들을 대입하고 있다. 이 작품에서 주목되는 것은 자유를 획득하기 위한 마지막의 시도로 주인공이 자살하게 되는 과정이다. 그는 자유를 모색하고 갈구했기 때문에, 바로 그 자유에 의해 처형당하게 되는 것이다. 이러한 주인공의 운명은 장용학의 작가 의식을 소설적으로 구현한 것으로서, 개인의 존재와 그 의미가 전쟁의 상황 속에서 사상, 인민, 계급과 같이 추상적이고 공허한 언어에 의해 훼손되는 과정을 비판적으로 그려낸다. 이 작품 속에서 작가가 이데올로기의 허구성을 폭로하기 위해 힘들여 기술한 공산주의 이데올로기에 대한 비판은 이념의 실체에 접근하기보다는 관념으로 가득 차 있기 때문에, 소설의 세계에서 요구되는 구체성을 확보하지 못하고 있다. 이러한 관념성은 장편소설 「원형의 전설」에서는 어느 정도 극복되고 있다. 그러나 분단이라는 민족사의 불구성을 사생아적 의식에 연결시켜 그 원죄의 의미를 추구하고 있는 이 작품에서도 그가 추구하는 본질적인 인산의 모습은 제대로 드러나지 않는다. 이데아적인 인간의 존재란 실상 가능하지 않기 때문이다.

김성한[32]의 소설은 소극적이며 순응적인 인간상을 배제하고 인간의 존엄성과 정의의 구현을 적극적으로 실천하는 행동적 인간형을 창조하고 있다는 점에서 주목되고 있다. 「오분간」(1955)과 「바비도」(1956)의 경우에도 부조리한 현실에 대한 저항 의지를 그린 작품으로 평가되고 있다. 전후 사회의 비리와 그에 대항하는 정신은 프로메테우스의 분노로, 신의 섭리와 그 허구성에 대한 비판은 바비도의 순교로 나타냄으로써 신

---

32  김성한(金聲翰, 1919~2010). 함남 풍산 출생. 일본 교토 대학 중퇴. 1950년 《서울신문》 신춘문예 당선. 제1회 동인문학상 수상. 소설집 「암야행」(1954), 「오분간」(1957), 장편소설 「이성계」(1966), 「요하」(1980) 등 발간. 참고 문헌: 이유식, 「김성한론」, 《현대문학》(1964. 6); 백낙청, 「역사소설과 역사의식」, 《창작과비평》(1967. 봄); 김영화, 「김성한론」, 《현대문학》(1980. 11); 최용석, 「한국 전후문학에 구현된 현실인식: 김성한과 장용학을 중심으로」(푸른사상사, 2002).

화의 세계와 역사적 공간을 우의적으로 재현하여 현실의 모순과 부조리에 대한 비판을 시도하고 있다.

「오분간」은 전후의 폐허화된 현실의 부조리를 프로메테우스의 신화를 차용하여 알레고리의 기법으로 그려 낸 작품이다. 신의 저주를 받아 코카서스 바위에 묶여 있던 프로메테우스는 스스로 쇠사슬을 끊어 버린다. 천사가 와서 제우스 신이 프로메테우스를 부른다고 말한다. 프로메테우스는 중립 지대에서 신을 만나겠다고 한다. 프로메테우스와 신은 구름 위에서 만난다. 프로메테우스가 자유를 얻으면서 세상에는 더 이상 신의 질서가 통용되지 않았기 때문에, 신은 세계의 질서를 회복하자고 제안한다. 그러나 프로메테우스가 그것이 곧 역사라고 응수하고 신의 요구를 거부함으로써 회담은 5분만에 결렬되고 만다. 프로메테우스와의 대담이 결렬된 후 신은 혼자 "아! 이 혼돈의 허무 속에서 제삼의 존재의 출현을 기다리는 수밖에 없다. 그 시비를 내 어찌 책임질소냐."라고 중얼거린다. 이 작품에서 김성한은 신과 인간을 넘어서는 제삼의 존재에 대한 가능성을 보여 주고 있지만, 그 존재를 구체적으로 해명하지는 않고 있다. 제삼의 존재가 갖는 이러한 불가지론적인 성격은 한국전쟁이 빚어낸 인식론적 허무주의와 연관을 맺고 있는 것으로 생각된다. 전쟁으로 폐허가 된 현실에서 새로운 가치를 추구해야 한다는 것은 당연한 일이다. 그러나 현실을 벗어난 관념적인 문제 설정과 그 알레고리적 해석을 통해서는 문제의 본질적인 해결을 기대하기 어렵다.

「바비도」는 사제단의 비리에 저항하면서 자신의 종교적 신념을 지키다 이단으로 몰려 분형(焚刑)을 받은 재봉 직공의 이야기를 소설 속에 차용함으로써 당대 현실의 부조리에 우회적으로 접근한다. 그가 그려 내는 역사적 상황은 진실의 의미와 그에 대한 신념을 내세우기 위한 하나의 소설적 장치에 불과한 것이다. 신의 섭리와 그 허구성에 대한 비판, 그리고 당대 현실에 대한 반성이 바비도의 순교를 통해 강조되고 있는 것이다. 김성한의 작품은 기법의 파격성과 그 지적 분위기로 인하여 평단의 관심사가 되었으나, 1960년대에 이르러 작가의 관심이 역사소설의 창작으로 바뀌었다. 1967년 발표한 역사소설 「이성계」와 수나라 양제의 백만 대군을 살수에서 격퇴한 역사적 사실을 통해 민족 생존을 위한 투지와 항전을 그린 「요하」는 이 시기의 대표작이다.

선우휘[33]는 「테러리스트」(1956), 「불꽃」(1957) 등을 잇달아 발표하여 문단에 두각을 나타냈다. 이후 「오리와 계급장」(1958), 「유서」(1961) 등의 단편소설을 통하여 상황에 대한 인간적 결단과 참여를 중시하는 행동주의적 태도를 강조하고 있다. 선우휘의 소설 세계를 대표하는 「불꽃」은 소설 속의 주인공의 삶을 통해 3·1운동부터 한국전쟁에 이르는 30여 년의 긴 역사적 격동기를 파노라마처럼 압축해 놓고 있다. 이 작품은 주인공의 의식의 내면을 치밀하게 묘사함으로써 단편의 형식 속에 역사의 격동을 인상적으로 담고 있으며, 전쟁 직후 한국의 젊은이들에게 시내가 요구하는 새로운 인간형을 제시하고 있다. 주인공이 과거의 소극적인 인간상을 극복하고 일어서는 모습을 통해 젊은이들의 보다 적극적인 행동성을 부각시키고 있는 것이다. 한국 사회에서 흔히 볼 수 있는 권력의 위세를 그린 「오리와 계급장」은 일종의 사회심리적 접근법이 돋보이는 작품이다. 권위를 세우기 위해 계급장이 필요하고 계급장의 위력 하나로 모든 것이 해결되기도 하는 모순된 현실을 객관적으로 조명하고 있다.

선우휘의 작품 세계는 1959년 테러리즘과 비인간화의 현실을 나타

---

33 선우휘(鮮于煇, 1922~1986). 평북 정주 출생. 경성사범대 졸업. 1955년 《신세계》에 단편소설 「귀신」 발표. 제2회 동인문학상 수상. 소설집 『불꽃』(1959), 『반역』(1965), 『쓸쓸한 사람』(1977), 『선우휘 문학 전집』(1988) 등 발간. 참고 문헌: 이광훈, 「선우휘론」, 《문학춘추》(1965. 2); 염무웅, 「선우휘론」, 《창작과 비평》(1967. 겨울); 이태동, 「선우휘의 '불꽃'」, 《문학사상》(1984. 8); 이익성, 「선우휘: 근대사의 역동성과 문학적 변용」(건국대 출판부, 2004).

낸 장편 「깃발 없는 기수」를 발표한 뒤에 새로운 전환기에 접어들고 있다. 휴머니즘적인 행동주의를 바탕으로 역사에의 도전과 현실과의 대결을 통해, 지식인의 책임과 적극적 현실 참여의 의지를 보여 주었던 그의 태도는 1960년대 중반을 지나면서 보다 깊은 인간 내면의 성찰에 관심을 기울이는 소극적 자세로 변모한다. 「불꽃」 등에서 볼 수 있었던 행동적 의지가 서서히 내면화되어 보다 정관적인 자세로 현실에 직면하는 태도를 드러내고 있다. 「망향」(1965)에서 북쪽에 고향을 두고 월남한 실향민들의 우수와 고뇌를 담담하게 그리고 있으며, 장편소설 「사도행전」(1966)에서는 한 인간의 삶의 지향과 그 전환 과정에서 겪는 갈등을 자전적인 요건을 섞어 기록하고 있다. 「십자가 없는 골고다」(1965), 「묵시」(1971) 등의 단편소설과 「사도행전」 등의 장편소설에서는 역사에 대한 비판보다는 잃어버린 고향에 대한 그리움이 더욱 강조되기도 하고, 지식인의 삶의 자세에 대한 비판보다는 인간의 내적 성실성을 묘사하는 데 주력하고 있다.

전후소설은 현실에 대한 반항적 의식을 드러내면서 인간의 삶의 본질과 그 존재 의미를 깊이 추구하기 위해 관념적인 주제에 매달리는 경우가 적지 않다. 그렇지만 현실의 비리와 부조리한 상황에 대한 비판을 주제로 하는 고발문학의 치열성과 구체성이 전후소설의 또 다른 경향으로 주목된다. 이 경우에는 무엇보다도 현실의 부조리와 비리에 대한 강렬한 비판 정신이 주축을 이루고 있다. 물론 그러한 정신적 지향이 외부적 현실에서 자기 내면으로 방향을 바꾸게 될 경우, 상황에 대응하는 자의식이 두드러지게 드러나기도 한다. 비판의 대상으로 현실을 말한다 하더라도 그 현실이 안고 있는 비합리와 부조화의 거대한 소용돌이 앞에서 인간은 언제나 초라한 피해자일 수밖에 없다. 바로 이러한 피해자로서의 자기 인식이 전후소설에 짙게 드리워져 있는 것도 사실이다. 특히 전쟁의 상처인 정신적 충격은 전후 세대 작가들의 소설에서 언제나 보이지 않는 가해자로 등장하고 있다. 황폐한 현실 자체가 인간의 본질적인 사고의 자유를 억압하고 있는 경우도 있고, 그러한 현실에 적응하지 못하도록 인간을 유리시켜 사회와 단절시키기도 한다. 이러한 상황과 인간 존재의 문제가 현실에 대한 비판적인 인식을 낳은 것이다.

손창섭[34]의 본격적인 작품 활동은 「공휴일」(1952), 「비오는 날」(1953) 등의 단편소설을 발표하면서 시작된다. 그리고 「혈서」(1955), 「미해결의 장」(1955), 「인간동물원초(抄)」(1955), 「유실몽(流失夢)」(1956), 「잉여인간」(1958) 등 어둡고 침통한 현실의 밑바닥을 파헤치는 작품으로 이어졌다. 손창섭 소설의 주제는 한마디로 왜곡된 인간상의 창조라고 할 수 있다. 소설 속의 인물들이 대부분 비정상적인 성격의 소유자이거나 신체장애자다. 이러한 인간의 불구성은 인간 자체의 결함에서 온 것이 아니라 전후 현실의 상황에서 비롯된 것이다. 「혈서」의 인물들은 언제나 무의미한 입씨름으로 시로를 헐뜯고, 「유실몽」의 주인공은 '잃어버린 하늘옷'을 생각하는 내면의 환상을 벗어나지 못한다. 「잉여인간」에서는 선량하지만 자기 현실에서 제대로 삶을 영위하지 못하는 많은 사람들을 남아도는 인간으로 규정함으로써, 오히려 이들을 외면하고 있는 현실을 역설적으로 비판한다. 이러한 부정적인 인간상의 창조는 인간의 존재에 대한 냉소 어린 모멸감을 불러일으키기도 하고, 어떤 경우에는 상황의 중압감을

---

34 손창섭(孫昌涉, 1922~2010). 평남 평양 출생. 일본 니혼 대학 중퇴. 1952년 《문예》에 「공휴일」추천 등단. 1959년 동인문학상 수상. 소설집 「낙서족」(1959), 「비오는 날」(1959). 장편소설 「길」(1969), 「손창섭 대표작 전집」(1969) 등 출간. 참고 문헌: 조연현, 「병자의 노래」, 《현대문학》(1955. 4); 윤병로, 「혈서의 내용 — 손창섭론」, 《현대문학》(1958. 12); 김상일, 「손창섭 또는 비정의 신화」, 《현대문학》(1961. 7); 조남현, 「손창섭 소설의 의미 매김」, 《문학정신》(1989. 6~7); 송하춘 편, 「손창섭: 모멸과 연민의 이중주」(새미, 2003); 조두영, 「목석의 울음: 손창섭 문학의 정신분석」(서울대 출판부, 2004); 김진기, 「손창섭: 전후 현실의 극단적 자화상」(건국대 출판부, 2004).

감지할 수 있도록 해 주기도 한다. 그의 소설이 전후 현실과 인간의 관계를 깊이 있게 천착하고 있다는 것은 부인할 수 없는 사실이다. 그러나 그는 개인과 현실을 전체적으로 파악하려 하지 않고, 언제나 분열된 상태에서 왜곡된 인간의 면모를 중시하고 있다. 그의 소설에서 전후 상황이라는 당대의 의미를 제거할 때, 소설의 의미가 그 진폭을 지탱하기 어려운 이유가 여기에 있다. 그는 전후의 상황과 그 상황 속에서 피해자가 되고 있는 인간을 가장 절실하게 보여 주고 있음에도 불구하고, 폭넓은 역사의식으로 이것을 확대시켜 나가지 못한 것이다.

「미해결의 장」은 일기체의 일인칭 소설이다. 작품의 주인공은 허무주의에 빠져 있는 인물이다. 그는 삶의 본질에 대한 존재론적인 허무에 빠져 있다기보다는 생활의 권태에서 비롯된 허무주의의 늪에 빠져 있다. 소설의 주인공은 일상적 삶 자체를 무의미한 것으로 파악함으로써 사회와 절연된 개별자의 위치에 선다. 그가 허무주의에서 벗어나기 위해서는 일상의 의미를 재발견하고 그것에 적극적으로 참여해야겠지만,「미해결의 장」은 그러한 방향으로 나아가려는 어떠한 노력도 담고 있지 않다. 소설 「잉여인간」은 전후의 사회상과 그 사회에 적응하지 못하는 소시민의 몇 가지 유형을 사실주의적 기법으로 제시한다. 이 작품에 등장하는 인물들은 모두가 한국전쟁이라는 민족적 비극을 경험한 인물들이며, 동시에 한국전쟁의 후유증이 산재한 비정상적인 사회 구조에서 배태된 인물들이다. 작가는 전후의 현실과 그 속에서 음지 식물처럼 서식하는 인물 유형을 제시함으로써 전쟁이 남긴 참상을 고발한다. 그러나 이 소설에 등장하는 여러 가지 인간형 가운데 자기 능력대로 성실하게 살아가고, 침착한 기품과 교양을 잃지 않는 인물이 이야기의 한복판에 자리 잡고 있다. 이러한 인간형을 통해서 현실과 인간에 대한 병적 회의주의로부터의 탈출을 모색할 수도 있을 것이다.

장편소설 「낙서족」은 손창섭이 전후 현실의 비판적 인식이라는 자신의 소설적 주제를 벗어나서 당대 상황과 맞닿아 있는 역사적 과거로 눈을 돌린 첫 작업의 성과이다. 일제 강점기의 식민지 조선과 지배 제국 일본이라는 대립 관계를 두고 손창섭이 창조해 낸 특이한 인간형은 독립투사의 아들을 자처한 박도현이라는 엉뚱한 인물이다. 주인공은 독립투사로 활동하는 부친의 길을 따라 일본으로 건너간다. 그리고 자기 자신에게도 아버지와 똑같은 역사적 소명 의식을 강요하면서 조선 독립에 힘쓰고자 한다. 하지만 그의 극단적이고도 무모한 행동은 아무런 실천적 의미를 지니지 못하는 '난센스'에 불과하다. 그는 자기 부친이 어떤 중대 사명을 띠고 조선으로 잠입했다는 소문을 듣고는 흥분하여 몰래 폭약을 제조하기도 하고, 일본 경찰의 감시 속에서 중압감을 느끼다가 일본인 여성 노리꼬를 강간하고 이를 고발하려는 하숙집 여주인까지 겁탈한 후자기 행동을 민족적 복수심으로 정당화한다. 이와 같은 주인공의 과대망상과 일탈은 실제로 일제에 대한 저항이라든지 조선 독립을 위한 투쟁과는 아무 상관이 없다. 이 소설의 이야기는 일본인 여성 노리꼬가 자살하자 주인공이 중국으로 밀항하는 것으로 끝난다. 이 소설에서 작가가 만들어 낸 박도현이라는 인물은 조국의 독립과 해방, 일제에 대한 저항과투쟁 등에 대한 과잉된 의식의 산물이다. 작가는 주인공의 삐뚤어진 의식의 과잉 상태를 통해 민족주의 관념이 드러낼 수 있는 허위의식과 그문제성을 뒤집어 보여 준다. 실상 이 소설의 이야기 속에서 독립투사 아버지라는 존재는 민족의식을 강요하기 위한 상징에 불과하다.

　손창섭의 소설 세계는 1960년대에 들어서면서 「부부」(1962), 「인간교실」(1963), 「길」(1969) 등의 장편소설로 확대된다. 신문 연재 형태로 발표된 이 장편소설들에서 손창섭은 자의식의 충일도, 리얼리즘의 정신도 확인하기 어려운 일상성에 빠져들고 만다. 장편 「부부」 이후 굳이 주목할 만한 것이 있다면, 그것은 대중성에 근거한 소박하면서도 평범한 삶에 대한 욕구뿐이다. 그가 1960년대에 들어서면서 평범한 모럴리스트에 머물러 버린 것은 그의 자의식이 역사의식으로의 확대를 꾀할 수 없을 만큼 개인적인 내면에 유폐되어 있었기 때문이 아닌가 생각된다. 전후 세대의 소설가 중에서 특유한 자의식의 작가로 지목된 바 있으며, 한국전쟁 이후 한국인과 한국 사회의 일면을 착오의 여지없이 그려 낸 생생한 리얼리즘의 작가로 평가되기도 했던 그가 통속성에 함몰되는 과정은 손창섭 문학의 시대적 한계를 말해 준다고 할 수 있다.

이범선[35]의 소설적 관심은 「학마을 사람들」(1957)에서와 같이 민족 공동체 의식의 회복과 역사에 대한 철저한 인식에서부터 시작되어 「미꾸라지」(1957), 「오발탄」(1959), 「냉혈동물」(1959) 등에서 볼 수 있는 사회 비판과 풍자 정신으로 확대된다. 그의 소설은 자기 존재의 의미를 상실하고 있다고 생각하는 주인공들의 자의식으로 인하여 비극성을 드러내는 경우도 있다.

소설 「학마을 사람들」은 일제 말기에서 한국전쟁에 이르는 기간 동안 수난과 비애 속에서도 끈기 있게 살아가는 인간상을 그리고 있다. 작품의 공간적 배경은 강원도 두메의 학마을이며, '학'의 존재는 학마을 공동체의 상징이라고 할 수 있다. 학이 지니고 있는 신화성과 학마을의 본원적 순수성은 이 마을을 지탱해 가는 두 원리이다. 작가는 전쟁을 전후하여 야기된 마을 사람들의 이념적 갈등을 학나무의 소멸에 따른 불길한 예감과 운명으로 대응시켜 놓고 있다. 작품의 결말에서 마을 사람들이

---

35 이범선(李範宣, 1920~1982). 평남 신안주 태생. 동국대 국문과 졸업. 1955년 《현대문학》의 소설 추천으로 단편 「암표」와 「일요일」이 실리면서 등단. 소설집 「학마을 사람들」(1958), 「오발탄」(1959), 「피해자」(1963), 「전쟁과 배나무」(1975), 장편소설 「당원의 미소」(1970) 등 출간. 참고 문헌: 김우정, 「이범선론」, 《문학춘추》(1965. 2); 김병욱, 「삶의 인식과 성찰」, 《현대문학》(1979. 7); 신경득, 「소설과 사회의 변주」, 《현대문학》(1982. 7~9).

학나무를 대신할 '애송이 나무' 하나를 가슴에 안고 내려오는 것은 바로 공동체적 질서를 회복하려는 강렬한 의지를 표상한 것이다. 그렇지만 이러한 공동체적 질서에의 열망이 남북의 분단을 가져온 이데올로기적 대립과 갈등을 극복해 보려는 작가 의식과 통한다고 하더라도, 분단의 본질적인 요인인 이데올로기에 대한 비판적 인식이 결여되어 있다는 점을 지적할 수 있을 것이다. 「오발탄」은 전쟁 당시 월남한 실향민 일가의 생활을 사실적으로 그린 작품이다. 작품의 주인공은 가난한 월급쟁이이며, 해방촌의 빈민굴에서 고향을 그리다가 미쳐 버린 어머니, 양공주가 되어 버린 누이, 학업을 중단하고 입대했다가 상이군인이 되어 돌아온 동생, 영양실조로 누렇게 된 딸과 만삭의 아내가 주변에 자리 잡고 있다. 이러한 상황 속에서 동생은 경찰에 강도죄로 잡혀가고 아내는 병원에서 죽게 된다. 병원으로 달려갔던 주인공은 허탈함을 느끼고 사람이 세상에 태어난 것은 '조물주의 오발탄'이라고 내뱉는다. 작가는 이 작품에서 전쟁으로 인해 불행해진 사람들의 성신석 황폐와 물질적 빈궁의 문제를 제기하고 있으며, 좌절감과 패배 의식이 만연한 전후의 현실을 집약적으로 고발하고 있다. 특히 주인공의 삶을 통해 현실의 부조리를 비판하면서도 고통 속에서 인간의 진실성을 끝까지 수호하는 태도를 보여 주는 점도 주목된다.

전광용[36]은 단편 「흑산도」(1955)를 발표하면서 본격적인 작품 활동을 시작하고 있다. 그는 「꺼삐딴 리」(1962)를 통해 역사의 격동기를 체험한 이인국 박사라는 인물의 기회주의적 태도와 삶의 역정을 풍자함으로써

---

36 전광용(全光鏞, 1919~1988). 함남 북청 출생. 서울대 대학원 국문과 졸업. 1955년 《조선일보》 신춘문예 당선. 동인문학상 수상. 소설집 『흑산도』(1959), 『꺼삐딴 리』(1975) 출간, 『신소설 연구』(1986), 『한국 현대문학 논고』(1986) 등 집필. 『전광용 문학 전집』(2011) 출간. *참고 문헌: 권영민, 「전광용론」, 《소설문학》(1984. 12); 조남현, 「전광용론」, 《문학사상》(1988. 9).

민족의 수난사를 더욱 부각시켰다. 그리고 전후 현실과 인간 세태를 그려 낸 「나신(裸身)」(1964)이라든지, 4·19혁명의 과정을 통해 혼란기를 극복해 가는 젊은 세대의 의지를 그린 「젊은 소용돌이」(1966) 등을 발표하면서 역사와 현실에 대한 총체적 인식의 새로운 가능성을 모색하고 있다.

단편소설 「꺼삐딴 리」의 주인공은 일제 강점기, 해방, 한국전쟁이라는 역사의 격동기를 겪으면서 민족사적 비극과 역경을 견디고 살아남은 자를 주인공으로 내세운다. 그런데 여기에서 주목되는 것은 이 주인공이 모든 고통을 정신으로 이겨 낸 승자가 아니라, 일신만을 위한 처세술로서 위기를 넘겨 온 기회주의자라는 점이다. 주인공은 일제 강점기에 제국 대학을 나온 의사로서 자신의 보신을 위해 철저한 친일파가 된다. 그의 성격은 해방 후 평양에서의 소련 점령 아래에서도 그대로 이어진다. 그는 친일파라는 죄목으로 체포되어 감방에 갇히게 된다. 그러나 그는 새로운 지배자에 접근하기 위해 그 언어부터 습득하는 것이 보신을 위한 최선의 방법임을 터득하고 있었으며, 소련인 장교의 혹 수술을 성공리에 끝냄으로써, 자신의 아들을 소련 유학까지 보내게 된다. 그 후 1·4후퇴 때 서울에 온 주인공은 가난한 사람은 진찰하기조차 꺼리는 의사가 된다. 그리고 미 국무성 초청 케이스를 할당받기 위해 대사관 직원에게 고려청자를 선물하는 것이다. 이 작품에서 그려지는 주인공은 교활한 기회주의자로서, 비굴한 권력 지향적 인물이며 위선적인 개인주의자이기도 하다. 작가는 이러한 문제의 인간형이 한국의 상류사회에 널리 포진해 있음을 풍자하고 있는 것이다.

전광용의 장편소설 「나신」은 전쟁이 끝난 후의 혼란스러운 사회상과 세태의 변화를 비판적 안목으로 그려 낸 작품이다. 이 소설의 등장인물들이 보여 주는 개인적 운명은 그 성격에서 연유된 것이 아니라 전후의 궁핍한 현식 속에서 빚어진 것이다. 육체를 수단으로 삼아 돈을 벌지 않으면 안 되는 여주인공과 미군 부대의 쓰레기통을 뒤지며 살아야 하는 주변 인물들은 그 삶의 방식 자체가 모두 당대의 현실 속에서 문제적인 상태로 노출되고 있다. 작가는 비어홀의 여급으로 전락한 여주인공을 통해 전후 현실의 세태를 추적하면서 그 관심을 기지촌의 비리와 병폐를 직시하는 데까지 확대시킨다. 이 소설의 내용은 통속적인 흥미를 불러일으킬 수 있는 것이지만, 비정한 현실을 바라보는 작가의 비판적 태도와 삶의 밑바닥에서 진실하게 살아 보고자 노력하는 주인공들의 끈질긴 생명력이 감동적인 요건으로 부각되고 있다.

소설 「나신」이 전후 사회의 풍속 재현에 주력한 작품이라면, 「젊은 소용돌이」, 「태백산맥」(1963), 「창과 벽」(1967) 등은 한국 현대사의 격동기라고 할 수 있는 1960년대 초반의 정치적 현실을 대상으로 한 작품들이다. 이 작품들은 모두 제1부만으로 끝나고 있기 때문에 소설적 구조에 완결을 기하지 못하고 있지만, 사회의 밑바닥을 살아가는 서민층을 대상으로 하지 않고 지식층의 삶의 고뇌를 포착하고자 했다는 점에서 새로운 관심을 불러일으켰다.

서기원[37]은 「암사지도」(1956)에서 전쟁의 회오리가 휩쓸고 간 후 가치관이 부재한 현실 속에서 부동하는 젊은이들의 고뇌를 그렸다. 전후의 현실 속에서 겪는 인간의 좌절과 방황을 추적해 낸 문제작으로는 「이 성숙한 밤의 포옹」(1960)을 꼽을 수 있다. 이 소설은 전쟁에서의 자기 상실과 죄의식으로 인해 갈등과 절망에 허덕이는 한 탈주병의 파멸 과정을 통해 모든 가치가 파괴되어 버린 전후 세대의 방황을 그려 낸다. 서기원

---

37 서기원(徐基源, 1930~2005). 서울 출생. 서울대 상대 중퇴. 1956년 《현대문학》에 소설 「암사지도」 추천 등단. 동인문학상 수상. 소설집 『마록열전』(1972), 「이 성숙한 밤의 포옹』(1976), 장편소설 「조선 백자 마리아상』(1979), 「왕조의 제단』(1983) 등 출간. 참고 문헌: 홍사중, 「서기원론」, 《문학춘추》(1965. 2); 이보영, 「난세의 부조리와 구원」, 《문예중앙》(1982. 여름).

의 지적인 통찰력이 삶에 대한 총체적인 인식을 문제 삼게 된 것은 「혁명」(1965), 「김옥균」(1968) 등으로 이어지는 역사소설이다. 이들 역사소설은 봉건사회에서 근대사회로의 변환 과정을 점검함으로써, 낡은 가치 체계의 붕괴와 새로운 이념의 형성을 동시에 조망하고 있다. 특히, 동학 혁명을 소재로 하고 있는 「혁명」은 역사 주체로서의 민중의 삶과 그 의식을 소설적으로 형상화하는 데에 성공하고 있다. 서기원의 작품 세계의 또 다른 측면은 상황의 비리에 대한 비판적 접근 태도와 강렬한 풍자 의식을 드러내고 있는 「반공일」(1965), 「오산」(1969), 그리고 연작 형태의 『마록 열전』(1972)까지 확대된다. 정치 체제의 완고성과 정치 조직의 메커니즘을 비판하고 있는 이들 작품은 그의 정확한 문장과 묘사력으로 더욱 완결된 형태를 보여 주고 있다.

이 밖에도 박연희는 「증인」(1956)에서 정치 현실의 비리와 모순을 비판하고, 최상규는 「포인트」(1956), 「단면」(1956) 등에서 자의식의 미궁을 탐색하고 있다. 이와 함께 오상원의 「유예」(1955), 「모반」(1957), 송병수의 「쑈리 킴」(1957), 「잔해」(1964) 등도 전후소설의 성과로 지목된다.

### 인간 탐구와 윤리 의식

전후 현실의 암울함과 그에 대응하는 문학 정신의 치열함을 전후문학의 주류 경향이라고 할 수 있다면, 인간의 내면세계를 진지하게 탐구하거나 전통적인 윤리 의식과 가치관의 변화를 폭넓게 그려 내는 작가들도 적지 않다는 사실을 주목해 볼 필요가 있다. 특히 기성세대의 김동리나 황순원 등이 토속적 공간과 향토적 정서를 배경으로 인간의 삶과 그 본질적 운명의 양성에 대한 소설적 추구 작업을 지속하는 동안 이러한 경향이 전후 세대의 소설에도 자리 잡았음을 볼 수 있다.

오영수[38]는 「화산댁이」(1952)와 「갯마을」(1953)을 통해 자신의 작품 세계를 확립한다. 그의 소설은 토속적 공간을 배경으로 하여 그 속에 살고 있는 순박한 인간들의 인정미를 추구하는 경우가 많다. 그렇기 때문에 어떤 작품에서는 반문명적인 자연 예찬이 과장되어 나타나기도 하고, 향촌에 대한 애정이 심정적인 진술을 통해 제시되기도 한다. 한편 오영수는 「박학도」(1955), 「후조」(1958), 「명암」(1958) 등에서 살벌한 현실에 얽매여 자기 존재의 진정한 의미를 잃어버린 채 살아가는 인간의 비애를 그려 냄으로써, 특유의 서정성과 현실 인식의 두 경향을 동시에 유지하고 있다. 그러나 어떤 경우이든지 오영수의 소설은 그 규모에 있어서 단편성을 모면하지 못하고 있으며, 이른바 산문정신의 결여라고 할 수 있는 서정성에의 함몰을 드러내고 있는 경우가 많다.

오영수의 초기 대표작 「갯마을」은 갯마을을 배경으로 어민의 애환을 낭만적으로 그린 단편소설이다. 주인공은 고기잡이 나간 배가 파선을 당하여 남편이 돌아오지 않자, 비슷한 처지의 마을 과부들과 함께 고달픈 생활을 계속해 나간다. 그러던 어느 날 육지에서 온 남성에게 몸을 허락하고 그를 따라 산골로 떠난다. 그러나 그 남자 역시 징용으로 끌려가자, 홀로 남은 그녀는 고향 바다 냄새가 그리워 다시 갯마을로 돌아오게 된다. 이 작품에서 주인공은 바다를 떠나서는 살 수 없는 갯마을 여인이다. 그녀의 삶에 있어서 가장 중요한 체험은 원초적인 본능에 이어지는 성의 문제와 고향의 문제이다. 작가의 관심이 내부적인 욕망의 표현이라고 할 수 있는 성의 문제만이 아니라, 본능적인 삶의 기반이 되는 자연과의

---

38 오영수(吳永壽, 1914~1979). 경남 울주 출생. 도쿄 국민예술원 수학. 1950년 《서울신문》 신춘문예 당선. 대한민국예술원상 수상. 소설집 『갯마을』(1956), 『명암』(1958), 『황혼』(1976), 『오영수 전집』(1968) 등 출간. 참고 문헌: 문덕수, 「서정의 온상」, 《현대문학》(1959. 3); 김병걸, 「오영수의 양의성」, 《현대문학》(1967. 8); 염무웅, 「노작가의 향수」, 《문학과지성》(1977. 봄); 신경득, 「오영수론」, 《현대문학》(1979. 9).

융화에까지 확대되고 있는 것이다. 작가는 주인공이 지니고 있는 바다에 대한 운명적인 애착과 동경을 이야기의 전면에 부각시키고 있다. 그렇기 때문에 가난이나 풍랑으로 남편을 잃은 갯마을 여인들의 한이 절박한 현실로 그려지지 않는다. 오히려 그들의 삶 자체가 낭만적이고 서정적인 것으로 느껴지는 것이다.

정한숙[39]의 작가적 관심은 토속적인 세계 자체보다 오히려 전통 의식의 새로운 탐구에 집중되고 있다. 「전황당 인보기」(1955)는 사라져 가는 우정과 전통에 대한 애틋한 향수를 문제 삼고 있는데, 이 주제가 작가의 문체상의 특징인 전아함과 잘 어우러져 있는 작품이며, 「고가」(1956)는 한국전쟁을 배경으로 종가 제도를 유지하려는 구세대와 이에서 벗어나려는 신세대의 의식 차이와 대립, 그리고 여기에서 빚어지는 비극을 그린 작품이다. 작가는 이 작품에서 가족 구성원들의 세대 갈등을 통해 종가 제도의 해체 과정을 다루고 있지만, 다른 한편으로 그 제도적인 모순까지도 파헤치고 있다. 서자 출신이거나 천민 출신이라는 이유로 신분적 차별을 받으며 살아온 인물들이 시대의 변화와 더불어 신분 차별의 해소를 위한 투쟁에 가담하게 되는 과정은 이 작품에서 가장 중요한 갈등의 한 부분이다. 물론 그들의 행동은 비극적 결말을 맞지만, 가문의 변화를 유발시키는 핵심적인 요인이 되고 있다. 정한숙의 소설은 불합리한 현실을 극복하면서 이상적인 삶을 추구하고자 하는 방향으로 확대되기도 하였는데, 「Iyeu도」(1960)가 바로 그 구체적인 성과다. 이 작품은 제주의 망망한 대해를 배경으로 하여 전설처럼 내려오는 '이여도'라는 섬에 얽힌 이야

---

39 정한숙(鄭漢淑, 1922~1997). 평북 영변 출생. 고려대 국문과 졸업. 1948년 단편소설 「흉가」가 《예술조선》에 입선. 소설집 「묘안묘심」(1958), 「끊어진 다리」(1962), 「황진이」(1955), 그밖에 「현대 한국 작가론」(1976), 「해방 문단사」(1980), 「현대 한국문학사」(1982) 등 출간. 참고 문헌: 김영화, 「백색의 세계」, 《현대문학》(1981. 4); 김선학, 「좌절과 의지의 인간학」, 《문학사상》(1988. 4).

기를 줄거리로 하여, 유토피아를 찾으려는 사람들의 노력과 함께 강렬한 이상 추구의 정신을 잘 그려 내고 있다. 단편 「닭장 관리」(1963)는 닭장 속에 갇혀 있는 닭의 운명을 현실 세계의 인간 운명으로 비유한다. 독특한 우화적인 기법을 활용하고 있는 이 작품은 남북이 분단되어 있는 한국 민족의 운명까지도 암시하고 있음을 확인할 수 있다.

하근찬[40]은 농촌 생활을 소재로 그의 작품 세계를 확대시킨다. 대부분의 전후 작가들이 전쟁의 상처로 황폐해진 도시 소시민의 내면세계와 부조리한 현실에 관심을 기울이고 있었던 것과는 달리, 그는 인정 넘치고 향토성 짙은 농촌을 배경으로 그들이 겪는 민족적 수난을 사실적으로 묘사하는 일에 주력하였다. 그가 그려 낸 농촌은 사회적 변화에서 유리된 자연 공간은 아니다. 오히려 역사적 수난과 고통을 가장 절실하게 축적해 온 삶의 현장이다. 농촌의 삶과 현실이 역사적 상황에 대응해 문제성을 드러내고 있는 그의 작품 가운데 가장 주목되는 것은 「수난이대」(1957)이다. 이 작품은 일제 식민지 시대의 고통과 한국전쟁의 참극을 겪는 두 세대의 아픔을 동시에 포착한다. 징용에 끌려가 한쪽 팔을 잃은 아버지와 한국전쟁으로 다리를 잃은 아들의 만남은 민족의 수난이 역사적으로 반복되고 있음을 의미 있게 함축하고 있다. 일제 강점기에 징용에 끌려가 노역하던 중 폭격을 당하여 한쪽 팔을 잃은 아버지는 한국전쟁에 참가했다가 돌아오는 아들의 소식을 듣고 신바람이 나서 마중을 나간다. 하지만 한쪽 다리를 잃고 나타난 아들을 보고 깜짝 놀란다. 그러나 집으

---

40 하근찬(河瑾燦, 1931~2007). 경북 영천 출생. 전주사범 중퇴. 1957년 「수난이대」로, 1970년 《한국일보》 신춘문예 당선. 한국문학상 수상. 소설집 「수난이대」(1972), 「흰 종이 수염」(1977), 「일본도」(1977), 장편소설 「야호」(1972) 등 출간. 참고 문헌: 김병익, 「작가의식과 현실」, 《문학과지성》(1973. 봄); 권영민, 「현실적 상황과 소설적 상상력」, 《문학과지성》(1978. 봄); 구중서, 「소재와 상상력」, 《창작과비평》(1980. 봄); 전영태, 「담담한 혹은 정결한 결벽성」, 《소설문학》(1984. 2); 천이두, 「어둠 속에서의 눈뜸」, 《현대문학》(1985. 4).

로 돌아오는 길에 외나무다리를 건널 때 그 아들을 업고 건널 만큼 안정을 되찾으며, 자신들의 신세를 한탄하게 된다. 일제 말기 민족의 고통과 해방 이후 한국전쟁의 비극을 한 가족의 아버지와 아들 이대의 수난사로 연결시키고 있는 이 작품에서 가장 주목되는 것은 이러한 민족의 수난이 한순간의 일회적인 비극이 아니라 민족의 공통적인 문제임을 보여 주고 있다는 점이다. 두 번의 전쟁과 2대에 걸친 비극을 단 하나의 장면으로 응축시켜 감동적으로 극화함으로써 독자로 하여금 전쟁이나 역사가 우리 민족에게 남겨 준 처절한 아픔과 불행을 느낄 수 있도록 하고 있다. 다만 수난을 당한 이들이 상처를 준 역사의 의미를 전혀 파악하지 못하고, 모든 것을 운명적인 것으로 받아들이고 있는 점은 초기 작품의 심정적인 요소로 지적될 수 있다.

「흰 종이 수염」(1959)이나 「왕릉과 주둔군」(1963)은 주체적인 민족의식이 토착적인 세계 속에서 외래적인 것과 갈등하는 양상을 보여 주는 작품들이다. 「흰 종이 수염」은 식민지 시대의 침략 세력인 일제를 겨냥하고 있으며, 「왕릉과 주둔군」은 해방 이후 주둔 미군과 미군의 주둔에 따른 사회상의 변화를 표적으로 삼고 있다. 농민 생활과 농촌 현실에 바탕을 두면서도 한국적인 전통과 풍속에 대해 꾸준한 관심을 보여 온 하근찬의 노력은 장편소설 「야호(夜壺)」(1972)에서 분단의 현실과 민족 정체성의 훼손 문제를 전체적으로 인식하려는 치열한 작가 의식을 통해 일정한 성과에 도달하고 있다. 이 작품에서 작가는 한국 사회가 지켜 온 삶의 규범과 가치가 주둔 미군의 행태에 의해 여지없이 짓밟히고 파괴당하고 있음을 보여 준다. 민족의 삶이 어떤 외부적인 세력의 힘에 의해 좌우되어서는 안 된다는 의지가 작품의 저변에 작용하고 있음을 확인할 수 있다.

1960년대 소설 문단에서 새롭게 주목받은 김정한[41]의 활동은 동시대의 작가들과 확연히 구별되는 특징을 지니고 있다. 김정한은 1930년대 후반에 문단에 나섰으나 오랫동안 침묵을 지켜 오다가 「모래톱 이야기」(1966), 「수라도」(1969), 「뒷기미 나루」(1969), 「인간단지」(1970) 등을 통해 자기 문학 세계를 회복한다.

「모래톱 이야기」는 김정한이 일제 강점기 말에 절필한 이래 20여 년 가까이 침묵을 지키다가 발표한 문단 복귀작으로 화제를 불러일으킨 작품이기도 하다. 이 작품은 김정한의 다른 작품들과 마찬가지로 농촌을 배경으로 하고 있다. 낙동강 모래가 쌓여서 이루어진 조그만 섬이 소설의 무대를 이룬다. 이 섬은 일제 식민지 시대에 총독부 권력에 의해 수탈당한 고통의 역사를 지니고 있다. 그러나 농민층에 대한 수탈은 일제 강점기에만 국한되지 않고 해방 후에도 지속된다. 주민들은 선조로부터 물려받은 땅을 이리저리 빼앗기고만 살아온 것이다. 이 섬을 둘러싸고 일어나는 농민들의 갈등은 홍수를 계기로 하여 폭발한다. 섬 주민들은 홍수가 나자 둑을 파괴하려 한다. 이 작품은 현실의 모순에 저항하는 중심인물이 투옥됨으로써 농민들의 요구가 제대로 실현되지 못함을 보여 주지만, 농촌 현실의 모순을 철저하게 규명하고 있다는 점에서 설득력을 지니고 있다. 이처럼 김정한의 소설은 투철한 작가 의식에 입각하여 창작되는데, 주로 근대화 과정에서 소외되기 시작한 농촌의 현실을 비판적으로 그려 내고 있다. 억눌리고 가진 것 없는 자들의 고통스러운 삶을 그려 내는 그의 문학이 1960년대 후반 이후부터 논의되기 시작한 리얼리

---

41  김정한(金廷漢, 1908~1996). 경남 동래 출생. 일본 와세다 대학 부속 제1고등학원 문과 수학. 1936년 《조선일보》 신춘문예에 소설 「사하촌」 당선. 소설집 「낙일홍」(1956), 「인간단지」(1971), 「제삼병동」(1974), 「수라도」(1975), 「모래톱 이야기」(1976) 등 출간. 참고 문헌: 김종출, 「김정한론」, 《현대문학》(1969. 1); 김병걸, 「김정한 문학과 리얼리즘」, 《창작과비평》(1972. 봄); 김종균, 「김정한 초기 소설과 죽음의 두 양상」, 《광장》(1988. 9).

즘론의 실천적인 기반을 제공해 주었다.

김정한의 후반기 소설 작업을 대표할 수 있는 중편소설 「수라도」는 할머니의 임종을 지켜보는 손녀가 할머니 생애의 여러 사건을 회고하는 형식으로 서술되어 있다. 작가는 때때로 3인칭 서술을 통해 독자들에게 직접 이야기해 주는 듯한 태도를 취하기도 한다. 한 여인의 삶을 통해 민중의 수난의 삶을 깊이 있게 그려 낸 이 작품에서 작가는 오늘을 살고 있는 젊은 세대들에게 되새길 만한 가치를 가진 사건을 선택적으로 재현하여 보여 주고 있다. 작가의 평이하고 간결한 문체도 이 같은 의도에 일조한다. 「수라도」는 그 소설적 장치의 성격에도 불구하고 결코 절망이나 체념 같은 비관주의에 물들지 않는다. 삽화적으로 처리되는 이야기 속에서 재구성되는 할머니 가야 부인의 일대기는 한민족의 수난의 역사인 동시에 시련을 이겨 나가는 투쟁의 역사라고 할 수 있다.

이 시기에 농민문학의 새로운 문제성을 꾸준히 추구했던 오유권의 소설도 독특한 개성으로 자리 잡고 있다. 오유권[42]은 농촌을 배경으로 그 속에서 이루어지는 농민들의 삶에 깊은 애정을 가지고 그 삶의 변화 과정을 사실적으로 추적한다. 그의 소설 「방앗골 혁명」(1962)은 사회적 변화 과정이라는 구조적 관점에서 농촌 공동체가 점차 붕괴되고 그 속의 구성원들이 계층적 갈등을 보이며 6·25 전쟁을 겪는 이야기를 실감 있게 그렸다. 전원의 평화로움이나 자연의 아름다움이라는 농촌에 대한 환상 대신에 전쟁과 역사의 격변 속에서 이념적 갈등을 겪는 '방앗골'의 사람들을 소설적 무대 위로 올려놓았던 것이다. 한국전쟁이 이들에게 남긴 상처는 회복되기 어려울 정도로 깊다. 오랫동안 '방앗골' 사람들은 자

---

42  오유권(吳有權, 1928~1999). 전남 나주 출생. 1955년 단편 「두 나그네」와 「참외」로 《현대문학》의 추천을 받아 등단. 현대문학상, 흙의 문학상 수상. 장편소설 「방앗골 혁명」(1962), 「황토의 아침」(1967), 「여기수(女旗手)」(1969), 작품집 「농지 상한선」(1988) 등 출간.

작농이 사는 상촌과 빈민들이 사는 하촌으로 나뉘어 살면서 서로 갈등을 일으켜 왔다. 그리고 한국전쟁이 일어나자 공산당과 연결된 하촌 사람들은 국군에게, 반대로 상촌 사람들은 인민군에게 살해당한다. 계층 갈등이 이념 대결로 이어지면서 엄청난 살육의 비극을 초래한 것이다. 이들이 다시 살아갈 수 있는 길은 형편없이 붕괴된 농촌 공동체를 새롭게 복원하는 데 있다. 말하자면 계층 갈등과 이념 대립을 동시에 극복해 내는 길, 그것이 바로 '방앗골'의 혁명에 해당한다. 오유권은 1970년대 이후에도 농민의 삶의 애환을 지속적으로 파헤치면서 도시 서민층의 향수 공간으로 전락한 농촌을 자신의 소설 세계 속으로 끌어안고 있다. 「농지 정리」(1970)와 같은 작품에서는 이른바 근대화라는 이름의 졸속 행정 때문에 피폐해 가는 농민들의 참상을 고발하며, 「정월 대보름」(1974)은 농촌의 명절 풍경을 공동체의 마지막 보루처럼 지켜보고 있다. 오유권 소설의 특성은 거대한 근대화의 물결 속에서 쇠퇴해 가는 농촌의 현실과 그속에서 하층민으로 살아야 하는 농민의 삶의 문제를 농민의 시각에서 그려 낸 점이라고 하겠다. 특히 그는 불합리한 현실에 대해 비판적 시각을 유지하면서도 토속적 공간으로서 농촌의 인정미를 구수한 호남 방언으로 형상화함으로써 자기 소설의 세계를 구축했다.

## 분단 상황의 소설적 인식

1950년 한국전쟁은 한국의 남북 분단을 고정시킨 비극적인 계기가 되었으며, 분단 상황 자체의 문제성이 전후의 한국 사회를 조건 지어 놓고 있다. 그러므로 한국문학은 전쟁을 겪은 후부터 심각한 이념적 분열을 드러낸 채 분단 논리를 벗어날 수 없게 되었다. 전후소설은 전쟁과 이념의 맹목성에 대한 저항과 인간 존재에 대한 근본적인 질문을 제기하기도 하였으나, 대체로 삶을 전체적으로 인식하지 못한 상태로 비판과 저항의 포즈를 드러낼 뿐이었다. 하지만 한국 사회가 전쟁의 혼란으로부터 점차 벗어나기 시작하자, 전쟁을 불러일으켰던 이념과 체제에 대한 거부와 반항이 문학의 영역에서 싹트기도 하였고, 새로운 삶의 지표와 가치의 정립을 위한 몸부림도 나타나게 된다. 본격적인 분단문학은 이 같은 과정 속에서 성립되고 있다.

이호철[43]은 초기 작품인 「나상」(1956), 「파열구」(1959) 등에서 황폐한 현실 상황과 삶의 허무를 다루고 있다. 하지만 그의 소설 세계는 전체적으로 경험적 상상력에 기초하여 분단 현실의 모순을 파헤치고 있는 점이 특징이다. 그의 소설적 관심이 실향 의식이라는 개인적인 피해 의식에서 분단 의식이라는 민족사적인 과제로 확대, 심화되고 있는 것은 단순한 작가의 정신적인 변모만을 뜻하는 것이 아니라 분단 시대의 역사적 전개와 서로 대응하고 있다는 점에서 주목의 대상이 된다.

단편소설 「탈향」(1955)의 주인공들은 전쟁으로 모든 것을 잃어버린 사람들이다. 그들은 엄청난 상실감을 메울 수 있는 가능성을 발견하지 못한 채 어렴풋하게 떠올리는 고향의 추억으로 착잡한 심경을 달랜다. 물론 작가 이호철은 이 같은 문제 인식에 만족하지 않는다. 그는 황폐한 터전에 새로운 삶의 뿌리를 내리는 작업에 관심을 기울이게 된다. 일상적인 생활 공간에서 자기 삶의 뿌리를 지탱하지 못하고 있는 소시민들의 형상은 그가 가장 즐겨 다루어 온 소설적 소재들이다. 장편소설 「소시

---

43 이호철(李浩哲, 1932~2016). 함남 원산 출생. 원산중학 졸업. 1955년 《문학예술》에 소설 「탈향」 발표. 1962년 동인문학상 수상. 소설집 『나상』(1961), 『닳아지는 살들』(1975), 『소시민』(1979) 등과 『이호철 전집』(1989) 등 출간. 참고 문헌: 천이두, 「피해자의 미학과 이방인의 미학」, 《현대문학》(1963. 10~11); 김주연, 「왜곡된 소외의 사회학」, 《세대》(1967. 4); 김치수, 「관조자의 세계 — 이호철론」, 《문학과지성》(1970. 겨울); 이보영, 「소시민적 일상과 증언의 문학」, 《현대문학》(1980. 8); 권영민, 「닫힘과 열림의 변증법」, 《문학사상》(1989. 5); 이호규 외, 『이호철 소설 연구』(새미, 2001).

민」(1964)에서부터 「남풍북풍」(1973)에 이르기까지 작품 속에 등장하는 인물들은 모두 왜소한 모습으로 뒤틀려 있다. 이들은 모두 실향 체험에서 비롯된 강한 피해 의식으로 인하여 새로운 삶의 터전을 제대로 가꾸지 못한다. 여기에서 작가는 뿌리 뽑힌 자들의 방황과 자기 상실의 문제를 일상의 차원에서 치밀하게 그려 냄으로써 '실향민 의식'의 구체적 징후들을 소설적으로 형상화하는 데에 성공하고 있는 셈이다.

　이호철의 전반기 문학 세계를 대표하는 장편소설 「소시민」은 그가 적극적으로 관심을 기울이게 된 '삶의 뿌리 내리기' 작업에 대한 하나의 보고서이다. 이 작품은 한국전쟁 당시 이북에서 남하하여 부산에서 피난 생활을 하는 소년의 체험담이 중심을 이루고 있다. 제면 공장을 둘러싸고 일어나는 갖가지 사건과 그 사건에 연루되는 여러 유형의 인간들을 통해 전쟁으로 인해 파생되는 사회 저변의 여러 문제와 시대상의 변화를 추적한다. 이 소설에서 그린 피난 시절의 부산은 "어디서 무엇을 해 먹던 사람이긴 이곳으로 밀려들면 어느새 소시민으로 타락하기 마련인 공간"으로 성격화된다. 그러므로 소설 속에서 등장인물의 운명이나 성격은 그리 중요시되지 않는다. 어쩌면 주인공이라고 명백하게 내세울 만한 인물도 없다고 할 수 있다. 뿌리 뽑힌 채 파편화된 인간들의 모습을 하나의 공간, 하나의 상황 속에 얽어 놓았기 때문이다. 그러므로 「소시민」의 경우 그것이 분명 혼돈의 시대를 그려 내었음에도 불구하고 작품을 통해 그 시간적 경과와 사회적 변화의 과정을 역사적 관점에서 총체적으로 이해한다는 것은 불가능하다. 이호철은 역사성을 제거한 대신에 소설의 내면 공간을 최대한 확대함으로써, 피난 시절 부산에서 서로 부딪치며 살아온 사람들의 삶의 상황을 극대화한다. 이호철은 「소시민」 이후 일상의 주변에 관심을 기울이면서 삶의 나태와 무기력을 묘파하기도 하고, 적극적인 의지로 현실 문제에 접근하기도 한다. 그의 소설적 작업이 개인적인 체험에서 비롯된 실향 의식을 넘어서서 역사성의 의미에 대한 추구 작업으로 확대된 것은 분단의 모순에 대한 비판적인 접근을 강행한 리얼리스트로서의 자세를 확립하고 있었기 때문이다. 이 작업의 과정에서 「서울은 만원이다」(1966)에서와 같이 세속적인 일상사를 그려 내려는 작가의 노력도 큰 성과를 거두게 된다.

그런데 이호철의 소설 세계는 1970년대에 접어들면서 큰 변화를 겪는다. 이호철이 즐겨 다루었던 고향 상실의 모티프가 개인적인 내면 의식보다 민족 분단의 역사적 상황과 결부됨으로써 더욱 강렬한 사회적 의미를 획득하고 있다. 고향 상실이라는 개인의 정신적 상처는 민족 분단의 비극과 연결되어 언제든 사회적 차원으로 확대될 수 있는 가능성을 지니고 있었던 것이다. 실제로 그의 소설에서는 평범한 사람들의 생활 공간에도 그 내면에는 분단 상황의 어두운 그림자가 짙게 드리워져 있다. 이 변화의 과정에서 이호철이 삶의 전체적인 균형과 윤리적인 요건을 보다 포괄적인 자세로 조망할 수 있는 위치를 선택했다는 것은 주목을 요한다. 소설 「큰 산」(1970)으로 상징되는 가치 체계에 대한 그의 인식은 삶의 문제를 인간적인 관점에서 이해하고자 하는 그의 태도 변화를 극명하게 보여 주고 있기 때문이다. 물론 이러한 균형 감각은 폭력으로 치닫는 현실 정치에 의해 여지없이 파괴당한다. 그는 1970년대 유신 독재 체제 아래에서 한동안 글을 쓰지 못하지만 자신의 문학적 실천을 새로운 역사적 단계로 끌어올릴 수 있는 기회를 얻게 된다. 그는 현실의 비리와 부조리가 궁극적으로 분단의 모순에서 비롯되고 있음을 확인하게 되었고, 분단 모순의 극복을 위해 다시 그의 소설적 작업에 힘을 기울인다. 그 결과로서 「그 겨울의 긴 계곡」(1978), 「물은 흘러서 강」(1984) 그리고 「문」(19818)과 같은 장편소설을 대면할 수 있게 된 것이다.

이호철의 장편소설 「문」은 1970년대 유신 독재 체제의 폭력적 사회 현실을 배경으로 하고 있지만 분단 상황에 대한 비판적 인식과 그 극복 의지를 극명하게 제시하고 있는 점이 서사의 핵심으로 작용한다. 특히 이 소설이 작가의 자기 체험과 직결되어 있다는 사실도 주목을 요한다. 이른바 '문인 간첩단 사건'으로 옥고를 치렀던 작가가 조작된 정치적 사건의 피해 당사자로서 자기 입장을 서사적 공간에 객관적으로 배치시킴으로써, 그 현실 공간의 폐쇄성에 도전하고 있기 때문이다. 장편소설 「문」의 이야기에서 중요한 갈등은 주인공이 감방 안에서 자기 고향 출신의 간첩 사형수를 만나면서부터 고조된다. 동일한 감방 안에서 남으로 밀파된 간첩으로 사형 언도를 받은 인물과 주인공이 서로 대면한다. 주인공은 유사한 죄명을 갖고 있는 두 사람 사이의 미묘한 입장과 이념적 노선에 대해 깊이 생각한다. 그러고는 결국 닫혀 있는 이데올로기의 문과 폐쇄된 정치 상황의 문을 남과 북에서 동시에 열어야만 한다는 결론에 도달하게 된다. 남쪽은 남쪽대로 스스로 걸어 잠그고 있는 정치적 독신의 문을 열고 북쪽은 북쪽대로 유폐된 이념의 문을 열 때, 분단 상황을 극복할 수 있는 가능성을 발견할 수 있다. 자기 상황의 폐쇄성을 스스로 극복하는 길만이 남북 분단의 상황을 극복할 수 있다는 이 주장 속에는 닫힌 상황성의 의미를 문제 삼아 온 작가 이호철의 고뇌가 끝닿은 모습이 짙게 투영되어 있다. 그것은 폐쇄된 상황으로부터의 탈출이며, 무엇보다도 당당하게 자기모순을 극복하는 일이다. 바로 여기에서 자유와 민주의 의미가 연결되며 폐쇄된 상황 논리를 벗어나게 된다.

이호철 소설의 궁극적인 지점에 연작소설 『남녘 사람 북녘 사람』 (1996)이 자리 잡고 있다. 이 소설은 「남에서 온 사람들」을 비롯하여 「칠흑 어둠 속 질주」, 「변혁 속의 사람들」, 「남녘 사람 북녘 사람」, 「세 원형소묘」 등 모두 다섯 편의 이야기를 연작 형식으로 엮었다. 이 소설의 이야기는 작가 자신의 전쟁 체험을 회고하는 내용이 핵심을 이룬다. 1950

년 7월 고향에서 고등학교 3학년 때 인민군으로 전쟁에 투입되었다가 그해 10월 초 국군 포로가 되었던 생생한 체험을 분단 상황에 대한 인식을 바탕으로 새롭게 구성하고 있다. 물론 「남녘 사람 북녘 사람」에서 그려지는 전쟁의 상황은 인민군으로서의 참전 체험에만 국한되는 것은 아니다. 전쟁 와중에 주인공이 목격했던 숱한 인간들과 우여곡절의 사건들이 있다. 그러므로 이 소설은 전쟁 그 자체보다 그 속에서 발견한 인간의 본래적인 모습이 더욱 공감을 자아낸다. 이념과 체제의 대립을 넘어서 작가가 그리려는 것이 '사람 사는 세상' 어디에나 있을 수 있는 본래의 사람이다. 이것은 정치적 상황이나 이념적 갈등과 같은 현실 문제를 넘어서 분단 문제를 보다 근원적인 조건에서 접근하는 방식이라고 할 수 있다. 이호철의 작품 세계의 변모 과정은 개인의식을 뛰어넘어 역사성의 의미 추구로 내닫는 주제와 기법의 변증법적 통합 과정으로 이해할 수 있다. 그러므로 그의 소설은 '실향민 의식'에서 '분단 의식'으로 발전했다는 단선적인 논리만으로는 그 소설적 감응력을 설명할 수 없다. 그의 소설은 작가로서 원초적인 아픔이 되었던 실향 의식으로부터 벗어나는 길에서 출발했고, 분단 상황의 고통을 극복해 나아갈 수 있는 방법의 모색으로 이어져 왔다고 할 수 있다.

최인훈[44]의 등단 작품 「GREY 구락부 전말기」(1959)는 스토리의 전개가 모호하고 작품 전편을 통하여 작가의 관념이 짙게 배어 있다. 이 작품

---

44 최인훈(崔仁勳, 1936~2018). 함북 회령 출생. 서울대 법대 중퇴. 1959년 《자유문학》에 「GREY 구락부 전말기」 발표. 1967년 동인문학상 수상. 소설집 『총독의 소리』(1967), 『서유기』(1971), 『소설가 구보씨의 일일』(1972), 장편소설 『광장』(1960), 『회색인』(1963), 『화두』(1994) 등과 『최인훈 전집』(1979) 출간. 희곡 『옛날 옛적에 훠어이 훠이』(1979) 등 발표. 참고 문헌: 김윤식, 「최인훈론」, 《월간문학》(1973. 1~2); 천이두, 「밀실과 광장」, 《문학과지성》(1976. 겨울); 정과리, 「자아와 세계의 대립적 인식」, 《문학과지성》(1980. 여름); 김인환, 「모순의 인식과 대응 방법」, 《문예중앙》(1982. 봄); 이태동 편, 『최인훈 ── 한국문학의 현대적 해석 19』(서강대 출판부, 1999); 김미영, 『최인훈 소설연구』(깊은샘, 2005); 정영훈, 『최인훈 소설의 주체성과 글쓰기』(태학사, 2008).

에 등장하는 인물들은 대체로 자신의 내부 세계에서 사물과 사상을 의식적으로 조작한다. 그들은 행동이 없고 관조만 있는 자기 응시의 인간들이다. 철저한 무위를 행동 강령으로 삼는 회색 집단을 통해 삶의 방향을 설정하지 못한 젊은이들의 우울과 방황을 형상화한다. 이러한 작가의 관심이 역사의식과 현실 감각을 확보하면서 확대되고 있는 것은 「광장」(1960), 「구운몽」(1962), 「크리스마스 캐럴」(1966), 「회색인」(1964), 「총독의 소리」(1976), 「소설가 구보씨의 일일」(1972)을 통해 확인된다. 최인훈 소설의 특징은 작가가 소설을 통해 다양한 기법으로 형상화하는 정치적 상상력이다. 최인훈의 소설은 허구적 자아의 형상과 경험적 자아로서의 작가가 특이하게 대치함으로써 아이러니의 국면을 연출하고, 그러한 상황적 아이러니가 작가의 정치적 입장과 태도를 암시하게 된다. 특히 그의 소설적 공간이 분단 상황이라는 정치적 현실과 밀접하게 연관되는 점은 이러한 특성을 암시하는 근거가 된다. 그는 분단 상황과 거기에서 빚어진 정치 현실의 문제성을 특이한 알레고리와 패러디를 통해 소설적으로 구체화시켰다. 그의 정치적 상상력은 삶의 현실과 모든 국면이 정치적인 상황이 될 수밖에 없다는 판단에 기초하고 있다. 특히 최인훈은 민족 분단이라는 당대 현실과 그 상황 속에서 이루어지는 모든 일들이 정치적인 것에서 자유로울 수 없음을 분명히 인식하고 있다. 그는 분단 상황에서 야기된 이데올로기의 편향성과 반공 반일 노선의 이율배반적 속성을 치밀하게 분석하여 하나의 새로운 알레고리를 창안했다.

최인훈의 작품 세계에서 주목되는 작품 중 하나는 「광장」이다. 1950년대 이후 본격적으로 분단 문제에 접근한 대표적인 예로 손꼽을 수 있는 이 작품은 민족의 분단을 이데올로기의 갈등으로 파악하고 있으며, 그 선택의 기로에서 방황하는 인간상을 제시하고 있다. 이 소설의 주인공은 젊은 철학도이다. 그가 해방 공간의 혼란 속에서 감행하는 가치 선택을 위한 지적 모험이 이 소설의 참주제와 연결된다. 주인공은 서울에서 공부하며 이상을 키워 나가지만, 북에서 활동하던 아버지가 공산주의자임이 판명되면서 경찰의 혹독한 취조를 받게 된다. 자신의 삶과는 무관하게 관념적 상태에서만 의식하고 있던 남북의 분단과 이념적 갈등이 현실적인 삶의 문제로 대두되어 주인공에게 정신적인 고통을 가하게 된다. 그는 남한 사회가 자유당 정권의 부조리와 사회적 부패로 혼란에 빠져 있으며, 개인적으로 누리는 행복에서 삶의 가치와 의미를 찾는 사회 풍조로 인하여 진정한 공동체의 삶을 이룰 수 없는 개인주의가 팽배해 있음을 냉엄하게 비판한다. 그리고 자신이 꿈꾸던 참다운 삶의 광장을 찾아 배편으로 북한으로 넘어간다. 그러나 주인공은 북한에도 사회주의가 내세우는 당의 공식적인 명령과 그에 대한 복종만이 있을 뿐임을 알게 된다. 그가 그리던 진정한 삶의 광장은 북에도 없었던 것이다. 결국 작품의 주인공은 남과 북을 놓고 스스로의 판단에 의해 자신이 꿈꾸었던 이념을 선택하고자 하지만, 어느 곳에서도 삶의 참다운 의미를 발견하지 못한다. 이러한 허무주의적 사고로 인하여 주인공은 이 소설의 결말 부분에서 남과 북을 모두 버리고 제3국을 선택한다. 물론 이 같은 선택은 자기 주체에 의해 삶의 가치를 확립할 수 없는 시대적인 강요로 이루어진 선택이라는 점에서 비극적인 의미를 가진다. 이 작품에서 작가는 북쪽의 사회구조가 갖고 있는 폐쇄성과 집단의식의 강제성을 고발하면서 동시에 남쪽의 사회적 불균형과 방일한 개인주의를 비판한다. 제삼자적인 입장에서 볼 때 남과 북 어느 쪽도 인간의 진정한 삶을 충족시키기 어렵다는 판단이 이에서 비롯된다. 이 소설은 결말에서 주인공의 자살을 암시함으로써 이념 선택의 기로에서 개인의 정신적 지향의 한계를 극적으로 제시하고 있다. 그리고 이러한 비극적 구도를 통해 완강하게 고정되고 있는 분단 상황에 대한 비판적 인식을 가능하게 한다.

장편소설 「광장」의 연장선상에서 최인훈이 대비적으로 그려 낸 또 하나의 소설적 개성은 「회색인」을 통해 구체화된다. 이 소설은 「광장」과는 달리 행위와 사건을 중심으로 하는 구성보다는 주인공의 내적 독백과 관념적 사유를 중심으로 이야기를 전개한다. 이 작품의 배경은 4·19 학생 혁명 직전의 한국 사회이며, 자유당 정권의 몰락을 기점으로 새롭게 변화하기 시작하는 한국 정치사의 분기점을 시간의 축으로 삼고 있다. 이야기의 주인공은 한국전쟁 당시 고향을 북한에 두고 월남한 지식인 청년 '독고준'이다. 자기 존재의 의미와 정체성을 찾지 못하고 방황하는 독고준은 남한 사회를 뒤덮고 있는 분단 상황의 고통과 편향된 이데올로기의 틀 안에서 현실의 삶에 제대로 뿌리내리지 못한 채 방황한다. 「회색인」의 주인공은 모든 일에 의욕을 잃고 소극적이며 회의적이다. 특히 월남해서 살던 아버지마저 세상을 떠나자 그는 자신의 삶의 방향을 전혀 가늠하지 못하고 괴로워한다. 이와 같은 인물의 설정은 남과 북의 현실을 모두 거부한 채 제3국으로의 도피를 택했던 「광장」의 주인공 이명준의 경우와 일맥상통한다고 할 수 있다. 그는 때때로 떠오르는 북한 땅, 고향에서의 유년 시절을 뿌리치지 못한다. 월남한 아버지로 인해 어린 나이에도 주변으로부터 감시의 대상이 되었던 그는 자신이 서 있는 남한의 현실 속에서도 언제나 소외될 수밖에 없는 자신의 모습을 뿌리 뽑힌 존재로 인식할 수밖에 없다. 이 소설에서 독고준이 보여 주는 현실에 대한 태도는 자신의 운명적인 삶에 대한 끝없는 질문과 사색을 통해 어느 정도 방향성을 드러낸다. 행동과 실천보다 깊은 고뇌와 지적인 사색을 통해 문제의 궁극을 찾아가고자 하는 이런 태도는 작가 최인훈이 창안해 낸 관념적 인간형의 존재 방식이라고 할 수 있다.

최인훈이 자신의 소설 쓰기에서 관념소설로서의 특성을 그대로 유지 발전시키면서 새롭게 발견한 형태가 연작소설 「총독의 소리」이다. 「총독의 소리」는 여러 편의 작품이 이어져 있기 때문에, 연작의 형식에서 중시하고 있는 연작성의 요건을 갖추고 있다. 하지만 서사의 기본 요소가 되는 행위 구조가 결여되어 있어서 일관된 흐름이나 발전을 보여 주는 잘 짜인 하나의 이야기 형태를 드러내지는 않는다. 가상적인 인물로서 총독의 존재만이 설정되어 있고, 그의 모습은 일련의 연설 형태가 되어 버린 담화의 내용 속에 감춰져 있을 뿐이다. 주동적인 인물이 벌이는 행위가 없으므로 사건도 없고, 사건이 없기 때문에 그것은 뒷받침해 주는 배경도 상정할 수 없다. 오직 담화의 상황 자체만이 작품 내적인 구조를 지탱하도록 되어 있으므로, 상황성의 반복만이 연작으로서의 성격을 규정해 준다. 「총독의 소리」의 내적 구조는 독특한 어조로 이어지는 담화 형식으로 이루어져 있다. 담화는 화자(話者)와 청자(聽者)가 있고, 담화의 내용을 이루는 메시지가 있어야 한다. 그리고 메시지는 내적 상황과 외부적인 국면을 설정하기 마련이다. 연작소설 「총독의 소리」에서 각 작품 형태의 근간을 이루고 있는 담화 형식은 그 자체가 다분히 사회적인 성격을 띤다. 누구의 담화이며, 누구를 대상으로 하며, 무엇을 말하고자 하는 것인가를 생각하지 않을 수 없도록 만드는 독특한 담화 공간을 상정해야 하기 때문이다. 담화의 형식은 화자와 청자 사이의 일련의 사회적 관계 안에서 그 용법과 의미가 규정되는 것이다. 물론 모든 언어 형식 자체가 가상의 현실 공간에서 이루어지고 있으므로, 담화 공간으로서의 상황 설정이 중요한 의미를 지니는 것이다. 여기에서 주목되는 화자의 존재는 담화의 목소리 속에 감춰져 있는 총독이다. 한국 내에 비밀 조직인 조선총독부 지하부가 있고, 이 비밀 단체가 비밀 방송을 통해 총독의 담화 내용을 내보내는 것으로 상황이 설정되어 있다. 해방 이후 오랜 세월이 지난 후에 다시 조선총독부 지하부라는 조직의 존재를 내세운 것 자체가 다분히 풍자적이지만, 총독의 담화 내용이 역설적으로 한국의 현실 정치와 연관된 여러 문제를 거론하는 것도 의도적인 고안임을 알 수 있다. 그런데 이러한 허구적 장치는 작가 자신이 현실 세계에 대해 갖고 있는 정치적 이념과 태도를 위장하기 위한 하나의 수사적 고안이다. 우선 작품 내적인 상황 설정에서 중시되는 조선총독부 지하부와 총독의 존재 설정에서부터 그 정치적 의도를 분명히 알 수 있다. 한국인들에게 있어서 일본은 한국 근대사의 왜곡된 전개를 획책한 제국주의의 부정적인 표상이다. 조선총독부는 일본 제국주의의 한국 침략과 식민지 지배 과정에서 한국인들의 증오의 대상이 되었고, 그 책임자인 총독도 마찬가지였음은 물론이다. 작가는 바로 이러한 가상의 존재를 한일 수교가 타결된 1960년대 후반 한국의 정치 현실 속에 설정하고 있다. 그리고 이 허구적인 장치를 통해 현실 정치의 모순을 폭로하고 희화화하고 있으며, 현실의 문제성을 역설적으로 비판하고 있는 것이다. 이 작품에서 작가는 1960년대 후반의 한국 정치 상황을 뒤집어 보고 있다. 실제로 작품 속에서 '귀축영미(鬼畜英美)'로 대변되는 서구 제국주의의 팽창, '러시아'로 지칭되고 있는 국제 공산주의의 야욕, 그리고 '조선총독부'의 존재를 다시 재현시킨 일본의 성장 등을 국제적인 역학 관계로 설정한다. 여기에서 논의의 중심에는 물론 분단 한국의 현실이 놓여 있다. 작품 내적인 구조로 볼 때 「총독의 소리」는 한국인들에 대한 일본 총독의 담화로 꾸며져 있으므로, 표면적인 일본의 입장을 중심으로 그 내용이 채워진다. 물론 이러한 상황 설정 자체가 하나의 역설이지만, 한일회담 이후 한국에 대한 일본의 영향력의 확대를 생각한다면 그것은 설득력 있는 고안이라고 할 수 있다. 「총독의 소리」의 문학적 성과는 결국 작가의 정치적 상상력과 연관 지어 설명할 수밖에 없다. 이 작품의 형식적 요건이나 미학적인 요건이 모두 정치적 효과를 위한 고안으로 생각될 수 있기 때문이다. 그러므로 이 작품의 속성은 비역사적 추상화의 방법을 뜻하는 '관념'이라는 용어만으로는 규정하기 힘들다. 오히려 당대 현실 속에서 이 작품에 제기하는 문제의식의 지향이 갖는 정치적인 효과를 생각해야 할 것이다. 여기에서 주목해야 할 것은 「총독의 소리」가 빚어내는 새로운 정치 담론의 공간이 1960년대 후반기의 상황에서 요구되는 새로운 이념의 광장으로 든든하게 자리 잡지 못했다는 사실이다. 자유주의적 휴머니즘을 표방하는 작가의 태도가 엄숙주의 정치 이데올로기에 대응할 만한 유연성을 유지할 수 있는 공간을 누리지 못했기 때문이다. 다시 말하자면 「총독의 소리」는 시대 상황의 위기를 지적하는 다급한 목소리의 문학으로 기록되고 있을 뿐이다. 이 작품이 신식민주의의 도래에 대응할 만한 단단한 이념의 틀을 정치적 상상력 안에서 구체적으로 풀어내지 못한 것은 당대 정치의 이념적 고정성과 폐쇄성에서 기인한다. 최인훈이 1960년대를 넘어서면서 서사 장르 대신에 「어디서 무엇이 되어 만나랴」(1970), 「옛날 옛적에 훠이훠이」(1976), 「달아 달아 밝은 달아」(1978) 등의 극 양식을 새롭게 시험한 것은 관념의 늪에 빠져든 자신의 문학 세계를 전환시켜 보고자 했던 노력이라고 할 수 있다.

강용준은 「철조망」(1960) 이후 전쟁 체험을 바탕으로 한 「밤으로의 긴 여로」(1969), 「광인일기」(1970) 등을 내놓았다. 이 작가의 특징은 극한으로 치닫는 소설적 상황의 설정과 이에 반발하는 운명적인 인간의 도전을 통해 끊임없는 생명력을 확인하는 점에서 찾아진다. 전후 세대 작가들이 흔히 보여 주었던 절망과 좌절의 인간상을 극복하고, 인간 의지를 실현해 보이는 이 작가의 노력은 전후문학의 긍정적인 자기 변혁을 의미한다. 물론 자기 체험의 소설적 형상화 과정에서 보이는 심정적인 작가의 간섭이 기법적인 측면에서 지적될 수도 있다. 그러나 전쟁의 참극을 보편적인 인간 존재의 문제와 직결시키고 있는 노력을 주목해야 한다.

이 밖에도 유현종과 정을병은 부조리한 현실 상황에 대한 비판과 대결의 의지를 구현하려는 다양한 소설적 시도를 보여 주었다. 「그토록 오랜 망각」(1966), 「열리지 않는 문」(1967), 「불만의 도시」(1968) 등으로 이어지는 유현종의 소설적 시각은 현실의 정치적 문제에 대한 비판을 강하게 드러내고 있다. 정을병은 「개새끼들」(1966), 「아테나이의 비명(碑銘)」(1968), 「유의촌(有醫村)」(1968), 「말세론」(1968) 등에서 사회적 모럴의 붕괴와 상황적 비리를 고발한다. 그의 시선은 유현종보다 더 냉혹하며, 강렬한 풍자 의식을 겸비하고 있다. 또 분단의 모순을 풍자한 남정현의 「분지」(1965), 지식인의 파탄을 냉철하게 그려 낸 손장순의 「한국인」(1969), 일상의 현실 속에서 부유하는 인간상을 대중적 감각에 맞춰 묘파한 홍성유의 「비극은 없다」(1957) 등도 당대 독자의 호응을 얻었던 작품들이다.

### (4) 여성소설의 성장

한국 현대문학에서 여성문학이 계몽기적 단계를 마감하고 새로운 자기 영역을 열어 가게 된 것은 1950년대 이후의 일이다. '여류문학'이라는 명칭으로 지칭되었던 일제 강점기의 여성문학은 소수의 여성 문인의 등장을 통해 그 가능성을 인정받았으며 전통 사회에서 여성에 대한 속박을 당연시하였던 편견에서 벗어나 여성의 해방과 사회적 지위의 획득을 문제 삼는 것으로서 그 존재 의미를 인정받았다. 더구나 여성의 문단 활동 자체가 여성해방의 징표처럼 인식되었기 때문에, 여성의 문필 활동이 희소성의 가치 그 이상의 의미를 지니게 된 것은 당연한 일이다.

1950년대는 이러한 여성문학이 '여류적' 한계를 벗어나기 시작한 전환기가 되었다. 이 시기에 한국문학은 해방과 함께 남북 분단의 상황이 도래하면서 한국전쟁이라는 비극적인 역사를 체험했으며, 전후 사회의 혼란 속에서도 서서히 민족 분단이 빚어낸 피해 의식에서 벗어나고 있었다. 그리고 개인의 자유와 권리에 대한 자기 각성과 사회 현실에 대한 비판적 인식을 통해 문학적 상상력의 폭이 사회적으로 확대되었다. 이 시기에 소설 문단에는 기성세대에 속하는 박화성, 최정희, 임옥인, 김말봉 등이 활발한 작품 활동을 시작하였으며, 그 뒤를 이어 손소희, 강신재, 박경리, 한무숙, 한말숙 등의 많은 여성 작가들이 등장하였다. 그리고 1960년대에 들어서면서 정연희, 손장순, 박순녀, 김의정 등이 이에 합세하였다. 이들은 전후 문단에서 '여류적 속성'으로 지적되어 온 문학의 경향을 벗어 버림으로써 각각 자신들의 문학적 위치를 분명하게 드러냈다. 전쟁의 아픔과 분단의 고통이 문학에 내재화하는 가운데 이들 여성 작가들은 자신을 포함한 모든 인간들의 삶의 방식과 그 사회적 연관성을 검토하는 작업에 관심을 기울이기 시작한 것이다.

전후 문단에서 볼 수 있는 여성소설의 성과는 최정희의 「정적일순(靜寂一瞬)」(1955), 「인간사」(1960), 박화성의 「내일의 태양」(1958), 임옥인의 「월남 전후」(1956) 등을 통해 확인된다. 이들이 변화하는 현실 속에서 여성의 주체적인 삶의 가능성을 소설적으로 추구하는 작업은 초기의 여성 작가들이 보여 주었던 여성의 자기 발견이라는 주제를 보다 확대시킨 것이라고 할 수 있다. 박화성의 장편소설 「고개를 넘으면」(1956)은 여성주인공의 운명적 사랑과 그 갈등의 과정을 통해 해방과 함께 새로운 사회의 주역으로 성장하는 젊은 세대의 이지와 감성을 섬세하게 묘사하고 있다. 이 소설에서 사랑의 상대가 뜻밖에도 남매 간으로 밝혀지는 모티프는 그 통속성을 지적할 수밖에 없지만 자신의 출생 비밀에 얽힌 복잡한 갈등을 담담하게 확인하는 여주인공의 태도가 인상적이다. 임옥인의 「월남전 후」는 해방 직후 북한 지역에서 겪어야 했던 갈등과 그곳을 벗어나기 위해 겪어야 했던 고통을 작가 자신의 체험을 바탕으로 사실적으로 그렸다. 이 소설의 여주인공은 인텔리 여성으로서 식민지의 억압에서 벗어난 무지한 민중에게 한글을 가르치기 위해 나선다. 하지만 소련군의 횡포와 함께 이념 대립과 갈등이 노출되기 시작하면서 여주인공의 계몽 활동도 모두 무산된다. 그녀가 북한 지역을 벗어나기 위해 이동하는 동안 자신의 눈으로 확인하게 되는 것들은 패자와 승자의 상반되는 모습들이다. 인민의 해방군을 자처하고 북한 지역에 진주한 소련군의 위세와 행패를 부리는 모습에 패배한 일본인들의 초라한 피난 행렬, 낙오된 일본 병사의 비참한 모습이 대조된다. 그리고 공산주의 이념에 빠져 닥치는 대로 반동분자 색출에 나서는 무지한 인간들의 참극도 확인한다. 여주인공은 자신에게 서서히 다가오는 위협을 피하기 위해 결국은 북한 지역을 탈출하여 남한으로 넘어와 새로운 삶을 계획한다. 해방 직후의 자기 체험을 바탕으로 자신이 월남하게 된 경위와 그 과정을 소상하게 그린 이 소설은 여성 작가의 시선으로 관찰한 해방 직후의 북한 실정에 대한 보고서가 되고 있다.

최정희[45]의 장편소설 「인간사」는 격동하는 역사의 소용돌이 속에서 변모해 가는 인간의 모습을 치밀하게 추적한 작품이다. 이 소설의 이야기는 일제 강점기의 막바지부터 시작되어 해방과 전쟁, 4·19혁명의 시대까지 이어지고 있으며, 시대와 역사의 대변혁을 통과하는 인간의 모습을 세대를 넘어서서 보여 주고 있다. 이 소설 속의 문제적 인물은 강문오

---

45 최정희(崔貞熙, 1906~1990). 호는 담인(淡人). 함북 성진 출생. 숙명여고보, 서울중앙보육학교 졸업. 1931년 《삼천리》에 「정당한 스파이」 발표. 조선프로예맹의 연극 단체 신건설사에서 연극 활동 중 제2차 검거 사건으로 투옥. 단편소설 「흉가」(1937), 「지맥」(1939), 「인맥」(1940), 「천맥」(1941) 등 발표. 광복 후에는 단편 「풍류 잽히는 마을」(1947), 「정적일순」(1955) 등과 장편소설 「인간사」(1964) 발표. 참고 문헌: 조연현, 「삼맥의 윤리 — 최정희론」, 《평화일보》(1947. 8. 24~26); 곽종원, 「최정희론」, 《문예》(1949. 8); 서영은, 「강물의 끝 — 최정희 전기소설」(문학사상사, 1984); 서정자, 「한국 근대 여성소설 연구」(국학자료원, 1999); 정영자, 「한국 여성 소설 연구」(세종출판사, 2002).

라는 남성 주인공이다. 그는 일본의 식민지 지배 정책에 저항하다가 투옥당했던 투사형의 인물이었지만 한 여인에 대한 개인적인 욕망에 사로잡혀 자신의 삶을 그르치게 된다. 그는 청년동지회 지도자의 아내가 된 옛 연인을 다시 만나자 그녀와 함께 병든 지도자를 저버리고 두 사람은 동거하게 된다. 동지회 내에서 늘 지도자에 대한 열등감에서 벗어나지 못했던 그는 비로소 자신이 승리자가 된 것 같은 착각에 빠져든다. 하지만 일본 경찰에 의해 청년동지회 사건에 연루되어 다시 체포되면서 그의 동거 생활은 파탄에 이르고 그와 동거했던 여인도 곁을 떠난다. 이 소설의 후반부는 이들 사이에 태어난 아들과 딸이 성장하여 1960년 4·19 학생 데모에 참여하는 모습을 보여 준다. 그러나 새로운 역사의 소용돌이 앞에서 주인공은 데모대에 뛰어들었다가 경찰의 총격에 쓰러진다. 주인공의 죽음으로 기성세대의 낡은 투쟁 방식도 함께 끝이 나고 새로운 역사는 젊은 세대에 의해 다시 만들어진다는 것을 암시하고 있다.

해방 이후 새롭게 등장한 여성 작가로 손소희[46]를 먼저 손꼽을 수 있다. 손소희는 초기 작품들에서 일본과 만주 등을 배경으로 민족의식의 일단을 치밀하게 그리기도 하고, 「이라기」(1948) 같은 단편을 통해 남녀 간의 애정을 여성 작가 특유의 감수성으로 섬세하게 그리기도 한다. 전후에는 단편소설 「창포 필 무렵」(1958), 장편 「태양의 계곡」(1959) 등의 작품을 통해 여성의 내면 심리를 지적으로 추구하여 그것을 하나의 성격

---

46 손소희(孫素熙, 1917~1987). 함북 경성 출생. 함흥 영생여고보 졸업. 일본 니혼 대학 수학. 1946년 《백민》에 단편소설 「맥에의 예별」 발표. 1949년 전숙희, 조경희 등과 함께 종합지 《혜성》 발간. 작품집 『이라기』(1950), 『창포 필 무렵』(1956), 『그날의 햇빛은』(1962), 『갈가마귀 그 소리』(1971), 장편소설 『태양의 계곡』(1959), 『행동의 장미』, 『남풍』(1963), 『손소희 문학 전집』(1989) 등 출간. 참고 문헌: 이인복, 「화해와 구속의 도정」, 《현대문학》(1984. 9); 김양수, 「손소희 문학론」, 《월간문학》(1985. 1); 원형갑, 「손소희 선생의 인간과 문학」, 《동서문학》(1987. 2); 전혜자, 「「남풍」의 서사적 특성 연구」, 《아세아문화연구》 4집 (2000).

적인 패턴으로 제시하고 있다. 손소희의 작품에서는 정밀한 관찰과 인물 성격의 부각, 미묘한 심리적 갈등의 정확한 포착 등이 두드러진다. 이와 함께 내면적 갈등을 초월하는 순수한 사랑의 아름다움을 보여 주고 있다는 점에서 여성 작가다운 면모를 엿볼 수 있다.

단편소설 「이라기」는 초기의 대표작으로 일제 강점기 만주를 배경으로, 독립운동을 하는 남편과 떨어져 홀로 살아가는 한 여인의 내면을 섬세한 필치로 그려 냈다. 황량한 이국의 추위 속에서 남편에 대한 애정을 간직하며 살아가는 주인공은 한 남성의 접근으로 한때 마음이 흔들리려 했지만, 이를 잘 이겨 내고 마음의 평정을 되찾는다. 이 과정에서 독립운동가인 남편을 향한 순수한 사랑과 새로운 남성을 향한 연모 사이에서 갈등하는 주인공의 내면 풍경이 잘 드러나 있다. 그리고 내면적 갈등을 이겨 내고 남편에 대한 애정을 회복하는 주인공의 윤리적 감각도 살려 낸다.

「칭포 필 무렵」은 사건의 주인공을 '소년'으로 내세우고 있다는 점이 특이하다. 소년 시절만큼 진실과 사랑에 가치를 두는 경우는 없다. 이 작품의 주인공은 행동이 너무 천진하고도 솔직하기 때문에 무모하기까지 하다. 그러나 소년다운 관찰과 경험을 바탕으로 한 줄거리에서, 형제 간의 애정 대립을 추악한 것으로 타락시키지 않는다. 소년의 행동은 격렬하며 단순하고, 무모해 보이지만 진실성을 간직한 것이다.

손소희의 장편소설 가운데 「남풍」(1963)은 한국 사회의 격동기를 통과하는 여성의 운명적인 삶과 그 수난의 과정을 세밀하게 그려 내고 있다. 이 소설의 시간적 배경은 자연스럽게 일제 강점기 말에서부터 해방 공간을 거쳐 한국전쟁으로 이어진다. 소설의 중심에 세영이라는 남성 주인공이 있지만 실제로 이야기의 갈등은 그 상대역인 여주인공 남희를 통해 증폭되고 있다. 홀어머니 밑에서 자라난 세영은 의학을 공부한 뒤 만주 신경의 한 병원에 의사로 취직해 고향을 떠난다. 그는 어린 시절부터 자신을 동생처럼 따르던 남희를 사랑하고 있다. 그런데 두 사람의 사랑은 자신들의 뜻대로 이루어지지 못한다. 남희의 부친은 딸 남희가 과부의 외동아들인 세영과 맺어지는 것에 반대하였기 때문이다. 현실 사회의 변화에도 불구하고 가부장제의 습속이 여전히 위력을 발휘하고 있음을 보여 주는 대목이다. 결국 이 소설의 갈등은 가장으로서의 아버지의 권위가 딸의 운명을 결정해 버리는 장면에서 최고조에 이른다. 남희는 아버지의 완강한 고집에 부딪쳐 사랑하는 세영을 따라가지 못한다. 그리고 아버지의 강요에 따라 상준이라는 남성과 억지로 결혼하게 된다. 만주로 떠나간 세영은 일본인이 운영하는 병원에서 의사로 일하면서 남희에 대한 사랑과 미련을 버리지 못한다. 병원에서 함께 일하는 일본인 간호사 아키코가 세영을 흠모하여 사랑을 고백하기도 하지만 세영은 오직 남희에 대한 생각뿐이다. 세영은 휴가를 얻어 고향에 돌아와서는 남희를 다시 만나기도 하는데 이미 두 사람의 사랑은 불가능하다. 남희는 세영의 사랑이 변함없음을 확인한 후 자신에게 새로운 삶의 가능성이 없다는 것을 깨닫고 절망에 빠진다. 그리고 사랑이 없는 상준과의 결혼 생활에 염증을 느끼면서 드디어는 정신 착란에 빠진다.

남희의 운명을 파멸로 몰아간 것은 남희 자신의 선택에 의한 것이 아니다. 작가는 한국 사회가 여전히 완고한 가부장제의 틀에서 벗어나지 못하고 있으며 여성의 운명이 타인에 의해 강제되고 결정된다는 사실을 보여 주고 있다. 손소희가 「남풍」 이후에 발표한 작품 가운데 「갈가마귀 그 소리」(1970)는 여인의 운명적인 삶과 그 수난의 과정을 섬세하게 그림으로써 손소희 문학의 정점에 자리하고 있다. 한국 사회의 오랜 인습의 굴레에서 벗어나지 못하고 자기희생을 운명처럼 받아들이면서 살아가는 여성의 삶은 손소희가 일관되게 관심을 두고 있던 소설적 과제였던 것이다.

강신재[47]는 등단 초기에 발표한 단편 가운데 「안개」(1950), 「팬터마임」(1958) 등에서 볼 수 있는 것처럼 주로 남녀 관계의 애정 갈등을 포착하여 기성의 도덕률에 얽매인 여성의 운명과 사랑의 심리를 섬세하고 감각적인 문체로 그리고 있다. 특히 이 시기에 발표된 그녀의 대표작 가운데 하나인 「젊은 느티나무」(1960)는 부모의 재혼으로 오누이가 된 남녀의 사랑을 여성 특유의 섬세한 감각과 감정의 진실한 묘사를 통해 성공적으로 형상화하였다. 「젊은 느티나무」는 혈연 관계가 없으면서도 법률적으로는 남매 사이인 젊은 남녀의 청순한 사랑을 그렸다. 젊은이들의 섬세한 감수성, 산뜻한 감각 등이 두드러지게 부각되어 있다. 이 작품은 사회적 금기와 청춘 남녀의 사랑 사이에 벌어지는 갈등이 사건 전개의 주된 흐름이지만, 흥미의 초점은 이 같은 신파적인 구성에 있지 않다. 중요한 것은 18세의 소녀가 금기된 사랑을 겪고 있다는 사실이며, 경이로운 눈으로 인생을 경험하기 시작하는 소녀가 겪는 영혼의 시험에 서술의 초점이 놓여 있다. 작가는 윤리적인 차원의 해답을 제시하지 않고, 순진무구한 영혼을 지닌 소녀가 정신적 시련을 스스로 극복하도록 배려한다. "그에게는 언제나 비누 냄새가 난다."라는 서두는 이 소설의 주인공의 민감한 감수성을 암시하는 표현이다. 이 비누 냄새로부터 비롯하는 주인공의 사랑은 실체 없는 것이며, 그러한 이유 때문에 이 작품이 빚어내는 감흥도 반산문적인 시적 감흥이라고 할 것이다.

강신재의 작품은 그 경향이 장편소설 「임진강의 민들레」(1962), 「파

---

47 강신재(康信哉, 1924~2001). 서울 출생. 이화여전 수학. 1949년 《문예》에 단편소설 「얼굴」, 「정순이」 발표. 소설집 「젊은 느티나무」(1970), 「황량한 날의 동화」(1976), 장편소설 「임진강의 민들레」(1962), 「이 찬란한 슬픔을」(1966), 「파도」(1970) 등과 「강신재 대표작 전집」(1974) 출간. 참고 문헌: 조연현, 「강신재 단상」, 《현대문학》(1962. 2); 정태용, 「강신재론」, 《현대문학》(1972. 11); 정규웅, 「강신재론」, 《문학사상》(1975. 1).

도」(1964) 등을 통해 사회와 현실 문제로 확대된다. 이러한 변화는 삶의 총체성에 대한 인식을 문제 삼는 장편 양식의 선택과도 관련이 있지만, 삶의 현실 문제에 정면으로 접근하려는 작가 의식의 발로로 보인다. 「임진강의 민들레」는 한국전쟁의 소용돌이 속에서 한 가정이 파탄에 이르고 가족 구성원들이 전쟁과 이념의 희생물이 되어 죽어 가는 비극적 현실을 총체적으로 보여 준다. 전후 한국 사회를 휩쓴 반공 이데올로기의 영향이라는 관점에서 논의될 수 있는 문제들이 있음에도 이 소설은 전쟁의 맹목성과 그 비인간적 폭력과 파괴 행위를 다양한 측면에서 고발하는 데 초점을 맞췄다. 이 소설의 이야기는 1950년 6·25전쟁의 발발에서부터 9·28서울수복에 이르는 이른바 '인공 치하'의 기간 동안에 일어난 일이 핵심을 이룬다. 인민군에게 점령당한 서울에서 피난길에 오르지 못한 사람들이 겪어야 했던 고통이 중산층의 한 가족을 중심으로 적나라하게 그려진다. 이야기의 주인공은 의과대학에 재학 중이던 '이화'라는 젊은 여성이다. 이화는 학생연맹에서 주도적인 역할을 하던 대학생 지운과 사랑을 나눈다. 한국전쟁이 발발하자 지운은 국군에 지원 입대하지만 전투에서 부상당해 후송된다. 이화의 집 사랑채는 인민군이 접수하여 그들의 근거지가 되었으며 이화의 가족들은 모두 인민군의 지시에 따르면서 목숨을 연명해 간다. 하지만 이화의 부친은 반동으로 몰려 처형당하였고 오빠 동근마저 의용군으로 끌려갔다가 전쟁터에서 죽는다. 이화는 절망 속에서도 병원에 나와 간호사로 일하면서 군대에 지원한 지운의 행방을 사방에 수소문한다. 부상으로 후송당한 지운은 신분을 숨기고 병원을 전전하다가 서울로 돌아오지만 이화를 만나지 못한다. 인민군이 퇴각하면서 이화도 함께 끌려갔기 때문이다. 이 소설은 인민군의 대열에서 탈출한 이화마저 임진강변에 이르러 비행기의 기총 사격을 받고 죽는 것으로 비극적 결말을 맺는다. 결국 이 소설은 무자비한 전쟁의 비인간적 파괴 그 자체를 고발하면서 맹목적인 이념의 대립이 초래한 비극을 사실적으로 그린다. 그러므로 이 소설은 어떤 소재의 이야기라도 그 주제의 방향을 다르게 나타낼 수 있는 손소희의 문학적 역량을 잘 표현하고 있는 셈이다.

박경리[48]의 초기 작품 가운데 「불신 시대」(1957), 「도표 없는 길」(1958), 「암흑 시대」(1958) 등은 한국전쟁 때 남편을 잃고 고통 속에서 살아가는 전쟁 미망인을 주인공으로 삼고 있다. 참담한 현실 속에서 그들의 고통스러운 삶을 사실적으로 보여 주기도 하고, 그들의 눈을 통해 사회 현실의 훼손된 국면들을 예리하게 파헤치기도 한다. 여성의 눈으로 부정과 악에 대한 강렬한 고발 의식을 보여 준 「불신 시대」는 이 시기의 문제작으로 손꼽힌다. 「불신 시대」는 한 여성의 눈을 통해 감지된 현실 사회의 타락을 그리고 있는 작품이다. 작품 속의 이야기는 생활 주변에서 흔히 보이는 평범한 사건이라고 할 수 있지만, 작가는 이러한 일상의 소재를 통해 당대의 현실이 지닌 병폐를 고발하고 있다. "불신 시대"라는 제목 자체가 밀하듯이, 주인공을 둘러싼 사회는 그녀를 기만하고 배신하는 사회다. 이 작품은 주인공이 배금주의에 물든 사회 현실에 대해 환멸을 느끼고, 그것들에 대해 항거할 수 있는 생명력이 자신의 내부에 남아 있다는 것을 애써 확인하는 것으로 결말에 이른다. 여주인공의 환경과 현실을 바라보는 시각에는 피해 의식과 감상주의가 짙게 드리워져 있다. 그러나 주인공은 현실 앞에서 항상 슬퍼하고 외로워하는 데에만 그치지 않

---

48 박경리(朴景利, 1927~2008). 경남 충무 출생. 진주고 졸업. 1956년 《현대문학》에 단편소설 「계산」이 추천받아 등단. 장편소설 『표류도』(1959), 『김약국의 딸들』(1962), 소설집 『시장과 전장』(1964) 등과 대하 장편 『토지』(1994) 완간. 참고 문헌: 송재영, 「삶의 좌절과 초극」, 《문학과지성》(1974. 봄); 강만길, 「문학과 역사」, 《세계의 문학》(1980. 겨울); 김치수, 「'토지'의 세계」, 《문학사상》(1981. 3); 이재선, 「숨은 역사, 인간 사슬, 욕망의 서사시 — 박경리의 '토지'론」, 《현대문학》(1989. 6); 정호웅, 「박경리의 '토지'론」, 《동서문학》(1989. 12); 조남현 편, 『박경리』(서강대 출판부, 1996); 최유찬, 『한국 근대문화와 박경리의 토지』(소명출판, 2008); 김윤식, 『박경리와 토지』(강, 2009); 이미화, 『박경리 토지와 탈식민적 페미니즘』(푸른사상, 2012); 김은경, 『박경리 문학 연구』(소명출판, 2014).

는다. 주인공이 끝내 견디지 못하고 폭발시킨 '인간에의 증오감'은 부정과 위선과 허위로 가득 찬 현실에 대한 강렬한 비판이라고 할 수 있다.

박경리는 1960년대에 들어 장편 「김약국의 딸들」(1962)을 발표하면서 작품 세계의 전환을 이룬다. 자기 체험의 영역에서 벗어나 객관적인 시점을 확보하였고, 제재와 기법 면에서도 다양한 변모를 보인다. 특히 장편 「시장과 전장」(1964)은 한국전쟁이라는 민족사의 비극을 총체적으로 재조명하고자 하는 특이한 시각을 보여 준다. 이 소설은 이야기의 전개 과정 속에서 인간의 삶을 구성하고 있는 극단적인 두 개의 공간을 설정하고 있다. 하나는 '시장'이라는 이름의 일상의 공간이며, 다른 하나는 '전장'이라는 이름의 갈등과 투쟁의 공간이다. 일상의 공간에서는 삶 자체가 문제가 되지만, 투쟁의 공간에서는 이념과 가치가 중시된다. 소설 「시장과 전장」은 생존의 가능성과 가치의 삶 사이에서 인간에게는 어떤 삶의 방식이 가능한 것인가를 질문하면서 인텔리 여성을 주인공으로 등장시킨다. 여주인공은 사범 학교 출신으로 교사로 활동하고 있는 동안 6·25전쟁을 맞는다. 그리고 남편이 부역자로 몰려 죽는 비극을 체험한다. 그녀는 남은 가족을 이끌고 전장 속에서 목숨을 이어 간다. 이 삶의 고통스러운 과정은 전장에서 벗어난 사람들이 살아남기 위해 갈등하는 '시장' 그 자체가 되고, 여주인공은 스스로 그 시장의 한복판에 서게 된다. 이 소설에 등장하는 또 다른 문제 인물은 전장 속에서 자신의 이념을 포기하지 않고, 결국은 지리산 빨치산으로 변신하는 공산주의자 기훈이다. 그는 생존의 문제보다는 이념의 중요성을 믿는다. 그는 가치의 삶이라는 것을 믿는다. 그리고 바로 그러한 믿음으로 말미암아 결국은 스스로의 생존 가능성을 차단해 버린다. 이 소설에서 여주인공은 가족에 둘러싸여 삶을 유지하기 위해 고통스러운 노력을 해야 한다. 이 현실적 삶에는 역사로서의 시간 대신에 고통스럽게 반복되는 일상이 있을 뿐이다. 개인의 정서 내부에

회귀하는 이 시간의 반복이야말로 '시장'의 주인공이 겪어야 하는 상황
이다. 그러나 남성들은 '전장'의 주인공으로, 새로운 가치와 이념을 찾아
나선다. 그들에게 있어서 삶에의 안착이란 일상에 대한 타협에 불과하
다. 그들은 새로운 가치를 탐색해야 하며, 그것을 정복해야만 한다. 소설
「시장과 전장」에서 볼 수 있는 일상의 현실과 여성적인 세계의 관련성
은 물론 새로운 주제는 아니다. 그러나 이러한 관련성에 대한 인식이 이
념적인 공간으로서의 전장과 남성적인 세계의 관련성에 대립적인 구도
로 제시되는 점이 중요하다. 「시장과 전장」은 전장이라는 남성 고유 영
역이 지니는 파괴와 약탈과 맹목적인 이념의 횡포를 보여 주면서 동시에
여성의 영역인 시장의 가능성을 추구하는 방향으로 진행되고 있다. 전장
은 모든 것을 파괴하고 모든 것을 약탈해 간다. 그렇지만 시장은 생명을
부지하면서 새로운 삶을 도모하고 살아가기 위한 모든 수단을 모으고 결
합하는 공간이다. 그리고 이 공간의 한복판에 여성이 자리한다. 여성의
삶이 이처럼 남성적인 것과의 내조를 통해서 더욱 분명하게 드러난 예는
그리 흔하지 않다. 이 같은 소설적 구도가 역사적인 공간으로 확대된 것
이 1969년부터 발표되기 시작된 「토지」의 세계라고 할 수 있다.

한말숙[49]은 인간 심리의 내밀한 양상을 섬세하게 그린 작품들을 발표
해 왔다. 전후 세대의 반항적 모럴의 추구, 치밀한 인간 심리 묘사, 다양
한 제재와 문체상의 실험 등은 모두 그의 작품에서 볼 수 있는 특색이다.
「신화의 단애」(1957)는 오직 현재적인 삶에만 집착하고 있는 전후 여성
의 생태와 모럴을 추구한 작품이다. 이 작품에서 작가는 가난한 미술 학
도인 한 여대생의 생활을 통해 당시로서는 상상하기 힘든 여성 생활의

---

49 한말숙(韓末淑, 1931~ ). 서울 출생. 서울대 언어학과 졸업. 1957년 《현대문학》에 소설 「신화의 단애」
추천. 작품집 「신화의 단애」(1960), 「하얀 도정」(1964), 「신과의 약속」(1968), 「여수(旅愁)」(1978), 「행
복」(1999) 등 출간. 참고 문헌: 이덕화, 「한말숙 작품에 나타난 타자 윤리학: 한말숙론」(소명출판, 2012).

일면을 제시하고 있다. 주인공은 기존의 윤리관을 송두리째 부정하는 인물이다. 그녀는 하루의 잠자리를 마련하기 위해 댄서로 일하며, 남자친구의 하숙방을 빌리고, 등록금 마련을 위해 일주일간 계약 결혼을 하기도 한다. 그녀에겐 과거도 없고 미래도 없고 오직 현재의 순간만이 존재할 따름이다. 사랑에 관심을 갖기도 하지만, 그것은 그녀에게 막연한 추상 명사일 뿐이다. 사랑과 윤리도 거부한 채 순간의 의미만을 쫓아 살아가는 주인공은 방황하는 세대이며, 고독한 실존적 존재라고 할 수 있다. 이 작품은 한국전쟁 직후에 나타난 물질적, 정신적 황폐 속에서 삶의 목표를 상실한 채 방황하는 인간의 모습을 극단적으로 그려 내고 있다. 「노파와 고양이」(1958)에서는 온 가족에게 소외된 고독한 노파의 정신 구조를 파헤쳤고, 기성세대의 속물성과 위선에 대항하는 신세대의 인간형을 그린 장편소설 「하얀 도정」(1961)을 발표한 바 있다.

「하얀 도정」은 미술 학과 4학년인 여대생 이인옥, 그녀와 오랫동안 사귀어 온 박명규, 그리고 이들 사이에 끼어 든 명규의 친구 오영환의 삼각관계를 축으로 하여 자신들이 선택한 사랑의 길을 따라 자기 삶의 의미를 스스로 찾아가는 과정을 보여 준다. 이 소설에서 작가는 인옥이라는 독특한 개성의 여주인공을 통해 여성으로서 자기 정체성을 스스로 실현해 나가는 적극성과 개방성이 어떻게 가능한가를 질문한다. 여기에서 분명한 것은 자기 내면의 욕망과 외부적 시선의 갈등에도 불구하고 여주인공이 끝까지 자신에게 충실하고자 한다는 것이다. 이러한 태도는 남성 중심적 가부장제 사회의 인습에서 벗어나지 못한 한국 현실에 대한 작가의 도전이라고 할 수 있다. 여성문학의 초기 계몽주의적 속성을 온전히 벗어난 이 소설은 새롭게 등장하는 한국의 신세대 여성이 자기 존재를 드러내기 위해 전통과 인습, 외적 조건과 체면에 의존하려는 구세대를 당당하게 거부해 가는 도정에 해당한다.

# 3 시정신과 이념의 충돌

## (1) 민족시의 새로운 지표

### 민족 해방과 시정신의 회복

한국의 현대시는 민족의 해방과 함께 그 시정신의 지향 자체가 폭넓게 개방되었다. 하지만 문단의 재편 과정에서 정치적 이념의 선택이 중시되면서 사회적 혼란과 무질서를 극복해 나가기 위한 방법을 정치적인 것에서 찾을 수밖에 없다고 믿는 사람들이 많아졌다. 해방 공간의 시적 경향에서도 이념의 대립을 그대로 노출하고 있는 작품들을 흔히 볼 수 있으며, 평단에서도 시의 정치주의적 지향에 대한 치열한 논쟁이 계속되었다. 이러한 문단적 상황은 이 시대가 새로운 민족국가의 건설을 위해 다양한 담론이 서로 충돌했던 '정치의 시대'였음을 뜻하는 것이다.

해방 직후의 시단은 두 가지의 특징적인 경향이 드러나 있다. 하나는 문단의 세대교체로 인하여 초창기 시단에서 활동했던 시인들의 창작 활동이 현저하게 줄어든 대신에 신세대 시인들이 대거 등장했다는 점이다. 또 다른 하나는 시적 경향의 전반적인 특징이 좌우 세력의 분열과 대립으로 치닫던 문단의 분열 과정으로부터 압도적인 영향을 받고 있다는 사실이다.[50] 문단의 조직 정비가 하나의 문제로 제기되면서 대부분의 시인들이 일찍부터 그 정치적 세력화에 손을 대기 시작한 좌익 문단에 가담하였으며, 이데올로기의 좌우 대립 과정에서 야기된 단순한 분파적 논리에 빠져들고 있었다.

해방 공간의 시단에서는 식민지 시대 일제의 탄압으로 빛을 보지 못했던 이육사의 『육사 시집』(1946), 윤동주의 『하늘과 바람과 별과 시』(1948), 심훈의 『그날이 오면』(1949)이라는 세 권의 유고 시집이 간행된 바 있다. 이 시집들 속에는 식민지 상황에 대한 비판은 물론 일제에 대한 강한 저항의 의지를 표현하고 있는 작품들이 많다. 이육사는 고절(孤節)한 시적 의지를 절제된 언어로 형상화하면서 치열한 시정신을 잘 표현하였다. 심훈은 식민지 극복을 염원하면서 모순의 현실을 견디어야 하는 삶의 고단함을 고통의 언어로 묘사하였다. 윤동주는 식민지 지배의 간고한 현실을 살아가야 하는 지식인 청년의 수치심을 노래하면서 자기희생을 위한 기도를 순수한 시정신으로 승화시켰다. 이러한 시적 성과는 해방과 함께 새롭게 출발하는 한국 현대시의 정신적 좌표가 되었다. 한국문학의 탈식민주의적 지향을 대변하고 있는 이 시집의 발간은 해방과 함께 한국의 현대시가 위축되어 있던 시정신을 회복하게 되었음을 의미한다.

해방과 함께 문단이 정비되면서 시인들의 이념적 지향과 그 정치적 선택이 시단의 좌우 분열을 명확하게 드러냈다. 당시 시단에서는 해방의 감격과 시적 열정을 실감 있게 보여 주는 세 권의 합동 시집 『해방 기념

---

50 김용직, 『해방기 한국 시문학사』(민음사, 1989) 참조.

시집』(1945), 『횃불 ——해방 기념 시집』(1946), 『연간 조선 시집』(1947)을 출간했다. 『해방 기념 시집』은 민족 진영의 중앙문화협회에서 범문단적으로 시인을 규합하여 정인보, 홍명희, 안재홍, 이극로, 김기림, 김광균, 김광섭, 김달진, 양주동, 여상현, 이병기, 이희승, 이용악, 이헌구, 이흡, 박종화, 오지영, 오장환, 윤곤강, 이하윤, 정지용, 조벽암, 조지훈 등 모두 24인의 신작시를 엮었다. 여기에 동원된 사람 가운데에는 홍명희, 안재홍, 이극로, 오지영 등과 같이 전문적인 시인으로 보기 어려운 사람도 있는데, 실제 작품들도 대부분 해방을 위해 바치는 찬가 또는 헌사의 범주에 머무르고 있다. 좌우익의 인사들이 서로 섞여 있는 점도 이 시집의 이념적 색채가 뚜렷하지 않음을 말해 준다. '건설 도정에 있는 새로운 시의 지표'를 삼겠다는 의욕을 내세우면서 해방의 감격을 노래한 작품들을 수록하고 있다.

『연간 조선 시집』은 조선문학가동맹이 그 조직을 완비한 후에 간행한 것으로 좌익 진영의 모든 시인들을 밍라하고 있다. '조국의 자유를 위하여 인민의 행복을 위하여 싸우는 시'를 지표로 하고 있는 이 시집에는 당시에 좌익 계열의 시인들이 흔히 내세웠던 '투쟁의 노래'가 주축을 이루고 있으며, 구호처럼 내세운 정치적 이념이 강조되고 있다. 조선문학가동맹 시부위원회가 엮은 이 시집에는 이 단체에 소속되어 있는 권환, 김광균, 김광현, 김기림, 김동석, 김상원, 김용호, 김철수, 노천명, 임화, 박노춘, 박동화, 박산운, 박석정, 박아지, 배인철, 박찬일, 상민, 설정식, 송완순, 안형준, 여상현, 오장환, 윤곤강, 윤복진, 유종대, 유진오, 이병기, 이병철, 이주홍, 이흡, 이용악, 조남령, 조벽암, 조영출, 조운, 조허림, 강승한, 김상오, 민병균, 박세영, 백인준, 안함광, 이경희, 이원우, 이정구, 이찬, 정국록 등의 시가 각각 1편씩 수록되어 있다.

『횃불』은 좌익 문단 조직인 조선문학가동맹에 관여하고 있던 13인의 시인들이 엮은 시선집이다. "조국 해방을 위해 싸운 혁명 투사에게 바친다."라는 발간 의도에 따라 정치 이념에 대한 주장과 투쟁의 노래를 주로 수록하고 있다. 이 시집은 "해방 기념 13인집"이라는 부제대로 권환, 김용호, 박세영, 박아지, 박석정, 송완순, 윤곤강, 이주홍, 이찬, 이흡, 조벽암, 조영출 등의 작품을 실었다.

해방 공간의 시단에서 박두진, 박목월, 조지훈의 3인 합동 시집『청록집』(1946)은 새로운 시적 개성의 출현이라는 점에서 관심의 대상이 되었다. 조선청년문학가협회의 주동적인 인물이었던 세 시인의 합동 시집인『청록집』은 '자연의 발견'[51]이라는 명제로 그 의미가 규정된 바 있고, 1930년대 말기의 시와 해방 이후의 시를 잇는 서정시의 맥락을 보여 주는 것으로서 그 문학사적 위치가 평가되기도 하였다. 이 시집의 시들은 해방 직후의 혼란 속에서 순수시의 전형으로 손꼽혔으며 그 전통적 서정성이 한국 현대시의 정신적 거점으로 인정되기도 하였다. 이들이 시적 대상으로 새롭게 발견한 자연이라는 것에서 내면적 역동성을 찾아보기 어렵다는 한계도 있지만, 박목월의 향토적 서정성, 박두진의 이데아 지향, 그리고 조지훈의 고전 정신 등은 각 시인의 시적 개성으로 더욱 확대 심화되어 온 것이 사실이다.『청록집』의 시들이 보여 주는 시적인 정서가 삶의 현실의 여러 문제를 폭넓게 수용하게 되는 과정은『청록집』이후 이들의 시 세계의 확대 과정을 통해 확인할 수 있게 된다. 해방 직후 등장한 또 다른 시적 경향 가운데에는 모더니즘적 특성을 강하게 드러내는 김경린, 임호권, 박인환, 김수영, 양병식의 공동 시집『새로운 도시와 시민의 합창』(1949)의 출현이 주목된다. 동인지《백맥》(1946)을 중심으로 하는 김윤성, 정한모의 등장, 동인지《죽순》(1948)을 통한 김요섭, 신동집

---

51  김동리, 「삼가시(三家詩)와 자연의 발견 — 박목월, 조지훈, 박두진에 대하여」,《예술조선》(1948. 4) 참조.

등의 활동은 해방 시단의 다채로운 경향을 말해 주는 근거가 된다.

## 정치적 이념과 '정치의 시'

해방 직후의 시단에서 새로운 민족시의 확립 문제를 가장 적극적으로 제기한 것은 김기림[52]이다. 그는 좌익 계열의 시인들을 대변하면서 먼저 시와 정치의 결합을 주장하였다. 그리고 정치적 이념의 요구와 그 시적 실천을 통해서만 민족시의 확립에 도달할 수 있다고 하였다. 김기림은 1930년대 시작 활동의 성과로서『기상도』(1936),『태양의 풍속』(1939) 등을 내놓았고, 해방 직후 시집『바다와 나비』(1946)와 시론집『시론』(1947),『시의 이해』(1950) 등을 출간했다. 한국 현대시의 모더니즘 운동을 선도했던 그는 시인으로서보다는 시론가로서의 위치가 주목된다. 하지만 그의 모더니즘 시에 대한 실험은 한국 현대시의 변모 과정에서 중요한 의미를 지닌다. 김기림의 시에 대한 인식은 서구적 기법과 정신에 대한 시적 수용의 가능성을 가장 구체적으로 입증해 보이는 여러 가지 요건을 수반하고 있다. 특히 '인식으로서의 시'에 대한 그의 주장이 근대시의 낭만주의적 경향이라는 한계를 극복하기 위한 시도였다는 점은 높이 평가할 만하다. 비록 그것이 리처즈(I. A. Richards)나 엘리엇(T. S. Eliot) 등의 이

---

52 김기림(金起林, 1908~?) 호는 편석촌(片石村). 함북 성진 출생. 보성고보 수학, 일본 니혼 대학 문학예술과 졸업. 1939년 토호쿠 제대(東北帝大) 영문과 졸업. 1931년 《조선일보》에 시 「고대(苦待)」(1931), 「날개만 도치면」(1931)을 발표, 1933년 '구인회' 동인으로 활동. 광복 후에는 조선문학가동맹 가담, 한국전쟁 당시 납북. 시집으로 『기상도』(1936), 『태양의 풍속』(1939), 『바다와 나비』(1946), 『새노래』(1948), 수필집 『바다와 육체』(1948), 평론집 『문학개론』(1946), 『시론』(1947), 『시의 이해』(1949) 등 발간. 참고 문헌: 김광균, 「김기림론」, 《풍림》(1937. 4); 송욱, 「시학 평전」(일조각, 1970); 김용직, 「새로운 시어의 혁신 성과 그 한계」, 《문학사상》(1975. 1); 문덕수, 『한국 모더니즘 시 연구』(시문학사, 1981); 김학동, 『김기림 연구』(새문사, 1988), 강은교, 「1930년대 김기림의 모더니즘 연구」(연세대 박사 논문, 1988); 김유중, 『김기림』 한국현대시인연구 17(문학세계사, 1996); 이미순, 「김기림의 시론과 수사학」(푸른사상, 2007).

론에 근거한 것이라 하더라도, 한국 현대시론 발전의 한 단계를 보여 주는 것이기 때문이다. 그런데 김기림의 시가 보여 준 모더니즘의 특성이나, 그의 시론이 갖는 문제성보다 우리의 관심을 끌고 있는 것은 해방 직후의 그의 이념 선택과 거기서 비롯된 시적 편향이다. 그는 임화, 김남천, 이태준 등과 조선문학가동맹의 결성에 가담하였고, 전국문학자대회에서 「우리 시의 방향」이라는 논문을 발표한 바 있다. 조선문학가동맹 중앙집행위원으로 시분과위원장을 겸한 김기림이 과거의 한국시를 모두 부정하면서 새롭게 주장하고 있는 것은 정치와 시의 적극적인 결합이다.

오늘에 있어서는 정치란 우리들 자신의 손으로 하는 우리들의 생활의 설계와 조직이어야 되게 되었으며, 이러한 정치의 단계에 있어서는 시가 시의 왕국을 구름 속에 꾸미는 것보다는 한 새나라의 건설이야말로 얼마나 시인의 창조의 의욕에 불을 질러 놓는 것이랴. 우리는 우리의 암담한 날의 기억의 산 교훈으로서 정치의 보장이 없는 곳에 문화의 자유도 시의 자유도 없었던 것을 잘 알고 있다. 새나라는 또한 시의 자유를 보장하는 나라여야 할 것이다. 우리들이 그리는 새로운 공화국이 만약에 의외에도 '뮨헨'과 '로마'의 악몽가들의 모방자들의 손에 약취된다고 하면 이는 또다시 시의 자유도 문학의 자유도 아무 자유도 없는 날을 예상해야 할 것이다. 이러한 가능한 음모의 실현을 막기 위하여는 시인은 자유와 정의를 지키는 넓은 동맹군의 일익이 되어야 할 것이다.[53]

김기림이 주장하고 있는 시와 정치의 결합이란 실상 '정치를 위한 시'

---

53 김기림, 「우리 시의 방향」, 조선문학가동맹중앙집행위원회 편, 『건설기의 조선문학』(조선문학가동맹, 1946), 63쪽.

를 말하는 것과 다름이 없다. 그는 시에 대한 관심보다 먼저 정치에 대한 신념의 중요성을 강조한다. 그것이 혼란의 현실을 극복할 수 있는 하나의 방법일 수도 있겠지만, 결국은 정치와 시적 상상력의 결합이란 시정신의 파탄을 초래할 것임을 그는 알아차리지 못하였다. 그가 해방 직후 펴낸 시집 『새노래』(1948)에 수록되어 있는 작품들은 대부분 '시의 귀족'에서 벗어나고자 하는 자신의 의욕을 담고 있다. 김기림은 이 시집의 후기에서 "우리는 일찍이 센티멘털 로맨티시즘의 홍수 속에서 시를 건져냈다. 저 야수적 시대에 감상에 살기가 싫었고 좀 더 투명하게 살고 싶었던 것이다. 속담대로 죽어 가면서도 제정신만을 잃지 말고자 한 것이다. 그러나 건져 내 놓고 보니 그것은 청결하기는 하나 피가 흐르지 않는 한낱 '미이라'였다. 시의 소생을 위하여는 역시 사람의 흘린 피와 더운 입김이 적당히 다시 섞여야 했다. 하지만 벌써 한낱 정신의 형이상학은 아니라 할지라도 또 단순한 육체의 동계(動悸)일 수도 없었다. 그러한 것을 실천의 지혜와 열정 속에서 통일하는 한 전인간의 소리라야 했다. 생활의 현실 속에서 우러나와야 했다. 떨어져 나간 한 고독한 영혼의 독백이 아니라, 새 역사를 만들어 가는 민족의 베려야 뗄 수 없는 한 토막으로서의 한 사람의 무엇보다도 노래라야 했다. 시를 읽는 것만으로는 아무도 만족하지 못했다. 무척 노래하고 싶었던 것이다."라고 진술하고 있다. 그는 시가 아닌 생활 현실에서 우러나오는 노래를 말하고 있는데, 이것은 시의 현실성에 대한 인식을 보여 준 것이라고 생각된다. 그러나 모두에게 불리는 노래로서의 시와, 시 자체로서 설 수 있는 시는 엄격한 차이가 있다. "거리로 마을로 산으로 골짜구니로/ 이어 가는 전선은 새나라의 신경/ 일홈 없는 나루 외따룬 동리일망정/ 빠진 곳 하나 없이 기름과 피/ 골고루 도라 다사론 땅이 되라"(「새나라송」)에서의 직설적인 언어는 실제로 노래의 의미마저 갖기 어렵고 "검은 연기를 올려/ 은하라도 가려 버려라/ 그러나 샛별만은 남겨 두어라"(「인민공장에 부치는 노래」)와 같은 것은 구호와 다름없다. 그의 시는 이미 개인적 정서의 세계와는 거리가 멀어졌고, 지적 세련도 지니고 있지 않다. 경험적 진실을 말하기에는 언어에 진솔함이 없으며, 노래로서의 시를 말하기에는 감흥을 주지 못하는 정치적인 구호가 자주 눈에 띈다. 시는 언제나 앞을 내다보아야 한다고 주장하고 있는 그의 '진보의 시'에서 보다 깊이 있는 현실에 대한 시적 인식을 문제 삼아야 하는 것은 아이러니가 아닐 수 없다.

　김기림의 이념적 편향이 시적 인식의 불균형을 보이고 있는 것과 함께 시인 정지용[54]이 해방 직후의 현실 속에서 시 정신의 새로운 지향에 고뇌했던 것은 시사하는 바가 크다. 정지용은 『정지용 시집』(1935), 『백록담』(1941)을 통해 일제 강점기를 살아오면서 본질적인 시정신의 가치를 지켜 온 사람으로 평가되고 있다. 그의 언어적 절제와 뛰어난 감각, 그리고 시적 대상과 자아 사이의 꽉 짜 놓은 듯한 거리 두기는 스스로 '언어의 인카네이션(incarnation)'을 주장할 수 있었던 요건들이었다. 그의 가톨릭 귀의가 시인으로서의 내면적인 자기 탐색과 깊은 관계를 맺고 있다는 사실은 중요한 의미를 가진 문제이며, 잡지 《문장》을 통해 쌓았던 고전에 대한 이해와 관심, 국어에 대한 애착 등은 시인 정지용의 이름 앞에 지울 수 없는 사실임에 틀림없다. 정지용이 1930년대 시단에서 《시문

54　정지용(鄭芝溶, 1902~1950) 충북 옥천 출생. 휘문고보, 일본 도시샤대학(同志社大學) 영문과 졸업. 1930년 《시문학》 창간 동인. 광복 후 이화여전 교수 역임, 조선문학가동맹 가담. 1950년 한국전쟁 당시 납북. 시집 『정지용 시집』(시문학사, 1935), 『백록담』(문장사, 1941), 『지용 시선』(을유문화사, 1946)이 있으며, 산문집 『문학독본』(협문출판사, 1948), 『산문』(동지사, 1949) 발간. 참고 문헌: 김환태, 「정지용론」, 《삼천리문학》(1938. 4); 김학동, 『정지용 연구』(민음사, 1987); 양왕용, 『정지용 시 연구』(경북대 박사 논문, 1988); 김훈, 「정지용 시의 분석적 연구」(서울대 박사 논문, 1990); 이숭원, 『정지용 시의 심층적 탐구』(태학사, 1999); 권영민, 『정지용 시 126편 다시 읽기』(민음사, 2004); 김용희, 『정지용 시의 미학성』(소명출판, 2004); 김신정, 『정지용 문학의 현대성』(소명출판, 2006); 권영민, 『정지용 전집』 1, 2, 3(민음사, 2016).

학》과《문장》으로 이어지는 서정시의 맥락을 유지했던 시인이라는 점을 생각한다면, 해방 직후 혼란 속에서 그가 끝내 '백록담'처럼 차갑고 맑게 남아 있을 수 없었던 점도 어느 정도는 납득할 수 있다. 그는 어쩌면 '백록담'이 아닌 '대하 장강'의 현실을 꿈꾸고 있었을지도 모를 일이지만, 그것이 바로 그의 시적 실천에 변모의 요인이 되었을지도 모른다.

일제 시대에 내가 시니 산문이니 죄그만치 썼다면 그것은 내가 최소한 도의 조선인을 유지하기 위하였던 것 이외의 아무것도 아니었다. 해방 덕에 이제는 최대한도로 조선인 노릇을 해야만 하는 것이겠는데, 어떻게 8·15 이전같이 왜소위축한 문학을 고집할 수 있는 것이랴? 자연과 인사에 흥미가 없는 사람이 문학에 간여하여 본 적이 없다. 오늘날 조선문학에 있어서 자연은 국토로 인사는 인민으로 규정된 것이다. 국토와 인민에 흥미가 없는 문학을 순수하다고 하는 것이냐? (……) 시와 문학에 생활이 있는 근로가 있고 비판이 있고 투쟁과 적발이 있는 것이 그것이 옳은 예술이다. 걸작이라는 것을 몇 해를 두고 계획하는 작가가 있다면 그것도 '불멸'에 대한 어리석은 허영심이다. 어떻게 해야만 '옳은 예술'을 급속도로 제작하여 건국 투쟁에 이바지하느냐가 절실한 문제다. 정치와 문학을 절연시키려는 무모에서 순수예술이라는 것이 나온다면 무릇 정치적 영향에서 초탈할 여하한 예술이 있었던가를 제시하여 보라.[55]

정지용은 앞의 글에서 잡지《문장》이 폐간될 무렵을 자신의 시작 생활 가운데 가장 피폐했던 시기로 기억하고 있다. 일제의 혹독한 탄압 아래에서 정치 감각과 투쟁 의욕을 시에 집중시키기에는 그 자신이 무력한

---

55 정지용, 「산문」, 「산문」(동지사, 1949), 28~32쪽.

소시민에 지나지 않았으므로, 그는 오직 왜소 위축한 시에 매달렸다고 고백하고 있는 것이다. 그러나 해방과 더불어 새로운 민족국가의 건설이라는 과제를 앞에 두고, 그는 자기 스스로 최대한도의 조선인으로 살아가려는 결심을 하게 된다. 그는 스스로 산문의 현실로 뛰어든 것을 놓고 "막대한 인민의 호흡과 혈행과 함께 문화 전열에서 전진"하기 위한 일이라고 자부하고 있다. 해방 이전의 자신의 시를, 아니 한국의 문학 모두를 스스로 거부하면서 그것을 극복하고자 하는 시인 정지용은 민족문학의 노선과 민족의 정치 노선이 결코 이탈할 수 없는 하나임을 강조하면서 문화적 전위로서의 시의 역할을 강조하고 있다. 그러나 시를 통해 건국 투쟁에 이바지해야 한다고 강조한 정지용 자신은 사실 시의 창작에 제대로 손을 대지 못하였다. 그가 해방 직후 발표한 시는 정치 집회에서 발표한 '행사시'가 있을 뿐이다. 그가 말하는 문화적 전위로서의 시란 설명만으로 가능할 뿐, 실제로는 하나의 정치적 구호와 다름없기 때문이다.

　　해방 직후의 시단에서 김기림, 정지용과 함께 좌익 진영에 가담하여 가장 활발한 창작 활동을 전개한 시인은 설정식, 오장환, 이용악, 임학수, 박아지 등이다. 그런데 이들이 정치적인 이념을 주장하기 위한 이른바 '정치의 시'가 가지는 한계에도 불구하고, 이데올로기의 요구를 자신의 시적 신념으로 끌어들이면서 자기 변신을 시도한 것은 주목할 필요가 있다. 『성벽』(1937)과 『헌사』(1939)의 시인 오장환[56]은 해방 직후에 간행된

---

56　오장환(吳章煥, 1918~1951). 충북 보은 출생. 휘문고보 중퇴. 1933년 《조선문학》에 시 「목욕간」을 발표. 1936년 《시인부락》 동인으로 참가, 이듬해 《자오선》 동인지 발간. 광복 후 조선문학가동맹에 가담했다가 월북. 시집 『성벽』(풍림사, 1937), 『헌사』(남만서방, 1939), 『병든 서울』(정음사, 1946), 『나 사는 곳』(헌문사, 1947) 발간. 참고 문헌: 김동석, 「탁류의 음악 ― 오장환론」(1946. 5~6); 최두석, 「개인적 진실과 문학적 진실」, 《현대시학》(1988. 9); 오세영, 「오장환론」, 《문학사상》(1989. 1); 구중서, 「오장환론」, 《시문학》(1989. 6); 김학동, 『오장환 평전』(새문사, 2004); 도종환, 『오장환 시 깊이 읽기』(실천문학사, 2012).

두 권의 시집 『병든 서울』(1946), 『나 사는 곳』(1947)을 통해 보다 현실 지향적인 시적 태도를 분명하게 드러내고 있다. 시집 『병든 서울』에는 해방 직후 시인 오장환의 시적 변모를 확인해 볼 수 있는 19편의 시가 수록되어 있다. 시 「공청으로 가는 길」이라든지 「어머니 서울에 오시다」 같은 작품에서 시인이 노래한 것은 지난 시대의 삶에 대한 감회가 아니라, 자기 성찰에서 오는 약간의 비애와 모멸감 같은 것이다. 하지만 「병든 서울」이나 「너는 보았느냐」 같은 작품에는 이념에 대한 경직된 관념이 담겨 있다. 새로운 자본주의에 대한 적개심과 분노는 자기 성찰보다는 현실을 향한 비판적 언어를 요구하고 있다. 오장환 시의 현실 감각을 높이 평가한 비평가 김동석은 '탁류의 음악'이라는 말로 그 변모를 설명한 적도 있지만, 시적 긴장과 정서의 균형을 깨뜨린 그의 시들이 계급의식에 의해 그 시정신을 확대했다고 보기는 어렵다.

이용악의 경우에도 그의 첫 시집 『분수령』(1937)이나 『낡은 집』(1938)에서 보여 주었던 현실 감각과는 다른 차원의 시적 인식을 시집 『오랑캐꽃』(1947)에서 드러내고 있다. 「오월에의 노래」, 「빗발 속에서」와 같은 작품들은 관념의 세계를 완전히 벗어난 것은 아니지만, 시인의 의식이 당대적인 현실의 문제에 접근해 있음을 보여 준다. 그가 산문적인 진술에 가까운 언어의 일상적인 표현을 시 속으로 대담하게 끌어들인 것은 경험적 진실에 접근하려는 태도에서 비롯된 것이라고 할 수 있다. 설정식의 경우에는 시집 『종』(1947), 『포도』(1948), 『제신의 분노』(1948) 등을 내놓음으로써 자신의 시 세계를 분명하게 보여 준다. 그의 시적 상상력은 역사적인 것과 현실의 문제를 통합하려는 포괄의 힘을 지니고 있다. 비교적 절제된 언어와 다듬어진 리듬을 지닌 「종」과 같은 작품도 있고, 정치적 구호를 내세운 「송가」 같은 작품도 적지 않다. 이 밖에도 임화의 『찬가』(1947), 임학수의 『필부의 노래』(1948), 박아지의 『심화』(1946) 등이 모두 좌익 시단의 관심사가 되었다. 이들의 시는 집단적인 주제를 즐겨 다루며, 어떤 경우에는 정치적 사건을 시적으로 수용하기도 한다. 그러나 그 주제를 심화시키거나 사건의 핵심을 포착하기보다는 외형적인 크기나 사태의 추이를 따르는 데 주력하고 있다. 이러한 현상은 자기 내면의 울림에서가 아니라 외부적 충동에 의한 것이라고 할 수 있다. 거대한 현실의 변화 자체를 정치 이데올로기의 요구에 맞춰 재해석하고 있기 때문에 내면의 상상력이 약화될 수밖에 없는 것이다.

좌익 문단에서 확인할 수 있는 시의 정치적 편향은 이들의 뒤를 따르고 있던 김상훈, 유진오, 이병철, 김광현, 박산운 등의 젊은 시인들에 의해 더욱 심화된다. 이들은 해방 직후 시단에 새롭게 등장한 신인들이었지만, 모두가 철저한 계급의식에 의거하여 시작 활동에 임했다. 이들의 시작 활동이 문단의 주목을 받게 된 것은 사화집 『전위시인집』(1946)을 함께 간행하면서부터이다. 조선문학가동맹의 신진 시인으로 활동하기 시작한 이들의 사화집은 김기림이 서문을 쓰고, 오장환이 발문을 쓸 정도로 좌익 시단의 관심사가 된다. 이 사화집에 수록된 김상훈의 「기폭」, 이병철의 「새벽」, 유진오의 「38 이남」 등은 구호처럼 변화된 정치시의 면모를 확인할 수 있는 대표적인 예다. 이들 시인 가운데 김상훈은 시집 『대열』(1947)과 『가족』(1948)을 통하여 현실 세계를 치밀하게 포착해 냈지만, 이념적 지향을 강하게 드러내기 위해 격렬한 언어가 자주 동원된다. 특히 일제 식민지 시대의 비극적 역사 체험과 해방의 감격을 혁명적 이념에 입각하여 서사시 형식으로 그려 낸 장시 「가족」을 발표함으로써, 새로운 시적 형식에 도전하는 진보적인 태도를 보여 주었다.

## 민족시의 순수 지향

해방과 함께 정치시의 열기가 젊은 시인들에 의해 더욱 확대되기 시작하자, 이러한 현상에 대한 반발도 적지 않게 나타났다. 김기림, 정지용 등과 해방 이전에 비슷한 시적 체험을 나누어 갖고 있던 김광균[57]의 경우는 이 같은 시단의 현상을 '문학의 위기'로 지목했다. 김광균은 1930년대 후반에 시집 『와사등』(1939)과 함께 소시민적 생활 감정을 시각적 이미지로 형상화하면서 이른바 '회화파' 시풍의 일가를 이루었던 시인이다. 그는 해방 직후 김기림 등과 함께 조선문학가동맹에 관여한 적도 있었지만, 시단의 분열과 갈등에 회의를 갖기 시작하면서 시의 정치성 편향을 심각하게 비판하였다.

8·15 이후 정치성을 띤 행사나 혹은 비상 사건이 있을 적마다 거의 시인들이 이를 취재하여 시를 썼다. 신년이 왔다고 시를 썼고, 학병 사건에 일제히 붓을 들었고, 3·1기념 시집을 냈고, 6월 10일 청년데이, 미국독립기념일…… 또 무엇무엇에 시필을 잡았다. 이번에는 무슨 행사가 있으니 시를 써 달라는 주문도 왔고 이번 행사에 시를 안 쓰는 것은 무슨 일이냐는 질책이 있는가 하면, 눈치로 섭섭하다는 것을 알리는 사람도 있었다. 마치 시인이라는 사람들은 무슨 문자의 숙련공이어서 어떤 현상에 앉혀 놓으면 이것

---

57 김광균(金光均, 1914~1993). 호는 우두(雨杜). 경기도 개성 태생. 송도상고 졸업. 1935년 《조선중앙일보》에 「황혼보」, 「사향도」, 「외인촌」 등을 발표. 1936년 서정주, 오장환 등과 《시인부락》 동인 가담. 1937년 동인지 《자오선》 발간. 1938년 《조선일보》 신춘문예 시 「설야」 당선. 시집 『와사등』(1939), 『기항지』(1947), 『황혼가』(1957), 『와사등』(근역서재, 1977), 『추풍귀우』(1986), 『임진화』(범양사출판부, 1989) 발간. * 참고 문헌: 정태용, 「김광균론」,《현대문학》, 1970. 10); 원명수, 「김광균의 시에 나타난 소외의식과 불안의식 연구」(계명대학 논문집, 1985. 12); 김재홍, 『한국 현대시인 연구』(일지사, 1986); 김용직, 「식물성 도시 감각의 세계 — 김광균론」,(현대시, 1992); 이숭원, 「모더니즘과 김광균 시의 위상」, 《현대시학》(1994. 1); 김유중, 『김광균』(건국대 출판부, 2000).

을 노래하고, 한 개의 테마를 주면 즉시 그것으로 시를 지어 내는 종류의 사람으로 아는 것 같다.

물론 그중에 진실한 감동으로 시를 쓴 사람도 있고 또 있는 것이 당연한 일이나, 나온 작품을 보면 무엇 때문에 쓴 작품인지 모를 것이 태반이었다. 그러면 예술성은 고사하고 정확히 정치가 반영된 작품이 나왔느냐 하면, 그렇지도 못하다. 여기서도 남은 것은 예술의 황량뿐이다. 문학에 뜻을 둔 사람이 문학을 통하여 자기 인생이나 사회의 진보에 기여하는 바 있을 것을 바란다면 스스로 심사하는 바 있어야 할 것이고, 문학뿐 아니라 딴 예술 부문도 역시 마찬가지일 것이다.

결론부터 말하자면, 예술성을 상실한 시란 정치에 기여는 고사하고 모체인 문학까지도 상실하는 우스꽝스러운 결과를 맺을 뿐이다.[58]

김광균은 정치의 진보와 문학의 진보를 일치시키려는 획일적인 논리를 거부하면서 예술성을 몰각한 문학이란 하나의 허상에 불과함을 주장한다. 그는 해방 직후 문단에서 이루어진 민족문학에 대한 모든 논의가 구체적인 실천 요건을 발견할 수 없는 구호에 불과할 뿐이라고 하였으며, 문학이 한 시대의 정치적 요구와 그 진로를 암시할 수 있다 하더라도 그 새로운 개혁의 수단이 될 수는 없다고 하였다. 이와 같은 김광균의 비판론이 설득력 있게 들리는 것은 시의 경향에 대한 면밀한 분석을 통해 시의 유형화 현상을 지적하고 있기 때문이다. 시인의 개성 대신에 정치의식을 집어넣은 시가 횡행하면서 '시인이 없는 시'가 범람하고 있다는 김광균의 지적은 서정 양식으로서의 시의 본질을 염두에 둔 것이다. 그는 시적 자아의 확립의 중요성을 역설하면서, 어떤 대의명분으로 시적

---

58  김광균, 「문학의 위기 ─ 시를 중심으로 한 일 년」, 《신천지》(1946. 12), 116쪽.

주제를 획일화하는 것보다는 시인의 정신세계를 개척하는 길만이 민족시가 나아갈 올바른 방향임을 주장하고 있다.

김광균의 문학 위기론의 연장선상에는 조지훈[59]의 순수시론이 자리 잡고 있다. 해방 문단에서 박목월, 박두진과 함께 3인 공동 시집 『청록집』(1946)을 출간하여 주목받게 된 조지훈은 조선청년문학가협회에서 김동리와 주도적 역할을 하면서 문단적 지위를 얻었다. 그는 김기림, 정지용 등이 주장하고 많은 좌파 시인들이 함께 동조하는 '정치의 시'에 반대하면서 시정신의 혼돈과 이념 편향 성향을 비판하였다. 조지훈이 내세운 것은 전인간적 공감에 바탕을 둔 순수한 시정신이었다. 그는 이러한 시정신의 본질을 지켜 나가는 길만이 시를 지키는 길[60]이라고 주장하면서 문단의 한복판에 나섰다. 정치적 이념에 대한 요구 대신에 순정한 시정신 옹호에 나선 조지훈은 정치주의 문학의 맹목성을 지적하면서 인간의 내면에서 우러나오는 '생명의 요구', '생활의 표현'만이 진정한 문학으로 남게 될 것임을 말하기도 한다.

조지훈의 순수 지향적 태도는 고전주의적 정신으로 이어지면서 시적 구체화의 가능성을 확보하고 있다. 그는 국어의 발달, 국민 의식의 자각, 이지와 정열의 균형이라는 3가지 조건을 들어, 한국문학에서 새로운 고전주의적 문학의 확립을 강조하였고, 민족문학의 방향도 여기에 지표를 두어야 할 것이라고 주장한다.

---

59 조지훈(趙芝薰, 1920~1968). 경북 영양 출생. 혜화전문 문과 졸업. 1939년 《문장》으로 등단. 시집 『청록집』(1946)(공저), 『풀잎단장』(1952), 『역사 앞에서』(1959), 『여운』(1964), 저서 『시의 원리』(1953), 『한국문화사 서설』(1964), 수필집 『돌의 미학』(1964), 『조지훈 전집』(1973) 등 출간. 참고 문헌: 신동욱, 「조지훈의 시에 나타난 저항의식」, 《현대문학》(1965. 11); 박두진, 「조지훈론」, 《사상계》(1968. 7); 김종길 외, 『조지훈 연구』(고려대 출판부, 1978); 서익환, 『조지훈 시와 자아. 자연의 심연』(국학자료원, 1998); 조지훈기념행사추진위원회, 『조지훈의 시와 학문과 생애』(2002); 최승호 편, 『조지훈』(새미, 2003).
60 조지훈, 「순수시의 지향 — 민족시를 위하여」, 《백민》(1947. 3), 167쪽.

문학의 고전주의가 이 땅의 오늘에 대두하여 마땅한 데는 다음의 이유가 있다. 세련된 문장, 충분한 구성, 일관된 관념이라는 고전문학의 삼대 요소는 문학 본격의 지향인 주체주의에 부합되고, 지배적이고 통일적이고 전형적이라는 고전문학의 삼대 본질은 민족문학 앙양의 계몽주의에 부합되는 것이며, 명랑성과 조화성과 일반성이라는 고전문학의 삼대 특성은 현대문학의 이성주의에 부합된다. 여기서 말하는 부합이란 그 요구와 충족적 해결이 지양될 수 있다는 뜻이다. 민족문학의 이러한 지향이 그 전통과 역사 위에 개화하려는 발아기 문학의 황금시대를 가져오는 것이 아닐까.[61]

조지훈이 파악한 고전문학의 정신이란, 서구문학의 낭만적 정신에의 함몰을 경계하며 신고전주의를 내세운 흄(T. E. Hulme)의 태도를 연상케 한다. 시에 있어서 정확하고도 적절한 언어 표현을 강조했던 흄은, 무모할 만큼 방만한 상상력 대신에 구상력(fancy)을 제시하여 견실한 산문적 경지의 시를 강조한 바 있다. 조지훈은 해방 직후의 한국문학에 있어서 좌익 문인들이 강조하고 있는 계급투쟁과 정치 이념이란 일종의 낭만적 정신과 통하는 것이라고 할 수 있지만 문단의 무질서와 혼란, 이념의 충돌 등이 바로 여기에서 비롯된 것임을 지적한다. 그는 이지와 정열의 균형을 지향하는 고전 정신을 확립함으로써, 이 같은 혼란을 극복하고 민족문학의 정상적인 발전을 꾀할 수 있을 것이라고 역설한 것이다.

조지훈은 자신의 주장을 시적 창작을 통하여 그대로 실천해 보이고자 노력했다. 그의 시는 자아의 내면적인 탐구에서 출발하면서도 역사와 현실에 대한 인식에 철저하고자 하였고, 특히 시적 형식의 균형과 정서의 절제에 남다른 특징을 드러내고 있다. 박목월, 박두진과 함께 펴낸 공동

---

61  조지훈, 「고전주의의 현대적 의의」, 《문예》(1949. 10), 141쪽.

시집 『청록집』에 수록된 시뿐 아니라, 해방 직후의 여러 작품에서 질서와 조화의 세계를 시를 통해 구현하고자 했던 그의 의욕을 확인할 수 있다. 특히 한국전쟁 후에 펴낸 시집 『풀잎단장』(1952)에서 『역사 앞에서』 (1959)에 이르는 시적 역정을 통해 자신의 시의 세계가 지향하고자 하는 가치를 일관되게 지켜 나가고 있다. 고전적인 정신의 추구를 내세우면서 해방 직후의 혼란을 극복했던 조지훈은 절제와 균형과 조화의 시를 통해 자연을 노래하고 자기 인식에 몰두한다. 그리고 전쟁의 고통 속에서 사회 현실에 대한 관심을 더욱 확대하고 있으며, 총체적인 상황 인식의 가능성을 「다부원(多富院)에서」와 같은 시를 통해 시험하기도 한다. 하지만 조지훈은 변화의 시인은 아니다. 그는 자연을 노래하건 지나간 역사를 더듬건 간에, 또 현실을 바라보건 자기 응시에 몰두하건 간에 언제나 비슷한 어조를 지키고 있다. 조지훈이 지닌 하나의 목소리, 그것은 그의 시의 가장 중요한 특징이면서 동시에 그의 시를 고정시켜 놓은 징표임이 분명하다.

해방 공간의 시단에서 가장 커다란 주제로 부각되었던 '정치시'의 가능성에 관한 문제는 시의 이념화에 대한 논의에서 더 이상의 진전을 보이지 못하고 있다. 이 가운데에서 상당수의 시인들이 끝내 그 이념의 허구를 따라가 월북하였다. 하지만 해방과 함께 모국어의 감각과 기법을 실험하면서 한국 시의 새로운 가능성을 타진하기 위한 시인들의 노력은 이 혼란의 해방 공간을 벗어나면서부터 구체화되기 시작했다. 시가 민족의 삶 가운데 끊임없이 생성되는 노래이며, 그 자체의 언어와 형식도 시의 정신에 따라 스스로 갱신해 나아가게 된다는 사실은 당시의 시단을 돌아보는 모든 문학인들에게는 새삼스러운 감회에 속한다고 할 수 있다.

## 민족 분단과 전쟁, 그리고 전후 시단

한국 현대시의 이념적 분열과 그 대립 양상은 해방 직후 남북 분단의 고정화 과정과 1950년 한국전쟁을 거치면서 점진적으로 수습되기 시작했다. 남북한이 서로 다른 이념과 가치를 지향하는 정치체제를 갖추게 되자 문단 자체도 남한 문단과 북한 문단으로 분열 재편되었다. 이 과정에서 '한국문학'으로서의 자기 정체성을 남한 문학이 확보하면서 전후 문학의 다양한 경향이 새로운 사회 문화적 관심사가 되었다.

한국전쟁에서부터 휴전이라는 이름으로 전쟁 자체가 수습 단계로 접어든 1950년대 전반기까지는 한국 민족 전체의 생존 자체가 문제였던 고통의 시대였다. 전쟁의 참화에서 벗어나기 위한 몸부림과 절규만이 사회에 들끓고 있는 동안, 문학에서도 전후의 현실에 대한 비탄과 자조의 표현을 흔히 볼 수 있었다. 충격적인 전쟁의 참상을 객관적으로 직시하거나, 그 비극을 보편적인 인간 내면의 문제로 끌어올릴 만한 여유가 없었던 것이다. 특히 시의 경우에는 전후적 징후라고 말할 수 있는 다양한 정서적 충동이 여러 가지 경향으로 나타나고 있다. 이것은 한국 전후 시의 문학적 성격과도 관련되는 것으로, 다음과 같은 몇 가지 특징으로 집약된다.

첫째, 새로운 젊은 시인들의 등장과 함께 더욱 폭넓은 시단이 형성되었다는 점이 주목된다. 전쟁이 끝난 후에 재편성된 시단에는 김광균, 김광섭, 김상옥, 김용호, 노천명, 박남수, 박두진, 박목월, 서정주, 신석정, 신석초, 유치환, 장만영, 조지훈 등의 기성 시인들이 자신의 시적 지향을 새롭게 조정하기 시작한다. 이들은 모두 해방 직후 정치 이념의 충동과 전쟁의 비극을 체험하면서 자연스럽게 시의 순수성과 서정성에 복귀하고 있다. 이들이 정치적 이념이나 사회의식을 외면한 것은 자기 내면에서의 갈등과 극복을 통해 가능해진 것이라기보다는, 정치적 상황의 변화와 그 대세를 그대로 따른 결과라고 할 수 있다. 그런데 전후 세대의 새로운 시인들은 사회적 혼란 속에서 시의 새로운 진로를 모색하면서 새로운 방법을 실험하고자 하였다. 어떤 시인들은 전통적인 서정의 세계를 자신의 시를 통해 더욱 심화하고자 하였고, 어떤 시인들은 새로운 기법과 언어, 삶의 현실에 대응하기 위한 새로운 시정신의 구현에 몰두하기도 하였다. 전후의 황폐한 삶 속에서 시를 쓴다는 것으로 그 존재 의미를 가졌던 이 새로운 세대의 시인들을 '전후파 시인'이라고 명명할 수 있다면, 이들의 시에서 가장 특징적인 한 시대의 정신적 징후를 확인해 볼 수 있다. 전후파 시인의 범주[62]에는 고원, 고은, 구상, 구자운, 김관식, 김광림, 김남조, 김수영, 김윤성, 김종문, 김종삼, 김춘수, 민재식, 박봉우, 박성룡, 박양균, 박인환, 박재삼, 박태진, 박희진, 성찬경, 신동문, 신동집, 유정, 이동주, 이원섭, 이형기, 전봉건, 전영경, 정한모, 조병화, 조향, 황금찬 등이 모두 포함된다고 할 수 있다. 이들 이외에도 구경서, 김규동, 김구용, 김요섭, 홍윤숙, 한성기 등이 모두 같은 시대에 자리 잡은 시인들이다. 해방 이후 한국 현대시의 흐름에 있어서 전반적인 추세와 경향이 균형을 이루게 된 것은 이들에 이르러서야 비로소 가능했음을 주목해야 할 것이다.

둘째, 1950년대의 시에서 시정신과 시적 방법의 새로운 모색 과정이 두드러지게 드러나는 점을 지적할 수 있다. 전후시의 경향은 시적 정서의 폭과 깊이를 주축으로 하는 경우가 중심을 이루고 있지만 시적 언어와 기법의 탐구를 주축으로 하는 새로운 경향도 크게 주목되고 있다. 전자의 경우는 흔히 '전통파' 또는 '서정파'라는 말[63]로 지칭된다. 후자의 경우는 전자의 경우보다 훨씬 복잡한 양상을 보이는데, 시적 언어와 형

---

62  전후파 시인들의 면모를 가장 포괄적으로 보여 주는 것은 『한국 전후 문제 시집』(신구문화사, 1961)이다.

63  '전통파'라는 명칭은 김춘수의 『시론』에서 확인되며, 많은 비평가들에 의해 활용된다. '서정파'는 김주연이 「자연과 서정」, 『한국 현대문학 전집 — 52인 시집』(신구문화사, 1967)에서 처음 사용한 용어이다.

태에 새로운 실험을 감행하면서 서정적 전통의 변혁에 주력해 온 시인들과, 사회적 인식과 현실 문제를 시 속에 포괄함으로써 적극적인 시정신의 구현에 힘쓴 시인들로 다시 구분해 볼 수 있다. 이들은 각각 '언어파'(또는 실험파)와 '현실파'[64]로 지칭되기도 하였다. '언어파'의 시인들은 시적 인식을 중시함으로써 시어의 효과를 겨냥한다. 이들은 흔히 후기모더니즘운동이라는 이름으로 시적 성과를 평가받고 있는데, 특히 한국어에 현대적 감각을 부여하고 시적 형태에 대한 모색을 가능케 하였으며, 시와 시인의 위치에 대해 의식하지 않으면 안 된다는 각성을 촉발한 점 등이 주목되고 있다. 현실파의 경우에는 사회 상황에 대한 비판적 인식과 풍자적 접근이 시를 통해 가능함을 구체적으로 보여 주었다. 자조와 비판이 함께 드러나는 이들의 시에서 시적 의지의 문제를 확인해 볼 수 있다. 이러한 전후 시단의 몇 가지 분파 경향을 통해 특히 주목해야 할 것은 시적 인식의 대상이 개인적인 서정 세계에서 사회적 현실 문제로 확대되는 점, 시적 형태의 측면에서 파격적인 요소가 증대되고 서정시의 양식적인 한계를 극복하기 위해 장시(長詩)를 실험하는 시인들이 늘어나는 점 등이다.

셋째, 전후시의 다양한 경향은 각각 나름대로의 시적 논리를 갖추고 있는 점이 주목된다. 순수 서정의 세계에 대한 지향은 조지훈의『시의 원리』(1953)와 서정주의『시문학 개론』(1959)이 이론적인 근거를 제공한다. 시적 감수성의 심화를 꾀하고 있는 이들의 이론은 시에 있어서의 생명적 본질, 개인적 감성, 언어적 순일성에 대한 집착을 버리지 않았기 때문

---

64 '언어파'라는 말은 김현의 「암시의 미학이 갖는 문제점」, 『한국 현대문학 전집 — 52인 시집』(신구문화사, 1967)에서, '실험파'는 김춘수에게서 볼 수 있는 용어이다. 이들보다 앞서서 '현실파'라는 용어를 쓴 이어령은 그의 평론집 『저항의 문학』(경지사, 1959)에서 전후시의 지향점을 비슷한 각도에서 분석, 제시한 바 있다.

에 시적 관점의 폐쇄성이 지적되기도 한다. 시적 언어와 시적 인식에 대한 관심은 김춘수의 『한국 현대시 형태론』(1958)과 김규동의 『새로운 시론』(1959)으로 집약되고 있다. 서정적인 미의 세계에서 주지적인 미의 세계로 시적 인식 자체를 전환시키고자 노력했던 이들의 주장은 한국 현대시론의 분기점에 해당된다. 이 밖에도 우상의 타파와 저항으로서의 문학을 강조한 이어령의 수사적 비평, 백철, 김용권, 김종길 등에 의해 소개된 '신비평'의 방법이 분석주의 비평의 가능성을 열어 주고 있다.

## (2) 전통적 서정의 세계

### 전통적 정서와 순수의 가치

해방에서부터 한국전쟁을 거치는 동안에 겪어야 했던 상황적 혼란에도 불구하고, 시에 있어서 서정성의 전통은 지속적으로 전개되었다. 서정주, 유치환, 신석정, 박두진, 박목월, 조지훈, 박남수 등은 자신들이 키워 온 서정시의 전통과 시적 신념을 일관되게 지켜 왔다. 이들은 각각 특이한 개성을 지닌 시인들이지만, 자연과 인간의 삶의 조화를 지향한다든지, 전통적인 서정성에 바탕을 두고 언어의 리듬을 살려낸다든지 하는 점에서는 대체로 일치된 경향을 보여 준다.

서정주[65]는 초기 시의 경향을 보면 허무주의적인 요소와 관능적 감

---

65 서정주(徐廷柱, 1915~2000). 호는 미당(未堂). 전북 고창 부안 출생. 중앙고보 수학, 중앙불교전문학교 수학. 1936년 《동아일보》 신춘문예에 시 「벽」 당선. 동인지 《시인부락》(1936) 창간. 광복 후 동국대학교 교수, 한국문인협회 이사장 역임. 시집 『화사집』(1941) 이후, 『귀촉도』(1948), 『신라초』(1961), 『동천』(1968), 『질마재 신화』(1975), 『떠돌이의 시』(1976), 『서로 가는 달처럼』(1980), 『학이 울고 간 날들의 시』(1982), 『산시』(1991) 등과 『미당 시 전집』(민음사, 1994) 발간. 참고 문헌: 송욱, 「서정주론」, 《문

각이 시의 세계 속에 공존하는 시인이었다. 그러나 해방 이후 『귀촉도』 (1948)의 시들은 사변적인 것보다는 서정성이 균형을 찾고 있으며, 감각적인 것보다는 전통적인 정서를 폭넓게 깔고 있다.

눈물 아롱아롱
피리 불고 가신 님의 밟으신 길은
진달래 꽃비 오는 서역 삼만 리
흰 옷깃 여며여며 가옵신 님의
다시 오진 못하는 파촉(巴蜀) 삼만 리.

신이나 삼아 줄걸 슬픈 사연의
올올이 아로새긴 육날 메투리
은장도 푸른 날로 이냥 베혀서
부질없는 이 머리털 엮어 드릴걸.

초롱에 불빛 지친 밤하늘
굽이굽이 은하물 목이 젖은 새,
차마 아니 솟는 가락 눈이 감겨서
제 피에 취한 새가 귀촉도 운다
그대 하늘 끝 호올로 가신 님아

──「귀촉도」

예)(1953. 11); 김우창, 「한국 시의 형이상」, 《세대》(1968. 6); 김용직, 「'시인부락' 연구」, 《국문학논집》 (1969. 11); 조연현 외, 『서정주 연구』(동화출판공사, 1975); 김화영, 『미당 서정주의 시에 대하여』(민음사, 1984); 문정희, 「서정주 시 연구」(서울여대 박사 논문, 1993. 8); 최현식, 『서정주 시의 근대와 반근대』(소명출판, 2003); 김학동 외, 『서정주 연구』(새문사, 2005); 김학동, 『서정주 평전』(새문사, 2011).

서정주의 시적 변모 과정의 한 단계를 이루는 위와 같은 작품은 전통적 정서의 한복판에 그의 시가 자리하고 있음을 보여 준다. 인간의 삶과 죽음의 문제를 동시에 아우르고 있는 이 시에서 은하에 맞닿는 시적 공간의 폭은 한의 정서의 깊이와 서로 조응한다. 죽음이 가지는 영결의 의미는 이 시에서 돋보이는 애절한 정조의 언어로만 형상화되고 있는 것이 아니다. 오히려 원형적 심상이라고 명명할 만한 요소들이 시적 긴장을 유지하면서 영원한 이별의 의미를 공간적으로 확장하고 있는 것이다. 토속적 정서에 기반한 이 시가 신화적 상상력을 동원하여 시정신을 고양하고 있는 것은 서정주 시의 새로운 위상을 말해 준다.

서정주는 시집 『귀촉도』 이후에도 한동안 토착 세계와 전통적 정서에의 지향을 두드러지게 나타낸다. 그는 「국화 옆에서」, 「밀어」 등의 시에서 확인할 수 있는 고전적인 격조를 더욱 심화시키면서 일상의 현실로 눈을 돌린다. 특히 한국전쟁의 비극적 체험은 시가 자리해야 하는 삶의 한복판을 이렇게 노래하고 있다.

(가)
잔치는 끝났드라. 마지막 앉아서 국밥을 마시고
빠알간 불 사루고,
재를 남기고.

포장을 걷으면 저무는 하늘
일어서서 주인에게 인사를 하자.

결국은 조금씩 취해 가지고
우리 모두 다 돌아가는 사람들.

목아지여

목아지여

목아지여

목아지여


멀리 서 있는 바닷물에

난타하여 떨어지는 나의 종소리.

——「행진곡」


(나)

가난이야 한낱 남루(襤褸)에 지나지 않는다.

저 눈부신 햇빛 속에 갈매빛의 등성이를 드러내고 서 있는 여름 산 같은

우리들의 타고난 살결 타고난 마음씨까지야 다 가릴 수 있으랴


청산이 그 무릎 아래 지란(芝蘭)을 기르듯

우리는 우리 새끼들을 기를 수밖에 없다


목숨이 가다 가다 농울쳐 휘어드는

오후의 때가 오거든

내외들이여 그대들도

더러는 앉고

더러는 차라리 그 곁에 누워라


지어미는 지애비를 물끄러미 우러러보고

지애비는 지어미의 이마라도 짚어라

어느 가시덤불 쑥구렁에 누일지라도
우리는 늘 옥돌같이 호젓이 묻혔다고 생각할 일이요
청태라도 자욱히 끼일 일인 것이다.

—「무등(無等)을 보며」

한국전쟁의 고통을 삶의 현장에서 고스란히 체험했던 시인은 현실 세계에 대한 지향 자체를 회피하거나 부정하지는 않는다. 그는 자신의 시가 결국 자기 내면의 서정으로 회귀할 것임을 알고 있었지만 현실의 무게를 외면하지 않고 있다. 시집 『서정주 시선』(1955)으로 묶인 전후의 시편들을 보면, 앞의 시 「행진곡」에서 암시하고 있는 것처럼 삶은 언제나 그 방향을 가늠하기 어렵다. 그러나 「무등을 보며」, 「광화문」, 「추천사」, 「상리 과원」 등으로 이어지는 전후의 시작 활동은 고통스러운 일상의 현실에 대한 긍정의 시선을 감추지 않는다. 이것은 시적 자아의 원숙성을 보여 주는 변화임에 틀림없다. 특히 전통적인 서정 세계에 대한 그의 관심이 토착어의 시적 세련을 가능케 한 점, 현실에 대한 적극적인 관심과 긍정의 시선을 보여 준 점, 시 형태의 균형과 질서가 내재화된 율조로부터 자연스럽게 조성되어 있는 점 등은 하나의 성과로 주목되는 것들이다.

서정주의 시는 전후 현실을 겪으며 후 일상에 침잠하지 않고 시집 『신라초』(1961)에서부터 『동천』(1968)에 이르기까지 또 하나의 변화를 준비한다. 시집 『신라초』는 전통적인 것과 동양적인 불교의 세계에 대한 새로운 관심이 서정주의 시적 세계에 구체화되고 있음을 보여 준다. 여기에서 시인이 가장 전통적이고 이상적인 시적 세계로서 하나의 '이데아'로 상정하고 있는 것이 바로 '신라'이다.

노래가 낫기는 그중 나아도

구름까지 갔다간 되돌아오고,

네 발굽을 쳐 달려간 말은

바닷가에 가 멎어 버렸다.

활로 잡은 산돼지, 매로 잡은 산새들에도

이제는 벌써 입맛을 잃었다.

꽃아. 아침마다 개벽(開闢)하는 꽃아.

네가 좋기는 제일 좋아도,

물낯바닥에 얼굴이나 비취는

헤엄도 모르는 아이와 같이

나는 네 닫힌 문에 기대어 섰을 뿐이다.

문 열어라 꽃아. 문 열어라 꽃아.

벼락과 해일만이 길일지라도

문 열어라 꽃아. 문 열어라 꽃아.

─「꽃밭의 독백 ─ 사소단장(娑蘇斷章)」

　이 시는 신라의 시조인 박혁거세의 어머니로 알려진 '사소(娑蘇)'라는 여인에 관련된 설화를 바탕으로 하고 있다. 결혼 전에 아이를 잉태하여 집을 떠나게 된 박혁거세의 어머니가 길을 떠나기 전 자기 집 꽃밭에서 마지막 남겼던 이야기를 시적 상상력을 통해 재구성하고 있다. 이 시에서 시인이 추구하고 있는 것은 "꽃"의 "문"으로 상징하고 있는 영원의 세계이며, 궁극적인 생명의 원천이다. "아침마다 개벽하는 꽃"의 문을 통해 시인은 세속의 삶에서 영원의 세계로 들어가는 길을 찾는다. 여인의 소망을 통해 열리는 꽃의 세계, 그 이상의 공간을 열어 가는 설렘과 기대를 꽃 앞에서 서성이는 화자의 모습을 통해 형상화하고 있다. 이처럼 서정주는 현실의 삶을 초월하는 심연의 세계를 '신라'라는 시공간 속에서 찾고자 한다. 역사 속의 '신라'는 이미 시대의 흔적으로만 남아 있는 화석화된 공간이지만 서정주는 이 공간에 새로운 생명의 입김을 불어넣고 스스로 그 시공간의 영역을 넘나든다. 그러므로 서정주에게 '신라'는 역사도 아니고 특정 시대의 공간도 아니다. '신라'는 시인의 상상력 속에서 살아난 영원의 신화이다. 서정주가 빠져든 자신의 시 세계의 가장 깊은 심연인 '신라'라는 세계를 두고, 그의 '신라'에 대한 관심이 반역사적 지향을 드러내는 것으로 지적되는 경우도 없지 않다. 하지만 그것은 서정주만이 발견해 낸 상상력의 원천이며 시적 고향과도 같다. 서정주의 '신라'는 정서적인 폭에 의해서가 아니라 그 깊이에 의해서 시적 의미를 부여받는다. 불교적인 설화의 세계는 윤회적인 삶과 그 내밀한 의미를 통하여 하나의 조화로운 영원의 공간으로 표상된다. 설화적 세계의 시적 수용이라는 점에서 보자면, 서정주의 상상력으로 재구성된 '신라'는 신화적 원형이라는 개념을 통해서만 이해된다. 더구나 불교적 색채가 덧붙여졌기 때문에 초월적 신비감마저 흐르고 있다. 물론 서정주가 추구하는 영원회귀의 시공간으로서의 '신라'가 어떤 면에서 자기 소멸의 허무주의를 낳고 있다는 사실도 지적될 필요가 있다.

서정주가 불교적인 세계의 인연설에 대한 집착으로부터 벗어나는 과정은 시집『동천』에서 확인된다.

> 내 마음속 우리 님의 고운 눈썹을
> 즈믄 밤의 꿈으로 맑게 씻어서
> 하늘에다 옮기어 심어 놨더니
> 동지섣달 날으는 매서운 새가
> 그걸 알고 시늉하며 비끼어 가네
>
> ─「동천」

앞의 시는 시집『신라초』의 시에서 볼 수 있었던 신화적 상상력의 폭과 깊이보다 더욱 초월적인 신비주의의 경지를 펼쳐 보인다. 신화적 시공간을 설화조로 풀어냈던 시집『신라초』의 시적 진술보다 정서의 균제와 상상력의 조화가 이채롭다. 이 시에서는 시적 대상을 직접적으로 언급하지 않았다. 하지만 "우리 님의 고운 눈썹"을 "하늘에다 옮기어 심어 놨더니"라는 구절을 통해 그 대상을 연상할 수 있다. 여기에서 연상되는 것이 바로 겨울밤 하늘에 떠 있는 초승달이다. 초승달을 흔히 '눈썹달'이라고도 부른다. 님의 아름다운 눈썹이 시인의 시적 상상력에 의해 밤하늘의 초승달로 변용된다. 하늘에 떠 있는 초승달은 이 시인에게는 곧 고운 님의 눈썹이고 아름다움 그 자체가 된다. 이 신비스러운 시적 변용은 대상에 대한 직관적인 인식, 섬세한 감각과 깊은 서정의 세계가 모두 하나로 통합되어 이루어 낸 시적 성취이다.

서정주가 '신라'의 시공간을 벗어나 일상적인 현실로 귀환한 것은『질마재 신화』(1975)에 이르러서이다. 이것은 그가「귀촉도」를 불렀던 시절에서 무려 30년에 가까운 긴 여정을 거친 후의 일이다. 서정주는 산업화의 과정에서 뒤로 밀려난 토속적인 고향인 '질마재'로 돌아와 퇴락한 삶의 현실을 바라보며 일상의 신화를 시로 구축한다. 연작 형태의 '질마재' 이야기들은 서정주 시의 종착점과 같은 의미를 지닌다. 그가 시인으로서 보여 준 인간주의적 시선을 여기에서 확인할 수 있기 때문이다.

유치환[66]은『생명의 서』(1947)에서 인간 존재와 그 생명의 본질을 관

---

66 유치환(柳致環, 1908~1967). 호는 청마(靑馬). 경남 충무 출생. 일본 도요야마 중학(豊山中學)을 거쳐 동래고보 졸업. 연희전문 문과 중퇴. 1931년 《문예월간》에 시「정적」을 발표. 1937년 동인지 《생리》 주재. 시집 『청마시초』(1939), 『생명의 서』(1947), 『울릉도』(1948), 『청령일기』(1949), 『보병과 더불어』(1951), 『예루살렘의 닭』(1953), 『청마 시집』(1954), 『유치환 시선』(1958), 『뜨거운 노래는 땅에 묻는다』(1960), 『파도야 어쩌란 말이냐』(1965) 등과 수필집 『동방의 느티』(1959), 『나는 고독하지 않다』(1963) 등을 간행. 참고 문헌: 이형기, 「유치환론」, 《문학춘추》(1965. 2); 김종길, 「청마 유치환론」, 《창작과비평》

넘적으로 추구하였다. 그런데 시집 『울릉도』(1948), 『청령일기』(1949)에 이르면서 현실의 삶에 대한 인식에 관심을 기울이기 시작한다. 그의 시에서 흔히 볼 수 있는 과격한 수사가 외형적 포즈로만 돋보이는 경우가 많다는 지적도 가능하지만, 그는 언제나 남성적 어조의 시적 진술을 통해 그 주제의 건강성을 유지하고 있다.

동쪽 먼 심해선(深海線) 밖의
한 점 섬 울릉도로 갈거나.

금수(錦繡)로 굽이쳐 내리던
장백(長白)의 멧부리 방울 뛰어,
애달픈 국토의 막내
너의 호젓한 모습이 되었으리니,

창망(滄茫)한 물굽이에
금시에 지워질듯 근심스레 떠 있기에
동해 쪽빛 바람에
항시 사념의 머리 곱게 씻기우고,

지나새나 뭍으로 뭍으로만
향하는 그리운 마음에,
쉴 새 없이 출렁이는 풍랑따라
밀리어 오는 듯도 하건만,

(1974. 여름); 오탁번, 「청마 유치환론」, 《어문논집》(1980. 4); 박철석 편, 『유치환』(서강대 출판부, 1999), 이어령, 『공간의 기호학』(민음사, 2000); 문덕수, 『유치환 평전』(시문학사, 2004).

멀리 조국의 사직의

어지러운 소식이 들려올 적마다

어린 마음 미칠 수 없음이

아아, 이렇게도 간절함이여!


동쪽 먼, 심해선 밖의

한 점 섬 울릉도로 갈거나.

　　　　　　　　　　　　　　　　　　—「울릉도」


　해방 직후 유치환의 시대 인식의 일단을 보여 주고 있는 이 시에서 시적 대상이 되고 있는 "울릉도"는 "동쪽 먼 심해선 밖의 한 점 섬"으로 규정된다. 여기에서 표상되는 육지와의 공간적 거리를 두고 시인은 시적 정황 속에서 빚어지는 긴장감에 그리움이라는 시적 정서를 덧붙인다. 이 특이한 거리 두기는 시인이 당면한 해방 공간의 정치적 현실과 무관하지 않다. 좌우 이념의 대립과 문단의 파당적 갈등 속에서 시인은 스스로 "울릉도"의 위상을 시적 자아와 동일시한다. 그러므로 이 시에서 "국토의 막내"로 명명되는 "울릉도"는 그 시적 공간으로서의 구체성을 인정하기 어려울 정도로 관념화되어 있다. 초기의 시에서 볼 수 있었던 관념적 지향의 특성이 여전히 남아 있음을 볼 수 있다.

　유치환은 1950년 한국전쟁 당시 문총구국대의 일원으로 종군한 바 있으며, 고통스러웠던 전쟁의 체험을 시집 『보병과 더불어』(1951)의 시작품을 통해 구체적으로 형상화하였다. 그가 시적 감각이나 서정성보다는 관념의 과감한 도입을 꾀했던 초기의 시와는 달리 전쟁을 겪고 난 뒤 현실적 감각을 중시하면서 서정적 세계를 확대시켜 나아간 것은 중요한 시적 변화에 해당한다. 이러한 새로운 경향은 『청마 시집』(1954)에서도 확인된다. 물론 유치환은 시를 그 자체의 목적이나 의미로 한정하지 않고, 시인의 완성된 인격의 표현으로 생각하고 있었기 때문에 관념적 진술이 작품 속에 부분적으로 남아 있다. 유치환의 시가 관념의 세계에서 벗어나 구체적인 시적 대상을 통해 감각적 형상화의 길로 나아간 것은 『행복은 이렇게 오더니라』(1954)에서 확인할 수 있다. 그의 시는 관념이 억제되면서 정서의 폭이 넓어졌으며 시적 형태도 그 균형이 보다 자연스럽게 이루어지고 있다.

신석정[67]은 해방 직후 두 번째 시집인 『슬픈 목가』(1947)를 출간하면서 자신의 초기 시에서 보여 주었던 순정한 시정신과 이상향에 대한 추구에서 점차 벗어난다. '어머니'라는 모성 상징에 기대었던 시적 자아의 가녀린 모습 대신 현실적 삶에 대한 깊은 통찰과 고뇌가 드러난다. 이상향에 대한 시적 동경이 현실적 삶에 대한 인식으로 바뀌면서 신석정의 시는 『빙하』(1956)의 시대를 맞는다. 이 시집의 작품들은 표제작인 「빙하(氷河)」를 비롯하여 「삼대(三代)」, 「귀향시초(歸鄕詩抄)」, 「나무 등길에 잃어서」 등에서 볼 수 있는 것처럼 삶의 현실과 그 경험에 대한 진지한 성찰이 돋보인다. 한국전쟁을 통해 확인한 전쟁의 폭력성과 그 비참한 현실을 놓고 시인은 인간의 존재와 그 가치를 되묻고 스스로의 삶을 통해 그 의미를 입증해 보이고자 한다.

동백꽃이 떨어진다

---

67 신석정(辛錫正 1907~1974). 아호 및 필명은 석정(夕汀, 石汀, 釋靜). 전북 부안 출생. 중앙불교전문강원에서 불전 연구. 1931년 《시문학》 3호에 동인으로 참가. 시집 『촛불』(인문사, 1939), 『슬픈 목가』(양주문화사, 1947), 『빙하』(정음사, 1956), 『산의 서곡』(가림출판사, 1967), 『대바람 소리』(1970) 발간. 참고 문헌: 류태수, 「신석정에 있어서의 자연의 의미」, 『한국현대시사연구』(일지사, 1983); 강은교, 「신석정론」, 《동아논총》(1984. 12); 국효문, 『신석정 연구』(국학자료원, 2006); 윤여탁, 『신석정』(건국대 출판부, 2007); 송하선, 『신석정 평전 ─ 그 먼 나라를 알으십니까』(푸른사상, 2013).

빗속에 동백꽃이
시나브로 떨어진다.

수(水)
평(平)
선(線)
너머로 꿈 많은 내 소년을 몰아 가던
파도 소리
파도 소리 부서지는 해안에
동백꽃이 떨어진다

억만 년 지구와 주고받던
회화에도 태양은 지쳐
엷은 구름의 면사포를 썼는데
떠나자는 머언 뱃고동 소리와
뚝뚝 지는 동백꽃에도
뜨거운 눈물 지우던 나의 벅찬 청춘을
귀 대어 몇 번이고 소근거려도
가고 오는 빛날 역사란
모두 다 우리 상처 입은 옷자락을
갈가리 스쳐 갈 바람결이여
생활이 주고 간 화상(火傷)쯤이야
아예 서럽진 않아도
치밀어 오는 뜨거운 가슴도 식고
한 가닥 남은 청춘마저 떠난다면

동백꽃 지듯 소리 없이 떠난다면
차라리 심장도 빙하 되어
남은 피 한 천 년 녹아
철 철 철 흘리고 싶다.

　　　　　　　　　　　　　　　　—「빙하」


앞의 시에서 시인은 "뜨거운 가슴"보다 차라리 스스로 "천 년"을 녹아
내리는 차가운 "빙하"를 꿈꾼다. "동백꽃"이 지듯이 청춘이 가지만 시인
은 생활이 주고 간 "화상"을 서러워하지도 않는다. 자연 친화의 정서 대
신에 역사와 자연을 함께 포괄하고자 하는 태도를 보면 『빙하』의 시들이
획득한 새로운 시법이 분명한 자기 지향을 드러내고 있음을 확인할 수
있다. 신석정의 후기 시는 시집 『산의 서곡』(1967), 『대바람 소리』(1970)
등에서 자연귀의적인 색채를 강하게 드러낸다. 초기의 전원적 시풍이 연
장된 것처럼 느껴지는 이 같은 경향은 반속적(反俗的)인 시인의 자세와
연결되면서 삶을 체관하면서도 존재의 근원을 추구하려는 시정신의 깊
이를 말해 주고 있다.

　박두진, 박목월, 조지훈은 공동 시집 『청록집』을 통해 내세운 자연의
새로운 발견이라는 시적 주제에 걸맞게 이른바 '청록파'라는 별칭을 얻
었다. 이들은 전쟁이 끝난 뒤 새롭게 시작 활동을 전개하면서 가장 개성
적인 자기 변화를 시를 통해 실현하게 된다. 이들은 특히 어떤 경우든지
시의 예술적 가치와 그 표현의 완결성에 대한 신념을 지킴으로써 청록파
다운 풍모를 유지하게 된다.

　박두진[68]은 『오도(午禱)』(1954), 『박두진 시선』(1955) 등의 시집에서 반

---

복의 율조와 호소력 있는 언어를 통해 호흡이 긴 시적 진술 속에서도 자기 의지를 표출하고 있다. 그는 자연의 생명력을 노래하고, 자연을 통해 인간의 의지를 찾고자 한다.

산아. 우뚝 솟은 푸른 산아. 철철철 흐르듯 짙푸른 산아. 숱한 나무들, 무성히 무성히 우거진 산마루에, 금빛 기름진 햇살은 내려오고, 둥둥 산을 넘어, 흰구름 건넌 자리 씻기는 하늘. 사슴도 안 오고 바람도 안 불고, 넘엇골 골짜기서 울어 오는 뻐꾸기……

산아. 푸른 산아. 네 가슴 향기로운 풀밭에 엎드리면, 나는 가슴이 울어라. 흐르는 골짜기 스며드는 물소리에, 내사 줄줄줄 가슴이 울어라. 아득히 가 버린 것 잊어버린 하늘과, 아른아른 오지 않는 보고 싶은 하늘에, 어쩌면 만나도질 볼이 고운 사람이, 난 혼자 그리워라. 가슴으로 그리워라.

—「청산도(靑山道)」부분

박두진이 노래하는 자연은 시적 자아와 거리를 두고 있는 대상이 아니다. 자연은 언제나 시적 자아와 동일시된다. 때로는 대상으로서의 자연과 주체로서의 자아 사이에 갈등이 야기되기도 하지만 시적 파탄을 수반하는 것은 아니다. 자연의 친화력에 의해 대상과 주체가 하나가 되고 있으며, 거기에서 오는 영원한 생명력이 시적으로 구현되고 있다. 그러

박목월, 조지훈과 3인 공동 시집 『청록집』 간행. 3·1 문화상, 예술원상 수상. 시집 『해』(1949), 『오도』(1954), 『거미와 성좌』(1961), 『고산식물』(1973), 『사도행전』(1973), 『수석 열전』(1973), 시론집 『한국현대시론』(1970) 등 출간. 참고 문헌: 조연현, 「성신에의 신앙」, 《해동공론》(1949. 3); 박철희, 「신앙과 현실 인식」, 《문학과지성》(1972. 겨울); 신동욱, 「박두진 시에 있어서 저항과 지속의 의미」, 《세계의 문학》(1983. 겨울); 박철희 편, 『박두진』(서강대 출판부, 1996), 김응교, 『박두진의 상상력 연구』(박이정, 2004); 강창민 외, 『혜산 박두진 시 읽기』(박이정, 2008).

므로 자연을 대상으로 하는 그의 시들은 존재의 심연을 찾아가는 기도로 나타나기도 하고, 생명에의 경외감으로 채워지기도 한다. 그리고 시적 정서의 긴장을 내면화하는 데도 성공을 거두고 있다. 그의 시에 과감하게 활용되고 있는 의성어, 의태어나 직유적인 표현, 파격을 이루는 산문 형태의 시적 진술 등은 격렬한 정서의 충동을 시적으로 형상화하는 데 기능적으로 작용하고 있다.

박두진의 시가 자연을 노래하기보다 현실적인 삶의 공간에 대한 비판적 인식에 주력하기 시작하는 과정은 시집 『거미와 성좌』(1961), 『인간 밀림』(1963)에서 확인된다. 박두진은 1960년 4·19혁명과 바로 뒤에 일어난 5·16군사쿠데타를 지켜보면서 현실의 격동을 비장한 심정으로 노래하고 있다. 그는 자유와 민주를 내세웠던 혁명의 열기를 이어 가기 위해 삶의 의지와 적극적인 비판 의식을 시를 통해 강조한다.

우리는 아직노
우리들의 깃발을 내린 것이 아니다.
그 붉은 선혈로 나부끼는
우리들의 깃발을 내릴 수가 없다.

우리는 아직도
우리들의 절규를 멈춘 것이 아니다.
그렇다. 그 피불로 외쳐 뿜는
우리들의 피외침을 멈출 수가 없다.
불길이여! 우리들의 대열이여!
그 피에 젖은 주검을 밟고 넘는
불의 노도, 불의 태풍, 혁명에의 전진이여!

우리들 아직도

스스로는 못 막는

우리들의 피대열을 흩을 수가 없다.

혁명에의 전진을 멈출 수가 없다.

──「우리들의 깃발을 내린 것이 아니다」 부분

「기(旗)」, 「봄에의 격(檄)」, 「꽃과 항구」 등에서 볼 수 있는 시적 의지는 시인 박두진이 4·19혁명을 체험하면서 얻은 새로운 시정신을 구체화한 것이다. 그의 시는 보다 격조 있게 정서를 해방시키고, 보다 절실하게 실천적 행동을 요구하고 있다. 시적 형식은 더욱 자유로워지고, 언어의 파격도 더욱 심해진다. 그리고 바로 그러한 형식의 개방성이 충일하는 정서를 만남으로써 보다 설득력을 지닌 의지적인 시를 빚어내고 있다.

박두진은 부정적 현실 상황을 비판하는 내용을 다루면서, 정신적으로는 절대적 가치의 추구를 멈추지 않고 있다. 이러한 가치 추구의 정신을 바탕으로 그의 후기 시편들에서는 세속적 삶을 순화하며 그 가치를 고양하는 자세가 더욱 심화되어 갔다. 그의 시는 『인간밀림』(1963)에서부터 『수석열전(水石列傳)』(1973) 등에 이르러 내밀한 자기 인식에 근거하면서도 무한의 시간과 무한의 공간을 두루 섭렵하는 절대적인 경지를 이루어내고 있다. 시를 윤리와 종교의 차원으로 끌어올리려는 그의 노력이 기법의 세련보다 주제의 심화를 위해 바쳐지고 있음을 여기서 확인하게 되는 것이다.

(가)

8월의 강이 손뼉친다.

8월의 강이 몸부림친다.
8월의 강이 고민한다.
8월의 강이 침잠한다.

강은 어제의 한숨을, 눈물을, 피흘림을, 죽음들을 기억한다.

어제의 분노와, 비원과, 배반을 가슴 지닌
배암과 이리의
갈라진 혓바닥과 피묻은 이빨들을 기억한다.

강은 저 은하계 찬란한 태양계의
아득한 이데아를
황금빛 승화를 기억한다.

그 승리를, 도달을, 모두의 성취를 위하여
어제를 오늘에게, 오늘을 내일에게 위탁한다.

강은 8월의 강은 유유하고 왕성하다.
늠름하게 의지한다. 손뼉을 치며, 깃발을 날리며, 오직
망망한 바다를 향해 전진한다.

——「8월의 강」


(나)
먼 항하사
영겁을 바람 부는 별과 별의

흔들림

그 빛이 어려 산드랗게

화석하는 절벽

무너지는 꽃의 사태

별의 사태

눈부신,

아 하도 홀로 어느 날에 심심하시어

하늘 보좌 잠시 떠나

납시었던 자리.

한나절내 당신 홀로

노니시던 자리.

—「천태산(天台山) 상대(上臺)」


시집『인간밀림』의 작품들은 4·19혁명과 5·16 군사 쿠데타의 체험을 토대로 하고 있다. 앞의「8월의 강」의 경우를 보면 왜곡되고 있는 현실적 상황의 변화를 역사의 흐름에 비춰 비판한다. 이 시에서 "강"은 도도한 역사의 흐름을 상징한다. 이 흐름을 왜곡시키는 부정적인 세력으로 "배암"과 "이리"가 등장한다. 4월혁명의 숭고한 의미와 자유, 민주에 대한 민중의 열망을 좌절시킨 군부독재의 등장을 바로 이 같은 부정적 세력으로 설정하고 이에 대한 비판적인 의식을 표현하고 있다. 이 작품에서 시인이 궁극적으로 강조하고 있는 것은 강물이 넓은 바다에 이르는 것과 같이 도도한 역사의 흐름을 부정할 수 없다는 투철한 역사의식이다. 시대의 격변에 대응하면서 영원하고 보편적인 가치를 추구하려는 시인의 의지가 이 같은 시적 형상을 가능하게 한 것이다.

그런데 박두진이 시를 통해 추구하는 영원한 가치의 세계는 시집

『수석열전』에 이르러 '수석'이라는 구체적인 자연의 형상과 조응하고 있다. 시인 자신은 수석을 채집하면서 수석이라는 것이 "자연의 정수이자 핵심"이며, "초월적인 본체의 한 현현"이라고 말한 적이 있다. 그리고 바로 그러한 점에서 시인의 시정신과 일치한다고 말한다. 그러므로 '수석'은 시인에게 우주 생성의 시초에 형성된, 시간적인 비의(秘儀)를 지닌 견고한 물체로 받아들여지고 있는 것이다. 앞의 시 「천태산 상대」에서는 절대자가 노닐던 성스러운 처소로 인식되기도 하고 모든 고통과 변화를 견딘 견고한 형상으로 그려지기도 한다. 그러면서도 돌은 솟아나는 힘을 내장한 거대한 존재로 의미화된다. 이처럼 박두진의 시적 세계는 자연의 조화와 신비를 담고 있는 수석의 형상을 인간의 삶과 그 격동의 과정과 융합시켜 새로운 가치로서의 시적 표현을 가능하게 하고 있다.

박목월[69]은 『산도화』(1954)에서 『난(蘭)·기타』(1959)에 이르기까지 토속적 정서와 리리시즘을 섬세한 감각으로 재현하면서, 일상의 현실과 삶의 체험을 자신의 시의 세계로 끌어들이고 있다. 박목월은 『산도화』의 순수한 자연 속에서 찾아냈던 '자하산 청노루'의 세계에서 벗어나 인간의 삶의 현실로 그의 시선을 돌리게 된다. 이 일상의 삶에서 그가 새롭게 발견한 것은 가난하지만 소박한 삶과 거기에 깃들인 인정미이다. 예컨대 "오늘 나의 밥상에는/ 냉이국 한 그릇./ 풋나물 무침에/ 신태(新苔) / 미

---

69 박목월(朴木月, 1916~1978). 경북 경주 출생. 계성 중학교 졸업. 1940년 《문장》으로 등단. 광복 직후 김동리 등과 조선청년문학가협회 결성. 한국시인협회 결성. 시 전문지 《심상》(9173) 창간. 시집에는 3인 공동 시집 『청록집』(1946), 『산도화』(1955), 『난·기타』(1959), 『경상도의 가랑잎』(1968), 『어머니』(1968), 유고 시집 『크고 부드러운 손』(1979) 등과 동시집 『산새알 물새알』(1961)있으며 『박목월 시 전집』(2003) 출간. 참고 문헌: 박두진, 「목월의 시 세계」, 『한국 현대시론』(일조각, 1979); 김종길, 「향수의 미학」, 《문학과지성》(1971. 가을); 오세영, 「자연의 발견과 그 종교적 지향」, 《한국문학》(1978. 5); 김재홍, 「목월 시의 성격과 시사적 의미」, 《현대문학》(1988. 5).

나리김치./ 투박한 보시기에 끓는 장찌개.// 실보다 가는 목숨이 타고난 복록(福祿)을./ 가난한 자의 성찬(盛饌)을./ 묵도(默禱)를 드리고/ 젓가락을 잡으니/ 혀에 그득한/ 자연의 쓰고도 향깃한 것이여./ 경건한 봄의 말씀의 맛이여."(「소찬(素饌)」)와 같은 시구에서 그는 애환이 담긴 삶이지만 소탈한 일상에 만족한다.

(가)
흰 달빛
자하문

달안개
물소리

대웅전
큰보살

바람 소리
솔 소리

—「불국사」

(나)
모밀묵이 먹고 싶다.
그 싱겁고 구수하고
못나고도 소박하게 점잖은
촌 잔칫날 팔모상에 올라

새 사둔을 대접하는 것

그것은 저문 봄날 해질 무렵에

허전한 마음이

마음을 달래는

쓸쓸한 식욕이 꿈꾸는 음식

또한 인생의 참뜻을 짐작한 자의

너그럽고 넉넉한

눈물이 갈구하는 쓸쓸한 식성

—「적막한 식욕」 부분

앞의 두 작품에서 볼 수 있는 시정신의 지향은 상당한 격차를 보여 주고 있다. (가)에서는 간결한 언어와 감각이 돋보이고 있지만 (나)에서는 질박한 언어와 일상의 경험이 함께 어우러지고 있다. (나)와 같은 일상성의 시적 추구 작업은 박목월에게 있어서 상상력의 확대를 뜻하는 것이며, 시적 주제가 경험적 삶의 현실에 대한 관심으로 집중되어 있음을 보여 주는 것이다. 박목월은 시적 대상으로서의 자연을 감각적으로 재현하는 데서 그치지 않고 일상생활의 체험 영역을 시적으로 형상화함으로써 초기 시의 감각적 단순함을 벗어나고 있는 것이다. 이러한 시적 변모를 놓고 박목월의 내면에 자리 잡고 있는 리리시즘의 기반이 무너지고 있다고 말할 수는 없다.

박목월은 일상의 체험을 서정의 세계로 끌어들이고 있지만, 현실에서의 갈등이나 대립을 초극하기 위한 의지를 노래하지 않는다. 자기 정서의 자연스러운 반응을 드러내고 있을 뿐이다. 그는 삶의 애환을 포괄하면서도 그 현실에 대응하는 적극적인 자세를 내세우는 법 없이, 삶의 문제를 관조의 자세로 노래하는 시인으로 일상의 한가운데에 서 있다. 특히 그는 초기 시에서와 같이 자연이라는 시적 대상을 노래하는 입장에 있는 것이 아니라 일상의 현실에 자리 잡고 생활 속에서 작은 기쁨을 누리는 인간의 위치에 서 있다. 그렇기 때문에 이 시기의 시에는 자신의 일상의 한복판에 자리하고 있는 가족들과의 삶의 모습을 솔직하게 그려 낸 것이 많다.

당인리(唐人里) 변두리에
터를 마련할가 보아.
나이는 들고……
한 사오백 평(돈이 얼만데)
집이야 움막인들.
그야 그렇지. 집이 뭐 대순가.
아쉬운 것은 흙
오곡이 여름하는.
보리 — 수수 — 감자
때로는 몇 그루 꽃나무.
나이는 들고……
아쉬운 것은 자연.
너그러운 호흡, 가락이 긴
삶과 생활.
흙하고 친하고
(아아 그 푸군한 미소)
등허리를
햇볕에 끄실리고
말하자면

정신의 건강이 필요한.

—「당인리 근처(唐人里 近處)」


이 시에서 시인이 동경하고 있는 '당인리 근처'는 일상의 현실과 대조되는 자연의 공간이다. 하지만 이 한가로운 땅위에서의 삶조차도 시인의 일상 현실이 용납하지 않는다. 하고 싶은 말과 차마 입 밖으로 소리 내어 말하지 못하는 혼잣말을 뒤섞어 놓은 이 시에서는 시인의 소박한 꿈과 함께 그것을 주저하는 망설임이 함께 드러난다. 이런 특유의 어조를 통해 일상을 살아가는 시인 자신의 삶의 모습과 그 소박한 꿈이 꾸밈없이 표현됨으로써 더 큰 호소력을 얻고 있는 것이다.

박목월의 후기 시는 『경상도 가랑잎』(1968)의 수록된 시처럼 삶에 대한 달관의 자세를 더욱 잘 보여 준다. 그는 카랑카랑한 경상도 방언을 시의 언어에 적극적으로 수용하면서 자신의 고향 경상도의 토속적인 세계를 돌아보고 있다. 이 시집에서 느러나고 있는 두드러진 특성은 시인 자신의 고향인 경상도 사투리와 가락을 시적 표현의 장치와 기법으로 차용하고 있다는 점이다. 시인은 고향 사람들의 말투와 가락을 빌려 그들의 순박함과 인정을 표현하고 있는 것이다. 그러나 이 같은 기법을 통해 시인이 그려 내고자 하는 것은 토속의 세계 자체가 아니다. 오히려 시인은 인간 본래의 삶의 자세에 관심을 집중한다. 삶과 죽음의 관계를 보다 여유 있게 바라보려는 그의 시에서 짙게 풍기는 것은 허무의 페이소스다.


뭐락카노, 저편 강기슭에서
니 뭐락카노, 바람에 불려서


이승 아니믄 저승으로 떠나는 뱃머리에서

나의 목소리도 바람에 날려서

뭐락카노 뭐락카노
썩어서 동아밧줄은 삭아 내리는데

하직을 말자 하직 말자
인연은 갈밭을 건너는 바람

뭐락카노 뭐락카노 뭐락카노
니 흰 옷자락기만 펄럭거리고……

오냐, 오냐, 오냐,
이승 아니믄 저승에서라도……

이승 아니믄 저승에서라도
인연은 갈밭을 건너는 바람

뭐락카노, 저편 강기슭에서
니 음성은 바람에 불려서

오냐, 오냐, 오냐,
나의 목소리도 바람에 날려서

───「이별가」

앞의 시에서 볼 수 있는 것처럼 박목월은 경상도 방언의 음성적 자질의 시적인 가능성에 도전하고 있다. 이러한 노력은 궁극적으로 시인 자신이 지닌 토착어의 정서에 대한 자기 탐구에 해당되는 것이다. "니 뭐락 카노"라는 경상도 방언의 어조는 매우 복잡한 내면 정서의 표출을 가능하게 한다. 그것은 당위적인 것에 대한 반문이기도 하고, 자기 스스로에 대한 확인이 되기도 한다. 어떤 경우에는 강한 부정을 의미하기도 하는 이 말의 언어적 함축이 「이별가」의 전체적인 정서를 지배하고 있다. 박목월은 그의 시에서 삶에 대한 깊은 애정을 달관의 자세로 보여 주면서, 경험적 현실의 갈등을 내면화하는 데에도 힘을 기울이고 있다. 그의 언어는 토착어의 리듬을 따라 자연스럽게 이러한 시 세계의 변화를 포괄하고 있으며, 자기 삶의 본바닥인 고향으로 회귀하고 있는 것이다.

박남수[70]의 시적 지향은 서정주나 청록파 시인들과는 또 다른 특징을 보여 주고 있다. 1930년대 말에《문장》의 추천을 거쳐 나온 청록파 시인들이 주로 자연을 대상으로 하는 서정의 세계에서 각기 자기 방향의 조정을 꾀하는 동안, 박남수는 일찍부터 일상의 현실에 눈을 돌렸다. 전후의 현실 체험을 바탕으로 인간의 삶과 그 조건을 날카로운 감각으로 표출한 박남수의 노력은 시집『갈매기 소묘』(1958)로 집약되고 있다. 시 「갈매기 소묘」는 "하늘이 낮게/ 드리고/ 물 면이/ 보푸는/ 그 눌리워/ 팽창한 공간에/ 가쁜 갈매기 하나/ 있었다."라는 구절로 시작된다. 시행의 대담한 압축과 언어의 절제를 통해 정서의 긴장을 추구하고 있는 이 시에서 시적 자아의 형상은 '가쁜 갈매기 하나'로 변용되어 나타난다. 그리고 바로 그 갈매기의 비상이 이미지의 역동성과 시각적 감각성에 의해

---

70 박남수(朴南秀, 1918~1994). 평남 평양 출생. 일본 츄오(中央) 대학 졸업. 1939년 잡지 《문장》의 추천으로 등단. 한국전쟁 당시 월남. 시집 「초롱불」(1940), 「갈매기 소묘」(1958), 「신의 쓰레기」(1964), 「새의 암장」(1970) 등 출간. 참고 문헌: 정현종, 「시에 있어서의 감수성」, 《문학과지성》(1970. 겨울); 김춘수, 「박남수론」, 《심상》(1975. 6); 김열규, 「역설적인 절연과 통합」, 《현대문학》(1983. 6).

다양한 형태로 포착되고 있다. 전쟁의 피해와 고된 피난민 생활이 이미지를 통해 구체화되고 자아의 새로운 인식이 거기서 싹트고 있다.

박남수의 시에서 대상을 바라보는 시각과 이미지 자체의 역동성이 시적 정서의 균형을 드러내고 있는 것은 시집 『새의 암장』(1970)으로 묶인 1960년대의 시적 작업들이다. 이 무렵의 박남수는 전후의 시작 활동에서 보여 주던 피해 의식에서 벗어나고 있다. 자의식의 그림자가 없어진 그의 시에 새롭게 자리 잡은 것은 인간의 본질적인 삶과 존재의 의미에 대한 추구, 그리고 물질문명에 대한 역사적 비판 의식이다. 물론 「갈매기 소묘」에서부터 그의 시에 중요한 심상으로 자리 잡기 시작한 '새'의 이미지가 시적 긴장을 더하고 있다.

침묵을 터트리는 소리가
울려 퍼지고, 새들은 떼를 지어
순금의 깃을 치며 멀어져 갔다.

물낯에 그려진 무수한 동그라미가
하나씩 허무로 꺼져 갔다.

붉은 피가 풀어져
다시 푸르러지는 일순을
누구도 보지 못하였지만, 다만
어디선가 아픈 절규가 검게 떨어져,

갈대밭이 수런거리고
어디선가 개 짖는 소리가, 침묵을

완전히 뒤덮고, 하늘의 표류물이 강반을
피로 적시는 것을 보았으랴.


모든 위험을 잊어버린, 새는
죽음의 점토에 떨어져
스스로를 한 폭의 판화로 찍고 있었다.

—「새의 암장 2」


시인 박남수에게 있어서 '새'는 그 존재의 실체가 구체적으로 드러나
지 않는다. 그것은 무한의 시간이 되기도 하고 공간이 되기도 한다. 그것
은 움직임이기도 하고 정지된 것이기도 하다. 그것은 하늘이 되기도 하
고 땅이 되기도 한다. 시공을 넘나드는 '새'를 통해 시인은 우주의 질서
를 보기도 하고, 인간의 역사를 대하기도 한다. 그러므로 '새'는 하나의
관념으로 묶이지 않는다. 오히려 관념을 배제한 순수한 감각과 이미지만
이 '새'를 중심으로 연결되고 있다. 시적 대상으로서 존재 그 자체를 문
제 삼을 경우 '새'는 인식을 초월하는 대상이 되어 버리는 것이다. 박남
수의 후기 시가 관념의 세계로 점차 그 시적 인식의 변화를 보이고 있는
것은 이러한 특징과도 무관하지 않다.

## 전통파의 시적 계보

시인 서정주의 전통 의식, 청록파의 자연과 서정, 박남수의 감각성 등
은 전후 한국 시단에 중요한 경향의 하나로 자리 잡고 있다. 그리고 그것
은 전후시의 전체적인 흐름에도 상당한 영향을 미치고 있다. 이들의 시
적 경향을 주시하면서 감각과 정서를 다져 온 일군의 시인들 구자운, 김

관식, 김남조, 김종길, 박재삼, 박성룡, 박용래, 이동주, 이형기, 정한모, 한하운 등이 바로 그러한 시적 경향을 이어 가고 있다.

박재삼[71]은 서정주의 전통적 서정성과 청록파의 자연에 대한 시적 인식을 자연스럽게 계승한다. 박재삼의 시에서 주목되는 것은 일상적인 삶의 애환을 향토적인 자연과 결합한 놀라운 서정성이다. 그의 시는 일상의 경험과 진실성을 중시하는 점에서 서정주의 시와 구별되고 토속적인 자연을 주체의 내면으로 끌어들이는 점에서 청록파와 구별된다. 그런데 박재삼의 시가 초기부터 중반에 이르기까지 대체로 지나간 세월을 회상하는 감상적 어조를 활용하는 경우가 많음을 지적하지 않을 수 없다. 그의 시가 보여 주는 정서 영역의 특징이 여기에서 비롯된다고 할 수 있다.


(가)

마음도 한자리 못 앉아 있는 마음일 때,

친구의 서러운 사랑 이야기를

가을 햇볕으로나 동무 삼아 따라가면,

어느새 등성이에 이르러 눈물 나고나.


제삿집 큰집에 모이는 불빛도 불빛이지만

해 질 녘 울음이 타는 가을 강을 보것네.


저것 봐, 저것 봐


---

71 박재삼(朴在森, 1933~1997). 일본 도쿄 출생. 고려대 국문과 수학. 1955년 《현대문학》으로 등단. 시집 『춘향이 마음』(1962), 『햇빛 속에서』(1970), 『천년의 바람』(1975), 『어린 것들 옆에서』(1976), 『비듣는 가을 나무』(1980) 등이 있다. 참고 문헌: 정창범, 「의식적 아이러니의 구조」, 《세대》(1964. 9); 윤재근, 「박재삼론」, 《현대문학》(1977. 5); 김영민, 「서정시의 새로움을 위한 구도」, 《문학사상》(1988. 6).

네보담도 내보담도

그 기쁜 첫사랑 산골 물소리가 사라지고

그다음 사랑 끝에 생긴 울음까지 녹아나고

이제는 미칠 일 하나로 바다에 다 와 가는

소리 죽은 가을 강을 처음 보것네

—「울음이 타는 가을 강」


(나)

진주 장터 생어물전에는

바다 밑이 깔리는 해 다 진 어스름을,


울엄매의 장사 끝에 남은 고기 몇 마리의

빛 발하는 눈깔들이 속절없이

은전만큼 손 안 닿는 한이던가

울엄매야 울엄매,


별밭은 또 그리 멀리

우리 오누이의 머리 맞댄 골방 안 되어

손시리게 떨던가 손시리게 떨던가.


진주 남강 맑다 해도

오명가명

신새벽이나 밤빛에 보는 것을,

울엄매의 마음은 어떠했을꼬,

달빛 받은 옹기전의 옹기들같이

말없이 글썽이고 반짝이던 것인가.

—「추억에서」

앞의 (가) 「울음이 타는 강」은 박재삼의 초기 시를 대표한다. 이 시에 등장하는 "울음"과 "눈물"의 이미지는 "가을", "강물" 등 자연의 이미지와 결합함으로써 보다 섬세하고 뛰어난 시적 의미를 살려 낸다. 시인은 노을이 붉게 타는 가을 강의 숨막히는 아름다움을 통해 삶의 과정에서 겪었던 서러운 사랑과 그 한의 정서를 하나의 정화된 의미로 승화시킨다. 이 과정에서 "눈물"은 "강물"이 되고 다시 "바다"로 이어진다. 이 놀라운 시적 변용은 박재삼의 서정 세계에서만 가능한 것이다. 결국 이 시에서 지나간 사랑의 이야기는 한낱 슬픈 추억거리로 남겨진 것이 아니다. 소멸의 이미지에 해당하는 "가을 햇볕", "해 질 녘", "가을 강" 등에 한스러운 서러움의 "눈물"을 덧붙임으로써 사랑의 추억은 소멸된 것이 아니라 훨씬 강렬하고 커다란 새로운 의미로 바뀐다. 다시 말하자면 서러운 사랑이 이미 지나 버린 것이 아니라 그 사랑만큼 강렬한 시적 이미지를 통해 다시 태어나면서 새로운 가능성의 세계를 여는 것이다. 이 때문에 서러운 사랑의 이야기는 한낱 소멸의 이미지에만 묶여 있지 않고 "울음이 타는 가을 강"의 지극한 아름다움을 매개로 하여 "바다"에 이르게 된다. 이 시가 개인적인 한의 정서를 깊이 있게 파헤치면서 삶의 근원에 대한 깊은 성찰과 새로운 각성으로 이끌고 있는 것은 하나의 시적 성취에 해당한다고 할 수 있다. (나)의 「추억에서」는 평범한 삶의 체험을 생생하고 강렬한 정서로 부각시켰다. 물론 이러한 시적 형상화의 과정에는 구어체의 생동감 있는 어조의 변주라는 특유의 언어적 장치가 깊숙이 개입하고 있다. 이 시에서 시적 화자가 추억하고 있는 것은 가난한 생선 장수로 어린 남매를 키워 주신 어머니의 사랑이다. 새벽부터 장터에 나가 생선을 팔아야 했던 어머니는 밤이 되어야 집으로 돌아온다. 어린 남매는 어둔 골방에서 머리를 맞대고 먼 별빛같이 떨면서 어머니가 돌아오기를 기다렸던 것이다. 가난했던 어린 시절을 돌아보는 이 시가 한의 정서에만 빠져들지 않은 것은 어머니의 사랑 때문이다. 이 시는 바로 그 사랑의 의미를 "달빛 받은 옹기전의 옹기들같이/ 말없이 글썽이고 반짝이던 것인가."라고 묘사하고 있다.

박재삼은 일상의 삶과 그 속에 내재한 허무 의식, 그리고 거기에서 비롯되는 비애의 정서를 율조의 언어로 노래하고 있다. 하지만 그가 노래하는 비애의 정서는 삶 자체에 대한 부정이나 절망은 아니다. 오히려 그 비애의 정서를 넘어서서 삶의 의미와 그 가치를 긍정하려는 자세를 유지한다. 그러므로 그가 "가슴을 다친 누이는/ 오지 못할 사람의 편지를 받고/ 다시 한번/ 송두리째 가슴이 찢긴다./ 아, 하늘에서 쏟아지는 눈물/ 땅에서도 괴는 눈물의/ 이 비오는 날!"(「비오는 날」)이라고 노래한다 해도, 거기에는 비애감과 함께 그 독특한 정조를 딛고 일어설 수 있는 어떤 내밀한 힘이 작용하고 있는 것처럼 보인다. 이러한 특징은 결국 박재삼의 시가 정한의 세계를 노래하고 있다기보다는, 그 한의 정서를 넘어서서 인간 정서의 본질적인 양상을 깊이 천착하고 있음을 말해 주는 것이다.

박재삼의 서정성과 맥락을 같이 하는 시인으로 이동주[72]와 박용래[73]의 경우를 들 수 있다. 이들은 향토적 색채가 짙은 소재들을 대상으로 섬

---

[72] 이동주(李東柱, 1920~1979). 전남 해남 출생. 혜화전문 중퇴. 1940년 《조광》으로 등단. 시집 『혼야』(1951), 『강강술래』(1955) 등 출간. 참고 문헌: 윤재근, 「이동주론」, 《현대문학》(1979. 6); 최일수, 「이동주의 곰삭은 시학」, 《시문학》(1982. 2).

[73] 박용래(朴龍來, 1925~1980). 충남 논산 출생. 강경상업학교 졸업. 1955년 《현대문학》에 시 추천. 시집 『싸락눈』(1969), 『강아지풀』(1975), 『백발의 꽃대궁』(1979), 『박용래 시선집』(1984) 등 출간. 참고 문헌: 송재영, 「박용래론 ── 동화 혹은 자기 소멸」, 『현대문학의 옹호』(문학과지성사, 1979); 김재홍, 「박용래 또는 전원 상징과 낙하의 상상력」, 《심상》(1980. 12); 권오만, 「박용래론」, 『한국 현대시 연구』(민음사, 1989).

세한 감각과 서정성을 바탕으로 개성적인 서정시를 남기고 있다.

(가)
여울에 몰린 은어떼

삐비꽃 손들이 둘레를 짜면
달무리가 비잉 빙 돈다

가웅 가웅 수워얼 레에
목을 빼면 설움이 솟고

백장미 밭에
공작이 취했다.

뛰자 뛰자 뛰어나 보자
강강술래

          ——이동주, 「강강술래」 부분

(나)
잎새를 따 물고 돌아서서 잔다
이토록 갈피없이 흔들리는 옷자락

몇 발자국 안에서 그날
엷은 웃음살마저 번져도

그리운 이 지금은 너무 멀리 있다
어쩌면 오직 너 하나만을 위해
기운 피곤이 보랏빛 홍분이 되어
슬리는 저 능선

함부로 폈다
목놓아진다

——박용래, 「엉겅퀴」


이동주는 뛰어난 언어 감각과 짙은 서정성을 결합시킨 「강강술래」, 「산조」, 「한」 등을 통해 전통 서정시의 가락을 살려 낸다. 그가 추구한 율조의 묘미는 현대적인 호흡을 외면하지 않으면서 시적 긴장을 유지한다는 점에 있다. 박용래는 자연의 정경과 시인의 정감의 조화를 통해 토속적인 리리시즘을 시 속에 구현한다. 그의 시집 『싸락눈』(1969)과 『강아지풀』(1975) 등에서 이 특징을 쉽게 찾아볼 수 있다. 박용래의 시에는 일체의 인위적인 가식과 언어의 기교가 없으며, 근원적인 향토애와 자연의 아름다움을 노래하고자 하는 맑은 심성이 자리 잡고 있다. 때 묻지 않고 정결하면서도 소박한 그의 시심이 언어의 소박성으로 나타남은 물론이다.

정한모, 조병화, 이형기 등은 시적 대상을 보다 내면화된 영역으로 끌어들이면서 서정시의 새로운 맥락을 잇고 있다.


(가)
나비 한 마리
날으고 있었다
적료(寂廖)라든지

장엄(莊嚴)이라든지
뭇 언어의 마지막 정상을

마음할 수 있는
맨 마지막 한계선을 떠나지 못하는
감정의 꽃이파리는
하얗게
바람에 떨며
날으고 있는 것이었다

아 좀 더
거센 분노의 불길로
하늘에 치솟아 굳어 버리는
기둥이 되든가

아니면
무너지는 하늘로
바다의 설레이는 가슴 위에
덮여 깔리는
무거운 침묵의 지붕이나 되었더라도
하늘을 향하는
뜨거운 갈망은
이렇게 발돋움하는 그리움인 채
수척한 고독의 정상은 아니었을 것을

—정한모, 「정상에서」 부분

(나)

낙엽에 누워 산다

낙엽끼리 모여 산다

지나간 날을 생각지 않기로 한다

낙엽이 지는 하늘가

가는 목소리 들리는 곳으로 나의 귀는 기웃거리고

얇은 피부는 햇볕이 쏟아지는 곳에 초조하다

항시 보이지 않는 곳이 있기에 나는 살고 싶다

살아서 가까이 가는 곳에 낙엽이 진다

아 나의 육체는 낙엽 속에 이미 버려지고

육체 가까이 또 하나의 나는 슬픔을 마시고 산다

비 내리는 밤이면 낙엽을 밟고 간다

비 내리는 밤이면 슬픔을 디디고 돌아온다

밤은 나의 소리에 차고

나는 나의 소리를 비비고 날을 샌다

낙엽끼리 모여 산다

낙엽에 누워 산다

보이지 않는 곳이 있기에 슬픔을 마시고 산다

—— 조병화, 「낙엽끼리 모여 산다」


(다)

(······)

지금은 누구나

가진 것 하나하나 내놓아야 할 때

풍경은 정좌하고

산은 멀리 물러 앉아 우는데

나를 에워싼 적막강산

그저 이렇게 빗속에 저문다.

살고 싶어라.

사람 그리운 정에 못 이겨

차라리 사람 없는 곳에 살아서

청명과 불안

기대와 허무

천지에 자욱한 가랑비 내리니

아 이 적막강산에 살고 싶어라.

─이형기, 「비」 부분

정한모[74]는 서정성에 기반을 두면서도 꾸준히 인간애를 추구한다. 시집 『여백을 위한 서정』(1959) 이후 보다 원초적인 인간의 모습과 순수의 본질을 찾아 나선 이 시인의 독특한 시적 개성은 인간의 생명에 대한 경외감과 그 예찬으로 자리 잡히고 있다. 그의 이러한 시적 경향을 집약해 보여 주는 심상은 '아가'이다. '아가'라는 심상이 지니고 있는 시적 의미는 순수와 본능 그 자체이다. 물론 그의 시는 '아가'의 순수만을 고집스럽게 내세우는 것은 아니다. 그의 시 속에는 '아가'의 순수를 위협하는 현실의 고통이 함께 잠복해 있다. 정한모의 시적 상상력이 보다 심원한 삶의 자세를 보여 주는 것은 시집 『아가의 방』(1970)에서 『아가의 방 별

---

74 정한모(鄭漢模, 1923~1991). 충남 부여 출생. 서울대학교 대학원 국문과 졸업. 1946년 동인지 《백맥》에 시 「귀향시편」 발표. 시집 『카오스의 사족』(1958), 『여백을 위한 서정』(1959), 『아가의 방』(1970), 『나비의 여행』(1983), 『원점에 서서』(1989), 평론집 『한국 현대 시문학사』(1974), 『한국 현대시의 현장』(1983) 등 출간. 참고 문헌: 오세영, 「정한모론」, 『현대시와 실천비평』(이우출판사, 1983); 김재홍, 「따뜻한 정감의 세계」, 《문학사상》(1991. 4); 조남현, 「객관성과 엄정성 그리고 리리시즘」, 《문학사상》(1991. 4).

사』(1983)로 이어지는 과정이다. 이 시기에 그는 생명의 영원성과 무한한 가능성을 달관의 언어로 노래하고 있다.

조병화[75]는 일상의 체험과 생활 주변에서 시의 소재를 즐겨 찾는다. 그는 『패각(貝殼)의 침실』(1952)에서 『서울』(1957)에 이르기까지 몇 권의 시집을 통해 인간의 삶을 긍정하고 현실의 안위를 추구한다. 그의 시에는 고통이 없고 갈등이 없다. 물론 여기에서 말하는 고통 없음은 고통의 내면화를 의미한다. 그는 삶의 모든 고통들, 사랑과 이별과 죽음 등을 여유 있게 받아넘긴다. 자신의 내면에 깊이 파고드는 아픔이 있다 하더라도, 그는 결코 그 아픔을 노래하기 위해 시를 바치지는 않는다. 조병화의 시에는 일상의 모든 일들이 고르게 담겨 있다. 시적 소재나 시적 정서가 그에게는 별도로 존재하지 않는다. 시인의 주변에서 일어나고 있는 일들이 시의 세계에 포용되고 시의 언어로 꾸며진다. 그의 일상사에 대한 솔직한 진술이 삶에 대한 긍정적 시선을 포괄하고 있음을 느낄 수 있다. 그러므로 그의 시에서 가장 두드러지게 드러나는 특질은 자기 정서에 대한 충실함과 그 꾸밈없는 어투의 부드러움이다. 이것은 조병화의 시가 지니는 넉넉함의 느낌과 다를 바가 없다.

이형기[76]의 경우에는 정감의 미학을 추구하고 있다. 그는 감각을 살

75  조병화(趙炳華, 1921~2003). 경기 안성 출생. 일본 도쿄 사범대학 수학. 서울시문화상, 3·1문화상 수상. 시집으로 『버리고 싶은 유산』(1949), 『하루 만의 위안』(1950), 『공존의 이유』(1963), 『오산 인터체인지』(1971) 등 출간. 참고 문헌: 김광림, 「평범 속의 진리」, 《현대시학》(1978. 11); 정영자, 「조병화론」, 《현대문학》(1980. 10), 오세영, 「영원과 현실 사이」, 《심상》(1982. 4); 김윤식, 「조병화 시학의 구성 원리」, 《현대문학》(1983. 8); 홍희표, 「조병화론」, 《현대문학》(1986. 3).

76  이형기(李炯基, 1933~2005). 경남 진주 태생. 동국대학교 졸업. 1950년 《문예》에 시 추천. 시집 『적막강산』(1963), 『돌베개의 시』(1971), 『꿈꾸는 한발』(1976), 『풍선 심장』(1981), 『보물섬의 지도』(1985), 『심야의 일기예보』(1990), 시론집 『감성의 논리』(1976), 『시와 언어』(1987), 『현대시 창작교실』(1991) 등 출간. 참고 문헌: 김윤식, 「미, 그 자멸에의 충동」, 《심상》(1976. 4); 유한근, 「단독자의 사상 혹은 허무화」, 《월간문학》(1983. 3); 김영철, 「서정주의와 악마주의의 변증법」, 『한국 현대시 연구』(민음사, 1989); 유시옥, 「회의와 자아실현의 궤적」, 《현대시사상》(1990. 겨울).

리기 위해 언어의 치밀한 구사에 힘쓰고 있지만, 결코 화려한 수사에 떨어지는 법이 없다. 자연에 대한 친애감이 강하면서도 정서의 단순성을 극복하고 내밀한 자기 인식에 도달하고 있다. 첫 시집 『적막강산』(1963) 이후 『돌베개의 시』(1971)에 이르기까지 이형기의 시에는 자연에 대한 지향과 함께 자기 존재에 대한 고독한 상념들이 주로 등장한다. 그는 이 시기를 지나면서 한때 탐미적인 관능의 세계에 눈을 돌린 적도 있지만, 그의 시적 개성은 정감의 시적 형상화라는 범주를 벗어나지 않고 있다.

천상병[77]의 시는 경험적 현실과 일상에 가까이 다가서 있으며, 바로 그러한 특징 때문에 더욱 서정적이다. 천상병의 첫 시집 『새』(1971)에 수록된 작품들은 모두 세속 삶의 거추장스러움이 전혀 드러나 있지 않다. 이러한 경향은 후기의 시에도 지속된다. 그는 늘 모든 것에서 자유롭고 막힘이 없으며, 사물에 대한 자신의 느낌에 충실하다. 그의 언어는 경험의 진실을 노래하고 있지만 목소리가 낮고, 그의 눈은 사물의 본질을 꿰뚫어 보지만 언제나 낮은 곳을 향하고 있다. 시정신의 천진성이나 소박성이라는 것은 모두 그의 꾸밈없는 정서에서 비롯되는 것이다.

(가)

외롭게 살다 외롭게 죽을

내 영혼의 빈터에

---

77 천상병(千祥炳, 1930~1993). 일본에서 출생. 1952년 《문예》에 시 추천. 시집 『새』(1971), 『주막에서』(1979), 『천상병은 천상 시인이다』(1984), 『저승 가는 데도 여비가 든다면』(1987), 『귀천』(1989) 등 출간. 참고 문헌: 김성욱, 「'새'의 오뇌 ― 천상병론」, 《시문학》(1972. 8); 김우창, 「순결과 객관의 미학 ― 천상병 씨의 시」, 《창작과비평》(1979. 봄); 홍기삼, 「새로운 가능성의 시」, 《세계의문학》(1979. 가을).

새날이 와 새가 울고 꽃잎 필 때는
내가 죽는 날,
그 다음 날.

산다는 것과
아름다운 것과
사랑한다는 것과의 노래가
한창인 때에
나는 도랑과 나뭇가지에 앉은
한 마리 새.

정감에 가득찬 계절
슬픔과 기쁨의 주일
알고 모르고 잊고 하는 사이에
새여 너는
낡은 목청을 뽑아라.

살아서 좋은 일도 있었다고
나쁜 일도 있었다고
그렇게 우는 한 마리 새.

—「새」


(나)
나 하늘로 돌아가리라
새벽빛 와 닿으면 스러지는

이슬 더불어 손에 손을 잡고

나 하늘로 돌아가리라

노을빛 함께 단둘이서

기슭에서 놀다가 구름 손짓하면은


나 하늘로 돌아가리라

아름다운 이 세상 소풍 끝내는 날

가서 아름다웠더라고 말하리라

—「귀천」


천상병의 작품은 간결하고 압축된 표현을 통해 우주의 근원과 피안으로서의 죽음, 비참한 인생의 현실 등을 담았다. 앞에 인용한 (나)에서 "나 하늘로 돌아가리라/ 아름다운 이 세상 소풍 끝내는 날/ 가서 아름다웠더라고 말하리라"에 보이는 바와 같이, 전체적으로 그의 시는 장식적 수사나 지적인 조작을 배제하고 현실을 초탈한 삶의 자세를 매우 간명하고 담백하게 표현하였다. 특히 순진무구한 시심의 한가운데에 죽음에 대한 달관의 자세도 함께 드러나고 있다.

김종길[78]은 해방 직후인 1947년 시단에 등단한 후 정서적 균형을 지키면서 비교적 완결성이 높은 작품들을 발표하였으며 현대시론의 이론적 정립을 위해서도 활발한 활동을 보여 주었다. 그의 시는 명징한 이미

---

78 김종길(金宗吉, 1926~2017) 본명 김치규(金致逵). 경북 안동 출생. 고려대 영문과 졸업. 영국 에필드 대학 수학. 고려대 교수 역임. 1947년 《경향신문》 신춘문예에 시 「문」이 입선. 시집 『성탄제』(1969), 『하회에서』(1977), 『황사 현상』(1986), 『해가 많이 짧아졌다』(2004), 『해거름 이삭 줍기』(2008), 『그것들』(2011), 『솔개』(2013), 시론집 『시론』(1965), 『진실과 언어』(1974), 『한국 시의 위상』(1986) 등 출간. 참고 문헌: 고형진, 「김종길 시 연구」《어문학연구》, 8(1998), 오형엽, 「김종길 비평의 연속성 연구」《한국문학논총》, 34(2003).

지와 고전적 품격에서 비롯되는 정신적 고고함을 잘 드러낸다. 그의 첫 시집 『성탄제』(1969)에 수록된 작품들을 보면 고전적 품격을 지니고 있는 작품들이 많다. 대개의 이미지스트들이 경박한 모더니티의 추구에 만족하는 데 비하여 언어의 절제와 정서적 균형을 잘 유지하고 있다. 그의 시는 조만간 사라질 유한한 것들의 아름다움이 구성하는 긴장된 세계를 놓치지 않으며, 이 세계 속에 존재하는 자아의 형상을 거기에 대비시켜 놓고 있다. 그는 세계와 자아의 대립적 긴장 가운데 균형을 유지하는 절제의 정신을 견지한다. 이러한 절제 정신은 그의 고전적 품격의 기반이 되는 것으로서 시적 자아는 언제나 대상으로부터 일정한 거리를 두고 있다. 「신처사가(新處士歌)」는 세속에 처하면서도 세속에 물들지 아니하고 초연한 태도를 지키는 견인적 정신을 노래한다. 「고고」에서 시인이 말하는 "높이"는 어둠과 빛 사이의 긴장 속에서 현실을 초월하고자 하는 정신의 높이이다. 세속에 거주하면서도 삶의 자세와 시정신이 그 품격을 벗어나는 것을 용인하지 않는 이러한 자세는 달리 유가적 선비 정신이라고 할 수 있다. 그는 과작의 시인이지만 시집 『하회에서』(1977), 『황사 현상』(1986) 등에 수록된 작품들에서도 이미지스트로서의 세련된 감각과 균형을 자랑하고 있다. 그의 고전적 소양과 유가적 정신의 현대적 조화는 한국 현대시가 가지는 득의의 부분이라 할 수 있다.

박봉우[79]의 시집 『휴전선』(1957)과 『겨울에도 피는 꽃나무』(1959)는 전쟁과 휴전이라는 어두운 현실의 상황을 격렬한 언어와 역동적인 리듬을 통하여 기술하고 있다. 전후 시단에서 자신의 현실적인 위치와 상황적

---

[79] 박봉우(朴鳳宇, 1934~1990). 전남 광주 출생. 전남대 문리대 졸업. 1956년 《조선일보》 신춘문예에 시 「휴전선」이 당선. 시집 『휴전선』(1957), 『겨울에도 피는 꽃나무』(1959), 『4월의 화요일』(1962), 『황지의 풀잎』(1976) 등 출간. 참고 문헌: 남기혁, 『한국 현대시의 비판적 연구』(월인, 2001); 김학동, 『한국 전후 문제시인 연구 2』(예림기획, 2005).

의미에 집중적인 관심을 보인 시인은 박봉우의 경우가 가장 대표적이다. 그는 휴전이라는 잠정적인 상태로 종결된 전쟁의 후유증을 심각하게 고민하고 있으며, 그 불확정성의 미래에 대한 불안감을 드러내기도 한다. 그러나 박봉우의 시에는 결코 당대의 현실에 대한 냉소적인 언어도 없고, 풍자적인 표현도 나타나지 않는다. 그는 보다 진지하게 현실을 직시하고자 하며, 상황의 인식에 보다 냉정하고자 한다. 그의 시가 지니는 정서적 감응력은 모두 그 어조의 진지성에서 비롯된다. 박봉우의 시적 세계는 상징적인 이미지들의 적절한 배열, 산문적인 진술을 통해 얻어 내는 활달한 리듬, 시인의 의지를 엿보게 하는 어조 등이 돋보인다. 그는 언어의 기법을 따지지도 않고 표현의 수사학을 고심하고 있는 것 같지도 않다. 그러면서도 그의 시가 호소력을 갖는 것은 시인 자신이 대상에 대해 가지고 있는 진정성 때문이라고 생각된다.

김광림[80]은 시집 『상심하는 접목(接木)』(1959)에서 전후 현실에 대한 시인의 고뇌를 선명한 이미지와 아이러니의 언어로 구체화하고 있다. 그는 현실 상황의 인식과 심미적인 감각을 투명하게 결합시킨 네 편의 「꽃의 문화사」를 쓰고, 제3시집 『오전의 투망』(1965)에 이르기까지 순연한 인간의 삶을 노래한다. 김광림의 시에서 가장 뚜렷하게 자리 잡고 있는 경향은 이미지에 대한 자각을 통해 언어의 새로운 존재를 만나고자 하는 작업이다. 사물에 대한 새로운 감수성의 개발, 언어의 명징성, 시적 표현을 통한 조형미의 창조 등은 김광림의 시에서 흔히 볼 수 있는 기법이다. 그의 시는 시집 『언어로 만든 새』(1979) 이후 언어의 한계를 극복하고자

---

80 김광림(金光林, 1929~ ). 함남 원산 출생. 국학대학 문학부 졸업. 시집 『상심하는 접목』(1959), 『오전의 투망』(1965), 『학의 추락』(1971), 『언어로 만든 새』(1979), 『바로 설 때 팽이는 운다』(1982), 시론집 『존재에의 향수』(1974) 등 출간. 참고 문헌: 김흥규, 「이미지의 체험성과 전체성」, 《심상》(1976); 조남현, 「시정신의 지적도」, 『언어로 만든 새』(문학예술사, 1979); 권택명, 「경이와 사랑의 시학」, 《현대시학》(1988); 유태수, 「난세에서의 사랑과 원시성」, 『한국 현대시 연구』(민음사, 1989).

하는 새로운 시도를 보여 준다. 시적 발상의 단순화를 통해 언어의 궁극에 도달하고자 하는 이 같은 노력은 선(禪)의 세계와도 같은 고도의 자기 절제를 통해서 가능해지는 것이다.

1950년대 시적 경향의 한 측면으로 중시될 수 있는 서정시의 전통은 한하운의 『보리피리』(1955), 김관식의 『낙화집』(1952), 『김관식 시선』(1956), 구자운의 『청자 수병』(1969), 김윤성의 『바다가 보이는 산길』(1958), 구경서의 『회귀선』(1957), 『염전 지대』(1966), 박성룡의 『가을에 잃어버린 것들』(1969), 황금찬의 『오월의 나무』(1969) 등과 맥을 같이한다. 박성룡은 자연과 서정에 더욱 깊이 빠져들고 있으며, 김관식, 구자운 등의 경우에는 모두 절제된 언어를 통해 고전적인 기풍을 드러내고 있다. 김관식은 언어를 활달하게 사용하는 데 비해 구자운은 섬세한 언어미에 더 치중한다. 황금찬은 구도자적 자세와 순수 서정을 지켜 왔다. 이들 시인들은 공통적으로 개인적 정서의 영역에 시의 세계를 안착시키고 있다. 그리고 시적 정서의 포괄성을 의도하면서, 현실을 초월하는 순수에의 의지가 강하다는 점을 지적할 수 있다. 이들의 시적 성과가 전후시의 자기 정립을 위한 노력으로 평가될 수 있으며, 새로운 시 형태의 추구, 새로운 시적 리듬의 창조로 이어지는 전후시의 한 경향이 이들의 시와 짝을 이루고 있음을 간과해서는 안 될 것이다.

여성적 어조와 여성적 시각

김남조[81]는 1953년 첫 시집 『목숨』을 발간하면서 본격적인 문단 활

---

81 김남조(金南祚, 1927~ ). 경북 대구 출생. 서울대 국어교육과 졸업. 1950년 《연합신문》에 「성숙」, 「잔상」 등의 시를 발표하면서 등단. 시집에 『목숨』(1953), 『나아드의 향유』(1955), 『정념의 기』(1960), 『김남조 시집』(1967), 『사랑초서』(1974), 『빛과 고요』(1982) 등 출간. 참고 문헌: 김용직, 「김남조의 시 세계」, 《소

동을 시작한다. 모윤숙, 노천명의 뒤를 이어 해방 이후 한국 여성 시인의 계보를 새롭게 확대시킨 시인의 노력은 첫 시집 『목숨』(1953)에 수록된 시 작품들을 통해 가톨릭 계율의 경건성과 뜨거운 신앙과 그 기도의 목소리가 완전하게 조화된 세계를 보여 주고 있다. 특히 이 시기에 발표된 시 「황혼」, 「낙일」, 「만가」 등은 인간성에 대한 확신과 왕성한 생명력을 통한 정열의 구현을 소화해 내고 있다. 김남조가 보여 주는 뜨거운 신앙과 사랑의 기도는 제2시집 『나아드의 향유』(1955)로 이어지면서 종교적 신념이 한층 더 강조되고 기독교적 인간애와 윤리 의식을 전면에 드러낸다. 이후의 시들 대부분이 지속적으로 이러한 기독교적 정조를 짙게 깔고 있으며 후기로 갈수록 더욱 심화된 신앙의 경지를 보여 주고 있다. 정열의 표출보다는 한껏 내면화된 기독교적 심연 가운데서 절제와 인고를 배우며 자아를 성찰하는 모습을 보여 주는 것이다. 김남조의 시 세계가 초기 시에서 보이고 있던 종교적 신념과 기도는 제3시집 『나무와 바람』(1958) 이후 집착을 벗어나면서 정서의 균형을 보이기 시작한다. 그리고 시집 『정념의 기』(1960)에서 초기 시의 세계를 결산하고 있다.

내 마음은 한 폭의 기
보는 이 없는 시공에
없는 것 모양 걸려 왔더니라

스스로의
혼란과 열기를 이기지 못해
눈 오는 네거리에 나서면

---

설문학)(1981. 9); 원형갑, 「김남조와 시적 언어의 권리」, 《현대문학》(1984. 10); 김은전, 「정념의 시인」, 『한국 현대시 연구』(민음사, 1989).

눈길 위에
연기처럼 덮여 오는 편안한 그늘이여
마음의 기는
눈의 음악이나 듣고 있는가

나에게 원이 있다면
뉘우침 없는 일몰이
고요히 꽃잎인 양 쌓여 가는
그 일이란다.

황제의 항서와도 같은 무거운 비애가
맑게 가라앉은
하얀 모랫벌 같은 마음씨의
벗은 없을까

내 마음은
한 폭의 기

보는 이 없는 시공에서
때로 울고
때로 기도 드린다

—「정념의 기(旗)」

앞의 시「정념의 기」는 인간의 고뇌와 삶에 대한 욕망을 기구하는 자
세로 노래하고 있는 김남조의 초기 시를 대표하는 작품이다. 이 시에서

시인의 정서는 "내 마음은 한 폭의 기"라는 구절에 집약되고 있다. 여기서 "기"는 드높은 하늘을 향한 동경과 기도를 상징한다. 절대적인 신앙의 경지에서 이루어지는 간절한 기도가 이 속에 담겨 있다. 하지만 이러한 절대적 지향 자체가 구체적 삶의 현실에서 어떻게 비롯되는 것인지를 설명하지는 않는다. 그러므로 「너에게」, 「설목」, 「요람의 노래」 등의 작품에서도 확인할 수 있는 내적 고뇌 또한 현실 감각과는 일정한 거리를 두고 있는 것처럼 느껴진다.

김남조의 시는 시집 『겨울 바다』(1967)에 이르러 그 내면의 세계를 역동적 상상력을 통해 구체화함으로써 풍부한 정감을 자아낸다. 감각적인 언어와 동적인 이미지들이 함께 어우러져 일구어 낸 시정신의 깊이는 정념의 시를 추구해 온 이 시인의 시 세계가 이룩해 낸 하나의 커다란 시적 성취에 해당한다.

겨울 바다에 가 보았지.
미지(未知)의 새,
보고 싶던 새들은 죽고 없었네.

그대 생각을 했건만도
매운 해풍에
그 진실마저 눈물져 얼어 버리고

허무의
불
물 이랑 위에 불 붙어 있었네.

나를 가르치는 건
언제나
시간…….
끄덕이며 끄덕이며 겨울 바다에 섰었네.

남은 날은
적지만

기도를 끝낸 다음
더욱 뜨거운 기도의 문이 열리는
그런 영혼을 갖게 하소서.

남은 날은
적지만

겨울 바다에 가 보았지.
인고(忍苦)의 물이
수심(水深) 속에 기둥을 이루고 있었네.

　　　　　　　　　　　　　　　　—「겨울 바다」


　앞의 시에서는 간결하면서도 섬세한 언어 감각이 돋보인다. "겨울 바다에 가 보았지./ 미지의 새,/ 보고 싶던 새들은 죽고 없었네."라는 구절처럼 모든 살아 있는 것들이 사라져 버린 듯한 황량한 '겨울 바다'는 깊은 절망감과 짙은 허무 의식을 드러낸다. 그러나 시적 화자는 그 절망감 속에서도 이를 극복하려는 의지를 발견한다. 이 시의 서두에서 시적 대상이 되는 겨울 바다는 비상을 꿈꾸던 '새'가 모두 사라진 죽음과 허무의 공간처럼 황량하게 묘사된다. 그렇지만 시적 화자는 그 허무의 깊이에서 '물'과 상반되는 격렬한 '불'의 의미를 찾아내고 사랑과 비애, 죽음과 소생 등이 서로 뒤엉켜 있음을 확인하게 된다. 그러므로 시적 화자는 절망과 허무에 빠져들지 않으며, 신에 대한 기도를 통해 절망적인 상황에서 벗어나 새로운 삶의 찾아낸다. 시의 마지막 구절에서 "인고의 물이/ 수심 속에 기둥을 이루고 있었네."라는 구절은 모든 시련을 견뎌 내는 가운데 새로운 힘이 살아나고 있음을 보여 준다. 결국 이 시에서 '겨울 바다'는 죽음인 동시에 삶의 시발점이 되는 곳임을 나타낸다. 이 특이한 양가적 속성이 시적 긴장을 만들어 내면서 새로운 시정신의 경지를 열어 가는 데서 김남조 시의 기법적 특성이 잘 드러난다. 김남조의 시는 산업화와 민주화의 격동을 거치면서도 자신이 지키고자 했던 하나의 목소리를 기도의 언어와 그 정신 속에 오롯하게 담아낸다. 시가 곧 삶을 축복하는 기도가 되기도 하고 삶의 현실에서 간구하는 소망의 언어가 되기도 한다. '기도의 시' 혹은 '시의 기도'는 김남조의 시가 지켜 온 서정적 세계의 핵심에 해당한다. 후기의 시라고 할 수 있는 시집 『평안을 위하여』(1995), 『희망 학습』(1998) 등에 수록된 작품들에서도 여전히 그 순정한 기도는 지속되고 있다.

홍윤숙[82]의 시는 김남조의 시와는 성향을 달리하면서 해방 이후 한국 여성시의 한 축을 담당한다. 홍윤숙은 등단 직후부터 시를 통한 자기 존재의 확인 작업을 일관되게 실천했다. 절제의 언어를 바탕으로 정서의

---

82 홍윤숙(洪允淑, 1925~2015). 평북 정주 출생. 서울대학교 사범대학 중퇴. 1947년 《문예신보》에 시 「가을」로 등단. 시집 『여사 시집』(1962), 『풍차』(1964), 『장식론』(1968), 『일상의 시계 소리』(1971), 『사는 법』(1983), 『경의선 보통열차』(1989) 등 출간. 참고 문헌: 김규동, 「인식으로서의 시학」, 《창작과비평》(1979. 가을); 조남익, 「홍윤숙의 시」, 《현대시학》(1986. 7); 홍신선, 「홍윤숙론」, 『상상력과 현실』(1989); 박인기, 「생의 페시미즘에 대한 시」, 『한국 현대시 연구』(민음사, 1989).

충일을 균형 있게 조절하고 있는 이 시인의 시에는 지적인 풍모가 강하게 드러나기도 한다. 첫 시집『여사 시집(麗史詩集)』(1962)의 작품들은 주로 전후의 혼란된 상황 속에서 만들어진 것들이다. 그러므로 암울한 현실과 삶의 열악한 조건들에 대한 부정적 인식이 강하게 드러난다. 하지만 시인의 부정적인 현실 인식이 절망적인 상태로 이어지는 것이 아니라 그 고통의 상황에서 새로운 극복의 가능성을 추구하는 방향으로 이어진다. 여기에서 중요한 것이 시인이 내세우는 자기 존재의 분명한 확인이다. "사랑하지 않아도 좋으리/ 기다리지 않아도 좋으리// 우리는 지상에 떨어진 수만의 별들/ 제각기의 길을 가는 각각의 그림자/ 나와 더불어 이 세상 어느 한구석에/ 살아 있다는/ 다만 살아 있다는 그것만으로/ 다행한 우리들"(「생명의 향연」)에서도 돋보이는 것은 자기 존재의 확인이다. 시인은 모두가 처해 있던 고통의 현실을 있는 그대로 보여 주면서도 자기 존재의 주체적 인식을 통해 그 고통을 이겨 나갈 수 있는 힘을 제시한다. 이러한 긍정적 자세는 시집『풍차』(1964) 이후 더욱 분명하게 드리난다. 그 이전의 작품들에서 볼 수 없었던 강렬한 이미지의 역동적인 배치를 통해 시적 긴장을 구체적으로 살려 내고 있으며, 특히 시적 대상에 대한 인식의 방법 자체에 지적 통찰이 더해짐으로써 시정신의 폭과 깊이를 느낄 수 있는 힘이 발휘되기 시작한다. 이러한 변모가 구체화되어 시적 성취를 얻은 것이 바로 시집『장식론』(1968)이다. 이 시집에 수록된 연작시「장식론」은 서정의 언어를 통한 자기 인식의 과정을 밀도 있게 그려 내고 있다. 존재의 심연을 드러내는 이 작업에서 시인은 보다 적극적으로 생을 긍정하며 현실에 대응하고자 하는 새로운 자세를 키우고 있다.

(가)
여자가

장식을 하나씩
달아 가는 것은
젊음을 하나씩
잃어 가는 때문이다.

'씻은 무' 같다든가
'뛰는 생선' 같다든가
(진부한 말이지만)
그렇게 젊은 날은
'젊음' 하나만도
빛나는 장식이 아니었겠는가

때로 거리를 걷다 보면
쇼윈도에 비치는
내 초라한 모습에
사뭇 놀란다.

어디에
그 빛나는 장식들을
잃고 왔을까
이 피에로 같은 생활의 의상들은
무엇일까

안개 같은 피곤으로
문을 연다

피하듯 숨어 보는
거리의 꽃집

젊음은 거기에도
만발하여 있고
꽃은 그대로가
눈부신 장식이었다.

꽃을 더듬는
내 흰 손이
물기 없이 마른
한 장의 낙엽처럼 쓸쓸해져

돌아와
몰래
진보라 고운
자수정 반지 하나 끼워
달래어 본다.

— 「장식론(裝飾論) 1」

(나)
잠자는 법 눈뜨는 법
걸음 걷는 법
하루에 열두 번도 하늘 보는 법
이를 빼고 솜 한 뭉치 틀어막는 법

한 근씩 살을 내리며 앓는 법 배워요

눈물의 소금으로 혓바닥 절이며

열 손가락 손톱마다 동침 꽂고 손 흔드는

이별법도 배워요

입술 꼭꼭 깨물고 눈으로 웃고

목구멍 치미는 악 삼키는 법 배워요

가슴 터져나도 천 리 긴 강물 붕대로 감고

하루에 열두 번씩 죽는 법을 배워요

──「사는 법 1」

　홍윤숙의 대표작이라 할 만한 연작시 「장식론」은 '여성'의 존재 혹은 '여성적인 것'에 대한 시적 추구 작업에 해당한다. 홍윤숙은 이 작품에서 '여성'에게 붙여지는 온갖 장식을 삶의 과정과 그 변화의 의미로 재해석한다. 이 과정에서 생의 근원과 궁극의 문제, 그리고 삶의 여정이 갖는 참된 의미를 진지하게 탐구하고 있다. 그런데 여기에서 주목되는 것은 시인이 생을 대하는 태도가 매우 냉정하고 지적이어서, 작품의 전편에 흐르는 정서와 그 어조가 상당한 밀도를 유지하고 있다는 점이다. 시인은 여성을 시적 대상으로 내세워, 여성이 장식을 달아 가는 것의 의미와 그것을 떼어 버리는 것의 의미를 따져 묻는다. 그리고 그 속에서 생의 단계적인 변화와 그 속뜻을 찾아내고자 한다. 이 작품에서 시인은 시적 대상과의 거리를 일정하게 유지함으로써 자칫 감상적이 되기 쉬운 작품 내적 공간에 긴장감을 불어넣는다. 그 결과 이전의 여성 시들이 빠져들었던 감상성을 극복하고 시적 인식의 방법에서 이지적인 자세를 일정하게 유지하게 된 것이다.

　홍윤숙의 시 세계는 여성적 주체로서의 자기 확인이라는 하나의 시적 주제를 형상화하기 위한 끈질긴 추구의 과정이었다고 설명할 수 있다. 시인은 시적 인식의 주체로서 자기 존재를 확인하면서 항상 새로운 시적 대상을 찾고 그 만남을 통하여 시 세계의 지평을 넓혀 간다. 시집『사는 법』(1983)의 표제작이 된 연작시「사는 법」은 홍윤숙이 시를 통해 추구해 온 시적 자기 인식이 도달하고 있는 궁극의 지점을 보여 주고 있다. 이 작품은 불필요한 관념적 표현을 제거함으로써 시적 진술 자체가 아주 평이하게 이루어진다. 하지만 그 간결한 표현 속에서도 시적 긴장을 살려 내는 기지의 언어가 돋보인다. 그러므로 이 작품에서 시인은 체험의 진실성을 놓치지 않는 진솔한 자기 표현에 기반하여 사물에 대한 시적 인식의 새로운 지평을 열어 놓을 수 있게 된다.

## (3) 시적 인식과 기법의 실험

### 주체의 인식과 존재의 추구

전후시의 전개 양상을 보면, 절대적 신앙에 근거하여 자기 존재의 의미 추구에 집착했던 김현승[83]의 시 세계가 특이한 위상을 드러내고 있다. 김현승의 시는 전반적으로 종교적인 색채가 강하다. 그는 일상적 현

---

83 김현승(金顯承, 1913~1975). 호는 다형(茶兄). 평양 출생. 숭실전문학교 졸업. 1934년 《동아일보》에 시를 발표. 일제 강점기 말에 한동안 시작 활동 중단. 시집『김현승 시초』(1957), 『옹호자의 노래』(1963), 『견고한 고독』(1968), 『절대 고독』(1970), 『김현승 시 전집』(1974) 등 출간. 참고 문헌: 김종길, 「견고에의 집념」, 《창작과비평》(1968. 봄); 정태용, 「김현승론」, 《현대문학》(1971. 2); 김윤식, 「신앙과 고독의 분리 문제」, 《시문학》(1975. 7); 최하림, 「수직적 세계」, 《창작과비평》(1975. 봄); 윤영천, 「김현승론」, 《청주사대 논문집》(1983. 4); 문덕수, 「김현승 시 연구」, 《시문학》(1984. 8); 숭실어문학회 편, 『다형 김현승 연구』(보고사, 1996); 이숭하 편, 『김현승』(새미, 2006).

실 속의 구체적인 대상을 노래하기보다는 감각의 차원을 넘어서는 추상적인 관념의 세계로 그의 시적 인식의 지평을 끌어올린다. 그리고 바로 그 관념의 대상에 실감의 정서를 부여한다. 이러한 시법은 김현승이 일관되게 추구하고 있는 특이한 시의 길이다. 그의 첫 시집 『김현승 시초』(1957)에 수록된 작품들은 비교적 발랄한 낭만적인 감성을 토대로 자연을 노래하는 것들이 많다. 그러나 1950년대를 넘어서면서부터 그의 시는 일상 속에서의 사색과 지적 통찰을 보여 주면서 내면적 지향을 강하게 드러내기 시작한다. 그의 시가 자기 내면의 세계에 대한 통찰을 거듭하면서 도달한 것은 절대자의 존재와 그 고귀함이다. 그는 절대자를 향해 인간의 신념을 노래하기도 하고 자기 신앙을 언어로 표출하기도 한다.

넓이와 높이보다
내게 깊이를 주소서,
나의 눈물에 해당하는……

산비탈과
먼 집들에 불을 피우시고
가까운 곳에서 나를 배회하게 하소서.

나의 공허를 위하여
오늘은 저 황금빛 열매를 마저 그 자리를
떠나게 하소서.
당신께서 내게 약속하신 시간이 이르렀습니다.

지금은 기적들을 해가 지는 먼 곳으로 따라 보내소서.

지금은 비둘기 대신 저 공중으로 산까마귀들을
바람에 날리소서.
많은 진리들 가운데 위대한 공허를 선택하여
나로 하여금 그 뜻을 알게 하소서.

이제 많은 사람들이 새 술을 빚어
깊은 지하실에 묻을 시간이 오면
나는 저녁 종소리와 같이 호올로 물러가
나는 내가 사랑하는 마른풀의 향기를 마실 것입니다.

—「가을의 시」

　　김현승의 시에는 투명한 언어 감각이 살아 있으나, 그것이 감각 그 자체에 머무르지 않는다. 오히려 그의 언어는 관조적인 자세를 곁들이고 지적인 세련을 거느린다. 그의 시는 정결하고 단아하다. 그가 자기 내면의 세계에서 절대자의 존재를 확인한 후 얻어 낸 것은 고독한 존재로서의 인간에 대한 인식이다. 그는 절대자를 향한 인간의 신념을 노래하기도 하였으나, 절대적인 고독의 경지에 서 있는 인간의 편에서 인간을 옹호하고자 한다. 시집 『견고한 고독』(1968)에서 『절대 고독』(1970)에 이르는 김현승의 시적 작업은 바로 이러한 인간의 존재 공간을 고독이라는 절대 상황으로 끌어올린 것들이다. 시인의 순수 의지가 절대 고독의 상황을 통과하는 치열한 자기 몰입의 경지를 여기에서 확인할 수 있다.

　　껍질을 더 벗길 수도 없이
　　단단하게 마른
　　흰 얼굴.

그늘에 빚지지 않고
어느 햇볕에도 기대지 않는
단 하나의 손발.

모든 신들의 거대한 정의 앞엔
이 가느다란 창끝으로 거슬리고,
생각하는 사람들 굶주려 돌아오면
이 마른 떡을 하룻밤
네 살과 같이 떼어 주며,

결정(結晶)된 빛의 눈물,
그 이슬과 사랑에도 녹슬지 않는
견고한 칼날 — 발 딛지 않는
피와 살

뜨거운 햇빛 오랜 시간의 회유에도
더 휘지 않는
마를 대로 마른 목관악기의 가을
그 높은 언덕에 떨어지는,
굳은 열매

씁쓸한 자양(滋養)에 스며드는
네 생명의 마지막 남은 맛!

                                   ―「견고한 고독」

이 시는 '고독'이라는 추상적인 시어에 모든 관심이 집중되어 있다. 시인은 이 핵심적인 시어에 '마름', '단단함'이라는 견고함의 감각을 부여함으로써 구체적인 이미지의 형상을 창조한다. '고독'은 시간적으로 계절의 끝에 가까운 가을이며 "그 높은 언덕에 떨어지는,/ 굳은 열매"이다. 시인은 추상적인 관념에 지나지 않는 '고독'이라는 말에 시간성과 공간성을 동시에 부여함으로써 인간 존재의 궁극적인 모습을 제시하고 있는 셈이다. 그리고 그것은 "생명의 마지막 남은 맛"으로서 "쌉쓸한"이라는 수식을 동반한다. 김현승이 추구하고 있는 시적 주체의 존재 양상은 모든 외부적 조건과 단절된 상태에서 가능한 '절대 고독'의 경지까지 도달한다. 이 경우 시적 주체는 모든 것을 초월한 절대적인 상태에 이른다. 이것이 바로 신과 맞서는 인간의 궁극적인 모습이다.

시인 구상[84]의 시는 전통적인 서정시와는 분명하게 그 지향점을 달리한다. 그는 시를 삶에 대한 인식의 방법, 혹은 예지의 언어로서 주목한다. 그러므로 개인의 감상에 빠져들어 감정의 표출만을 중시하는 전통적 서정시에 반발한다. 물론 그는 언어와 기법에 매달려 실험성을 강조하는 모더니스트에 대해서도 비판적이다. 그의 시적 태도는 철저하게 존재론적인 기반 위에서 미의식을 추구하는 방향으로 고정되어 있다. 그는 존재에 대한 깊은 추구 없는 감성을 받아들이지 않으며, 역사의식에 기초하지 않은 생경한 지성도 신뢰하지 않는다. 이러한 그의 시적 태도가 구체화되어 나타나고 있는 것이 바로 시집 『초토의 시』(1956)이다. 이 시집에는 시인 자신이 직접 체험한 한국전쟁이 서정적 자아와 대상으로서의

---

84 구상(具常, 1919~2004). 서울 출생. 일본 니혼 대학 종교학과 졸업. 광복 직후 원산에서 동인지 《응향》 발간. 시집 『구상 시집』(1951), 『초토의 시』(1956), 『까마귀』(1981), 『구상 시 전집』(1986) 등 출간. 참고 문헌: 김윤식, 「구상론」, 《현대시학》(1978. 6~8); 구중서, 「존재·이데올로기의 초월」, 『민족문학의 길』 (새밭사, 1979); 김우창, 「시·현실·행복」, 『지상의 척도』(민음사, 1981).

현실 세계를 동시에 뛰어넘는 보다 높은 시적 인식을 통해 형상화되고 있다.

판잣집 유리 딱지에
아이들 얼굴이
불타는 해바라기마냥 걸려 있다.

내려쪼이던 햇발이 눈부시어 돌아선다.
나도 돌아선다.
울상이 된 그림자 나의 뒤를 따른다.

어느 접어든 골목에서 걸음을 멈춘다.
잿더미가 소복한 울타리에
개나리가 망울졌다.

저기 언덕을 내려달리는
소녀의 미소엔 앞니가 빠져
죄 하나도 없다.

나는 술 취한 듯 흥그러워진다
그림자 웃으며 앞장을 선다.

——「초토의 시 1」

연작의 형식이 지니는 시적 긴장과 이완을 최대한 활용하고 있는 「초토의 시」는 전쟁의 참상을 눈앞에 두고 그 고통을 초극하여 구원의 세계에 대한 인식에 도달하는 과정을 잘 드러낸다. 역사의 의미와 인간 존재의 궁극을 동시에 포괄하고자 하는 시인의 의욕이 절대적 신앙의 경지에 이르고 있는 것은 시인 구상의 시 세계의 견고함을 말해 주는 것이다.

구상의 연작시 가운데 비인간화의 과정으로 치닫는 현대의 물질문명에 대한 비판 의식을 특이하게 형상화하고 있는 「까마귀」가 주목된다. 이 시는 모두 10편의 작품이 이어져 있는데, 1970년대의 급격한 산업화과정에 대한 시적 경고의 목소리를 까마귀의 울음소리인 "까옥 까옥 까옥 까옥"으로 표현한다. 그러므로 이 연작시는 그 시적 감응력 자체가 이 까마귀의 울음소리를 통해 전달된다. 여기에서 '까마귀'는 이중적인 의미를 지니는 시적 상징으로 변용된다. 인간의 불행을 전달한다는 의미에서 '까마귀'는 전통적인 상징성을 그대로 유지하고 있지만 그것이 인간의 삶과 그 역사와 현실의 비리를 비판하고 물질 만능과 인간의 타락을 경고한다는 점에서 일종의 선지자적인 예지의 의미도 담고 있다.

(1)
까옥 까옥 까옥 까옥

여의도 아파트 숲 어느 고목 가지에
늙은 까마귀 한 마리 앉아 울고 있다.

입에 담기도 되뇌기도 저어되는
눈 뒤집힌 이 세상살이를 바라보며
까마귀는 목이 쉬도록 울고 있다.

카옥 카옥 카옥 카옥

(······)

요즘 세상은 온통 소음과 소란이라
나의 소리 따위는 들리지도 않겠지만
더러 보행하던 사람들이 쳐다보고도
저런 쓸모없고 재수 없는 날짐승이
아직도 살아 남았나? 하는 표정들이다.

까욱 까욱 까욱 까욱

하지만 까마귀는 그 心眼에 비쳐진
저들의 불의와 부패가 마침내 빚어낼
그 재앙과 참화를 미리 일깨워 주려고
오늘도 목이 잠기도록 우짖고 있다.

　　　　　　　　　　　　　　　　—「까마귀 1」 부분

(2)
까옥 까옥 까옥
까옥 까옥 까옥
— 이들은 눈이 멀고
저들은 귀가 먹고

까옥 까옥 까옥 까옥
까옥 까옥 까옥
—"마주 보고 달리는 기관차 같다"

누군가가 이렇게 말했다면서

까옥 까옥
── 하느님 맙소사!

까옥 까옥 까옥
까옥 까옥 까옥
까옥 까옥 까옥
── 진정 승객들을 위한다면
아니 제 목숨들을 부지하자면
한시바삐 충돌을 피하여
딴 노선을 택해야지.

까옥 까옥 까옥
까옥 까옥 까옥
── 암 그렇고 말고
내일의 승리는 그쪽이지.

──「까마귀 3」

연작시 「까마귀」의 우의성은 시적 화자 자체가 '까마귀'로 위장하면서 그 신비성을 경감시키기도 한다. 그리고 설명적 진술이 늘어나면서 시적 긴장이 무너진다. 하지만 이 연작시는 「까마귀 10」의 "정녕, 진실로 고민하지 않는 자는 절망하지 않느니."라는 경구적인 마무리를 통해 그 예지의 언어를 종교적인 차원으로 끌어올리고 있다.

구상 시의 중심 영역은 그의 철저한 기독교적 세계관과 상통한다. 그는 현실 속 삶의 갈등을 기도를 통해 해소하고자 하며, 절대자를 향한 간절한 기도를 통해 더 높은 차원의 존재의 의미를 찾아낸다.

땅이 꺼지는 이 요란 속에서도
언제나 당신의 속삭임에
귀 기울이게 하옵소서.

내 눈을 스쳐 가는 허깨비와 무지개가
당신 빛으로 스러지게 하옵소서.

부끄러운 이 알몸을 가리울
풀잎 하나 주옵소서.

나의 노래는 당신의 사랑입니다.
당신의 이름이 내 혀를 닿게 하옵소서.

이제 다가오는 불 장마 속에서
'노아'의 배를 타게 하옵소서.

그러나 저기 꽃잎 모양 스러져 가는
어린 양들과 한가지로 있게 하옵소서.

———「기도」

앞의 시 「기도」는 절대적인 존재에 대한 무한한 동경과 그 시적 지향을 잘 드러내고 있다. 구상의 시가 '신앙시'의 전범을 보여 준다고 할 때 그것은 시를 통해 절대자에 대한 믿음의 의미와 그 태도를 어떻게 형상화해 내느냐에 달려 있다. 물론 거기에는 인간의 존재 의미와 가치에 대한 깊이 있는 통찰이 담겨 있어야만 한다. 「기도」의 시적 표현에서 주목되는 것은 성경 속의 이야기와 그 장면의 시적 패러디이지만, 깊은 명상과 자기 구제에 대한 간절한 소망이 그대로 드러난다. 이것은 시인의 투철한 신앙심에 근거한 것이라고 하겠다.

김춘수[85]는 한국 현대시의 새로운 가능성을 모색하기 위해 시적 대상의 존재론적 의미를 언어를 통해 찾고자 한다. 그의 시적 탐구 작업은 첫 시집 『구름과 장미』(1948) 이후 초기의 시편들에서 볼 수 있는 정서적 편향을 떨쳐 버리면서 존재와 그 가치의 문제로 집중된다. 『꽃의 소묘』(1959)에 이르면, 자기 존재에 대한 인식을 현실의 영역으로 확대하려는 시인의 노력도 나타난다. 물론 김춘수가 주목하고 있는 것은 대상에 대한 시적 인식의 문제이다. 김춘수의 시적 작업은 몇 단계를 거친 변화를 보여 주고 있는데, 이 변화는 시와 대상으로서의 현실 사이에 개재되어 있는 거리의 문제에서 비롯된 것이라기보다는 시와 그 주체로서의 자아 사이에 야기되는 자기 내면의 문제에 해당한다. 김춘수에게 감각이란 것은 단순한 사물의 외관을 스치는 것만으로 만족될 수 없다. 그는 감각을 통해 관념을 붙잡으려 하였고, 그것이 바로 시의 본령이라고 생각하였다. 시집 『꽃의 소묘』를 통해 그가 추구하던 관념의 세계는 시적 형상화

---

85 김춘수(金春洙, 1922~2004). 경남 충무 출생. 일본 니혼 대학 창작과 중퇴. 광복 직후 동인지 《죽순》에 시 발표. 시집 『구름과 장미』(1948), 『늪』(1950), 『꽃의 소묘』(1959), 『부다페스트에서의 소녀의 죽음』(1959), 『타령조·기타』(1969), 『처용』(1974), 『처용 이후』(1982), 『김춘수 시 전집』(1994) 등과 시론집 『한국 현대시 형태론』(1958), 『의미와 무의미』(1982) 등 출간. 참고 문헌: 김용직, 「아네모네와 실험 의식」, 《시문학》(1972. 4); 이승훈, 「존재에의 해명」, 《현대시학》(1974. 5); 문덕수, 「김춘수론」, 《현대문학》(1982. 9); 김현, 「김춘수에 대한 몇 개의 단상」, 《현대문학》(1982. 12); 박덕규, 이은정 편, 『김춘수의 무의미시』(푸른사상사, 2012); 최라영, 『김춘수 시 연구』(푸른사상, 2014).

의 가능성을 이미 드러내고 있다.

나는 시방 위험한 짐승이다.
나의 손이 닿으면 너는
미지의 까마득한 어둠이 된다.

존재의 흔들리는 가지 끝에서
너는 이름도 없이 피었다 진다.

눈시울에 젖어드는 이 무명의 어둠에
추억의 한 접시 불을 밝히고
나는 한밤내 운다.

나의 울음은 차츰 아닌 밤 돌개바람이 되어
탑을 흔들다가
돌에까지 스미면 금(金)이 될 것이다.

…… 얼굴을 가리운 나의 신부여.

—「꽃을 위한 서시」

시인이 도달해야 할 이데아의 세계는 '신부'라는 이미지로 변용되어 '얼굴을 가리운' 채 놓여 있다. 이 심연의 세계에 들어서는 길은 시 이외에 달리 없으리라는 것이 김춘수의 생각이다. '신부'가 얼굴을 내밀고 우리가 그 모습을 똑바로 바라볼 수 있다면, 모든 것은 그 본질을 확연히 드러낼 것이다. 그러나 그렇게 되는 순간부터 시는 존재 의미가 없어진다. 시는 대상의 표피를 그려 내는 것이 아니므로, 그 뒤에 숨겨진 본질을 드러내 주는 언어의 힘에 의존할 수밖에 없는 것이다.

　김춘수는 자신이 추구하고 있는 관념의 세계가 시적 형상을 통해 구체적으로 표시될 수 있다고 믿고 있다. 그는 관념이 언어의 피안에 있다는 사실도 알게 되면서, '존재의 집'으로서의 언어에 매달리게 된다. 하지만 관념을 끄집어내기 위해 언어를 가질 때, 그 언어 자체의 여러 가지 속성들을 전혀 건드리지 않고 순수한 관념에 도달한다는 것은 쉬운 일이 아니다. 말이란 의미를 넘어서려고 할 때 스스로 부서져 버리기 때문에, 그 아슬아슬한 균형을 지탱하기가 힘들다. 결국 김춘수는 언어의 문턱에서 존재의 영역을 스스로 가늠하지 않을 수 없는 상태에까지 이른다.

　　시를 잉태한 언어는
　　피었다 지는 꽃들의 뜻을
　　든든한 대지처럼
　　제 품에 그대로 안을 수가 있을까,
　　시를 잉태한 언어는
　　겨울의
　　설레는 가지 끝에
　　설레며 있는 것이 아닐까,
　　일진의 바람에도 민감한 촉수를
　　눈 없고 귀 없는 무변으로 뻗으며
　　설레이는 가지 끝에
　　설레이며 있는 것이 아닐까,

　　　　　　　　　　　　　　　　　　　　　—「나목과 시」 1절

앞의 시에서 확인할 수 있는 것처럼 언어의 문제는 관념의 문제보다 더욱 부담스럽게 다가오고 있다. 그러므로 시인은 언어를 가지고 그 언어로부터의 해방을 꾀하지 않을 수 없게 된다. 언어를 파괴하고 관념에 도달하기 위해 언어를 다시 택했을 때, 그의 시는 한편으로 언어의 좁은 기능적 영역에 빠져들기도 하였지만,(이런 경우는 시집『부다페스트에서의 소녀의 죽음』을 낼 무렵에 군데군데 눈에 띈다.) 다른 한편으로는 자기 언어의 단련을 시험하게 된다. 바로 이 단계에서 김춘수의 시는 또 다른 변화를 나타내기 시작한다. 그가 관념의 세계를 일단 접어 둔 상태에서 언어로부터의 자유를 갈망하게 되는 과정은 시집『타령조·기타』(1969)에 집약되어 나타나고 있다. 이 시집의 작품들은 관념을 지향하던 언어가 기교로 떨어지거나 의미를 해체시키고 있음을 알 수 있다. 물론 그의 초기 시에서 보이던 감각을 되살려 낸 경우도 확인된다. 이러한 특징은 김춘수의 시가 1960년대를 언어 자체의 자연스러움의 회복을 위해 바치고 있음을 말해 준다. 언어는 본질적인 것, 관념적인 것, 존재의 영역에 해당되는 것을 떠나서 현실에 살아 있고, 구체적인 대상 사이에서 충동질한다. "사랑이여, 너는/ 어둠의 변두리를 돌고 돌다가/ 새벽녘에사/ 그리운 그이의/ 겨우 콧잔등이나 입언저리를 발견하고……"로 이어지는 넋두리에서 언어는, 말라르메가 말한 "떨리며 사라지는 것"이 아니라 뛰면서 생동한다. 시집『타령조·기타』에서 드러나는 김춘수의 시적 변모는 대부분의 독자들이 의아해했던 일이지만, 그는 이 구체화된 사물과 언어들 사이에서 대상의 재구성을 시도했다. 그 결과 관념의 탐구에 이은 감각의 실험을 거쳐 그의 시 세계를 크게 장악하고 있는 '무의미의 시'에 도달하게 된 것이다.

시집『처용』(1974)은 김춘수에게는 세 번째 변신에 해당된다. 두 단계의 망설임을 벗어난 그의 모습은 신화 속의 인물 '처용'을 만남으로써 목소리를 가다듬게 된다. 언어에 모든 것을 맡겨 버릴 때 의식은 무한의 공간에서 자유로울 수 있다. 김춘수 자신은 '자유 연상'이라는 말로 이러한 현상을 지적한 적이 있지만, 사실 「처용단장」이라는 연작시는 시인의 무의식의 결정체라고 할 수 있을 것이다.

눈보다도 먼저
겨울에 비가 오고 있었다.
바다는 가라앉고
바다가 있던 자리에
군함이 한 척 닻을 내리고 있었다.
여름에 본 물새는
죽어 있었다.
물새는 죽은 다음에도 울고 있었다.
한결 어른이 된 소리로 울고 있었다.
눈보다도 먼저
겨울에 비가 오고 있었다.
바다는 가라앉고
바다가 없는 해안선을
한 사나이가 이리로 오고 있었다.
한쪽 손에 죽은 바다를 들고 있었다.

——「처용단장」 1부, 4절

김춘수가 무의식의 '바다'를 의식의 표층으로 일깨우는 작업을 계속하는 동안 「처용단장」의 1부가 끝이 난다. 시인이 시를 쓰는 것이 아니라, 언어가 시를 이루고 있다고 할 정도로, 김춘수는 자신의 작품에 어떤 자각을 드러내려 하지 않는다. 「처용단장」 2부를 쓰면서 그의 시들은 의미의 고갈 상태를 드러낸다. 의미를 넘어서면 그 뒤에 오는 것은 허무이다. 그럼 허무의 끝은 어디인가? 이 질문은 우리들이 대답할 만한 성질의 것이 아니다. 김춘수의 시에서 존재란 그냥 그 자체로 있는 것이지, 의식되는 것도 아니며 언어를 통해 의미화되는 것도 아니다. 김춘수는 시를 통해 존재에 도달하려 하지 않고, 그 존재가 스스로 열려서 드러나기를 기다리고 있는 것이다. 김춘수의 시적 역정은 총 세 권의 『김춘수 전집』(1982)으로 묶이면서 그 독특한 개성적 언어 세계의 전모를 드러내고 있다. 이후의 시들은 그가 일상적 현실의 삶에 대하여 관조의 자세로 일관하고 있음을 보여 준다. 언어와 존재의 의미를 시적 주제로 삼았던 시인의 상상력이 '무의미'의 의미를 어떻게 인식하고 있었는지에 대해서는 『처용 이후』의 시에 대한 논란을 통과해야만 그 해석이 가능하다.

전봉건[86]의 경우는 시집 『사랑을 위한 되풀이』(1959)를 낼 무렵에 보여 준 전후 현실에 대한 시적 인식이 죽음과 고독, 부조리한 삶에 대한 존재론적인 추구 작업으로 이어진다. 전봉건의 시적 상상력은 전쟁과 폐허의 현실에서 출발한다. 그러나 그의 시는 현실에 대한 비판이나 고발을 위한 언어가 되기보다는 인간 존재의 근원을 꿰뚫는 사랑의 의미에 집중된다. 그는 단형의 서정시보다는 일련의 연작 장시를 실험하면서 한국 현대시에 상상력의 폭과 깊이를 더할 수 있게 된다. 시집 『사랑을 위

---

86 전봉건(全鳳健, 1928~1988). 평남 안주 출생. 1946년 평양 숭인중학 졸업 후 월남. 1950년 《문예》에 시 추천. 시 전문지 《현대시학》 주간. 시집 『사랑을 위한 되풀이』(1959), 『춘향연가』(1967), 『속의 바다』(1970), 『돌』(1984), 『기다리기』(1987) 등 출간. 참고 문헌: 김구용, 「전봉건의 시 세계 — 자연과 현대성의 접목」, 《세대》(1964. 3); 김현, 「종다리의 시학」, 《현대시학》(1980. 6); 신동욱, 「전봉건론」, 《현대문학》(1980. 9); 민병욱, 「전봉건의 서사 정신과 서사 갈래」, 《현대시학》(1985. 2~4). 박희진, 「반투명과 불투명의 이미지」, 《문예중앙》(1985. 봄). 이승훈, 「6·25 체험의 시적 극복 — 전봉건론」, 《문학사상》(1988. 8); 오세영, 「장시의 다양성과 가능성」, 《현대시학》(1988. 8).

한 되풀이』의 표제작이 된 장시 「사랑을 위한 되풀이」는 "허리가 묶인 토끼"를 시적 주체로 내세운다. 물론 이 시에서 '토끼'는 분단 한국의 우의적 상징에 해당한다. 분단과 전쟁의 격동을 체험하면서 시인은 자기 체험을 그대로 풀어내는 서사성보다 오히려 내밀한 정서의 응축을 꾀하면서 서정적 무드를 역사와 현실에 덧붙인다. 그 결과 장시의 형태가 흔히 빠져들기 쉬운 분망함을 벗어나 시적 긴장을 유지한다. 시집 『춘향연가』(1967)는 전봉건이 시도한 장시 형태가 설화적 전통과도 접맥될 수 있음을 보여 준다. 고전 속의 '춘향'을 시적 화자로 등장시킨 「춘향연가」는 그 주제 의식이 지향했던 전통 윤리의 틀에서 벗어나고 있는 점이 특이하다. 이 시에서 옥중의 춘향은 인간의 자유 의지와 욕망을 억압하는 문명사회의 제도와 이념에 저항하며 자기 목소리를 독백의 형식으로 들려준다. 시적 정황 자체를 옥중으로 설정함으로써 억압적인 제도에 저항하면서 자기 사랑에 대한 확신을 거듭 고백하는 한 인간의 모습이 대조적으로 강조되고 있다.

　　이제는 우거진 숲에 들어도 무섭지 않고
　　햇살이 안 드는 어둔 곳이 오히려 정다워요
　　풀잎에 손이 닿으면 슬며시 허리께가 부끄러워져
　　나는 사랑하고 있는걸요
　　그래요 나는 여기 그날처럼 앉아 있어요
　　그이도 그날처럼 저만치에 서 있어요
　　흰돌 쓸리는 물에 목욕하다가
　　문득 놀란 물새 한 마리
　　그 새가 그날의 나였어요
　　아 지금도 나는 놀라워 보세요

내 입술 놀라움에 반쯤 열려 있는 걸

물에 젖어서 반쯤만 흔들리는 연꽃이에요

나는 사랑하고 있는걸요

──「춘향연가」 부분

앞의 짧막한 인용에서 볼 수 있듯이, 「춘향연가」는 서사적 성격이 강한 '춘향' 이야기를 근간으로 함으로써 그 스토리의 전개 양상을 시의 내용 속에서 무시할 수 없도록 되어 있다. 하지만 시인은 '춘향'의 애절한 사랑의 호소를 통해 전체적으로 서정적 분위기를 살려 낸다. 그러므로 이 시에서 무엇보다도 강조해야 할 것은 사랑 그 자체이다. '춘향'은 사랑의 성취를 통해 사회적 억압과 옥중의 제약에서 벗어날 수 있으며, 자신이 꿈꾸던 삶의 목표에 도달할 수 있다. 사랑의 힘이 바로 그런 것이다. 「춘향연가」는 철저하게 자기 지향적인 이기적 사랑을 노래한다. 자기 사랑의 성취 없이 개인적 주체와 그 존재 의미를 발견하기 어렵기 때문이다. 이러한 사랑의 인식 방향은 존재의 근원이 되는 생명에 대한 예찬과 깊이 있는 탐구로 이어진다. 물질적 상상력과 공간적 상상력을 절묘하게 결합시킨 장시 「속의 바다」(1970)에서 그 시적 성취의 가능성을 확인할 수 있다.

돌은

손이 없다

그래서 돌은

어둠의 먹빛이다.

모래밭에 엎드린 진한 어둠의 먹빛이다.

그러나 저 먹빛에 뜬

학 한 마리를 보라.

손이 없는 돌은 어떻게

한 마리 학을 잡을 수 있었던가.

바람 부는 어느 날

스스로 먹빛 살 열어 헤쳐 거기

하얀 날개 날개 치게 했던 것이던가.

—「돌」

전봉건은 연작 형식을 통해 한국적 장시의 가능성을 꾸준히 천착하면서 1980년대에 연작시 「돌」에 그 자신의 시적 역량을 집중시켰다. 전봉건이 주목한 시적 대상으로서의 '돌'은 자연의 섭리 속에서 시간과 공간의 변화를 동시에 보여 준다. 전봉건이 발견한 '돌'은 부동의 자세로 서 있지만 그 내면에 스스로를 세우고자 하는 강한 의지를 담고 있다. 표면적으로는 아무런 변화가 없지만 내부의 역동적인 힘이 충만해 있는 것이다. 그러므로 시인은 먹빛의 '돌' 속에서 하얀 날개 치며 날아오르는 한 마리의 '학'을 발견한다. 손이 없는 '먹빛 돌'과 날개 치는 '하얀 학'의 정교한 대비는 시적 이미지의 역동적 변용을 그대로 보여 준다. 전봉건에게 '돌'은 그의 시의 마지막 거점이 된다. 그는 '돌'에서 쉬고, '돌'을 통해 스스로를 해방시키며 '돌'처럼 정밀(靜謐)하고 '돌'과 같이 묵언(默言)하기를 꿈꾼다. 그리고 마침내 스스로 '돌'이 된다.

문덕수[87]의 시적 감각은 철저하게 조형적이다. 그는 시라는 문학의 형

---

87  문덕수(文德守, 1928~ ). 경남 함안 출생. 홍익대학교 졸업. 1955년 《현대문학》에 시 추천. 1963년 동인지 《시단》 가담. 시 전문지 《시문학》 주간. 시집 「황홀」(1956), 「선·공간」(1966), 「새벽 바다」(1975), 「다리 놓기」(1982), 「조금씩 줄이면서」(1986) 등과 「한국 모더니즘시 연구」(1981), 「현실과 휴머니즘문학」(1985) 등 출간. 참고 문헌: 정한모, 「문덕수의 시력과 자세」, 「현대시론」(민중서관, 1973); 김시태, 「문덕수의 시 세계」, 「문덕수 선생 화갑기념논총」(1988); 이숭원, 「기하학적 상상력과 가치중립적 세계」,

식이 본질적으로 향유하고 있는 시간성과 음악성의 의미를 공간성과 조형성으로 바꾸어 놓는 작업을 시도하고 있다. 이러한 시도가 바로 이 시인의 실험 정신이라고 할 수 있다면, 그것은 일종의 모더니즘의 변주에 해당된다고 하겠다. 문덕수의 시집 『선·공간』(1966)은 이 시인의 실험정신이 어떠한 가능성을 낳고 있는가를 확인할 수 있는 중요한 근거가 된다. 이 시집에 수록된 시들을 보면, 문덕수의 시가 추구하는 특유의 시적 방법과 추상적인 이미지의 전이를 확인할 수 있다. 그는 자신이 창안해 낸 원형적 이미지의 조형성에 기대어, 시정신의 내면을 감각적으로 이미지화함으로써 사물시의 평면적 한계를 극복하고자 했다. 여기서 선은 모든 물체의 가장 원형적인 모습이며 다채로운 변형이 가능한 순수 이미지이다.

선이
한 가닥
달아난다.
실뱀처럼,
또 한 가닥 선이
뒤쫓는다.
어둠 속에서 빛살처럼 쏟아져 나오는
또 하나의, 또 하나의, 또 하나의
또 하나의
선이
꽃잎을 문다.

—「선에 관한 소묘 1」 부분

『한국 현대시 연구』(민음사, 1989).

영원히 날아가는 의문의

화살일까.

한 가닥의

선의 허리에

또 하나의 선이 와서

걸린다.

불꽃을 뿜고

얽히는

난무,

불사의 짐승일까.

과일처럼 주렁주렁 열렸던

언어는 삭아서

떨어지고,

일체가 불타 버리고 남은

오직 하나

신비의 매듭.

—「선에 관한 소묘 2」


앞의 예에서 볼 수 있듯이 문덕수는 '선'이라는 원형적 이미지의 변용을 통해 모든 시적 대상을 조형적이고도 공간적인 형태로 그려 낸다. 기하학적 상상력이라고 말할 수 있는 그의 시작 태도는 '선'에서 출발하여 '공간'으로 확장된다. 다시 말하자면 그의 시는 단순 추상의 '선'이라는 이미지의 변용에 의해 창조되는 새로운 공간, 새로운 세계를 지향한다. 물론 새로이 창조되는 공간, 새로운 세계는 이미 앞에서 지적한 대로 조형적이며, 균제의 미를 지니고 있다. 그렇지만 이러한 이미지의 형상들

을 놓고 거기에 내포되어 있는 어떤 철학적인 관념을 찾아보려고 노력할
필요는 없다. 문덕수는 이미지 그 자체를 하나의 실체로 보려는 모더니
즘적 신념을 지니고 있기 때문이다.

언어는
꽃잎에 닿자 한 마리 나비가
된다.

언어는
소리와 뜻이 찢긴 깃발처럼
펄럭이다가
쓰러진다.

꽃의 둘레에서
밀물처럼 밀려오는 언어가
불꽃처럼 타다간
꺼져도,

어떤 언어는
꽃잎을 스치자 한 마리 꿀벌이
된다.

──「꽃과 언어」

문덕수의 시적 관심이 사물의 본질에 맞닿아 있음을 보여 주는 앞의
시는 의미 구조 자체의 단순성에도 불구하고 사물에 대한 인식과 언어

의 문제를 비유적인 표현을 통해 잘 보여 준다. 이 시에서 '꽃'은 사물의 존재 혹은 그 본질을 상징한다. 흔히 존재에 대한 인식은 언어적 표상으로만 가능한 것처럼 느껴진다. 그렇지만 언어를 통해 존재의 본질에 접근한다는 것은 언제나 불가능하다. 사물의 존재는 언어의 차원을 넘어서는 것이기 때문이다. 시인은 이러한 한계를 한 마리의 나비가 되어 "소리와 뜻이 찢긴 깃발처럼 펄럭이다가 쓰러진다."라고 표현하고 있다. 그러므로 문덕수는 순수 이미지에 기댄다. 사물에 대한 지배적 인상을 감각적으로 포착해 낼 수 있는 것은 이미지뿐이다. 문덕수의 시가 감각적 언어와 순수 이미지의 조형성을 강조하는 이유가 여기 있다.

김종삼[88]은 순수 지향의 미의식이 '어린아이' 또는 '예술가'의 이미지를 통해 구현된다. 그는 현실의 세계와 거리를 두고 고독 속에서 자신의 시정신에 집착하고 있다. 그의 첫 시집 『십이음계』(1969)에서 둘째 시집 『시인 학교』(1977)에 이르는 동안 그는 현실적인 것과 거리를 두고 있는 이상적인 세계를 그려 내고 독백처럼 자신의 꿈을 펼쳐 낸다. 그의 언어는 빛나는 이미지를 담고 있지만 다분히 체념적인 어조를 드러내는 경우가 많다. 그러나 그가 정서의 절제와 그 내면화를 위해 지적 통제에 힘써 왔다는 사실을 간과해서는 안 된다.

몇 그루의 소나무가

얕이한 언덕엔

---

88 김종삼(金宗三, 1921~1984). 황해 은율 출생. 일본 도요시마 상업학교 졸업. 1953년 《신세계》에 시 발표. 시집 『십이음계』(1969), 『시인학교』(1977), 『북치는 소년』(1979), 『누군가 나에게 물었다』(1982), 『평화롭게』(1984) 등 출간. 참고 문헌: 김영태, 「음악의 배경 — 김종삼론」, 《시문학》(1972. 8); 황동규, 「잔상의 미학 — 김종삼의 시 세계」, 《문학과지성》(1978. 겨울); 이경수, 「부정의 시학 — '북 치는 소년'」, 《세계의문학》(1979. 가을); 신규호, 「무의미의 의미 — 김종삼론」, 《시문학》(1989. 3); 김시태, 「언어의 고독한 축제」, 『한국 현대시 연구』(민음사, 1989).

배가 다니지 않는 바다,
구름 바다가 언제나 내려다보였다.

나비가 걸어오고 있었다.

줄여야만 하는 생각들이 다가오는 대낮이 되었다.
어제의 나를 만나지 않는 날이 계속되었다.

골짜구니 대학 건물은
귀가 먼 늙은 석전(石殿)은
언제 보아도 말이 없었다.

어느 위치엔
누가 그린지 모를
풍경의 배음(背音)이 있으므로,
나는 세상에 나오지 않은
악기를 가진 아이와
손 쥐고 가고 있었다.

──「배음(背音)」

앞의 시에서처럼 김종삼은 눈앞에 전개되고 있는 현상의 뒤에 숨겨진 '풍경의 배음'을 찾아 나선다. 이것은 감각적 인식의 지평을 넘어서는 일종의 환상에 대한 추구와 통한다. 보이는 것들의 뒤에서 보이는 것들의 현상을 조정하는 것처럼 느껴지기도 하는 '배음'은 끊임없이 이어지는 정서의 흐름 그 자체와도 일정한 관계가 있다. 시인은 이 '배음'을 통해 자신만의 상상의 눈으로 발견할 수 있는 또 다른 세상을 그린다. 김종삼의 시 세계는 시집『북 치는 소년』(1979)을 통해 그 분명한 지향점을 제시한다. 이것은 그가 시적 감성의 눈으로 찾아낸 '풍경의 배음'을 시를 통해 감각적으로 형상화하는 작업으로 이어진다.

내용 없는 아름다움처럼

가난한 아희에게 온
서양 나라에서 온
아름다운 크리스마스 카드처럼

어린 양들의 등성이에 반짝이는
진눈깨비처럼

—「북 치는 소년」

앞의 「북 치는 소년」은 김종삼이 추구하고자 하는 환상의 세계가 어떤 것인지를 밝히는 데 하나의 단서를 제공한다. 첫 구절인 '내용없는 아름다움'이란 '배음'의 세계에 해당한다. 겉으로 드러나는 구체적인 사물의 형상과는 상관없이 그 뒤에서 이어지는 아름다움이 바로 그것이다. 이것은 시인만이 보고 느낄 수 있는 환상의 세계이며, 그 순수함이 동화적인 세계와도 통한다. 결국 김종삼은 인간 현실의 너머에 존재하는 환상을 찾는다. 이러한 시적 태도는 현실의 삶에 대한 절망을 초극하기 위한 방편일 수도 있고, 김종삼이 추구하는 궁극적인 시의 미학이라고 할 수도 있다. 그가 시집『누군가 나에게 물었다』의 작품들을 통해 반복적으로 질문하는 것이 '시란 무엇인가'라는 근본적인 문제였음을 생각한

다면 현실의 배음에 해당하는 '환상'을 찾았던 그의 시적 행적이 어디로
향하고 있었는지를 짐작할 수 있다.

성찬경[89]과 박희진[90]은 비슷한 문단적 체험을 나누어 지니고 있는 시
인들이다. 1950년대 중반에 조지훈의 추천으로 시단에 나온 두 시인은
1960년대에 접어들면서 『60년대 사화집』(1961)에 동참하였고, 1970년
대 후반 이후 '공간시낭독회'를 계속 함께 주관하면서 서로 대조적인 시
적 추구 작업에 몰두하였다. 성찬경은 첫 시집 『화형둔주곡(火刑遁走曲)』
(1966) 이후 이미지의 분방함과 격렬함을 육화시키면서 시상을 확대하는
작업을 전개한다. 그의 시 속에서 정서의 리듬이 깨지는 대신 이미지의
공간이 들어선다. 이러한 작업의 귀결은 연작시 「나사」로 나타나고 있
다. 박희진은 시집 『청동시대』(1965) 이후 정서의 절제, 언어의 조탁을 이
루기 위해 매우 힘을 들였다. 그의 시적 작업은 균제의 언어와 고도로 정
화된 정서를 결합시키는 시형식의 실험으로 일관되었다. 그 결과로 빚어
진 것이 바로 그의 「4행시」이다. 그의 언어는 투명하고 정감은 그윽하다.
단형의 시조의 시 형식이 리듬의 유장함으로 인하여 시적 긴장을 놓치고
있다는 사실을 생각한다면, 박희진의 「4행시」는 한국어의 정서적 깊이
와 그 절제의 미학을 성취하고 있다고 할 것이다. 그는 한국적 정서를 기

89 성찬경(成贊慶, 1930~2013). 충남 예산 출생. 서울대학교 영문과 졸업. 1956년 《문학예술》에 시 추
천. 시집 『화형둔주곡』(1966), 『벌레소리송』(1970), 『시간읍』(1982), 『반투명』(1984), 『황홀한 초록빛』
(1989) 등 발간. 참고 문헌: 김우창, 「시에 있어서의 지성」, 《창작과비평》(1967. 봄); 이형기, 「무의미와 절
대의미」, 『한국문학의 반성』(백미사, 1980); 김용구, 「영혼의 감춤과 드러남」, 《세계의문학》(1985. 봄);
정호웅, 「성찬경론」, 『한국 현대시 연구』(민음사, 1989).
90 박희진(朴喜璡, 1931~2015). 경기 연천 출생. 고려대학교 영문과 졸업. 1955년 《문학예술》에 시 추
천. 시집 『실내악』(1960), 『청동시대』(1965), 『미소하는 침묵』(1970), 『빛과 어둠의 사이』(1976), 『4행시
134편』(1982), 『라일락 속의 연인들』(1985), 『산화가』(1988) 등 발간. *참고 문헌: 성찬경, 「미소하는 침
묵」, 《문화비평》(1971. 봄); 오탁번, 「시적 장치와 정통적 수사의 힘」, 《정통문학1》(1985); 최동호, 「극기
와 집중의 구도자적 시학」, 『불확정 시대의 문학』(문학과지성사, 1987); 이남호, 「불교정신의 시적 형상
화」, 《불교문화》(1988. 가을).

반으로 하는 서정시에 주력하면서도 한 줄의 시행 속에 응축된 시상(詩想)을 표현한 1행시, 영시의 소네트 형식을 채용한 14행시 등에도 의욕적으로 도전하면서 다양한 시적 형식을 실험하였다. 후기 시는 시집『시인아 너는 선지자 되라』(1985),『북한산 진달래』(1990) 등에서 확인할 수 있듯이 시선일치(詩禪一致)의 불교적 세계에 관심을 기울인다. 빛과 어둠, 절망과 희망, 육신과 영혼 등의 삶의 근본적인 모순의 인식에 바탕을 두고 양자 간의 갈등을 넘어 평화롭고 조화로운 세계를 모색하는 시적 태도가 잘 드러난다.

## 《후반기》 동인과 전후 모더니즘 시의 양상

한국 현대시는 1950년대 전후시의 전개 과정 속에서 시적 인식과 기법의 새로운 가능성을 실험하면서 언어와 현실의 시적 변용에 부심하던 일군의 새로운 시인들을 만난다. 전란 중에 임시 수도 부산에서 결성된 《후반기》 동인[91]은 김경린, 조향, 박인환, 김규동, 김차영, 이봉래 등이 주축을 이루고 있는데, 이들의 시운동이 바로 새로운 시적 경향의 중심을 이룬다. 이들은 보다 안정적이고 지적인 시정신의 확립을 꾀함으로써, 현실적 상황에서 격리된 채 자기 노래만을 부르고자 하는 전통적인 서정시의 세계에 반발한다. 그리고 착잡한 현실과 혼란된 상황, 끝없는 물질적 요구를 극복할 수 있는 자유로운 시의 방법을 모색하게 된다. 이러한 새로운 시도는 전쟁의 불안과 공포, 파괴와 살육 등으로 얼룩진 현실을 더 이상 외면할 수 없다는 각성에서 비롯된 것이다. 이들은 외부 현실과 차단된 자기 내면의 서정세계만을 고집하는 시적 경향을 거부함으로써,

---

91  오세영, 「후반기 동인의 시사적 위치」, 《문학사상》(1981. 1) 참조.

자신들의 문단적 존재를 분명하게 드러내고 있는 것이다.

52년의 《후반기》 모더니즘 시운동은 정적인 세계에 대한 불만으로부터 출발하였다. 현실의 적극적인 반영 내지는 비평을 새로운 내적인 방법에 의해 시도하며, 불안에 싸인 문명의 인상 내지는 인간의 내면의식을 현대적인 언어로 쓴다는 시도는 쉬르레알리즘 내지 다다정신의 도입에서 더욱 가능하다는 주장을 내세운 《후반기》 그룹의 출범은 그러나 그 전도가 용이한 것은 아니었다.

구라파에 있어서 이미 정리기에 들어선 다다나 쉬르 — 의 새삼스러운 도입은 또 그렇다 하고, 《후반기》가 추구하는 작품 경향이 외래 모더니즘의 모방 내지는 추종에 불과하다는 비난은 결코 우연한 것이 아니었다. 이념상으로나 지적인 면에서 시의 방향은 잡혔다 하더라도 거기 부합될 만한 언어의 발견과 기술이 동인 간에 아쉬웠고, 피난 도시에서의 궁핍한 생활 조건에서 이러한 집단운동을 일 년 이상 계속하는 일은 무척 어려운 일이었다.[92]

후반기 동인들의 시적 지향은 청록파를 중심으로 하는 전통적인 서정시의 세계에 대한 비판으로부터 구체화된다. 이들은 청록파의 순수시 운동이 시에 있어서의 음악성에 대한 집착, 개인 정서와 취향만을 따르는 시적 언어의 단순성 등의 약점이 있다는 비판적 인식을 갖고 있다. 이러한 태도는 후반기 동인들의 시 운동의 성격을 그대로 드러내 주는 것이다. 예컨대 후반기 동인에 참여한 시인 가운데 자기 시의 세계를 보다 현실에 밀착시켜 온 김규동[93]은 "서정시만을 시라고 고집하거나 시란 도대

---

92 김규동, 「해방 30년의 시와 시정신」, 《심상》(1975. 1. 8), 77쪽.

93 김규동(金奎東, 1925~2011). 함북 경성 출생. 연변 의대 수학. 1948년 《예술조선》으로 등단. 시집 『나비와 광장』(1955), 『현대의 신화』(1958), 『죽음 속의 영웅』(1977), 『깨끗한 희망』(1985), 『하나의 세상』

체가 새악시의 걸음걸이처럼 사뿐하고 조용하고 그러면서도 물이 흐르 듯 절로 흘러가고 매끈하고 그윽하여, 그러므로 해서 어깻바람이 이는 음악일 수 있어야 한다는 순수파에게 현대시에 대한 진정한 해석이란 기대할 수 없다."[94]라고 강조하고 있다. 이러한 주장은 다음과 같은 시들을 통해 새로운 가능성에 접근하고 있다.

(가)
날개 없는 여신이 죽어 버린 아침
나는 폭풍에 싸여
주검의 일요일을 올라간다.
파란 의상을 감은 목사와
죽어 가는 놈의
숨 가쁜 울음을 따라
비탈에서 절룸거리며 오는
나의 형제들

──박인환, 「영원한 일요일」 부분


(나)
현기증 나는 활주로의
최후의 절정에서 흰 나비는
돌진의 방향을 잊어버리고

(1987), 『오늘밤 기러기 떼는』(1989), 평론집 『새로운 시론』(1959), 『어두운 시대의 마지막 언어』(1979) 등 출간. 참고 문헌: 송재영, 「시학의 향수」, 《한국문학》(1977. 4); 염무웅, 「김규동 소론」, 『민중 시대의 문학』(창작과비평사, 1979); 박진환, 「시적 자각과 민중의식」, 《시문학》(1985. 7); 최동호, 「현실적인 시와 진실한 시」, 『불확정 시대의 문학』(문학과지성사, 1987); 임헌영, 「김규동의 시 세계」, 《예술평론》(1989. 7).
94 김규동, 『새로운 시론』(산호장, 1959), 154~155쪽.

피 묻은 육성의 파편들을 굽어본다.

기계처럼 작열한 심장을 축일

한 모금 샘물도 없는 허망한 광장에서

어린 나비의 안막을 차단하는 건

투명한 광선의 바다뿐이었기에……

— 김규동, 「나비와 광장」 부분


(다)

오늘도

성난 타자기처럼

질주하는 국제 열차에

나의

젊음은 실려 가고

— 김경린, 「국제열차는 타자기처럼」 부분


　후반기 동인들이 관심을 기울이는 것은 그들의 주장대로 도시 문명의 불안한 인상이거나 개인의 내면 의식의 미궁이다. 이미 1930년대의 모더니스트들이 의도했던 시정신과 방법을 계승한다는 측면에서 이들의 활동은 시문학사의 흐름에 하나의 단계를 형성한다. 이들의 시에서 가장 특이하게 부각되는 요건은 언어와 소재의 확대이다. 이들의 언어는 즉물적이며, 이들이 다루고 있는 소재는 도시 문명의 어둠이 대부분을 차지한다. 이러한 특징은 폐쇄된 서정의 세계를 현실적인 차원으로 확장시켰다는 점에서 일단 긍정적인 의미를 얻고 있다. 특히 현대 문명의 여러 가지 현상을 비판적으로 인식하고 이를 적극적으로 포괄하고자 하는 시정신이 발현했다는 점도 주목해야 할 것이다.

그러나 이들의 관심과 의욕은 실험적인 단계를 완전히 벗어나지 못했다. 그 이유는 이들의 주장이 갖는 타당성과 필연적인 요구에도 불구하고, 그것이 시를 통해 육화된 상태로 형상화되지 못했다는 사실 때문이다. 이들의 시에서 볼 수 있는 현실 인식은 암울과 허무와 절망으로 점철된다. 적극적인 의지로 현실에 대응하는 것이 아니라, 패배 의식과 현실 도피를 드러내고 있다. 그리고 이들이 노래하는 도시 문명은 현실과 동떨어진 이국적 풍물에 대한 막연한 인식으로 나타난 경우가 적지 않다. 시적 형상화의 과정에서도 이들이 모색하는 형태적 실험은 시형의 단조로움과 무기력을 비판한다는 점에서 의의를 인정받게 되지만, 그것이 경직성을 벗어난 새로운 시 형식의 탐구로 이어지지 않고 있다.

## 시적 형식의 변화와 장시의 가능성

전후시의 다양한 속성 가운데 주목해야 할 것은 시적 형식을 통해 의식과 현실을 총체적으로 파악하려는 새로운 시도가 구체화되기 시작했다는 점이다. 시적 형태의 고정성을 탈피하면서 이루어진 장시화 경향이 바로 여기에 해당된다. 김종문의 「불안한 토요일」(1953)을 비롯한 여러 편의 연작시, 송욱의 「해인연가」(1956~1959), 「하여지향(何如之鄕)」(1956), 민재식의 「속죄양」(1955~1957), 김구용의 「삼곡(三曲)」(1964) 등이 모두 이 시기의 업적이다. 서정시의 영역에도 서사적 속성을 끌어들인 박재삼의 연작시 「춘향이 마음」(1956)도 관심의 대상이 되었다.

(가)
구석에서 꽁하니
하염없이

고래를 용서하고
새우를 시새우는 버릇을 벗고저
먹자 죽여라
죽자 판에서
일어선 산더미
솟구치는 물결 위에
춤추는 의분! 태양!
철(鐵)의 죽(竹)의 인(人)의 장막!
막바지로 밀려든다
밀고 나간 벌판이며
들어먹은 정부를
'로켓'에 맞은 달을 내뿜는 숨결 !

—송욱, 「해인연가」 부분


(나)
생각하고 나서 대답하는 것은
비겁하다.
대답하고 나서 생각하는 것은
비겁하다.


오 육체로 비추일
서로의 태양
오 아서 아서
오 구태여
밀회는 말없이 끝난다

내일은 조국과

월급을 위해

　　　　　　　　　　　　　──민재식, 「속죄양」 부분


　송욱은 「장미」, 「꽃」 등에서 관능과 감각을 균제된 형식 속에 응축시
킨 바 있지만, 점차 풍자와 위트로 현실 비판적인 태도를 갖게 된다. 그
의 장시 「해인연가」는 불합리한 현실에 대한 자조와 역설로 이어지며,
「하여지향」에서는 현실에 대한 불안과 그 극복의 의지를 역설과 기지의
언어로 표현하고 있다. 그러나 그의 강렬한 시인 의식이 자기혐오에 빠
지거나 정서적 파탄에 이르는 것도 피할 수 없는 현상이다. 그의 장시는
전체적인 시적 구성이나 균형을 거의 계산하고 있지 않으나, 지성에 근
거한 시정신의 치열성을 최대한으로 확대시키고 있음을 주목해야 할 것
이다. 민재식은 장시에 대한 끈질긴 시도를 보여 주면서 그 가능성을 열
어 놓았다. 그의 장시에는 절제된 감정과 호흡이 시행의 배열에 그대로
반영되고 있다. 관념적인 테마에 매달리거나 주제 의식에 얽매이지 않고
일상적인 생활에 바탕을 둔 정서의 세계가 자연스럽게 펼쳐져 있다. 긴
장의 결여나 치열성의 부족이 문제가 될 수 있으나, 서정의 형식이 포괄
할 수 있는 모든 다양한 정서적 충동을 무리 없이 끌어들임으로써 서정
시의 장르 확대가 지니는 제약을 어느 정도 극복하고 있다. 김종문의 경
우에는 "남쪽으로/ 나자빠진/ 천국에의 나선계단/ '텅스텐'의 촉매작용
을 이루었다"로 시작되는 「불안한 토요일」에서 휴전 직후의 상황 인식
에 관심을 기울인다. 작품의 전체적인 구조를 통제할 수 있는 주제 의식
의 일관성이 결여되어 있으나, 불안과 긴장이 이어지는 전후 상황의 한
단면을 확인할 수 있다. 김구용의 장시 「삼곡」은 시적 진술 자체에서 이
른바 의식의 흐름을 추적하는 방법으로 시의 내면 공간을 확대하고, 그

속에서 다양한 이미지들의 결합을 시도하고 있다. 시적 정서의 내면화를 위해 김구용이 활용하고 있는 방법은 일종의 자유 연상에 의한 이미지의 새로운 창조이다. 그는 인간의 삶과 그 문명적 타락을 비판하면서 인간 의식의 심층에 자리 잡고 있는 자유에 대한 갈망을 장시의 형태를 통해 표현하고 있는 것이다.

## 현대시조의 새로운 가능성

해방 이후 현대시조는 가람 이병기 시조의 기품과 감각을 이어받으면서 그 폭과 깊이를 더하게 되었다. 김상옥은 시조의 전아한 기품을 바탕으로 보다 섬세한 미의식을 그 시적 형식을 통해 추구했다. 해방 직후 월북한 조운의 시조에서도 시적 형식미에 대한 관심이 잘 드러나 있다. 이호우와 이영도의 감성적인 시조도 주목되는 업적이다. 이태극은 시조 시학의 확립에 앞장서면서 시조의 독자적 영역을 확보하는 데에 주력했다.

(가)
지그시 눈을 감고 입술을 축이시며
뚫린 구멍마다 임의 손이 움직일 때
그 소리 은하 흐르듯 서라벌에 퍼지다
끝없이 맑은 소리 천년을 머금은 채
따스히 서린 입김 상기도 남았거니
차라리 외로울망정 뜻을 달리 하리요

———김상옥, 「옥적(玉笛)」

(나)

꽃이 피네 한 잎 한 잎

한 하늘이 열리고 있네


마침내 남은 한 잎이

마지막 떨고 있는 고비


바람도 햇볕도 숨을 죽이네

나도 가만 눈을 감네

— 이호우, 「개화(開花)」


(다)

갈마도는 계절을 딛고

튀는 석화(石火) 야문 손길


젊음을 사룬 채로

쌓아올린 무영의 석탑


천년의 비바람 속에서도

오늘을 살고 있다.

그리매 그리매라도

보고졌던 한 여인


그 한을 가슴에 안고

뛰어든 물결만 남아

또 하나 큰 한이 되어
겨레의 맥은 솟는다.

박제(剝製)의 어릿광대
줄을 타는 한낮이요

사슴이 해금 혀는
가시밭 등성이라도

이 사랑 이 얼은 살아
열음 맺아 지리라

──이태극, 「무영탑」


    김상옥[95]은 1939년 《문장》의 추천을 받아 등단하지만 그의 문단적 존
재는 해방 직후 발간된 첫 시조집 『초적(草笛)』(1947)을 통해 뚜렷하게 드
러났다. 그가 주로 노래하고 있는 것은 전통적인 풍물이며 회고적 취향
이 강하다. 그러나 그의 시조는 섬세한 언어 감각을 바탕으로 대상을 조
형적으로 형상화함으로써 관념적 주제와 사실적 감각을 잘 융합하고 있
다. 해방 공간의 시대적 분위기가 자체도 그가 추구하는 민족 고유의 예술
미와 전통적 정서를 돋보이게 만들었다고 할 수 있다. 인용한 (가)의 「옥
저」과 같은 작품이 이 시기의 대표작에 속한다. 김상옥은 1949년 시조

---

95 김상옥(金相沃, 1920~2004). 호는 초정(草汀). 경남 통영 출생. 통영에서 소학교를 다녔고 한때 인쇄공
    으로 일하다 1938년 김용호, 함윤수 등과 《맥(貊)》 동인으로 참가. 1939년 『문장』에 이병기의 추천으
    로 시조 「봉선화」 발표. 같은 해 《동아일보》 시조 공모에 「낙엽」 당선. 광복 직후부터 통영, 부산, 마산 등지에
    서 교편을 잡음. 시조집 『초적』(1947), 『고원의 곡』(1949), 『의상』(1953), 『목석의 노래』(1956), 『삼행시』
    (1973), 『묵(墨)을 갈다가』(1980), 『느티나무의 말』(1998) 등과 동시집 『꽃 속에 묻힌 집』(1958) 등 출간.

집 『고원(故園)의 곡』을 출간한 후 뒤이어 『의상』(1953)과 『목석의 노래』(1956)를 잇달아 펴내면서 일상의 현실과 경험의 세계를 시조의 형식으로 압축하고자 하였다. 그는 1960년대 초부터 시조의 시 형식의 변화를 추구하면서 '삼행시'라는 이름으로 시조의 형식에 대한 현대적인 실험을 지속하였다. 이러한 실험적 성과는 시조집 『삼행시』(1973)로 정리되었다. 시조의 3장 형식을 현대식으로 풀어 쓴 '삼행시'는 사설시조의 리듬을 살리면서 자유로운 시형을 추구한 것이 특색이다.

이호우[96]의 경우도 1940년 《문장》의 추천을 받았는데, 그는 시조의 전통적인 양식적 특성과 그 형식의 균형을 지켜나가면서도 그 속에 현대적인 감각과 정서를 담아 내기 위해 쉬운 일상적 언어를 시적으로 활용하는 데 힘썼다. 앞에 인용한 (나)의 시조 「개화」의 경우처럼, 그의 시조에는 간결하면서도 밝은 이미지의 시어들이 폭넓게 쓰임으로써 시조 자체에 담기기 쉬운 고풍스런 분위기를 벗어나고 있다. 이러한 작품들은 대부분 첫 시조집 『이호우 시조집』(1955)에서 볼 수 있다. 누이동생 이영도와 함께 펴낸 합동 시조집 『비가 오고 바람이 붑니다』(1968)에 수록된 후기의 작품들은 객관적인 사물에 대한 시적 인식보다 인간의 내적 욕망과 의지(意志)를 주제로 한 독특한 관념 세계를 시조의 형식을 통해 노래한 경우가 많다.

이태극[97]은 해방 직후부터 시조 창작에 몰두하면서 시조의 대중적인

---

96 이호우(李鎬雨, 1912~1970). 경북 청도 출생. 경성제일고보를 거쳐 도쿄 예술대학에서 수학. 1939년 《동아일보》 시조 모집에 「낙엽」, 「진달내」 당선. 1940년 《문장》에 시조 「달밤」이 추천. 광복 후 《죽순》, 《낙강》 동인 참가. 시조집 『이호우 시조집』(1955), 『휴화산』(1968) 출간.

97 이태극(李泰極, 1913~2003). 호는 월하(月河). 강원 화천 출생. 서울대학교 국어국문학과 졸업. 이화여대 교수 역임. 1953년 《시조연구》에 「갈매기」를 발표. 1960년 《시조연구》 창간. 시조 연구서 『시조 개론』(1959), 『시조 연구 논총』(1965), 『고전문학 연구 논고』(1973) 등과 시조집 『꽃과 여인』(1970), 『노고지리』(1976), 『소리·소리·소리』(1982), 『날빛은 저기에』(1990) 등 출간.

보급과 그 시학적 기반에 대한 연구에 매진했다. 그의 시조는 일상적인 삶의 현실 속에서 이루어지는 실생활의 경험에서 소재를 택하고 있기 때문에 내용이 평이하면서도 시조의 격조를 적절하게 지키고 있는 것이 특징이다. 앞에 인용한 시조 (다)의 「무영탑」은 그의 초기 시조를 대표한다. 그는 직접 시조를 창작하면서도 시조의 문단적 기반을 확대하고 그 대중화에 힘을 기울이기 위해 1960년 시조 전문지 《시조문학》을 창간하였다. 그리고 이 잡지를 통해 많은 시조 시인을 배출함으로써 오늘의 현대시조가 독자적인 시조 문단을 형성할 수 있는 기반을 만들었다.

# 4 극문학과 이념적 갈등

## (1) 해방과 극문학의 좌우 분열

해방 공간의 정치 사회적 혼란은 좌우 이념의 갈등을 증폭시키면서 문화 예술의 모든 영역에서 격렬한 이념 논쟁을 야기했다. 대중과 직접적으로 연결되어 있던 극문학과 연극 분야에서도 커다란 변혁의 과정을 거쳐야만 했다. 일제 말기의 연극 활동에서 볼 수 있었던 상업적인 흥행 위주의 통속극이나 황민화운동에 참여했던 친일 어용극은 해방과 함께 청산의 대상이 되었다. 좌익 측에 서 있었던 연극운동가들은 조선문학건설본부의 결성 직후 제기된 새로운 민족문화운동에 적극 참여하기 위해 조선연극건설본부와 조선프롤레타리아연극동맹 등의 연극 단체를 새롭게 결성하였고 이 조직을 기반으로 민중의 삶의 현장에 다가설 수 있는 새로운 연극 활동을 시도하게 되었다. 하지만 해방 공간의 예술계에서 좌익 연극 단체의 조직적인 등장이 연극운동의 이념적 분열과 갈등을 극복할 수 있는 방안이 되지 못했다. 오히려 새로이 결성된 조선예술극장, 서울예술극장, 자유극장 등이 이 조직과 연계됨으로써 정치성을 띤 연극운동이 더욱 확대될 수밖에 없었다. 이 시기에 극작가 송영, 신고 송, 함세덕, 박영호 등은 계급의식에 바탕을 둔 연극운동을 적극 주장하였다. 이들이 내세운 새로운 연극운동은 주로 일제 식민지 문화 잔재의 청산, 봉건적인 문화유산의 비판, 사회주의 이념과 계급 의식의 선전 등을 목표로 하고 있기 때문에, 이들이 발표한 대부분의 희곡 작품들도 이념성이 강한 목적극의 특징을 지니게 되었다.

송영[98]은 해방 직후 「고향」(1945), 「황혼」(1945) 등의 희곡을 발표했다. 1920년대 후반 이후 프로연극운동에 앞장섰던 그는 일찍이 「일체 면회를 사절하라」(1931), 「황금산」(1936) 등을 통해 부르주아 계급의 위선과 비리를 비판, 풍자했으며, 조선프롤레타리아예술동맹이 강제 해체된 후에 청춘좌, 호화선 등의 흥행 극단과 손잡고 상업적인 신파극에 매달리기도 한다. 그러나 해방 직후 조선연극건설본부를 결성하면서 좌익 연극운동을 주도하게 된다. 송영의 희곡 「황혼」은 해방 직후 혼란을 거듭하고 있는 사회상의 한 단면을 그려 낸 작품이다. 이 작품 속에서는 친일 사업가로 일신의 안위를 지켜 온 아버지와 아버지의 과거 행적에 반발하는 딸 사이의 대립이 극적 갈등의 핵심을 이룬다. 일제 식민지 지배에서 해방되었는데도, 아버지는 자신의 과거를 제대로 청산하지 못하고 오히려 혼란을 틈타 정치 활동에 뛰어들어 재기를 노린다. 이에 반발한 딸은 집을 뛰쳐나와 혁명적인 투사로 변신하여 아버지와 대립한다. 친일파 세

---

98 송영(宋影, 1903~1978). 본명은 무현(武鉉). 서울 출생. 배재고보 중퇴. 1923년 염군사 조직. 1925년 《개벽》 현상 모집에 소설 「늘어가는 무리」 입선. 조선프로예맹 가담. 소설 「용광로」(1926), 「군중정유」(1927), 「인도 병사」(1928), 「교대 시간」(1930), 희곡 「일체 면회를 사절하라」(1931), 「호신술」(1931), 「신임 이사장」(1934), 「황금산」(1936) 등 발표. 광복 후 북한 평양의 북조선문학예술총동맹에서 활동. 참고 문헌: 양승국, 「계급의식의 무대화, 그 가능성과 한계」, 『한국문학의 리얼리즘과 모더니즘』(민음사, 1989); 김재석, 「송영의 희곡 세계와 그 변모 과정」, 《울산어문논집》 6호(1990).

력의 재등장을 경고하면서 새로운 혁명적 투쟁의 필요성을 강조하고 있
는 이 작품의 주제는 당시 좌익 극작가들이 흔히 다루었던 문제다.

함세덕[99]은 1930년대에 발표한 희곡 「동승」(1939), 「해연(海燕)」(1940)
등을 통해 서정적 환상적 분위기를 살려 내는 낭만주의적 경향의 극작에
몰두했다. 그러나 해방 직후 좌익 연극운동에 적극 가담한다. 함세덕의
작가적 변신을 가장 극적으로 보여 주는 작품은 「고목」이다. 이 작품은
일제 식민지 시대 악덕 지주였던 인물을 중심으로, 그의 몰락과 함께 새
로운 혁명적 건설 투쟁의 현장을 보여 주려는 작가의 의도를 잘 드러낸
다. 3막으로 구성된 이 작품의 배경에는 악덕 지주의 집 뒤뜰에 서 있는
고목나무가 극적인 상징으로 제시된다. 자신의 부도덕한 재산을 지키기
위해 발악했던 지주의 위신은 일제 시대 가난한 농민들을 착취했던 행
적이 폭로되는 순간 여지없이 무너지고 만다. 그리고 뒤뜰의 고목나무가
홍수 피해 복구용으로 청년들에 의해 강제로 잘리는 장면에 이르러, 새
로운 국가 건설을 위한 구시대의 청산이라는 주제가 강조된다.

해방과 함께 새로운 극작 활동에 적극적으로 나선 유치진과 오영진
의 작품은 좌익 진영의 정치적인 목적극과는 다른 면을 보여 준다. 유
치진[100]은 1930년대 극예술연구회의 활동을 중심으로 희곡문학의 근대

---

99 함세덕(咸世德, 1915~1950). 경기 인천 출생. 인천상업학교 수학. 1936년 단막극 「산허구리」를 《조선
문학》에 발표. 1939년 단막극 「동승」으로 《동아일보》 주최 연극 콩쿠르 참가. 1940년 「해연」이 《조선
일보》 신춘문예에 당선. 희곡 「낙화암」(1940), 「서글픈 재능」(1940), 「무의도 기행」(1941), 「심원의 삽화」
(1941) 외에도 「남풍」(1943), 「청춘」(1944), 「봉선화」(1944), 「백야」(1945) 등을 발표. 광복 후 「조선연
극동맹」에서 활동. 「기미년 삼월 일일」(1946), 「고목」(1947), 「태백산맥」(1947) 등을 발표. 월북 후 북한
에서 활동. 희곡집 「동승」(1947) 발간. 참고 문헌: 유민영, 「한국현대희곡사」(홍성사, 1982); 장혜전, 「함
세덕의 희곡에 나타난 외국 작품의 영향 문제」, 《수원대 논문집》(7호 1989); 김만수, 「소년의 성장과 새
로운 세계와의 연대 — 함세덕론」, 《외국문학》(1991. 여름). 양승국, 「희곡 '동승'의 공연 텍스트적 분석」,
《울산대 울산어문논집》 9호(1994); 서연호, 「한국 근대희곡사」(고려대 출판부, 1994); 한국극예술학회
편, 「함세덕」(태학사, 1996); 김재석, 「함세덕 그가 걸었던 길」(역락, 2012)
100 유치진(柳致眞, 1905~1974). 호는 동랑(東郞). 경남 통영 출생. 일본 도요야마 중학(豊山中學)을 거쳐

적인 면모를 확립하는 데 크게 기여한 인물이다. 그는 「토막(土幕)」(1931), 「버드나무 선 동리의 풍경」(1933), 「소」(1934) 등을 발표하여 사실주의극의 전통을 확립했지만, 일제 말기의 친일 극작 활동이 해방 직후 한때 문제가 되기도 한다. 그의 재기는 새로이 조직된 극예술협회를 기반으로 하고 있으며, 희곡 「조국」(1946), 「자명고」(1947) 등을 무대에 올려 명성을 되찾았다. 유치진의 「자명고」는 뒤에 발표된 「원술랑」(1950)과 함께 과거 역사 속에 남아 있는 설화적인 이야기에 근거를 둔 작품에 속한다. 이 작품들은 역사의 현재화를 염두에 둔 것도 아니고, 현실에 대한 우회적인 접근을 역사 속에서 시도한 것도 아니지만, 사극이 갖는 흥미와 계몽성을 동시에 만족시키고 있다. 역사극의 새로운 가능성을 확보한 이 작품들은 사실적인 태도보다는 오히려 낭만적인 요소가 더 강하다. 희곡 「조국」은 해방 직후에 극문학에서 가장 널리 다루어진 3·1운동을 소재로 하고 있다. 이 작품에는 독립운동가였던 남편을 잃고 홀로 살아가는 아낙네와 그녀의 외아들이 등장한다. 이들은 일본 경찰의 탄압에도 굴하지 않고 만세운동에 나서며, 끝까지 항일 투쟁의 의지를 굽히지 않는 것으로 그려지고 있다. 극적인 구성 요소는 약하지만, 일제 말기의 자기 과오를 작품을 통해 청산하고자 하는 작가의 의욕이 담겨 있다.

오영진[101]의 극작가로서의 변모는 해방 직후 극문학에서 가장 주목

---

릿쿄 대학(立敎大學) 영문학과 졸업. 1931년 서항석, 이헌구, 이하윤, 장기제, 정인섭, 김진섭, 함대훈 등과 함께 극예술연구회 창립. 희곡 「토막」(1931), 「버드나무 선 동리 풍경」(1933), 「소」(1934), 「빈민가」(1935), 「춘향전」(1936), 「마의태자」(1937) 등을 발표. 1941년 극단 현대극장 창립. 「흑룡강」(1941), 「북진대」(1942), 「대추나무」(1942) 등 발표. 광복 후 희곡 「조국」(1946), 「자명고」(1947), 「별」(1948), 「흔들리는 지축」(1949), 「조국은 부른다」(1951), 「나도 인간이 되련다」(1953), 「청춘은 조국과 더불어」(1955), 「한강은 흐른다」(1958) 등을 발표. 참고 문헌: 홍효민, 「유치진론」, 《영화연극》(1940. 1); 유민영, 「동랑 유치진」, 《예술원보》(1977); 서연호, 「'토막', '소'의 이본 재고」, 《고려대 민족문화연구》(18호 1984); 양승국, 「1930년대 유치진의 연극 비평 연구」, 《한국극예술연구》, 3호(1993); 한국극예술학회 편, 「유치진」(태학사, 1996); 이상우, 「유치진 연구」(태학사, 1997); 유민영, 「유치진 평전」(태학사, 2015).

101 오영진(吳泳鎭, 1916~1974). 호는 우천(又川). 평남 평양 출생. 평양고보, 경성제대 조선어문학과 졸

된다. 전통적인 해학에 근거해 시나리오 「맹진사댁 경사」(1943)를 일본어로 발표한 오영진은 해방 직후 혼란기 사회 현실에 대한 비판과 풍자를 극적인 언어로 표현하는 데 성공했다. 「살아 있는 이중생 각하」(1949), 「정직한 사기한」(1949) 등은 모두 현실 사회의 비리와 모순에 대한 날카로운 비판을 주제로 하고 있다. 「살아 있는 이중생 각하」는 친일 사업가 이중생이 해방 직후의 혼란을 틈타 더 큰 재산을 모으고 일신의 영화를 도모하다 끝내 자멸한다는 이야기이다. 진정한 삶의 가치가 전도된 당대의 혼란상에 대한 야유와 조소가 돋보인다. 「정직한 사기한」의 경우에도, 선과 악이 제대로 구별되지 않는 사회 현실이 역설적으로 그려졌다.

해방 직후의 극문학은 이 밖에도 새로운 시대의 도래와 세태의 변화를 놓고 갈등하는 삶의 현장을 그린 김영수의 「꽃피는 언덕」(1947), 「혈맥」(1948), 김진수의 「코스모스」(1948) 등이 개성 있는 목소리를 담고 있다.


## (2) 극문학과 전통의식

한국의 극문학이 현대적인 면모를 갖춘 것은 한국전쟁을 겪은 뒤의 일이다. 본격적인 연극 예술의 활성화를 기할 수 있는 공연 무대의 확충이 국립극장의 개관과 함께 이루어졌으며, 극단 신협의 등장, 제작극회의 활발한 연극 활동 등에 힘입어 극문학이 활기를 되찾았다. 특히 기성 극작가

업. 1942년 《국민문학》에 창작 시나리오 「배뱅이굿」 발표. 광복 후 《문학예술》 주간. 대표작 「맹진사댁 경사」(1943), 「허생전」(1970), 「한네의 승천」(1972), 「살아 있는 이중생 각하」(1949), 「정직한 사기한」(1949), 「해녀 뭍에 오르다」(1967), 「아빠빠를 입었어요」(1970), 「모자이크 게임」(1970), 「동천홍」(1973), 「무희」(1974). 1989년 「오영진 전집」 간행. 참고 문헌: 유민영, 「한국 현대희곡사」(홍성사, 1982); 양승국, 「극작가 오영진에 대하여 ─ 전통과 정치에 대한 관심, 그 두 축의 아이러니」, 《문학사상》(1989. 7); 한옥근, 「오영진 연구」(시인사, 1993); 한국극예술학회 편, 「오영진」(연극과 인간, 2010).

들 가운데 송영, 함세덕 등이 월북한 후 유치진, 오영진, 김진수 등이 극문학계 재건에 힘을 기울였고 차범석, 임희재, 하유상, 이용찬, 김자림, 박현숙, 이근삼 등의 신인 극작가들이 등장하여 주제 의식의 확대와 극적 기법의 다양성을 추구했다. 차범석과 하유상의 작품에서 볼 수 있는 전통 의식과 리얼리즘의 기법은, 임희재와 이근삼의 작품에서 잘 드러나는 현실 의식이나 세태 비판을 위한 아이러니의 설정 등과 좋은 대조를 이룬다.

차범석[102]은 희곡 「나는 살아야 한다」(1959)에서 한국전쟁의 상처를 극복해 가는 삶의 과정을 보여 줌으로써, 인간의 삶에 대한 애착과 집념 어린 인간미의 한 단면을 제시했다. 그러나 이 작품보다 더욱 주목받은 것은 희곡 「불모지」(1958)이다. 차범석 작품 세계의 윤곽을 그려 보이는 「불모지」에서 작가가 노리는 것은 갈등의 극적 양식이다. 전후 한국 사회의 격변 과정에서 전통적인 생활 양식과 가치관이 붕괴되는 과정을 세대 갈등이라는 새로운 극적 요소를 통해 그려 내고 있기 때문이다. 전후의 궁핍한 현실을 배경으로 하고 있는 이 작품의 중심인물은 낡은 한옥에서 구시대의 생활 풍습을 고집하며 살고 있는 늙은이다. 그의 주변에는 변화의 현실에 무턱대고 따라가다가 스스로 파멸의 길에 빠져드는 자녀들이 있어 노인의 모습과 극적인 대조를 보인다. 이 작품과 비슷한 주제에 역사의식을 가미하여 새롭게 해석한 작품이 1960년대 중반에 발표한 「청기와집」(1964)이다. 이 작품은 구시대의 삶의 방식에 매달려 현실 변화를 제대로 이해하지 못하는 노인의 절망과 새로운 시대의 요구를 잘못 받아들여 오히려 파멸에 이르는 자식들의 관계가 그려져 있다. 물론 작가는

---

102 차범석(車凡錫, 1924~2006). 전남 목포 출생. 1955년 《조선일보》 신춘문예에 희곡 당선. 희곡집 「껍질이 깨지는 아픔 없이는」(1960), 「대리인」(1969), 「산불」(1985), 평론집 「동시대의 연희 의식」(1988) 등 발간. 참고 문헌: 유민영, 「한국 현대희곡사」(홍성사, 1982); 차범석, 「예술가의 삶 ─ 차범석」(혜화당, 1993); 무천극예술학회, 「차범석 희곡 연구」(국학자료원, 2003).

구시대의 몰락에 관심을 기울이고 있지만, 이 작품의 핵심은 오히려 새로운 시대 질서에 적극적으로 대응해 가는 적극적 인간형을 찾는 데 있다.

차범석은 사회 현실과 이념의 괴리를 보다 적극적으로 그려 보려는 창작 의욕을 바탕으로 인간주의적인 작가 의식을 고수하였다. 그의 대표작인 희곡 「산불」(1962)은 토속적인 공간을 무대로 설정하고, 그 속에서 인간의 본능적인 욕망과 이데올로기의 관념성을 대조적으로 보여 주고 있다. 마을에 숨어 들어온 공비와 그를 숨겨 준 아낙네의 욕망을 사실주의적인 기법으로 묘사하고 있는 이 작품의 극적인 성과는 무엇보다도 이데올로기의 도식성을 인간의 본능적인 요구로 극복하고 있는 점이다. 작품의 절정을 이루는 공비 토벌 작전과 그 절망적인 순간에 묘사되고 있는 인간 본연의 모습에서 이미 이념의 허구성은 무너지고 있다.

하유상[103]은 그의 첫 작품인 「딸들의 연인」(1957년 「딸들 자유연애 구가하다」로 개제되어 공연됨)에서부터 신세대의 새로운 윤리 감각과 구세대와의 갈등을 통해 한국 사회의 세태 변화를 극적으로 포착하고 있다. 그의 초기 작품 가운데 주목받는 희곡 「젊은 세대의 백서」(1959)는 세태와 인정에 관심을 기울이고 있는 작가의 작품 세계의 특징을 잘 보여 준다. 이 작품은 젊은 세대인 개방적인 자녀들과 낡은 세대인 보수적인 부모를 대비시켜, 결혼 문제를 둘러싸고 벌어지는 충돌을 세대 갈등의 문제로 극화하고 있다. 전후 한국 사회가 서구적인 개방 풍조에 휩쓸려 전통적인 윤리 의식과 가치관이 붕괴되며 혼란을 거듭하는 과정을 비판적으로 인식하고 있는 작가는 구세대의 몰락이나 신세대의 파멸 그 자체만이 아니라 인간의 삶에 대한 그릇된 환상에도 경종을 울리고 있다. 1960년대에 들어서면서

---

103 하유상(河有祥, 1928~2017). 본명 하동렬. 충남 논산 출생. 서라벌예대 연극영화과 졸업. 1956년 국립극장 장막희곡 모집에 당선. 희곡집 「미풍」(1916), 「하유상 단막극선」(1994), 희곡론집 「극작법 15강」(1965) 등 출간.

하유상은 황폐한 사회 현실과 고통스러운 인간의 삶에 관심을 기울이면서 「종착지」(1960), 「절규」(1964) 등의 작품을 발표했다. 「종착지」의 극적 구성에서 가장 주목되는 것은 도시 변두리의 무허가 판자촌에 모여든 하층민들의 다양한 모습을 통해 삶에 대한 절망감을 극적으로 보여 주고 있다는 점이다. 직업을 잃어버린 실직자, 날품팔이, 떠돌이 장사꾼, 노름꾼, 몸을 파는 창녀, 4·19혁명 대열에 나섰다가 부상당한 대학생 등이 등장하는데, 이들은 각기 철거 명령이 내려진 판자촌에서 자신들의 삶의 방향을 찾지 못하고 방황한다. 이들의 모습에서 느낄 수 있는 허망함은 극적인 분위기를 통해 독특한 페이소스를 자아낸다. 「절규」의 경우에도 미군을 상대로 하는 접대부와 그의 남동생인 대학생을 등장시켜 이들이 겪는 삶의 고통과 절망을 그린다. 현실 정치의 불의에 항거하여 4·19혁명에 가담했다가 총탄에 쓰러진 남동생의 좌절과 동생에게 모든 기대를 걸고 자신의 몸을 팔아 학비를 만들었던 누이의 절망이 이 작품의 정조를 지탱한다.

임희재의 희곡 「복날」(1956), 「고래」(1957) 등은 모두 전후의 각박한 현실을 무대 위에 옮겨 놓았다. 「복날」에서는 무허가 판자집을 강제 철거당한 철거민들의 어처구니없는 죽음을 통해 삶 자체를 희화적으로 그렸으며, 비슷한 소재의 「고래」에서는 끈질긴 삶에 대한 의욕을 보여 주었다.

이근삼[104]은 희곡 「원고지」(1960)를 발표하면서 전통적인 리얼리즘 극을 중심으로 전개되어 온 한국의 극문학에 새로운 바람을 불러일으켰다. 그는 풍자성을 강조한 희극 양식을 시도하면서 서사적 기법을 대담하게 수용하고 기법적 혁신을 기함으로써, 전후 극문학의 변화를 주도한다.

---

104 이근삼(李根三, 1929~2003). 평남 평양 태생. 미국 노스캐롤라이나대학교 졸업. 1960년 《사상계》에 희곡 「원고지」 발표. 희곡 「거룩한 작업」(1961), 「대왕은 죽기를 거부했다」(1962), 「제18공화국」(1965), 「국물 있사옵니다」(1966), 「아벨만의 재판」(1962), 희곡집 「제18공화국」(1967), 「유랑극단」(1976), 「대왕은 죽기를 거부했다」(1986), 연극론집 「근대 영미 희곡 개론」(1962), 「서양연극사」(1982).

「원고지」는 지식인의 자기 풍자를 극화한 단막극이다. 작품의 주인공은 대학교수이지만 학문의 열정보다는 일상의 현실에 쫓기며 가족의 생계를 위해 번역에나 매달리고 있다. 따라서 학자로서의 품위도 지키지 못하고 존경도 받지 못한다. 이 허망한 주인공에게 남은 것은 황폐한 삶뿐이다. 물질적인 것에 의해 여지없이 무너지고 있는 정신적인 가치를 이 작품에서 쉽게 확인할 수 있다. 「거룩한 직업」(1961)도 이와 비슷한 관점에서 혹독하게 현실을 비판하고 풍자하는 작품이다.

이근삼의 풍자적 기법과 예리한 현실 인식은 상류층의 삶에 대한 비판으로 이어진다. 희곡 「위대한 실종」(1963)에서는 명예욕과 허영심에 의해 파멸해 가는 인간들을 향해 비판의 화살을 던지기도 하고, 「광인들의 축제」(1969)에서는 지식인들의 기회주의적인 속성과 위선적인 태도를 꼬집기도 한다. 특히 「위대한 실종」에서 드러나는 풍자성은 작품 구성에서 볼 수 있는 극적 역전을 통해 신랄함을 더한다. 그의 작품은 정치 현실에 대한 비판과 풍자로 발전하면서 「제18공화국」(1965), 「대왕은 죽기를 거부했다」(1962)와 같은 화제작을 내놓고 있다. 「제18공화국」은 자유당 정권에서부터 군사정권에 이르기까지의 정치 현실을 풍자한다. 영구 집권을 꿈꾸는 독재 군주의 망상과 그 허욕을 풍자한 「대왕은 죽기를 거부했다」는 백성들의 신망을 잃어버린 군주의 최후의 모습이 당대 한국 사회의 한 단면을 연상케 한다.

이근삼의 뒤를 이어 등장한 새로운 극작가들 가운데에는 이 당대 현실에 예민한 반응을 보인 경우도 있었지만, 오히려 현실의 문제를 보다 내면화하여 인간의 삶의 본질을 꿰뚫어 보고자 하는 노력을 보여 주는 작가들이 늘어나고 있다. 「모가지가 긴 두 사람의 대화」(1967)의 박조열, 「해뜨는 섬」(1966)의 이재현, 「만선」(1964)의 천승세 등이 바로 그들이다.

# 2장

# 산업화 과정과 문학의 사회적 확대

# 1 전후 의식의 극복과 문학의 현실 지향

## (1) 문학과 현실, 그리고 역사와 전통

한국 사회는 1960년 4·19혁명과 1961년 5·16군사쿠데타를 겪으면서 급격한 사회변동을 겪는다. 4월혁명으로 촉발된 정치적 민주화의 열기와 자유에 대한 갈망은 전후 사회의 피해 의식과 정신적 위축에서 벗어날 수 있는 의식의 전환을 가능하게 하였다. 그러나 5·16군사쿠데타가 이러한 고조된 혁명적 열기를 억압했다. 물론 군사정권이 추진한 경제개발의 성과가 나타나기 시작하면서 억압된 분위기 속에서도 사회적 경제적 안정 기반이 점차 확립될 수 있었다. 1960년대 후반 제1차 경제개발 계획이 성공적으로 끝나면서 한국 사회는 산업화 과정의 거대한 변화 속으로 돌입하게 되었다. 이 과정에서 한국은 이른바 '한강의 기적'이라고 지칭되었던 경제의 급성장을 이룩하였으며 근대적인 산업 체제로의 전환을 확립하였다.

한국문학은 4월혁명을 통해 무기력한 '전후 의식'의 함정을 벗어날 수 있게 되었다. 자유와 민주에 대한 개인적인 각성, 사회 현실에 대한 비판적인 인식, 민족과 역사에 대한 새로운 신념이 4월혁명을 거치면서 사회적으로 확산되자, 문학과 현실과 역사에 대한 폭넓은 관심이 새롭게 대두되었다. 여기에서 크게 주목된 것은 문학의 사회적 역할에 대한 적극적 인식을 기반으로 사회 현실적 조건에 대한 비판과 저항 의식의 문학적 표현이 강조된 점이었다. 그리고 이를 바탕으로 역사의식에 근거한 민족문학의 전통에 대한 재인식이 촉구되기도 하였고, 민족 분단의 역사적 모순에 대한 비판적인 인식을 기반으로 분단 상황에 대응하는 문학의 새로운 지표가 논의되기도 하였다. 이러한 새로운 문학적 경향은 이미 1950년대 말부터 등장하기 시작하였는데, 4월혁명 이후 민족의 삶에 대한 총체적인 인식을 문제 삼는 데까지 확대되었으며, 결국 분단에 의해 훼손된 민족 공동체의 회복을 지향하는 적극적인 의미까지 포괄할 수 있게 되었다.

한국문학에서 전후 의식의 극복 과정은 문학의 사회적 역할과 현실 참여에 관한 비평적 쟁점이 문단적으로 확대되는 과정과 직결되어 있다. 문학의 현실 참여[1]와 관련된 이 논쟁은 1950년대 말부터 문학의 과제로 제기되었으며, 4월혁명을 거친 후 1960년대 중반을 전후하여 크게 증폭되어 범문단적 쟁점이 되었다. 전쟁 이후의 혼란한 현실 속에서 인간의 삶과 그 존재 방식에 대한 회의와 저항이 교차되는 동안, 문학은 암울한 현실 상황에 대응할 수 있는 정신적 힘을 요구하게 되었다. 문학이 사회 현실과 역사에 대해 적극적인 관심을 갖고 능동적으로 참여해야 한다는 것은 당대의 상황에 대한 비판적 인식에서 비롯된 것이지만, 그러한 지

---

1 참여론의 실상을 이해하기 위해 다음과 같은 글들을 참고할 수 있다. 이어령, 「작가의 현실 참여」, 《문학평론》(1959. 1); 김우종, 「도피와 도착(倒錯)」, 《현대문학》(1961. 6); 홍사중, 「작가와 현실」, 《한양》(1964. 4); 김붕구, 「작가와 사회」, 《세대》(1967. 11); 김수영, 「지식인의 사회참여」, 《사상계》(1968. 1).

적인 분위기는 2차 세계대전 이후 사르트르를 중심으로 하는 프랑스 실존주의자들의 '앙가주망운동'에 간접적으로 큰 영향을 받았다. 문학에서의 현실 참여는 우선적으로 작가 자신이 현실에 대해 각별한 관심을 표명하는 데에서 출발한다. 그리고 현실에 입각하여 시대와 상황에 대한 문학의 역할을 자각하는 것이 필요하다. 비평가 이어령은 이러한 문학의 기능을 '저항의 문학'이라는 테마로 규정한 바 있다.

그러므로 오늘날 작가가 무엇을 해야 될 것이라는 뚜렷한 신념이 생겨날 것이다. 첫째는 역사에 대한 관심이며, 그것에 대한 책임을 자각하려는 정신이다. 둘째는 인간이 인간을 사랑할 수 있도록 애정을 만들어 주어야 할 것이다. 셋째는 사람들로 하여금 그의 적과 그의 벗을 명확히 가리켜 주는 일이다. (……) 그래서 결국 이제 작가는 석불을 마멸시키는 비와 바람과 같은 '자연성'에 저항해야 하는 것이 아니라, 그것을 파괴하는 인간 스스로의 '손', 그 인위성에 저항해야 한다. 되풀이하면, 죽는다는 것은 아무 일도 아니다. 다만 인간이 인간의 얼굴에 흠집을 내며 사는 현실 그것이 두려운 것이다. 인간이 하는 일은 인간 스스로가 선택한 것이기 때문에 역사에 의한 살육은 자연에 의한 살해보다 더 참혹하고 애석하다. 우리는 살육 그 정반대의 일을 선택할 수도 있었다. 그런데도 불구하고 우리가 원하지 않는 것을 그대로 해야 된다는 것은, 바꿀 수도 있는 일을 그대로 내버려 둔다는 것은 우리의 가장 큰 그리고 무서운 죄악일 테니까.[2]

역사와 운명에 대한 문학의 책임을 '저항'이라는 말로 규정한 이어령의 주장 속에는 전쟁 이후 한국문학이 당면한 문제들이 암시되어 있다.

---

2 이어령, 「무엇에 대하여 저항해야 하는가」, 『저항의 문학』(예문관, 1965), 101~102쪽.

그는 당대적 현실의 병폐가 막연한 감상으로 파헤쳐질 수 없음을 분명히 하였고, 휴머니즘의 정신을 내세워 인간 회복의 길을 모색하기도 하였다. 그런데 이어령은 끝내 실천적 행동을 유보해 두었고, 언어를 통한 창작적 실천을 강조하고 있다. 그는 문학에서 언어에 의한 호소와 고발만이 사회와 역사의 운명을 바꿀 수 있다고 하였다. 결국 작가의 저항이라는 것은 따지고 보면 언어에 의한 것일 수밖에 없다. 이러한 견해는 뒤에 그를 순수문학의 옹호자가 되게 한 요건이 되었지만, 자조와 비탄에 빠져들었던 전후문학이 그 한계를 벗어나 대상으로서의 현실에 대한 새로운 인식을 문제 삼을 수 있도록 하는 하나의 계기가 되었다.

그런데 문학의 사회참여에 대한 비평적 주장은 4월혁명 이후 '참여론'이라는 이름으로 문단에 크게 확대되었다. 김우종, 홍사중, 김병걸, 장백일, 임중빈 등이 내세운 참여문학론은 순수문학의 예술 지상주의에 내재되어 있는 허구성을 지적, 비판하면서 새로운 파문을 일으켰다. 이들은 문학의 비판 정신을 리얼리즘의 정신과 연결시키기도 하고, 역사의식에 바탕을 둔 작가의 사회적 태도와 그 책임을 윤리 의식으로 내세우기도 한다. 문학의 현실 참여 문제가 문단의 관심사가 되자, 이에 대한 비판론도 만만치 않게 등장하였다. 문학의 순수성과 그 예술적 가치를 옹호하고 나선 김동리, 조연현 등의 구세대는 물론이고 김상일, 이형기, 김양수 등이 이에 동조하여, 순수론과 참여론의 논쟁이 확대된다. 그런데 김붕구에 의해 앙가주망운동의 이데올로기적 편향에 대한 경고가 있은 뒤에 문학의 사회참여론이 문학의 사회적 역할이라는 효용적 기능론에서 벗어나게 되었다.

문학의 현실 참여에 대한 논의 자체가 글쓰기 행위의 본질 문제와 결합되면서 그 파장이 문화 전반에 걸쳐 확대된 것은 김수영의 자유주의적 참여론이 제기되는 것과 때를 같이한다. 김수영은 4월혁명을 좌절시키면서 등장한 군사정권의 강압적인 통치 질서에 대한 언론의 무기력과 지식인의 굴종적 자세를 비판하는 데에서 그의 참여론의 단서를 끌어내었다. 그는 정치적 이데올로기에 의해 획일화되는 문화 현상을 우려하면서, 문학의 자유와 전위적 실험성이 억압당하는 위기를 극복하기 위해 문학의 현실 참여가 요청된다고 주장했다. 이러한 주장과 각도를 달리하여, 이어령은 문화 자체의 응전력과 창조력의 고갈을 먼저 문제 삼아야 함을 강조함으로써 시대 상황과 현실의 논리만 추종하는 참여론의 한계를 지적한다. 이러한 인식의 차이가 참여 논쟁의 새로운 불씨가 되었고, 문학의 현실 참여 문제는 문화의 자율성에 대한 인식 문제와 충돌하면서 문학의 효용과 가치에 대한 새로운 미학적 기반을 요구하게 된다.

당시 참여문학론은 표현론적 차원의 예술적 순수성을 절대 기준으로 설정한 순수문학과 대척점에 서 있었지만, 문학의 사회적 기능과 작가의 양심이라는 사회 윤리적 가치론의 문제를 리얼리즘의 방법과 그 정신에 기반하여 새롭게 논의할 수 있게 하였다. 그러므로 한국문학은 문학의 현실 참여에 관한 논쟁을 거치면서 전쟁 이후 문학의 폐쇄적인 분위기를 극복할 수 있게 되었고, 4월혁명의 좌절 이후 지성의 위축과 정신문화의 피폐에 빠져든 사회 현실을 비판할 수 있게 된다. 그러나 이 논쟁은 모든 문학 활동을 참여와 순수라는 두 개의 범주로 나누어 버리는 이분법적 사고를 일반화시킴으로써, 문학의 본질과 그 포괄성을 단순화시켜 버렸다는 문제점도 있다.

4월혁명은 자유민주주의에 대한 거대한 열망이 뭉쳐져 부정부패한 정권을 척결하는 데에 성공했으므로 정치 사회적 변혁만이 아니라 삶의 모든 영역에서 중대한 정신사적 전환점을 이루었다. 물론 이 혁명은 1년 뒤의 군사쿠데타로 인해 미완의 혁명이 되었지만 한국문학이 전쟁 이후 빠져들었던 위축과 나태와 무기력에서 벗어날 수 있는 기회를 제공했다.

그 결과로 1960년대 초반을 지나면서 한국문학에는 문학과 현실에 대한 새로운 역사적 인식이 자리 잡게 된다. 그리고 방황하던 문학 정신도 그 좌표가 서서히 정립되기에 이른다. 우선 문학이 역사와 현실에 대한 신념을 표출할 수 있어야 한다는 당위론이 제기되면서 현실 지향적인 문학 정신이 고양되기 시작한다. 이러한 변화는 비평의 영역에서 이른바 참여론과 순수론의 갈등으로 노정되기도 하였지만, 문학이 삶의 영역을 초월하는 것만으로 만족할 수 없다는 것은 당연한 주장으로 받아들여진다. 그리고 민족문학의 정통성에 대한 새로운 각성과 함께 단절의 논리로만 해석되었던 전통론의 방향이 전통의 계승과 극복이라는 변화와 발전의 의미로 이해되기에 이른다. 문학이 개인적인 정서 영역에서 자족적인 것으로만 존재할 수 없다는 주장도 나오고, 민족문학이라는 이름 아래 민족 전체의 삶을 총체적으로 형상화할 수 있는 방법이 모색되기도 한다.

> 우리는 전통의 발견이나 발굴에 동서분주할 필요는 없다. 또 전통의 '알리바이'를 역설할 필요도 없다. 문제는 몇 세대 후의 사람들에게 우리가 겪은 바와 같은 빈곤의 탄성을 다시는 발하지 않도록 하는 데에 있을 것이다. 이런 의미에서 우리의 과업은 오히려 미래의 수확을 위한 시초 작업을 수행하는 데에 있을지도 모른다. 사실 크게 보아 현금의 우리 작업은 처녀지 개간의 기초 작업일지도 모른다.[3]

한국문학 전통의 불모성을 내세우고 있는 유종호의 주장은 역사적 전통의 계승이 아니라 새로운 전통의 창조에 역점을 두고 있다. 이 같은 주장은 토속적 전통이라든가 전통적 정서 등을 강조해 온 전통론자들과 대

---

3 유종호, 「전통의 확립을 위하여」, 『비순수의 선언』(신구문화사, 1973), 239쪽.

립하면서 1960년대 중반 이후 더욱 폭넓게 확산되고 있다. 그렇지만 여기에서 주목해야 할 것은 당대 비평이 결코 전통의 부정론으로만 치닫지 않고, 오히려 폐허 위에서 전통의 새로운 창조를 꿈꾸고 있었다는 사실이다. 1950년대 중반부터 관심사가 되었던 실존주의에 대한 논의나 그 경향이 휴머니즘의 부박한 변형처럼 보인다거나 문학적 자기 인식의 불철저를 드러내는 것처럼 생각되고 있음을 염두에 둔다면, 당시의 전통에 대한 관심의 참뜻이 무엇인지를 쉽게 짐작할 수 있을 것이다.

이 시기에 쟁점으로 등장한 한국문학의 전통에 대한 논의[4]는 한국전쟁 이후 문학이 빠져든 혼란과 갈등에 대한 비판적인 인식에서 비롯되었다. 물론 문학에서의 전통이 가지는 의미와 그 성격에 대한 서로 다른 관점이 충돌하기도 했지만, 한국 문화 전반에 걸친 역사적인 재인식이 전통의 단절과 계승이라는 차원에서 새롭게 요구된 것은 주목되는 일이다. 문학의 전통에 대한 논의 가운데 가장 첨예한 갈등을 드러내었던 것은 한국 근대문학의 위상을 어떠한 각도에서 이해할 것인가 하는 문제이다. 근대문학의 형성과 그 발전 과정 자체를 서구적인 것의 수용과 그 영향 속에서 이해하고자 하는 단절론의 관점은 근대문학의 형식과 그 발상법의 서구적 요소를 중시하고 있다. 하지만 이러한 관점의 문제성은 특히 한국 근대시의 경우에 분명하게 드러난다. 한국의 근대시는 형식 면에서 서구적인 자유시의 영향을 받았다 하더라도, 시 형식을 지탱하고 있는 운율과 어법 자체가 전통적인 기반에 서 있음을 확인할 수 있었기 때문이다. 현대문학의 전통에 대한 논의는 단절과 계승이라는 두 측면의 역사적 통합을 통해 그 갈등을 벗어나면서 한국문학의 특수성과 보편성

---

4 전통론과 관련하여 다음과 같은 글들이 주목된다. 조윤제, 「현대문학의 전통론」, 《자유문학》(1958. 5). 문덕수, 「전통과 현실」, 《현대문학》(1959. 4); 유종호, 「우리 문학 전통의 확립」, 《세계》(1960. 3); 김현, 「한국문학과 전통의 확립」, 《세대》(1966. 2), 조동일, 「전통의 퇴화와 계승의 방향」, 《창작과비평》(1966. 여름).

이라는 새로운 미학적 범주를 끌어들이기도 한다. 그리고 한국 현대문학사의 기술에 대한 반성을 제기함으로써, 새로운 문학사 연구의 가능성을 열어 놓는 것이다.

### (2) 산업화 과정과 민족문학의 재인식

한국 사회의 산업화 과정에서 나타나고 있는 여러 가지 변화를 놓고 볼 때, 1970년대 벽두부터 문단의 새로운 쟁점으로 등장한 민족문학에 대한 논의[5]가 우선 주목된다. 민족문학에 대한 논의는 한국 현대문학에서 문학을 통한 사회, 역사적 인식의 확대와 주체적인 논리 추구라는 비평사적인 의미를 지닌다. 민족문학에 대한 비평적 관심은 1960년대의 순수, 참여론이나 전통론이 갖는 도식적인 논리를 넘어서면서 등장한다. 그리고 1970년대 초반에 이미 그 본질과 방향에 대한 논의가 평단의 다양한 관심 속에서 점차 핵심적인 과제로 자리 잡고 있다. 염무웅, 백낙청, 신경림, 임헌영 등에 의해 적극화되기 시작한 민족문학론은 김현, 이형기, 천이두, 김주연 등의 소극적인 견해를 수렴하면서 자체의 논리를 정비하게 된다.[6]

---

5 민족문학론의 전개 양상은 성민엽 편, 『민중문학론』(문학과지성사, 1984); 김주연, 「민족문학론의 당위와 한계」, 《문학과지성》(1979. 봄); 최원식, 「70년대 비평의 향방」, 《창작과비평》(1979. 겨울) 등을 참조할 수 있다.

6 1970년대 초기 문단에서 제기되고 있는 민족문학에 대한 논의 가운데에서 쟁점이 될 만한 요건을 지니고 있는 글은 다음과 같다. 김현, 「민족문학 그 문자와 언어」, 《월간문학》(1970. 10); 이형기, 「민족문학이냐, 좋은 문학이냐」, 《월간문학》(1970. 10); 염무웅, 「민족문학, 이 어둠의 행진」, 《월간중앙》(1972. 3); 조동일, 「가면극과 민중의식의 성장」, 《창작과비평》(1972. 여름); 김동리, 「민족문학에 대하여」, 《월간문학》(1972. 10); 신경림, 「문학과 민중」, 《창작과비평》(1973. 봄); 임헌영, 「민족문학의 명칭에 대하여」, 《한국문학》(1973. 11); 백낙청, 「민족문학 이념의 신전개」, 《월간문학》(1974. 7).

민족문학론의 핵심적인 요건은 백낙청[7]에 의해 그 기본 개념과 방법이 제시된 바 있다. 백낙청은 민족문학의 개념을 철저히 역사적인 성격의 것으로 규정했다. 즉 민족문학의 주체가 되는 민족이 있고, 그 민족의 온갖 문학 활동 가운데에서 그 민족의 주체적 생존과 인간적 발전을 위해 요구되는 문학을 민족문학이라고 개념화한 것이다. 그는 민족문학의 개념을 고수하도록 요구하고 있는 구체적인 민족적 현실을 중시하고 있다. 그리고 민족문학은 그 역사적 실체가 식민지 체험 속에서 성장한 반봉건 반식민지의 민중적 의식의 문학적 표출을 통해 구체적으로 드러나고 있기 때문에, 그와 같은 전통 위에서 민중적 의식을 반영할 뿐만 아니라 민족 생존권의 수호와 함께 민중의 각성된 인식과 실천을 이끌어 갈 수 있는 특유의 능동성을 지니지 않으면 안 된다고 주장한다. 특히 민족문학의 성립에 필수적으로 따르는 자기 인식과 자기 분열 극복 작업이 반드시 전제되어, 민족문학이 세계문학으로서의 선진성을 획득해야 한다는 것이다. 이 같은 백낙청의 주장은 당시 문단에서 일어나고 있던 민족주의 논의의 관념성과 보수성을 비판하면서, 문학적 보편성에 집착하는 자유주의적인 견해의 비현실적인 속성도 지적하고 있는 것으로 보인다. 그의 민족문학론은 역사적인 개념으로서의 민족적 현실 인식과 문학적 가치 문제에 대한 접근을 통해 기존의 민족문학론이 갖는 개념상의 모호성을 충분히 제거하고 있다.

　그러나 이 같은 개념상의 규정과 성격 제시에도 불구하고, 민족문학론의 문학적 실천 방법과 그 주체로서의 민족이니 민중이니 하는 말의 개념에 대해서는 논란이 거듭된 바 있다. 민족문학론의 논리적 전개 과

---

7 백낙청의 평론집 『민족문학과 세계문학』 I, (1978), 『민족문학과 세계문학』 II, (1985), 『인간 해방의 논리를 찾아서』(1979) 등에서 그 논리적 전개를 확인할 수 있다.

정은 민족문학의 방법과 그 실천 방향에 대한 논의로 이어진다. 이 단계에서 주목되는 것은 민족문학의 방법으로서의 리얼리즘론과 민족문학을 보는 관점으로서의 제3세계 문학론, 문학적 실천의 주체로서의 민중론의 확대이다. 백낙청의 경우, 방법으로서의 리얼리즘론과 관점으로서의 제3세계 문학론 그리고 주체로서의 민중론을 모두 민족문학의 틀 속에 포괄시키고자 하는 태도를 견지하고 있다.

민족문학의 실천적 방법으로서의 리얼리즘론은 현실적인 삶에 근거한 경험적 진실의 추구라는 합의에 어느 정도 도달한다. 그리고 이 시기의 시와 소설의 문학적 성과를 통해 그 특징이 구체화되고 있다. 산업화시대의 소설은 사회 현실의 긴장에 대응하는 가장 개방적인 문학 형식으로서 리얼리즘론의 방향을 적극적으로 실천에 옮긴 영역에 해당된다. 소설은 산업화 과정 속에서 나타나는 사회적 갈등에 대한 비판적인 인식과 분단 상황에 대한 역사적인 재해석 작업에 주력하고 있다. 1970년대 이후의 산업화 과정은 경제의 급격한 성장을 가져오긴 했지만 사회적으로 빈부의 격차, 소외 계층의 증가, 농촌의 궁핍화 등의 부정적인 부산물을 낳았다. 게다가 정치체제의 폐쇄성에 기인한 사회적 불안과 인간관계의 왜곡 등이 문제적인 상태로 노출된다. 최일남, 이문구, 박태순, 황석영, 윤흥길, 조세희 등의 소설 작업은 도시 변두리의 빈민, 노동자 계층의 삶과 피폐해진 농촌의 현실을 고발하면서 진정한 인간적인 삶에 대한 요구를 문학으로 형상화하고 있다. 소설을 통한 분단 상황의 재인식을 가능하게 만들어 준 전상국, 이동하, 김원일, 유재용, 현기영, 조정래 등의 소설은 한국전쟁 이후 한국소설에서 금기 지대로 지목되어 왔던 이데올로기의 실체를 자기 체험의 세계에서 끌어내 보여 주고 있다. 이러한 소설적 성과는 소설 양식 자체의 인습적인 틀에 더욱 자유로운 형식을 부여하려는 노력과 이어짐으로써, 중편소설 형식의 장르적 가능성을 확립하고, 연작소설의 이

완적 형태가 갖는 현실적 대응 방식도 일반화시키기에 이르는 것이다.

한편 시문학의 경우에도 소설의 영역에서 볼 수 있었던 리얼리즘의 정신적 지향에 따라 현실 비판과 저항 의식의 시적 형상화 과정에서 일정한 성과를 획득하고 있다. 고은, 김지하, 신경림, 조태일, 최하림, 이성부, 정희성 등은 1960년대 시단에서 김수영, 신동엽 등이 추구했던 현실 지향적인 자세를 가다듬어 더욱 개성 있게 자기 시의 세계로 받아들이게 되었다. 이들의 경향은 시적 언어와 정신에 있어서의 관념성과 추상성을 배격하고 일상의 현실에 보다 가까이 접근하려는 노력이 보인다는 공통적인 특성을 지니고 있다. 이들 중의 일부 시인은 진취적인 시정신과 행동 의지를 직접적으로 표출한 경우도 있고, 시를 통해 일상적 현실에 보다 더 가까이 접근함으로써 시적인 정서의 민중적 공감대를 확대시키고자 한 경우도 있다. 또한 전통적인 판소리의 가락이나 민요 속에 담긴 민중적 정서를 현실 속에서 재창조하려는 시도를 계속해 온 경우도 있다. 이 같은 시인들의 노력은 1960년대 중반 이후에 양분되어 있던 시의 순수, 참여 문제를 시적 진실성의 추구라는 하나의 테마로 바꾸어 버림으로써 시대 상황에 탄력적으로 대응할 수 있는 시의 기반을 다져 놓았다.

민족문학론은 그 실천 방법으로서의 리얼리즘론과 조우함으로써 구체적인 문학적 성과를 거두었지만 가치론적 개념에만 치중했다는 비판도 제기되고 있다. 민족문학론이 하나의 미학적 논리로서 그 가능성을 입증하기 위해서는 '해야 한다'는 당위론적인 주장만을 강조할 수는 없는 일이다. 민족문학론은 그 역사적인 성격이나 가치론적 범주의 규정을 위한 보다 새로운 주체적인 문학적 관점을 요구하게 되었다. 박태순, 백낙청, 김종철, 구중서 등에 의해 새롭게 제기된 제3세계 문학론[8]은 가치

---

8 제3세계 문학론을 주장하고 있는 대표적인 글은 백낙청, 「제3세계와 민중문학」, 《창작과비평》(1979. 가

론의 범주에 묶여 있던 민족문학론을 문학적 관점의 문제로 전환시키는 역할을 하고 있다.

제3세계라는 말이 갖는 외연적 범주는 이념 체제상으로 보아 비동맹 국가를 중심으로 하며 경제구조와 산업자본의 발전 과정상으로 보아 개발도상의 국가를 통칭하는 것으로 되어 있다. 한국의 경우에도 물론 이 같은 일반화된 범주에 포함될 수 있을 것이다. 그런데 문제는 이 같은 개념적 인식이나 범주화가 아니라, 제3세계적 관점을 통해 가능한 자기 인식 방법의 변화이다. 한국의 문학과 역사와 현실을 제3세계적 관점에 의거하여 파악한다는 것은 강대국의 독점자본과 그 경제적 질서에의 종속화 현상을 비판하고 경제, 사회, 문화적인 영향권에서 벗어나려는 태도를 견지함을 뜻한다. 그리고 제3세계의 다른 국가들과의 공통적인 연대의식을 확보함으로써, 한국의 경제와 문화가 세계 인류의 역사 가운데 그 자체로서의 마땅한 임무와 위치를 점하고 있음을 인식하려는 노력을 계속한다는 뜻도 포함되어 있다. 민족문학에 대한 논의 자체가 민족적 현실과 역사적 조건이라는 특수성에 함몰되지 않고, 보편성의 결여를 극복할 수 있는 방법은 민족문학론을 어떤 관점에서 논의해 나아가느냐에 달려 있다.

제3세계 문학론을 주창하는 비평가들은 한국문학이 서구 선진국 문학에 대한 정신적인 종속을 극복하기 위해 서구 중심의 문학관에서 벗어나 제3세계적 관점을 확립하는 것이 필요하다고 역설하고 있다. 세계사적인 질서 속에서 한국 민족의 위치를 파악하고, 그 자주성과 독자성을 인정하면서 비슷한 위치의 제3세계 국가들과 국제주의적 유대를 유

___

을); 구중서, 「제3세계 문학론」, 《씨알의소리》(1979. 9); 김종철, 「제3세계의 문학과 리얼리즘」, 『한국문학의 현 단계』 1(창작과비평사, 1982); 박태순, 「문학의 세계와 제3세계 문학」, 『한국문학의 현 단계』 3(창작과비평사, 1984) 등이 있다.

지하는 새로운 세계관의 확립을 요구하고 있는 것이다. 하지만 민족문학론의 이 같은 제3세계적 관점으로의 전환은 별다른 논리적 진전을 보지 못한 것이 사실이다. 그 가장 큰 장애는 제3세계권의 문학에 대한 기본적인 이해를 가능케 할 문학적 자료를 제대로 갖추고 있지 못했다는 점을 손꼽을 수 있을 것이며, 그에 대한 관심도 매우 낮았다는 사실을 들 수 있을 것이다. 다만 1980년대에 접어들면서 비평의 주체화에 대한 논의가 제기되는 가운데 국문학 연구 방법의 주체적 전환이 관심사가 되고 있음은 민족문학론의 제3세계적 관점으로의 전환과 함께 시사하는 바가 크다.


### (3) 문학과 사회문화적 기반 확대

한국 사회는 산업화 과정에서 그 내재적 갈등이 민주화운동으로 수렴됨으로써 특이한 국가 발전 모델을 만들어 내었다. 하지만 한국 사회의 내부적 모순이 그 변화 과정에서 그대로 표출되기도 하였다. 1970년대 벽두부터 주목되기 시작한 경제개발의 성과는 그 외형적 성장에도 불구하고 막대한 외국 자본과 기술에의 의존을 피하기 어렵게 만들었고 경제적 토대의 취약성을 드러내었다. 더구나 산업화의 강력한 추진과 총력안보를 빌미 삼아 유신 독재 체제가 지속되고, 광주민주화운동 이후에도 한동안 군부 세력의 폭력적 정치 탄압이 지속되면서 지역적 계층적 갈등과 대립을 낳았다. 도시 노동 계층의 성장과 불합리한 삶의 조건에 대한 반발, 농촌의 소외와 지역 간 격차에 따른 갈등, 산업 시설의 확대와 공해 문제 등이 새로운 사회문제로 대두되기 시작했지만, 당시 통치권에서는 이 같은 문제들에 대한 합리적 대안을 모색하지 않고 강력한 통제로 일관함으로써 오히려 사태를 그르친 경우도 적지 않았다.

한국 사회의 산업화 과정에서 볼 수 있는 이 같은 정치 사회적 현상은 한국 사회의 변혁 과정 자체가 매우 불안전한 기반 위에서 이루어지고 있음을 말해 주는 것이다. 한국 사회는 이 시기에 지역 간 격차, 계층 간 갈등, 세대 간 대립이 사회규범과 질서와 가치를 통합해 나가기 어려울 정도로 심화되었다. 특히 편중된 지역 개발, 농촌의 문화적 소외 등은 지역감정을 야기하는 요인이 되었으며, 계층 간 격차는 사회의 민주적 발전에 장애가 될 정도로 벌어져 있었다. 더구나 이러한 갈등을 해소하는 데 기여할 수 있는 문화 활동도 권력의 횡포 속에서 크게 위축되어 있었다. 문화에 대한 개인의 순수한 욕구는 기회주의적이고 개인주의적인 것으로 내몰리고, 진보적인 문화 활동은 반체제운동으로 낙인찍혀 규제되곤 했다.

산업화 과정에서 드러난 사회 변화와 그 갈등 양상은 문학을 통해 다양한 방식으로 표출되었다. 1960년대 중반부터 관심사가 되었던 문학의 현실 참여 문제는 참여, 순수의 이분법적 대응 논리를 벗어나게 되었으며, 당대 현실의 문제와 문학의 지향을 둘러싼 민족문학론, 민중문학론, 노동문학론 등으로 이어지는 비평의 양상은 창작의 영역에도 직결되었다. 물론 이 모든 논의는 그 구심점을 민족문학론에 두고 있으며, 체제 저항적인 색채를 강하게 드러내고 있는 것이 특징이다. 소설의 경우 주제 의식의 측면에서 볼 수 있는 사회적 관심의 확대라든지 그 장르적 측면에서의 장편화 추세 등은 모두 리얼리즘에 대한 평단의 논의를 충분히 뒷받침하고 있으며 산업화 과정에서 빚어진 사회적 모순에 대한 소설적 인식이 가능했음을 말해 주고 있다. 시의 경우에도 관념적인 세계로부터의 탈피를 꾀하면서, 일상적인 경험적 현실에 접근하여 체험적 진실성을 추구하려는 노력이 두드러졌다. 이는 소설의 특징과 비슷한 경향을 보여 주는 것이라고 하겠다. 이러한 문학적 경향은 개인과 현실, 더 나아가서는 인간과 사회의 균형 있는 발전과 조화를 추구하는 정신적 노력에 해당되는 것으로 그 문학사적 의미를 충분히 인정할 수 있다. 특히 정치적인 측면에서 이른바 유신 체제를 표방했던 통치 권력의 횡포와 그 뒤에 이어진 불안정한 사회 현실에 대응하기 위해 문학은 자유에 대한 신념을 과격하게 내세워야 했으며, 사회적인 측면에서 산업화 과정의 모순을 비판적으로 인식할 수 있도록 하기 위해 계층적 갈등과 대립을 화해의 장면보다 더욱 강조하지 않을 수 없었다. 더구나 통속적인 대중문화의 범람 속에서 진정한 문학의 위치를 고수하기 위해 지나치게 근엄하고자 했고, 값싼 상업주의적 유혹을 뿌리치기 위해 더 큰 목소리로 호령해야만 했다. 이 시기의 문학에서는 주제의 치열성만 돋보이고, 기법의 과격성이 눈에 거슬리는 경우가 많은 것은 모두 이러한 이유에 기인한다. 다음과 같은 몇 가지 특징은 산업화 과정의 사회 변화에 대응하여 극적인 긴장 관계를 드러내고 있었던 문학의 전개 양상과 그 성격을 말해 준다.

첫째, 문학의 사회적 확대는 이 시기의 문학이 보여 준 중요한 성과 중 하나이다. 문학 작품의 생산이라는 측면에서 볼 때, 이 시기에는 다양한 문학인들이 등장하고 성장했다. 특히 해방 이후 정상적인 교육 과정을 거쳐 성장한 이른바 '한글 세대'라는 새로운 문학 세대의 등장은 문학적 감성의 깊이만이 아니라 문학적 의식의 높이에 있어서도 기존 문단 세력을 압도한다. 이들의 언어적 감성은 해방 이후 한글을 통한 교육의 성과를 말해 주는 것이라고 할 수 있으며, 이들의 의식은 분단 시대를 살아온 자기 체험의 영역을 보편화하는 노력으로 가열된다. 문학 작품의 생산 못지않게 그 수요의 영역에서도 사회적 확대가 이루어진다. 소설의 대중적인 독자가 증가되면서 통속물이 아닌 본격문학 작품이 많은 독자를 끌어모으고, 시집의 간행이 활발하게 이루어진다. 문학이 삶의 한복판에서 보다 치열하게 비속성에 대항해야 한다는 주장도 나오고, 사회적 갈등과 분열을 정신적으로 극복해야 한다는 견해도 제기된다. 문학적 주장과 신념이 사회적인 영역으로 확대된 경우는 이 시대의 문학에서 얼마든지 확인해 볼 수 있다.

둘째, 정치 사회의 완강한 권력 구조에 대응하여 인간 정신의 개방을 추구하는 데 상당한 관심을 기울였다. 이러한 현상은 산업화의 당위성을 내세우면서 민족사회 내부의 모순을 외면해 온 정치권력의 횡포에 대한 문학의 비판적 기능이 사회적으로 확대되면서 더욱 촉발되고 있다. 그리고 여기에서 문학이 1970년대 이후 민주화운동의 한복판에 자리하게 된다. 문학의 사회적 관심과 그 접근 방법에 있어서는 민족문학론의 비평적 정론성도 크게 작용한다. 그 결과 이 시기의 진보적인 이념을 대변했던 문학작품은 대부분 가난한 농민, 소외된 노동자들의 삶을 주로 다루면서 소재가 고정되고 주제가 이념화되는 현상도 나타나게 된다. 물론 이러한 현상은 정치 사회적 폐쇄성에 직접적으로 대결하기 위한 의지에서 비롯되었다는 점을 인정해야 한다.

셋째, 문학적 자기 인식과 그 사회적 확대의 과정을 통해 분단의 상황을 극복해 나아갈 수 있는 민족문학의 정립 가능성을 확보했다는 점이다. 이 시기의 문학적 주제로 관심의 대상이 된 것은 민족문학에 대한 논의이다. 민족문학론은 기왕의 순수 논의나 전통론의 허구에서 벗어나 민족의 역사적 조건과 현실적 상황에 대한 문학적 인식을 문제 삼는 것에서 출발한다. 여기에서 식민지 지배의 질곡과 분단의 비극으로 이어지는 현대사 체험이 민족문학의 역사적 조건으로 중시된다. 특히 민족의 동질성 회복과 민족의 삶에 대한 총체적인 인식이 문학을 통해 요구됨으로써, 분단에 의해 훼손된 민족 공동체 의식을 회복하기 위한 노력이 이루어진다. 이러한 역사 체험에 대한 비판적 인식과 반성적인 정리의 노력이 분단 극복의 정신을 구현하는 문학으로 자리 잡게 된다. 뿐만 아니라 문학사 자체에 대한 반성과 근대문학 형성 과정에 대한 새로운 논의가 제기되면서 문학사의 정리 작업이 활발하게 이루어졌다. 1980년대 후반의 민주화 과정에서 이루어진 월북 문인들의 작품에 대한 해금 조치는 이데올로기의 선택과 연관하여 정치적인 규제의 대상이 되었던 문학의 금기 지대를 제거하는 획기적인 계기가 되었다. 이와 같은 여러 방면의 성과는 민족문학의 주체적인 자기 정립을 위한 노력으로 집결됨으로써, 이 시기의 문학이 문학사의 중요한 단계로 기록될 수 있는 가능성을 확보하게 된 것이다.

여기에 한 가지 더 덧붙여야 할 것은 산업화 시대의 문학에서 다양한 비평적 담론의 공간이 되었던 '문예지의 시대'가 이 시기에 긴장감 있게 열리게 되었다는 사실이다. 이 시기의 정치 사회적 억압의 상황을 생각한다면, 종합 월간 문예지로《현대문학》을 비롯하여《문학사상》과《한국문학》의 창간, 그 후의《문학정신》의 등장은 주목하지 않을 수 없다. 그리고 인문학과 사회 과학의 영역에서 이루어진 다양한 담론의 공간을 제공하면서 계간지 시대를 열어 준《창작과 비평》,《문학과 지성》,《세계의 문학》,《현상과 인식》,《문예중앙》등이 등장하였으며, 1980년대에는《실천문학》,《문학과 사회》,《문학과 비평》등이 창간되어 그 창작적 성과와 비평적 논의를 곧바로 독자들에게 전달될 수 있었던 점도 주목할 만한 일이라고 하겠다. 이 다양한 문예지들은 문학이 보다 치열하게 삶의 한복판에 나서야 한다는 요구를 통해 독자와 공감대를 형성하면서 정치 사회의 독단과 폐쇄성에 대응하였다.

## 2 산업화 시대 소설의 대중적 확산

### (1) 주제와 기법의 변주

#### 감성의 세계와 관념의 주제

한국 현대소설은 산업화 과정의 격동을 거치는 동안 소설적 상상력의 사회적 확대를 다양한 방식으로 보여 주었다. 소시민의 삶과 그 내면 의식의 추구에 집착했던 소설의 관심이 1970년대 초반부터 더욱 외적인 방향으로 확대되고 있으며, 현실에 대응하는 작가 정신이 사회적 상상력으로 충일되고 있음을 쉽게 확인할 수 있다. 여러 사회계층의 다양한 삶의 모습이 소설을 통해 구체적으로 재현되면서 인간관계의 불합리한 조건과 그 속에서 일어나는 문제들이 사실적으로 형상화된다. 이 시기에 새롭게 등장한 작가들은 해방을 전후한 시기에 태어나 소년기에 한국전쟁을 경험했고 한국어 교육을 받으면서 문학적 감각을 키운 세대다. 이 새로운 세대의 작가들을 '한글 세대'라고 할 수 있는데, 이들은 산업화 과정에서 야기된 사회적 쟁점이나 개인적 문제들을 집요하게 추적한다. 그러므로 이 시기의 소설은 단순한 문학 양식의 차원을 넘어서서 인간적인 삶에 대한 욕망을 중시함으로써, 사회 현실 전반을 포괄하는 생명력을 획득하고 있다.

김승옥[9]의 등장은 1960년대 신세대 문학 활동의 첫 장면에 해당된다. 그의 문학은 "허위의 타파를 외치다가 자기에 대한 정당한 인식을 못하고 마침내 허세의 포즈로 떨어져 버린 1950년대 문학이 1960년대에 들어와서 문학에서의 현실의 의미부터 전면적으로 새로이 검토되는 국면으로 들어가도록 만든 계기를 이루고 있다."[10]라고 평가되기도 한다. 1960년대 문학의 독자적 성격을 강조하고자 하는 평자들에게 김승옥은 여러 가지 새로운 문학적 규범을 제공하고 있는 셈이다. 실제로 「생명 연습」(1962)을 기점으로 하는 그의 소설은 전쟁 체험으로 인한 의식의 위축 상태를 밀도 있게 보여 줌으로써 전후 세대의 문학이 안고 있는 문제를 외면하지 않고 있음을 확인할 수 있다. 「무진기행」(1964)에서도 안개로 표상되는 허무 의식의 뿌리가 전란의 체험에 이어지고 있다. 김승옥의 작가적 감성은 「서울, 1964년 겨울」(1965)에서부터 「야행(夜行)」(1969)으로 이어지고, 「60년대식」(1968)과 같은 중편소설로 통합된다. 그가 관심을 기울이는 개인의 삶과 그 존재의 양상은 소시민적인 욕구로 일관된다. 그러므로 소설적 주제 자체도 트리비얼리즘(trivialism, 말초주의)으로 빠져드는 듯한 인상을 주기도 한다.

---

9  김승옥(金承鈺, 1941~ ). 일본 오사카 출생. 1954년 귀국하여 전남 순천에서 성장. 서울대학교 불문과 졸업. 1962년 《한국일보》 신춘문예에 단편 「생명연습」이 당선. 김현, 최하림 등과 동인지, 《산문시대》 창간. 샘터사 편집장, 세종대학교 국문학과 교수 역임. 동인문학상, 이상문학상, 대한민국예술원상 수상. 소설 「무진기행」(1964), 「서울, 1964년 겨울」(1965), 소설집 『서울, 1964년 겨울』(1966), 장편소설 『60년대식』(1976), 『강변부인』(1977) 출간. 『김승옥 소설 전집』(1995) 발간.

10 김주연, 「60년대 소설가 별견」, 김현 외, 『현대 한국 문학의 이론』(민음사, 1972), 271쪽.

소설「무진기행」은 김승옥의 초기 문학 세계를 집약적으로 보여 주면서 동시에 그것을 넘어서고자 하는 개인적인 의욕을 담고 있다. 이 작품의 내면 구조는 작가의 자기 확인 과정과 동궤를 이룬다. 귀향의 모티프를 활용하고 있는 이 작품에서 주인공의 의식의 추이는 일상의 현실과 그로부터의 일탈이라는 내면적인 갈등으로 요약할 수 있다. 소설의 주인공이 겪었던 전쟁의 상처, 고향으로부터의 탈출, 고통스러운 성장 과정, 일상적 현실 속의 안주 등은 이 작품 서두의 의식의 흐름 속에 겹쳐 있다. 주인공은 자기의식의 내면에 겹쳐 있는 이 숱한 장면들을 하나씩 넘기면서 자기를 확인하기 위한 귀향의 길에 오르게 된다. 그러나 주인공의 귀향은 결코 고양된 자기 인식의 경지에 이르지 못한다. 일상의 현실은 고향에도 마찬가지로 자리 잡혀 있기 때문이다. 소설의 주인공이 결국 서둘러 자신의 일상의 공간으로 돌아오고 만다. 자기 확인이 아닌 일상성의 확인이라는 소설적 테마가 여기에서 표출되고 있다. 결국 이 작품은 개인의 추억이라든지 꿈과 낭만이 제대로 용납되기 어려운 일상적 삶의 공간에서 기호화되고 개별화된 삶을 살아야 하는 현대인의 모습을 형상화하고 있다. 이 작품 속에 그려지는 한 개인의 탈향과 귀향의 과정은 '무진'이라는 고향과 '서울'이라는 일상의 공간 사이를 이어 주는 것이지만 주인공은 결코 일상의 공간을 넘어서지 못한다.

　「서울, 1964년 겨울」에는 세 명의 사내가 등장한다. 이들은 각기 다른 양태의 삶을 살고 있지만 한 가지 공통점을 가지고 있다. 모두가 도시 문명의 거대한 질서로부터 소외되어 있고 그 소외로부터 짙은 절망감과 권태를 느끼고 있다는 점이다. 이들은 행복한 삶을 살면서 사회의 발전에 기여하고 싶어 하지만 그 소망을 이루지 못한다. 이들이 현실에 뛰어들어 사회 발전에 기여하기 위해서는 자신의 행복을 포기해야 하며, 자기 명예나 이름을 버린 익명적인 존재로서 기표화되어야 한다. 그러나 각자가 개인의 창의성이나 개성을 실현해 나갈 수 있는 행복한 삶을 살기 위해서는 기표화된 존재이기를 거부해야 한다. 이런 상황 속에서 세 인물이 선택할 수 있는 길은 오직 절망과 권태를 견디는 것뿐이다. 이 소설이 초점을 맞추고 있는 것은 이 절망과 권태를 넘어서기 위해 세 인물이 벌이는 아무 의미없는 놀이이다. 이 무의미한 놀이의 공간을 소설적으로 포착하여 그 삶에 대한 환멸을 그려 내는 것이 이 작품의 주제가 된다.

김승옥의 소설은 대체로 개별적 주체의 일탈이나 꿈과 낭만을 용인하지 않는 일상적 삶의 질서에 대한 비판 의식을 그 내용으로 하고 있다. 삶의 가치와는 관계없이 제도화된 관념 체계, 현실성이 없는 윤리 감각, 그리고 반복되는 일상으로부터 일탈하려는 개인적 욕망이 그의 소설의 참주제를 형성한다. 김승옥의 초기 소설에서는 이 같은 개인적 욕망과 열정이 현실을 압도하고 있기 때문에 낭만적 색채가 강하다. 「환상수첩」(1962), 「생명 연습」(1962) 등의 초기 소설은 환각이나 환상을 좇는 삶 혹은 현실을 초월한 삶에 대한 강렬한 동경이 두드러진다. 그러나 소설 「무진기행」 이후부터 삶에 대한 환멸과 허무가 오히려 강조된다. 「서울, 1964년 겨울」, 「염소는 힘이 세다」(1966), 「야행」, 「서울의 달빛 0장」(1977) 등에서 볼 수 있는 인간의 모습이 바로 이에 해당한다. 김승옥이 1960년대 후반에 이르러 일상의 한복판에 빠져 소설적 형상화의 한계를 맞이한 것은 자기 감성에의 함몰 때문일 수도 있고, 이 작가의 감성이 더 이상 용납되기 어려워진 현실 상황 때문일 수도 있다. 그렇지만 김승옥은 개인의 감성에 의해 포착되는 현실의 문제를 치밀하게 묘사함으로써 전후소설이 지니지 못했던 독특한 문체의 감각을 산문 속에 살려 놓았다. 이러한 성과는 스타일리스트로서의 김승옥을 논하고자 할 경우에 우선적으로 지목되는 특징이기도 하다.

이청준[11]은 김승옥과 비슷한 시기에 문단에 나왔지만 그 소설적 경향은 김승옥과는 대조적이다. 감성의 작가로서 김승옥을 말한다면, 관념의 작가로서 이청준을 지목할 수 있다. 김승옥의 소설에서 감촉되는 치밀하고도 세련된 언어의 감각은 이청준 소설의 단단한 문체에서는 느끼기 어려운 점이다. 이청준은 소설 쓰기를 '자기 구제의 몸짓'이라고 말한 바 있다. 여기에서 자기 구제라는 것은 두 가지 의미를 갖는다. 하나는 글쓰기의 본질적 의미에 대한 질문과 대답이며 다른 하나는 자신의 존재를 규정하는, 더 나아가 인간의 존재를 규정하고 있는 내외적 조건들에 대한 성찰이다. 이러한 그의 태도는 소설이라는 언어와 언어 그 자체에 관한 반성을 낳고 있다.

이청준은 감성의 언어가 아니라 이지의 언어로 소설을 쓴다. 그는 「병신과 머저리」(1966), 「과녁」(1967), 「매잡이」(1968) 등에서 현실과 관념, 허무와 의지 등의 대응 관계를 구조적으로 파악한다. 그는 경험적 현실을 관념적으로 해석하고 상징적으로 표현하는 경향이 강하다. 그의 진지한 작가 의식이 때로는 자의식의 과잉으로 나타나기도 하지만, 그의 소설 작업은 1970년대 이후 한국 사회의 급격한 변화를 소설의 형태 속에 구도화하여 보여 주고 있다. 그는 지적이면서도 관념에 빠져들지 않으며, 현실 세계의 부조리와 불합리를 냉정하게 포착하여 자신의 독특한 소설 구도 속에 담아 놓음으로써 1970년대 소설의 정점에 자신의 위치를 고

---

11 이청준(李淸俊, 1939~2008). 전남 장흥 출생. 서울대학교 독문과 졸업. 1965년 《사상계》 신인문학상에 단편소설 「퇴원」 당선. 동인문학상, 이상문학상 수상. 소설집 『별을 보여 드립니다』(1971), 『소문의 벽』(1972), 『매잡이』(1980), 『비화밀교』(1985), 장편소설 『당신들의 천국』(1976), 『낮은 데로 임하소서』(1981), 『쓰여지지 않는 자서전』(1985), 『자유의 문』(1989) 등 출간. 『이청준 전집』(2015) 발간. 참고 문헌: 김주연, 「사회와 인간」, 《문학과지성》(1976. 가을); 정명환, 「소설의 삼차원」, 《세계의 문학》(1979. 가을); 김치수, 「모색의 언어, 탐구의 소설」, 《문예중앙》(1981. 여름); 신동욱, 「진실을 탐색하는 이야기꾼」, 《현대문학》(1981. 12); 권오룡, 『이청준 깊이 읽기』(문학과지성사, 1999).

정시키게 된다. 이청준이 「소문의 벽」(1971), 「조율사」(1972), 「떠도는 말들」(1973), 「당신들의 천국」(1976) 등에 이르기까지 지속적으로 관심 대상으로 삼고 있는 것은 정치 사회적인 메커니즘과 그 횡포에 대한 인간 정신의 대결 관계이다. 특히 언어의 진실과 말의 자유에 대한 그의 집착은 이른바 언어 사회학적 관심으로 심화되고 있다. 그는 이러한 작업을 거치면서 「잔인한 도시」(1978)에서 닫힌 상황과 그것을 벗어나는 자유의 의미를 보다 정교하게 그려 내기도 하고 「살아 있는 늪」(1979)에서는 현실의 모순과 그 상황의 문제성을 강조하기도 한다. 그렇기 때문에 그의 소설은 사실성의 의미보다는 상징적이고도 관념적인 속성이 강하게 나타난다.

소설 「소문의 벽」은 삶의 진실을 말할 수 있는 자유가 허용되지 않는 현실 상황에서 작가가 글을 쓰는 것이 무엇을 의미하는 것인가를 질문한다. 소설의 주인공은 소설가이고, 그는 억압된 상황과 작가의 사명사이에서 절망한 후, 일체의 진술을 거부하는 의식의 병리 현상을 겪고 있는 인물이다. 소설의 이야기는 이 주인공의 정신적 병리 현상을 분석하면서 그러한 현상의 원인을 찾아내는 과정으로 이어진다. 이 소설은 진실이 거부되고 거짓된 언어가 인간의 의식을 마비시키고 있는 당대적 상황, 말의 자유가 차단되고 닫혀 있는 현실에서 볼 수 있는 사회 병리적 현상을 인간 의식의 병리 현상을 통해 상징적으로 드러내고 있다.

「잔인한 도시」는 상황성과 대립되는 자유의 개념을 우의적으로 포착하고 있는 작품이다. 교도소를 출감한 노년의 사내가 교도소 길목을 빠져나와 공원 어귀에 이른다. 거기에는 새장 속에 든 참새를 파는 젊은 사내가 있다. 사람들은 그 참새를 사서 날려 준다. 말하자면 새를 방생하는 것이다. 사내는 새장을 빠져나와 비상하는 새의 모습을 감동 어린 눈으로 지켜본다. 그러고는 그도 공원에 떨어져 있는 잔돈을 주워 새를 사서 날린다. 이 작품에서 작가는 아주 단조로운 등식을 이야기에 적용시키고 있다. 새장 안에 갇혀 있다가 숲속으로 날아가지만 교활한 주인의 손을 벗어나지 못하는 새의 형상이 바로 늙은 사내의 처지에 대비된다. 그러나 작가는 이 같은 일차적인 대비에 머무르지 않고 조작된 개념으로서의 자유에 대해 반문한다. 소설에서 새의 비상은 사내가 동경해 온 자유를 의미했다. 그러나 새의 비밀을 알아낸 종반부에서는 사내에게 새가 더 이상 자유로움의 표상일 수 없다. 그것은 이미 사내의 손을 벗어날 수 없는 운명인 초라한 미물일 뿐이며, 출감한 이후에도 마땅히 갈 곳을 정하지 못한 자신의 모습과 동일한 것이다. 그 사내는 아들을 기다리고 있다고 했으나 아들은 오지 않는다. 그는 자기 스스로 자유를 찾아 나선다. 새와 함께 남쪽의 따뜻한 고향을 향해 내려가는 것이다. 그러나 그 고향이 진실로 존재하고 있는지, 그곳이 진실로 따뜻한 곳인지 등의 문제는 이미 중요치 않다. 불구의 새를 품고 있는 노인의 가슴이야말로 바로 따뜻한 곳의 근원이며, 그의 출발 자체가 자유를 뜻하는 것이기 때문이다.

「당신들의 천국」은 1970년대의 정치 사회적 현실을 패러디하면서 공동체의 구성원들에게 상호 신뢰와 사랑이 왜 필요한 것인지를 지적한다. 이 소설은 한센병 환자들을 집단 수용하고 있는 소록도를 무대로 벌어지는 이야기이며 3부로 구성되어 있다. 「당신들의 천국」에서 주목되는 것은 '죽음의 섬'을 '천국'으로 부활시키기 위해 노력하는 병원장 조백헌의 의지와 노력, 그리고 이를 의심하고 반대하며 지시를 거부하는 사람들 사이의 갈등과 그 극복의 과정이다. 소록도 공동체의 구성원들과의 진정한 교감 없이 병원장 혼자서 일방적으로 추진하는 모든 일들은 구성원에게 불신의 대상이 되고 만다. 아무리 순수한 의도와 올바른 신념에 따르는 것이라 하더라도 자기 신념을 일방적으로 강요하고 위로부터 억누르면 결코 그 선한 의지를 제대로 구현할 수 없다. 이 평범한 논리를 확인하는 과정에서 이 소설은 두 가지의 길을 제시한다. 하나는 '나를 믿고 따르라.'라고 강요하다가 좌절하게 되는 병원장의 태도에 대한 자기반성이고, 다른 하나는 자신들에게 접근하는 모든 사람의 태도를 일단 의심의 눈으로 바라보고 불신하는 환자들의 태도에 대한 비판이다. 이 소설은 소통 부재의 공간에서 일방적으로 국민 전체를 경제개발의 과업 속으로 몰아갔던 1970년대 '유신 통치'의 개발 독재에 대한 하나의 패러디처럼 읽히기도 하지만, 공동체 구성원의 자발적 참여와 지지를 위해 필요한 것이 소통과 사랑이라는 것을 새삼 일깨워 준다. 서로에게 신뢰를 주고 사랑을 심어 줄 수 있는 상호 소통과 교감을 이루어야만 지도자와 그를 따르는 사람들이 하나가 되어 모두가 꿈꾸는 '천국'을 이룰 수 있다는 것이 이 소설의 참주제다.

이청준의 소설은 1980년대에 접어들면서 보다 궁극적인 인간 존재의 의미와 삶의 본질적 양상에 대한 천착에 힘을 기울이고 있다. 「낮은 데로 임하소서」(1981), 「시간의 문」(1982), 「비화밀교」(1985), 「자유의 문」(1989) 등에서 그는 인간 존재의 인식을 가능케 하는 시간의 의미에 집착을 보인다. 인간 존재와 그 구원의 의미에 대응하는 신앙의 과정을 소설적 형식을 통해 추구하는 새로운 경향은 인간 존재에 대한 믿음과 그 신념의 깊이를 확인할 수 있는 근거가 될 것이다.

「낮은 데로 임하소서」는 널리 알려진 대로 실재했던 기독교 교회 목사의 실화를 바탕으로 한 장편소설이다. 소설의 주인공은 평범한 일상인이었지만 자신에게 덮친 병마와 싸우면서 사랑하는 가족과 서로 떨어지는 고통을 겪는다. 하지만 그는 여기에서 좌절하지 않고 스스로 새로운 사람이 될 수 있는 가능성을 종교를 통해 찾게 된다. 그는 신학교를 졸업하고 자신과 같은 불우한 처지에 놓인 맹인들과 고통받는 이들을 돌보는 목회자로 거듭나게 된다. 그런데 이 소설은 종교적 이야기로서 구도의 과정 자체를 보여 주지는 않는다. 인간의 육체와 그 한계에 도전하면서 삶의 근본적인 문제에 대해 끈질기게 질문하고 그 보편적 가치를 새롭게 조명하고자 한다. 그러므로 이 소설의 주인공은 육신의 눈이 멀어 광명을 잃고 어둠의 세계에 갇힌 채 고뇌하면서 방황을 거듭하지만 종교를 통해 심령의 빛을 회복하고 영혼의 눈을 뜨게 된다. 그리고 더 나아가서는 온 세상을 밝게 비추는 마음의 빛을 찾게 되는 것이다. 이 소설은 「당신들의 천국」과 함께 현실에 실제 모델이 있는 것이지만 특히 기독교를 소재로 구원의 문제와 빛과 어둠의 주제에 천착하고 있다는 점에서 「자유의 문」까지 그 주제 의식이 이어지고 있다. 이것은 이청준의 소설적 시각이 상황의 극단에서 언제나 인간 의지의 승리라든지 인간 정신의 높은 각성을 부각시키는 데 주안점을 두고 있음을 말해 주는 특징이다.

이청준의 후기작 가운데 장편소설 「흰옷」(1994)과 「축제」(1996)는 이청준이 즐겨 다루었던 관념적 주제와는 일정한 거리를 두고 있다. 이 두 소설은 모두 남도의 풍물과 토속적 공간을 배경으로 한다. 「흰옷」의 경우는 한국인의 삶에서 가장 커다란 문제인 이념의 갈등 문제를 부성(父性)을 통해 새롭게 해석했다. 이와 달리 「축제」에서는 삶의 근간이 되었던 정과 한의 세계를 모성(母性)의 의미로 새롭게 풀이한다. 소설 「흰옷」의 서사 구조를 보면 그 근저에 민족 분단과 전쟁과 이념의 갈등 속에서 벌어졌던 처절했던 죽음의 장면들이 아픈 기억으로 남아 있다. 이를 해소시키기 위해 소설의 대단원에서 전란 속에 죽어 간 숱한 원혼들을 위한 위령제가 치러진다. 여기에서 그려지는 한 판의 굿과 사람들이 입은 '흰옷'이 지나간 이념의 대립과 살육의 전쟁을 새로운 역사를 위한 화해의 의미로 덮어 버린다. '흰옷'은 역사의 현장에서 원한을 풀어내고 서로를 용서하며 화해하고자 하는 새로운 감동의 힘을 발휘한다.

「축제」는 팔순 노모의 장례를 치른 이야기를 토대로 한 작품으로, 작가의 자전적 요소가 짙게 드러나 있다. 이청준은 단편소설 「눈길」을 비롯하여 많은 작품에서 그의 어머니에 대한 이야기를 소설적으로 바꾸어 놓은 바 있다. 소설 속의 주인공 이준섭은 이름이 알려진 작가인데 고향 집에서 5년이 넘게 치매를 앓고 계셨던 노모의 부음을 받는다. 이준섭은 시골집에 내려와 장례를 준비한다. 흩어져 살고 있던 가족 친척들이 모여들고 이웃 사람들도 문상을 온다. 일가친척들은 서로 지나간 일들에 대한 서운함과 노여움을 자기네 식으로 풀어내면서 서로 화를 내며 큰소리를 치기도 하고 말리기도 하며 밤을 보낸다. 그 가운데에는 이준섭이 시골에서 고생하는 노모를 제대로 모시지 않았다는 서운함도 포함되어 있다. 이 소란스러운 상가의 풍경 속에서 사람들은 망인을 기억하고 옛날 일들을 끄집어내면서 노모의 삶을 새롭게 부각시킨다. 장례를 마친 후 일가친척들이 모두 마당에 모여 기념사진을 찍는다. 어머니의 죽음을 통해 모든 가족이 한자리에서 서로 자기 속내를 드러내면서 얼굴을 붉히기도 하고 큰소리를 치기도 했지만 결국 모두가 서로를 용서하고 달래고 위로하면서 이야기를 마감한다. 죽은 이를 위한 장례식이 살아가야 하는 사람들의 새로운 출발을 위한 '축제'처럼 막을 내리고 어머니는 가족 모두의 마음속에서 인정의 꽃으로 다시 피어나는 것이다.

이청준의 소설에서 유별나게 드러나는 특징은 소설적 영역의 끊임없는 확대와 심화 과정이다. 그의 소설적 무대는 6·25와 같은 전쟁의 상황을 통과하기도 하고, 외톨박이 장인(匠人)의 폐쇄된 자기 세계에 주저앉아 있기도 한다. 평범한 직장인들의 일상적인 삶의 한복판으로 나서기도 하며, 글을 쓰거나 대학 강단에 서는 지식인의 서재 주변을 서성이기도 한다. 이러한 소재 영역의 다양성을 바탕으로, 그의 소설은 삶의 진실을 캐묻고, 인간의 존재 의미를 따지고, 예술의 본질을 문제 삼는다. 때로는 역사의 의미에 매달리고, 삶의 방식을 트집 잡고, 이념의 실체에 도전하고, 인습의 틀을 흔들어 놓는다. 다시 말해 소재 영역의 다양성이 곧 바로 그가 문제 삼고자 하는 소설적 주제의 다양성으로 이어지고 있다. 그런데 이청준의 소설이 우리의 관심을 모으는 것은 그가 다루는 소설의 소재나 주제의 문제에만 국한되는 것은 아니다. 그의 소설에는 소재의 속성에 알맞은 기법과 장치가 동시에 실현됨으로써 이야기의 틀과 윤곽이 언제나 새롭게 구현된다. 그의 소설의 성과는 결국 소설적 기법의 성과라고 말할 수도 있는 것이다. 이청준의 소설은 모든 이야기가 이미 있었던 사실로 이야기되는 것이 아니라, 새로운 삶의 장면으로 하나씩 펼쳐진다. 우리는 그의 소설 속에서 주인공의 삶이 창조되는 장면들을 접하게 되는 것이며, 바로 그 창조의 긴장 속에서 인간 존재의 깊은 의미를 짚어 보게 되는 것이다.

### 개인의 존재와 계층의 문제

1970년대 초반에 들어서면서 발표된 최인호[12]의 「타인의 방」(1971)과 황석영[13]의 「객지」(1971)는 산업화 시대의 새로운 소설적 경향을 예고하

---

12  최인호(崔仁浩, 1945~2013). 서울 출생. 연세대학교 영문과 졸업. 1967년 《조선일보》 신춘문예 소설 당선. 이상문학상 수상. 소설집 『타인의 방』(1974), 장편소설 『별들의 고향』(1973), 『도시의 사냥꾼』(1977), 『천국의 계단』(1979), 『지구인』(1980), 『고래사냥』(1983), 『겨울나그네』(1984) 등과 역사소설 『잃어버린 왕국』, 『길 없는 길』, 『해신(海神)』, 『상도』, 『유림(儒林)』 등 발표. 참고 문헌: 오생근, 「타인 의식의 극복」, 《문학과지성》(1974. 여름); 이보영, 「환상적 리얼리즘의 허실」, 《현대문학》(1980. 1); 김치수, 「개성과 다양성」, 《문학사상》(1982. 12).

13  황석영(黃晳暎, 1943~ ). 만주 신경 출생. 동국대학교 철학과 졸업. 1970년 《조선일보》 신춘문예 소설 당선. 만해문학상 수상. 소설집 『객지』(1974), 『삼포 가는 길』(1975), 『가객』(1978), 장편소설 『장길산』(1984), 『무기의 그늘』(1987), 『오래된 정원』(2000), 『손님』(2001), 『심청』(2004), 『바리데기』(2007), 『개밥바라기 별』(2008), 『강남몽』(2010) 등 발표. 참고 문헌: 천이두, 「반논리와 논리 ─ 황석영의 「삼포 가는 길」, 《문학과지성》(1973. 겨울); 김병걸, 「역사소설과 민중소설」, 《문학과지성》(1976. 가을); 오생근, 「황석영 혹은 존재의 삶」, 《문학과지성》(1978. 가을); 황광수, 「삶과 역사의 진실성 ─ 황석영의 「장길산」, 『한국문학의 현단계』 1(창작과비평사, 1982); 김병익, 「역사와 민중적 상상력」, 《예술과비평》(1984.

는 대표적인 작품에 해당한다. 황석영이 추구하는 세계는 개인과 사회의 조화로운 삶과 거기에서 구현되는 삶의 총체성의 의미이다. 이러한 문제의식은 당대에 새롭게 등장한 노동 계층에 대한 관심에서 기인한다. 황석영은 노동계급의 성장이나 상승 자체를 주장하는 이념주의자는 아니다. 그는 이 새로운 문제적 계층이 사회로부터 소외되지 않고 자신들의 삶을 건강하게 꾸려 갈 것을 소망한다. 그러므로 그는 소외된 노동자들이 겪는 고통을 한국 사회가 겪는 시대적인 아픔으로 간주하고 그들의 내면에 자리하고 있는 인간적인 진실과 삶에 대한 강한 의욕을 늘 강조한다. 최인호는 황석영의 접근 방식과 분명한 차이를 드러낸다. 그는 특정한 계층을 대상으로 하는 것이 아니라 인간 자체 또는 개별화된 주체로서의 개인의 문제를 고심한다. 산업화의 과정에서 등장한 개인의 소외 문제라든지 문화 자체의 대중화 경향과 그 소비주의적 성향 등이 어떻게 인간의 삶을 황폐하게 하는가를 주목한다. 그러므로 최인호는 현실 사회의 변화 과정에 절망하면서 타락하는 인간의 운명에 집요한 관심을 보인다. 이 같은 경향 때문에 최인호의 문학은 현실이나 역사의식과는 거리가 있는 일종의 개인적 도피 성향을 드러낸다. 특히 인간의 내적 불안을 예리하게 투사하고 있기 때문에 오히려 인간과 인간의 진정한 사회관계를 다분히 감상적이고 추상적인 감각으로 해소시키기도 한다.

한국 현대소설은 1970년대 이후 앞서 설명한 바 있는 '황석영적인 경향'과 '최인호적인 경향'으로 분화해 그 시대적 특성을 규정받게 된다. 그리고 이 같은 특징에 따라 소설 경향 자체의 분화도 나타나게 된다. 그렇기 때문에 황석영과 최인호의 소설적 지향은 각각 중요한 역사적 의미를 지니는 것이다. 이들의 소설은 현실의 상황 자체가 진정한 삶의 의미

여름); 김윤식, 「황홀경의 사상」, 《소설문학》(1985. 7).

와 인간적 조건을 파괴시키는 거대한 힘으로 작용하고 있음을 공통적으로 보여 준다. 그리고 소설의 주인공은 자신이 삶의 주체로 떳떳이 서지 못하고, 자신이 세우고자 노력했던 사회구조에서 밀려나고 있음을 깨닫는다. 이 참담한 소외감은 산업화 사회 속에서 야기되는 가장 중요한 인간의 문제가 되는 것이다. 그러나 이들은 산업화 과정에서 문제시되었던 물신주의의 팽배, 개인에 대한 집단의 횡포, 인간의 자기소외 등을 파악하는 방식과 그 접근 태도에서 각기 다른 길을 선택한다. 황석영은 보다 사회구조적인 문제에 관심을 기울이며, 최인호는 개인의 내면 의식에 초점을 맞춘다. 이러한 접근 방식과 태도는 새로운 비평적 담론의 대상이 되어 범문단적으로 확산된다. 그 이유는 민족문학론이라는 비평적 담론을 중심으로 전개된 리얼리즘론이 황석영적인 경향을 집중적으로 조명하면서 민중주의를 강조하였으며, 최인호적 경향은 대중문화론을 통한 문화주의적 지향을 중심으로 새로운 문학적 담론을 형성하게 되었기 때문이다. 이 두 가지의 소설 경향과 이에 대응하는 비평 담론의 전개 양상은 궁극적으로 리얼리즘문학과 모더니즘문학의 분화와 그 갈등을 의미한다. 이 문제는 1980년대 후반의 민주화 과정에서 리얼리즘 논쟁을 통해 재현된 적이 있지만 그 문학적 실체에 대한 논의는 별다른 진전을 보이지 못했다.

최인호 소설은 크게 세 가지 경향을 드러내고 있다. 첫째로 급속도로 도시화되는 삶의 공간에서 개인의 존재와 그 삶의 양태를 다양한 기법으로 묘사하는 단편소설의 세계를 들 수 있다. 산업화의 과정에서 문제가 되는 도시 공간과 그 속에서 자기 존재의 의미를 잃어버린 채, 정체성의 위기를 맞고 있는 인간의 모습이 본격적으로 문제의 대상이 된다. 「술꾼」(1970), 「타인의 방」(1971), 「돌의 초상」(1978), 「깊고 푸른 밤」(1982) 등은 진지한 문제의식과 함께 산업화 시대에 접어든 한국 소설 문단에 소설적 기법과 정신의 새로움을 더해 주고 있다. 장편소설 「낯익은 타인들의 도시」(2011)의 경우도 이러한 문제의식의 연장선상에 놓여 있다. 둘째로는 「별들의 고향」(1973), 「바보들의 행진」(1973), 「적도의 꽃」(1981), 「고래 사냥」(1982), 「겨울 나그네」(1983) 등으로 대표되는 신문 연재 대중소설들이다. 그는 「별들의 고향」을 발표하면서부터 최고의 대중소설 작가로서 소설의 상업주의적 경향에 대한 논란이 있을 때마다 그 표적이 되기도 했다. 그렇지만 도시적 감수성, 섬세한 심리 묘사, 극적인 사건 설정 등의 덕목을 갖춘 대중소설을 통해, 소설의 대중성에 대한 인식을 새롭게 하면서 문학의 대중적 독자 기반을 확대시켰다. 셋째로는 최인호가 1980년대 이후 주력했던 역사소설 「잃어버린 왕국」(1985), 「길 없는 길」(1991), 「상도」(2000), 「해신(海神)」(2003), 「유림(儒林)」(2006) 등을 들 수 있다. 최인호 문학의 역사적 상상력의 폭과 깊이를 말해 주고 있는 이 작품들은 '사담(史談)'의 성격을 크게 벗어나지 못하고 있던 우리 역사소설의 영역에 서사 공간의 확장이라는 극적 요소를 더해 줌으로써 일정한 소설적 성과를 거두고 있다.

최인호의 「타인의 방」과 「돌의 초상」은 인간 부재의 현실과 개인의 소외 문제를 상징적으로 표출한 작품이다. 「타인의 방」은 도시의 일상적인 현실 속에서 겪게 되는 현대인의 소외를 밀도 있게 묘사하고 있다. 출장에서 돌아온 소설의 주인공은 갑작스럽게 자신의 삶의 근거를 이루고 있던 모든 것들과 거리를 느낀다. 자신의 방에서도 우울하고 고독해하는, 불편하고 불안해하는 주인공의 내면은 마침내 주위의 사물에까지 투영되어 그 사물들을 움직이게 한다. 가구들이 어제의 가구가 아닌 것처럼 그 방은 자신의 방이면서도 낯설고 불편하다. 곧 타인의 방인 것이다. 주인공은 거기에서 도망갈 수도 없다. 유일한 방법은 체념하는 것이지만, 그러한 상황은 또다시 반복된다. 이 작품의 이야기는 자신을 둘러싸고 있는 현실로부터 철저한 소외감과 고립감을 맛보는 현대인의 의식 일반에 대한 비유로 읽힐 수 있다. 「돌의 초상」은 도시에서의 노인의 소외 문제를 밀도 있게 그려 내고 있다. 이 소설의 구성 원리는 행위의 유형화라고 할 수 있다. 길바닥에 버려진 노인을 자신들의 아파트로 데려왔다가, 감당하지 못하고 다시 노인을 내다 버리는 것으로 이야기가 구조화되어 있기 때문이다. 도시의 비정함과 냉혹성을 상반되는 두 가지의 행위를 통해 그려 낸 이 작품에서 작가는 인간 감정의 이중성까지도 교묘하게 포착해 내고 있다. 가치관의 상실, 삶의 현실에서의 좌절, 그리고 방황으로 이어지는 충동적 정서를 치밀하게 묘사하고 있는 「깊고 푸른 밤」도 당대의 상황의 한 단면을 보여 주는 작품이다.

　최인호의 문제작이었던 「타인의 방」의 연장선상에서 그의 후기작 장편소설 「낯익은 타인들의 도시」를 읽을 수 있다. 최인호가 소설 「타인의 방」에서 시도했던 서사 기법은 일상적으로 반복되는 시간을 닫힌 공간 속으로 밀어 넣는 작업이다. 이를 두고 '시간의 공간화'라고 할 수 있다면, 이러한 방법은 시간의 순서 개념을 교란시키면서 인간의 존재를 고립시키는 상황 포착에 기능적이다. 그러나 장편 소설 「낯익은 타인들의 도시」는 일상의 공간을 따라 시간을 분절시킨다. 이 분절된 시간에 따라 '공간의 시간화'가 가능해진다. 두 소설은 시간과 공간의 해석이라는 서사의 핵심 과제를 두고 전혀 다른 각도의 접근법을 보여 준다. 그러므로 「낯익은 타인들의 도시」는 본질적으로 사실주의적인 속성과 거리가 먼 양식적 요소로 채워지며 반인상주의적인 경향을 나타낸다. 이 소설에서 그려 낸 공간은 사실 존재하지 않는 것일 수 있다. 그렇지만 이 소설적 공간은 사실과 환상이 결합됨으로써 작품 속에서 하나의 새로운 현실 공간으로 탄생하는 것이다. 「낯익은 타자들의 도시」에서 작가는 객관적 현실에 대한 사실성을 강조하기보다는 주관성이라는 새로운 지표를 서사의 중심으로 내세운다. 이 소설 속에 등장하는 모든 인물들은 K라든가 H와 같은 로마자로 표시된다. 이 익명의 인물들이 연출하는 도회의 풍경들은 마치 몽타주 방식으로 결합된 영화의 장면들처럼 비약적이고도 혼란스럽다. 소설 속에 묘사되고 있는 대상도 정확한 구획이 이루어지지 않는다. 주인공의 사적 공간인 집과 공적 공간이 되는 도회의 시가지가 서로 뒤섞여 있고 이 두 개의 공간을 오가는 인물의 불안정한 삶이 반복된다. 그러므로 이 작품은 자기 존재의 의미를 잃고 살아가는 도시인의 자기 분열적 의식을 새롭게 패러디하는 데 성공했다고 할 수 있다.

최인호는 단편소설에서 보여 주었던 문제의식을 서사적으로 확대시키면서 「별들의 고향」, 「바보들의 행진」, 「적도의 꽃」, 「고래 사냥」, 「겨울 나그네」 등으로 대표되는 장편소설들을 내놓았다. 최인호의 대표작 가운데 하나인 「별들의 고향」은 《조선일보》에 연재했던 장편이다. 이 작품은 한 젊은 여성을 주인공으로 하여 사랑과 죽음의 과정을 감성적으로 그려 내고 있는데, 여기에서 주목되는 것이 여주인공의 사랑과 그 파탄이다. 첫사랑의 실패가 자신들의 삶에 의욕을 느끼지 못하는 젊은이들의 방종과 무기력의 결과라고 한다면, 두 번째 결혼의 파탄은 재혼한 중년 사내의 의처증과 정신적 학대에서 비롯되었다고 할 수 있다. 결국 여주인공은 도시 공간에서 스스로 살아남기 위해 호스티스가 되어 맥주홀에서 웃음을 팔게 된다. 1970년대 소비 문화의 한 단면을 보여 주는 것처럼 보이기도 하는 여주인공의 삶은 여기서도 그리 오래 가지 못한다. 여주인공은 대학 강사 경력의 지식인 남성과 만나 한때 동거하지만 이 남성과 결별한 후 결국 죽음을 택한다. 그런데 이 여주인공의 사랑과 죽음의 과정은 직접적으로 서술되는 것이 아니라 남성적 시각에 의해 회상의 방법으로 설명된다는 특징을 지닌다. 눈 내리는 초겨울의 어느 날 여주인공의 자살이 알려지면서 그녀와 동거했던 지식인 남성이 그녀의 주검을 수습하고 그녀의 삶을 되돌아보는 방식으로 그려 놓았기 때문이다. 여기에서 여성의 파란 많은 삶과 그것을 바라보는 남성적 시각이 미묘하게도 충돌한다. 여주인공은 결코 자신의 삶에 대해 주체적으로 자신의 입장을 말하지 못한다. 남성에 의해 이리저리 내몰리면서도 자신을 제대로 드러내지 못한 채 남성이 주도하는 사회에서 피동적으로 살아간다. 이러한 여주인공의 삶이 가지는 문제성에도 불구하고 그녀가 죽은 뒤에 그녀에 대한 모든 이야기는 애상적인 장면들 속에서 그녀의 육체와 겹쳐지며 아름다웠던 기억처럼 감각적으로 처리된다. 이 소설이 그려 내는 여성과 섹스의 문제는 대중적 소비문화의 패턴처럼 욕망과 쾌락 속에서 소비되고 있는 셈이다.

「별들의 고향」 이후 최인호가 발표한 장편소설 「바보들의 행진」, 「적도의 꽃」, 「고래 사냥」, 「겨울 나그네」 등은 대체로 젊은 세대의 이야기에 초점을 두고 있지만 특정한 계층을 대상으로 하는 것이 아니라 인간자체 또는 개별화된 주체로서의 인간의 문제를 그 주제로 내세우고 있다. 그리고 산업화의 과정에서 등장한 인간의 소외 문제라든지 문화 자체의 대중화 경향과 그 소비주의적 성향 등이 어떻게 개인적인 삶을 황폐하게 하는가를 주목하기도 하였다.

최인호의 소설적 작업은 후반기에 주로 역사소설의 창작에 집중되고 있다. 그가 발표한 역사소설 「잃어버린 왕국」, 「길 없는 길」, 「해신」, 「상도」, 「유림」 등은 '사담(史談)'의 구조에서 크게 벗어나지 못하고 있던 역사소설을 작가적 상상력과 기법을 통해 대서사 양식으로서의 소설적 성격을 새롭게 정립한다. 「길 없는 길」은 일종의 종교적 구도 소설로서의 성격이 강하다. 이 작품에서 다루고 있는 고승 경허(鏡虛, 1849~1912)의 삶과 그 수도의 과정은 인간이 깨달음에 이르는 피나는 고행으로 이어진다. 조선 말기의 시대적 격변 속에서 쇠락의 과정에 빠져들었던 불교를 새롭게 중흥시킨 경허는 선종의 대선사로 일컬어진다. 그는 여러 제자를 두었지만 계율에 얽매이지 않고 선의 일상화를 추구하면서 숱한 일화를 남겼다. 이 소설은 경허 선사의 여러 일화들을 액자형 서사의 틀 속으로 끌어들이면서 전기 형식의 구투를 완전히 벗어난 극적인 이야기의 전개를 보여 준다. 이 소설에서 주목되는 것은 불교의 심오한 교리를 소설적으로 형상화한 점도 아니고 선종의 전통이 복원되는 과정도 아니다. 오히려 깨달음의 과정을 찾아가는 인간 본연의 모습을 그대로 보여 준다는 점이 중요하다. 작가는 경허의 일탈 속에서 그의 인간적인 내면의 갈등을 발견하고, 그의 구도를 향한 끊임없는 정진 속에서 삶의 의미를 찾아낸다. 그리고 경허의 인간됨 속에서 진정한 부처의 모습을 발견하는 것이다. 장편소설 「상도」는 조선 시대를 살았던 한 상인의 삶을 다양한 스펙트럼을 통해 추적하고 있다. 물론 여기에서 소설의 제목이 되고 있는 '상도'라는 말은 일종의 아이러니에 해당한다. 조선의 사대부들이 주장했던 '사농공상(士農工商)'의 관점에서 본다면 '상'이란 직업의 위계에서도 가장 낮은 천격(賤格)에 해당한다. 자신의 이득을 위해 남에게 물건을 팔아 이윤을 남기는 행위는 군자의 도리가 아니기 때문이다. 그럼에도 불구하고 작가는 '상도'를 내세운다. 물건을 팔고 이윤을 챙기는 것이야말로 인간의 품격을 잃어버린 천도(賤道)라고 여겼던 시대에 '상도'란 어떤 것인가를 되묻는다. 이 소설의 주제가 바로 거기 있는 셈이다.

최인호는 소설의 형식을 통해 인간관계의 불합리한 조건과 그 속에서 일어나는 문제들을 집요하게 추적하면서 인간적인 삶에 대한 욕망을 표현하고자 하였다. 그렇기 때문에 그의 소설은 단순한 문학 양식의 차원을 넘어서서 사회적 현실 전반을 포괄하는 생명력을 획득하게 되었으며 '1970년대 소설'을 대표할 수 있게 되었다. 실제로 그의 소설은 현실의 상황 자체가 진정한 삶의 의미와 인간적 조건을 파괴시키는 거대한 힘으로 작용하고 있음을 잘 보여 준다. 산업화 과정에서 문제시된 물신주의의 팽배, 사회적 매커니즘의 횡포, 인간의 자기 소외 등을 파악하는 방식과 접근 태도에서 최인호는 사회구조적인 문제보다 개인의 자기 정체성의 혼란과 그 극복의 방법에 초점을 맞추었다. 소설 속의 주인공은 자신이 삶의 주체로 떳떳이 서지 못하고, 자신이 세우고자 노력했던 사회구조에서 밀려난다. 이 참담한 소외감은 산업화 사회 속에서 야기되는 가장 중요한 인간 존재의 문제가 되는 것이다. 그러므로 1970년대 산업화 과정의 소설은 이 같은 최인호 소설의 경향의 분화와 발전을 통해 그 시대적 특성을 규정한다고 할 수 있다. 최인호 소설의 시대적 성격 자체가 중요한 문학사적 의미를 지니게 되는 것도 바로 이 때문이다.

황석영의 문학 세계는 「객지」(1971), 「낙타 눈깔」(1972), 「한씨 연대기」(1972), 「섬섬옥수」(1973), 「삼포 가는 길」(1973), 「장사의 꿈」(1974) 등을 발표하면서 독자적인 영역을 구축하고 있다. 그가 그려 내는 삶의 현실은 근대화의 과정에서 소외된 사람들이 보여 주는 어둠의 현실이다. 그의 소설에 등장하는 인물들은 대부분 삶의 터전을 잃어버린 채 떠도는 실향민들이거나 도시로 밀려 나온 노동자들이다. 그들은 모두 자신의 고향을 꿈꾼다. 고향이란 그들에게는 이미 해체되어 버린 공동체적 삶을 표상한다. 황석영은 이처럼 현실 사회로부터 소외된 인간들이 자기 정체성을 상실하고 파괴되어 가는 과정을 그린다. 물론 그들 중에는 인간적 가치를 파괴하는 현실적 조건 속에서도 자기 나름대로 삶의 건강성을 유지하려는 인물도 있고, 집단적인 힘을 통해 현실의 폭력에 대응하는 투쟁적 의지를 보여 주기도 한다. 그러나 무엇보다도 중요한 것은 이러한 현실의 문제를 철저하게 파헤치면서 인간의 삶의 전체적인 의미를 놓치지 않으려는 작가 의식의 자체의 투철함이라고 할 수 있다.

소설 「객지」는 부랑 노동자가 지니는 삶의 문제의 핵심을 포착했다는 점에 그 의미가 있다. 작가는 소설의 주인공이 보여 주는 문제적 성격을 매개로 하여 노동자의 투쟁과 패배 과정을 그렸다. 이것은 그 이전의 문학에서는 일찍이 볼 수 없었던 것으로, 현실 체험에 바탕을 두고 형성된 작가의 이념이 바야흐로 산업화의 단계로 접어들었던 한국 사회의 근본적인 모순과 부딪치는 장면이라고 할 수 있다. 경제개발과 근대화라는 이름으로 추진된 한국 사회의 산업화 과정은 대자본의 육성과 수출 중심의 경제 성장 정책에 따라 노동자들을 저임금과 비인간적인 근로 환경 속으로 내몰았다. 이러한 불합리한 노동의 현장을 소설의 무대로 끌어올린 것이 바로 「객지」이다. 이 작품에서 특히 주목해야 할 것은 소설의 지향 자체가 노동자계급에 대한 일방적인 지지나 옹호에 있는 것이 아니라는 사실이다. 이 작품은 어떤 의식의 무모한 관념적 선취를 절제하면서, 오히려 한 개인이 자신의 계층적인 속성이나 한계를 벗어나 스스로 인간적인 가치를 구현하는 과정을 폭넓게 파악하고 있다. 그러므로 이 작품은 소외된 민중의 비참한 생활상을 제시하는 것에 머물러 있는 것이 아니라 인간에 대한 탐구와 삶의 의미를 진지하게 성찰하는 데까지 이르고 있다. 단편소설 「삼포 가는 길」은 본격적인 도시화, 산업화로 특징지어지는 1970년대의 한 단면을 상징적으로 묘사하고 있는 풍경화에 해당한다. 작가는 이 작품을 통해 산업화 과정에서 초래된 정신적 고향 상실의 상징적인 단면을 형상화하고 있다. 이 작품에서 전반적인 분위기를 형성하고 있는 겨울의 황량한 시골 들판 길은 일상적 삶의 자리에서 밀려나고 소외된 인물들의 모습에 그대로 대응하고 있다.

황석영은 1980년대에 대하소설 「장길산」(1984)과 장편소설 「무기의 그늘」(1988)을 내놓고 있다. 대하소설 「장길산」은 조선 시대 민중들의 힘 있는 삶과 그 안에 미륵 신앙의 형태로 존재하고 있던 유토피아적 의식을 치밀하게 그려 냈다. 조선 시대의 전설적인 의적 장길산의 활약을 통해 조선 사회의 모순 구조를 총체적으로 그려 냈으며, 역사의 주체로서의 민중을 내세워 당대의 사회상과 풍속 및 세태를 사실적으로 형상화했다. 이런 점 때문에 문학사적으로 식민지 시대 역사소설의 백미인 홍명희의 「임꺽정」과 비교된다. 특히 이 작품은 단편소설이 주류를 이루던 문단에 있어서 1970년대 리얼리즘론과 민족문학론을 풍부하게 진전시키는 데 중요한 영향을 미치고 있다. 「장길산」에서는 민중적인 의지와 그 생명력의 존재가 장길산이라는 한 인물의 생애를 통해 형상화되고 있다. 역사의 구석에 밀려 있던 장길산이라는 인물을 찾아내 그 운명적인 삶과 시대적 변화를 함께 엮은 이 소설은, 황해도 땅에서 천노의 소생으로 태어난 장길산이 자신의 존재에 대한 인식과 함께 사회구조의 모순과 비리를 극복하고자 하는 의지를 키워 가는 과정, 이러한 인식과 비판의지를 실현하기 위해 많은 동조자들을 끌어모아 녹림당을 조직하고 포악한 지배계급에 대응하는 과정을 그린다. 결국 장길산의 개인적 의지와 포부가 좌절되긴 하였으나 그러한 의식이 민중적 의지로 확대되는 과정역시 담고 있다.

「무기의 그늘」은 베트남전을 통해 분단의 모순과 이데올로기의 문제를 다룬 것이지만, 베트남전쟁을 배경으로 하여 한국과 미국의 관계를 비판적으로 조명할 수 있는 객관적 관점을 확보하려는 작가의 새로운 시도가 돋보인다. 이 소설에서 그려져 있는 미군이나 미국 관리의 행동은 한국적 현실의 한 장면으로 그려지는 것이 아니다. 철저하게 '힘의 논리'를 실천하고 있는 미국의 거대한 모습으로 베트남의 정글 속에 군림해 있는 것이다. 그러므로 이 소설은 미국과 한국이 전통적으로 유지해 온 '혈맹 관계'라는 것이 일종의 정치적 허위 허식에 불과하다고 지적하기도 한다. 이것은 베트남전쟁을 보는 새로운 관점이며 한국인의 정치의식이 이러한 관점을 가능하게 할 정도의 수준에 이르렀음을 말해 주는 것으로 풀이할 수 있을 것이다.

황석영의 문학적 행보는 1990년대를 공백 지대로 남겨 두고 있다. 그는 1989년 봄 평양에서 열린 제1차 범민족대회에 참가하기 위해 북한을 방문했고, 이로 인하여 1993년부터 1998년까지 긴 수감 생활을 한다. 이러한 파란으로 인하여 황석영의 문학은 1990년대의 공백을 경계로 그이전의 소설과는 크게 다른 양상을 보여 준다. 황석영이 다시 문단에 복귀하여 발표한 소설은 「오래된 정원」(2000), 「손님」(2001), 「심청」(2004), 「바리데기」(2007), 「개밥바라기 별」(2008), 「강남몽」(2010) 등으로 이어진다. 이 소설들은 경험적 현실과 설화적 상상력을 결합하여 새로운 리얼리즘의 정신에 도전하고 있는 「손님」, 「심청」, 「바리데기」 등과 자신의 삶과 그 고통의 체험을 내면화하고 있는 자전적 소설 「오래된 정원」, 「개밥바라기 별」 등으로 구분된다. 하지만 모든 소설들이 인간의 존재와 그 가치를 보편적으로 확대시켜 나가기 위한 노력으로 이어지고 있다는 것을 주목할 필요가 있다. 「오래된 정원」은 1990년대에 유행했던 민주화운동의 후일담 형식과 연결될 수 있지만 그 관점과 기법이 전혀 다르다. 작가는 격동의 현실 속에서 고통받았던 주인공이 그 고통을 내면화하는 것을 보여 주기 위해 회상의 방식을 주로 활용하고 있으며, 서간체 서술법을 통해 당대의 현실과 개인의 내면을 실감 있게 대조시켜 보여 주기도 한다. 이 소설의 주인공은 1970년대 말부터 군부 독재에 저항하다가 광주민주화운동 이후 지명 수배되었던 인물이다. 그는 도피 생활 중에 자신을 도와준 시골 학교 미술 교사와 사랑에 빠진다. 두 사람은 한적한 시골의 외딴 마을 '오래된 정원'에서 석 달 동안 둘만의 은밀한 사랑의 시간을 나눈다. 하지만 주인공은 다시 현실의 투쟁에 뛰어들었다가 검거되고 18년간 긴 투옥 생활을 하게 된다. 그는 감옥에서 풀려 나오면서 그 여교사를 찾아가지만 그녀가 이미 세상을 떠났다는 사실을 알게 된다. 소설의 첫 장면은 감옥에 수감되었던 주인공이 출소하는 날부터 시작된다. 그리고 과거의 모든 일들이 주인공의 회고와 여교사가 보내 주었던 편지글을 통해 재현된다. 현재와 과거, 감옥이라는 닫힌 공간과 열려 있는 바깥세상의 정경, 격렬한 이념과 순수한 사랑이 이 특이한 서술 방식으로 인하여 더욱 깊이 있는 감응력을 발휘한다. 여기에서 작가가 투쟁의 현실보다 주인공의 고뇌에 찬 내면에 관심을 집중하고 있다는 사실은 주목을 요한다. 황석영의 소설적 관점의 미묘한 변화를 감지할 수 있기 때문이다.

장편소설 「손님」 속에 담긴 이야기는 1980년대 널리 유행했던 이른바 '이산문학'의 북한 편에 해당한다고 할 수 있다. 미국에 살고 있는 주인공은 형이 세상을 떠나자 이상한 꿈과 환영에 시달린다. 그는 화장 후 남은 형의 유골 한 조각을 챙겨 고향인 북한 땅을 방문한다. 그런데 기이하게도 평양으로 떠나는 비행기에 오르는 중에 홀연 그의 앞에 돌아간 형의 유령이 나타나 귀향을 위한 먼 여행에 동행한다. 죽은 자와 살아남은 자가 동행하는 이 기이한 귀환의 여로는 그 자체가 일종의 환상적 리얼리즘의 구도를 보여 준다. 주인공은 평양에서 며칠을 머물다가 고향인 황해도 신천 '찬샘골'을 찾는다. 물론 형의 유령도 그를 따라나선다. 고향을 찾은 주인공은 반세기가 넘은 지나간 기억을 더듬지만 변화한 그곳을 제대로 알아보지 못한다. 주인공은 형이 북에 남겨 두었던 온 아들과도 만났고, 고향 이야기를 들으면서 거기 새로 세워진 '학살 박물관'을 구경하고 살아남은 사람들의 이야기도 듣게 된다. 한국전쟁 당시 1950년 유엔군의 인천 상륙 이후 자행되었던 고향 마을의 끔찍한 양민 학살 사건을 떠올리면서 고통의 눈물을 흘리기도 한다. 그리고 당시 기독 청년으로 학살 사건의 중심에 서 있었던 형의 존재도 확인한다. 이 대목에 이르면 작가가 소설 「손님」의 이야기를 통해 밝히는 것이 바로 1950년 황해도 '신천 대학살 사건'이었음을 알 수 있다. 물론 이 소설은 지나간 역사의 아픈 상처를 들춰내기보다는 전쟁의 격랑 속에 휩쓸렸던 사람들의 원한과 그 한풀이의 가능성을 제시함으로써, 작가 자신이 꿈꾸는 화해와 상생의 세계가 어떤 것인지를 암시하고 있다. 작가 스스로 황해도 '진지노귀굿'의 서사적 전개를 소설적으로 변용시켜 놓은 것이라고 밝혔듯이 이 소설은 민중의 설화적 세계에서 꿈꾸었던 '해원'의 의미와 그 화해의 삶의 가능성에 새로운 방식으로 접근하고 있다.

황석영이 시도한 설화의 원형 패턴의 서사적 변용이라는 새로운 기법은 소설 「바리데기」에서 더욱 실감 있게 드러난다. 「바리데기」는 현실적 세계와 환상적 무대를 겹쳐 놓은 이색적인 소재의 이야기지만, 그 서사적 표층 구조는 북한을 탈출하여 온갖 고통을 겪으면서 중국 대륙을 거쳐 대양을 건너 런던에 정착하게 된 탈북 소녀 '바리'의 삶의 여정으로 짜여 있다. 소설 「손님」이 밖의 세계에서 안으로 귀환하는 과정을 바탕으로 하고 있는 것에 반해 「바리데기」는 안의 세계에서 밖의 세상으로 탈출하는 과정을 보여 준다. 황석영이 소설 「바리데기」에서 서사의 원형 패턴으로 활용한 '바리데기' 이야기는 흔히 '바리공주' 이야기라고도 한다. 진오기굿, 오구굿, 씻김굿 등 사령제 무의에서 구연되는 '바리공주' 이야기는 오구대왕의 일곱째 공주로 태어나 버려진 '바리'의 삶과 그 운명이 핵심이다. 딸만 일곱을 두게 된 왕은 일곱째 딸을 아예 밖에 내버린다. 일곱째 공주는 '바리공주'라는 이름을 얻고 노부부에 의해 구조되어 키워진다. 훗날 오구대왕 부부는 몹쓸 병에 걸리고, 왕은 여섯 공주들에게 서천 서역국에 가서 양유수를 구해 오라고 명한다. 하지만 여섯 공주가 모두 온갖 핑계를 대면서 명을 거역한다. 왕은 어렸을 때 내버린 일곱째 공주를 찾는다. '바리공주'는 부모와 상봉한 후 남장을 하고 부모를 살릴 수 있는 약수를 구하기 위해 저승 여행을 떠나고 고생 끝에 영약을 구해 죽은 부모를 살린다. 이러한 연유로 진오기굿에서 가장 두드러지는 구실을 하는 인물은 '바리공주'이다. '바리공주'는 지옥의 시왕에게 갇혀 있는 망자(亡者)에게 말미를 주어 그들을 해방시키는 계기를 마련해 주면서 그 망자를 데리고 새로운 탄생과 환생을 위한 준비를 한다. 결국 '바리공주' 이야기는 죽음의 이야기이면서 동시에 그 넘어서는 새로운 삶의 이야기가 된다. 황석영은 설화 속의 '바리공주'를 불러내어 자신의 소설 속의 서사적 중심에 자리하게 한다. 그리고 설화 속의 '바리공주'와 소설 속현실의 소녀 '바리'를 서로 포개어 놓는다. 그러므로 닫힌 사회에서 열린 세계로 서사 공간을 확장시켜 놓은 이 소설에서 주목되는 것은 '바리데기' 신화의 소설적 변용을 통한 현실과 환상의 조화라고 할 수 있다. 물론작가는 여주인공의 기나긴 탈출의 여정을 통해 개인의 삶과 그 존재 의미를 부정하는 폭력과 전쟁과 테러의 파괴적 속성을 고발하려는 의도를 숨기지 않고 있다. 그렇지만 이 소설에서 서사의 추동력은 이러한 작가 의식의 치열성에서 얻어지는 것이 아니라 인간의 고귀한 생명과 그 영혼의 불멸성을 통해 작동하고 있다. 소설 「바리데기」의 참주제도 이러한 설화적 세계의 현실적 변용 속에서 그 의미를 찾을 수 있을 것이다.

## 소설 문단의 다양한 성과들

한국 현대소설은 산업화 시대의 사회 변혁에 맞물려 소설적 기법과 주제의 다채로운 변화를 보여 준다. 특히 다양한 작가층의 등장과 활발한 창작 활동을 통해 소설문학의 대중적 확대를 가능하게 함으로써 '소설의 시대'를 구가할 수 있게 된다.

서정인[14]은 「후송」(1962)으로 문단에 나선 후 「원무」(1963), 「강」(1968),

---

14 서정인(徐廷仁, 1936~ ). 전남 순천 출생. 서울대학교 영문과 및 동 대학원 졸업. 1992년 전남대학교

등에서 조밀하게 개인의식의 실체를 규명하고 있다. 그의 연작소설 「달궁」(1987~1990)은 연작의 외형적인 틀보다는 각각의 삽화들이 갖는 지배적 인상이 자연스럽게 서로 연결되면서 이야기의 흐름을 주도한다. 「달궁」의 이야기는 '인실'이라는 여주인공의 삶의 과정을 다루고 있다. 고향을 버리고 떠돌던 여주인공의 삶이 여러 각도에서 조명되고 있기 때문에 어조의 일관성이나 시점의 일치를 고려하지도 않고 있다. 여주인공의 출향, 고통의 삶과 비극적인 죽음 등이 매우 복잡한 사회적 연관성 속에서 파악되고 있는 것이다. 이 소설에서 주인공의 삶의 과정을 그려 내는 방식은 총체성의 의미 추구와는 전혀 거리가 멀다. 작가는 여주인공의 삶의 과정을 역사성에 근거하여 설명하지도 않으며 하나의 완결된 구조로 형상화하지도 않는다. 소설 「달궁」 속의 작은 삽화들은 소묘적인 특징을 드러내기도 하고 작가의 개인적 의견 진술처럼 제시되기도 한다. 그러므로 각각의 삽화들은 사고와 감상과 언어를 거의 자유롭게 놀도록 방임한 상태로 내비친다. 이 삽화들은 작가 자신도 밝힌 바 있듯이 시작도 끝도 없는 세상 사는 이야기에 해당되며 이러한 삽화의 중층적인 구조 또는 교직 상태를 통해 삶의 참모습이 드러나게 된다. 그러므로 「달궁」의 삽화들은 계기적인 결합이나 인과적 배열 방식으로 연결되고 있지 않다. 그것들은 중첩되기도 하고 대립되기도 하고 건너뛰기도 하고 중단되기도 한다. 그런 가운데에서 서로 관련을 맺고 의미를 형성한다. 그러므로 서정인이 「달궁」을 통해 그려 내는 삶의 모습은 전통적인 리얼리즘의 소설 기법을 통해서는 이해되기 어렵다. 거기에는 행위의 인과적

대학원 문학박사. 1962년 《사상계》 신인상에 「후송」이 당선. 「강」(1968), 「우리 동네」(1971), 「남문통」(1975), 「뒷개」(1977), 「토요일과 금요일 사이」(1979) 등의 단편소설 발표. 작품집 『강』(1976)을 비롯하여 『가위』(1977), 『토요일과 금요일 사이』(1980), 『벌판』(1984), 『철쭉제』(1986), 『달궁』(1987~1990), 『붕어』(1994) 등 출간. 참고 문헌: 김재영, 「서정인 소설 '달궁'의 서술 특성과 현실성」, 《상허학보》 20집 (2007), 김미자, 「달궁으로 읽는 서정인의 소설 세계」(역락, 2014).

인 의미가 고정적으로 드러나지 않으며 삶의 목표나 가치에 대한 신념도 나타나 있지 않다. 작가는 삶의 부분성, 파편성을 통해 삶의 의미 자체를 해체시키고 있다.

이제하[15]의 소설은 전통적인 사실주의의 관점에서 본다면 대부분 서사성 자체가 현저하게 약화되어 있는 느낌을 준다. 「유자약전」(1969)에서부터 「나그네는 길에서도 쉬지 않는다」(1985)에 이르기까지 그의 소설에는 이야기의 표면적 문맥으로부터 벗어나 있는 환상적인 장면들이 서로 뒤섞여 나타난다. 그러므로 서사적 요소들이 구조적으로 통일되어 있지 않고, 다양한 이질적인 요소를 거느린 복합체가 된다. 이러한 방법의 소설 쓰기를 이제하는 스스로 환상적 리얼리즘이라고 말한다. 그의 이 같은 소설 기법이 1970년대의 정치 현실과 맞부딪치면서 나타난 것이 바로 소설 「초식」(1972)이다. 소설 「초식」은 현실 정치의 광태와 그 무모성을 비판적으로 그려 낸 작품으로서, 1970년대 정치 상황의 한 단면을 예견하고 있다. 작가는 지방의 항구 도시를 배경으로 4·19혁명 직전의 자유당 정권 마지막 총선에 출마한 인물의 독특한 삶을 묘사하고 있다. 주인공은 나이가 예순에 가까운 얼음 도매업자이다. 선거 때가 되어 출마를 결심하면서 그는 채식을 시작한다. 지난 두 번의 선거에서 무소속으로 출마한 그는 무참하게 패배했으나 또다시 세 번째 도전에 나선다. 선거운동원이래야 아들이 유일할 뿐이다. 아버지를 말릴 수도 없는 노릇

---

15 이제하(李祭夏, 1937~ ). 경남 밀양 출생. 홍익대학교 서양화과 수학. 1959년 《현대문학》에 시 「자정」이, 《신태양》에 단편소설 「황색 강아지」가 당선. 「나그네는 길에서도 쉬지 않는다」(1985)로 제9회 이상문학상 수상. 시집 『저 어둠 속 등불을 느끼며』(1982), 소설집 『초식』(1973), 『유자약전』(1981), 『용』(1986), 『광화사』(1987), 『소녀유자』(1988), 『사라의 눈물』(1991), 『소렌토에서』(1996), 『열망』(1997), 『진눈깨비 결혼』(1999) 등 출간. 참고 문헌; 박철화, 「작가 특집 — 이제하」, 《작가세계》 5호(1990), 김미영, 「이제하 소설을 통해 본 한국문학의 환상성과 미래」, 《서울대 인문과학논총》 61집(2009. 6), 김경수, 「환영적 독서와 치유적 소설: 이제하론」, 《서강인문논총》 30집(2011. 4).

이어서 아들은 안타깝게 지켜본다. 이 선거는 혼탁이 극도에 달했고 당연히 아버지는 낙선했으며, 뒤이어 4·19혁명과 쿠데타가 뒤따른다. 이 소설은 구체적인 줄거리의 인과와 명시적인 테마가 배제되어 있다. 극도로 상징적이고 비유적인 기법으로 처리되고 있는 소설 속의 장면들 가운데 주인공의 돈키호테적인 낭만과 순박성을 확인할 수 있고, 부정하게 치러지는 선거를 야유하는 작가의 태도를 읽을 수 있다. 특히 5·16을 기념하기 위해 운동장에서 공개적으로 소를 도살하는 장면은 작위적이기도 하지만, 군사정권의 변신이기도 한 공화당 정권의 횡포에 대한 비판의 상징적 표현이라고 할 수 있다.

홍성원[16]은 「빙점시대」(1964), 「디데이의 병촌」(1964)과 같은 이른바 군대소설로 출발하여 그 작품 세계의 폭을 넓히고 있다. 「주말여행」(1969)과 「이인삼각」(1971) 등에서는 피카레스크식 수법으로 현대 세계의 풍속 변모를 날카롭게 추적하고 있으며, 1970년대에는 「무사와 악사」(1976)와 같은 작품에서 수난의 현대사를 살아온 지식인들의 고뇌를 다루기도 한다. 그의 문학적 성과로 주목되고 있는 것은 한국전쟁의 의미와 전쟁이 남긴 부정적 유산과 상처 등을 포괄적으로 다루고 있는 「남과 북」(1977)이다. 이 작품에서 홍성원은 인간을 비인간화시키는 전쟁의 냉혹성과 그 이념의 허위에 대해 날카롭게 비판하고 있다.

---

16  홍성원(洪盛原, 1937~2008). 경남 합천 출생. 고려대학교 영문과 중퇴. 1964년 《한국일보》 신춘문예에 단편 「빙점 지대」와 《동아일보》 장편모집에 「디데이의 병촌」이 당선. 단편소설 「주말여행」(1969), 「무사와 악사」(1976), 「광대의 꿈」(1978) 등과 장편소설 「남과 북」(육이오 개제)(1977), 「흔들리는 땅」(1978), 「꿈꾸는 대합실」(1980), 「마지막 우상」(1985), 「먼동」(1991), 「그러나」(1996) 등이 있다. 작품집 「무서운 아이」(1976), 「폭군」(1984), 「투명한 얼굴들」(1994), 「남도 기행」(1999) 등 출간. 참고 문헌: 홍정선, 「홍성원 깊이 읽기」(문학과 지성사, 1997); 유임하, 「친일 문제의 동아시아적 시각과 해법: 홍성원의 장편 「그러나」의 경우」, 《동국대 일본학》 23집(2004. 12); 이승준, 「홍성원의 「먼동」 연구: 주요 등장인물의 역사의식을 중심으로」, 《어문논집》 55집(2007. 4).

김주영[17]의 초기 소설들은 대개 성장기에 겪게 되는 다채로운 삶의 경험에 그 초점이 맞춰져 있다. 이러한 소재는 경험적 지평의 확대 또는 의식의 고양보다는 천진한 소년이 세속의 공간 속에서 때가 묻고 악에 물들어 가는 과정으로 이어지고 있다는 점에서 문제적이다. 단편소설 「도둑 견습」(1975), 「모범 사육」(1975) 등에서부터 「붉은 노을」(1977), 「아들의 겨울」(1978) 등으로 이어지는 이야기가 바로 거기에 해당한다. 「차력사」(1975), 「묘적」(1977) 등에서 그려 낸 서울에서 살아남기 위해 촌놈이 교활하게 변모하는 과정도 그 성격은 유사하다.

김주영의 작가적 역량은 1979년부터는 5년여에 걸쳐 신문에 연재했던 대하 장편소설 「객주」를 통해 유감없이 발휘된다. 「객주」는 조선 시대 후기에 등장한 독특한 사회집단인 보부상을 중심으로 그들의 삶의 과정과 세태를 치밀하게 그린 작품이다. 이 작품은 보부상이라는 한 집단의 삶의 양상에 대한 풍속사적 관심과 그 재현에 더 큰 비중을 두고, 그들의 다양한 행동 방식과 삶의 태도를 낭내의 풍속과 함께 다채롭게 펼쳐 보이고 있다. 작가는 보부상단의 출현과 그들의 활동을 조선 후기 사회에서의 상업 자본의 형성 과정과 연결시켜 놓고 그 세력이 어떻게 정치적인 세력과 연결되고 있는가를 치밀하게 추적하고 있다. 보부상단의 개별적인 상거래 행위와 그 행태를 그려 낸 이 작품의 1부를 넘어가면, 이들의 상권 형성이라든지 새로운 상로의 개척을 둘러싼 갈등과 대립이 실감 나게 전개된다. 특히 임오군란의 발발과 보부상단의 세력을 이용하여 군란을 막으려는 조정의 계략, 이러한 계략에 대한 보부상단의 반발

---

17 김주영(金周榮, 1939~ ). 경북 청송 출생. 서라벌예대 문예창작과 졸업. 1970년 《월간문학》에 「여름 사냥」이 입선. 소설집 「도둑 견습」(1977), 「겨울새」(1983), 「고기잡이는 갈대를 꺾지 않는다」(1989), 장편소설 「객주」(1981), 「천둥소리」(1986), 「활빈도」(1987), 「홍어」(1997), 「화척」(1995) 등 발간. 참고 문헌: 오생근, 「갇혀 있는 자의 시선」, 《문학과지성》(1974. 가을); 김치수, 「민중적 삶의 구체성」, 《예술과비평》(1984. 여름); 김경수, 「김주영 소설을 보는 시각」, 《작가세계》(1991. 겨울).

등은 조선 후기 사회의 세력 집단의 힘의 균형 관계를 설득력 있게 제시하고 있다. 이 작품은 원산포의 개항과 함께 막대한 자본과 정치적인 힘을 등에 업은 일본인 상인들이 조선에 진출한 후 그 이야기가 끝난다. 조선 후기의 토착 상업 자본이 사회적 기반을 제대로 확보하지 못한 상태에서 외래 자본의 유입이 이루어짐으로써 결국 보부상단이 파멸에 이르게 될 것임을 짐작할 수 있다. 소설 「객주」의 소설적 구성의 특징은 전체적인 이야기가 다양한 에피소드의 중첩에 의해 하나의 거대한 흐름을 형성할 수 있게 되어 있다는 점이다. 이러한 방식은 수많은 등장인물과 그들의 행태를 다양하게 제시하고 그것을 공간적으로 확대해 나가기 위해 작가가 고안한 하나의 서술 방식이라고 할 수 있다. 물론 이것이 어떤 경우에는 지나친 흥미 위주의 처리라는 지적을 받을 수도 있고, 전체적인 흐름에 지장을 준다는 불만도 생길 수 있다. 그러나 이 소설이 19세기를 전후한 시기의 조선의 사회상을 폭넓게 보여 주면서 그 속에 내재한 역사적 추동력의 거대한 흐름을 놓치지 않고 있다는 것은 주목해야 할 일이다. 김주영의 역사적 상상력이 일구어 낸 소설 「객주」의 성과는 「활빈도」(1987)를 비롯한 「화척」(1945), 「야정」(1996), 등으로 이어지고 있다.

김주영은 민족 분단과 한국전쟁의 상처를 그려 낸 「천둥소리」(1986)를 발표한 바 있으며, 「고기잡이는 갈대를 꺾지 않는다」(1988), 「홍어」(1997) 등을 통해 이 고통스러운 주제를 자신의 성장기 체험과 결합시켜 소설적으로 형상화하는 데에도 성공하고 있다. 「천둥소리」는 일제 강점기에서 광복과 한국전쟁으로 이어지는 역사적 격동기를 배경으로 한다. 작가는 이 소설에서 한 여인의 파란 많은 삶의 과정 속으로 격동의 민족사를 끌어들인다. 몰락해 가는 양반집 며느리인 신길녀는 청상과부로 시집에서 시어머니와 함께 살고 있다. 집에 있던 머슴 차병조에게 겁탈당하여 낳은 아기는 백정인 황점개와 그의 처가 남몰래 키우는데, 광복이 되자 황점개는 마을을 떠나 버린다. 신길녀는 늙은 시어머니도 세상을 떠난 후 일본에서 돌아온 차병조에게 다시 몸을 유린당하고 장춘옥이라는 음식점에 맡겨진다. 길녀는 트럭 운전수 지상모의 도움으로 장춘옥을 나와 아랫녘 원전의 주막집을 운영한다. 한편 일본에서 돌아온 차병조는 군청 간부가 되어 좌익 색출에 혈안이 된다. 마을을 떠났던 황점개는 좌익이 되어 길녀 앞에 나타난다. 전쟁이 터지자 길녀의 주변에 있던 모든 사람들이 좌익과 우익으로 나뉘어 서로 대립한다. 길녀는 황점개가 몰래 키운 아들을 만나지 못하고 친정으로 가지만 지상모의 아이를 낳은 그녀는 거기에서도 냉대를 받는다. 전쟁을 거치는 동안 이념의 가치를 내세우면서 서로가 서로를 죽이는 살육이 이어진다. 친정아버지도 세상을 떠나고 지상모는 황점개에게 죽임을 당했고, 황점개도 남의 손에 죽는다. 길녀는 황점개의 주검을 놓고 '여보'라고 부르며 오열한다. 이 소설에서 여주인공의 처절한 운명은 민족의 수난과 그대로 겹친다. 하지만 여주인공 길녀는 격동의 역사와 그 전변의 과정 속에서 끈질긴 생명력을 보여 준다. 그녀를 거쳐 간 사내들이 전쟁 중에 모두 죽어 가지만 그녀는 서로 다른 이념을 지닌 채 갈등하고 대립하던 사내들의 씨가 다른 아이를 낳아 기르며 모든 고통을 스스로 감싸 안고 있다. 「천둥소리」는 끈질긴 인간 생명의 의미를 새롭게 강조하고 있을 뿐 아니라 여주인공의 삶 속에서 이념적 갈등과 대립을 해체시키고 화해의 가능성을 제시하고 있는 셈이다.

「고기잡이는 갈대를 꺾지 않는다」는 김주영의 자전적인 성장소설로 지목된다. 이 작품은 작가 자신의 소년 시절 체험을 바탕으로 해방 이후부터 한국전쟁에 이르는 시기의 작고 가난한 시골 마을 사람들의 삶의 이야기를 그리고 있다. 소설의 중심에는 어린 형제의 성장 과정과 이들 형제의 순수한 눈으로 관찰한 세상의 험난한 고통과 그 변화가 생생하게 드러난다. 그리고 가난한 시골 마을에서 살아가던 당시 민중들의 궁핍했던 삶의 모습이 한국 사회의 한 단면처럼 압축적으로 제시되고 있다. 일반적인 의미에서 성장소설은 삶의 변화에 대한 새로운 발견과 인식의 과정을 서사의 주축으로 삼는다. 이 소설에서도 물론 이러한 성격이 강조된다. 그런데 작가는 소설 속에서 주인공 형제의 성장 과정과 이들을 둘러싼 시골 마을 사람들의 생생한 삶의 모습과 변화에 대해서도 실감 나게 묘사하고 있다. 특히 소설 속의 인물들이 늘어놓는 성격 있는 사투리가 이야기의 생동감을 더욱 높여 준다.

소설 「홍어」의 경우에도 「고기잡이는 갈대를 꺾지 않는다」에서 볼 수 있었던 소설적 관점이 그대로 이어지고 있다. 이 소설의 시점 인물은 '나'라는 산골 소년이다. 집 나간 아버지를 기다리는 어머니의 모습이 어린 소년 '나'의 시선을 통해 잔잔하게 그려진다. 이 작품에서 작가가 활용하는 소년 화자 '나'의 시점은 이야기의 전체적인 분위기에 애잔함을 더하면서 감동적으로 이야기를 이끌고 있다. '나'의 시점으로 그려지는 시골 마을의 풍경은 이제는 더 이상 찾아볼 수 없는 소박함을 그대로 간직하고 있다. 특히 가난한 삶과 힘겨운 일상 속에서도 비루한 모습을 보이지 않는 주인공의 모습에서 어떤 뿌듯함 같은 것을 느끼게 된다. 그리고 토속적인 배경의 설정과 그 공간에 생명력을 불어넣는 질박한 사투리도 문체적 효과를 자랑한다. 더구나 소설적 주제를 파악하는 작가 자신의 해학의 관점이 언제나 이야기의 내용을 풍성하게 만든다. 장편소설 「홍어」에서 얻어 낸 휴머니티와 그 미학은 바로 이 같은 소설적 방법의 성과에 해당한다.

박태순[18]은 「정든 땅 언덕 위」(1966), 「낮에 나온 반달」(1969) 등에서

---

18 박태순(朴泰洵, 1942~ ). 황해 신천 출생. 서울대학교 문리대 영문과 졸업. 1964년 《사상계》에 「공알앙당」이 입상. 1966년 《세대》 제1회 신인문학상에 중편 「형성」이 당선. 같은 해 《경향신문》 신춘문예에 「향연」이, 《한국일보》 신춘문예에 「약혼설」이 가작 입선. 「정든 땅 언덕 위」(1966), 「무너진 극장」(1968), 「단씨의 형제들」(1970), 「홍역」(1972), 장편 「어느 사학도의 젊은 시절」(1977. 1~1978. 12), 「낯선 거리」(1986), 「밤길의 사람들」(1988) 등을 발표. 소설집 『낮에 나온 반달』(1972), 『정든 땅 언덕 위』(1973), 「어

도시 변두리의 삶의 현장을 소설의 세계로 끌어들이고 있다. 박태순이 이른바 '외촌동'으로 지칭되는 도시 변두리의 빈민촌에 대한 관심을 소설 속에 표출하기 시작한 것은 1960년대 후반부터이다. 그는 자신이 구상한 '외촌동'이라는 공간에서 당대적 현실에 내재하는 혼돈과 모순의 의미 읽기에 몰두한다. 도시화에 밀려 나오면서도 어차피 그 도시에 생명을 걸 수밖에 없는 변두리 서민들의 애환은 빛이 드리운 그림자를 따라가는 작가의 비판적인 시선에 포착되고 있는 것이다. 그런데 박태순은 1970년대 후반 이후부터 역사와 현실에 대한 관심을 가열화하면서 허구적인 영역인 소설에서 멀어지고 있다.

김문수는 「육아」(1978), 「끈」(1985), 「만취당기」(1989) 등에서 서술적 균형을 단단히 지키는 구성력 있는 작품을 만들고 있다. 김용성은 「리빠똥 장군」(1971), 「도둑 일기」(1984) 등에서 조직의 메커니즘에 대한 풍자적 비판을 감행하고 있으며, 김국태는 「귀는 왜 줄창 열려 있나」(1981), 연작 소설 「우리 교실의 전설」(1979) 등에서 폭력의 정치에 의해 닫혀 버린 현실의 암울한 상황을 소설적인 세계에서 비판적으로 재현하고 있다.

조선작, 조해일, 한수산 등은 1970년대 소설의 대중적 기반을 기법과 문체와 주제 의식을 통해 확대한 작가들이다. 조선작의 경우는 묘사의 객관성을 최대한 살리면서 주제 의식에 철저를 기하고 있으며, 조해일의 경우는 기법의 가능성을 추구하는 데 남다른 재능을 보이고 있다. 한수산은 섬세한 언어와 감각적인 문체가 돋보인다. 조선작의 작품은 「영자의 전성 시대」(1973)로 대표되는 창녀 등 밑바닥 인생들을 주인공으로 하는 작품과 「고압선」(1974)과 같이 소시민의 일상을 다룬 작품으로 구분

제 불던 바람」(1979), 「신생」(1986), 「낯선 거리」(1989) 등을 간행. 기행수필 「국토와 민중」(1983) 간행. 참고 문헌: 김진기, 「박태순 초기 소설에 나타난 작가 의식 연구」, 《한국문학 이론과 비평》 10집(2001), 조현일, 「박태순의 「외촌동 연작」 연구」, 《우리어문연구》 29집(2007).

된다. 소시민들의 일상은 잔잔한 애환을 담고 있으나, 하층민들의 삶은 비참하기 이를 데 없다. 그것은 왜곡된 산업화와 부의 편재가 빚어낸 치부이다. 조선작은 바로 이러한 사각지대를 어떤 미화도 없이 치밀하게 묘사해 냈다. 또한 그는 그 비참한 정경 속에서도 오히려 비참하기 때문에 진솔하고 가식 없이 드러나는 인간 사이의 애정을 잊지 않고 발견해 낸다. 산업화 시대 사회의 모순에 관한 그의 비판 정신은 이러한 애정과 함께 있을 때 더욱 빛난다. 조해일의 소설은 「뿔」(1972)의 지게꾼, 「1998년」(1973)의 우화적인 미래 공간, 「아메리카」(1972)의 기지촌, 「임꺽정」(1973) 연작의 역사 공간, 「통일절 소묘」(1971)의 환상적인 꿈 등과 같이 그 대상과 내용이 다양하다. 이같이 다양한 세계는 그의 특유한 소설적 기법과 비유적 장치들을 통해 하나의 함축적인 의미 공간을 형성하고 있다. 장편소설 「겨울 여자」(1975)는 1970년대 대표적인 대중소설로 손꼽힌다. 한수산은 곡마단을 중심으로 한 곡예사들의 애환을 그린 「부초」(1976) 이후 「밤의 찬가」(1977), 「욕망의 거리」(1981), 「유민」(1982), 「엘리아의 돌계단」(1985), 「밤에서 밤으로」(1984) 등 대중적인 장편소설을 주로 발표해 왔다. 그의 작품이 가지고 있는 특징은 산문시와도 같은 감각적이고도 서정적인 문체인데, 그의 치밀한 묘사와 감각적인 서술적이 다양한 인물의 개성을 잘 살리고 있다.


## (2) 사회계층의 갈등 양상

### 황폐한 농촌과 농민의 삶

한국 사회의 산업화 과정에서 소외된 농촌은 농업의 생산 기반이 취약해지면서 점차 퇴락하게 된다. 농촌의 청년층이 도시로 밀려 나가 공장 노동자로 변신하면서 농업 인구가 절대적으로 부족한 상태가 되었으며 일관성이 부족한 농업 정책의 혼란으로 인하여 농촌은 더욱 낙후된 공간이 된다. 농촌의 피폐화는 이미 1970년대 초기부터 시작되었는데, 농업 정책의 불합리에 따른 농촌 경제의 파탄, 상업적인 소비문화의 확대와 농촌 문화의 충돌, 이농에 의한 농촌 인구의 감소와 농업 노동력의 부족, 낙후된 취락 구조와 생활 환경 등이 농촌 사회의 당면 과제로 끊임없이 제기되곤 하였다. 이러한 농민들의 문제가 1970년대 사회적 관심사로 제기되면서 문학 영역의 경우에도 농촌소설 또는 농민문학에 대한 논의[19]가 활발하게 이루어지게 되었으며, 적지 않은 창작적 성과도 나타났다.

이문구[20]는 농촌 사회의 구조적 모순과 농민들의 삶의 고통을 가장 폭넓게 다루었던 작가다. 단편소설 「암소」(1970)를 비롯하여, 소설집 『관촌수필』(1977), 『으악새 우는 사연』(1978), 『우리 동네』(1981) 등으로 이어지는 이문구의 소설적 작업은 농촌의 현실과 농민의 삶을 여러 가지 측면에서 조명하고 비판하는 일로 이어진다. 소설 「암소」는 당대의 농촌과 농민들의 생활상의 단면을 사실적으로 그려 낸 작품이다. 이 작품 속에는 농민들이 지니고 있었던 소박한 꿈과 좌절이 암소의 죽음을 둘러싸고

---

19  당시 평단에서 이루어진 농민문학론은 염무웅, 「농촌 현실과 오늘의 문학」, 《창작과비평》(1970. 가을); 신경림, 「농촌 현실과 농민문학」, 《창작과비평》(1972. 여름); 최원식, 「농민문학을 위하여」, 『한국문학의 현 단계』 3(창작과비평사, 1984); 김주연, 「농촌소설과 농민문학」, 《예술과비평》(1985. 겨울) 등이 주목된다.

20  이문구(李文求, 1941~2003). 충남 보령 출생. 서라벌예대 문예창작과 졸업. 1966년 《현대문학》에 소설 추천. 한국창작문학상 수상. 장편소설 『장한몽』(1972), 소설집 『이 풍진 세상을』(1972), 『해벽』(1974), 『관촌수필』(1977), 『우리 동네』(1981), 『매월당 김시습』(1992) 등 발간. 참고 문헌: 백낙청, 「사회 비평 이상의 것」, 《창작과비평》(1979. 봄); 김우창, 「근대화 속의 농촌」, 《세계의문학》(1981. 겨울); 김종철, 「작가의 진실성과 문학적 감동」, 『한국문학의 현단계』 1(창작과비평사, 1982); 김치수, 「유머와 소설 기법 — 이문구의 「우리동네」를 중심으로」, 《표현》(1982. 6).

전개된다. 송아지 한 마리를 사 키워, 그걸 다시 팔아 그 돈으로 부채를 청산하기로 계획하는 과정이라든지, 암소의 뱃속에 든 송아지의 소유권을 두고 다투는 장면이라든지, 술지게미 맛을 본 암소가 헛간으로 가 막걸리 한 항아리를 몽땅 비우고 쓰러져 버려서 결국은 모든 꿈이 사라져 버리는 결말 등은 치밀한 묘사력에 의해 실감을 획득하고 있다. 물론 이 소설은 농촌의 궁핍한 실상을 다루고 있지만, 이야기 자체가 건조한 비극으로 끝나지는 않는다. 서로 상대적인 입장에 놓인 인물들 사이에 내재된 인간적인 정감도 작가의 풍부하고 다소간 해학적인 언어 구사력에 의해 표출되고 있기 때문이다.

「관촌수필」은 연작소설의 형태로 발표된 것인데, 농촌의 급작스러운 변모와 그 전통적인 질서의 와해 과정을 추적하고 있는 점이 특징이다. 새로운 현실 속에서 어쩔 수 없이 거쳐야 하는 농촌의 변화를 회상적인 진술로 그려 내고 있는 「관촌수필」은 그 문체의 탄력성에 의해 더욱 주목되고 있다. 「관촌수필」의 이야기는 연작의 형식으로 이어지는 다양한 삽화가 작중 화자인 '나'의 시각을 통해 서사적으로 통합된다. 왜냐하면 '나'의 머리 속에서 회상된 과거의 고향과 그 속에 살았던 사람들의 모습들이 지금은 전혀 달라져 버린 고향의 모습과 겹쳐 드러나고 있기 때문이다. 작중 화자는 오랜만에 고향 관촌을 찾는다. 이 고향 찾기의 동기는 이야기 속에서 크게 강조되지는 않는다. 그러나 이것은 전체 이야기의 흐름 속에서 서서히 중요성을 더해 간다. 작중 화자는 고향을 찾아오지만, 이미 퇴락해 버린 고향 집과 떠나 버린 고향 사람들, 그리고 도시처럼 변해 버린 고향 마을의 모습에 충격을 받는다. 「관촌수필」에서 작중 화자가 회상하고 있는 고향의 모습 가운데 6·25 전쟁이라는 비극적인 체험이 자리하고 있다는 것은 의미심장하다. 작중 화자가 그려 낸 소년 시절의 경험 가운데 전쟁은 가장 큰 상처로 남아 있다. 그것은 부친의 죽음으로 비극성을 고조시키기도 하고 가족의 몰락과 이산으로 고통을 배가시킨다. 어린 시절의 추억에 담겨진 모든 소중한 것들이 전쟁을 통해 무너지고 사라져 버린 것이다. 「일락서산」에서는 엄정한 자세로 덕망을 유지했던 조부의 모습과 좌익운동가로 활약하다가 죽음을 당한 부친의 모습이 대조된다. 「화무십일」에서도 전쟁의 경험이 중심을 이루지만, 화자의 시선은 이웃으로 옮겨진다. 전쟁으로 인한 이웃의 몰락도 놓치지 않고 있다. 「행운유수」와 「녹수청산」에서는 화자의 기억 속에 각인된 옹점이와 대복이라는 인물이 그려진다. 옹점이는 화자의 집에서 함께 기거하며 부엌일을 도맡아 했던 인물이다. 그녀는 전쟁으로 인해 남편을 잃어버린 채 결국은 약장수 패거리와 함께 떠돌이 신세로 전락한다. 화자의 단짝 친구였던 대복이는 어린 시절 아름다운 추억을 함께 나눌 수 있는 존재였지만, 전쟁으로 인해 완전히 변해 버린다. 「공산토월」에서는 이웃의 석공의 모습을 그려 낸다. 화자의 부친을 따랐던 석공은 부친으로 인해 야기된 온갖 피해에도 물구하고 끝까지 화자의 집안일들을 돌봐 주었던 인물이다. 이러한 여러 이야기 속에서 공통적으로 문제가 되는 것이 6·25전쟁이다. 이 전쟁은 소설적 화자의 회상을 통해 가족의 몰락과 이산, 고향 사람들의 참변과 변모, 고향 자체의 붕괴라는 비극을 야기하고 있다. 물론 「관촌수필」의 이야기 속에서 작중 화자는 소년 시절에 겪었던 전쟁 체험 자체에 집착하지 않는다. 오히려 당시의 전쟁과 그 비극적 양상이 오늘의 현실에서 어떻게 인식될 수 있는지를 문제 삼는다. 결국 이 소설은 시간적인 간격을 갖고 있는 전쟁의 체험을 현실적 상황과 결부시킴으로써 과거와 현재의 중첩, 상황의 지속적인 조건 등을 동시에 포괄하고 있으며, 훼손된 공동체로서의 고향을 연작의 형식을 통해 재구성하고 있는 것이다.

이문구가 「관촌수필」에서 그려 낸 변모된 농촌의 현실과 농민들의 모습은 연작의 형태로 발표된 「우리 동네」에서 집약되어 나타나고 있다. 모두 9편의 단편소설로 구성된 이 작품에서는 농촌의 황폐화 현상이 몇 가지 측면에서 비판적으로 제시된다. 첫째는 각종 공해로 인한 자연환경의 오염을 들 수 있다. 둘째는 농촌 경제의 궁핍화 현상이다. 도시 상업 자본의 농촌 침투는 물론이며, 소비문화에 대한 동경과 환상이 낳는 부작용도 함께 포괄하고 있다. 셋째는 농촌의 삶에서 자랑으로 여겼던 인간관계가 점차 단절되면서 상호 불신 풍조가 확대되는 현상을 지적하고 있다. 농협의 횡포, 농촌 지도자들의 독선이 농민들의 신뢰를 받기 어려운 상태여서 농민 자신들도 서로를 불신하는 상황에 직면하고 있다는 것이다. 이문구가 소설을 통해 지적하고 있는 이러한 문제들은 오늘의 농촌이 내적인 붕괴를 일으키고 있음을 말해 주는 것들이다. 「우리 동네」의 소설적 형식에서 주목해야 할 것은 상황과 주제를 반복시키면서 총체적인 문제 인식에 도달하도록 하는 연작성의 기법이다. 이 작품은 「관촌수필」과 마찬가지로 소설 속의 이야기가 계기성을 바탕으로 이어지는 것이 아니라 상황을 바탕으로 병치되고 있기 때문에, 서사적 시간의 확장을 중시하지 않는다. 그러므로 9편의 작품들 사이에 내적인 연관성이 긴밀하게 작용하고 있지 않으며, 발전적 인물의 성격 형성도 전혀 드러나지 않는다. 각각의 단편소설이 서로 다른 각도에서 농촌의 현실을 보여 주며 결합함으로써 그 상황의 확대를 가능하게 하고 있는 것이다. 물론 「우리 동네」는 단편소설의 연결 자체가 내적인 연관성보다는 외적인 틀에 의해 이루어지고 있으므로 연작의 방법이 폐쇄적인 것은 아니다. 얼마든지 유사한 삽화가 중첩될 수 있다. 그러나 중첩의 가능성이 열려 있는 형식임에도 「우리 동네」에서 상황과 주제의 단계적 발전을 찾아볼 수 없다. 이런 현상은 외형적인 틀이 암묵적으로 요구하고 있는 병치의 방법이 이야기의 지속적 발전을 차단시킨다는 점과 직결된다. 그리고 바로 이 같은 특징으로 인하여 주체적인 자기 발전을 실현하기 어려운 상황에 갇혀 있는 오늘의 농촌의 현실을 「우리 동네」가 연작소설의 형태를 통해 구현하고 있는 것이라고 설명할 수 있다. 결국 「우리 동네」의 연작소설 형태는 구체적인 농촌 현실의 다양한 면모를 제시하기에 알맞은 이완된 형식으로 자리 잡고 있다.

한승원[21]의 소설은 산업화 과정이라든지 근대화의 물결과 별로 관계없는 토속적인 공간을 무대로 삼고 있다. 소설집 『앞산도 첩첩하고』 (1977) 이후 『불의 딸』(1983), 『포구』(1984) 등에서 그가 그려 내고 있는 세계는 모두 도시적 정서와는 거리가 먼 남도의 작은 어촌이거나 섬마을이다. 물론 작가는 단순한 토속적 공간의 풍물을 재현하는 데 그치지 않는다. 그 속에 살고 있는 사람들의 한 많은 삶과 끈질긴 생명력이 함께 그려진다. 소설 「불의 딸」은 일종의 연작 형식으로 이어지는 이야기 속에서 한국인들의 전통적인 삶의 공간이 일제 식민지 시대와 한국전쟁을 겪으면서 붕괴되는 과정을 제시하고 있다. 특히 주인공의 귀향을 반복적인 모티프로 활용함으로써 이미 무너져 버린 옛 터전에서 자기 존재를 확인하는 한 인간의 모습을 극적으로 포착하고 있다. 그러므로 소설 속의 토속적 공간은 지리적으로 유폐되어 있는 작은 마을이 아니라, 역사와 함께하는 삶의 공간이라는 점이 분명하게 드러나고 있다. 한승원의 소설에서 중요한 모티프로 자주 등장하는 무속의 세계도 관심의 대상이 될 만하다. 그것은 한국인들이 지니고 있는 일종의 운명론적 세계관에 대한

---

21 한승원(韓勝源, 1939~ ). 전남 장흥 출생. 서라벌예대 문예창작과 졸업. 1968년 《대한일보》 신춘문예 소설 당선. 이상문학상 수상. 작품집 『앞산도 첩첩하고』(1977), 『안개 바다』(1979), 『아제 아제 바라아제』(1985), 『폭군과 강아지』(1986), 『우리들의 돌탑』(1988), 장편소설 『신들의 저녁노을』(1980), 『불의 딸』(1983), 『포구』(1984), 『초의』(2003), 『다산』(2008) 등 출간. 참고 문헌: 이태동, 「역사의 물결과 생명력의 흐름—한승원 작품론」, 《월간중앙》(1979. 12); 김치수, 「개성과 소설」, 《표현》(1980. 5); 권영민, 「한승원 소설의 토속적 공간과 현실」, 『소설과 운명의 언어』(현대소설사, 1992).

작가의 깊이 있는 이해와 관련된다.

이 밖에도 송기숙의 소설집 『자랏골의 비가』(1977)에 수록된 작품들 가운데 농촌의 실상을 비판적으로 그려 낸 것들이 많고, 김춘복의 「쌈짓 골」(1976)도 농촌의 현실을 파헤친 작품으로 주목받았다.

### 도시 변두리의 삶과 노동의 현장

산업화 과정의 농촌의 현실과 좋은 대조를 이루고 있는 것은 도시 변 두리 하층민들의 삶이다. 이들은 대부분 농촌을 떠나 도시로 나온 농민들 이다. 도시의 일용 노동자로 전락한 이들의 삶의 문제는 1970년대 이후 한국 사회가 안고 있는 또 하나의 사회 문제였다.

최일남[22]의 소설 세계는 작품집 『서울 사람들』(1975), 『타령』(1977)에 서 볼 수 있는 세태 묘사와 현실 풍자가 중심을 이루고 있다. 그의 소설 에는 산업화 과정에서 소외된 서민층의 삶의 애환, 근대화의 물결을 외 면할 수밖에 없는 농민들의 궁핍한 현실 등이 풍자적 언어와 비판적인 시각으로 그려진다. 특히 『타령』에 수록된 작품들은 도시 서민들의 생활 을 냉철한 시각으로 꿰뚫어 보고 그 다양한 일상의 이야기들을 치밀하게 묘사하고 있다. 도시 변두리의 시장 거리를 배경으로 서민들의 힘든 하 루하루의 생활을 그려 낸 소설 「타령」에는 삶에 대한 그들의 집착과 끈

---

22 최일남(崔一男, 1932~ ). 전북 전주 출생. 서울대 국문과 졸업. 1953년 《문예》에 소설 「쑥 이야기」 추천. 이상문학상 수상. 소설집 『서울 사람들』(1975), 『타령』(1977), 『흔들리는 성』(1977), 『춘자의 사계』 (1979), 『너무 큰 나무』(1981), 『누님의 겨울』(1984), 『그때 말이 있었네』(1989), 장편소설 『거룩한 응달』 (1982), 『고여 있는 시간들』(1989), 『숨통』(1989), 『덧없어라 그 들녘』(1996), 『아주 느린 시간』(2000), 『석류』(2004) 등 발간. 참고 문헌: 김병익, 「사회 변화와 풍속적 고찰 — 최일남론」, 《문학과지성》(1975. 가을); 김윤식, 「막힘 없이 흐르는 부계 문학 — 최일남의 작품론」, 《문학사상》(1986. 11); 권영민, 「최일 남의 비판적 형식으로서의 소설」, 『소설과 운명의 언어』(현대소설사, 1992).

기가 과장되지 않게 나타나고 있으며, 훈훈한 인정까지도 느낄 수 있다. 최일남은 '출세한 촌놈'들의 허황된 자기 과시를 희화적으로 그리기도 하고, 물질적인 것에 집착하면서 삶의 참다운 가치를 상실해 버린 왜곡된 세태를 비판하기도 한다. 그의 소설에서 가장 자주 등장하는 것은 농촌을 떠나 서울에 근거를 마련하고 살면서 어느새 서울 사람이 되어 버린 소시민들이다. 「서울 사람들」(1975), 「차 마시는 소리」(1978), 「우화」(1978), 「고향에 갔더란다」(1982) 등은 모두 그 같은 '출세한 촌놈'들의 졸부 행세나 위선적인 자기 과시 등을 풍자하고 있다.

소설 「서울 사람들」에는 네 사람의 인물이 등장한다. 그들은 모두 시골 출신의 고교 동창생들로 어렵게 대학을 마치고 결혼을 하여, 이제는 어엿한 직장과 가정을 가진 30대 후반의 사내들이다. 서울 생활에 지친 그들은 함께 옛날의 시골 정취를 느껴 보기 위해 시간을 내어 시골로 여행을 떠난다. 잠시나마 토장국과 호박쌈을 먹던 옛 농촌 생활로 돌아가 보고자 한 것이다. 해가 저물어 산골에 도착했으나 여인숙 하나 없다. 그들은 이장 집으로 찾아가 숙식을 부탁한다. 그들이 받은 저녁 밥상은 김치와 우거짓국의 단촐한 반찬이다. 막걸리로 반주하며 모두들 옛 고향의 맛이라고 좋아한다. 남폿불을 밝히고 고향 이야기로 밤을 지샌다. 그러나 하루가 지나자 그들은 점점 답답해진다. 막걸리 대신 찬 맥주 생각을 하고 커피 한 잔이 간절해진다. 그들은 결국 예정된 날을 앞당겨 상경하고, 그길로 다방에 들러 커피 한 잔, 생맥주 한 잔씩을 나누고 귀가한다. 이 소설의 등장인물들이 다시 경험한 고향의 체취는 비록 자신들의 뿌리에 속하는 것이지만 이제는 오히려 이질적인 것으로 다가온다. 작가는 그것을 '속물의 꼬리'라고 말한다. 그러나 그것이 현실이고 그들의 삶이다. 그들이 속물이라면 대부분의 도시인들 역시 그러한 셈이며, 그것은 급격한 도시화로 인해 고향을 상실해 버린 1970년대 도시인들의 자화상인 것이다. 그러므로 고향의 기억을 찾아 나서는 여행 끝에는 어김없이 환멸이 도사리고 있다. 그것은 다름 아닌 자기 자신에 대한 환멸이며, 결국 고향의 기억은 이미 그들 안에서 흔적만으로 존재할 수밖에 없다는 쓸쓸한 고백이기도 하다. 또한 그것은 땔나무를 하던 어린 시절을 거쳐 도시의 직장인으로 변모한 '촌놈'들의 자화상이기도 하다.

소설「고향에 갔더란다」는「서울 사람들」에서 느낄 수 있는 정서와는 전혀 상반된 의미가 함축되어 있다.「서울 사람들」과 같은 작품의 주인공들은 자신의 출세를 가능케 해 준 고향, 여전히 옛날의 생활에 머물러 있는 그 고향에 대해 은밀한 부채 의식과 함께 자신들의 도시 생활의 편의에 대한 문화적 우월감을 은연중에 과시하고 있다. 그러나 이 귀향 이야기에서는 전혀 사정이 다르다. 주인공을 맞아 주는 고향의 풍경은 딴판이다. 그는 당연하게도 열패감을 느낀다. 고향은 그의 성공을 더 이상 우러러보지 않으며, 그러한 대우를 은밀히 기대했던 주인공을 오히려 질타하고 교정하려 한다. 이제 그들에게 고향은 존재할 수 없다. 그러므로 이 소설의 주인공이 느끼는 열패감은 자신의 허위의식에 대한 것이기도 하지만, 궁극적으로는 고향이 영원히 사라져 버렸다는 사실에 대한 절망감으로 읽힐 수 있는 것이다.

「고향에 갔더란다」에서 확인할 수 있듯이 최일남의 소설에는 이제 1970년대적인 의미의 고향은 존재하지 않는다. 이와 동시에 그의 소설에서는 날카로운 역사적 감각, 현실에 대한 비판 의식이 전면에 드러나기 시작한다. 그의 1980년대 작품들을 담은 작품집『누님의 겨울』(1984)에서『그때 말이 있었네』(1989)에 이르기까지, 그는 역사와 현실에 대한 민감한 정치적 감각을 유창한 문체로 형상화하고 있다. 그가 비판의 대상으로 삼은 타락한 정치, 위선적인 지식인의 모습, 물질 만능의 세태 등은 그러나 직접적이라기보다는 역설과 풍자의 언어로 표현된다. 그것은 그의 문학 정신이 가지고 있는 유연함과 탄력성의 산물이다.

농촌의 현실과 대비되는 또 다른 삶은 노동자들의 생활이다. 삶의 터전을 제대로 일구지 못하고 노동의 현장을 따라가면서 부당하게 억압당하고 착취당하는 노동자들의 각박한 삶의 문제는 조세희[23]의 연작소설『난장이가 쏘아올린 작은 공』(1978)을 통해 그 소설적 형상화에 성공하고 있다. 「난장이가 쏘아올린 작은 공」은 독립된 단편소설들의 결합을 통해 장편소설에 이르는 전형적인 연작소설의 형태를 보여 준다. 억눌리고 짓밟힌 계층을 표상하는 난장이 가족은 도시로부터 밀려오는 변화의 바람, 도덕적 규범의 불안정성, 사회적인 질서와 소외 등으로 인하여 삶의 기반이 근본적으로 파괴된다. 작가 조세희는 난장이 가족을 둘러싼는 삶의 외양과 사회적 분열을 이완된 형식으로서의 연작소설을 통해 정밀하게 묘사하고 있다. 그는 욕망과 행위, 빼앗는 자와 빼앗기는 자, 노동자와 고용주, 어둠과 밝음, 의지와 좌절 등으로 대별되는 현실의 이중적 국면을 작품의 구조와 문체의 원리로 활용한다. 그리고 갈등의 양상만이 아닌, 대립과 투쟁을 통한 자기 인식과 거기에 근거한 보다 높은 차원의 화해를 꿈꾸고 있다.

「난장이가 쏘아올린 작은 공」은 모두 12편의 단편소설들이 결합되어 있다. 이 작품의 전체적인 이야기는 난장이 일가의 삶으로 요약되는데, 산업화 과정에서 자기 삶의 터전을 일구지 못한 도시 노동자들의 비참

---

23 조세희(趙世熙, 1942~ ). 경도 가평 출생. 경희대학교 국문과 졸업. 1965년 《경향신문》 신춘문예에 소설 당선. 동인문학상 수상. 소설집『난장이가 쏘아 올린 작은 공』(1978), 『시간여행』(1983) 등 출간. 참고문헌: 이동렬, 「암울한 시대의 밝은 조명」, 《문학과지성》(1978. 가을); 송재영, 「삶의 현장의 그 언어」, 《세계의문학》(1978. 가을); 김병익, 「대립적 세계관과 미학」, 《문학과지성》(1978. 겨울); 성민엽, 「이차원의 전망」, 『한국문학의 현 단계』 2(창작과비평사, 1983); 김윤식, 「우리 소설의 문제점과 그 진단 — 난장이 문학론」, 《소설문학》(1984. 12~1985. 1); 문흥술, 「뫼비우스 띠와 연작형 그리고 난장이의 죽음 — 조세희론」, 《문학사와 비평》, 3집, 1994); 김인환, 「현실과 도덕 — 조세희론」, 《작가세계》(2002. 가을).

한 생활과 절망이 인상적으로 결합되어 있다. 소설 「난장이가 쏘아올린 작은 공」에서 중시되는 대립과 갈등, 화해와 사랑, 빼앗는 자와 빼앗기는 자의 거리, 의지와 좌절, 어둠과 빛, 가진 자와 가지지 못한 자의 관계 등은 모두 작품 구조의 특성과 직결되어 있다는 점에서 그 연작성의 의미가 특히 주목된다. 이 작품이 활용한 연작의 방법은 계기적 결합의 원칙을 따르는 것이다. 각각의 단편소설들은 이야기의 전체적인 내용을 중심으로 내적 결합이 가능한 서술상의 단계를 고려하여 배열되고 있다. 다시 말하면 인물의 행위의 연결을 근거로 하는 플롯의 개념에 따라 단편소설들의 결합이 가능해지고 있다는 것이다. 「난장이가 쏘아올린 작은 공」이 보여 주는 이러한 연작의 방법은 이 작품이 거둔 소설적 성과와 직결된다. 그것은 우선 '대조의 효과'라는 말로 규정할 수 있는 기법의 성공을 뜻하는 것이다. 「난장이가 쏘아올린 작은 공」이 연작소설의 형태로 발표되기 시작한 것은 12편의 단편 중의 하나인 「칼날」과 「뫼비우스의 띠」에서 비롯된다. 이 작품에서 난장이의 존재는 지극히 상징적인 소설적 장치로 그려진다. 일상의 현실에서 무위의 삶에 부대끼는 한 젊은 주부의 눈을 통해 난장이의 존재가 발견되며 철거민을 상대로 하는 아파트 입주권 사기 사건 속에서 난장이의 존재가 정의로운 힘의 존재로 드러난다. 「우주여행」에서도 난장이는 비참한 삶의 주인공으로 표상된다. 이러한 일련의 방법은 난장이로 표상되는 비극적 존재의 원근법적인 인식에 다름 아니다. 난장이는 이러한 과정을 거쳐 연작소설의 내용을 압도하는 주인공으로 자리 잡고 있기 때문이다. 「난장이가 쏘아올린 작은 공」의 전체 이야기 가운데 중간 부분은 난장이 일가의 비참한 몰락을 중심으로 꾸며지며 그 뒤에 이어지는 이야기에서 물질적 풍요를 누리고 살아가는 자본가 계층의 삶이 대조적으로 연결된다. 어두운 그늘이 있는 만큼 더욱 밝은 부분이 있기 마련이라는 판단이 자연스러울 정도로 분열되어 있는 대조적인 두 세계의 모습에서, 난장이의 존재는 하나의 좌절된 삶의 상징처럼 부각되고 있다. 그리고 이 같은 기법의 효과는 연작성의 방법에서 오는 주인공의 순환, 주제의 심화, 상황의 확대 등을 바탕으로 극대화된다고 할 것이다.

「난장이가 쏘아올린 작은 공」에서 작가 조세희가 주목하고 있는 문제는 난장이로 대표될 수 있는 가난한 노동자들의 삶의 세계와 재벌로 대표되는 가진 자들의 악덕의 세계의 대립이다. 이 두 세계는 현실 속에서 양립하면서도 결코 하나로 통합되지 못한다. 작가는 현실의 분열을 극복하기 위한 여러 가지 도전적인 방법들을 동원하지만 「난장이가 쏘아올린 작은 공」의 세계에서 그것은 한낱 희망에 불과하다. 노동자들은 분열된 현실의 통합을 꿈꾸지만, 자기 세계의 절대성에 안주하려는 가진 자들의 횡포로 인하여 모두 좌절되고 만다. 난장이 일가의 구성원들은 개인적인 안위만을 위해서가 아니라 인간 세계에서의 공동체적인 삶의 가능성을 향한 독특한 신념을 유지하고 있다. 그러나 물신주의의 욕망, 비뚤어진 개인적 이기심 등이 난장이 일가의 사랑에 대한 기대를 모두 짓밟아 버리는 것이다. 물론 작가는 이 같은 갈등의 현실을 극복하기 위해 새로운 사회계층의 등장에 대해서도 나름대로의 희망을 갖고 있다. 이른바 중산층의 등장과 그 형평성을 잃지 않은 시각이 바로 거기에 해당된다. 「난장이가 쏘아올린 작은 공」에 드러난 중산층의 관점은 사랑과 화해와 통합으로 통한다. 그러나 그것이 역동적으로 작용할 만큼 사회적 기반을 형성하지 못하고 있기 때문에 하나의 가능성만을 상정하고 있는 셈이다.

「난장이가 쏘아올린 작은 공」은 노동자계급의 등장과 그 사회적 성장의 과정에서 노정된 계층적 갈등 문제를 소설적 상상력을 통해 가장 폭넓고 깊이 있게 분석해 낸 문학적 보고서에 해당된다. 1970년대 노동문학의 가장 큰 성과의 하나로 손꼽히는 이 작품은 현실에 대한 비판적 인식, 반리얼리즘적인 독특한 단문형의 문체 및 서술자와 서술 상황을 바꾸어 기술하는 시점의 이동 등이 연작의 형식과 잘 조화를 이루고 있다. 「난장이가 쏘아올린 작은 공」의 후문(後聞)의 형식으로 이루어진 소설 「시간 여행」(1983)은 소설적 긴장은 적어졌지만, 주제 의식의 경직에서 벗어나고자 하는 작가의 실험적 기법이 주목되고 있다.

윤흥길[24]은 철저한 리얼리즘적 기율에 의해 시대의 모순과 근대사에 대한 심원한 통찰력을 보여 주면서도, 한편으로는 일상에 대한 작고 따뜻한 시선을 던지고 있다. 그가 문단적 기반을 다질 수 있게 만들어 준 소설 「장마」(1973)는 한국전쟁을 다루고 있으나, 단순한 비극에 그치지 않고 감동적인 화해의 모습을 형상화했다. 그의 작가적 관심이 예각적으로 드러나고 있는 것은 산업화 과정에서 돌출하고 있는 노동 계층의 삶의 문제를 소설적으로 형상화하한 작품들이다. 그는 1977년 발표된 「아홉 켤레의 구두로 남은 사내」, 「직선과 곡선」, 「창백한 중년」 등의 연작에서 왜곡된 산업화가 초래한 사회적 모순을 비판적 시각으로 포착하고 있다. 이 소설들에서 작가는 문제적 개인으로 형상화되는 주인공을 통해 자의식의 탈피, 노동 현장에의 투신, 새로운 자기 각성 등으로 이어지는 의식의 성장을 추적하면서 한 시대의 정신적 징후를 드러내고 있는 셈이다.

소설 「아홉 켤레의 구두로 남은 사내」는 철거 이주민을 위해 대대적으로 개발된 도시를 배경으로 하여, 전과자로 전락한 한 소시민의 독특

---

24 윤흥길(尹興吉, 1942~ ). 전북 정읍 출생. 원광대학교 국문과 졸업. 1968년 《한국일보》 신춘문예에 소설 당선. 현대문학상 수상. 소설집 『황혼의 집』(1976), 『아홉 켤레의 구두로 남은 사내』(1977), 『꿈꾸는 자의 나성』(1987), 장편소설 『묵시의 바다』(1978), 『에미』(1982), 『완장』(1983), 『낫』(1995), 『소라단 가는 길』(2003) 등 발간. 참고 문헌: 김치수, 「소설에 대한 두 질문」, 《문학과지성》(1978. 봄); 천이두, 「묘사와 실험 — 윤흥길론」, 《표현》(1980. 5); 이보영, 「난세의 삶과 암묵의 초점」, 《현대문학》(1981. 8); 김병익, 「사회의 단면과 현실 풍가」, 《현대문학》(1983. 3).

한 성격과 삶을 묘사하고 있다. 소설 속의 화자는 여러 해에 걸친 셋방살이 끝에 약간 무리를 하여 집을 장만하고 방 한 칸을 세놓는다. 한 노동자의 가족이 그 방에 들어온다. 그 노동자는 성남 지구 택지 개발이 시작될 때 내 집 마련의 꿈을 안고 철거민의 권리를 사서 들어왔으나 당국의 불합리한 요구에 의해 꿈이 무산되자, 비슷한 처지의 사람들을 모아 투쟁위원회를 조직하고 이에 대항하게 된다. 그는 왜소한 체구의 평범한 소시민이었으나 자신도 모르는 사이에 시위를 주도하게 되고, 경찰에 체포되어 감옥 생활을 했으며, 지금은 경찰의 사찰 대상으로 낙인찍혀 있다. 그 노동자는 셋방살이를 시작한 후 막노동판을 전전하는 궁핍한 생활을 한다. 집주인은 순박하지만 자존심 강한 그를 동정 어린 눈으로 바라본다. 그런데 그 노동자의 아내가 출산에 임박하여 병원으로 옮겼으나 수술을 해야 할 처지에 이른다. 집주인의 도움으로 그의 아내는 무사히 출산했으나, 그 사실을 모르는 그는 그날 밤 취중에 복면을 하고 주인집 안방에 침입한다. 그러나 아무것도 훔쳐가지 못한 그는 그날 이후 행방불명이 된다. 이 소설의 주인공은 경제적인 능력이 없으면서도 자존심은 강한 평범한 소시민이다. 그의 자존심은 늘 반짝거리게 닦아 신고 다니는 그의 구두에서 증명된다. 다른 행색은 남루한데도 유독 구두만은 아홉 켤레나 가지고 있다. 또한 경찰의 사찰 대상자이긴 하지만, 그의 성격은 온순하기 이를 데 없다. 이러한 그의 인물됨으로 인해 그는 주변 사람들의 은밀한 애정의 대상이 된다. 심지어는 그를 담당하는 순경조차 그의 순박성을 인정하고 있다. 작가는 이러한 그의 성격을 시종일관 특징적으로 형상화하고 있으며, 바로 그와 같은 성격의 소유자가 문제적인 인물이 될 수밖에 없는 현실의 문제를 은밀하게 드러내고 있다. 자기의 성실성을 제대로 인정받지 못하자 주인공은 순박함과 강직함의 일견 모순되는 두 가지 성격의 소유자가 된다. 이 두 요소가 그의 성격화 과정에 조화롭게 공존할 수 있는 것은, 작가가 지닌 탁월한 관찰력과 묘사력의 힘에서 비롯되는 것이라 할 수 있다. 윤흥길은 1980년대에 들어서면서 「완장」(1983)과 같은 장편소설을 통해 권력의 속성에 대한 날카로운 비판 의식을 풍자와 해학을 통해 표현하고 있다. 장편 「에미」(1982) 또한 격동의 현대사를 살아온 여인의 고단한 수난사를 애정 어린 시선으로 형상화하고 있어 그의 대표작이라 할 만하다.

1980년대에 접어들면서 노동 문제에 대한 소설적 인식과 그 방법 자체도 상당한 변화를 드러낸다. 1980년대 후반부터 일기 시작한 민주화 운동과 정치적인 체제 개방은 권위주의적 사회체제의 청산이라는 거대한 변화를 실감케 했다. 노동운동의 경우에도 제도적인 억압에 시달려 온 노동자들의 축적된 불만이 폭발함으로써 노동자들의 상대적인 박탈감과 소외 의식이 구체적으로 노출되기에 이른다. 이러한 시대적 현실의 변화에 따라 1980년대의 노동소설들은 작가의 관점과 개성에 따라 약간의 차이가 있긴 하지만, 대체로 1980년대에 들어서면서 더욱 고조된 노동운동의 방향과 그 지표를 일정 부분 반영하고 있다. 노동 현장의 열악한 환경과 노동조건, 사용자의 이기심에 기인한 불평등한 처우와 분배, 노동자들의 불만과 배반감 등은 이 시기의 소설에서 가장 많이 다루어진 내용들이다. 물론 노동소설이라는 것의 범주를 노동자계급의 입장에서 노동자계급이 지니고 있는 사회적 이념을 그들의 삶을 통해 그려 내는 것이라고 하여 그 속성을 보다 이념적으로 규정하고자 하는 의견도 제시된 적이 있다. 그렇지만 1980년대의 노동소설이라는 것이 노동자의 계급의식을 중심으로 논의되기에는 그 폭이 넓고 다양하다. 오히려 한국 사회의 산업화 과정에서 야기된 사회 문제로서, 노동자들의 삶의 불균형이 더욱 직접적인 문학적 관심사가 되고 있다고 할 것이다.

1980년대의 노동소설 가운데 방현석의 「새벽 출정」(1989)과 유순하의

「생성」(1988)은 노동운동의 성격이나 노동 계층의 이념 등에 대해 몇 가지 중요한 차이점을 드러내고 있다.

「새벽 출정」은 노동계급의 이념적 요구를 강렬하게 반영하는 작품이다. 노동자들을 착취하고 위장 폐업으로 자신의 비리를 감추려는 경영주에 맞서서 노동자들이 오랜 기간의 농성 끝에 다른 회사의 노동자들과 연대하여 가두시위를 벌이려고 새벽 일찍 공장을 나서는 이야기가 핵심 줄거리이다. 악덕 기업인과 노동자들의 극한 대립과 갈등을 그린 이 소설에서 가장 두드러지게 드러나는 것은 비도덕적인 기업주의 악덕과 노동자들의 희생이다. 이 두 가지의 상대적인 대립이 갈등을 증폭시키고 있기 때문에 공장주에 대한 적개심과 분노가 동시에 폭발하고 있다. 이 소설에서 드러나는 계급의식과 체제 변혁의 의지가 정치적 목적성까지 의도하고 있는 것이라면, 이 작품의 문학적인 의미는 갈등의 극단적인 양상을 포착하는 작가의 의지에 고정될 수밖에 없다. 유순하의 「생성」은 소설 속에 나타난 작가의 계급적 입장이 앞의 「새벽 출정」과는 상당한 거리를 두고 있다. 이 작품도 역시 그 소재는 공장 노동자들이 벌인 파업의 현장이 주축을 이룬다. 그런데 이 작품은 기업주의 악덕과 노동자들의 희생을 강조하고는 있지만, 그것을 어느 한 편에 서서 파악하고 있는 것은 아니다. 작가가 노린 것은 노사 갈등의 양상 그 자체에 대한 총체적인 인식이기 때문에, 기업주의 문제와 노동자의 문제, 그리고 중간 관리자들의 문제까지도 모두 함께 조명하고 있다. 그 결과 이 소설은 노동의 문제가 노동자의 희생이나 자기소외뿐 아니라, 자본주와 중간관리층에게도 피할 수 없는 인간성의 황폐화를 초래한다는 사실을 보여 준다. 노동자들을 착취하여 자기 일신을 위해 부를 축적한다 하더라도, 자본주들이 지니고 있는 바로 그 탐욕적인 물질주의가 그 자신과 가족들의 삶까지도 인간의 참다운 가치를 몰각하게 만든다. 악덕 기업인에게 고용된 관리자들은 기업주의 요구와 노동자들의 요구 사이에서 갈등을 겪으며 참담한 고뇌에 빠지기도 한다. 이러한 여러 부류의 인간형을 노사 갈등의 현장에서 예리하게 포착해 낸 작가는 사회적 통합과 공생의 원리를 암시함으로써 극단적인 투쟁에의 유혹을 벗어나고 있다.

이 시기에 노동문학에 대한 논의가 활발해지면서 노동운동의 현장을 그려 낸 김영현의 「달맞이꽃」(1989) 등이 발표되고 있다. 이러한 노동소설의 출현과 때를 같이하여《노동문학》,《노동해방문학》과 같은 잡지가 출현하였으며, 문학의 예술성과 정치적 운동성, 예술의 전문성과 집단성에 대한 논의도 일어나게 되었다.

### (3) 소설과 분단 극복의 논리

#### 분단 의식과 문학

산업화 시대의 소설이 보여 주는 또 다른 특징적 경향의 하나는 민족의 분단과 한국전쟁의 비극적인 체험을 재현하고자 하는 노력이 지속적으로 전개되고 있다는 점이다. 이미 1950년대의 전후문학에서부터 민족 분단의 비극은 문학의 중심 테마가 되어 왔으며, 현실에 뿌리를 내리지 못하는 삶의 부동성과 의식의 억눌림 상태가 분단이라는 상황과 연관되어 있음을 깊이 있게 검토하고 있는 소설도 적지 않다. 그러나 이념의 대립과 민족의식의 이질화를 극복하기 위해 차원 높은 민족적 동질성의 회복을 꾀하고 있는 대부분의 소설은, 1970년대 중반 이후부터 민족문학론의 논리적 전개에 근거하여 널리 등장하고 있다. 민족문학론이 민족의 삶에 대한 총체적인 인식을 문제 삼는 데까지 그 논리를 확대하게 되자,

민족의 삶의 총체성을 확립할 수 없게 만들고 있는 분단 상황에 대응하기 위해 문학의 새로운 지표가 논의된다. 그리고 분단 체제에 의해 훼손된 민족 공동체의 회복을 지향하는 문학을 적극적으로 요구하게 되었음은 물론이다. 그러므로 분단 극복의 의지를 구현하기 위해, 해방에서 한국전쟁으로 이어지는 비극적인 역사의 현장을 다시 조명해 가는 소설들이 등장할 수 있게 된 것이다.

산업화 시대의 작가 가운데에서 전상국, 이동하, 김원일, 윤흥길, 유재용, 조정래, 현기영 등은 분단의 현실의 정신적 극복이라는 문학적 주제에 적극적인 관심을 보인다. 이들이 민족 분단의 현실을 소설적 관심의 대상으로 문제 삼게 된 것은 무엇보다도 분단 상황의 고착 상태를 기정사실화하는 여러 가지 사회적 조건에 대한 반발과 그 새로운 인식에 기인한다. 더구나 소년기에 민족 분단과 한국전쟁을 체험한 이들은 한 세대를 넘어서는 시간적인 간격을 유지하면서 조심스럽게 자기 체험을 객관화하려는 의욕도 드러내는 것이다. 이 작가들은 객관적인 시간적 간격을 유지할 수 있게 됨으로써 1950년대의 전후소설이 보여 준 자폐적인 공간을 뛰어넘을 수 있고, 1960년대 소설의 소시민적인 피해 의식도 극복해 낼 수 있는 가능성을 확보하게 된다. 그리고 지극히 인간적인 태도로 자기 체험의 과거 속을 드나든다. 그런데 이 작가들은 소년 시절에 한국전쟁을 경험했기 때문에, 이념의 대립과는 아무런 관계 없이 폐허 속에서의 고통과 죽음에 대한 공포만이 생생한 기억으로 회상된다. 그러나 이들은 이러한 체험 자체에 집착하지 않는다. 오히려 당시의 전쟁과 그 비극적 양상이 오늘의 현실에서 어떻게 인식될 수 있는 지를 문제 삼는다. 분단과 전쟁과 피난의 과정을 통해 이루어진 삶의 근원의 상실, 그로 인한 현실적 갈등을 더 큰 문제로 제기하고 있는 것이다. 결국 이들이 그려 내는 분단의 현실은 역사적 사건으로 고정되는 것이 아니라 당대의 삶의 조건으로 삶의 방식에 커다란 영향을 미치고 있는 셈이다. 이들의 소설은 시간적 간격을 갖고 있는 전쟁의 체험을 현실적 상황과 결부시킴으로써 과거와 현재의 중첩, 상황의 지속적 조건 등을 동시에 포괄하고 있으며, 분단 현실의 정신적인 극복을 지향하고 있는 것이다.

1970년대 중반 이후 분단 상황에 대한 비판적 인식을 소설적으로 형상화한 작품들 가운데 분단문학의 새로운 가능성을 보여 주고 있는 것은 '이산(離散) 문학'이라고 일컬어지는 소설들이다. 이 소설들은 한국전쟁으로 인한 가족 구조의 파괴와 혈연 의식의 훼손을 문제 삼은 것들이 대부분이다. 이러한 작품들은 대개 혈연 의식의 회복을 통해 이데올로기의 허구를 규명하고자 한다. 「장마」(윤흥길), 「어둠의 혼」(김원일), 「아베의 가족」(전상국), 「철쭉제」(문순태) 등은 모두 분단 이데올로기를 해체함과 아울러 훼손된 민족적 동질성을 혈연 구조의 재구성을 통해 회복하려는 시도를 보여 주고 있다. 분단 문제를 이데올로기의 요청과 다른 차원에서 극복하고자 하는 이 같은 유형의 문학은 회상적 진술, 시점의 이중성, 이데올로기로부터의 영향 밖에 존재했던 소년 시대의 관점을 동원하는 소설적 장치까지 마련하면서 그 진폭을 확대해 오고 있다. 그러나 분단 문제에 대한 이 같은 접근법은 혈연 의식이라는 것 자체가 갖는 심정주의적 속성으로 인하여, 역사적 사실에 대한 명확한 재인식보다는 과거에 대한 용서와 화해를 더욱 중요시하는 경향을 드러내고 있다.

그런데 분단문학의 속성을 이데올로기의 선택 문제와 연결 지어 접근하는 또 다른 유형의 소설이 분단문학의 의미를 더욱 풍부하게 하고 있다. 소설 「영웅시대」(이문열), 「환멸을 찾아서」(김원일) 등은 이데올로기에 대한 비판적 인식을 바탕으로 하여 이념적 분열에 의해 파괴된 민족의식의 실체 규명을 시도하고 있다. 이 작품들은 이데올로기의 개념적 인식 수준에 머물고 있다는 비판을 받기도 하지만, 분단 논리에 대한 정공법적인 접근이 이데올로기 소심증에 걸려 있는 우리 문학의 위축을 어느 정도 벗어날 수 있게 했다는 평가를 받을 만하다. 그리고 이 작품들과 함께 분단의 실상과 전쟁의 비극을 해부하면서 한국 현대사의 역사적 전개 과정 속에 감춰져 있던 모순된 사회구조까지 동시에 추적해 보려는 노력들도 계속되고 있다. 「인간의 문」(조정래), 「순이 삼촌」(현기영), 「귀향」(현길언), 「아버지의 땅」(임철우) 등의 작품은 모두 분단 논리의 파행적인 편협성으로 인하여 은폐되었던 역사의 진실을 파헤치려는 의욕이 부각된다. 말하자면 좌익이라는 낙인을 찍어 역사 위에서 제거해 버린 진실을 확인하기 위해 오늘의 현실까지도 비판적으로 재인식할 것을 요구하는 작품들이 나타나고 있는 것이다. 「겨울 골짜기」(김원일), 「태백산맥」(조정래) 등이 그 대표적인 예다. 장편소설의 장르적 가능성을 최대한 활용하고 있는 이 소설들은 민족 내적인 영역에서 발생한 이념 갈등과 분열을 철저하게 규명하는 작업을 소설적 출발로 삼았다는 점에서 이데올로기에 대한 관념적 접근법의 한계를 극복하고 있다. 「태백산맥」은 이데올로기의 대립 과정으로 주인공들이 편입되는 현상을 봉건적인 계급 구조의 모순과 그 모순을 극복하기 위한 방법으로 설명한다. 이것은 분단 시대 단초에 해당하는 해방 직후의 현실에서 흔하게 볼 수 있었던 장면이다. 이 같은 접근법은 이데올로기의 문제에 대한 관념적 이해보다 절실하게 분단 문제를 드러내며, 이념적 분열의 실상을 밑바닥에서부터 보여 주고 있는 셈이다.

## 민족 분단과 이산가족 문제

김원일[25]은 분단 문제의 소설적 인식에 가장 철저했던 작가 가운데 한 사람이다. 그의 작품 세계는 「어둠의 혼」(1973), 「노을」(1978), 「도요새에 관한 명상」(1979), 「환멸을 찾아서」(1982), 「겨울 골짜기」(1987), 「마당 깊은 집」(1988) 등을 통해 확인할 수 있는 것처럼, 한국의 민족 분단과 그 역사적 비극을 배경으로 하고 있는 것이 대부분이다. 그러나 그의 작품 세계는 분단 문제를 형상화하는 방식에 있어서 크게 두 가지로 나뉜다. 첫 번째 계열은 국토가 분단되고 민족의 이념적 분열과 대립이 이루어지는 과정을 총체적으로 재현하고자 하는 「불의 제전」(1982)과 「겨울골짜기」 등이다. 이 작품들은 이념적 요구와 그 맹목성이 인간의 존엄성을 파괴하고 공동체의 가치를 훼손시키며 궁극적으로 동족 간의 전쟁에 이르는 과정을 치밀하게 형상화해 낸다. 두 번째 계열은 남북 분단과 전쟁의 피해자들이 타인에 대한 사랑과 이해를 통해 그 상처를 극복해 내는 과정을 그린 「어둠의 혼」, 「노을」, 「미망」 등이 있다. 이 작품들은 이데올로기의 잔혹성을 비판하면서 그 문제를 극복하고 인간 자체에 대한 사랑과 이해를 추구하려는 열망을 담고 있다.

김원일이 분단 문제에 대한 작가적 관심을 구체적으로 드러내기 시작

---

25 김원일(金源一, 1942~ ). 경남 진영 출생. 영남대학교 국문과 졸업. 1966년 대구 《매일신문》 신춘문예 소설 「1961년 알제리아」 당선. 소설집 「어둠의 혼」(1973), 「어둠의 축제」(1975), 「도요새에 관한 명상」(1979), 「환멸을 찾아서」(1982), 장편소설 「노을」(1978), 「불의 제전」(1983), 「겨울 골짜기」(1987), 「마당 깊은 집」(1988), 「늘 푸른 소나무」(1994) 등 발간. 참고 문헌: 김병익, 「비극의 각성과 수용」, 《현대문학》(1978. 10); 권오룡, 「개인의 성장과 역사의 공동체화」, 《문학과지성》(1979. 겨울); 김우종, 「비인간화와 개인의 자유」, 《현대문학》(1980. 1); 이보영, 「암담한 상황과 인간」, 《현대문학》(1981. 5); 정현기, 「얽힌 삶의 매듭 풀기」, 《문예중앙》(1984. 여름); 류보선, 「김원일론 — 분단문학의 새로운 지평을 위하여」, 《문학사상》(1989. 3); 권오룡 편, 「김원일 깊이 읽기」(문학과 지성사, 2002), 이성희, 「김원일 소설과 한국의 분단 현실」(부산대 출판부, 2011).

한 것은 소설 「어둠의 혼」에서부터이다. 이 작품에서 작가는 이념 갈등과 그로 인해 벌어지는 비극적 사건을 소년의 시선을 통해 포착하고 있는데, 이 점이 이 소설의 가장 큰 특징이다. 어린 소년의 시선으로 이데올로기 갈등을 서술한다는 것은 곧 이념의 문제를 가족적인 상황 안에만 국한시켜 다룬다는 것을 의미한다. 이러한 소설적 장치를 통하여 작가는 이데올로기 자체가 가지고 있는 문제를 정면에서 다루지 않을 수 있게 되며, 이데올로기 자체에 대한 가치 판단을 유보할 수 있다. 작가는 이 소설의 이야기를 저녁 한나절의 시간으로 압축하여 현재형의 문장으로 서술함으로써, 이념의 갈등과 그 비극성의 핵심에 놓인 아버지의 죽음과 이를 지켜보는 어린 소년의 내면을 더욱 생생하게 제시하고 있는 것이다.

장편소설 「노을」에서는 소설적 화자의 시선이 소년 시절의 감성에서 중년의 지적 고뇌로 이행되고 있다. 이것은 이념 갈등 문제에 대한 인식의 틀을 제시할 수 있을 정도로 역사가 성숙했고, 작가 자신도 정신적으로 성장했음을 뜻하는 것이라고 할 수 있다. 해방 직후의 혼란과 한국전쟁으로 이어지는 격동기의 체험이 보다 깊이 있게 그려진 이 소설에서 가장 중요한 발견은 분단과 대립과 갈등과 전쟁의 밑바닥에 민족 내부의 봉건적인 사회구조의 모순이 언제나 작용하고 있다는 점이다. 자신이 겪어 온 신분적인 멸시와 학대에 대한 보복 심리가 이념과 연결되면서 전쟁을 통해 격발하고 있다는 것을 쉽게 확인할 수 있다. 「노을」은 한 개인의 삶에 깊숙하게 각인되어 있는 분단의 상처를 드러내면서 그 상처의 치유 방법을 진지하게 모색하고 있다는 점에서 분단문학의 새로운 지평을 연 작품으로 평가된다. 이 작품은 아픈 과거가 담긴 고향에 대해 무조건 거부 반응을 보이던 갑수라는 주인공이 삼촌의 죽음으로 어쩔 수 없이 고향을 찾는다는 귀향 모티프를 서두에서 활용한다. 주인공은 그 귀향을 통해 잊었다고 생각하던 분단의 상처가 자신의 가슴 깊숙한 곳에 여전히 자리 잡고 있다는 사실을 확인할 뿐 아니라, 그 상처의 치유 없이는 인간다운 삶을 영위할 수 없다는 사실을 깨닫는다. 주인공은 자신의 과거를 객관적으로 조망하면서 결국 자신의 삶을 고통스럽게 만들어 버린 아버지를 떠올린다. 아버지는 백정이었지만 인간다움을 잃지 않았던 인물이다. 그러나 광복 직후 좌익 이데올로기에 깊숙하게 빠져들면서 이른바 '사람 백정'이 되고 만다. 주인공은 돌변한 아버지에 대한 원망과 아버지가 좇았던 허황된 이데올로기에 대한 적개심으로 지난 세월을 보낸 것이다. 그렇지만 29년이라는 세월은 주인공으로 하여금 아버지의 삶을 이해하게 하고 아버지를 용서하게 한다. 주인공은 불행했던 과거와 화해함으로써 분단의 상처를 극복하고 아버지와의 혈연적 동질감을 회복할 수 있게 된다. 김원일이 소설 「노을」을 통해 강조하고자 한 것은 분단의 상처를 극복하는 방법이다. 작가는 사랑과 용서를 통한 화해를 바탕으로 인간다운 본성을 회복하는 길을 제시하고 있다. 이러한 관점은 혈연적 동질성의 회복을 통한 분단 극복의 방안을 추구하고 있다는 점에서 분단문학을 한 단계 진전시킨 것으로 주목된다.

장편소설 「겨울 골짜기」는 한국전쟁 중에 발생했던 '거창 양민 학살 사건'을 소재로 하고 있다. 이 작품의 주인공으로 등장하는 문한돌과 문한득 형제는 농사를 지으면서 자연과 호흡하며 살아가는 평범한 인간들이다. 이들의 삶은 광복과 한국전쟁이라는 커다란 사건이 끼어들면서 자신의 의지와는 상관없이 불행으로 치닫기 시작한다. 문한돌은 다만 살아남기 위해 국방군이 진주하는 낮에는 국방군에 협력하고 인민군이 진주하는 밤에는 인민군을 돕지만, 결국은 반갑게 인사를 나누며 살았던 이웃들이 모두 학살당하는 참상을 경험한다. 문한득은 인간답게 살아 보겠다는 염원으로 좌익운동에 뛰어들었지만 그 꿈은 간 데 없이 이웃과 총을 맞대야 하는 비극적 상황만을 경험하다 죽어 간다. 이 소설에서 작가는 광복 직후의 한국 사회와 한국전쟁의 상황을 열강의 대립과 그 역학 관계로 파악하면서 이념적 요구에 의해 파멸해 간 민중들의 고통과 좌절을 깊이 있게 묘사하고 있다. 바로 이러한 의미에서 장편소설 「겨울 골짜기」는 김원일이 자신의 소설 세계를 확대하기 위해 선택한 가장 문제적인 한 단계의 역사라고 할 수 있다. 해방을 전후한 격동기에서부터 한국전쟁을 거치는 과정을 하나의 고정된 공간 속에서 재구성하고 있는 이작품은 이데올로기의 갈등과 분단과 전쟁으로 이어지는 역사의 비극이 어디에서 연유되고 있는지를 규명하고자 한다. 풍속적 차원을 넘어서는 그의 역사적 상상력은 체험의 공간을 소설의 무대로 옮겨 놓는 데 아무런 장애를 느낄 수 없을 정도로 포괄적이다. 김원일의 작가적 열정은 이소설에서 이념의 문제와 혈연 의식이 서로 얽혀 있는 한국인의 내면 의식을 냉철하게 분석해 내는 데에 성공한다. 그의 이러한 작가 의식의 준열함은 「도요새에 관한 명상」, 「미망」, 「환멸을 찾아서」 등에서도 엿볼 수 있는 것이며 「마당 깊은 집」에 이르러 훗훗한 인간적인 정서가 덧붙여지고 있음을 느낄 수 있다.

전상국[26]은 『바람난 마을』(1977), 『하늘 아래 그 자리』(1979), 『아베의 가족』(1980) 등의 작품집을 내면서 소설 문단의 지위를 확보하고 있다. 전상국의 소설에서 가장 빈번하게 다루는 이야기는 대부분 한국전쟁과 연관되어 있다. 그의 소설 가운데에서 「산울림」(1978), 「안개의 눈」(1978) 등은 피난 시절의 삶의 고통을 추적하고 있는 경우이며, 특히 「아베의 가

---

26 전상국(全商國, 1940~ ). 강원 홍천 출생. 경희대학교 대학원 국문과 졸업. 1963년 《조선일보》 신춘문예에 소설 당선. 동인문학상 수상. 소설집 『바람난 마을』(1977), 『하늘 아래 그 자리』(1979), 『아베의 가족』(1980), 『우상의 눈물』(1980), 『지빠귀 둥지 속의 뻐꾸기』(1989), 장편소설 『불타는 산』(1984) 등 발간. 참고 문헌: 이명재, 「정신적 외상과 귀소의지」, 《현대문학》(1980. 1); 신동욱, 「억센 것과 연약한 것의 엇갈림과 그 아름다움」, 《세계의문학》(1980. 가을); 권영민, 「전상국, 역사와 현실의 폭과 깊이」, 『소설의 운명의 언어』(현대소설사, 1992).

족」(1979)은 분단 현실이 안고 있는 가장 본질적인 문제에 접근하고 있는 작품으로 주목된다. 1950년대의 전후 작가들에게 한국전쟁이 자기 체험의 전부로서 직접적인 비극의 형식으로 다가왔다면, 전상국에게는 그것이 삶의 여러 문제의 비극적 원천으로 존재한다. 그러므로 그의 소설 속에서 분단과 한국전쟁은 인간관계에 존재하고 있는 갈등과 대립의 드라마를 유발하는 중요한 동인으로 작용하고 있는 것이다. 「하늘 아래 그 자리」, 「여름의 껍질」(1980), 「외등」(1979), 「고려장」(1978) 등을 통해 이러한 동기는 다양하게 천착되고 있으며, 연작 장편 「길」(1985)에서는 다시 이산의 문제로 형상화되고 있다.

소설 「아베의 가족」은 전쟁의 현장과 전후의 현실을 함께 살아온 한 여인의 삶의 과정을 통해 아물지 않는 전쟁의 상처를 제시하고 있다. 이 소설 속의 '아베'는 분단의 고통을 겪는 두 집안의 내력을 감추고 있는 저능아다. '아베'의 존재를 통해 전쟁의 소용돌이를 겪으며 몰락해 버린 강원도 산골의 한 가정과 그 상처를 안고 현실에 뿌리내리지 못한 채 결국은 미국 이민 길에 오르는 한 가정을 볼 수 있다. '아베'는 전쟁이 남긴 상처이며 동시에 상실되어 버린 '부성(父性)'의 회복을 절규하는 상징체이다. 그리고 '아베'는 전쟁의 비극을 상징하는 살아 있는 아픔으로 남아 있다. 아베의 가족은 그 아픔을 견뎌야 하는 피해자들이며, 한국인 모두가 '아베'의 가족에 지나지 않는다는 사실도 암시되어 있다. 그러므로 이 소설에서 상징적으로 그려진 '아베' 찾기는 분단 현실의 아픔에 대한 역사적 발견과 그 재인식의 의미를 담고 있다. 분단의 고통은 감추어지는 것이 아니라 찾아내어 밝히고 그 아픔을 치유해야만 극복이 가능하다는 사실이 이 소설의 참주제에 해당한다.

윤흥길의 「장마」(1973)는 혈육의 정과 이념적 대립이 노출하고 있는 갈등의 양상을 전형적으로 보여 주는 작품이다. 한 가정의 구성원들 사이에 존재하는 서로 다른 전쟁 체험을 통해 한국전쟁의 상처를 형상화하고 있는 이 작품에서 얻는 감동은 소설적 화자로 등장하는 소년의 의식의 깨어남에서 비롯된다. 삼촌과 외삼촌으로 표상되는 이념적 대결과 할머니와 외할머니로 표상되는 혈연관계의 끈을 놓고 소설 속의 화자는 가해자와 피해자의 대응 논리에 간단없는 혼란을 겪는다. 모두가 피해자이며 모두가 가해자일 수 있는 전쟁에서 이데올로기의 지향이란 무의미한 것이다. 남는 것이 있다면 오직 이데올로기를 넘어서는 보다 높은 차원의 용서와 화해가 요구된다는 점이다. 소설 「장마」가 이데올로기의 해체를 의도함으로써 오히려 삶의 본질에 접근하면서 분단 의식의 극복의 가능성을 보여 준 것은 분단 문제의 소설적 형상화의 한 본보기를 구축하고 있다는 점에서 주목된다. 이러한 문제 의식은 윤흥길의 후기작에 속하는 「낫」을 통해서 더욱 치밀하게 형상화되고 있다.

### 분단의 역사와 이념에 대한 도전

조정래[27] 문학의 원점에서 만나게 되는 두 편의 소설이 있다. 하나는 「청산댁」(1972)이고 다른 하나는 「유형의 땅」(1981)이다. 이 작품들은 각각 줄거리가 다르지만, 그 주제의 해석 방식과 인물의 형상화 자체에서 상당한 공통점을 발견할 수 있다. 이 작품들에는 식민지 시대와 6·25전쟁의 고통이 비극적인 원상으로 각인되어 있다. 그리고 계층의 대립과

---

27 조정래(趙廷來, 1943~ ). 서울 출생. 동국대학교 국문과 졸업. 1970년 《현대문학》에 소설 추천. 작품집 「황토」(1974), 「유형의 땅」(1982), 「불놀이」(1983), 대하소설 「태백산맥 (전10권)」(1989), 「아리랑」(1995), 「한강」(2007) 등 출간. 참고 문헌: 조남현, 「6·25문학의 새 지평 — 장편소설 「인간의 문」 분석론」, 《현대문학》(1983. 6); 정현기, 「태백산맥론」, 《동서문학》(1989. 11); 권영민, 「「태백산맥」 다시 읽기」(해냄, 1996); 황광수 엮음, 「땅과 사람의 역사」(실천문학사, 1996); 조남현 편, 「「아리랑」 연구」(해냄, 1996).

빈부의 갈등에서 빚어진 가난과 역경의 삶에 대한 원한이 얽혀 있다.

소설 「청산댁」의 서사구조는 청산댁이라는 여주인공의 한 맺힌 삶에 근거하고 있다. 그러나 그 내용을 들여다보면, 거기에는 개인적인 삶의 영역을 넘어서는 현실과 사회가 있고, 전쟁과 역사가 자리하고 있다. 소설의 주인공 청산댁의 삶은 남편과 그 아들로 이어지는 남성적인 것들의 파멸 과정으로 점철되어 있다. 소설 「청산댁」은 삶의 이념과 가치를 상징하는 남성의 부재 공간이다. 그리고 그것은 곧 작가 조정래가 파악한 분단의 상황이기도 하다. 강요된 비극의 역사와 그 역사에 의해 파괴된 개인의 삶을 통하여 작가는 당대적 현실의 모순을 다시 직시하고 있는 셈이다. 소설 「유형의 땅」은 6·25전쟁의 상처를 보다 내밀하게 구체화한다. 이 작품의 주인공은 전쟁을 거치면서 삶의 모든 것을 상실한다. 하나는 자기 삶의 터전이 되는 고향의 상실이며, 다른 하나는 자기 존재의 뿌리가 되는 가족의 해체이다. 그리고 바로 그 비극의 한복판에 실체 없이 자리하고 있는 완강한 이념적 증오가 엿보인다. 소설의 주인공은 전쟁 당시 고향에서 인민부위원장이 되어 반동의 숙청에 앞장선다. 그러나 전쟁이 끝나자 고향을 빠져나와 신분을 숨기고 전전한다. 끊임없는 부랑으로 이어진 그의 삶은 이른바 부역자의 비극적인 최후를 보여 주는 초라한 죽음에 이르기까지 모두 처절한 파괴로 점철되어 있다. 작가 조정래는 「유형의 땅」에서 바로 그 개인의 삶의 처절한 파괴가 무엇을 의미하고 있는가를 질문하고 있다.

조정래가 자신의 문학적 주제에 보다 적극적으로 역사성을 부여하면서 통합적인 구상에 근거하여 소설적 형상화에 도달한 작품은 장편소설 「불놀이」(1983)이다. 이 작품에서도 한국전쟁이 중심축을 이루고 있다. 그리고 그 중심축 위에 문제적인 인물 배점수를 자리하게 한다. 배점수는 명문대가인 신씨 집안의 종이다. 신씨 집안에 충성을 다하는 아버지를 못마땅하게 여기던 그는 아버지로부터 독립하여 대장장이 노릇을 하면서 신씨 집안에 대한 증오를 키운다. 한국전쟁이 터지자 배점수는 공산주의자들의 충동에 앞장서서 신씨 집안 사람들을 모조리 반동으로 처단한다. 그리고 그러한 행동 자체가 오히려 영웅적인 투쟁으로 찬양되자, 배점수는 더욱 포악한 보복을 단행한다. 전쟁이 끝나자 배점수는 마을을 빠져나와 신분을 위장한다. 그리고 악착같이 돈을 벌어 부를 축적하고, 커다란 회사를 운영하는 사장으로 군림하게 된다. 배점수는 자신의 가문의 비밀을 숨기고, 독립운동가에 반공 투사 집안으로 가문을 위조한다. 그리고 그 아들을 대학교수로 키운다. 그러나 그는 자신의 추악한 과거가 폭로되는 것에 대한 충격으로 고통스럽게 죽어 간다. 이러한 내용으로 본다면, 소설 「불놀이」의 주인공은 개별적이고도 예외적인 존재일 수밖에 없다. 그는 종의 아들로 태어나 '가진 자'와 '힘 있는 자'들에 대한 적개심을 키웠고, 전쟁을 이용하여 자신의 증오를 복수로 실현한다. 그리고 과거를 감추고 신분을 위장한 뒤 부를 축적하였으며, 가문을 위조하기도 한다. 이러한 행위는 결국 거짓에 의한 것이긴 하지만, 일종의 한풀이의 속성을 지닌다. 물론 그 반대에서 한풀이를 행하기 위해 그를 찾는 집요한 추적자에 의해 모든 것이 폭로되면서 결국 죽음을 맞게 되는 것이다. 이 소설은 인간의 개인적인 증오와 적개심을 이념적인 대결 구도를 통해 치열하게 전개되었던 전쟁의 역사와 연결시키고 있다. 그 과정에서 진실과 거짓이 뒤바뀌고, 개인적 욕망과 이념적인 요구 등이 서로 얽혀 하나의 거대한 인간 비극이 만들어지고 있다. 이미 「청산댁」이나 「유형의 땅」과 같은 작품에서 파헤쳐졌던 개인적인 차원의 한의 문제는 이 작품에서 신분의 격차, 계층의 차별을 뚫고 집단적 이념의 요구로 확대되는 것을 볼 수 있다.

소설 「태백산맥」(1989)은 조정래 문학의 정점이면서 동시에 해방 이후 분단문학의 역사가 일구어 낸 하나의 성과이다. 이 소설은 해방, 민족 분단 그리고 한국전쟁으로 이어지는 민족사의 격동기를 무대로 하고 있으며, 전라도 벌교를 사건의 시원지로 하여 지리산 일대로, 그리고 태백산맥을 따라 서사적 공간을 전 국토로 확대시키고 있다. 이러한 시공간은 민족사의 격변과 분단의 비극적 체험을 소설적으로 형상화해 온 작가가 이데올로기의 선택과 그 대결의 의미가 무엇인가를 질문하기 시작하면서 찾아낸 역사적 상황의 한복판에 해당된다. 그 이유는 바로 그때 그곳이 이른바 '여순 반란 사건'으로 불리는 공산당 투쟁 활동의 근거지가 되고 있기 때문이다. 여순 반란 사건은 해방 직후 한국 사회가 민족 분단으로 치닫는 가장 암담했던 상황 속에서 돌출한 것이다. 소설 「태백산맥」은 1948년 10월 남한 단독 정부의 출범 직후 전남 여수, 순천 지역에서 발발한 공산당의 집단적 반란의 실마리를 더듬어 가는 것으로 시작된다. 그 구체적인 내용조차도 제대로 언급하기 어려웠던 당시의 상황을 더듬으면서, 작가는 국방군의 토벌 작전에 밀려 지리산으로 숨어 들어간 빨치산들의 행적을 추적하였고, 그들이 선택한 이데올로기의 실체가 무엇인가를 규명하고자 한다. 그리고 그 사건의 추이를 따라 한국전쟁으로까지 이야기를 확대하고 있다. 그러므로 「태백산맥」은 그 방대한 소설적 규모에도 불구하고, 실제 소설 속에서 이야기되고 있는 시간이 해방 직후부터 한국전쟁까지로 한정되고 있다. 이 한정된 시간의 의미를 민족 분단의 상황이 고정되는 역사적인 시간으로 규정하고, 그 의미를 최대한 확장하여 소설 내적 공간을 넓혀 나간 것이 이 작품의 구조적 특성이다. 물론 작가는 여순 반란 사건에서 한국전쟁으로 이어지는 전체적인 사건의 골격에서 그 추이와 결과만을 서술하고 있는 것은 아니다. 오히려 그러한 일련의 사건을 통해 분단의 상황으로 밀려 갈 수밖에 없었던 민족사의 운명이 어디에서 비롯되고 있는가를 확인하고자 한다. 이 같은 의도에 따라 작가는 사건의 표면에 등장하여 역사적으로 실재했던 인물들과 허구적 인물들을 병치시키면서 그들의 삶과 그 사회 경제적 배경을 치밀하게 분석하고 있다. 그 결과로 이 소설의 내용은 한정된 시간과 역사적 상황을 넘어서 해방 이전 일제 식민지 시대, 그보다 앞선 한말의 시기까지 내면적으로 확장된다. 그것은 이념의 선택 문제가 어디에서 비롯되고 있는가를 해명하기 위한 작가 나름의 판단이 얼마나 치밀했는가를 보여 주는 동시에, 분단과 이데올로기의 대결에 문제에 대한 해석의 폭을 넓히기 위한 작가의 노력이 얼마나 진지했는가를 말해 주는 것이기도 하다. 이 소설에서 이루어 낸 소설 내적 공간의 확대는 내용의 구체성 또는 그 입체적 접근법에 값하는 것이라고 할 것이다. 그러므로 「태백산맥」은 분단 상황의 비판적 인식을 바탕으로 그 소설적 객관성을 획득하고 있으며, 분단문학의 최대의 성과로 지목되고 있다.

소설 「아리랑」(1995)은 본격적인 의미의 대하 역사소설이다. 「태백산맥」이 역사적 상상력의 상황적 집중의 효과를 최대한 거두고 있다면, 「아리랑」은 역사적 상상력의 시대적 확산을 통해 소설적 성과를 거두고 있다. 「아리랑」은 한국의 근대화 과정을 식민지적 근대성의 형태로 왜곡시킨 일제 식민지 시대에 대한 비판적 인식을 근거로 하고 있다. 이 작품에서 작가는 소설적 상황 공간을 역사적으로 확산시키면서, 민족 내부의 자기 모순이 어떻게 폭발되는지를 추적하고 있다. 「아리랑」의 소설 공간은 군산을 중심으로 하는 확산 구조이다. 그 하나의 축이 만주와 시베리아가 되고, 다른 하나의 축이 하와이와 미국이 된다. 작가는 이러한 공간적 확산 구조를 이용하여 일제에 저항하는 민족 세력의 성장과 그 확대 과정을 제시하고 있다. 바로 이 대목이 「아리랑」의 가장 빛나는 성과에 해당한다.

이동하의 경우도 소설 「장난감 도시」(1979), 「굶주린 혼」(1980), 「유다의 시간」(1982)을 중심으로, 한국전쟁의 체험에 대한 소설적 형상화 작업을 지속하고 있다. 유재용의 소설 「누님의 초상」(1978), 「짐꾼 이야기」(1979), 「어제 울린 총소리」(1985) 등도 모두 민족 분단과 한국전쟁을 배경으로 하는 작품들이다. 작가는 남북한을 가로막은 38선의 접경 지대를 중심으로 해방 직후의 남북 왕래의 흔적을 찾아 나서기도 하고, 이산가족의 사연을 들려주기도 한다. 문순태는 연작소설의 형태로 발표된 「물레방아 속으로」(1981), 중편소설 「철쭉제」(1981) 등에서 분단의 상처를 다시 한번 확인하고, 그것을 극복할 수 있는 새로운 삶의 길을 모색하고 있다. 현기영의 「순이 삼촌」이 보여 주는 제주도의 공비 토벌 사건에 대한 비판적인 재해석, 오탁번의 「새와 십자가」(1978)가 제시하고 있는 이념의 횡포와 인간의 본질 등은 모두 분단 상황에 대응하는 작가의 진지한 노력의 소산이다.

### (4) 여성적 시각과 여성소설의 확대

박경리의 대하소설 「토지」

1970년대 산업화 과정을 거치면서 여성작가의 활동이 두드러져 문학의 대중적 확대에 크게 기여했다. 박경리의 문학 세계를 집약적으로 보여 주는 「토지」는 조선 말기부터 일제 식민지 시대를 거치기까지의 역사적 격변 속에서 한 양반 가문의 몰락과 그 변화를 그린 대하소설이다. 이소설의 서사적 골격을 형성하는 이야기의 중심에는 4대에 걸친 인물들이 종적으로 배치되고 있으며, 그 주변에 이 인물들과 서로 관련을 맺고있는 다양한 계층의 인물들이 등장하면서 각각 그들 시대의 삶의 모습을 보여 주고 있다. '평사리'라는 정적인 공간에서 시작된 이 소설의 이야기는 북만주 간도로 무대가 바뀌면서 격변의 시대를 맞이하며 다시 서울과 동경으로 이어지는 소설적 무대의 변화를 통해 시대의 변화를 실감하게 되는 것이다. 이와 같은 시공간적 구성의 변화 속에 배치되고 있는 인물은 계층적 차별에 따라 서로 대응한다. 그들의 모든 행동은 사회적 윤리적 가치 기준이 일정하게 적용될 수 있는 범주 내에서 이루어지고 있다. 소설의 전반부는 모든 인물이 계급적 존재로서 그 성격이 규정되고 있지만, 이야기의 중심을 이루고 있는 양반 가문의 몰락 과정과 함께 그러한 차별의 의미가 소멸한다. 오히려 소설의 중반을 지나면서부터는 모든 인물의 성격화 자체가 전통적 사회제도의 붕괴 이후 나타날 수 있는 가능한 모든 인간형에 대한 탐구를 시도하는 것처럼 다채로움을 확인할 수 있다.

소설 「토지」의 서사 구조는 양반 가문의 몰락과 그 변화가 한국 사회의 근대적 격변 과정과 맞물리도록 고안된 점에 그 특징이 있다. 그것은 이야기의 중심에 서 있는 두 인물(소설 속의 윤 씨 부인과 손녀 서희)의 성격과 그 삶의 과정에서도 쉽게 확인된다. 이들은 살아온 시대적 상황이 서로 다르지만 여러 공통점을 지니며, 그러한 성격의 특징 자체가 이 소설의 방대한 내용에 어떤 긴장과 균형을 부여한다고 할 수 있다. 말하자면 이 소설은 역사와 개인의 운명을 동시에 포착함으로써, 그 서사의 역동적 전개가 가능해진 셈이다. 이 소설에서 서사의 핵심을 이루는 봉건적인 계급사회의 붕괴와 양반 가문의 해체, 서구 문물의 수용과 일제 강점, 간도 이주와 민족 해방 등은 소설의 무대 위에서 살아가고 있는 인물의 삶을 통해 구체적으로 반영되어 나타난다. 이것은 「토지」가 구현하고 있는 삶의 총체적 인식이 모두 역사성의 의미를 획득하고 있으며, 그만큼 진실성을 담고 있음을 뜻하는 것이다.

## 중산층의 삶의 방식과 도덕적 리얼리즘

박완서[28]는 중산층의 생활 양식에 대한 비판과 풍자에 주력한다. 박완서가 중산층의 가정을 무대로 하여 관심을 기울이는 부분은 매우 다양하다. 사회적 단위 집단으로서의 가족 구성의 원리와 그 구성원들 사이의 관계를 통해 현실 사회의 변화와 삶의 문제를 비판적으로 그리고 있기 때문이다. 박완서는 가족 내적인 문제를 중심으로 하여 새로운 사회 윤리적 판단 기준을 제시하기도 하고, 가족 구조의 변화를 역사적인 사회 변동의 한 양상으로 파악하기도 한다. 1970년 장편소설 「나목」으로 등단한 그는 「도시의 흉년」(1979), 「휘청거리는 오후」(1978), 「목마른 계절」(1978) 등의 장편소설에서 도시 중산층의 삶의 양식을 소재로 하여 세태와 풍속을 사실적으로 형상화하였다. 이 작품들은 한 가족의 일상생활을 치밀하게 그리면서도, 사회적 가치와 규범의 변모를 날카롭게 지적하고 있음을 보게 된다. 작가 박완서가 관심을 기울이고 있는 일상적 현실은 인간적 가치와 도덕적 규범이 무너지고 있는 타락한 공간이다. 박완서는 식민지 상황과 분단과 전쟁을 거치면서 가족의 윤리와 가치 규범이 전도되고 있음을 지적한다. 한국 사회를 지탱해 온 가족주의적 윤리관이 여지없이 무너지면서, 물질주의와 출세주의가 인간을 타락시키는 현실은 박완서의 소설에서 자주 접할 수 있는 문제이다.

---

28 박완서(朴婉緖, 1931~2011). 경기 개풍 출생. 서울대학교 국문과 중퇴. 1970년 《여성동아》 현상 모집에 소설 「나목」 당선. 소설집 『부끄러움을 가르칩니다』(1976), 『도시의 흉년』(1979), 『휘청거리는 오후』(1978), 『도둑맞은 가난』(1981), 『꿈을 찍는 사진사』(1979), 『그 가을의 사흘 동안』(1985), 『엄마의 말뚝』(1980), 『목마른 계절』(1973), 『오만과 몽상』(1985), 『미망』(1990), 『그 많던 싱아는 누가 다 먹었을까』(1992), 『너무도 쓸쓸한 당신』(1998), 『아주 오래된 농담』(2000), 『박완서 소설 전집』(2006) 등 발간. 참고 문헌: 염무웅, 「사회적 허위에 대한 인생론적 출발」, 《세계의 문학》(1977. 여름); 김영무, 「박완서의 소설 세계」, 《세계의 문학》(1977. 겨울); 김윤식, 「천의무봉과 대중성의 근거 — 박완서론」, 《문학사상》(1988. 1); 이태동 편, 『박완서』(서강대 출판부, 1998).

소설 「도시의 흉년」의 서사적 골격은, 일제 강점기 말의 고통과 해방 직후의 혼란을 거치고 다시 전쟁의 참상을 겪는 동안 주인공 지대풍의 가족 구성원들 사이에 일어나는 역할의 변화를 중심으로 하고 있다. 시어머니는 집안의 어른이 되지 못하고 가문을 내세워 며느리에게 호령하기도 힘든 구식 노인으로 변한다. 지대풍은 징병에서 피난살이로, 병영 생활로 이어지는 고통의 세월을 보내는 동안 가족 구성원 안에서 가족을 이끌어가는 아버지의 역할을 잃어버리고 무능력한 가장이 되었다. 시어머니의 권위의 몰락과 남편 지대풍의 역할 축소는 필연적으로 아내인 김복실 여사의 새로운 삶의 방식에 무게를 두게 한다. 평범한 아낙에 불과했던 김복실 여사는 시대 상황의 변화를 겪으면서 가족들을 먹여 살리기 위해 남의 것을 훔치기도 하고 미군을 상대로 양색시 장사로 재미를 보기도 한다. 이제 그녀는 시어머니의 위세에 주눅 든 며느리가 아니며, 남편의 호령에 기가 죽은 아내도 아니다. 김복실 여사는 닥치는 대로 돈을 모으고, 포목상을 차려 위세 좋은 여사장님으로 변모한다. 김복실 여사는 자신이 스스로 개척하고 스스로 일으켜 세운 물질 제일주의의 가치관에 따라 두 딸과 아들을 키워 나간다. 남편 지대풍은 아내의 돈을 빼내어 첩실을 거느리면서 거기에서 자기 삶의 안위를 느끼고, 김복실 여사는 자기가 부리는 운전기사와 정사를 나누기도 한다. 이들 사이에는 엄격하게 지켜져야 할 가족 윤리라는 것은 존재하지 않으며, 공통적으로 추구해야 할 가치도 남아 있지 않다. 이러한 가족 관계 속에서 성장하는 두 딸과 아들도 문제는 심각하다. 김복실 여사는 자신이 일군 물질적 토대를 바탕으로 자녀들을 출세 가도에 서도록 밀어 올리고자 한다. 맏딸 수희는 고시에 합격한 청년을 골라 시집보내고 아들 수빈을 경기학교에 넣기 위해 모든 수단을 다 동원한다. 나약하고 얼빠진 인물로 자라는 수빈은 시험에 낙방하고 자신을 전혀 인식하지 못한 채 방황한다. 김복실 여사의 물질주의와 출세주의는 결국 그녀가 획득한 물질적 풍요에도 불구하고 가족의 유대를 끊어 놓는다. 막내딸 수연이가 대학 축제에 파트너로 초대한 형부에게 몸을 허락하는 장면에 이르러서는 소설 「도시의 흉년」이 한 가족 구성원의 이야기가 아니라, 물질주의와 출세주의에 의해 파괴된 인간들을 통해 파편화된 가족의 잔해를 보여 주는 것이다.

소설 「휘청거리는 오후」에서도 중산층의 물질주의적 욕구와 그 허위의식이 잘 드러나고 있다. 「휘청거리는 오후」는 타락한 현실에 대한 비판과 야유가 서사적 어조를 지탱하고 있으며, 이야기의 중심은 한 중산층 가족이다. 전직 학교 교감으로 이제 조그만 공장을 운영하고 있는 남편과 그의 아내, 그리고 세 딸이 핵심적인 등장인물이다. 이야기의 내용은 세 딸의 결혼 과정에 매어 있기 때문에, 세태 묘사의 면에서 통속적인 흥미를 자아낸다. 「휘청거리는 오후」의 소설적 관심은 이야기의 성격을 규정하고 있는 중산층 소시민의 물질주의적 욕구와 그 허위성이다. 내용의 주축을 이루는 가족들은 모두 이러한 시대 풍조에 물들어 있는 병든 인간들이다. 순박한 소시민으로서 자기만족의 삶을 살아가고 있는 것처럼 보이는 허성 씨는 우유부단한 성격 때문에 비리의 현실을 뚫고 나가지 못하고 자멸한다. 교육자로 살아온 그가 자신의 몫으로 지키고자 했던 소박성이나 청빈이라는 덕목과 가치관은 극성스러운 아내의 충동에 의해 여지없이 짓밟힌다. 그리고 세 딸마저 그러한 어머니로 인하여 자신들의 삶에 실패한다. 결국 이 작품은 물질적 욕망과 허영심으로 인해 훼손되고 파괴되는 삶의 모습을 비판적으로 보여 주고 있다.

박완서의 소설은 일상적 현실의 삶을 실재성의 원칙에 의거하여 정확하게 그려 낸다. 그리고 그 속에서 한국 사회의 내면적 변화의 핵심이 무엇이며, 무엇이 삶에 문제가 되고 있는가를 철저하게 파헤친다. 「엄마의 말뚝」(1979), 「미망」(1990) 같은 작품을 보면, 식민지 시대의 역사와 분단의 비극을 전면에 내세우지 않더라도, 왜곡된 사회 변동으로 인하여 고유한 삶의 관습이 무너지고 가치관이 붕괴되는 과정이 잘 드러나 있다. 이러한 작가의 태도는 현실 비판 인식과 함께 인간 삶에 있어서의 진정성의 의미가 어디에 있는가를 되묻게 한다는 점에서 도덕적 리얼리즘의 속성을 지닌다. 일상의 현실을 통해 삶의 가치에 대한 새로운 감각을 되살리게 해 주는 박완서의 도덕적 상상력은 독자들에게도 매우 설득적이다. 그 이유는 박완서의 소설적 테마들이 대부분 대중적 정서로 일반화될 수 있는 도덕적 비판 의식에 기초하고 있기 때문이다.

박완서 문학의 핵심에 자리 잡고 있는 「엄마의 말뚝」은 세 편의 이야기가 연작 형태로 이어져 있다. 「엄마의 말뚝」의 첫 이야기는 일제 강점기 말을 배경으로 삼고 있다. 경기도 개성 박적골에 살고 있던 소설 속의 화자 '나'는 어릴 때 엄마를 따라 오빠와 함께 고향을 떠난다. 그리고 서울 변두리 서대문 밖 현저동, 서민층이 모여 사는 마을에서 새로운 삶의 터전을 마련한다. 엄마는 서울에 정착하면서 아들과 딸 남매가 모두 번듯하게 자라기를 바란다. 특히 엄마는 딸인 '나'의 장래를 걱정하며 신식 교육을 제대로 받아 신여성으로 성장하기를 소망한다. 하지만 '나'는 낯선 서울 땅에서 정체성의 혼란을 겪으면서 정신적으로 방황한다. 「엄마의 말뚝」의 두 번째 이야기는 중년 여성이 되어 한 가정을 이끌어 가는 '나'를 화자로 등장시킨다. '나'는 5남매를 거느린 평범한 중년의 주부이다. 외출했다 돌아온 어느 날 친정어머니의 사고 소식을 듣는다. 아흔이 다 된 어머니가 눈길에서 낙상하여 다리를 다쳤다는 것이다. 다리 수술이 끝난 후 '나'는 식구들을 보내고 홀로 어머니의 병상을 지킨다. 그런데 한밤중에 어머니가 헛손질을 하며 극도의 공포에 싸여 몸부림을 친다. 그 바람에 링거 병과 오줌을 받아 내는 호스가 떨어져 나간다. '나'는 공포와 싸우고 있는 어머니의 얼굴을 보며 통곡한다. '나'는 어머니가 삭이지 못하고 있는 비극적인 기억을 떠올린다. 한국전쟁 당시 무참하게 세상을 떠난 오빠를 생각했던 것이다. 오빠는 늘 당당했기 때문에 온 식구들의 자랑이었다. 어머니는 한국전쟁의 소용돌이 속에서 아들이 혹시 잘못될까 봐 갖은 수단을 다 동원하지만 결국 오빠는 어머니 곁에서 총을 맞고 죽어 갔다. 어머니는 혼수상태에서 아들이 무참하게 총을 맞고 쓰러지던 아픈 기억의 상처를 떠올리고 있었던 것이다. 어머니는 진정제를 맞고서야 간신히 잠이 든다. 그리고 얼마 후 다시 깨어나서는 '나'에게 당신이 죽으면 화장하고 멀리 북쪽의 고향 땅이 건너다 보이는 바다에 재를 뿌리라고 말한다. 이 소설의 이야기의 중심에 자리 잡고 있는 것은 '오빠'의 죽음으로 표상되는 민족사의 비극이다. 작가 박완서는 이 비극적인 역사를 이념이나 정치를 전혀 논하지 않고도 이것을 '나'와 '엄마'의 가슴속 고통으로 절실하게 드러낸다. 실제로 이 소설에서 엄마는 자신의 죽음을 눈앞에 둔 상태에서 그 아픔의 상처를 드러낸다. 자기 내면의 깊은 바닥에서 그 고통의 뿌리를 들어 올린 셈이다. 「엄마의 말뚝」의 세 번째 이야기는 엄마의 죽음을 보고하는 내용으로 이루어진다. 낙상 후유증으로 7년여를 병상에서 고통스럽게 지내던 엄마가 세상을 떠난다. 엄마의 정신적 고통은 죽음을 통해 사실상 끝이 난다. 엄마는 자신이 죽은 후 화장하여 그 재를 강물에 뿌리라고 하였지만 가족들은 돌아가신 엄마의 시신을 서울 근교의 공원묘지에 묻는다. 이 연작소설에서 '엄마'는 식민지 시대와 해방 그리고 한국전쟁의 혼란을 몸소 겪어야 했던 굴곡 많은 삶을 그대로 보여 준다. 그러므로 '엄마'는 곧 격변의 역사를 살아야 했던 한민족을 표상한다고 할 수 있다. 소설의 제목에서 상징어로 쓰인 '말뚝'은 다층적인 의미가 있다. 첫째로는 엄마의 삶의 터전과 변함없던 삶의 자세를 말해 준다. 아들과 딸에 대한 엄마의 고집스러운 집착을 의미할 수도 있다. 그리고 전쟁 속에서 비극적으로 생을 마감한 아들의 죽음으로 인하여 엄마의 가슴에 깊이 박힌 한(恨)의 의미를 떠올리게도 한다. 작가 자신의 사적 체험 영역이 이야기 속에 녹아들어 있는 이 작품은 그만큼 경험적 리얼리티를 강하게 살려 내고 있다.

소설 「미망」은 개성 지방을 중심 무대로 하여, 개성의 부호로 이름을 날리는 거상(巨商) 전처만 일가의 삶을 그린 작품이다. 이 소설에서 작가가 다루는 이야기의 시간은 19세기 중반부터 20세기 중반에 이르는 한 세기를 포괄하고 있으며, 바로 그러한 시간적 단위가 우리 민족사의 격동기를 모두 드러내 보인다는 점에서 그 역사적 의미가 강조될 수 있다. 소설 「미망」은 전씨 가문 5대에 걸친 가족사의 변화가 그 중심축을 형성하고 있지만, 작품의 내용을 풍성하게 하는 여러 계층의 인물들이 등장한다. 제1대 전처만의 부친 시대는 가난한 소작농 전 서방이 겪는 계급적 갈등을 그리기 위해, 대립적인 위치에 서 있는 지방 토호 이 진사를 등장시켰고, 전처만의 시대에는 그를 둘러싼 개성상인들의 다양한 면모를 통해 당시 상업 자본의 형성 과정을 구체적으로 재현하고 있다. 전처만과 연결되는 사돈댁 이야기, 첩실 강릉댁의 생활 등은 모두 조선 말기 가족 구조의 특징을 드러내고 있으며, 몰락한 양반의 후예인 이종상, 친일 관료 박승재, 독립운동에 투신한 진동열 선생 등은 격변하는 시대 상황 속에서 부침하는 새로운 인간상을 대변하고 있다. 이 작품에서 가족 공동체 구성원의 삶의 양태는 수직적인 차원의 가족 의식과 깊은 연관을 갖는다. 적수공권으로 재산을 모아 당대의 개성 부호가 된 전처만이 자손들에게 보여 준 절제의 삶과 그 규모를 그의 후대에서 역경의 시대를 지내며 어떤 식으로 계승하고 있는가가 주목된다. 이것은 세대 간의 문제면서 동시에 가계의 법도와 시대상의 대응에 해당되는 것이다. 결국 「미망」은 일종의 가족주의에 근거하는 우리 근대사의 소설적 재창조이기 때문에 조선 말기부터 6·25전쟁에 이르는 한 세기 동안의 격동의 세월이 개성 지방 전씨 가문의 인물들을 통해 전형적으로 표출되고 있는 것이다. 그리고 바로 이 같은 사실에서 소설 「미망」의 역사성을 재확인하게 됨은 물론이다.

박완서는 「그해 겨울은 따뜻했네」(1983), 「아주 오래된 농담」(2000) 등을 통해 세속적 욕망에 사로잡혀 살아가는 속물적 인간들의 삶을 보여 주기도 하고 「그 많던 싱아는 누가 다 먹었을까」(1992), 「그 산이 정말 거기 있었을까」(1995) 등에서 자신의 삶의 과정을 회상적 방식으로 재구성하여 보여 주기도 한다. 이 작품들은 모두 해방 이후 한국 사회가 겪어 온 변화 과정을 부박한 현실 속에서 삶의 규범과 관습이 붕괴되는 상황으로 인식하고 있다. 박완서가 이러한 현실적 위기의 증거로 포착하고 있는 문제는 한국 사회의 가족 붕괴 현상이다. 박완서는 왜곡된 가치관에 의해 가족 구성원들이 파편화하여 사회적으로 소외되는 현상에 주목하면서 인간적 신뢰의 상실이라든지 도덕적 가치의 붕괴 등에 대해서도 집중적인 관심을 나타내고 있다. 생활의 범절과 풍속에 관한 박완서의 애착은 부박한 현실의 물질주의적 경향과 인간의 속물근성에 대해 더욱 비판적으로 접근하도록 만드는 것이 사실이다. 이러한 소설적 특징은 박완서가 지켜 온 도덕적 리얼리즘의 정신에 근거한 것이지만, 박완서의 문학적 입장 자체를 보수주의자의 도덕관으로 고정시켜 놓고 보아서는 안 된다. 박완서는 풍속의 파괴와 가치관의 왜곡을 비판적으로 그리면서도 역동적인 현실의 변화와 그 요구를 놓치지 않는 리얼리스트이다. 박완서가 누리고 있는 문단에서의 지위가 합리주의적 현실관에 입각한 사회적 관심에 대한 대중적 독자들의 지지와 직결되어 있다는 것은 부인할 수 없는 일이다.

## 감성의 언어와 내면화의 기법

오정희와 서영은은 감성의 언어와 내면화의 기법을 살려 내면서 각각 일상의 삶에 자리 잡은 허무 의식에 집중적인 관심을 기울인다. 이 두 작가의 소설은 대체로 상반된 정서의 두 영역을 포괄하고 있다는 점에서 아이러니의 미학에 근거하고 있다.

오정희[29]의 초기 소설 세계를 집약한 소설집 『불의 강』(1977)을 보면, 일상의 현실과 고립되어 있는 인물들의 본능적인 파괴적 충동을 그린 작품들이 많다. 타인들과 더불어 조화로운 관계를 맺지 못하고 철저히 단절된 삶을 사는 인물들은 자신의 자폐적인 삶을 저주하지만 그로부터 벗어날 길이 없다. 그 억압된 충동이 자신과 타인들을 향한 파괴적인 힘으로 돌출하는 것이다. 그러한 충동은 육체적 불구와 왜곡된 관능, 불모의 성 등의 모티프로 표현된다. 소설 「저녁의 게임」(1978)은 이러한 특징을 가장 잘 보여 주는 작품이다. 돌아오지 않는 오빠, 환자인 이버지, 세들어 사는 2층 여인네들을 정물처럼 배치하는 이 작품에서, 저녁 시간을 보내는 모녀의 풍경은 환상적인 기법으로 묘사된다. 저녁을 짓고, 상을 차려 아버지와 함께 저녁 식사를 하고, 식사를 마친 후 부녀는 화투를 친다. 2층에 세 들어 사는 여자는 우는 아이를 달래며 서성거린다. 이때 이 적요의 공간을 비집고 유리창 밖으로부터 휘파람 소리가 들린다. 화투를 마치고 딸은 아버지 몰래 밖으로 나가, 기다리고 있던 공사장 인부와 공

29 오정희(吳貞姬, 1947~ ). 서울 출생. 서라벌예대 문예창작과 졸업. 1968년 《중앙일보》 신춘문예에 소설 당선. 이상문학상 수상. 소설집 『불의 강』(1977), 『유년의 뜰』(1981), 『동경』(1983), 『바람의 넋』(1986), 『옛 우물』(1994), 장편소설 『새』(1996) 등 발간. 참고 문헌: 김주연, 「말의 순결 그 파탄과 회복」, 《세계의 문학》(1981. 가을); 김병익, 「세계에의 비극적 비전」, 《월간조선》(1982. 7); 권영민, 「동시대인들의 꿈 혹은 고통」, 《문학사상》(1982. 12); 김윤식, 「창조적 기억 — 회상의 형식」, 《소설문학》(1985. 11); 우찬제 편, 『오정희: 깊이 읽기』(문학과지성사, 2007); 박혜경, 『오정희 문학 연구』(푸른사상, 2011).

사판에서 정사를 나눈다. 딸은 돈을 요구하고 인부는 돌아선다. 이 짤막한 순간이 저녁의 적막을 깨뜨리지만, 딸이 집으로 들어왔을 때 아버지는 여전히 혼자 화투 패를 떼고 있고, 2층 여자의 서성거리는 소리가 들린다. 이 소설에서 저녁 식사를 하고 화투를 치는 아버지와 딸의 모습은 아주 인상적이다. 하지만 이 장면은 평화로운 부녀 관계를 드러내기 위한 것이 아니다. 아버지와 딸의 무의미한 화투 놀이에서 확인할 수 있는 것은 무기력한 아버지의 무너져 버린 권위이다. 젊은 시절 아버지의 가부장적 위세와 부정적 행위 때문에 어머니는 기형아를 낳게 되고 그 아이를 살해한 후 정신 병원에 갇혀 비참하게 죽는다. 아버지와 갈등하던 오빠도 아버지를 등진 채 가출을 하고 만다. '나'는 아버지 때문에 사랑을 잃고 악성 빈혈에 시달리고 있지만 겉으로는 아버지에게 순종하는 딸로 살아간다. 이 소설에서 작가가 공을 들이고 있는 것은 의식의 흐름을 따라 진행되는 심리 묘사의 기법이다. 아버지와의 갈등을 내면화하면서, 정신병을 앓다가 죽은 어머니와 가출한 오빠에 대한 기억들을 그 위에 겹쳐 놓고 있다. 물론 이러한 기억들은 매우 단편적이며 이리저리 흩어져 있다. 따라서 그 자체로서 서사적 인과성을 드러내지 못한다. 이러한 단편적인 기억을 연결하고 거기에 통일성을 부여하는 것은 아버지와 딸의 화투 놀이라는 저녁 풍경을 둘러싸고 있는 퇴영적인 분위기이다.

오정희의 소설은 1980년대에 들어서서 소설집 『유년의 뜰』(1981), 『바람의 넋』(1986) 등으로 묶인다. 소설적 경향이 변화를 드러내기 시작하면서, 충동의 격렬성은 완화되고 무의미한 일상의 삶에 대한 허무 의식이 자리한다. 물론 「유년의 뜰」이나 「중국인 거리」(1979) 같은 작품에서는 전후의 황량했던 어린 시절의 체험들을 단편적으로 그려 내기도 하지만, 그 정서적 기반은 마찬가지다. 소설 「중국인 거리」에서 이야기의 무대가 된 인천의 중국인 거리는 한국전쟁 당시의 참담한 흔적을 고스란히 간직하고 있는 공간이다. 소설 속의 화자인 '나'는 감성이 예민한 소녀 시절을 이 황폐한 중국인 거리에서 성장한다. 아홉 살 어린 소녀의 시각을 통해 그려지는 중국인 거리의 풍경은 삶과 죽음, 경악과 슬픔이 상존한다. '나'는 식구들을 따라 피난지를 떠나서 아버지의 일자리가 있는 중국인 거리로 이주하지만, 그 낯선 풍경의 구경꾼처럼 겉돈다. '나'는 하는 일이 없이 매일 아침 맞은편 집에 사는 양갈보 메기 언니를 찾아가 메기 언니의 방에서 신기한 물건들을 구경한다. '나'는 거리에서 술 취해 비틀거리는 흑인 병사들과 마주치기도 하고 2층집 중국인 사내의 눈초리를 피하면서 자기 나이에 어울리지 않는 너무도 많은 일들을 일찍 알아차린다. 술 취한 흑인 병사가 메기 언니를 집 밖으로 던져 버려 메기 언니가 죽는 장면도 보았고, 치매를 앓던 할머니가 세상을 떠나는 순간도 본다. 자신의 성적 정체성에 대한 인식도 전혀 갖지 못한 미성숙한 소녀에게 이런 일들은 모두 커다란 정신적 상처로 간직된다. 이 소설에서 '나'는 할머니가 애지중지하던 조각난 비취반지를 자유 공원의 맥아디 장군 동상 근처에 묻어 버리고 초경을 맞으면서 소녀 시절을 벗어난다. 중국인 거리는 '나'의 성장 과정에서 지나야 했던 상처와 고통의 길이었다는 점에서 하나의 '통과제의'처럼 자리 잡고 있는 것이다. 소설 「유년의 뜰」은 「중국인 거리」의 연장선상에 자리하고 있다. 전쟁의 상처와 그 기억 속에서 불안한 성장 과정을 거치는 소녀 '나'를 시점 인물로 내세우고 있는 점은 두 작품이 비슷하다. 소설 속의 '나'는 일곱 살짜리 계집아이로 '노랑눈이'라는 별명으로 불린다. 가족을 이끌어 온 가장이 전쟁에 징집되어 나간 후 가족들은 고단한 피난살이에 시달린다. 가족의 생계를 책임져야 하는 어머니는 읍내로 일하러 나가면서 정육점 사내와 정분이 나 외박이 잦아진다. 어머니의 외박이 있는 날은 오빠가 까닭 없이 언니에게 무서운 매질을 가하며 행패를 부린다. '나'는 영문을 모른 채 멍청이 노릇을 하면서 아버지를 그리워한다. 하지만 아무도 '나'의 외로움이나 공포감을 알아 주는 이가 없다. '나'는 학교에 입학하면서 어두운 '유년의 뜰'을 벗어난다. 거지꼴로 아버지가 집에 돌아오지만 '나'는 기쁨보다 서러움에 북받쳐 눈물을 흘린다.

　오정희의 소설은 1980년대를 통과하면서 서사적 기법과 관점의 새로운 변화를 보인다. 초기의 소설에서 자주 등장하던 육체적 불구와 왜곡된 관능 대신에 중년 여성이 보여 주는 내밀한 감정과 자의식이 강조된다. 불완전한 성(性)과 불안한 시각의 흔들림을 보여 주던 어린 소녀의 관점도 점차 줄어든다. 하지만 타자와의 단절, 자기 고립, 내면의 충동은 여전히 등장인물의 성격을 규정하는 중요한 요소가 되고 있다. 물론 여성의 자기 주체에 대한 인식이 본질적이고 근원적인 것을 지향함으로써 그 폭과 깊이를 더하고 있다. 이러한 변화는 소설 「별사(別辭)」(1981)에서 「파로호」(1989), 「옛 우물」(1994) 등에 이르기까지 이어지고 있다. 「별사」의 서사 구조는 단순해 보이지만 죽음의 문제를 처리하는 방식이 매우 치밀하다. 이 소설의 주인공은 중년에 들어선 여성이다. 그녀는 남편이 낚시에 빠져 밤낮으로 밖으로 나돌자, 아들 녀석과 친정 나들이에 나선다. 친정어머니는 딸에게 묏자리에 가 보지 않겠냐고 제안한다. 그녀는 친정어머니의 말을 따라 묘원을 찾아 강화 가는 쪽으로 버스를 타고 간다. 버스에서 내려 비포장도로를 뜨거운 햇볕을 받으면서 땀과 먼지투성이가 된 채 걷는다. 죽은 자가 영원히 묻혀야 할 땅에 대한 엄숙함과 고요, 평화 같은 것을 기대했던 주인공은 친정 부모가 묻힐 곳을 확인한 후에도 어수선한 느낌을 떨쳐 버리지 못한다. 소설의 표면적인 이야기는 그녀가 다시 집으로 돌아오는 것으로 끝난다. 그러나 주인공의 의식을 짓누르고 있는 것은 낚시에 빠져 있는 남편의 행방이다. 그리고 낚시를 하러 섬으로 떠난 남편이 갑작스러운 비바람에 사고를 당해 죽게 되는 장면이 이야기 속에 환상처럼 끼어든다. 작가는 이 소설에서 남편의 죽음을 전경(前景)으로 처리하지 않고 하나의 환상처럼 제시함으로써 현실과 환상의 미묘한 환치를 가능하게 하고 있다. 이러한 기법이 이야기 속에서 새로운 긴장을 만들어 내는 경우는 오정희 소설에서 자주 확인된다.

「옛 우물」의 주인공 역시 40대 중반의 주부이다. 은행원인 남편과 대학에 갓 들어간 아들이 함께 살고 있는 모습은 평범한 중산층의 일상과 다를 바 없다. 그러나 '나'의 가슴속 깊은 구석에는 '그'라는 사내가 자리 잡고 있다. '나'는 가끔 '그'를 잊지 못하고 그의 전화번호를 눌러 보기도 한다. '그'가 죽었다는 신문 기사를 보고 '나'는 얼굴이 일그러지는 것을 느낀다. '나'는 결혼 후 아이를 낳고 젊은 날의 환상으로부터 벗어나 점차 일상의 여인이 되고 있었다. 그런데 그가 죽었다는 것이다. '그'의 죽음은 '나'의 가슴속에 들어와 있던 무엇인가를 함께 죽여 버린다. '나'는 숨이 막힐 듯한 고통을 느끼며 마음속 깊은 아픔 속에서 옛 우물을 다시 꿈꾼다. 황금 잉어가 살고 있다고 믿었던 우물. 새로운 생명이 거기에서 태어난다고 믿었던 깊은 우물. 계모와 함께 살던 정옥이가 몸을 던져 빠져 죽은 우물. 이 일로 우물은 메워졌지만 '나'의 마음 깊은 곳에는 그 우물이 그대로 남아 있다. 이 소설 속에서 옛 우물은 '나'의 가슴 깊은 구석과 통한다. 거기에 아무도 모르게 감춰 둔 '그'에 대한 사랑이 숨어 있다. 이 은밀한 공간은 새로운 생명을 잉태했던 자궁이 되기도 하고 황금빛을 발하는 신비의 동굴이 되기도 한다. 이렇게 옛 우물은 '나'의 마음속에서 여러 가지 의미로 변형된다. 우물은 저절로 물이 차올라 그 충만한 깊이를 드러내기도 하고 때로는 이유도 모르게 물이 말라 적막하게 텅 빈 어둠의 공간이 된다. 신비로운 생명의 탄생과 서로 통하기도 하고 은밀한 사랑의 아픔이 되기도 한다. 그리고 고통과 상처와 죽음을 의미하는 황폐의 공간이 되기도 한다. 모든 사람의 가슴에 간직되어 있는 옛 우물의 깊이는 각자가 맞서고 있는 삶의 공간에 따라 달라지기 마련이다.

오정희의 장편소설 「새」(1996)는 작가 스스로 가장 오랫동안 즐겨 활용했던 '소녀의 시선'을 통해 서사의 폭을 확장하는 데에 성공하고 있다. 이 소설에서는 초기의 「유년의 뜰」이나 「중국인 거리」에서와 같은 자의식의 그림자가 전혀 드러나지 않는다. 그렇기 때문에 서사적 자아와 이야기 사이의 거리도 적절하게 유지되고 있으며 황폐한 삶의 공간을 치열하게 그려 낼 수 있는 힘을 얻고 있다. 자신을 낳아 준 부모에게서 버림받은 어린 남매의 깊은 고통과 혼돈의 삶을 그린 이 소설은 열두 살 소녀의 시선으로 바라본 황폐하고도 비정한 현실의 삶을 있는 그대로 들춰 낸다. 이 소설에서 작가가 주목하는 것은 가난과 가족의 불화와 해체가 아니라 그러한 삶의 악순환 속에서 황폐해지는 인간의 모습이다. 가정이 불화하고 가족이 서로 흩어지면 아무런 자기 방어의 힘을 가지지 못하고 있는 어린아이들이 가장 큰 희생자가 된다. 이유 없는 폭력과 무관심 속에 방치되면서 어린 혼은 엄청난 아픔에 시달리며 어두운 그늘 속에서 비정상적으로 성장한다. 이 소설이 그려 내는 현실의 고통은 경제적 고통과 가정의 불화, 폭력과 가족 해체로 이어지는 우리 사회의 암울한 실상을 통해 그대로 전달된다. 특히 그 엄청난 피해의 당사자가 된 어린 소녀의 눈을 통해 무엇이 어디서부터 빗나가기 시작하여 어떻게 어린 영혼을 병들게 하는지를 숨김없이 보여 준다. 어린 소녀의 시각의 순진성이 오히려 비정한 현실을 더욱 적나라하게 제시하는 셈이다. 이 소설에서 화자인 소녀가 꿈꾸는 것은 불화의 현실로부터 벗어나는 길이다. 소설의 마지막 장면에서 새장을 들고 나서는 소녀의 모습은 이 같은 내면의 욕망을 암시한다. 그러나 이 탈출이 곧 새로운 삶을 보장해 주는 것은 아니다. 또 어떤 어둠과 나락의 구덩이가 앞을 가로막을지 알 수 없다. 그러므로 이 소설

은 하나의 비극이며 어디서든지 다시 일어날 수 있는 가능성이 있다는 점
에서 더욱 문제적이다.

서영은[30]은 등단 초기부터 비속한 현실에 대한 환멸과 삶에 대한 허무
의식을 집요하게 추구하고 있다. 이러한 문제의식은 초기의 작품 가운데
「사막을 건너는 법」(1975)이나 「살과 뼈의 축제」(1977), 그리고 「관사 사
람들」(1980) 등을 통해 구체적으로 형상화되고 있다. 소설 속의 초점 화
자가 남성으로 설정된 「사막을 건너는 법」은 월남전의 상처를 딛고 일
상으로 되돌아오고자 하는 주인공의 내면이 환상 속에서 살아가는 노인
과의 교감을 통해 절실하게 표현되어 있다. 「관사 사람들」에서는 순수한
영혼이 고정된 기존 체제와 질서에 의해 여지없이 파괴되는 상황을 보
여 준다. 장편소설 「술래야 술래야」(1981)는 가출한 아내를 찾는 남편의
눈을 통해, 정신의 자유를 꿈꾸며 사회적 아웃사이더의 자리를 고집하
는 인물의 특이한 형상을 포착해 낸다. 「살과 뼈의 축제」에서부터 서영
은의 소설은 작중 화자를 대개 여성으로 고정하게 되는데, 이 소설의 주
인공은 일상적 현실로부터 자신을 격리시킨 채 그 초월을 꿈꾸는 모습으
로 그려진다. 이러한 특이한 경향의 한 극점에 단편 「먼 그대」(1983)가 놓
여 있다. 주인공 문자는 사회적 통념과 윤리라는 금기 영역을 스스로 깨
치고 그녀를 억압하는 모든 폭력을 인내한다. 그녀는 일상적 삶의 세계
가 요구하는 모든 규범과 원리로부터 자신을 고립시킨 채 내면의 아름다

---

30 서영은 (徐永恩, 1943~ ). 강원 강릉 출생. 강릉사범학교 졸업. 건국대학교 영문과 수학. 1968년 《사
상계》 신인 작품 모집에 단편 「교(橋)」입선. 이듬해 《월간문학》 신인상 단편 「나와 '나'」 당선. 작품집 「살과
뼈의 축제」(1978), 「사막을 건너는 법」(1978), 「술래야 술래야」(1981), 「강물의 끝」(1984), 「황금 깃털」
(1984), 「사다리가 놓인 창」(1990), 「시인과 촌장」(1997), 「타인의 우물」(1997), 「관사 사람들」(1997),
「그녀의 여자」(2000) 등 발간. 단편소설 「먼 그대」로 제7회 이상문학상 수상. 참고 문헌: 김윤식, 「다리
건너는 법과 사막 건너는 법」, 《문학사상》(1983. 11). 남진우, 「욥의 시련 — 서영은 창작집 「황금깃털」」,
《문예중앙》(1984. 가을). 김종회, 「서영은의 「먼 그대」」(문학사상, 1989. 8); 김미현, 「서영은 소설에 나타
난 여(女)와 성(性)의 이중 소외」, 《현대소설 연구》(2002).

움만을 추구하는 인물의 극단적 형상으로 그려진다. 그리고 작가 자신의 표현대로, 자신의 존재를 '금빛'으로 물들이고 있는 것이다.

「살과 뼈의 축제」의 여주인공 수진은 29세의 노처녀이다. 그녀는 세상의 일이 모두 답답하다고 생각되자 직장을 집어치우고 다세대 주택 자신의 방에 들어박힌다. 날마다 반복적으로 이루어지는 직장의 사무에 길들여졌던 그녀는 이 습관적인 일들로부터 벗어나면서 자신의 삶의 영역에서 모든 사회적인 관계를 제거한다. 그녀는 일주일에 한두 차례 그녀를 찾아오는 영민과의 사랑을 통해 자신이 살아 있음을 확인한다. 하지만 그녀는 자신을 사랑하는 영민의 청혼을 거절한다. 결혼이라는 것 자체가 여성을 제도적으로 구속하고 억압한다고 믿기 때문이다. 그녀는 영민에게 자기 후배를 소개하고 그들이 결혼하도록 만든다. 그러면서 자신은 유부남이 된 영민이 가끔 찾아와 섹스를 나누고 한 달치 생활비를 대주면 그것으로 좋다고 믿는다. 이 소설에서 수진이 선택하는 삶의 길은 일반적인 사회 윤리의 기준으로 용납하기 어렵다. 그것은 부도덕, 비윤리, 불륜 등의 이름으로 매도되는 어두운 남녀 관계의 덫을 스스로에게 덧씌우는 행위에 불과하다. 그럼에도 불구하고 여주인공은 현실적인 삶의 가치와 기준을 모두 거부하는 일탈된 행동으로 자신을 몰아간다. 이 특이한 선택을 두고 작가는 운명에 저항하는 길이라고 언급하고 있다. 하지만 그녀의 내면에 일상적인 가정이라는 제도 안에 자신을 가두고 그 규범에 기대어 자기 본연의 욕망을 숨기면서 살아가는 것에 대한 두려움이 작동하고 있는 것처럼 보인다. 그녀의 내면에 꿈틀거리는 마조히즘적 욕망은 고통과 비애, 그리고 허무와 환상에 다름 아니기 때문이다. 여기에서 주목되는 것은 "웅덩이에 수북하게 알을 낳고는 뒤도 돌아보지 않고 바다로 되돌아가는 거북"의 모습이다. 이 생태학적 상상력이 만들어내는 자신의 환상은 알을 낳는 고통을 감내하는 거북의 모습처럼 어떤 의미도 감동도 없이 그저 도래하게 될 막막한 고통의 시간들을 견뎌 내야만 하는 삶의 무위에 해당할 뿐이다.

소설 「황금 깃털」은 「사막을 건너는 법」의 주제 의식과 이어지며 「관사 사람들」의 이야기와도 일맥상통한다. 일상적 현실의 비속함에서 벗어나기 위한 삶의 내적 가치를 특유의 방식으로 형상화하고 있기 때문이다. 「황금 깃털」에서 작중 화자로 등장하는 '나'는 평생을 교단에 있었던 학교 교무주임이다. 이제는 돋보기를 걸쳐야만 되는 중늙은이가 되었지만 이루어 놓은 것이라고는 아무것도 없다. 이렇게 초라하게 늙어 가는 '나'의 모습은 젊은 선생들과 늘 대비된다. 하지만 '나'는 평생의 꿈이 하나 있다. 죽기 전에 시집을 한 권 낼 수 있을까 하는 꿈이다. 보잘것없는 일상의 삶 속에서도 '나'는 인간으로서의 존재와 인간답게 살아가는 길이 있음을 알고 있다. 물론 이것은 '나'의 현실적인 삶과 이상적인 꿈 사이의 간극을 만들어 내는 원인이기도 하지만 '나'는 '나'만이 지키고자 고집해 온 가치를 버리지 못한다. 그 가치를 '나'는 가슴 깊이 간직해 온 '황금 깃털'이라고 언명하고 있다. 그런데 '나'는 딸의 혼사를 앞두고 딸을 위해 아무것도 챙겨 줄 수 없는 자신의 무능력에 대해 고뇌한다. 그리고 평생을 남몰래 지켜 온 자신의 존재 가치인 바로 그 '황금 깃털'을 이제는 늦었지만 뽑아 버리고 현실과 타협해야 하지 않을까 하고 망설인다. 이 소설은 "그 어떤 아름다운 목적도 그 목적을 성취하기 위해 행한 방법의 치욕스러움을 상쇄하지 못한다."라는 결론을 통해 '나'의 태도와 '나'의 이상을 고귀한 것으로 인정한다.

서영은 문학에서 소설 「먼 그대」는 하나의 의미 있는 분기점을 이룬다. 이 소설에서부터 서영은의 소설적 관심이 여성의 사회적 존재와 그 성의 정체성 문제로 심화되고 있기 때문이다. 물론 「살과 뼈의 축제」에서부터 여성과 그 성 역할에 대한 특이한 문제의식이 드러나기 시작했지만 「먼 그대」에서는 인물의 성격과 그 문제적 상황을 더욱 극단적인 대립 상황으로 몰아간다. 유부남과의 비정상적인 불륜 관계를 설정하고 거기에 혼외자까지 등장시킨 「먼 그대」의 서사적 골격만을 생각한다면 세속적인 의미의 통속소설의 요건을 모두 갖춘 셈이 된다. 하지만 작가는 한 여성에게 덧씌워진 불륜이라는 사회 윤리적 코드에 흥미의 초점을 두고 있는 것이 아니라 고통스러운 삶의 굴레에서 살아남는 여주인공의 내면의 힘에 주목한다. 여기에서 주목해야 할 것이 여주인공 문자의 정체성이다. 그 나이 또래의 여성들이라면 누구나 자신을 가장하기 위해 가면을 쓴다. 그러나 문자는 그 숱한 가면을 모두 벗어던진다. 그녀는 남성에게 아름답게 보이기 위한 치장을 하지 않으며, 보다 높은 교양이 있는 것처럼 꾸미는 거짓된 언어와 행동도 하지 않는다. 그녀는 자신의 생김새대로 내보이고 자신의 생각대로 행동할 뿐이다. 그러나 문자는 예사롭지 않게 내면에 강렬한 욕망을 숨기고 있다. 자기 욕망을 감추고 있기 때문에 사람들은 문자가 두꺼운 가면을 두르고 있다고 생각하기도 한다. 하지만 그녀는 가면의 인간들 속에서 자신의 맨얼굴을 그대로 드러낸 채, 타자의 시선 속에서 형편없이 초라한 모습이 된다 하더라도 결코 자신의 삶을 그렇게 간단하게 생각하지 않는다. 문자는 자신의 순정함을 내세워서 가면 속의 타자들을 거꾸로 조롱하고 있는 셈이다. 이 같은 문자의 태도는 항시 세상에 무릎을 꿇고 자신에게 주어진 무거운 짐을 지고 일어서야 하는 '낙타'에 비유된다. 황금의 갈기를 날리면서 묵묵히 사막을 건너가는 '낙타'의 이미지는 작가 서영은이 창조해 낸 문자의 성격과 같다. 문자는 바로 한 마리의 낙타이며 어쩌면 소설 「먼 그대」의 참주제일지도 모른다. 문자는 앞으로도 쉬지 않고 고통의 사막을 걸어야 한다. 문자의 주변에서 그녀에게 던져 준 고통을 통해 자신의 길을 알아차리고 자기 존재를 스스로 향기롭게 하며 자신의 생명력을 고양시켜야 한다. 서영은이 창조해 낸 문자라는 개성은 그러므로 수사적 비유로 등장하고 있는 '불사의 낙타'에 한정되는 것은 아니다. 그것은 곧 작가 서영은의 분신에 해당하기 때문이다.

소설 「먼 그대」의 문제의식은 「사다리가 놓인 창」(1989)을 통해 또 다른 방법으로 재확인된다. 「사다리가 놓인 창」에서 여주인공 '나'는 가족 관계의 절연과 고립을 통해 자기 존재를 위한 최소한의 작은 공간으로 밀려간다. 아버지가 세상을 떠난 후 집안 살림을 떠맡게 된 오빠는 가장의 역할을 제대로 수행하지 못한 채 미국으로 이민을 떠나 버린다. 남은 가족들의 생활비를 구하기 위해 어머니는 집에 하숙을 들인다. 하숙생들에게 방을 내주어야 했기 때문에 '나'는 사다리를 타고 오르내려야 하는 작은 다락방으로 쫓겨 올라간다. 자기 존재의 영역을 좁힘으로써 오히려 삶의 무게를 가볍게 할 수 있다는 생각에 고통의 사다리를 오르는 길을 택하는 것이다. 소설 속의 주인공이 택하는 고통의 사다리를 오르는 길은 사막을 건너야 하는 낙타의 길과 다를 바가 없다.

서영은의 작품 가운데 장편소설 「그녀의 여자」(2000)는 작가 자신이 넘어서 보고자 하는 또 다른 금기 영역인 동성애 문제를 중심으로 문제적 성격을 힘들여 창조해 내고 있다. 이 소설은 중의적 제목에서부터 이미 그 문제의식이 예사롭지 않음을 암시한다. '그녀의 여자'라는 제목에서 '여자'는 주체인 '그녀'와 상대적인 의미를 갖는 존재로 읽힌다. 하지만 여기에서 '여자'는 '그녀'의 내면에 잠복되어 있는 '여자'로서의 성의 정체성을 의미하기도 한다. 이것은 작가 자신이 의도하고 있는 주제 의식과도 통한다. 이 소설에서 주목되는 것이 여성의 시각에서 새롭게 인식하는 여성으로서의 성 정체성 문제이기 때문이다. 「그녀의 여자」에서 작중 화자인 '나'는 기자다. 중년의 여성 화가 현석화는 남편을 잃은 후 커다란 상실감에 휩싸여 우울한 나날을 보내고 있는 문제적 인물로 등장한다. 물론 소설 속의 이야기에서 현석화는 '나'의 취재의 대상이 아니다. '나'와 연인 관계에 있는 지훈의 계모였기 때문이다. 지훈의 생모가 세상을 떠난 후 아버지가 현석화와 결혼하면서 두 사람 사이에 전처의 아들과 새로 들어온 어머니라는 관계가 만들어졌던 것이다. 그런데 '나'는 현석화를 처음 만난 날부터 그녀의 특이한 시선에 끌려든다. 엄밀하게 따지고 본다면 시어머니와 며느릿감이라는 관계로 얽혀 있었지만 '나'는 중년의 화가 현석화라는 인물이 만들어 내는 그녀만의 독특한 분위기에 끌려 들어가면서 그녀가 욕망하는 세계로 빠져 버린다. 여기에서 작가 서영은이 새롭게 제기하고 있는 것이 동성애라는 육체적 욕망의 기제이다. 물론 이 경우 동성애는 사회적으로 소수자의 영역에 포함되는 개념을 말하기보다는 현석화라는 중년 여성의 내면에 잠복되어 있는 여성적 자기 주체의 나르시시즘적 투사를 강조하기 위한 것이라고 할 수 있다. 현석화는 돌아간 남편의 아들이 그의 연인 '나'(작중의 소연)를 처음 데리고 오던 날부터 너무 낯이 익어서 마치 자신의 영혼이나 육체의 일부를 다시 얻은 것 같은 희열을 느낀다. 그리고 소연에게 사로잡히고 싶은 뜨거운 갈망을 안게 된다. 결국 두 사람은 사회적 통념에서 요구하고 있는 금기의 영역을 모두 깨뜨리고 내부에서 끓어오르는 육체적 욕망을 함께 불태운다. 현석화는 소연을 끌어안음으로써 그녀를 둘러싸고 있던 허무와 우울을 벗어나고 자기 존재의 충만함을 느낀다. 그렇지만 이 불안정한 사랑은 지속되지 못한다. '나'는 현석화의 자기 탐닉적 감정의 깊은 수렁을 견디지 못하고 결국 현석화의 세계에서 벗어나고자 한다. 현석화는 그녀가 깨뜨려 버린 금기의 울타리 안으로 다시 들어가 버린 '나'의 배반에 절망하고는 스스로 목숨을 끊는다. 「그녀의 여자」는 하나의 도전이지만 이 험난한 도전이 어떤 의미를 가지게 될지는 아직 판단하기 이르다.

　서영은의 소설 속 인물들은 앞의 여러 작품에서 확인한 것처럼 강한

'자기'를 두드러지게 드러내는 특징을 보여 준다. 그들은 타자와의 관계를 거부한 채 '나'에 대한 욕망에 집착한다. 자기를 둘러싸고 있는 외부의 모든 것들을 거부함으로써 자기를 긍정하게 되는 이 특이한 아이러니의 구조는 서영은 소설의 서사적 본질과도 통한다. 하지만 인간의 삶에서 일체의 타자를 거부하고 자신의 정신적 순결을 지킨다는 것이 얼마나 가능할 것인지는 여전히 문제적인 상태로 남아 있다.

# 3 시와 일상성의 회복

## (1) '참여시'와 문학의 현실 참여

한국의 현대시는 해방 이후의 민족 분단과 1950년의 한국전쟁을 겪으면서 그 시적 지향 자체가 정서적 편향성을 드러내고 있다. 1950년대 전후시의 시적 경향을 보면, 토착적 정서 탐닉을 순수 서정으로 내세우거나 자의식의 공간과 관념의 유폐를 시적 실험 정신으로 강조한 경우가 많다. 전통적인 서정시의 본령으로 토착 정서에 집착할 경우 현대 문명과 사회 변화에 대한 현실적 감각을 제대로 표현하기 어려운 것이 사실이다. 모더니티의 초극을 꿈꾸던 실험적인 시에서는 전후 현실과는 거리가 먼 이국적 취향에 현혹되어 일상의 경험적 진실을 외면하고 있는 경우도 찾아볼 수 있다. 물론 이러한 시적 경향은 전후의 시대적 특성에 기인한 것이며, 그 자체가 한국 현대시의 문제라고 할 수는 없다. 한국의 전후시가 정서의 편향이나 지적 허세에 빠졌던 것처럼 보인다 하더라도, 전후의 혼란 속에서 한국의 현대시가 역사와 현실을 직시할 수 있는 포괄적인 힘과 상상력을 외면하고 있었던 것은 아니다.

한국 현대시는 1960년 4·19혁명 이후 사회 체제의 변동과 현실 인식 방법의 변화에 따라 시적 상상력의 커다란 전환을 이루게 되었다. 이 변화는 전후시의 극복이라고 할 수 있는 시정신의 전환을 말하는 것이며, 한국 사회 전체에서 일어난 전후 의식의 청산 과정에 따라 문학에 대한 인식이 크게 전환되고 있음을 뜻하는 것이다. 여기에서 주목해야 할 것은 시 자체에 대한 인식이 바뀌기 시작했고, 시인의 시작 태도 역시 변화하기 시작했다는 점이다. 실제로 시가 오로지 시일 뿐이라고 믿었던 순수시에 대한 관념이 무너지면서, 현실적 생명력과 비판적 의식을 지닌 시가 요구되기도 했다. 시단 일부에서는 전후시가 보여 준 정서적 폐쇄성을 거부하면서 '순수'라는 이름 속에 갇혀 있던 시적 표현의 한계도 지적하기 시작했다. 그리고 시의 사회 현실적 역할과 그 가치를 강조하게 된다. 이러한 시대적 상황의 변화에 따라 순수의 언어를 꿈꾸던 시인도, 대중의 삶에서 등을 돌렸던 작가도 모두 이 힘찬 물결 속에서 자기 영역만을 고집할 수가 없게 된다. 모든 문학인들은 현실적 상황에 대한 구체적인 인식이 가능해지면서 자기 각성과 새로운 변모를 꾀하기 시작했으며, 문학의 세계가 보다 적극적으로 포괄의 힘을 발휘해야 한다는 사실도 인지할 수 있게 되었던 것이다.

1960년대 중반을 지나면서 한국 문단에는 시와 현실에 대한 새로운 역사적 인식이 확산되기 시작했다. 우선 문학이 역사와 현실에 대한 신념을 표출할 수 있어야 한다는 당위론이 제기되면서 현실 지향적인 문학의 정신이 고양되기 시작한다. 이러한 변화는 비평의 영역에서 이른바 '참여·순수 논쟁'과 갈등을 노정하기도 하였지만, 시가 삶의 영역을 초월하는 것만으로 만족될 수 없다는 것은 당연한 주장으로 받아들여진다. 시가 개인적 정서 영역에서 자족적인 것으로만 존재할 수 없다는 주장도 나오고, 민족문학이라는 이름 아래 민족 전체의 삶을 총체적으로 형상화할 수 있는 방법이 모색되기도 한다. 이들이 내세운 참여는 일체의 현실을 회의하고 부정해 버리는 맹목적인 저항이나 반발이 아니다. 진실한 삶의 가치를 구현하기 위한 의지의 표현이라고 할 수 있다. 물론 시의 현실 참여를 주장하는 시인들의 견해가 한결같은 논지로 이어진 것은 아니지만, 문학이라는 것이 현실을 떠나서는 성립될 수 없다는 일반론적인 전제가 시의 현실 참여에 대한 주장을 가능하게 했다고 할 수 있다.

실제로 시의 현실 참여 문제는 예술의 자율성에 대한 인식 문제와 충돌하면서 문학의 효용과 가치에 대한 새로운 미학적 논리 기반을 확대한다. 문학의 사회적 기능과 작가의 양심이라는 사회 윤리적 가치 문제를 리얼리즘의 정신과 방법으로 연결시킬 수 있게 되었기 때문이다. 당시 문단의 '참여·순수 논쟁'이 문학의 사회적 역할에 대한 이분법적 사고를 일반화시켜 버린 문제점도 없지 않지만, 산업화 시대에 접어들면서 한국 문학의 총체적 자기 인식을 목표로 하는 민족문학론의 단초가 되었다는 점을 간과해서는 안 된다.

김수영[31]은 시의 현실 참여 문제를 시와 행동을 통해 실천적으로 보여 준 시인이다. 김수영은 1960년대 중반부터 시의 현실 참여 문제에 대한 논의를 주도하면서 「시여 침을 뱉어라」(1968)를 비롯한 일련의 산문으로 자신의 시적 입장을 천명했다. 그는 전후 시단에서 주력했던 시적 작업을

---

31 김수영(金洙暎, 1921~1968). 서울 출생. 일본 도쿄 상대 중퇴. 1945년 《예술부락》으로 등단. 공동 사화집 『새로운 도시와 시민들의 합창』(1949), 시집 『달나라의 장난』(1959), 『거대한 뿌리』(1974), 『김수영 전집』(1981), 시론집 『시여 침을 뱉어라』(1975) 등 출간. 참고 문헌: 김현승, 「김수영의 시사적 위치와 업적」, 《창작과비평》(1989. 가을); 백낙청, 「김수영의 시 세계」, 《현대문학》(1968. 8); 김윤식, 「모더니티의 파탄과 초월」, 《심상》(1974. 2); 김우창, 「예술가의 양심과 자유」, 《세계의 문학》(1976. 겨울); 유종호, 「시의 자유와 관습의 굴레」, 《세계의 문학》(1982. 봄); 최하림, 『김수영 평전』, 《실천문학》(2001); 최동호 외, 『다시 읽은 김수영』(작가, 2005); 김유중, 『김수영과 하이데거』(민음사, 2007).

시집『달나라의 장난』(1959)을 통해 정리한 뒤에 자신의 시적 지향에 대한 전환을 시도한다. 전후 시단에서 후기 모더니즘 운동의 영향을 받고 활동해 온 그는 바로 그 모더니즘이 빠져든 추상성을 벗어 버린 것이다. 실험성과 서정성의 특이한 균형을 유지하면서 그가 다시 발견한 것은 개인의 삶과 현실 그 자체의 중요성이다. 그는 지적인 언어 감각을 드러내면서도 서정성의 기조를 크게 벗어나지 않은 채 현실에 대한 비판의식을 강조하고 있다.

 (가)
푸른 하늘을 제압(制壓)하는
노고지리가 자유로웠다고
부러워하던
어느 시인의 말은 수정되어야 한다

자유를 위해서
비상(飛翔)하여 본 일이 있는
사람이면 알지
노고지리가
무엇을 보고
노래하는가를
어째서 자유에는
피의 냄새가 섞여 있는가를
혁명은
왜 고독한 것인가를

혁명은

왜 고독해야 하는 것인가를

──「푸른 하늘을」

(나)
풀이 눕는다
비를 몰아오는 동풍에 나부껴
풀은 눕고
드디어 울었다
날이 흐려서 더 울다가
다시 누웠다

풀이 눕는다
바람보다도 더 빨리 눕는다
바람보다도 더 빨리 울고
바람보다 먼저 일어난다

날이 흐리고 풀이 눕는다
발목까지
발밑까지 눕는다
바람보다 늦게 누워도
바람보다 먼저 일어나고
바람보다 늦게 울어도
바람보다 먼저 웃는다
날이 흐리고 풀뿌리가 눕는다

──「풀」

김수영이 4·19 혁명 이후에 발표한 (가)의 경우와 그의 사후에 공개된 (나)의 경우는 모두 하나의 시적 경지를 이룬 작품으로 평가되고 있다. 격렬한 정서의 충동, 기지의 언어, 시적 형태의 파괴 등을 곧잘 드러내던 작품들에 비하면 오히려 지나치게 담담한 어조를 느끼게 하는 이 시에서, 김수영의 시 세계를 지탱하는 정서의 폭을 실감하게 된다. (가)의 시에서 사용되고 있는 시어로서 "자유"나 "혁명"이라는 말은 사회적 개념이라기보다는 개인적 주체의 신념을 뜻하는 말로 해석할 수 있다. 주체의 존재를 가능하게 하는 고양된 시정신의 의미가 그 속에 포함되고 있기 때문이다. (나)의 "풀"은 다양한 상징적 의미로 읽히고 있다. "풀"의 의미를 저항하는 민중으로 읽은 시인도 있고, 본질적인 운동성의 의미를 거기서 찾아낸 사람도 있다. 그러나 이 시어가 어떤 의미로 해석되더라도 거기에 공통적으로 깔려 있는 것은 "풀"의 강인한 생명력이다. "바람보다 늦게 누워도/ 바람보다 먼저 일어나고/ 바람보다 늦게 울어도/ 바람보다 먼저 웃는다"에서처럼 풀은 살아 있음으로써 그 존재를 드러낸다. 살아 있지 않다면 누울 수가 없고 살아 있지 않다면 다시 일어설 수 없다. 시인은 '풀'이 가지는 끈질긴 생명력을 그 움직임을 통해 발견하고 있는 것이다.

김수영은 많은 작품에서 시적 대상으로서의 일상적 현실과 그 속에 살고 있는 주체의 존재를 노래한다. 이러한 태도는 시를 통해 구체적인 삶의 영역과 경험적 진실에 접근하기 위한 것이라고 할 수 있다. 그것이 자기 내면으로 응축될 경우 「나의 가족」과 같은 시편을 낳았고, 사회적 현실로 확대될 때에는 「절망」, 「어느 날 고궁을 나오면서」와 같은 작품으로 구체화되었던 것이다.

(가)
고색(古色)이 창연한 우리 집에도

어느덧 물결과 바람이
신선한 기운을 가지고 쏟아져 들어왔다


이렇게 많은 식구들이
아침이면 눈을 부비고 나가서
저녁에 들어올 때마다
먼지처럼 인색하게 묻혀 가지고 들어온 것


얼마나 장구한 세월이 흘러갔던가
파도처럼 옆으로
혹은 세대를 가리키는 지층(地層)의 단면처럼 억세고도 아름다운 색깔—


누구 한 사람의 입김이 아니라
모든 가족의 입김이 합치어진 것
그것은 저 넓은 문창호의 수많은
틈 사이로 흘러 들어오는 겨울바람보다도 나의 눈을 밝게 한다


조용하고 늠름한 불빛 아래
가족들이 저마다 떠드는 소리도
귀에 거슬리지 않는 것은
내가 그들에게 전령(全靈)을 맡긴 탓인가
내가 지금 순한 고개를 숙이고
온 마음을 다하여 즐기고 있는 서책은
위대한 고대 조각의 사진

그렇지만

구차한 나의 머리에

성스러운 향수(鄕愁)와 우주의 위대감을

담아 주는 삽시간의 자극을

나의 가족들의 기미 많은 얼굴에

비하여 보아서는 아니 될 것이다


제각각 자기 생각이 빠져 있으면서

그래도 조금이나 부자연한 곳이 없는

이 가족의 조화와 통일을

나는 무엇이라고 불러야 할 것이냐


차라리 위대한 것을 바라지 말았으면

유순한 가족들이 모여서

죄없는 말을 주고받는

좁아도 좋고 넓어도 좋은 방안에서

나의 위대의 소재(所在)를 생각하고 더듬어 보고 짚어 보지 않았으면


거칠기 짝이 없는 우리 집안의

한없이 순하고 아득한 바람과 물결 —

이것이 사랑이냐

낡아도 좋은 것은 사랑뿐이냐

—「나의 가족」

(나)

왜 나는 조그마한 일에만 분개하는가

저 왕궁(王宮) 대신에 왕궁의 음탕 대신에

오십 원짜리 갈비가 기름 덩어리만 나왔다고 분개하고

옹졸하게 분개하고 설렁탕집 돼지 같은 주인년한테 욕을 하고

옹졸하게 욕을 하고


한번 정정당당하게

붙잡혀 간 소설가를 위해서

언론의 자유를 요구하고 월남 파병에 반대하는

자유를 이행하지 못하고

이십 원을 받으러 세 번씩 네 번씩

찾아오는 야경꾼들만 증오하고 있는가


옹졸한 나의 전통은 유구하고 이제 내 앞에 정서(情緒)로

가로놓여 있다

이를테면 이런 일이 있었다

부산에 포로수용소의 제40야전병원에 있을 때

정보원이 너어스들과 스폰지를 만들고 거즈를

개키고 있는 나를 보고 포로 경찰이 되지 않는다고

남자가 뭐 이런 일을 하고 있느냐고 놀린 일이 있었다

너어스들 옆에서


지금도 내가 반항하고 있는 것은 이 스펀지 만들기와

거즈 접고 있는 일과 조금도 다름없다

개의 울음소리를 듣고 그 비명에 지고

머리에 피도 안 마른 애놈의 투정에 진다

떨어지는 은행나무잎도 내가 밟고 가는 가시밭


아무래도 나는 비켜서 있다 절정(絶頂) 위에는 서 있지

않고 암만해도 조금쯤 옆으로 비켜서 있다

그리고 조금쯤 옆에 서 있는 것이 조금쯤

비겁한 것이라고 알고 있다!


그러니까 이렇게 옹졸하게 반항한다

이발쟁이에게

땅 주인에게는 못하고 이발쟁이에게

구청 직원에게는 못하고 동회 직원에게도 못하고

야경꾼에게 이십 원 때문에 십 원 때문에 일 원 때문에

우습지 않으냐 일 원 때문에


모래야 나는 얼마큼 적으냐

바람아 먼지야 풀아 나는 얼마큼 적으냐

정말 얼마큼 적으냐……

—「어느 날 고궁(古宮)을 나오면서」


김수영은 앞의 시에서 삶에 대한 질문의 형식으로 그 시적 주제를 암시하고 있다. (가)에서 시인은 "이렇게 많은 식구들이/ 아침이면 눈을 부비고 나가서/ 저녁에 들어올 때마다/ 먼지처럼 인색하게 묻혀 가지고 들어온 것"을 두고 "아름다운 색깔"이라고 말한다. 외부의 현실 속에서 식

구들이 집안으로 묻혀 오는 이 색깔은 시적 화자의 삶을 바라보는 '눈'을 더욱 밝게 만든다. 그리고 그것이 "사랑"이 아닌가 확인하고자 한다. (나)의 경우 시적 화자는 옹졸한 소시민으로 살아가는 자신의 모습에 대해 특이한 어조로 "모래야 나는 얼마큼 적으냐" 하고 묻고 있다. 이 시에서 "왕궁"은 온갖 비리와 부정과 음탕을 감추고 있는 정치권력을 상징하는 공간이다. 그 위세에 억눌린 "나"는 현실적으로 다가왔던 여러 문제에 대해 아무런 대응도 하지 못한 채 주변의 자잘한 일상사에 화를 내고 자기 고집에 매달린다. '나'는 부당하게 붙잡혀 간 동료 문인을 위해 당당하게 싸우지 못한다. 언론의 자유를 분명하게 요구하지도 못하고 월남 파병을 반대하는 자기 소신을 자유롭게 밝히지 못한다. 이런 위축된 삶이 옹졸한 '나'의 모습을 보여 준다. 그러면서도 '나'는 돈 없고 힘없는 사람들에게 자신을 향한 울분을 풀어낸다. 그들의 모습 속에서 구차한 자기 자신을 발견하기 때문이다. 하지만 이러한 시적 진술에도 불구하고 이 시는 역설적 표현의 힘을 발휘한다. 이 시에서 당대의 고난과 열정에 가장 극적으로 연결되어 있는 시인의 언어들이 가슴을 치는 감동으로 살아나는 것은 끊임없이 삶의 환시를 자극하는 질문을 스스로에게 던지고 있기 때문이다. 문학은 해답이 아니라 물음의 형식일 수밖에 없다는 평범한 진리를 김수영처럼 설득력 있게 보여 준 경우는 찾아보기 힘들다.

김수영이 시의 현실 참여라는 문제에 관심을 기울이면서 중요시했던 것은 자유의 개념이다. 그는 한국 문화의 다양성과 활력을 깨치는 무서운 폭력을 정치적 자유의 결여라고 규정하고 있다. 자유의 참뜻을 4월혁명을 통해 현실적으로 체득했던 그는 그 혁명이 군사정권에 의해 좌절되는 것을 보면서 짙은 회의에 빠져들기도 한다. 그가 내뱉은 야유와 욕설과 악담은 혁명의 좌절을 초래한 소시민들의 소극성을 겨냥한 것이지만, 사실은 자기 풍자의 의미를 지니는 것이다. 김수영의 「반시론」(1968)은 이러한 자기 풍자의 극단적인 산문적 진술이라고 할 수도 있을 것이다.

이제는 애를 써서 책을 읽으려고 하지 않는다. 책을 안 읽는다는 것은 거짓말이지만, 책이 선두가 아니다. 작품이 선두다. 시라는 선취자가 없으면, 그 뒤의 사색의 행렬이 따르지 않는다. 그러니까 어떤 고생을 하든지 간에 시가 나와야 한다. 그리고 책이 그 뒤의 정리를 하고 나의 시의 위치를 선사해 준다. 정신에 여유가 생기면, 정신이 살이 찌면 목의 심줄에 경화증이 생긴다.

이런 때는 고생이란 고생을 다 써먹었을 때다 —— 말하자면 수단으로서의 고생을 다 써먹었을 때다. 하는 수 없이 경화증에 걸린 채로 시를 썼다. 배부른 시다. 그것이 「라디오界」라는 작품이었다. 그후 「먼지」, 「性」, 「美人」 등의 3편을 썼는데, 아직도 경화증은 풀리지 않고 있다. 만성 경화증인 모양이다. 이대로 나가면 부르주아의 손색없는 시도 쓸 수 있을 것 같다. 그 전에는 무엇을 쓸 때 옆에서 식구들이 누구든지 부스럭거리기만 해도 신경질을 부렸는데 요즘은 그다지 마음에 걸리지도 않고, 오히려 훼방을 좀 놀아주었으면 하는 생각이다. 그것이 약이 되고 작품에 뜻하지 않는 구명대의 역할을 해 주기도 한다. 잡음은 인간적이다. 그것은 너그러운 폭을 준다. 잘못하면 몰살을 당할 우려가 있지만, 잡음에 몰살을 당할 만한 연약한 시는 낳지 않아도 후회가 안 될 것 같다.

——「반시론」 부분

「반시론」에서 발견하게 되는 중요한 문제는 시를 진정으로 시답게 생각하는 김수영의 태도이다. 시를 시답게 생각한다는 것은 시를 시 이상의 다른 것으로 생각하지 않는다는 것이며, 시가 포괄할 수 있는 삶의 의미와 속성을 시를 떠나서는 결코 생각하지 않는다는 것과도 통한다. 그러기에 그는 시라는 것이 말로 씌어지는 것이 아니라 "온몸으로 동시에 온몸을 밀고 나가는 것"이라고 말한다. 「반시론」은 지극히 사적인 자기 고백의 형식을 띠고 있지만 그 속에 시 쓰기의 방법과 그 정신에 대한 분명한 지향을 보여 준다. 김수영이 지적하고 있듯이 '정신의 여유'를 가지는 것이 삶에 대한 안이한 태도와 연결되고, 결국 '목의 심줄에 경화증'을 만드는 것이라면, 오히려 그 정신을 끊임없이 일깨우고, 자극할 수 있는 시정신의 새로움을 준비하지 않으면 안 된다. 일상적인 삶에 길들여지고 습관에 주저앉을 때 인간의 정신 활동은 정지되고, 모든 문화는 그 발전과 변화를 중단하게 되기 때문이다. 그러기에 물질적 삶에 기계적으로 적응하는 습관에 함몰되는 것은 인간의 비인간화를 유도하는 결정적인 요건이 됨은 물론이다. 자기 세계를 인식할 수 있는 지적 능력의 상실이 정신의 여유에서 기인된다는 사실은, 확실히 현실적인 문학의 풍토에서 다시 한 번 음미해야 할 문제인 것이다. 더구나 '잡음(雜音)'의 현실과 그 '잡음'을 감당할 수 있는 시의 의미는 일상의 현실 속에 서 있는 시인의 태도가 어떤 가치를 지향하고 있는지 충분히 짐작할 만하다.

김수영의 시가 일상의 현실 속에서 지적 언어와 서정성의 긴장과 조화를 추구한 것이라면, 신동엽[32]의 경우에는 시를 통해 전통적 서정성과 역사의식의 결합을 시도하고 있다. 신동엽은 시집 『아사녀』(1963)를 통해 「진달래 산천」, 「그 가을」, 「내 고향은 아니었었네」 등을 발표하였는데, 민족의 전통적인 삶의 양식이 역사의 격변으로 붕괴되는 과정을 추적하고 있는 점이 주목받았다.

---

32 신동엽(申東曄, 1930~1969). 충남 부여 출생. 건국대 대학원 국문과 졸업. 1959년 《조선일보》 신춘문예에 시 당선. 시집 『아사녀』(1963), 『신동엽 전집』(1975), 『금강』(1989) 등 출간. 참고 문헌: 김우창, 「신동엽의 '금강'에 대하여」, 《창작과비평》(1968. 봄); 김영무, 「신동엽의 시 세계」, 《문화비평》(1970. 3); 구중서, 「신동엽론」, 《창작과비평》(1979. 봄); 민병욱, 「신동엽의 서사 정신과 서사 갈래 체계」, 《현대시학》(1985. 5–8); 김종철, 「신동엽론」, 《창작과비평》(1989. 봄).

(가)

껍데기는 가라.

사월도 알맹이만 남고

껍데기는 가라.


껍데기는 가라.

동학년(東學年) 곰나루의, 그 아우성만 살고

껍데기는 가라.


그리하여, 다시

껍데기는 가라.

이곳에선, 두 가슴과 그곳까지 내논

아사달 아사녀가

중립의 초례청 앞에 서서

부끄럼 빛내며

맞절할지니


껍데기는 가라.

한라에서 백두까지

향그러운 흙가슴만 남고

그, 모오든 쇠붙이는 가라.

─「껍데기는 가라」


(나)

누가 하늘을 보았다 하는가

누가 구름 한 송이 없이 맑은
하늘을 보았다 하는가.

네가 본 건, 먹구름
그걸 하늘로 알고
일생을 살아갔다.

네가 본 건, 지붕 덮은
쇠 항아리,
그걸 하늘로 알고
일생을 살아갔다.

닦아라, 사람들아
네 마음속 구름
찢어라, 사람들아
네 머리 덮은 쇠 항아리.

아침저녁
네 마음 속 구름을 닦고
티 없이 맑은 영원의 하늘
볼 수 있는 사람은
외경(畏敬)을
알리라

아침저녁

네 머리 위 쇠 항아릴 찢고
티 없이 맑은 구원의 하늘
마실 수 있는 사람은

연민(憐憫)을
알리라
차마 삼가서
발걸음도 조심
마음 모아리며.

서럽게
아 엄숙한 세상을
서럽게
눈물 흘려

살아가리라
누가 하늘을 보았다 하는가
누가 구름 한 자락 없이 맑은
하늘을 보았다 하는가.

　　　　　　　　　　　　　―「누가 하늘을 보았다 하는가」


　신동엽의 시정신과 역사의식의 지향을 분명하게 드러내고 있는 앞의
두 작품은 시인 신동엽의 대표작으로 일컬어진다. 그런데 시적 텍스트의
구조와 그 진술 내용은 그 격렬한 어조에 비해 의외로 단조롭게 느껴진
다. (가)의 경우에서 볼 수 있듯이 시인은 한스러운 역사를 노래하지 않

는 대신에 한의 역사를 극복하기 위한 의지를 키운다. "껍데기는 가라./ 사월도 알맹이만 남고/ 껍데기는 가라// 껍데기는 가라./ 동학년 곰나루 의, 그 아우성만 살고/ 껍데기는 가라."라고 절규하는 그의 언어는 역사 와 현실의 허구성을 폭로하면서 민중적 이념을 주장한다. 4월혁명에서 제시되었던 자유와 민주의 참뜻을 동학농민운동의 정신과 연결시킨 이 작품에서 시인이 거부하고 있는 것은 "껍데기"라는 비유적 상징을 통해 암시되는 온갖 허위와 부정이다. 그리고 그는 '알맹이'의 존재를 부각시 키고자 한다. 여기에서 시인이 설정하고 있는 하나의 시적 공간은 모두 더불어 하나가 될 수 있는 환희의 순간이며, "아사달"과 "아사녀"가 초례 청 앞에서 맞절하는 축제의 장면으로 구체화되고 있다. 역사적 현실과 신화적 공간을 결합시키면서 시인이 새롭게 창조해 낸 세계는 생명이 비 롯되고 또한 모든 살아 있는 것들이 거기 깃들어 공존하게 되는 "흙가슴" 이다. 그리고 시인은 궁극적인 생명의 장으로 제시하고 있는 "흙가슴"을 지키기 위해 힘과 파괴의 수단인 "쇠붙이"를 거부하게 되는 것이다. (나) 의 경우에도 시적 상징으로서의 "맑은/ 하늘"은 "먹구름"이라든지 '지붕 을 덮고 있는 쇠 항아리' 등으로 가려진 현실 속의 어두운 하늘과 뚜렷한 대조를 보인다. 그러므로 시인이 추구하는 진정한 하늘의 의미는 쉽게 감지할 수 있다. 하지만 이 시는 "누가 하늘을 보았다 하는가/ 누가 구름 한 송이 없이 맑은/ 하늘을 보았다 하는가."라는 의문형의 진술이 텍스 트의 서두와 종결 부분에 배치됨으로써 거기에서 느껴지는 강한 부정의 의미가 시적 긴장을 유지하도록 고안되어 있다. 시적 어조의 힘을 빌려 진술 자체의 단조로움을 극복하고 있는 셈이다.

신동엽의 시정신은 장시 「금강(錦江)」(1969)에서 민족의식과 역사의 식으로 확대되기도 한다. 이 작품은 서화(序話)에 이어 전체 26장의 내용 을 본장과 후화(後話)로 구분해 놓았는데, 19세기 말 동학농민운동의 주역이었던 전봉준(全琫準)을 중심으로 동학농민운동의 역사적 의미를 새롭게 조명하고 있다. 이 시에서 장대한 시적 공간으로 설정되어 있는 "금강"은 그 공간성과 시간성을 동시에 부여받음으로써 구한말 이후의 한국 근대사에 상징적으로 대응한다. 시인은 "나"라는 시적 화자를 내세워 "내가 지금부터 이야기하려는/ 그 가슴 두근거리는 큰 역사를/ 몸으로 겪은 사람들이 그땐/ 그 오포 부는 하늘 아래 더러 살고 있었단다.// ······ 철없는 강아지처럼 뛰어다니는 기억 속에/ 그래서 그분들은 이따금/ 이야기의 씨를 심어 주고 싶었던 것이리."라고 서장에서 시의 전체 내용과 그 창작의 동기를 설명하고 있다. 여기에서 언급하고 있는 "역사"란 농민을 주축으로 하는 민중들이 동학농민운동을 혁명적인 민중운동으로 이끌어 가게 된 과정을 의미한다. 그리고 그 정신이 기미독립운동과 4·19혁명에 이르기까지 한국 근대사의 도도한 흐름 속에 살아 있음을 말해 주고 있는 것이다.

「금강」의 서사시적 성격은 민중 속에서 태어난 역사 속의 실존 인물 '전봉준'의 탄생과 그 성장 과정을 중심으로 하는 '영웅의 일생'을 주축으로 하여 극적으로 발전한다. 역사적 사건으로서의 동학농민운동이 발생되는 과정과 그 전개 양상은 반복과 열거, 생략과 도약의 수사적 장치를 활용하여 서사의 배경을 장식하고 민중의 삶과 그 운명에 관한 다채로운 삽화들이 역사적 현장을 넘나들면서 서사시의 폭과 그 흥미를 더해 준다. 하지만 역사의 진보에 대한 신념을 뒤로한 채 주인공 전봉준은 동학의 지도자들과 처형당함으로써 격동의 장면이 마감된다. 이 작품의 결말 부분은 실패한 혁명이지만 동학농민운동이 가지는 역사적 의미를 강조하면서 새로운 시대를 기약하는 내용으로 꾸며진다.

일어나자,

조국의
아들딸들아,

일어나자,
반도의
중생들아,

목숨 살아 있는
동학교인이여, 모든 농삿군이여,

일어나라,
조국의
모든 아들딸들이여,

손톱도 발톱도
돌도 산천도, 이 나라의 기름 먹은
흙도 바람도
새도 벌레도 일어나라,

두렛군이여
조국이여
너를 부른다, 두렛군이여,
녹두알이여, 너를 부른다.

땅도 강물도

깃 털고 중천 높이 솟아라,

너를 부른다


너의 피를 부른다

여문 뼈, 노랑 수건 휘날리며 오라

농민군이여.

—「금강」 제18장 부분


「금강」은 동학농민운동에서 주제를 취했으며 동학 이후의 민족 수난사를 내용으로 삼은 장시이다. 시적 진술 자체가 허구적인 서술자에 의해 이루어지고 있는 이 작품은 내용의 역사성을 바탕으로 서사시적 골격을 지니게 된다. 서정적 세계에서 서사적 세계로의 전환을 모색한 신동엽은 역사적 현실에 대한 인식을 구체화하기 위해 동학농민운동의 방대한 역사와 그 내용을 시적 형식으로 포괄하고 있다. 그런데 여기에서 주목해야 할 것은 장시 「금강」이 전근대적 봉건사회의 모순을 극복하기 위한 동학농민혁명의 전 과정을 중심에 담고 있으면서도 시인이 당대 현실의 모순에 해당하는 민족 분단 상황에 대한 비판과 그 극복의 의지를 강하게 드러내고 있다는 점이다. 특히 시인은 동학농민운동이 중앙 집권세력의 무능과 부패로 인하여 발생했지만, 오히려 권력층이 외세를 끌어들여 주체적으로 성장하는 민중 의식을 억압한 사실을 대비적으로 강조한 점은 주목되는 부분이다. 이것은 민족적 역량과 민중 주체의 확립이 하나의 역사적 과제임을 말해 주기 때문이다.

「금강」의 텍스트에서 서사적 요건으로서의 객관적 거리의 문제라든지, 시적 주제의 전개 방식의 불균형이라든지, 어조의 거친 변화 등에 대해 불만을 표시할 수도 있다. 그러나 그보다는 거대한 역사적 사건을 전체적으로 파악하고 거기에 시적인 긴장과 균형을 부여하는 상상력의 힘에 주목해야 한다. 특히 시인이 민중적 역사의식을 동학농민운동을 통해 발견하고 일제의 강점에서 민족 분단으로 이어지는 수난의 역사 속에서 그 중요성을 다시 확인하는 점은 「금강」의 시적 성과라고 할 수 있다. 이 작품에서 시인은 동학농민운동의 가치와 이념이 1960년 4·19혁명으로 이어진다는 점을 분명히 제시하고 있다. 동학농민운동과 4월혁명에서 공통적으로 발현되는 민주주의 이념과 가치가 민중 주체의 역사적 성장과 그 실천 의지와 서로 결합되어 있다고 믿는 것이다. 이 작품이 민족문학의 총체성을 확립하기 위해 분단 극복의 과제를 내세우고 있는 것은 민족문학의 전개 방향을 분명하게 제시한 것이라고 하겠다. 신동엽의 시적 탐구 작업은 「금강」과 같은 서사적 장시의 형태 이외에도 시극 「그 입술에 파인 그늘」(1965)로 이어진다. 시정신의 치열함을 추구하던 그가 시의 장르적 확대와 변용을 적극적으로 꾀하기도 했다는 사실은 시 영역의 개방이라는 또 다른 의미를 지닌다.

김수영과 신동엽의 시는 서로 다른 출발점을 보이면서도 그 정신적 지향을 같이했던 특이한 존재라고 할 수 있다. 김수영의 도회적 풍모와 지적인 언어는 토착 정서에 뿌리를 두고 있는 신동엽의 서정적 속성과 전혀 다른 느낌을 주기도 한다. 그러나 이 두 시인은 구체적 삶의 현실을 발견하고 그것을 자기 내면으로 끌어들여 형상화함으로써, 결국은 하나의 귀착점에 도달하고 있다. 그리고 이들이 도달한 자유와 민주라는 공통된 지표를 중심으로 새로운 시인들이 모여들어 시의 현실 참여 의지를 더욱 확대, 실천하게 된 것은 한국 현대시의 커다란 전환점에 해당한다. 실제로 시의 현실 참여 문제는 산업화 시대에 접어들면서 문학의 중요한 관심사가 되었으며, 단순한 문단적 쟁론이 아니라 시적 대상과 시적 인식의 범주를 정립하기 위한 미학적 실천으로 심화 확대된다. 시의 현실 참여를 강조했던 시인들은 상상력의 포괄을 위하여 서정성의 획득에 더욱 관심을 기울였으며, 언어적 순수에 집착했던 시인들도 일상적 경험에 대한 인식을 중시하게 된다. 그 결과로 참여와 순수의 양분법적인 논리가 어느 정도 극복되고, 시의 세계와 현실 세계의 간격이 상당히 좁혀지고 있다. 시가 현실에 접근해 있다는 뜻으로 풀이할 수도 있는 이러한 현상은 시인 자신이 경험적 진실에 대한 추구에 관심을 두고 있음을 말해 주는 것이다. 시의 세계가 시적 상상력에 의해 구축되는 것이라 하더라도, 그 기반으로서 일상의 삶과 그 현실적 조건은 언제나 문제가 된다. 그러므로 시적 대상으로서의 현실은 결코 외면하거나 회피할 수 없는 국면에 해당하는 것이다.

김수영과 신동엽의 시적 실천과는 어느 정도 거리가 있지만 산업화 시대의 초입에서 세간의 관심을 끌었던 시인 김광섭[33]의 재기를 주목할 필요가 있다. 김광섭은 해방 직후 문단에서 민족 문단을 이끌었고 한때 자유문학가협회를 결성하고 잡지 《자유문학》을 발행하기도 하였다. 하지만 1960년대 중반 뇌출혈로 쓰러져 오랜 병고에 시달렸다. 그는 병마를 극복하고 시집 『성북동 비둘기』(1969)를 내면서 자기 시 세계를 새롭게 전환하게 되었는데, 병고를 견디면서 얻어 낸 삶에 대한 긍정적 시선과 생명에 대한 경외감이 그의 시를 더욱 깊고 폭넓게 만들었다. 특히 삶의 현실 속에서 파괴되고 있는 자연의 섭리라든지 인간성의 상실 등과 같은 보다 본질적인 문제에 깊은 관심을 갖게 되었다. 그의 이러한 시적 인식은 「산」, 「성북동 비둘기」, 「무제」 등에 깊이 용해되어 있다.

---

33 김광섭(金珖燮, 1905~1977). 함북 경성 출생. 와세다 대학 영문과 졸업. 1933년 극예술연구회 가담. 광복 직후 전조선문필가협회 결성. 시집 『동경』(1938), 『마음』(1949), 『해바라기』(1957), 『성북동 비둘기』(1969), 『김광섭 시 전집』(1974) 등 출간. 참고 문헌: 김현승, 「김광섭론」, 《창작과비평》(1969. 봄); 신경림, 「김광섭론」, 《창작과비평》(1975. 가을); 김영무, 「이산 김광섭의 시 세계」, 《세계의문학》(1978. 여름).

(가)

이상하게도 내가 사는 데서는

새벽녘이면 산들이

학처럼 날개를 쭉 펴고 날아와서는

종일토록 먹도 않고 말도 않고 엎댔다가는

해 질 무렵이면 기러기처럼 날아서

틀만 남겨 놓고 먼 산 속으로 간다


산은 날아도 새둥이나 꽃잎 하나 다치지 않고

짐승들의 굴 속에서도

흙 한 줌 돌 한 개 들성거리지 않는다

새나 벌레나 짐승들이 놀랄까 봐

지구처럼 부동의 자세로 떠 간다

그럴 때면 새나 짐승들은

기분 좋게 엎대서

사람처럼 날아가는 꿈을 꾼다


산이 날 것을 미리 알고 사람들이 달아나면

언제나 사람보다 앞서 가다가도

고달프면 쉬란 듯이 정답게 서서

사람이 오기를 기다려 같이 간다

산은 양지바른 쪽에 사람을 묻고

높은 꼭대기에 신을 뫼신다


산은 사람들과 친하고 싶어서

기슭을 끌고 마을에 들어오다가도
사람 사는 꼴이 어수선하면
달팽이처럼 대가리를 들고 슬슬 기어서
도로 험한 봉우리로 올라간다

산은 나무를 기르는 법으로
벼랑에 오르지 못하는 법으로
사람을 다스린다
산은 울적하면 솟아서 봉우리가 되고
물소리를 듣고 싶으면 내려와 깊은 계곡이 된다

산은 한번 신경질을 되게 내야만
고산(高山)도 되고 명산(名山)도 된다

산은 언제나 기슭에 봄이 먼저 오지만
조금만 올라가면 여름이 머물고 있어서
한 기슭인데 두 계절을
사이좋게 지니고 산다

—「산」


(나)
성북동 산에 번지가 새로 생기면서
본래 살던 성북동 비둘기만이 번지가 없어졌다.
새벽부터 돌 깨는 산울림에 떨다가
가슴에 금이 갔다.

그래도 성북동 비둘기는
하느님의 광장 같은 새파란 아침 하늘에
성북동 주민에게 축복의 메시지나 전하듯
성북동 하늘을 한 바퀴 휘 돈다.

성북동 메마른 골짜기에는
조용히 앉아 콩알 하나 찍어 먹을
널찍한 마당은커녕 가는 데마다
채석장 포성이 메아리쳐서
피난하듯 지붕에 올라앉아
아침 구공탄 굴뚝 연기에서 향수를 느끼다가
산 1번지 채석장에 도루 가서
금방 따낸 돌 온기에 입을 닦는다.

예전에는 사람을 성자처럼 보고
사람 가까이
사람과 같이 사랑하고
사람과 같이 평화를 즐기던
사랑과 평화의 새 비둘기는
이제 산도 잃고 사람도 잃고
사랑과 평화의 사상까지
낳지 못하는 쫓기는 새가 되었다.

—「성북동 비둘기」

김광섭의 시에서 볼 수 있는 언어의 소박성과 단순성은 구체적인 현실에 대한 깊이 있는 성찰을 통해 얻어진 것이다. 그러므로 거기에는 경험의 진실성이 온전하게 자리 잡고 있다. 물론 그는 현실의 상황을 보다 더 높은 경지에서 바라보고 있으며, 진솔한 언어만이 감당할 수 있는 너그러움과 사랑을 위해 시를 바친다. 그는 이제 관념에 얽혀 있던 자신의 시들을 일상의 현실로 끌어내리고 있으며, 자연과 인간, 인간과 현실의 화해를 꿈꾸고 있다. 그의 너그러움 뒤에는 비인간적인 것에 대한 준열한 비판이 숨겨져 있고, 그의 사랑 뒤에는 삶의 참된 길을 가로막는 모든 것들에 대한 거부가 담겨 있다. 그러나 그의 시에는 치열한 시정신을 감싸고도는 무한한 감동이 깃들어 있기 때문에, 결코 어조가 격렬하게 느껴지지 않는다. 김광섭이 도달한 시적 경지는 참담한 분열상을 내보이던 전후시가 시적 정신을 가다듬고 난 후에 이를 수 있는 하나의 새로운 경지였다고 할 것이다.

## (2) 민중시와 현실주의적 상상력

### 민중시의 등장

산업화 시대의 문단에서 시의 현실 참여라는 새로운 문제의식은 민중 지향적인 문학적 실천 작업으로 다양하게 확대되고 있다. 김수영과 신동엽이 중견의 자리에서 타계했지만, 1970년대의 정치 사회적 상황 변화에 대응하여 고은이 시적 변모를 이루고 김지하의 현실 풍자와 비판에 뒤이어 신경림, 이성부, 조태일, 최하림 등이 등장해 민중적 정서에 기반을 둔 '민중시'로 새로운 시적 가능성을 인정받게 된다. 그리고 이러한 시적 경향은 이시영, 정희성, 김창완, 김명인, 김명수, 김정환, 하종오, 곽

재구, 김용택, 박노해 등의 등장에 의해 활력을 얻게 된다. 산업화 시대의 민중시는 폭력화한 정치권력의 전횡에 의해 강요된 억압과 폐쇄의 문화에 적극 대응하면서 급격한 산업화 과정이 몰고 사회적 혼돈을 극복하기 위해 다양한 시적 실천을 시도한다. 현실에 대한 비판과 풍자가 시를 통하여 표출되기도 하였고, 소외된 민중의 삶의 모습이 시를 통해 그려지기도 한다. 시인이 현실에 대해 지니고 있는 도덕적 열정이 진취적인 시정신과 과격한 언어로 묶이면서 때로는 지나치게 이념적인 색채를 드러내는 것처럼 보였던 경우도 적지 않다.

　당시의 민중시라는 개념은 '민중'이라는 용어 자체가 그러하듯 분명하게 규정되어 있지는 않다. 하지만 그 개념이 어떠하든지 간에 민중시에 대한 관심은 사회 전반에 폭넓게 확대되었으며, 문학의 경향 자체에도 상당한 영향을 미쳤던 것이다. 시가 민중적 삶에 바탕을 두고 있어야한다든지, 민중적 현실을 외면해서는 안 된다든지 하는 주장은 경험적 진실에 대한 시적 추구라는 의미에서 그 타당성을 인정할 수 있다. 그리고 이러한 경향이 대상에 대한 느낌의 문제보다 깨달음의 문제를 중심으로 이루어지고 있다는 점에서도 긍정적으로 평가할 수 있다. 물론 이러한 시적 태도가 시를 통해 가치 있게 구현될 수 있기 위해서는 삶의 경험에 대한 깊이 있는 통찰과 인식을 전제해야만 하는 것이다. 민중시가 현실에 대한 정당한 인식과 그에 따른 실천적 의지를 시를 통해 구현하고자 할 경우, 시의 언어는 희망의 언어이기 이전에 비판의 소리로 채워지기 마련이다. 그러나 비판적인 소리에도 창조적인 감성이 요구되며, 그 격정의 소리를 절제할 수 있는 지성도 필요하다. 시가 현실에 대한 상상적인 비전을 지니지 못할 경우, 자칫 구호에 떨어질 위험성도 없지 않다.

　민중시의 새로운 가능성과 그 시대적 의미는 1970년대 벽두부터 시적 형식과 주제에 새로운 변주를 시도하면서 관심을 불러일으킨 몇몇 시인들의 작업을 통해 확인해 볼 수 있다. 김지하의 담시 「오적」(1970)과 조태일의 연작 장시 「국토」(1975)는 시 장르의 확대를 공통적인 특징으로 한다. 신경림의 시집 『농무』(1973)와 고은의 시집 『문의마을에 가서』(1974)는 일상의 현실에 밀착된 시인의 정서와 그 표현 기법이 주제의 고양을 위해 기능적으로 결합되고 있다. 이들이 추구하고 있는 시적 형식이란 대상에 대한 시적 형상화 방법에서 비롯되는 것으로, 그것은 곧 시정신과도 통한다. 시적 주제의 새로운 변주라는 것도 좀 더 폭넓은 개념을 동원한다면, 결국은 삶을 바라보는 시인의 관점에 귀착된다고 할 것이다.

김지하[34]의 시적 출발과 지향은 그의 첫 시집 『황토』(1970)를 통해 확인된다. 그가 시적 관심의 대상으로 삼은 있는 것은 주로 곽곽한 현실 속에서 고된 노동으로 살아야 하는 궁핍한 농민들의 삶이거나 뿌리를 내리지 못하고 부랑하는 도시 빈민층 노동자들의 모습이다. 그는 이들의 삶을 통해 현실의 모순과 그 모순을 빚어내는 거대한 권력의 실체에 접근한다.

김지하가 발표한 담시 「오적」은 산업화 과정에 들어선 한국 사회의 계층적 갈등과 반목이 거대한 권력층과 그 권력의 비호 아래 성장한 일부 재벌의 횡포에서 비롯된 것임을 지적한다. 이 작품에서 비판의 대상으로 삼고 있는 것은 재벌, 국회위원, 고급 관료, 장성 등이다. 김지하는

---

34 김지하(金芝河, 1941~ ). 전남 목포 출생. 서울대 미학과 졸업. 1969년 《시인》에 시를 발표. 1970년 담시 「오적」을 발표한 뒤 국가보안법 위반으로 구속 기소되고 민청학련 사건으로 사형을 언도받기도 함. 시집 『황토』(1970), 『타는 목마름으로』(1982), 『대설 남』 1·2·3(1982~1985), 『별밭을 우러르며』(1989), 『결정본 김지하 시 전집』(1992) 등 출간. 참고 문헌: 김현, 「속꽃 핀 열매의 꿈」, 《문예중앙》(1986. 여름); 진형준, 「칼에서 밥으로」, 《우리시대의문학》(문학과지성사, 1987); 김재홍, 「반역의 정신과 인간 해방의 사상」, 《작가세계》(1989. 가을); 오세영, 「장르 실험과 전통 창조」, 《작가세계》(1989. 가을); 홍정선, 「연꽃을 드는 싸움 — 김지하의 최근 시」, 《문학과사회》(1989. 겨울).

한국 사회를 지배하고 있는 이들 상류층의 무능과 부정부패, 물질 만능주의의 태도와 호화 사치 등을 신랄하게 비판하고 비리와 모순의 현실을 뚫고 나갈 수 있는 방도를 민중의 끈질긴 생명력을 통해 찾아내고자 한다. 「오적」은 시 형식 자체도 파격적이다. 이 작품은 전통적인 운문 양식인 가사, 타령, 판소리 사설 등을 변용함으로써 새롭고 파격적인 장시의 가능성을 보여 준다. 대담한 사설의 도입과 함께 이루어진 시적 진술법을 부분적으로만 보게 된다면, 이 담시는 분명 시적 긴장이나 정서의 절제를 찾아보기 어렵다. 그러나 시행의 첫 줄에서부터 끝까지 풍자적 어조가 지속된다. 어떤 부분에서는 해학을 동반하고 어떤 부분에서는 비장함을 드러내기도 하는 그의 풍자는 운문 양식을 통해 도달할 수 있는 하나의 경지를 시험하는 것이라고 하겠다.

> (……)
> 아동방(我東方)이 바야흐로 단군 이래 으뜸
> 으뜸가는 태평 태평 태평성대라
> 그 무슨 가난이 있겠느냐 도둑이 있겠느냐
> 포식한 농민은 배 터져 죽는 게 일쑤요
> 비단옷 신물 나서 사시장철 벗고 사니
> 고재봉 제 비록 도둑이라곤 하나
> 공자님 당년에도 도척이 났고
> 부정부패 가렴주구 처처에 그득하나
> 요순 시절에도 사흉은 있었으니
> 아마도 현군 양상인들 세 살 버릇 도벽이야
> 여든까지 차마 어찌할 수 있겠느냐
> 서울이란 장안 한복판에 다섯 도둑이 모여 살았것다.

남녘은 똥덩어리 둥둥
구정물 한강가에 동빙고동 우뚝
북녘은 털 빠진 닭똥구멍 민둥
벗은 산 만장 아래 성북동 수유동 뾰쪽
남북 간에 오종종종 판잣집 다닥다닥
게딱지 다닥 코딱지 다닥 그 위에 불쑥
장충동 약수동 솟을대문 제멋대로 와장창
저 솟고 싶은 대로 솟구쳐라 삐까번쩍
으리으리 꽃궁궐에 밤낮으로 풍악이 질펀 떡치는 소리 쿵떡

—「오적」 서두 부분

　　김지하의 담시 「오적」의 풍자성과 격렬한 어조는 시대성 또는 상황성
에 대한 도전으로 이어지는 실천적 의지를 보여 준다. 시어의 반복과 대
담한 생략, 이념적 추상성을 제거하는 의성어와 의태어의 활용, 시의 언
어로서 부적절한 것으로 취급되어 온 비어와 속어의 배치 등은 김지하
의 담시가 보여 주는 수사학적 특징들이다. 이러한 수사적 장치는 권위
에 대한 부정과 그 전복을 의도하면서 비리에 대한 풍자와 비판, 시인의
행동적 의지의 적극적인 구현을 위해 기능적으로 작용하고 있다. 하지만
당시 절대 권력은 김지하 시인이 담시 「오적」을 통해 시도했던 일체의 전
위적 실험과 도전을 반체제로 낙인찍고 폭력으로 이를 억압한다.
　　김지하의 시가 사회 정치적 성격에 의해서가 아니라 그 문학성의 의
미로 다시 관심을 모으게 된 것은, 그가 오랜 수감 생활을 겪으면서 적
은 시들을 중심으로 묶어 낸 시집 『타는 목마름으로』(1982)의 출간과 때
를 같이한다. 이 시집의 시들은 비판과 저항의 의지가 보다 깊이 내면화
되면서 정서의 응축을 통한 시적 긴장을 잘 살려 내고 있다. 특히 고통을

감내하면서도 체념에 떨어지지 않고, 깨어 있는 의식을 고양시키기 위해 힘쓰는 시인의 처절한 투쟁이 잘 나타나 있다. 서정시가 빚어내는 비극적인 감동이 시적 의지를 더욱 강렬하게 구현할 수 있는 정서적 기반이 될 수 있다는 사실을 그는 자신의 체험과 그 시적 형상화 과정을 통해 입증하고 있는 셈이다.

(가)
빈 산
아무도 더는
오르지 않는 저 빈 산

해와 바람이
부딪쳐 우는 외로운 벌거숭이 산
아아 빈 산
이제는 우리가 죽어
없어져도 상여로도 떠나지 못할 아득한 산
빈 산

너무 길어라
대낮 몸부림이 너무 고달퍼라
지금은 숨어
깊고 깊은 저 흙 속에 저 침묵한 산맥 속에
숨어 타는 숯이야 내일은 아무도
불꽃일 줄도 몰라라
한줌 흙을 쥐고 울부짖는 사람아

네가 죽을 저 산에 죽어
끝없이 죽어
산에
저 빈 산에 아아

불꽃일 줄도 몰라라
내일은 한 그루 새푸른
솔일 줄도 몰라라.

──「빈 산」

(나)
저 청청한 하늘
저 흰구름 저 눈부신 산맥
왜 날 울리나 날으는 새여
묶인 이 가슴

밤새워 물어뜯어도
닿지 않는 밑바닥 마지막 살의 그리움이여
피만 흐르네
더운 여름날의 썩은 피

땅을 기는 육신이 너를 우러러
낮이면 낮 그여 한번은
울 줄 아는 이 서러운 눈도 아예
시뻘건 몸뚱어리 몸부림 함께

함께 답새라

아 끝없이 새하얀 사슬 소리여 새여

죽어 너 되는 날의 아득함이여


낮이 밝을수록 침침해 가는

넋 속의 저 짧은

여위어 가는 저 짧은 볕발을 스쳐

떠나가는 새


청청한 하늘 끝

푸르른 저 산맥 너머 떠나가는 새

왜 날 울리나

덧없는 가없는 저 눈부신 구름

아아 묶인 이 가슴

—「새」


 김지하의 시적 감수성은 언어의 절제에서 빛을 발휘한다. 풍자는 시대적 상황을 제거할 경우 자칫 웃음으로 전락할 우려가 있지만, 정서적 긴장과 서정성에 바탕을 둔 시적 감흥은 언제나 상황성을 넘어서는 것이다. 김지하의 옥중 작품인 (가)와 (나)에는 상반되는 두 가지 이미지가 대조를 이룬다. 밝은 것과 어두운 것, 높은 것과 낮은 것, 움직이는 것과 움직이지 못하는 것, 빈 것과 충만한 것 등이 미묘한 충돌과 긴장을 불러 일으키면서 시에 배치되고 있다. 그리고 그것은 삶과 죽음, 영원과 순간, 의지와 굴욕, 선과 악 등의 가치를 내포한다. 이러한 이미지의 대립과 내포된 의미의 갈등은 시적 자아의 내면의 고통과 갈등을 그대로 드러낸다. 그런데 시적 자아의 형상에서 확인되는 비극적 정황에도 불구하고, 김지하의 시들은 그 비극성을 넘어서는 생명의 의지를 잃지 않고 있다. 그는 확신할 수 없는 미래를 노래하지 않으며, 죽음을 앞에 두고서도 싸우고 견뎌야 할 현실이 있다는 것을 강조한다. 특히 그가 이 고통의 투쟁 속에서 생명의 의미를 가장 고귀한 가치로 발견하게 된 점은 이채롭다. 그가 투철한 저항의 자세로 지식인으로서 자기 존재를 지킬 수 있었던 것이 자신의 몸과 거기 깃든 생명이었던 것이다.

김지하가 『대설 남(大說 南)』 1·2·3(1985)에서 그의 문학적 양식에 대한 실험을 다시 시작한 것은 담시 「오적」의 경우와 유사한 점이 없지 않다. 그는 천박해진 산문의 언어와 감상에 빠진 시의 언어를 거부하고 서정 양식과 서사 양식 사이의 긴장을 지탱할 수 있는 새로운 담론의 형태를 만들어 냈다. 이 새로운 도전은 그 낯선 형태로 인하여 크게 주목받지 못하였지만, 일종의 제도와 관습으로 고정되어 버린 문학 양식의 틀을 허물어 버림으로써, 그 제도와 관습을 통해서만 인정되어 온 문학적 양식의 보수성에 대한 반발을 정당화시키고 있다.

## 민중시의 확대

신경림[35]의 작품 활동은 1960년대 중반부터 본격적으로 전개되었지

---

35 신경림(申庚林, 1936~ ). 충북 충주 출생. 동국대 영문과 졸업. 1956년 《문학예술》에 시를 발표. 만해문학상, 이산문학상 수상. 시집 『농무』(1973), 『새재』(1979), 『남한강』(1987), 『가난한 사랑 노래』(1988), 『쓰러진 자의 꿈』(1993), 『갈대』(1996), 『목계장터』(1999), 평론집 『삶의 진실과 시적 진실』(1983), 『신경림 시 전집 1, 2』(2004) 등 출간. 참고 문헌: 김종철, 「새로운 세계의 발견과 상투성」, 《문학과지성》(1973. 가을); 구중서, 「신경림의 시 세계」, 《소설문학》(1982. 2); 유종호, 「쓸쓸한 삶과 시적 상상력」, 《정경문화》(1982. 5); 이시영, 「고은과 신경림」, 《창작과비평》(1988. 가을); 조남현, 「농무의 시사적 의미」, 《문학과비평》(1988. 여름); 구중서 외, 『신경림 문학의 세계』(창작과비평사, 1995).

만 첫 시집 『농무』를 통해 그 시적 경향의 특징이 잘 드러나고 있다. 이 시집에 수록된 초기의 작품들은 급속한 산업화 과정에서 소외된 농민들의 삶의 현장을 실감 있게 묘사하는 것들이 대부분이다. 시인은 숙명적으로 땅에 기대어 살 수밖에 없는 농민들의 가난과 고통을 감싸 안으면서 그들의 생활 속에서 우러나오는 삶의 소리를 담아내고자 한다. 그는 농촌을 하나의 풍물적인 자연으로 다루거나 전원적인 것으로 그리는 것에 반대한다. 투박하고 거칠지만 끈질긴 생명력을 보여 주는 농민들의 모습과 함께 그들이 뿌리박고 살아온 삶의 터전으로서의 농촌이 그가 즐겨 다루는 시적 대상이다.

징이 울린다 막이 내렸다
오동나무에 전등이 매어달린 가설무대
구경꾼이 돌아가고 난 텅 빈 운동장
우리는 분이 얼룩진 얼굴로
학교 앞 소줏집에 몰려 술을 마신다
답답하고 고달프게 사는 것이 원통하다
꽹과리를 앞장세워 장거리로 나서면
따라붙어 악을 쓰는 건 쪼무래기들뿐
처녀애들은 기름집 담벽에 붙어서서
철없이 킬킬대는구나
보름달은 밝아 어떤 녀석은
꺽정이처럼 울부짖고 또 어떤 녀석은
서림이처럼 해해대지만 이까짓
산구석에 처박혀 발버둥친들 무엇하랴
비료값도 안나오는 농사 따위야

아예 여편네에게나 맡겨 두고

쇠전을 거쳐 도수장 앞에 와 돌 때

우리는 점점 신명이 난다

한 다리를 들고 날라리를 불꺼나

고갯짓을 하고 어깨를 흔들꺼나

—「농무」

신경림의 초기 시를 대표하는 「농무」의 경우 농촌에서 흔히 볼 수 있
는 농악을 소재로 삼았다고 알려져 있다. 그러나 이 시의 첫머리에서 그
린 "징이 울린다 막이 내렸다/ 오동나무에 전등이 매어달린 가설무대/
구경꾼이 돌아가고 난 텅 빈 운동장/ 우리는 분이 얼룩진 얼굴로/ 학교
앞 소줏집에 몰려 술을 마신다"라는 장면만을 놓고 본다면, 이것은 농촌
마을에서 벌이는 농악 놀이와는 거리가 있어 보인다. 원래 농악은 농사
일터에서 서로 어울려 하기도 하고 명절에 흥을 돋우기 위해서도 연희된
다. 지역마다 차이가 있지만 농악 놀이는 마을 전체를 무대로 펼쳐지는
것이므로 특정 가설무대가 필요하지 않으며 징이 울리고 막이 내리는 등
의 절차도 없다.

시 작품에서 시적 주체로 내세워진 "우리"는 흔히 볼 수 있는 농악패
가 아니다. 이 마을 저 마을을 옮겨 다니면서 공연하던 떠돌이 풍물패들
이다. 시 속에서도 서술하고 있듯이 이들은 "산구석에 처박혀 발버둥친
들 무엇하랴/ 비료값도 안 나오는 농사 따위야/ 아예 여편네에게나 맡
겨 두고" 농촌 마을을 떠나 바깥세상으로 떠돌고 있는 것이다. 이들이
힘든 농사일을 걷어차고 산 구석 농촌을 빠져나온 것은 "발버둥친들 무
엇하랴/ 비료값도 안 나오는 농사" 때문이라고 밝히는 대목에서 이들의
처지가 그대로 드러난다. 작품 속에서 그려진 첫 대목은 이 떠돌이 풍물

패의 놀이마당이다. 학교 운동장 구석에 가설무대를 설치하고 저녁에 사람들을 불러 모아 풍물놀이를 펼친다. 신명 나게 한바탕 놀이가 끝나고 나면 구경꾼들이 돌아가 버린 학교 운동장은 텅 빈 적막감에 감싸인다. 흥겹고 소란스럽던 한바탕 놀이가 끝난 뒤 휑한 가설무대와 적막한 운동장에서 느끼는 허망함이 시적 정서의 단초가 되는 셈이다.

시인은 이 시의 서두에서 놀이판의 흥겨움 대신에 그 뒤에 이어지는 적막감을 먼저 제시한다. 물론 풍물패가 학교 앞 소줏집에 몰려 나가 술을 마시고 다시 한바탕 마을을 돌면서 시적 분위기는 전환된다. 그리고 여기에서 힘든 농사일에 대한 체념과 농민으로서의 삶에 대한 탄식이 한데 뒤섞인 비애의 감정이 고조된다. 특히 "쇠전을 거쳐 도수장 앞에 와돌 때/ 우리는 점점 신명이 난다/ 한 다리를 들고 날라리를 불거나/ 고갯짓을 하고 어깨를 흔들꺼나"라는 결말 부분은 이 떠돌이 풍물패의 삶과 그 운명을 암시한다. 여기에서 도수장은 소들의 죽음의 현장이다. 이 도수장 앞에 와서 풍물패가 한 다리를 들고 날라리를 불거나 고갯짓을 하면서 어깨를 흔드는 모습은 죽음을 눈앞에 두고 발버둥을 치는 짐승의 모습과 다를 바 없다. 이 결말은 가난을 숙명으로 알고 살아온 이들이 자신들의 삶과 운명에 대해 반발하고 또한 체념하면서 악에 받친 몸짓을 보여 주는 것이라고 할 수 있다.

이처럼 「농무」에서 사실적으로 그려진 농촌의 모습과 농민들의 삶은 그것을 그려 낸 언어의 일상성과 그 진솔함으로 실감을 불러일으킨다. 물론 시적 자아는 대상과 거리를 두고 있는 것이 아니라, 바로 그 시적 대상인 농민의 삶 한복판에 서 있다. 그리하여 시적 대상과 서정적 자아 사이의 간격이 무너지고 대상과 주체가 한 덩어리가 된다. 신경림의 시에서 느낄 수 있는 정서의 단순성과 소박성은 시적 대상과 주체의 통합을 거친 뒤에 얻어진 것이기 때문에 무게를 지닐 수 있게 된다.

(가)

어허 달구 어허 달구

바람이 세면 담 뒤에 숨고

물결이 거칠면 길을 옮겼다

꽃이 피던 날은 억울해 울다

재넘어 장터에서 종일 취했다

어허 달구 어허 달구

사람이 산다는 일 잡초 같더라

밟히고 잘리고 짓뭉개졌다

한 철이 지나면 세상은 더 어두워

흙먼지 일어 온 하늘을 덮더라

어허 달구 어허 달구

차라리 한 세월 장똘뱅이로 살았구나

저녁 햇살 서러운 파장 뒷골목

못 버린 미련이라 좌판을 거두고

이제 이 흙 속 죽음되어 누웠다

어허 달구 어허 달구

—「어허 달구」


(나)

죽은 아이들이 돌아들 오는구나

비석치기 사방치기 자치기 하면서

늦콩 열린 들길 산길을 메우고

엿장수 가위 소리에 어깨춤을 추는구나

어허 넘자 요령 소리에 비칠걸음 치는구나

사라졌던 것들이 돌아들 오는구나
가시내들 삼베치마 삼승버선 입고 신고
올곡 선뵈는 장골목을 메우는구나
엿장수 가위 소리에 덩더꿍이 뛰면서
휘모리 숨찬 가락 흥이 절로 나는구나

잃어진 것 잊혀진 것들이 돌아들 가는구나
살아 있는 것들 데불고 가는구나

도가(都家)집 사랑, 깊은 골방마저
엿장수 가위 소리에 넋마저 빼앗겼구나
들판을 고갯길을 선창을 메우면서
가는구나 살아 있는 것들
죽은 아이들 사라진 것들 따라가는구나

　　　　　　——「엿장수 가위 소리에 넋마저 빼앗겨」

　　신경림이 그의 시적 작업에서 가장 힘을 들인 것은 현대시와 민요 정
신의 결합이다. 물론 이러한 시도는 기왕의 한국 현대시에서 볼 수 있는
민요적 정조나 율격의 재현을 의미하는 것이 아니다. 그는 민요 속에 살
아 있는 집단적인 민중의 삶과 그 의지를 더욱 소중하게 생각하고 있으
며, 생활의 체험을 바탕으로 형성되는 실감의 정서를 더욱 귀하게 여겼
다. 그가 1970년대 중반 이후 민중시가 빠져든 이념적 견고성에 대해서
안타까워하고 있는 것은 정서의 실감을 중시하고 있었기 때문이다.
　　앞에 인용한 (가)의 「어허 달구」는 사람이 죽어 하관을 마치고 관 주
변에 흙을 넣고 다질 때 부르는 '달구소리'의 시적 변용을 그대로 보여

준다. 신경림 시인의 관점과 시적 어조로 새롭게 해석된 이 노래는 장돌뱅이로 고된 생을 살다가 세상을 떠난 망자의 슬픈 사연을 압축적으로 들려준다. 시적 화자 자신도 '달구소리'를 부르며 이 슬픈 장례에 참여하고 있는 것처럼 느껴진다. 중간중간에 삽입된 "어허 달구"라는 매김 소리는 이 시가 '달구소리'의 민요적 가락에 시적 정서를 기대고 있음을 말해 주고 있다. 슬프고도 한 많은 삶의 과정이 '달구소리'에서 삶의 허무함과 영이별의 쓰라림을 애절하게 노래하는 가락의 흐름 속에 녹아들어 있는 셈이다. 하지만 이 시는 일반적으로 널리 유포되어 있는 민요 '달구소리'와는 달리 망자에 대한 축원의 사설을 제외하고 있다. 고통의 삶과 그 한을 다른 어떤 것으로도 바꾸어 놓을 수 없었던 것이 아닌가 생각된다. (나)의 「엿장수 가위 소리에 넋마저 빼앗겨」는 이 동네 저 동네 엿판을 지게에 짊어지고 돌아다니면서 엿을 팔던 "엿장수 가위 소리"를 시적으로 변용하고 있다. 이 시에서 시적 화자는 '~구나'라고 내지르는 소리를 반복함으로써 엿장수의 사설을 특이한 어조로 패러디한다. 여기에서 시의 정조는 '엿장수의 가위 소리'와 함께 흥겨움을 더하며 이어진다. 엿장수가 마을에 들르면 동네 아이들이 모두 몰려나와 엿판 주변을 둘러싸고 엿을 사 먹던 인정 어린 풍경도 시의 진술을 통해 그대로 재현된다. 그러나 이 시에도 까닭 모를 비애감이 서려 있다.

신경림의 「남한강」(1981)은 민중적 서정주의를 민요의 정신 속에서 찾고 있는 그가 민중의 삶을 역사적 상황 속에서 시적으로 형상화하고 있는 장시이다. 이 시는 남한강의 유유한 흐름을 격동의 역사 속에서 투쟁하면서 살아온 민중의 삶과 그 생명력으로 풀이한다. 그리고 남한강 일대에 흩어진 이야기와 민요 속에 담긴 민중의 정서를 서사적으로 결합해 낸다. 이러한 특징은 신동엽의 「금강」의 경우와도 일맥상통한다. 「남한강」의 서사적 전개는 3부로 구성된 이야기와 노래를 남한강 유역의 역사적 장소에 배치함으로써 시적 상황의 실재성을 공간적으로 살려 내고 있다. 제1부는 '새재'를 시적 공간으로 설정하고 있다. 그리고 이 공간에 '돌배'라는 허구적 주인공을 내세운다. 천생 하층민으로 남한강에 얹혀 뱃사공으로 살아온 돌배는 동학농민운동이 일어나자 동학군에 참여하면서 시대의 흐름에 따라 그 운명이 바뀐다. 그는 정 참판댁 곳간을 습격하고 동학군과 함께 피신하다가 새재로 숨어들어 의병에 가담한다. 하지만 일본군의 토벌 작전에 내몰리면서 결국 체포되어 목이 쇠전에 내걸리는 참수형을 받아 비참한 생애를 마감한다. 이 작품의 서두는 이름 없는 돌무덤을 보면서 돌배라는 인물의 억울한 죽음을 이야기하는 장면으로 시작되고 있다. 제2부의 '남한강'은 돌배와의 사랑에 대한 기억을 회상하면서 살아가고 있는 '연이'라는 여인을 중심으로 시적 서사가 전개된다. 돌배의 참형을 보고 연이는 남한강에 몸을 던지려 하지만 끝내 이루지 못하게 되자 목계 장터에 술청을 차리고 살아간다. 돌배와의 사이에 태어난 유복자를 키우면서 뭇 사내들에게 웃음을 팔며 살아야 하는 이 여인은 짓밟히고 착취당하는 힘없는 민중을 표상한다. 그러나 시인은 연이의 삶 자체를 부정적으로 그리지는 않는다. 여기에서 시인은 연이의 고통스러운 삶 속에서도 당대 민중의 일상적인 삶에 내재되어 있는 끈질긴 생명력을 놓치지 않는다. 단오놀이와 같은 민중의 풍습도 그려 내고, 월악산 화적들이 읍내 은행을 털어 만주의 독립군에게 군자금을 보냈다는 이야기도 풍문처럼 들려준다. 일제 강점기 민중의 생활사가 여기에서 자연스럽게 펼쳐지는 셈이다. 제3부는 '쇠무지벌'을 배경으로 해방의 감격을 그린다. 남한강의 긴 흐름이 북한강과 만나는 장면을 극적으로 시의 결말에 끌어들임으로써 민중이 한데 어울리고 화합하면서 역사의 주인공으로 나서야 한다는 사실을 암시한다. 이 작품에서 신경림은 지금은 제대로 쓰지 않아 낯선 말이 되어 버린 고유한 낱말들을 찾아내어 다

들어 쓰기도 한다. 그러므로 시의 언어는 그 폭이 상당히 넓다. 군데군데 삽입되어 있는 민요의 형태도 전체적인 시적 구조에서 결코 이질적인 요소처럼 느껴지지 않는다. 오히려 민요 가락이 살아나고 있기 때문에, 단조롭게 이어지기 쉬운 장시의 형태 속에서 집단적인 역사 체험이나 민중적인 정서를 충동적으로 환기시킨다.

고은[36]의 초기 시들은 첫 시집 『피안감성』(1960)에서부터 『신 언어의 마을』(1967)에 이르기까지 대체로 허무의 정서에 바탕을 두고 있다. 그의 언어는 때로는 지나치게 탐미적이고 때로는 감상성을 벗어나지 못하는 불안정한 정서의 편린을 그대로 표출한다. 생에 대한 절망과 허무를 노래하면서도 그 허무의 정서에서 벗어나지 않는 시적 자아의 형상에는 삶에 대한 의지나 집착보다는 언제나 죽음의 그림자가 드리워져 있다. 그런데 이러한 시적 경향은 시집 『문의마을에 가서』를 발간한 1970년대 중반부터 커다란 변화를 드러내고 있다. 고은이 1970년대의 암울한 정치 현실에 정면으로 대립하기 시작한 것은 그의 시에서 볼 수 있었던 삶에 대한 회의의 태도가 생의 무상함에 대한 인식으로 변모하는 과정과 연결된다. 그는 자기혐오나 허무감을 떨쳐 버리고 역사와 현실 앞에 자기를 세우기 시작한다. 그것이 참으로 소중한 자기 변혁의 과정이라는 것은 다음과 같은 시의 정서적 균형을 보면 쉽게 짐작할 수 있

---

36 고은(高銀, 1933~ ). 전북 군산 출생. 군산중학 졸업. 입산하였다가 환속. 1958년 《현대문학》에 시 추천. 자유실천문인협회 결성. 민족문학작가회의 의장 역임. 시집 『피안감성』(1960), 『신·언어의 마을』(1967), 『문의마을에 가서』(1974), 『새벽길』(1978), 『조국의 별』(1984), 『네 눈동자』(1988), 『내일의 노래』(1992), 『아직 가지 않은 길』(1993), 『독도』(1995), 『어느 기념비』(1997), 『속삭임』(1998), 『머나먼 길』(1999), 『순간의 꽃』(2001), 『두고 온 시』(2002), 『부끄러움 가득』(2006) 등과 장편 서사시 『백두산』(1987), 연작 장시 『만인보』(1986), 『고은 전집』 전 38권(2003) 등 출간. 참고 문헌: 김종철, 「시와 역사적 상상력」, 《창작과비평》(1978. 봄); 박혜경, 「민중적 통일의 문학적 가능성」, 《창작과비평》(1988. 봄); 황지우, 「고은론」, 《사회와사상》(1989. 여름); 신경림·백낙청 공편, 『고은 문학의 세계』(창작과비평사, 1993).

는 일이다.


겨울 문의(文義)에 가서 보았다.

거기까지 다다른 길이

몇 갈래의 길과 가까스로 만나는 것을

죽음은 죽음만큼

이 세상의 길이 신성하기를 바란다.

마른 소리로 한번씩 귀를 달고

길들은 저마다 추운 소백산맥 쪽으로 뻗는구나.

그러나 빈부에 젖은 삶은 길에서 돌아가

잠든 마을에 재를 날리고

문득 팔짱 끼고 서서 참으면

먼 산이 너무 가깝구나.

눈이여 죽음을 덮고 또 무엇을 덮겠느냐.


겨울 문의에 가서 보았다.

죽음이 삶을 꽉 껴안은 채

한 죽음을 무덤으로 받는 것을.

끝까지 참다 참다

죽음은 이 세상의 인기척을 듣고

저만큼 가서 뒤를 돌아본다.

지난 여름의 부용꽃인 듯

준엄한 정의인 듯

모든 것은 낮아서

이 세상에 눈이 내리고

아무리 돌을 던져도 죽음에 맞지 않는다.

겨울 문의여 눈이 죽음을 덮고 나면 우리 모두 다 덮이겠느냐.

—「문의 마을에 가서」

고은의 시적 변모는 자의식의 그림자를 완전히 벗어 버린 후 시적 자아의 확립을 재확인하는 일에서부터 이루어지고 있다. 허허롭게 현실을 바라보고 있는 시적 태도에는 삶의 무상함에 대한 인식이 곁들여져 있긴 하지만, 절제된 정서가 시정신의 균형을 가능케 한다.

그가 자기 인식에 기초하여 현실을 보고 역사와 대면하기 시작하면서 발표한 시들은 불의의 현실에 대한 격렬한 투쟁 의지를 노래한 것들이다. 그는 폭력의 정치에 온몸으로 저항하면서도 참담한 현실을 절망하지 않는다. 그의 시에는 신념과 의지가 살아 움직인다. "나는/ 이 아름다운 나라의 누명을 쓰고/ 서서 죽겠다/ 서서 죽겠다/ 어머니를 부르지 않겠다/ 또 무엇도 부르지 않겠다."(「나 자신을 위하여」)와 같은 직설적인 시구에는 자기희생과 그것을 넘어서고자 하는 굳은 의지가 담겨 있으며 "별 하나 우러러보며 젊자/ 어둠 속에서/ 내 자식들의 초롱초롱한 가슴이자/ 내 가슴으로/ 한밤중 몇 백 광년의 조국이자/ 아무리 멍든 몸으로 쓰러질지라도/ 지금 진리에 가장 가까운 건 젊음이다."(「조국의 별」)에서는 역사에 대한 신념을 강하게 드러내고 있다. 투쟁이 필요하던 시대에 고은의 시는 그 자체를 이루고 있는 언어 하나하나가 모두 그의 시의 한 제목처럼 '화살'이 되어 피를 뿜고 있다.

절망의 시대를 겪고 난 고은의 시 세계는 보다 폭넓고 깊은 역사의식을 포괄할 수 있는 상상력을 지니게 된다. 그의 연작 장시 「만인보」가 바로 그러한 실천적 성과에 해당된다. 「만인보」는 규모의 방대함과 시정신의 포괄성에서 단연 돋보이는 작품이며, 연작의 원리를 시적 형상을 위해 최대한 활용하고 있는 대작이다. 이 작품은 시적 주제의 확대와 심화를 위해 서정시의 형식을 연작의 기법으로 확장하고 있으며, 인간과 그 삶의 현실에 대한 시인의 관심이 얼마나 폭이 넓고 깊은 것인가를 잘 보여 준다. 이 시에서 시인은 서정의 세계가 포괄할 수 있는 삶의 모든 가능성을 그려 내고, 자신이 그리는 모든 것들에 대한 지극한 사랑을 표시한다. 그러므로 민중의 다양한 삶과 그 총체적인 인식을 시적 테마로 다루고 있는 「만인보」야말로 삶의 언어 그 자체라고 할 수 있다.

민족의 삶의 모습을 시간과 공간의 제약 없이 다채롭게 엮은 이 시에서 연작의 효과는 그 반복과 중첩의 묘미에서 찾아진다. 이 작품은 1986년부터 연작 형식으로 발표되기 시작하여 2010년까지 4천여 편으로 이어졌는데, 시적 대상으로 노래하고 있는 인물들이 무려 5천여 명에 이른다. 이 가운데에는 시인 자신이 삶의 과정에서 개인적으로 만났던 다양한 인물들이 대부분을 이루고 있지만, 한민족의 역사와 격동의 시대 속에서 등장했던 역사적인 실존 인물들도 많다. 그리고 종교의 영역에서 등장했던 세속을 초월한 고승이나 수도자들도 등장한다. 역사적 과거와 당대적 현실을 넘나들면서 시인이 만나게 되었던 모든 인물들을 총망라해 그들의 이야기를 실명으로 묘사하고 있다는 점이 특징이다. 시인 자신은 이를 두고 "이 세상에 와서 알게 된 사람들에 대한 노래의 집결"이라고 밝히고 있다.

(가)

하루 내내 뼈도 없고 뉘도 없는 만경강 갯벌에 가서

그 아득한 따라지 갯벌 나문재 찾아 발목 빠지다가 오니

북두칠성 푹 가라앉은 신새벽이구나 단내 나는구나

곤한 몸 누일 데 없이 보리쌀 아시 방아 찧어야지

도굿대 솟아 캄캄한 허공 치고 내려찧어 땅 뚫는구나

비오는 땀방울 보리쌀에 뚝뚝 떨어져 간 맞추니

에라 만수 그 밥맛에 어린것 쑥 자라나겠구나

여기 말고 어디메 복받치는 목숨 따로 부지하겠는가

이 땅의 한 아낙의 목숨이 어찌 만 목숨 살리지 않겠는가

충청도 장항에서 흐린 물 느린 물 건너

삐그덕 가마 타고 시집 온 이래 그 고생길 이래

된장 간장 한 단지 갖추지 못한 시집살이에 몸 담아

첫아들 낳은 뒤 이틀 만에 그놈의 보리방아 찧어

두벌 김매는 논에 광주리 밥 해서 이고 나가니

산후 피 펑펑 쏟아 말 못할 속곳 다섯 벌 빨아야 했다

그러나 바지랑대 걸음걸이 한번 씨원씨원해서

보라 동부새바람 따위 일으켜 벌써 저만큼 가고 있구나

갖가지 일에 노래 하나 부르지 못하고 보릿고개 봄 다 가고

여름 밭 그대로 두면 범의 새끼 열 마리 기르는 폭 아닌가

우거진 풀 가운데서 가난 가운데서 그놈의 일 가운데서

나의 어머니 나의 어머니 어찌 나의 어머니인가

—「어머니」


(나)

갈뫼 딸그마니네집

딸 셋 낳고

덕순이

복순이

길순이 셋 낳고

이번에도 숯덩이만 달린 딸이라

이놈 이름은 딸그마니가 되었구나

딸그마니 아버지 홧술 먹고 와서

딸만 낳는 년 내쫓아야 한다고

산후조리도 못한 마누라 머리끄덩이 휘어잡고 나가다가

삭은 울바자 따 쓰러뜨리고 나서야

엉엉엉 우는구나 장관이구나

그러나 딸그마니네 집 고추장맛 하나

어찌 그리 기막히게 단지

남원 순창에서도 고추장 담는 법 배우러 온다지

그 집 알뜰살뜰 장독대

고추장독 뚜껑에

늦가을 하늘 채우던 고추잠자리

그중의 두서너 마리 따로 와서 앉아 있네

그 집 고추장은 고추잠자리하고

딸그마니 어머니하고 함께 담는다고

동네 아낙들 물 길러 와서 입맛 다시며 주고받네

그러던 어느 날 뒤안 대밭으로 순철이 어머니 몰래 들어가

그 집 고추장 한 대접 떠 가다가

목물하는 그 집 딸 덕순이 육덕에 탄복하여

아이고 순철아 너 동네장가로 덕순이 데려다 살아라

세상에는 그런 년 흐벅진 년 처음 보았구나

—「딸그마니네」


「만인보」에서 작품의 제목이 되고 있는 '만인(萬人)'은 불교적인 의미

에서 본다면 중생이며, 시대와 역사로 본다면 민중이다. 일상적으로는 시민들이라고 해석할 수 있다. 그리고 '보(譜)'는 '계통을 따라 기록하기'라는 서술의 의미가 강하다. 한국인의 삶에 대한 특징적인 요약 진술을 중심으로 하고 있기 때문에 각각의 작품마다 일종의 '서술시'로서의 이야기의 성격도 갖추고 있다.

「만인보」의 작품들 가운데 빛나는 부분은 앞에 인용한 (가)와 (나)에 등장하는 어머니, 딸그마니네, 순철이, 덕순이 등과 같이 이름 없이 살다 간 민중들의 삶의 애환을 극적으로 묘사하고 있는 부분이다. (가)의 '어머니'는 가난과 역경을 견디면서 끈질기게 살아온 이 땅의 여인을 표상한다. 여기에서 시인은 "된장 간장 한 단지 갖추지 못한 시집살이에 몸 담아/ 첫아들 낳은 뒤 이틀 만에 그놈의 보리방아 찧어/ 두벌 김매는 논에 광주리 밥 해서 이고 나가니/ 산후 피 펑펑 쏟아 말 못할 속곳 다섯 벌 빨아야 했다."라는 묘사적 설명을 통해 그 존재 의미를 살려 낼 수 있는 하나의 성격을 분명하게 부여하고 있다. 그러므로 어머니의 존재는 "이 땅의 한 아낙의 목숨이 어찌 만 목숨 살리지 않겠는가"라는 질문을 통해 민중적 모성으로 크게 확대된다. (나)의 경우에도 딸만 내리 낳고 있는 "딸그마니네"의 가족사를 해학적으로 풀어내면서 그 가운데 토속적 인간미를 발견해 낸다. 하나의 단편적인 이야기 속에서 그려진 각각의 장면이 삶의 현장을 그대로 재현하는 동안 그 생동감이 시적 긴장과 감흥을 고조시키는 것이다.

「만인보」는 시인 고은이 시적 상상력을 통해 구축해 낸 하나의 거대한 사회적 전기(傳記)에 해당한다. 이 작품에는 시적 상상력을 지탱하는 두 가지의 축이 존재한다. 이 두 가지의 축은 언제나 동시적으로 나타나며, 동시적으로 작용하고 있다. 하나는 개인적 욕망의 언어를 지향하고, 다른 하나는 시대적 운명의 언어를 지향한다. 삶의 욕망과 운명 사이에서 이 두 가지를 동시에 잡는 힘이 「만인보」를 만들어 낸 시적 상상력이다. 「만인보」의 작품들은 서정적 양식의 범주를 넘나들 정도로 그 형식이 자유롭다. 시의 언어는 삶의 한복판을 떠나는 법이 없고 시인은 그 언어를 통해 삶의 현실에 대한 깊은 탐구를 드러낸다. 그러므로 어떤 작품은 짧은 이야기를 들려주고 어떤 작품은 감동적인 장면을 보여 준다. 어떤 작품은 현실 속에 하나의 환상처럼 제시되고 어떤 작품은 바위처럼 단단한 의지로 뭉쳐진다. 그런 가운에서도 시인의 언어는 투박한 토속어의 바탕으로 드러내기도 하고 해학의 어조를 살리기도 하고 위엄스러운 호령을 들려주기도 한다. 시의 언어는 과녁에 꽂히는 화살처럼 간명하며, 그 느낌이 절실하다. 「만인보」의 방대한 시적 공간 안에서 시인이 역사상 커다란 자취를 남긴 사람과 미미한 서민들의 삶을 공생 관계로 파악하고 그 생명력의 흐름을 놓치지 않고 있다는 것은 특기할 만한 일이다.

고은의 장편 서사시 「백두산」은 1987년부터 발표하기 시작하여 1994년에 완성되었다. 이 시는 한국 사회의 근대적 변혁 과정이 시작되는 조선 말기부터 일제 강점기를 시간적 배경으로 하여 한국인들이 겪는 역사적 고통과 그 극복의 과정을 격렬한 어조로 노래하고 있다. 시인의 역동적인 상상력의 시원(始原)은 '백두산'이다. 그러므로 시적 무대도 자연스럽게 만주 벌판과 한반도를 모두 포괄한다. 이 장대한 서사적 구도는 한국 근대사의 큰 줄기와 그 안에서 치열하게 싸우며 살아간 사람들의 삶을 형상화하기 위해 고안된 것이다. 실제로 작품 내적 공간이 백두산 일대와 두만강 유역으로 확대되면서 한말의 의병 전쟁과 일제 식민지 시대의 독립 투쟁에 뛰어든 민중들의 활약상이 그 안에서 펼쳐진다. 시인 자신의 강렬한 어조가 교술적이라는 지적도 가능하지만 민중 의식을 강조하던 시대의 산물이라는 점에서 시적 상상력의 통합과 그 역사의식을 평가할 수 있다.

## 민중시의 새로운 성과

민중시의 전개 양상 가운데 최하림, 이성부, 조태일 등의 작업은 신경림이나 고은의 경우와 서로 비슷한 시적 정서와 기법을 나누어 가지고 있다. 이들은 1960년대 중반에 문단에 나와 현실에 대한 비판적인 의식을 밀도 있는 언어로 표현했다. 최하림[37]의 시는 시적 정황의 설정 자체가 언제나 중요한 의미를 지닌다. 그의 시는 늘 매섭고 추운 '겨울'의 이미지들이 바탕을 이루고 있다. 이러한 시적 정황은 물론 시인 자신의 현실 인식과 직결되는 것이지만, 서정적 자아의 의지 확인을 위한 상상적인 고안으로 생각할 수 있다. 어둠과 추위와 공포와 고통으로 이어지고 있는 시적 정황의 한가운데에서 그것을 극복하기 위한 의지의 탄생이 확인된다. 그의 시집 『우리들을 위하여』(1976)가 그러한 증거에 해당된다. 이성부[38]는 현실에 대한 인식 자체가 부정적이다. 그는 삶의 모순과 현실의 부조리가 모두 사회 구조적인 문제를 드러내는 것임을 잘 알고 있다. 그는 자신의 경험에서만이 아니라 역사의 현장에서부터 그 모순의 뿌리를 찾아간다. 시집 『백제행』(1977)은 가혹한 억압의 현실에 대해 참담하게 절망하면서도 그 억압과 모순의 실체를 파헤치고자 하는 시인의 의지를 잘 구현하고 있다. 그렇지만 이 두 시인은 1980년대 후반에 간행한 시집 『침묵의 빛』(최하림, 1988), 『빈 산 뒤에 두고』(이성부, 1989)에서 역사의 진보에 대해 그들이 지니고 있었던 신념 대신에 일상에 대한 자기

---

37 최하림(崔夏林, 1939~2010). 전남 목포 출생. 동국대 졸업. 1964년 《조선일보》 신춘문예에 시 「회색 수기」 입선. 시집 『우리들을 위하여』(1976), 『작은 마을에서』(1982), 『겨울꽃』(1985), 『겨울 깊은 물소리』(1987), 『침묵의 빛』(1988), 시론집 『시와 부정의 정신』(1984), 『최하림 시 전집』(2010) 등 출간.

38 이성부(李盛夫, 1942~2012). 전남 광주 출생. 경희대 국문과 졸업. 1961년 《현대문학》에 시 「소모의 밤」, 「백주」 추천. 1966년 《동아일보》 신춘문예에 시 「우리들의 양식」 당선. 시집 『이성부 시집』(1969), 『백제행』(1977), 『전야』(1981), 『빈 산 뒤에 두고』(1989), 『야간 산행』(1996), 『지리산』(2001) 등 출간.

관조의 태도를 잘 보여 주고 있다. 최하림은 자기 체험의 내면에 깊숙이 침잠해 있으며, 이성부의 경우는 언어의 진실성에 대한 회의를 드러내고 있다. 조태일[39]의 「국토」는 연작시의 형태를 통해 시적 주제의 폭과 깊이를 어떻게 확대 심화할 수 있는지 검토할 수 있는 계기를 마련해 준다. 이 작품의 언어는 투박하기 때문에 시적 세련을 운위하기 어렵지만, 시인은 그의 시적 열정을 통해 그 역사적인 주제를 감당해 내고 있다. 「국토」는 민족의 주체적인 자기 인식과 그 확립을 위해 한국 사회의 현실과 민중의 삶의 모습을 시를 통해 그려 내고 있다. 이 작품에서 활용된 연작의 형태는 서정시의 연작에서 흔히 볼 수 있는 정서의 반복을 위한 것이 아니다. 민중의 역사적인 삶의 양상과 분단된 국토에 대한 인식을 다양하게 전개하기 위해서, 시적 형식의 이완과 대상의 확대를 얼마든지 자유롭게 꾀할 수 있는 연작성을 활용하고 있는 것이다. 그렇기 때문에 이 시는 동일한 주제의 반복에서 오는 의식의 과잉과 정서적 불균형을 조절할 수 있게 된다.

(가)
잡혀 버린 몸
헛간에 눕혀져
일어설 줄 잊었네.
고요히 혀 깨물어도
피 흘리는 손톱으로 흙을 쥐어뜯어도
벌판의 자궁에서 태어난 목숨

---

39 조태일(趙泰一, 1941~1999). 전남 곡성 출생. 경희대 국문과 졸업. 1964년 《경향신문》 신춘문예에 시 「아침 선박」 당선. 시집 『식칼론』(1970), 『국토』(1975), 『가거도』(1983), 『자유가 시인더러』(1987), 시론집 『고여 있는 시와 움직이는 시』(1981) 등 출간.

그 어머니인 두 팔이 감싸 주네.

이 목마른 대지의 입술 하나,
이 찬물 한 모금.
죽은 듯 다시 엎디어 흙에 볼을 비벼 보네.
해는 기울어
쫓기는 남편은 어찌 됐을까?

별들이 내려와 그 눈을 맑게 하고
바람 한 점
그 손길로 옷깃을 여며 주네.

어둠 속에서도
눈 밝혀 걸어오는 사람들의 발자국 소리,
귀에 익은 두런거림.

먼 데서 가까이서
더 큰 해일을 거느리고 사랑을 거느리고
아아 기다리던 사람들의
돌아오는 소리 들려오네.

─이성부, 「백제행」


(나)
소나무 숲이 천둥소리를 내며 넘어지고
밤 폭설이 내리고

꽁꽁 언 내를 건너서 우리들이

산 밑 마을을 가고 있을 때

서둘러 가고 있을 때

짐승들이 울고

더욱 기승스럽게 짐승들이 울고

눈에 묻힌 짐승들이 마침내 시야에서

사라지는 꿈을 꾸고 있을 때

불안도 굶주림도 그곳에서는 모두

땅에서 솟아오른 무성한 나무 같았지

바람에 흔들리는 나무 같았지

──최하림, 「한겨울의 꿈」


(다)

물과 물은 소리없이 만나서

흔적없이 섞인다

차가운 대로 혹은 뜨거운 대로 섞인다.


바람과 바람도 소리없이 만나서

흔적없이 섞인다.

세찬 대로 혹은 부드러운 대로 섞인다.


빛과 빛도 소리없이 만나서

흔적없이 섞인다

쏜살같이 혹은 느릿느릿 섞인다.

한 핏줄끼리는 그렇게 만나고 섞이는데
한 핏줄의 땅을 딛고서도

사람은 사람을 만날 수가 없구나
사람이면서 나는 사람을 만날 수가 없구나.

─── 조태일, 「물·바람·빛 국토 11」

### (3) 관념과 기법, 혹은 언어와 형식

산업화 시대의 문학은 당대 현실에 대한 적극적으로 대응할 뿐만 아니라 변화하는 삶의 조건과 물질문명의 발전 과정 속에서 인간의 가치와 그 존재 의미를 다양한 방식으로 추구하기도 한다. 민중의 삶과 그 정서를 시적으로 구현하는 민중시의 경향과는 달리 대상으로서의 현실 자체보다 삶의 현실에 대한 인식의 방법과 언어의 기법에 관심을 기울인 시인들도 많이 있다. 이 가운데 황동규, 김영태, 마종기, 오규원, 정현종, 이승훈 등은 언어와 기법에 대한 새로운 모색을 통해 산업화 시대의 문단에서 강한 시적 개성으로 자리 잡았다. 이들은 전후 시단의 후기 모더니즘 운동에서 일정한 영향을 받았고 김춘수의 무의미의 시에 대한 시적 실험과도 일정 부분 연관을 드러내고 있다. 황동규는 상상력의 역동성에 집중하고, 정현종은 즉물적인 언어에 매달린다. 오규원은 언어의 기지(機智)에 관심을 기울이고 이승훈은 비대상의 시를 시험하고 있다. 이들이 보여 준 시적 언어와 형식의 실험은 산업화 시대 새로운 시 미학의 확립을 목표로 하고 있다. 이들은 관념의 세계를 언어적 감각을 통해 구체화하거나 언어 자체를 대상화하는 지적인 추구 작업을 진지하게 전개하기도 하고, 산업화의 과정 속에서 왜곡된 인간의 존재와 가치를 지적인 언어를 통해 묘사하고 있다. 시에 있어서 감동의 질적인 측면이 언제나 감추어진 채 언어를 통해 암시되어야 한다는 생각은 이들이 지니고 있는 신념이다. 그러므로 이들의 시적 작업은 때로는 순수주의라고 비판받고 때로는 관념적 현학 취향이 지적당하였지만, 산업화 과정에서 소외되는 인간의 존재와 그 본질의 문제에 대한 질문을 계속하고 있다. 이들의 시에서는 왜곡된 인간의 모습이 파편화된 언어에 의해 그려지기도 하며, 현실을 초월한 고양된 정서가 드러나기도 한다. 도시적인 것, 문명적인 것들이 지니는 비인간적인 요소는 대부분 이들의 시에서 기지의 언어로 비판된다. 폭력의 정치, 집단의식의 횡포 등은 이들의 시가 추구하고 있는 가장 자유로운 언어와 그 기법에 의해 여지없이 해체된다.

황동규[40]는 김영태, 마종기와 함께 1960년대 후반을 『평균율(平均律)』이라는 공동 시집을 통해 함께 체험하면서 자신들의 시 세계의 내면 공간을 외부적인 현실로 확대하고 있다. 그는 초기 시집 『어떤 개인 날』(1961), 『비가(悲歌)』(1965)에서 일상적인 삶의 현장과 개인의 내면적 정서를 두루 섭렵한다. 이 시기에 시인이 그 언어적 표출에 관심을 기울인 것은 내면 깊숙이 자리 잡은 정념의 시적 형상화이다. 전통적인 사랑의 노래가 추구하는 사랑과 이별 그리고 정한의 세계와는 달리 시인은 개인적 정서의 본질에 해당하는 사랑의 의미를 형이상학적인 차원으로 끌어올

---

40 황동규(黃東奎, 1938~ ). 서울 출생. 서울대 대학원 영문과 졸업. 1958년 《현대문학》으로 등단. 시집으로 『어떤 개인 날』(1961), 『비가』(1965), 『삼남에 내리는 눈』(1975), 『나는 바퀴를 보면 굴리고 싶어진다』(1978), 『악어를 조심하라고』(1986), 『견딜 수 없는 가벼운 존재들』(1988), 『몰운대행』(1991), 『미시령 큰바람』(1993), 『풍장』(1995), 『외계인』(1997), 평론집으로 『사랑의 뿌리』(1976) 등과 『황동규 시 전집』(1998) 출간. 참고 문헌: 김용직, 「시의 변모와 시인」, 《문학과지성》(1971. 여름); 윤재근, 「황동규론」, 《현대문학》(1978. 11); 김현, 「의미 없는 세계에서 살기」, 《현대문학》(1984. 8); 진형준, 「서로 떨어져 모여 살기」, 《문학사상》(1988. 12); 이광호, 「기행의 문법과 시적 진화: 황동규론」, 《작가세계》(1992. 가을); 하응백 편, 『황동규: 깊이 읽기』(문학과지성사, 1998).

려 보이고자 한다. 이 특이한 관점과 기법은 감각적 체험을 관념의 영역으로 승화시키고자 하는 후기의 시에까지 이어진다.

황동규의 시 세계는 공동 시집 『평균율』의 작업을 거치면서 새로운 변화를 보여 준다. 그의 초기 시에서 드러나던 서정적 연가의 분위기를 벗어나 정치 사회적 현실과 시대 상황의 모순에 대응하기 위한 비판적 발언을 풍자와 암시의 방법으로 표현하고 있다. 그는 개인과 사회의 위태로운 균형을 비판적으로 직시하면서 역사를 거스르는 유신 체제를 "유신안약"이라는 언어로 해체시키고 개인이 거대한 권력과 제도의 틀 속에서 감시당하는 현실을 "난해한 사랑"이라고 비꼰다. 그리고 역사적인 민중의 지도자로 각인된 "전봉준"과 같은 인물을 "갑갑하게 내려앉은 하늘" 아래로 다시 호명하여 불러 세운다. 이러한 시적 발언들은 그의 시가 기법적으로 이미 '정치'에 가까이 접근해 있음을 말해 준다.


(가)
말을 들어 보니
우리는 약소민족이라드군
낮에도 문 잠그고 연탄불을 쬐고
유신안약(有信眼藥)을 넣고
에세이를 읽는다는군

몸 한구석에 감출 수 없는 고민을 지니고
병장 이하의 계급으로 돌아다녀 보라
김해에서 화천까지
방한복 외피에 수통을 달고
도처철조망(倒處鐵條網)

개유검문소(皆有檢問所)

그건 난해한 사랑이다

난해한 사랑이다.

전피수갑(全皮手匣) 낀 손을 내밀면

언제부터인가

눈보다 더 차가운 눈이 내리고 있다.

──「태평가」


(나)

봉준(琫準)이가 운다. 무식하게 무식하게

일자무식하게, 아 한문만 알았던들

부드럽게 우는 법만 알았던들,

왕 뒤에 큰 왕이 있고

큰 왕의 채찍

마패 없이 거듭 국경을 넘는

저 보마(步馬)의 겨울 안개 아래

부챗살로 갈라지는 땅들

포(砲)들이 얼굴 망가진 아이들처럼 울어

찬 눈에 홀로 볼 비빌 것을 알았던들

계룡산에 들어 조용히 밭에 목매었으련만.

목매었으련만, 대국낫도 왜낫도 잘 들었으련만,

눈이 내린다, 우리가 무심히 건너는 돌다리에

형제의 아버지가 남몰래 앓는 초가 그늘에

귀 기울여 보아라, 눈이 내린다, 무심히,

갑갑하게 내려앉은 하늘 아래

무식하게 무식하게.

— 「삼남에 내리는 눈」

앞의 인용 시를 통해 확인할 수 있듯이 황동규에게 1970년대 산업화 시대는 정치권력의 폭력에 대응하면서 상상력의 확대와 시정신의 고양을 시적 기법을 통해 동시에 이루어 낸 시기이다. 그의 시집 『삼남에 내리는 눈』(1975)에 수록되어 있는 앞의 두 시에서처럼, 황동규는 시적 주체와 시대 상황 사이의 긴장을 살리기 위해 모순 어법을 통해 상황의 문제성을 극명하게 제시하기도 하고, 파격적인 언어와 이미지를 통해 시적 의미와 그 지향을 구체적으로 보여 주기도 한다. 그가 즐겨 활용하는 패러독스의 언어는 폭력적 현실에 대응하기 위해 고안한 시적 장치이며, 폭력화한 정치권력에 대한 비판적 인식을 확대하기 위한 노력이라고 할 수 있다. 그는 정치적 폭력이 어떻게 개인의 삶과 존재 가치를 부정하고 한 인간의 순수한 꿈과 사랑을 파괴시키는지를 보여 주기 위해, 꿈과 사랑이 성립될 수 없는 냉혹한 현실과 어둠의 세계를 시적 정황으로 제시하고 있는 것이다.

황동규의 시는 시집 『나는 바퀴를 보면 굴리고 싶어진다』(1978)의 출간 이후 『견딜 수 없는 가벼운 존재들』(1988)에 이르기까지 또 하나의 전환을 준비한다. 현실적으로 치열했던 민주화 투쟁의 열기 속에서 시인은 오히려 개인의 존재와 그 본질적인 가치 자체에 관심을 집중하면서 시정신의 내적 공간을 더욱 긴장감 있게 확장한다. 이러한 변화는 현실의 문제보다는 자기 존재의 본질적 세계에 대한 깊이 있는 추구 작업을 이미 시작하고 있음을 말해 준다. 시집 『몰운대행』(1991)이나 『미시령 큰바람』(1993) 등에서 볼 수 있는 초월적 태도와 시인 자신이 언급했던 '극서정(極抒情)'의 세계를 여기에서 확인할 수 있다. 시인은 역사와 현실에서 한걸음 물러서 있는 곳에 자리하여 스스로 가벼워지고자 한다.

황동규의 시 세계에서 연작시 「풍장」은 시적 주제와 형식의 측면에서 중요한 성과로 평가된다. 이 작품은 언어와 현실, 기법과 형식, 주체와 대상 사이의 긴장과 통합, 해체의 과정을 교묘하게 은폐하기도 하고 자연스럽게 표출하기도 한다. 시인은 1982년 「풍장 1」을 시작으로 14년에 걸쳐 인간의 죽음이라는 소재를 존재의 소멸이라는 초월적 주제로 끌어올려 놓았고, 1995년 「풍장 70」을 발표하면서 완성에 이르게 된다. 시집 『풍장』(1995)으로 묶인 이 거대한 시적 역정은 황동규 시인의 후반기 시의 전반적인 경향과 그대로 일치하지만, 한국 현대시가 도달한 하나의 지향점이라는 사실을 부인할 수가 없다.


(가)

내 세상 뜨면 풍장시켜 다오

섭섭하지 않게

옷은 입은 채로 전자시계는 가는 채로

손목에 달아 놓고

아주 춥지는 않게

가죽 가방에 넣어 전세 택시에 싣고

군산(群山)에 가서

검색이 심하면

곰소쯤에 가서

통통배에 옮겨 실어 다오


가방 속에서 다리 오그리고

그러나 편안히 누워 있다가

선유도 지나 무인도 지나 통통 소리 지나

배가 육지에 허리 대는 기척에

잠시 정신을 잃고

가방 벗기우고 옷 벗기우고

무인도의 늦가을 차가운 햇빛 속에

구두와 양말도 벗기우고

손목시계 부서질 때

남몰래 시간을 떨어뜨리고

바람 속에 익은 붉은 열매에서 툭툭 튕기는 씨들을

무연히 안 보이듯 바라보며

살을 말리게 해 다오

어금니에 박혀 녹스는 백금(白金) 조각도

바람 속에 빛나게 해 다오


바람을 이불처럼 덮고

화장(化粧)도 해탈(解脫)도 없이

이불 여미듯 바람을 여미고

마지막으로 몸의 피가 다 마를 때까지

바람과 놀게 해 다오.

———「풍장 1」

(나)

바람 소리.


저 마을 뒤에 엉거주춤 서 있는 산,

430

낯익어 고향 같다.

개울 간신히 건너는 돌다리

낯익어 돌다리 같다.

눈 반쯤 감고 보면 모두 낯익다.

바람 소리에 흔들릴까 말까 주저하는

저 나무의 몸짓도.

언젠가 하루 구름 갠 날

눈 한번 아주 감으면

모든 게 몸서리치게 낯익어지지 않을까?

아 환한 사람 소리.

눈 지긋 감아라.

—「풍장 44」

(다)

냇물 위로 뻗은 마른 나뭇가지 끝

저녁 햇빛 속에

조그만 물새 하나 앉아 있다

수척한 물새 하나

생각에 잠겼는가

냇물을 굽어보는가

물에 비친 자신의 모습을 보는가

조으는가

조으는가

꿈도 없이

—「풍장 70」

　연작시 「풍장」은 죽음을 노래한다. 죽음은 육신의 소멸을 의미하며 영원한 초월의 뜻을 내포한다. (가)의 「풍장 1」을 보면 일상의 삶에서 거추장스럽게 '나'를 둘러싸고 있던 모든 것들이 열거된다. '손목시계'는 반복되는 일상의 상징이고 "옷"은 거추장스러운 장식이다. 늘 들고 다니던 "가죽 가방"은 힘에 부치게 견디어 온 크고 작은 일들을 말해 준다. 시인은 이런 번잡스러운 것들로부터 완전하게 벗어나는 길을 찾고 있다. 하지만 일상과 세속으로부터 벗어나 모든 일로부터 가벼워지는 길은 결국 죽음뿐이다. 연작시 「풍장」은 이러한 정신적 지향 자체가 갖는 모순 속에서 시적 긴장의 의미를 발견한다. 일상의 굴레와 세속적 욕망을 벗어나면서 시적 화자인 '나'는 현실적인 몸의 요구에서 자유로워지고 정신적 안위를 거기에서 얻는다. 그러므로 삶 자체가 결국 죽음을 지향하는 것이지만, 죽음이 삶의 종말이라기보다는 존재 자체의 편안함과 가벼움에 이르는 길임을 말해 준다. 「풍장 1」에서 시인 스스로 노래하고 있듯이 "바람을 이불처럼 덮고/ 화장도 해탈도 없이" 살아가고자 하는 초연한 자세를 제시한다. 이것은 삶을 달관한 것이라기보다는 고통을 초극한 뒤에 다다를 수 있는 경지이다.

　황동규가 연작시 「풍장」에서 발견한 특이한 시적 상징은 '바람'이다. '바람'은 그 형체를 드러내는 일이 없다. 형체가 없으므로 눈에 보이지 않는다. '바람'은 바람이 일어 불 때만 움직임을 감지할 수 있고, 멎어 버리는 순간 존재가 소멸된다. 황동규는 '바람'의 시적 변용을 통해 사물의 생성과 소멸의 과정을 읽어 낸다. (나)의 「풍장 44」에서 '바람'은 소리를 통해 감지된다. 시적 화자는 '바람 소리'를 통해 모든 사물의 존재와 그 형상과 움직임을 그대로 확인한다. 모든 사물에 대한 인식 자체가 '바람'을 통해 가능해지고 있는 셈이다. 그러므로 시인은 스스로 '바람'이 되고자 한다. '바람'처럼 자기 몸의 구속으로부터 벗어나 자유로워지고 '바람'처럼 모든 사물을 감싸 안고 '바람'처럼 불어왔다가 사라지고자 한다. 황동규의 시적 상상력에 의해 새로운 의미를 부여받은 '바람'은 보이는 것과 보이지 않는 것, 움직이는 것과 움직이지 않는 것 사이를 가르면서 스스로 이동한다. 이 바람의 상상력을 통해 구현하고자 하는 것은 시간의 의미를 초월하는 시적 공간이다. 다시 말하자면 경험적 삶과 현실의 시간을 넘어서는 특이한 시적 공간이다. 이 공간의 시학의 결정체가 바로 연작시 「풍장」이 만들어 내는 내면 풍경이라고 할 수 있다.

황동규의 시에서 초월의 의미는 시간적 구속을 벗어났을 때 더 절실하게 그 의미가 살아난다. 「풍장」에서 추구하는 공간성의 미학에는 이미 이 개념이 내포되어 있다. 「풍장」은 시간의 멈춤 또는 시간의 감각 자체를 뛰어넘는 긴장을 수반한다. (다)의 「풍장 70」에는 삶도 초월하고 죽음도 벗어난 시적 자아의 현상이 그려져 있다. 시적 자아는 한 마리의 수척한 '물새'가 되어 마른 나뭇가지 끝에 앉아 있다. "생각에 잠겼는가/ 냇물을 굽어보는가/ 물에 비친 자신의 모습을 보는가/ 조으는가"라는 반복되는 질문은 의문형이라기보다는 서술형의 의미로 읽힌다. 모든 것이 정지된 순간에서 이루어지고 있는 이 몰아(沒我)의 경지는 황동규의 시가 추구하는 궁극의 자리라고 할 수 있다. 무위의 자연과 그 자연의 본연으로 돌아가고자 하는 시인의 욕망이 이 정중동(靜中動)의 풍경 속에 그려지고 있는 셈이다. 황동규는 연작시 「풍장」을 통해 스스로 자기 삶의 거추장스러운 무게를 벗어난다. 그리고 몸의 구속으로부터 벗어남으로서 '바람'처럼 떠돌 수 있는 보다 자유로운 정신의 초월을 얻어 낸다. 이것은 물론 죽음이라는 고통의 과정에 대한 깊은 성찰을 통해 가능해진 일이다.

정현종[41]의 시적 개성은 첫 시집 『사물의 꿈』(1972)에서부터 주목의 대상이 되었다. 그는 전후시가 빠져들었던 허무주의라든지 정서의 감상벽(感傷癖)을 극복하고, 시적 주체로서의 자아와 대상으로서의 사물의 긴장 관계 속에서 그 존재의 의미를 탐구한다. 그의 시는 고통/축제, 물/불, 무거움/가벼움, 슬픔/기쁨 등과 같이 상반되는 정서의 갈등과 불화를 노래하면서도 현실을 꿈으로, 고통을 기쁨으로 변형시키려는 정신의 역동적 긴장을 탐구한다.

(가)
그 잎 위에 흘러내리는 햇빛과 입 맞추며
나무는 그의 힘을 꿈꾸고
그 위에 내리는 비와 뺨 비비며 나무는
소리 내어 그의 피를 꿈꾸고
가지에 부는 바람의 푸른 힘으로 나무는
자기의 생(生)이 흔들리는 소리를 듣는다.

─「사물의 꿈 1─나무의 꿈」


(나)
사물은 각각 그들 자신의 거울을 가지고 있다. 내가 나의 거울을 가지고 있듯이. 나와 사물은 서로 비밀이 없이 지내는 듯하여 각자의 가장 작은 소

41　정현종(鄭玄宗, 1939~ ). 서울 출생. 연세대 철학과 졸업. 1965년 《현대문학》으로 등단. 시집 『사물의 꿈』(1972), 『나는 별아저씨』(1978), 『떨어져도 튀는 공처럼』(1984), 『사랑할 시간이 많지 않다』(1989), 『세상의 나무들』(1995), 『이슬』(1996), 『견딜 수 없네』(2003), 산문집 『숨과 꿈』(1982) 『정현종 시 전집』(1999) 등 출간. 참고 문헌: 이가림, 「타락한 시대의 삶과 꿈」, 《문학과지성》(1979. 봄); 김현, 「고통의 정치학」, 《우리 세대의 문학》(문학과지성사, 1980); 이승훈, 「고통에 접근하는 두 가지 방식」, 《세계의문학》(1989. 가을); 이광호 편, 『정현종: 깊이 읽기』(1999).

리까지도 각자의 거울에 비취인다. 비밀이 없음은 그러나 서로의 비밀을, 비밀의 많고 끝없음을 알고 사랑함이다. 우리의 거울이 흔히 바뀌어 있는 것을 발견한다. 거울 속으로 파고든다. 내 모든 감각 속에 숨어 있는 거울이 어디서 왔는지 나는 모른다. 사물을 빨아들이는 거울. 사물의 피와 숨소리를 끓게 하는 입술식(式) 거울. 사랑할 줄 아는 거울. 빌어먹을, 나는 아마 시인이 될 모양이다.

―「거울」

정현종은 언어의 의미 표상과 감각성을 최대한 활용함으로써 시적 정서를 풍부하게 한다. 그가 매우 진지하게 계속해 오고 있는 실험은 사물의 세계와 정신의 세계 사이에 내재되어 있는, 유추할 수 있는 어떤 의미의 연관을 언어를 통해 포착하는 일이다. 그는 사물의 다양한 형상과 움직임과 그 존재의 의미를 상대적인 이미지로 바꾸어 놓는다. 낮은 것과 높은 것, 어두운 것과 밝은 것, 움직이지 않는 것과 움직이는 것, 단단한 것과 부드러운 것 등의 이미지의 충돌이 그의 시에서 자주 일어난다. 그러나 이러한 시적 이미지의 긴장 관계는 사물의 세계와 정신의 현상이 서로 하나가 되는 과정에서 나타나는 것이지 시인의 언어적 횡포는 아니다. 그의 시는 존재하는 사물과 그것을 지향하는 의식이 이미지를 통하여 하나가 되는 과정을 그대로 보여 준다. 정현종은 시 속에서 그것을 '교감'이라는 말로 지칭하기도 하고, '창', '거울' 등의 이미지를 통해 구체적으로 제시하기도 한다.

(가)
자기를 통해서 모든 다른 것들을 보여 준다. 자기는 거의 부재(不在)에 가깝다. 부재(不在)를 통해 모든 있는 것들을 비추는 하느님과 같다. 이 넓이 속에

들어오지 않는 거란 없다. 하늘과, 그 품에서 잘 노는 천체(天體)들과, 공중에
뿌리 내린 새들, 자꾸자꾸 땅들을 새로 낳는 바다와, 땅 위의 가장 낡은 크고
작은 보나파르트들과…… 눈들이 자기를 통해 다른 것들을 바라보지 않을 때
외로워하는 이건 한없이 투명하고 넓다. 성자(聖者)를 비추는 하느님과 같다.

—「창(窓)」

(나)
그래 살아 봐야지
너도 나도 공이 되어
떨어져도 튀는 공이 되어

살아 봐야지
쓰러지는 법이 없는 둥근
공처럼, 탄력의 나라의
왕자처럼

가볍게 떠올라야지
곧 움직일 준비 되어 있는 꼴
둥근 공이 되어

옳지 최선의 꼴
지금의 네 모습처럼
떨어져도 튀어오르는 공
쓰러지는 법이 없는 공이 되어.

—「떨어져도 튀는 공처럼」

정현종의 시에는 시적 대상이 서정적 자아와 상대적인 거리에 놓여 있지 않다. 시적 대상은 자아의 인식의 내면에 자리하고 있으며, 상상력을 통해 구체적인 이미지로 구현된다. 시의 언어가 일상의 논리를 건너뛰고 사고 체계를 거부하고 있는 것처럼 보이는 이유가 여기에 있다. 1970년대 후반에 나온 시집 『나는 별아저씨』(1978)에서는 역동적인 이미지들이 더욱 복잡하게 얽혀 있다. 그것들은 때때로 대상을 왜곡시키고, 바로 그 왜곡된 대상으로 시적 자아의 형상을 왜곡시킨다. 현실에 대한 발언들이 함의되어 담기기도 하지만, 이미지는 더욱 생동한다.

정현종은 언어의 개념이 가지는 자의적인 의미와 그 횡포를 거부한다. 그는 언어로 지시되는 관념을 거부하기 위해 오히려 이미지의 구체성을 추구하는 것처럼 보이기도 한다. 제3시집 『사랑할 시간이 많지 않다』(1989)의 시는 어느덧 이 시인이 물아(物我)의 일체에 이르는 새로운 경지에 도달해 있음을 보여 주고 있다. 「고통의 축제」, 「공중에 떠 있는 것들 3」, 「술잔을 들며」 등이 이 시기의 대표작이다. 그러나 『사랑할 시간이 많지 않다』를 고비로 하여, 그는 현실과 꿈의 갈등보다는 생명 현상과의 내적 교감, 자연의 경이감, 생명의 황홀감을 노래하면서 갈등보다는 화해의 세계를 지향하는 새로운 경향을 보여 주고 있다. 이러한 시적 관심의 변화는 제5시집 『한 꽃송이』(1992)에서 더욱 분명하게 드러나는데 문명과 인공(人工)은 인간을 억압하는 반면, 자연은 인간을 구원할 수 있는 유일한 척도라는 내용의 시 「자(尺)」는 그의 시적 관심의 변화를 단적으로 보여 주는 예이다. 그의 시는 서정시의 전통을 혁신하고 생태주의적 관점에서 새로운 시적 가능성을 추구하고 있다.

김영태[42]의 시적 감각은 보이지 않는 대상을 보고, 들리지 않는 음향

---

42  김영태(金榮泰, 1936~2007). 서울 출생. 홍익대 서양학과 졸업. 1959년 《사상계》에 시 발표. 시집 『유

을 들을 수 있을 정도로 치밀하고 섬세하다. 그는 첫 시집『유태인이 사는 마을의 겨울』(1965)을 낸 후에 관념적인 색채가 배어 있던 초기의 시에서 벗어나 보다 예리한 감각의 시인으로 자리 잡는다. 그의 언어는 소리를 '볼' 수 있을 정도로 깊고, 색채를 '들을' 수 있을 정도로 넓어진다. 이러한 놀라운 감각은 이미지의 대조와 그 구상력에 의해 시적인 형상성에 도달한다.

너는
정적이고 그 뒤에 있는
어떤 배경도 정적이다
너의 몸의
일부분 미지수는 발견되었다
발견되어지는 것이 너에게는 커다란
충격으로 남아 있을 것이다
너의 정적이 어떻게
다른 정적으로
무너지고 있는가
풀잎처럼 들판으로 따라와서
피다가 최후의 흔들림이 되어
떨기도 하는가

---

태인이 사는 마을의 겨울』(1965), 『바람이 센 날의 인상』(1970), 『초개수첩』(1975), 『객초』(1978), 『여울목 비오리』(1981), 『결혼식과 장례식』(1986), 『느리고 무겁게 그리고 우울하게』(1989), 『남몰래 흐르는 눈물』(1995), 『누군가 다녀갔듯이』(2005) 등 출간. 참고 문헌: 홍신선, 「자기 축소와 식물 상상력」, 《심상》(1982. 4); 안수환, 「물질과 정신 — 김영태론」, 《현대시학》(1982. 5); 조창환, 「극화된 시니시즘과 은일의 서정」, 《세계의문학》(1989. 봄).

지금

나의 눈은 사소한 사물에 가서

닿아도 견디어 내지 못하고

지구력을 잃어버린다

너의 눈빛이

어디서 지켜보고 있다

망설이지 않고 단호하게

나의 평면에 입체감을 그리고 있다

너의 눈빛은 무용한 너의 말을

넘어서 온다

———「몇 개의 정적(靜寂)」

    김영태는 시적 감각의 구현에 만족하지 않는다. 그는 일상의 감각으로부터 벗어난 인식의 자유를 갈망하고 있다. 감각적인 것을 넘어서서 도달하는 본질적인 인식의 세계는 그가 꿈꾸는 자유의 공간이다. 그의 시집 『객초』(1978), 『결혼식과 장례식』(1986) 등에 수록되어 있는 시들은 삶에 대한 내성적 성찰이 짙게 나타난다. 눈부신 감각의 언어에 뒤이어 관조의 언어가 자리하기 시작한 것이다. 물론 기지에 찬 냉소적인 언어들을 현실을 향해 던지는 것도 잊지 않고 있다.

    오규원과 이승훈은 시적 언어와 기법의 실험을 지속하면서 새로운 시의 세계를 천착한다. 이들은 시적 대상을 인식하고 그것을 언어로 표현해 내는 방법에 있어서 서로 다른 태도를 보여 주고 있지만 절제된 정서, 언어의 기지, 난해한 기법 등은 서로 비슷하다. 개인의 내면 의식에 집착하는 고립주의적인 성향과 그 기법의 난해성이 더러는 비판의 대상이 되기도 하였지만, 시적 감수성의 변혁을 추구하는 이들의 노력은 인식으로서의 시의 특성을 구현하는 실천적 성과를 거두고 있다.

오규원[43]의 시는 시집 『순례』(1973)에서부터 뚜렷한 개성으로 자리 잡고 있다. 1960년대 중반, 그의 시적 출발은 언어의 주변을 서성거리는 몸짓으로 시작된다. 그러나 그는 도처에서 "언어들이 죽는다"는 사실을 깨닫고 언어의 한복판으로 뛰어든다. 그가 언어의 순례자가 되어 죽어 가는 언어들에 다시 생명을 불어넣기 위해 고안한 것은 일상적 감각에 대한 거역이다. 이러한 방법은 비슷한 경향의 시인 이승훈이 비대상의 시를 생각하고 있는 것이나, 정현종이 철저하게 개성적인 이미지에 기대고자 하는 것과 구별된다.

어느 집에나 문이 있다
우리 집의 문 또한 그렇지만
어느 집의 문이나
문이 크다고 해서 반드시
잘 열리고 닫힌다는 보장이 없듯
문은 열려 있다고 해서
언제나 열려 있지 않고
닫혀 있다고 해서
언제나 닫혀 있지 않다

---

43 오규원(吳圭原, 1941~2007). 경남 밀양 태생. 동아대 법대 졸업. 1968년 《현대문학》으로 등단. 시집 『분명한 사건』(1971), 『순례』(1973), 『사랑의 기교』(1975), 『왕자가 아닌 한 아이에게』(1978), 『가끔은 주목받는 생이고 싶다』(1987), 『하늘 아래의 생』(1989), 시론집 『현실과 극기』(1976), 『언어와 삶』(1983), 『현대시 작법』(1990) 등 출간. 참고 문헌: 김주연, 「시와 아이러니」, 『변동 사회와 작가』(문학과지성사, 1979); 권영민, 「시적 인식과 언어의 문제」, 《심상》(1980. 7); 김현, 「깨어 있음의 의미」, 『문학과 유토피아』(문학과지성사, 1980); 정과리, 「관념 해체의 비극성」, 『문학, 존재의 변증법』(문학과지성사, 1985); 박철희, 「인식의 갱신과 유추의 자유로움」, 《문학과비평》(1989. 겨울).

어느 집에나 문이 있다
어느 집의 문이나 그러나
문이라고 해서 모두 닫히고 열리리라는
확증이 없듯

문이라고 해서 반드시
열리기도 하고 또 닫히기도 하지 않고
또 두드린다고 해서 열리지 않는다

어느 집에나 문이 있다
어느 집이나 문은
담이나 벽을 뚫고 들어가
담이나 벽과는 다른 모양으로
자리 잡는다

담이나 벽을 뚫고 들어가
담이나 벽과 다른 모양으로
자리 잡기는 잡았지만
담이나 벽이 되지 말라는 법이나
담이나 벽보다 더 든든한
문이 되지 말라는 법은 없다

—「문」


　오규원은 사물의 존재를 감각적 인식에 따라 보이는 대로 느끼는 대로 적는 것을 거부하고 있다. 그는 오히려 감각적으로 인식된 것을 뒤집어 놓고 보이는 것을 감추기도 한다. 그러면서 그는 바로 그 전도된 언어 속에서 사물의 새로운 질서를 발견한다. 오규원이 발견해 낸 어법의 기저에는 역설의 원리가 작용하고 있다. 그것은 일상적인 감각이나 인습화된 개념을 벗어나기 위한 방법인데, 시인의 자유분방한 상상력과도 연관된다. 오규원의 언어는 시집『이 땅에 씌어지는 서정시』(1981)를 낼 무렵 냉소적인 어조가 한때 강해지기도 했지만, 시집『가끔은 주목받는 생이고 싶다』(1987)에서부터 언어 그 자체의 타락과 그 사물화 현상을 대담하게 폭로하는 작업을 시작하고 있다. 상품화된 언어가 하나의 기호처럼 나붙는 온갖 광고문의 홍수 속에서 언어의 진위를 구별하기란 쉬운 일이 아니다. 오규원은 바로 그 언어의 혼란 속에서 감수성의 새로운 변혁을 꿈꾸었던 것이다.

이승훈[44]은 첫 시집『사물 A』(1969)에서부터 두 번째 시집『환상의 다리』(1976)를 펴낸 직후까지 언어 그 자체를 대상화하는 작업에 집중하면서 언어의 개념화를 거부하는 특이한 시 의식을 드러낸다. 그의 시는 외부의 사물을 시적 대상으로 삼은 것이 아니라 자신의 직관 그 자체를 시의 대상으로 삼고 있다. 그러므로 그의 시에서 감각적 구체성을 드러내고 있는 사물의 세계가 구체적인 형상을 띠고 그려지는 경우는 별로 없다. 번득이는 직관에 의해 포착되는 세계가 때로는 일종의 연상 작용에 의해 때로는 언어의 논리를 넘어서는 상상에 의해 표현되고 있는 것이다. 그의 시가 인식의 명료함을 거부하는 난해시처럼 생각된 이유가 여기에 있다.

---

**44** 이승훈(李昇薰, 1942~2018). 강원 춘천 출생. 연세대 대학원 졸업. 1962년 《현대문학》으로 등단. 시집 『사물 A』(1969), 『당신의 방』(1984), 『너라는 신비』(1989), 평론집 『시론』(1979), 『이상 시 연구』(1987) 등 출간. 참고 문헌: 정효구, 「이승훈론」,《현대문학》, 1990. 4); 서준섭, 「한국 현대시와 초현실주의」,《문예중앙》, 1993. 봄).

사나이의 팔이 달아나고 한 마리 흰 닭이 구 구 구 잃어버린 목을 좇아 달린다. 오 나를 부르는 깊은 명령의 겨울 지하실에선 더욱 진지하기 위하여 등불을 켜고 우린 생각의 따스한 닭들을 키운다. 닭들을 키운다. 새벽마다 쓰라리게 정신의 땅을 판다. 완강한 시간의 사슬이 끊어진 새벽 문지방에서 소리들은 피를 흘린다. 그리고 그것은 하이얀 액체로 변하더니 이윽고 목이 없는 한 마리 흰 닭이 되어 저렇게 많은 아침 햇빛 속을 뒤우뚱거리며 뛰기 시작한다.

──「사물 A」

이승훈의 시는 1970년대를 벗어나면서 자기 내적 지향의 언어를 새롭게 바꾸고자 하는 변화를 보이고 있다. 시집 『사물들』(1983)에서뿐만 아니라 『너라는 신비』(1989)에서 볼 수 있는 것처럼 그의 시들은 '너'라는 2인칭의 대상과 극적으로 조우하는 그의 의식의 내면을 보여 준다. 흔히 비대상의 시를 실험하는 것으로 호평되기도 하고 혹평당하기도 했던 그의 작시법이 시적 자아에 가장 직접적으로 맞닿아 있는 2인칭의 대상을 추구하기 시작한 것은 특기할 만한 변화라고 할 것이다. 자기 인식의 구체성을 직접적으로 보여 줄 수 있는 '너'라는 대상은 그러나 아직 그의 시에서 그 전모를 드러내고 있는 것은 아니다. 이것이 또 다른 인식의 방법과 그 과정을 뜻하는 것으로 끝날지, 더 큰 하나의 시적 주제를 확립하는 데까지 다다를지는 아직 판단하기 어렵다. 다만 언어의 연상에 의존하던 그의 시적 진술이 일상어의 규범을 상당 부분 지켜 나가면서 평이해지고 있다는 것은 그의 상상력 자체가 유연해지고 있음을 뜻하는 것으로 생각된다.

## (4) 전통과 서정의 미학

산업화 시대의 초반에 시단에 등장한 시인들 중에는 주지적 태도와 서정적 언어를 조화시키고자 노력해 온 사람들이 많다. 동인지《현대시》를 중심으로 모여 있던 주문돈, 허만하, 이유경, 이수익, 박의상, 마종하, 이건청, 오세영, 김종해 등과 개인적인 자기 시 세계를 구축해 온 이탄, 정진규, 박이도, 박제천, 강우식 등이 그들이다. 이들의 시작 활동은 1960년대 후반부터 본격화되고 1970년대에 들어와서 분명한 개성을 확립하기에 이른다. 이 가운데 오세영, 이건청, 이수익 등은 사물에 대한 지적인 통찰력을 구비하고 있으면서도 언어적 실험보다는 시적 서정성의 확립에 더 큰 비중을 두고 자신들의 개성을 다양하게 가꾸어 온 시인들이다. 이들은 전통적인 시적 정서를 외면하지 않으면서 도시적 감각도 살리고 체험에 바탕을 둔 삶의 진실을 시의 세계에 포괄하고자 노력한다.

정진규[45]는 초기 시부터 새로운 시 형식에 대한 천착을 두드러지게 드러낸다. 이러한 특징은 언어와 기법을 통한 시의 산문적 확장이라는 과제와도 맞닿아 있다. 그의 이러한 시적 지향 자체는 현실적인 삶의 언어적 육화를 꾀하고 있다는 점, 사물의 본질에 대한 언어적 인식의 철저함을 말해 준다는 점에서 주목할 필요가 있다. 물론 정진규 시의 개성은 시

---

[45] 정진규(鄭鎭圭, 1939~2017). 경기 안성 태생. 고려대 국문과 졸업. 1960년 《동아일보》 신춘문예 시당선. 시집 『마른 수수깡의 평화』(1965), 『유한의 빗장』(1971), 『들판의 비인 집이로다』(1977), 『매달려 있음의 세상』(1979), 『연필로 쓰기』(1984), 『뼈에 대하여』(1986), 『별들의 바탕은 어둠이 마땅하다』(1990), 『몸시』(1994), 『알시』(1997), 『도둑이 다녀가셨다』(2000), 『질문과 과녁』(2003), 『본색』(2004) 등과 시론집 『한국 현대시 산고』(1983) 출간. 참고 문헌: 김규동, 「인식으로서의 시학」, 《창작과비평》(1979. 가을); 최동호, 「삶의 남루와 향그런 영혼의 시」, 『불확정 시대의 문학』(문학과지성사, 1987); 이진우, 「정진규론」, 《현대시학》(1990. 3).

적 형식 자체의 산문성에 있는 것이 아니다. 그는 시정신의 긴장을 살리면서 동시에 그것을 풀어낼 가능성을 언어에서 찾고 있는 것이다. 그는 초기 시집 『유한의 빗장』(1971) 이후부터 대상에 대한 인식의 내용을 문제 삼지 않는다. 오히려 그 인식의 과정 자체를 들려주는 작업에 몰두하고 있다. 그의 시의 산문성이라는 것이 바로 이 같은 서술성에서 비롯되는 것이며, 그 산문 지향적인 의식도 이러한 태도와 직결되는 것임을 알 수 있다. 실제로 시집 『들판의 비인 집이로다』(1977) 이후 정진규의 시는 대담하게 산문 형식을 도입하기 시작한다. 이러한 변화를 통해 그는 시적 주체의 개인적 서정보다는 대상으로서의 현실과 외부적 사물에 대한 인식으로 시적 주제를 전환하는 계기를 얻게 된다. 이것이 견실성을 확보하기 위해서 그의 시는 자기 확인의 과정을 담게 된다.

(가)

한밤에 홀로 연필을 깎으면 향그런 냄새가 방 안 가득 넘치더라고 말씀하셨다는 그분처럼 이제 나도 연필로만 시를 쓰고자 합니다 한 번 쓰고 나면 그뿐 지워 버릴 수 없는 나의 생애 그것이 두렵기 때문입니다 연필로 쓰기 지워 버릴 수 있는 나의 생애 다시 고쳐 쓸 수 있는 나의 생애 용서받고자 하는 자의 서러운 예비 그렇게 살고 싶기 때문입니다 나는 언제나 온전치 못한 반편 반편도 거두어 주시기를 바라기 때문입니다 연필로 쓰기 잘못 간 서로의 길은 서로가 지워 드릴 수 있기를 나는 바랍니다 떳떳했던 나의 길 진실의 길 그것마저 누가 지워 버린다 해도 나는 섭섭할 것 같지가 않습니다 나는 남기고자 하는 사람이 아닙니다 감추고자 하는 자의 비겁함이 아닙니다 사랑하는 까닭입니다 오직 향그런 영혼의 냄새로 만나고 싶기 때문입니다

──「연필로 쓰기」

(나)

별들의 바탕은 어둠이 마땅하다

대낮에는 보이지 않는다

지금 대낮인 사람들은

별들이 보이지 않는다

지금 어둠인 사람들에게만

별들이 보인다

지금 어둠인 사람들만

별들을 낳을 수 있다


지금 대낮인 사람들은 어둡다

─「별」


　정진규의 시는 앞에 인용한 (가)의 「연필로 쓰기」와 같은 작품에서 언어의 산문화라고 할 수 있는 시적 진술의 산문적 형식을 끌어들인다. 그리고 이 산문적 진술법을 통해 시적 주체의 내면을 그대로 표출한다. 이 시에서 강조하고 있는 "연필로 쓰기"라는 행위의 상징성은 자기 성찰의 의미를 내포한다. 시인은 연필로 시를 쓰고 싶은 이유를 "지워 버릴 수 있는 생애"를 살고 싶기 때문이라고 말한다. 이 말은 "다시 고쳐 쓸 수 있는 나의 생애"를 꾸려 나가고 싶다는 욕망과 통한다. 자신을 향한 너그러움이 담긴 이 구절은 결국 자기반성의 과정을 표현하는 것임을 알 수 있다. 이 너그러움이 타자에 대한 관용으로 확대될 수 있음은 물론이다. 그런데 '연필로 쓰기'와 같은 삶을 살아간다는 것은 일상적 현실이 요구하고 있는 조건들과 서로 상충한다. '연필로 쓰기'는 '느림'의 미학을 지향하며 끊임없는 자기반성을 요구한다. 연필 깎기의 향그러움에도 불구하

고 반복하여 고치고 다듬어야 하는 힘든 과정을 당연히 견디도록 하는
연습이 필요한 셈이다. 시인은 확고한 자신의 세계를 구축하기 위하여
이 번거로운 일종의 통과 제의를 스스로 택하고 있다. 정진규의 시는 시
집 『뼈에 대하여』(1986)에서도 비슷한 산문화의 경향을 그대로 유지하고
있다. 그리고 일상적 현실의 번잡함을 모두 털어 내고 그 핵심인 '뼈'로
만 남아 있겠다는 정신적 극기의 자세를 담는다. 그가 선택한 산문시의
형식이 시인의 자기 주체의 정립과 그 각성을 이끌어 가는 일종의 영혼
의 형식으로 읽히는 이유가 여기 있다.

그런데 흥미로운 것은 정진규가 시집 『별들의 바탕은 어둠이 마땅하
다』(1990) 이후 『몸시』(1994), 『알시』(1997)에 이르면서 시적 어조를 완전
히 전환하고 있다는 사실이다. '몸'에 대한 시적 담론의 형식을 다양하게
실험하고 있는 연작 형식의 「몸시」는 모든 사물의 존재에 그 구체적 형
상을 새롭게 부여해 가는 언어의 작업이다. 그리고 비슷한 시적 주제로
연작 형식의 「알시」가 이어진다. 이 특이한 연작 형식들은 정진규가 추
구했던 산문시 형태의 궁극적인 경지라고 할 수 있는데, 사물의 존재 자
체를 규정하는 근원으로서의 생명에 대한 시적 인식에 도달하고 있다는
점에서 그 성과를 인정할 수 있다. 후기작에 속하는 (나)의 「별」을 보면
고도의 반어적 표현을 바탕으로 시적 형식도 압축되어 있다. '별'의 상징
적 의미를 어둠 속에서만 볼 수 있는 것으로 규정하고 있는 이 시에서 사
물에 대한 시인의 성찰이 우주적인 질서와 맥락을 같이한다는 것을 확인
할 수 있다.

오세영[46]의 시 쓰기는 일상의 경험을 분석하는 일에 치중하는 것도 아

---

46 오세영(吳世榮, 1942~ ). 전남 영광 출생. 서울대 대학원 국문과 졸업. 1968년 《현대문학》으로 등단. 시
집 『반란하는 빛』(1970), 『가장 어두운 날 저녁에』(1982), 『모순의 흙』(1985), 『무명연시』(1986), 『불타
는 물』(1989), 『적멸의 불빛』(2001), 『바람의 그림자』(2009) 등과 『오세영 시 전집』(2007), 평론집 『한국

니고 초월적 영역만을 고집하는 것도 아니다. 이러한 시작 태도로 인하여 오세영의 시는 표면적으로는 일상성의 시적 해체라는 주제와 연결된 것처럼 보인다. 그러나 사물의 존재와 그 가치에 대한 그의 깊은 해석은 철학과 종교의 영역을 넘나들 정도로 심오하다. 특히 오세영의 시는 일상의 삶을 불교의 진리를 통해 자기 나름대로 새롭게 해석하면서 시적 대상과의 일정한 거리 두기에 성공한다. 그의 시에서 확인할 수 있는 이 언어적 자기 규정 작업은 시집 『무명연시』(1986)에서 『적멸의 불빛』(2001)까지 이어지면서 오세영 시의 중심에 자리하고 있다.

오세영의 시는 섬세한 언어 감각을 자랑하면서도 시적 긴장감을 이끄는 주제의 무게를 동시에 살려 낸다. 그러나 이것은 미묘함을 자랑하지 않으며 현학적인 것으로 흐르지 않는다. 오히려 일상에서 가장 흔한 것이면서도 궁극적인 의미를 가지는 것을 중시한다.

흙이 되기 위하여
흙으로 빚어진 그릇
언제인가 접시는
깨진다.

생애의 영광을 잔치하는
순간에
바싹

낭만주의 시 연구』(1980), 『현대시와 실천 비평』(1983), 『20세기 한국 시 연구』(1989) 등 출간. 참고 문헌: 김재홍, 「사랑과 존재의 형이상학」, 《현대문학》(1985. 10); 정효구, 「모순 구조의 다양한 의미」, 《문학정신》(1986. 12); 김준오, 「명상시와 존재론적 상상력」, 《현대시학》(1990. 11); 최승호 외, 『오세영의 시 깊이와 넓이』(국학자료원, 2002).

깨지는 그릇,
인간은 한번
죽는다.

물로 반죽되고 불에 그슬려서
비로소 살아 있는 흙,
누구나 인간은
한번쯤 물에 젖고
불에 탄다.

하나의 접시가 되리라.
깨어져서 완성되는
저 절대의 파멸이 있다면,

흙이 되기 위하여
흙으로 빚어진
모순의 그릇.

─「모순의 흙」

이 시에서 반복적으로 사용되는 시어는 '흙'과 '그릇'이다. 시인이 이 시에서 주목하는 것은 '흙' 그 자체는 아니다. 여기에서 '흙'은 구체적 형상보다는 본질적인 것에 속한다. 그러므로 사물의 존재를 들어 이야기할 때 존재의 궁극에 해당한다고 할 수 있다. 이에 비해 '그릇'은 어떤 구체적인 공간성을 요구하는 형체를 가진다. 우리가 눈으로 보는 대부분의 사물은 바로 이 '그릇'과 같은 것들이다. 그러나 '그릇'이라는 것은 현상일 뿐, 존재의 본질을 의미하지는 않는다. 하나의 '그릇'이 되기 위해 존재하는 '흙'과 다시 '흙'이 되기 위해 깨져야 하는 '그릇'의 관계를 놓고 본다면, 이 두 가지 대상 사이에는 본질적인 것과 현상적인 것, 무형의 것과 조형적인 것 사이에 일어나고 있는 일종의 모순과 변증적인 통합과 그 변화의 역동성이 내재해 있다. 시인은 바로 여기에서 사물과 사물 사이의 상호 모순된 긴장 관계를 읽어 내고, 사물의 존재 방식에 내재하는 특이한 의미 구조를 발견한다. 나는 이것을 '존재의 모순적 순환 구조'라고 이름 붙이고 싶다.

오세영 시인이 자신의 시를 통해 발견하는 사물의 본질적 형상으로서의 모순 구조는 그 자체로서 의미를 가지는 것이지만 시인은 여기에 머무르지 않는다. 그는 이 모순 구조를 초월하여 도달할 수 있는 조화의 세계를 꾸준히 꿈꾸고 있다. 그렇기 때문에 어찌 보면 시인의 작품 세계 자체가 매우 극단적인 두 영역을 포괄하는 것처럼 보이기도 한다. 한편으로는 사물의 세계에 내재하는 모순 구조의 실체에 접근하는 일, 다른 한편으로는 그러한 모순 구조를 내적으로 극복하여 도달할 수 있는 조화의 세계를 그려 내는 일이 바로 그것이다. 이를 근거로 오세영 시인의 시 세계를 굳이 시작 활동의 시기에 따라 구분하고자 한다면, 1980년대까지의 시에서는 바로 사물의 모순 구조의 실체를 시적으로 규명하는 작업에 더 많은 힘을 기울이고 있음을 보게 된다. 그러나 1990년대 이후의 시에서는 은일(隱逸)과 정관(靜觀)의 세계를 보여 주는 작품들이 많이 있다. 이 관조의 세계에서는 모든 사물들이 서로 맞물려 나름대로의 질서와 조화를 보여 준다. 이 새로운 세계의 발견은 시적 주체의 자기 초월을 통해 확립된 것이다. 이것은 시인 자신의 시적 역량과 관련될 수도 있고 삶의 경륜과도 연관될 수 있다. 나는 이것을 삶에 대한 자기 초월을 통해 이루어 낸 조화와 정일(靜逸)의 세계라고 말하고 싶다.

(가)

단풍 곱게 물드는

산

아래

금 가는 바위.

아래

무너지는 돌미륵.

아래

맑은

옹달샘.

망초꽃 하나 무심히 고개 숙이고

파아란 하늘 들여다보는

가을,

상강(霜降).

───「무심히」


(나)

바람 불자

만산홍엽(萬山紅葉), 만장(輓章)으로 펄럭인다.


까만 상복(喪服)의

한 무리 까마귀 떼가 와서 울고


두더쥐, 다람쥐 땅을 파는데

후두둑

관에 못질하는 가을비 소리.

―「가을비 소리」

앞의 시 (가)에서 오세영이 그리는 세계는 오묘하다. 오묘하다는 말
밖에는 달리 그 깊이를 표현할 수 없다. 시인은 시적 대상에 대한 소묘적
접근을 시도하면서도 절제된 감정과 그 언어의 묘미를 이렇게 오롯이 살
렸다. 이 시에서 시인이 그려 내고자 하는 '가을'은 몇 개의 정적인 이미
지를 통해 조화롭게 구현된다. 단풍이 곱게 든 산이 있고, 그 산 아래에
는 바위들이 널려 있다. 그 바위 아래 풍상을 견디며 미륵불이 서 있다.
그리고 그 미륵불 아래 작은 옹달샘, 옹달샘 옆에는 망초꽃이 고개를 숙
이고 있다. 시인은 옹달샘 곁의 망초가 되어 옹달샘 물 위로 어리는 가을
하늘과 단풍 든 산과 바위와 미륵불의 모습까지도 모두 함께 보고 있다.
결국 옹달샘이라는 구체적인 심상을 통해 시인은 가을을 발견한다. 이것
은 자연이 이루어 낸 조화의 세계이다. 시각적 심상만을 동원하여 빚어
놓은 이 세계야말로 현상의 모순과 불균형과 갈등을 모두 넘어선 궁극의
경지라고 할 수 있다.

이러한 시법의 경지는 (나)의 시에서도 발견된다. 그러나 여기에서는
시적 대상이 모두 동적인 이미지로 그려진다. 그리고 그 생동감을 살리
기 위해 청각적인 이미지가 적극 활용된다. 만장처럼 바람에 날리는 단
풍, 하늘을 날며 우는 까마귀 떼, 땅속에 구멍을 파는 두더지와 다람쥐들
이 절제된 언어로 제시된다. 그리고 이 시의 시상이 극적 결말을 드러내
는 마지막 대목에 이른다. "후두둑/ 관에 못질하는 가을비 소리."라는 이
대목을 보지 않고서는 누구도 조락(凋落)의 의미가 어떻게 이 시에서 하
나의 구체적인 형상성을 드러내는지를 알 수가 없다. 이 시의 소묘적 진

술은 철저한 자기감정의 절제를 기반으로 가능해진 것이다. 시인은 만산 홍엽의 가을 단풍을 보면서 이미 현란의 극치에 이른 가을 산의 뒷모습을 그려 보고 있다. 그것은 바로 소멸에 이르는 길이며 그 자체가 자연의 이치임을 부인할 수가 없다.

오세영의 근작 시에서 발견되는 사유의 체계는 다분히 종교적이다. 이 말은 이성적인 판단이나 논리적인 사유를 말하는 것이 아니라, 사물의 현상과 그 본질을 인식하는 방법의 깊이를 뜻한다. 사물은 결국 그것이 만들어진 본래의 형상으로 돌아가고 만다는 평범한 종교적인 회귀의 원리가 오세영의 시에서 빛을 발한다. 모든 사물의 생성과 소멸의 원리를 일원적으로 파악하고 있는 이 시인의 언어가 모순의 어법처럼 느껴지는 것은 당연한 일이다.

이건청[47]의 초기 시는 시적 대상을 자연 속에서 찾고 있는 것이 대부분이다. 시인이 발견하는 것들은 사람들의 눈에 잘 띄지 않는 작고 연약한 것들이다. 이 사소한 자연물의 존재를 가능케 하는 그 특유의 생명력을 섬세하게 묘사한다. 이러한 접근 방식은 작은 살아 있는 것들의 생명의 의미를 역설적으로 강조할 수 있게 한다. 시집 『망초꽃 하나』(1983)에 수록된 작품들이 이런 경향을 잘 보여 준다. 감각의 언어와 지적인 통찰력이 균형을 이루고 있는 「망초꽃 하나」, 「잡초(雜草) 기르기」 등의 작품은 시적 이미지 자체가 정적이고, 정서의 기반 자체가 식물적이라고 명명할 수 있는 상상력에 기대어 있다. 이건청이 시도하고 있는 또 다른 부류의 시들은 역동적인 이미지를 중심으로 독특한 연상 기법을 활용하고

---

47  이건청(李建淸, 1942~ ). 경기 이천 출생. 단국대 대학원 졸업. 1967년 《한국일보》 신춘문예 당선. 1970년 《현대문학》으로 등단. 시집으로 『이건청 시집』(1970), 『망초꽃 하나』(1983), 『청동 시대를 위하여』(1989), 『코뿔소를 찾아서』(1995), 『석탄 형성에 관한 관찰 기록』(2000), 『소금 창고에서 날아가는 노고지리』(2007), 『움직이는 산』(2009), 『이건청 문학 선집』 전4권(2007), 연구서 『한국 전원시 연구』(1984) 등 출간.

있는 작품들이다. 연작시 「황인종의 개」, 「황야의 이리」, 「하이에나」 등
이 여기에 속한다. 이 작품들은 시적 자아를 동물적 이미지와 연결시켜
표출하고 있다는 점이 특징이지만, 일종의 문명 비판적 시각이 그의 시
에 자리 잡고 있음을 주목할 필요가 있다. 산업화 과정에서의 인간의 소
외, 물질문명의 발전과 왜곡된 삶, 자연의 파괴 등이 시인의 의식을 스치
는 이미지의 역동성을 통해 구체화되고 있다.

(가)
유난히 흰 갈매기 하나
떠 있다.
간성(干城) 초도리(草道里) 어느 해안에
깜정개 두 마리
바다를 향해 컹컹
짖다가
파도에 밀려 물러서고 있다.
이길 수 없기 때문이다.

이 해안에 서면
모래알이 더욱 작아보인다.
내 육신이 문득 작아져
조개껍질 위에 놓인다.
그리운 것들이 많아진다.
멀리 순양함 마스트가 사라진다.

하얀 갈매기 하나

끼룩끼룩 울면서

동해, 어느 먼 지길을 달리고 있다.

——「황인종의 개 13」


(나)

거기 나무가 있었네.

노을 속엔

언제나 기러기가 살았네.

붉은 노을이 금관악기 소리로 퍼지면

거기 나무를 세워 두고

집으로 돌아오곤 했었네.

쏟아져 내리는 은하수 하늘 아래

창문을 열고 바라보았네.

발뒤축을 들고 바라보았네.

거기 나무가 있었네.

희미한 하류로

머리를 두고 잠이 들었네.

나무가 아이의 잠자리를 찾아와

가슴을 다독여 주고 돌아가곤 했었네.

거기 나무가 있었네.

일만 마리 매미 소리로

그들을 만들어 주었네.

모든 대답이 거기 있었네.

그늘은 백사장이고 시냇물이었으며

뻘기풀이고 뜸부기 알이었네.

거기 나무가 있었네.

이제는 무너져 흩어져 버렸지만

등치마저 타 버려 재가 돼 버렸지만

금관악기 소리로 퍼지던 노을

스쳐 가는 늦기러기 몇 마리 있으리

귀 기울이고 다가서 보네.

가마득한 하류에 나무가 있었네.

거기에 나무가 있었네.

―「하류」


이건청의 시는 시집 『청동 시대를 위하여』(1989) 이후부터 시적 대상으로서의 사물에 대한 관조적 태도를 드러낸다. 이러한 변화는 시인 자신이 외부 세계로 열려 있던 시적 지향 자체를 내면화하고 있음을 말해 주는 근거가 된다. 그는 역사라는 시간의 긴 흐름에 따라 변화하는 사물의 형상과 그 존재 의미를 기억의 방식으로 재현하기도 하고, 사물의 형상을 통해그 안에 축적된 오랜 시간의 의미를 발견하기도 한다. 이건청의 시가 갖는정서적 균형과 안정감을 여기에서 확인할 수 있다.

김종해[48]는 시적 주체로서의 자기의식을 꾸준히 확대하면서 자신이발견한 새로운 주제를 시험하고 있다. 시집 『인간의 악기』(1966), 『신의열쇠』(1971) 등에서 김종해가 보여 주는 정서의 충동은 삶에 대한 좌절과허무 의식이 강하다. 그러나 1970년대 이후의 그의 시는 상당히 강렬한

48 김종해(金鍾海, 1941~ ). 부산 출생. 1963년 《자유문학》 신인상에 시 당선. 1965년 《경향신문》 신춘
문예 시 당선. 《현대시》 동인. 시집 『인간의 악기』(1966), 『신의 열쇠』(1971), 『왜 아니 오시나요』(1979),
『항해일지』(1984), 『바람 부는 날은 지하철을 타고』(1990), 『별똥별』(1994), 『풀』(2001), 『봄꿈을 꾸며』
(2010) 등 출간.

현실 의식을 담고 있다. 그는 부단한 자기 극복의 노력을 통하여, 현실에 비껴서 있던 자신의 위치를 삶의 한복판으로 끌어들인다. 그리고 일상의 세계에 내재해 있는 삶의 모순을 철저하게 파헤치고자 한다.

(가)

모가지에 쇠목고리가 채워지고

역촌동 수의과 병원 쇠창살 안에 갇힌 후에

나는 비로소 한 마리 짐승

이 봄날 황사바람 흉흉하게 부는데

나는 짖지 못하는 한 마리 짐승

도적을 짖지 못하고

자유를 짖지 못하는 한 마리 짐승

사월이 가고 오월이 오는데

이 봄날 황사바람 흉흉하게 부는데

잇몸에서 돋는 칼날 같은 말

전신에서 돋는 흉기 어쩌지 못하나니

내 오늘 한 마리 짐승으로

피울음을 감추나니

역촌동 수의과 병원 쇠창살 안에서

며칠 동안 또 며칠 동안

온몸에서 타오르는 불길을 잡나니

──「내 오늘 한 마리 짐승으로」

(나)

아구란놈에대해이야기하고자한다. 아구란놈이해저에서입을벌리고물

길을가고있을때는오징어·전광어·칼치·고등어·가오리·게따위가통째로들
어와뱃속에쌓인다. 힘없고왜소한것들이눈을뜬채삶의본전까지아구의뱃속
에상납해버린다. 철벽위장을가진바다의날강도아구란놈이빠르게물길을가
고 있을때, 불쌍한것들아무력한것들아가급적밑바닥에더욱머릴처박고소
리내지말라.

　　나는확신한다. 바다의날강도아구란놈이반드시이도시의어느곳에몇백
마리, 몇천마리가눈빛날카롭게빛내면서식하고있는것을, 이도시의가장기
름진물목에서음흉하게덫을놓아두고있는것을.


허전한 저녁나절,
종로에서 입을 벌리고 앞으로 앞으로 물길을 나아가면
아아, 내 뱃속에 와 쌓이는 것들.
몇 잔의 소주와 몇 잔의 비애
그리고 또 몇 잔의 적개심.
종삼(鍾三) 아구탕집의 아구찜을 어금니로 물어뜯고 뜯으며
씹고 또 씹을 뿐이다.
　　　　　　　　　　　　　　―「아구탕집에서 ― 항해일지 18」


　　(다)
　　사랑하지 않는 일보다 사랑하는 일이 더욱 괴로운 날, 나는 지하철을 타
고 당신에게로 갑니다. 날마다 가고 또 갑니다. 어둠뿐인 외줄기 지하통로
로 손전등을 비추며 나는 당신에게로 갑니다. 밀감보다 더 작은 불빛 하나
갖고서 당신을 향해 갑니다. 가서는 오지 않아도 좋을 일방통행의 외길, 당
신을 향해서만 가고 있는 지하철을 타고 아무도 내리지 않는 숨은 역으로
작은 불빛 비추며 나는 갑니다.

가랑잎이라도 떨어져서 마음마저 더욱 여린 날, 사랑하는 일보다 사랑하지 않는 일이 더욱 괴로운 날, 그래서 바람이 부는 날은 지하철을 타고 당신에게로 갑니다.

—「바람 부는 날」

김종해의 시는 삶의 현실 자체에 대한 비판 의식에 초점을 두고 있는 것은 아니다. 경험의 진실을 중시하는 시인의 의식의 저변에는 삶에 대한 뜨거운 사랑이 충만해 있다. 버림받은 자, 소외된 사람들, 고통받는 인간들에 대한 진실한 애정이 시에 담겨 있는 것이다. 그가 연작으로 쓴 형식으로 쓴「항해일지」는 바로 그 경험의 현실을 헤쳐 나아가는 시인의 의식의 여로라고 할 수 있는데, 폭력화한 정치권력의 횡포를 다양한 패러디의 기법을 동원하여 풍자하기도 하고, 찌든 삶에 허덕이는 소시민들의 아픔을 말해 주기도 한다.

김종해의 시적 관심이 현실에 대한 비판적 인식에서 일상에 대한 깊은 공감과 화해의 정서로 바뀌기 시작한 것은 시집『바람 부는 날은 지하철을 타고』(1990)에서부터라고 할 수 있다. 이 무렵의 시에서 가장 많이 눈에 띄는 시어가 바로 '사랑'이다. 여기에서 '사랑'은 모든 것들을 대한 끌어안고자 하는 시인의 큰 가슴을 말한다. 그것을 달리 시적 포용력이라고 할 수 있다. 그러므로 시인은 "사랑하는 이여/ 상처받지 않은 사랑이 어디 있으랴/ 추운 겨울 다 지내고/ 꽃필 차례가 바로 그대 앞에 있다"(「그대 앞에 봄이 있다」) 라고 말을 건넨다. 시적 대상으로서 일상적 현실 자체를 끌어들이면서 시인은 긍정의 시선으로 그것을 재해석하고 자기 가슴으로 보듬어 안는다. 이 넉넉한 언어의 품이 바로 시인 김종해가 도달한 궁극의 자리에 해당한다.

한국 현대시의 다양한 경향과 그 시적 분화는 1970년대부터 활발한 시작 활동을 전개한 많은 시인들의 노력에 의해 이루어진 산업화 시대의 시적 성과로 평가된다. 박제천의 상상력은 그 시적 출발에서부터 동양적인 전통에 근거하고 있다. 첫 시집 『장자시(莊子詩)』(1975)에서부터 시집 『장자 시편』(1988)을 거쳐 『나무사리』(1995)에 이르기까지 박제천은 거의 비슷한 어조를 유지하고 있다. 그것은 산문적인 이야기조와 운문의 가락 중간쯤에 자리하는 것이다. 시적 대상과 서정적 주체의 거리를 헤아리기 어려운 것도 이러한 진술 방식에 기인한다고 할 수 있다. 박제천이 그의 시를 통해 실천해 온 것은 세 가지 작업이다. 하나는 산문적인 시 형식과 율조의 실험이다. 이것은 균제의 형식을 벗어나 상상력의 폭을 넓히기 위한 시도라고 생각된다. 그의 시가 보여 주는 시적 형식의 이완은 그러한 가능성을 입증해 주고 있다. 또 하나의 작업은 상상력의 근원을 동양적인 것에서 찾아보려는 노력이다. 박이도는 서정적인 시풍을 유지하면서도 철저한 자기 인식에 기초하여 정서의 응축을 실현하고자 한다. 그의 시집 『북향』(1969), 『바람의 손끝이 되어』(1980) 등의 시에 담겨 있는 정결한 이미지와 절제된 감성은 종교적인 색채까지도 드러내고 있다. 이유경은 『하남시편』(1975), 『초락도(草落島)』(1983) 등에서 풍물과 자연, 인정과 세태를 서정의 언어로 표현하고 있다. 그는 대체로 현실에 대한 인식에도 민감하지만 결코 어조를 높이지 않는다. 이수익은 『우울한 샹송』(1969), 『슬픔의 핵』(1983) 등에서 섬세한 감각을 서정의 언어로 살려 내고 있으며, 박의상은 『봄을 위하여』(1977), 『바위는 저의 길을 가로막는다』(1984) 등에서 감성의 세계와 지적 인식의 균형을 위해 노력하고 있다. 4행시를 실험했던 강우식이 시집 『사행시초』(1974), 『꽃을 꺾기 시작하면서』(1979) 등에서 시적 형식의 견고성과 유연성에 대한 진폭을 되풀이하여 시도하고 있는 것이라든지, 이탄의 시집 『소등』(1968), 『옮겨 앉지 않은 새』(1979) 등에서 볼 수 있는 삶에 대한 명석한 관찰과

이상의 추구 과정, 최원규의 시집『자음송』(1973),『불타는 달』(1979) 등에
나타나 있는 자연과 인간의 화해로운 삶에 대한 갈망, 홍희표의『숙취』
(1973),『살풀이』(1984) 등에서 확인되는 균형 잡힌 서정의 언어, 김형영
의『모기들은 혼자서도 소리를 친다』(1979)에서의 존재 탐구의 과정들도
모두 이 시기의 소중한 시단의 성과로 기록될 수 있다. 나태주의『누님의
가을』(1977),『빈손의 노래』(1988), 조정권의『시편』(1982),『바람과 파도』
(1988), 임영조의『바람이 남긴 은어』(1985), 이성선의『하늘문을 두드리
며』(1977),『새벽꽃 향기』(1989), 조창환의『빈집을 지키며』(1980) 등도 이
시기 시의 주목되는 성과이다.


### (5) 현대시조의 격조와 실험

1960년대 이후 시조 문단은 다양한 시적 개성을 자랑하는 시조 시인
의 등장으로 더욱 풍성해졌다. 정완영은 시조집『채춘보(採春譜)』(1969)
를 비롯하여『묵로도』(1972)에서『연과 바람』(1984) 등에 이르기까지 시
조의 시적 형식과 주제의 변주를 통해 닫혀 있는 형식을 새롭게 열어 놓
았다. 그리고 그 뒤를 이어 장순하의 시조집『백색부(白色賦)』(1968),『묵
계』(1974) 등에서 시조의 시적 형식의 절조와 균형을, 최승범의『후조의
노래』(1968),『호접부』(1972) 등에서 고풍과 풍류를 현대시조의 시적 정
조로서 잘 살려 내고 있다. 이상범의 시조집『일식권』(1967),『가을 입문』
(1976) 등에서 느낄 수 있는 일상의 정감과 이근배의『노래여 노래여』
(1981)에서 표현하고 있는 시적 의지 역시 시조의 위상을 새롭게 가늠할
수 있는 중요한 요소로 자리를 차지하게 되었다. 김제현은 사설시조의
가능성을 천착하는 여러 가지 노력을 보여 주고 있으며, 조오현은 시조

의 가치 영역을 불교의 선의 경지로 전환시켜 선시조(禪時調)라는 새로운 양식을 정착시켰다. 윤금초, 한분순, 이우걸 등은 시조의 형식미에 대한 남다른 관심을 보여 주면서 시조의 시적 정서와 그 정신을 일상적 경험의 현실에 더욱 밀착시켰다.

(가)
필시 무슨 언약이 있기라도 한가부다.
산자락 강 자락들이 비단 필을 서로 펼쳐
서로들 눈이 부시어 눈 못 뜨고 섰나부다.

산 머너 어느 산마을 그 덕 너머 어느 분교(分校)
그 마을 잔칫날 같은 운동회 날 갈채 같은
그 무슨 자지러진 일 세상에는 있나부다.

평생에 편지 한 장을 써본 일이 없다던 너
꽃씨 같은 사연을 받아 봉지 지어 온 걸 봐도
천지에 귓속 이야기 저자라도 섰나부다.

—정완영, 「추청(秋晴)」

(나)
1
피는 꽃 보는 일도
내게는 왜 슬픔인가

눈 멀어 봄 놓치고

사랑도 다 놓치고

강물만 휑하니 돌아가는
제 그림자도 놓치고

2
어젯밤 만삭이던 달
오늘 저 몰골좀 봐

봉두난발 풀어헤친
저 산들 왜 휘청거려?

봄 한 철 지나고 나면
등치째 뽑히는 울음

3
세상 건너는 길
어디 하나뿐이겠나

그렇듯이 사랑도
외길만은 아닌 것을

불지펴 살 내리는 가슴
황사바람만 불고 있다.

— 이근배, 「사뇌가」

앞에 인용한 정완영의 시조 (가)의 「추청」은 전통적 서정 세계를 바탕으로 하면서도 자연에 대한 관조와 대상에 대한 깊은 통찰을 잘 보여 준다. 이 작품에서 묘사하는 시적 대상과 거기에 연결되는 상상력의 깊이는 시조 본래의 율조와도 조화를 이룸으로써 아름다운 서정시로서의 높은 시적 성취에 도달한다. 이근배의 시조 (나)의 「사뇌가」는 격렬한 시적 정조를 균형 있게 연결시키면서 연시조의 묘미를 잘 살려 내고 있다.

현대시조의 다양한 전개 양상 가운데 조오현[49]의 시조가 주목된다. 조오현은 승려의 신분으로 시조의 형식을 통해 선의 다양한 화두(話頭)와 대면해 왔다. 연시조 형태의 「무산 심우도」가 보여 주는 종교적인 경지는 말할 것도 없고, 「무자화(無字話)」, 「무설설(無說說)」 등에서 보여 주는 역설의 언어는 그 자체가 곧 선의 화두이면서 그 언어적 해체에 해당한다. 조오현 시조는 선의 세계에서 중시하는 말을 다스리는 법도를 보여준다. 그는 불필요한 언어를 최대한 제거하고, 오직 그 자리에 꼭 필요한 최소한의 언어만을 선택하여 다듬어 낸다. 그는 여러 가지 목소리를 하나의 시적 정황 속으로 끌어들이며 그 속에서 시적 대화의 공간을 만들어 낸다. 여기에서 대화적 공간을 형성하고 있는 목소리들은 살아 있는 말 그 자체에 해당하기 때문에 하나로 통일된 언어로 표출되지 않는다. 이 목소리들은 내적으로 이미 대화화된 말들이다. 따라서 이 목소리를 드러내는 말들의 내적 대화성은 선의 경우와 마찬가지로 시적 주제를 형상화하기 위해 늘 존재한다.

---

49 조오현(曹五鉉, 1932~2018). 법명 무산(霧山), 자호 설악(雪嶽). 경남 밀양 출생. 소년 시절에 입산하여 2016년 조계종 최고 품계인 '대종사(大宗師)' 법계를 받음. 1968년 《시조문학》에 「봄」, 「관음기(觀音記)」 추천. 시조집 「심우도(尋牛圖)」(1979) 등 출간.

(가)
강원도 어성전 옹장이
김 영감 장롓날

상제도 복인도 없었는데요 30년 전에 죽은 그의 부인 머리 풀고 상여 잡고 곡하기를 "보이소 보이소 불길 같은 노염이라도 날 주고 가소 날 주고 가소" 했다는데요 죽은 김 영감 답하기를 "내 노염은 옹기로 옹기로 다 만들었다 다 만들었다" 했다는 소문이 있었는데요

사실은
그날 상두꾼들
소리였대요.
——「무설설 1」

(나)
내 나이 일흔둘에 반은 빈집뿐인 산마을을 지날 때

늙은 중님, 하고 부르는 소리에 걸음을 멈추었더니 예닐곱 아이가 감자 한 알 쥐어주고 꾸벅, 절을 하고 돌아갔다 나는 할 말을 잃어버렸다
그 산마을 벗어나서 내가 왜 이렇게 오래 사나 했더니 그 아이에게 감자 한 알 받을 일이 남아서였다

오늘도 그 생각 속으로 무작정 걷고 있다
——「나는 말을 잃어버렸다」

앞의 인용 (가)과 (나)에서처럼 조오현은 시조의 형식을 변형시켜 역동적인 대화적 공간을 열어 놓는다. 기존의 시조에서 말하는 주체가 하나의 목소리로 모든 사물을 포섭하던 방식과는 달리 앞의 시조들에는 몇 개의 목소리가 끼어들어 내적 대화의 공간을 형성한다. 이들 작품 속의 말은 단순히 발화되는 것이 아니라, 그 언술의 공간 안에서 발화되고 부딪치고 갈등한다. 실제로 조오현이 시조의 시적 형식 속에 끌어들이고 있는 말은 다른 말과 대화적 관계를 맺으면서 그 형태적 구체성을 획득한다. 그의 말은 언제나 타자에게 말을 걸고 질문을 유도하고 대답을 지향한다. 조오현의 시조가 구상하고 있는 대화적 공간은 선(禪)의 경지를 그대로 옮겨 놓은 것과 같다. 인간의 말과 사물의 소리는 궁극적으로 그 존재가 살아 있음을 뜻하는 징표이다. 소리가 없다는 것은 죽음을 의미한다. 인간의 삶은 곧 말이고 사물의 소리는 곧 그 생명에 해당한다. 그러므로 살아간다는 것은 인간의 말과 사물의 소리가 서로 섞여 하나의 이야기를 빚어내는 것이다. 조오현은 바로 이 살아가는 것들의 말과 소리를 담아 시조를 만들어 내면서 시인으로서 아득한 성자의 길에 나서고 있다.

오늘의 현대시조는 고정된 시 형식에 대한 도전과 실험을 통해 전통의 계승과 새로운 가능성의 세계를 동시에 열어 나가고 있다. 현대시조의 역사는 시조가 지켜 온 고정된 3행(3장)의 시적 형식에 대한 도전의 기록이라고 할 만하다. 현대시조의 운명은 물론 시조 시인들의 손에 달려 있지만, 시조 시인들만이 그것을 좌우할 수 있는 것은 아니다. 한국 현대문학의 전체적인 흐름 속에서 현대시조의 새로운 위상을 생각해야만 한다. 현대시조가 추구해야 하는 시적 현대성은 한국 현대문학의 가장 큰 과제 중의 하나이기도 하다.

## (6) 여성시의 변주

한국의 현대시에서 여성시의 위상이 시단의 중요한 경향의 하나로 자리 잡게 된 것은 1960년대를 넘어서면서 활발한 시작 활동을 전개한 시인들의 시적 성과와 직결된다. 김후란의 『장도와 장미』(1968), 『음계』(1971), 『어떤 파도』(1976), 김여정의 『화음』(1969), 『바다에 내린 햇살』(1973), 추은희의 『강변 서정』(1976), 김지향의 『사육제』(1961), 『빛과 어둠 사이』(1974), 허영자의 『가슴엔듯 눈엔듯』(1966), 『친전』(1971), 『어여쁨이야 어찌 꽃뿐이랴』(1977), 유안진의 『달하』(1970), 『절망시편』(1972), 『날개옷』(1981), 김윤희의 『겨울 방직』(1970), 『소금』(1976), 강계순의 『강계순 시집』(1974), 『흔들리는 겨울』(1982), 김초혜의 『떠돌이 별』(1984), 『사랑굿 1』(1985), 천양희의 『사람 그리운 도시』(1988), 『마음의 수수밭』(1994), 노향림의 『그리움이 없는 사람은 압해도를 보지 못하네』(1992), 『후투티가 오지 않는 섬』(1998) 등이 모두 이 시기의 업적에 해당된다.

김후란[50]은 1960년 등단하여 특유의 섬세한 감각과 지성이 돋보이는 작품을 발표하면서 자신의 시적 개성을 확립했다. 자기 감정의 절제와 언어의 압축을 통해 초기 시에서부터 시적 형식의 균제미와 시정신의 치열성을 잘 표현했다. 이러한 경향은 첫 시집 『장도와 장미』를 통해 확인된다. 시인은 산업화 과정의 급격하게 변화하는 현실과 일정한 거리를 유지하면서 개인적 일상의 경험에 근접해 있는 자연으로 그 관심의 방향

---

50  김후란(金后蘭, 1934~ ). 본명 김형덕(金炯德). 서울 출생. 서울대 사범대학 수학. 한국일보. 서울신문 등 기자 역임. 대한민국 예술원 회원. 1960년 《현대문학》에 시 「오늘을 위한 노래」, 「달팽이」 등이 추천되어 등단. 김선영(金善英), 김혜숙(金惠淑), 허영자(許英子), 김숙자(金淑子), 추영수(秋英秀) 등과 『청미회(靑眉會)』 동인 활동. 첫 시집 『장도와 장미』(1968) 이후 『음계』(1971), 『어떤 파도』(1976), 『눈의 나라 시민이 되어』(1982), 『사람 사는 세상에』(1985), 『오늘을 위한 노래』(1987), 『시인의 가슴에 심은 나무는』(2006), 『따뜻한 가족』(2009) 등 출간.

을 돌린다. 둘째 시집인 『음계』에서는 일상의 체험과 자연을 소재로 짙은 서정의 세계를 그려 내고 있다.

(가)

1

너는 포옹할 수가 없다

너는 미워할 수가 없다

너는 꺾어버릴 수가 없다

너는 모르는채 지나칠 수가 없다

너무도 우아하여

너무도 진실하여

너무도 애틋하여

너무도 영롱하여


2

은장도 빼어든

여인의 손

파르르 떠는

소매 끝에

사랑, 그 한 가락으로

피었다


섬세한 자락

과즙이 묻은 입술

향기로운 눈빛으로

웃고 있네 태양이 하오(下午)

장미 가시에 찔려

온통 미소로 부서지는

──「장미」 부분


(나)

하루해가 저무는 시간

고요함의 진정성에 기대어

오늘의 닻을 내려놓는다

땀에 젖은 옷을 벗을 때

밤하늘의 별들이 내 곁으로 다가와

벗이 되고 가족이 된다

우연이라기엔 너무 절실한 인연

마음놓고 속내를 나눌 사람

그 소박한 손을 새삼 끌어안는다

별들의 속삭임이 나를 사로잡았을 때

어둠을 이겨낸 세상은 다시 열려

나는 외롭지 않다

언젠가는 만날 날이 있을 것으로 믿었던

그대들 모두 은하(銀河)로 모여들어

이 밤은 우리 따뜻한 가족이다

──「따뜻한 가족」


앞의 (가)에서 볼 수 있는 섬세하면서도 관능적인 언어의 표현은 김
후란의 초기 시에서 볼 수 있는 특징이다. 이 시에서 시적 대상이 되고

있는 '장미'는 "여인의 손/ 파르르 떠는/ 소매 끝에" 사랑이라는 이름으로 피어난다. 그러므로 그것은 여인의 아름다운 몸과 동일시된다. '장미'의 아름다움을 관능의 언어로 변용시켜 여인의 몸과 연결시킨 시적 감수성이 빛을 발한다.

그런데 (나)와 같은 근작을 보면, 일상적 체험을 감각적으로 묘사하고 섬세한 서정의 세계로 끌어가던 시적 경향에서 크게 벗어나고 있음을 알 수 있다. 시집 『오늘을 위한 노래』(1987)에서 『따뜻한 가족』(2009)에 이르는 과정을 통해 김후란의 시를 보면, 섬세한 감각 대신에 모든 사물을 끌어안으려는 포용의 자세를 강조하고, 삶에 대한 깊은 성찰과 관조의 시각이 두드러지게 드러난다. 이것은 삶의 충만한 경험과 시적 연륜에 따라 이루어진 변화이지만 자기 주체에 대한 인식을 바탕으로 존재의 깊은 의미를 추구하는 자세를 유지하고 있음을 알 수 있다. 특히 앞의 시 「따뜻한 가족」은 인간의 삶의 도리를 만들어 내는 '가족'의 개념을 우주적 질서와 연결시키는 통찰력이 돋보인다. 기계 문명의 발전과 물신주의가 팽배하는 현실 속에서 가족이 점차 해체되고 인간의 가치도 상실되고 있다. 이 어두운 삶의 풍경을 앞에 두고 시인은 개인의 존재의 바탕이 되는 가족의 신성한 의미를 회복하고자 한다. 물론 시인이 강조하고 있는 가족은 단순한 혈연적 유대만을 뜻하는 것은 아니다. 인간과 인간, 인간과 자연, 인간과 우주가 함께하는 따뜻한 조화와 질서의 세계를 의미한다. 이러한 새로운 가족의 의미는 영원한 인간의 생명력과도 서로 통하는 것이다.

허영자[51]는 초기 시에서부터 내성적(內省的) 지향을 바탕으로 하는 시

---

51  허영자(許英子, 1938~ ). 경남 함양 출생. 숙명여대 졸업. 성신여대 교수 역임. 1962년 박목월(朴木月) 추천으로 《현대문학》을 통해 등단. 시집 『가슴엔 듯 눈엔 듯』(1966), 『친전』(1971), 『어여쁨이야 어찌 꽃뿐이랴』(1977), 『빈 들판을 걸어가면』(1984), 『그 어둠과 빛의 사랑』(1985), 『조용한 슬픔』(1990), 『기타

적 감성이 두드러지게 드러난다. 첫 시집 『가슴엔 듯 눈엔 듯』(1966)과 그
뒤의 『친전』(1971)에서 확인할 수 있는 연가풍의 시에서도 절제된 언어
표현을 통해 시적 긴장을 살려 낸다. 허영자의 상상력은 이 시인이 지켜
온 서정의 세계를 범속성에 빠지지 않게 하는 힘을 지니고 있다. 그것은
충일된 정서의 표출 보다는 그 절제를 위해서 작용한다. 언어에 대한 균
제와 그것을 통해 얻는 시적 긴장이 주제 의식의 평면성을 극복하는 데
에 기여하고 있다.

(가)
마음이 어지러운 날은
수를 놓는다.

금실 은실 청홍(靑紅)실
따라서 가면
가슴속 아우성은 절로 갈았고

처음 보는 수풀
정갈한 자갈돌의
강변에 이른다.

남향 햇볕 속에
수를 놓고 앉으면

를 치는 집시의 노래』(1995), 『목마른 꿈으로써』(1997)와 시선집 『암청의 문신』(1991), 『허영자 전시집』
(1998) 등 출간.

세사 번뇌(世事煩惱)
무궁한 사랑의 슬픔을
참아 내올 듯

머언
극락 정토(極樂淨土) 가는 길도
보일 상싶다.

──「자수(刺繡)」

(나)
사랑은
눈멀고
귀먹고
그래서 멍멍히 괴어 있는
물이 되는 일이다

물이 되어
그대의 그릇에
정갈히 담기는 일이다

사랑은
눈뜨이고
귀 열리고
그래서 총총히 빛나는
별이 되는 일이다

별이 되어

그대 밤하늘을

잠 안 자고 지키는 일이다

사랑은

꿈이다가 생시이다가

그 전부이다가

마침내

아무것도 아닌 것이 되는 일이다


아무것도 아닌 것이 되어

그대의 한 부름을

고즈넉이 기다리는 일이다

──「그대의 별이 되어」

허영자의 대표작으로 손꼽히고 있는 시 「자수」는 절제된 감정과 시 형식의 압축을 통해 시적 자아의 내면에 자리한 욕망과 열정, 일상의 현실에서 벗어날 수 없는 고뇌와 허무의 양면을 섬세하게 직조해 냈다. '자수'는 여성들의 일상이지만, 그 과정 자체가 마음의 행로를 보여 준다. 여기에서 시적 화자는 일상사에 시달리면서 심란한 마음을 달래기 위해 꼼꼼하게 수를 놓는 고통스러운 일을 택한다. 이 선택은 마음을 다잡기 위해 육체를 다스리는 과정에 해당한다. 그러므로 시적 텍스트에는 시적 화자의 내면세계와 그 심경의 변화가 수틀 위에서 조밀하게 자수를 놓아 가는 과정과 겹쳐진다. 수틀 위에 펼쳐지는 작은 풍경이 심경의 변화 자체를 섬세하게 시각화하고 있음은 물론이다. 「그대의 별이 되어」에서 시인은 '사랑'을 감각적 인식 자체를 뛰어넘는 것으로 규정하기도 하고, 인간이 추구하는 최고의 가치로 높이 세우기도 한다. 그리고 현실과 환상을 모두 넘어서는 세계로 그 의미 영역을 설정한다. 여기에서 시인의 감성의 깊이와 폭을 확인할 수 있다.

유안진[52]의 시는 전반적으로 서정적인 속성보다는 지적인 풍모가 더 강하다. 어떤 경우에는 이 지적인 풍모가 기지(機智)의 언어를 통해 강조되기도 하고 풍자와 역설로 발전하기도 한다. 물론 유안진은 정서적 균형을 중시하고 시정신의 건강성을 누구보다도 강조한다. 그러므로 유안진의 시에서는 초기 시집 『절망시편』(1972)이나 『물로 바람으로』(1976) 등에서도 애상이라든지 비애의 정서라든지 하는 것이 크게 드러나지 않고 있다. 이러한 특징은 시인 자신이 감정의 절제와 균형을 잘 지켜 내고 있다는 것을 말해 준다.

한눈팔고 사는 줄은 진작 알았지만
두 눈 다 팔고 살아온 줄은 까맣게 몰랐다

언제 어디에서 한눈을 팔았는지
무엇에다 두 눈 다 팔아먹었는지
나는 못 보고 타인들만 보였지
내 안은 안 보이고 내 바깥만 보였지

눈 없는 나를 바라보는 남의 눈들 피하느라

---

52 유안진(柳岸津, 1941~ ). 경북 안동 태생. 서울대 교육대학원 졸업. 미국 플로리다 대학 박사. 서울대 가정대 교수 역임. 대한민국 예술원 회원. 1965년 《현대문학》에서 시 「달」, 「위로」 등으로 박목월 추천. 시집 『달하』(1970), 『절망시편』(1972), 『물로 바람으로』(1976), 『날개옷』(1981), 『꿈꾸는 손금』(1985), 『풍각쟁이의 꿈』(1987), 『누이』(1997), 『기쁜 이별』(1998), 『봄비 한 주머니』(2000), 『다보탑을 줍다』(2004), 『거짓말로 참말하기』(2008), 『알고』(2009) 등 출간.

나를 내 속으로 가두곤 했지

가시 껍데기로 가두고도
떫은 속껍질에 또 갇힌 밤송이
마음이 바라면 피곤 체질이 거절하고
몸이 갈망하면 바늘 편견이 시큰둥해져
겹겹으로 가두어져 여기까지 왔어라

　　　　　　　　　　　　　　　　──「내가 나의 감옥이다」


　유안진의 시적 경향은 산업화 시대를 거치면서 주체의 발견과 그 시적 구현에 집중된다. 시적 대상으로서의 자연이나 사물에 대한 인식보다는 자기 내면에 대한 성찰을 강조하고 있는 것이다. 이러한 경향은 일상적인 현실 속에서 반복되어 온 평범한 삶의 경험을 반성하면서 그 속에서 자기 존재의 의미를 발견하는 데에까지 이르게 된다. 예컨대「내가 나의 감옥이다」와 같은 작품을 보면, 일종의 모순 어법이 시적 진술을 지배하고 있다. 일상적 자아의 내면을 돌아보면서 시적 화자는 진정한 자기 존재의 실체를 제대로 알아채지 못한 채 외적 대상에만 매달렸던 자신의 태도를 반성한다. 물론 시인의 자기 해방이 어떤 방식으로 가능한지는 지극히 암시적으로 표현되어 있다. "마음이 바라면 피곤 체질이 거절하고/ 몸이 갈망하면 바늘 편견이 시큰둥해져"와 같은 표현은 얼마나 스스로 자기 욕망을 억제하려고 했는지를 말해 준다.

　신달자[53]의 경우는 함께《문채》동인으로 활동했던 유안진과는 달리

53　신달자 (愼達子, 1943~ ). 경남 거창 출생. 숙명여대 졸업. 동 대학원 문학 박사. 평택대 국문과 교수. 명지전문대 문창과 교수 역임. 1964년 여성지《여상》에 시「환상의 밤」이 당선되었고 1972년《현대문학》에 박목월 추천으로 시 발표. 시집『봉헌문자』(1973), 『겨울 축제』(1976), 『고향의 물』(1982), 『아가(雅

섬세한 언어 감각과 심미적 태도가 두드러지게 드러난다. 시인의 작품 세계는 시집 『시간과의 동행』(1993)을 전후하여 크게 바뀐다. 전반기의 시들은 여성적 감성이라는 틀 안에서 흔히 지적하는 섬세한 언어와 감각을 자랑하면서도 때로는 열정적인 어조를 감추지 않는다. 특히 연작 형식으로 이어진 「아가(雅歌)」는 이 시기 신달자의 시적 관심과 그 경향을 확인할 수 있는 역작이다. 신달자의 후반기 시는 시인 자신의 고통스러운 삶의 경험을 배경으로 절망 속에서 깨달은 생의 가치와 그 의미를 노래하는 경우가 많다. 시인 스스로 밝힌 바 있듯이 "영원히 싸우고 사랑해야 할 것은 오직 인생뿐"이라는 전언의 의미를 확인 할 수 있다. 특히 탁월한 감수성을 바탕으로 삶과 죽음 그리고 사랑에 대한 깊은 사유를 진솔하게 풀어내고 있는 데에서 따스한 모성과 여유로운 포용력마저 느껴진다.

> 인사동 상가에서 싼값에 들였던
> 백자 등잔 하나
> 근 십 년 넘게 내 집 귀퉁이에
> 허옇게 잊혀져 있었다
> 어느날 눈 마주쳐 고요히 들여다보니
> 아직은 살이 뽀얗게 도톰한 몸이
> 꺼멓게 죽은 심지를 물고 있는 것이
> 왠지 미안하고 안쓰러워
> 다시 보고 다시 보다가
> 기름 한 줌 흘리고 불을 켜 보니

---

歌)」(1986), 『아가(雅歌) 2』(1988), 『시간과의 동행』(1993), 『아버지의 빛』(1999), 『어머니 그 삐뚤삐뚤한 글씨』(2001), 『오래 말하는 사이』(2004) 등 출간.

처음엔 당혹한 듯 눈을 가리다가

이내

발끝까지 저린 황홀한 불빛


아 불을 당기면

불이 켜지는

아직은 여자인 그 몸

―「등잔」

사물에 대한 인식과 그 존재 의미의 발견을 섬세한 감각으로 그려 낸 시 「등잔」을 보면 시인이 오랫동안 자신의 삶에서 미루어 두었던 자잘한 경험의 시간들을 성찰하고 거기에서 새로운 힘을 얻는 넉넉한 태도를 엿볼 수 있다. 이 시에서 "등잔"은 이미 쓸모가 없어진 골동품처럼 집 귀퉁이에 처박아 놓았던 것이다. 그런데 오랜 고통의 시간을 보낸 뒤에야 그 소박한 아름다움을 발견한다. "아직은 살이 뽀얗게 도톰한 몸"에 그 소박함이 담겨 있는 것이다. 이 발견은 시적 화자가 "등잔"을 자신과 동일시함으로써 놀라운 시적 변용을 일으킨다. 시적 화자는 스스로 자신의 몸속 깊이 숨겨진 열정과 사랑을 불러내듯이 버려졌던 '등잔'에 불을 당긴다. 이 순간 불모의 삶에 생명의 불꽃이 다시 당겨진다. "아 불을 당기면/ 불이 켜지는/ 아직은 여자인 그 몸"이라는 마지막 구절에서 전율이 느껴진다. 여성의 눈, 여성의 말, 여성의 몸과 연관되는 모든 것들을 다 끌어모은다 하더라도 이 구절의 감동을 제대로 설명하기 힘들다. 일상적 사물에 생명력을 부여하는 시인의 모성과 그 여성적 감성의 깊이를 여기서 다시 확인할 수 있다. 시인 자신이 늘 강조하듯이 "영혼의 눈을 띄우는 진정한 말의 세계"라는 것이 이러한 시적 경지를 두고 하는 말임은 두말할 필요가 없다.

김초혜[54]는 등단 초기부터 쉽고 고운 일상어의 시적 활용에 힘을 쓴다. 시적 의미의 긴장을 유지하면서도 맑은 시정과 날카로운 표현이 균형을 이루고 있기 때문에 공감의 폭이 넓다. 두 번째 시집인 『떠돌이 별』(1984) 이후 연작의 형태로 발표한 「사랑굿」과 「어머니」는 사랑이라는 인간의 본성에 대한 시적 탐구로서 상당한 시적 성취를 이루었다. 「사랑굿」 연작으로 집약되는 시인의 노력은 감정 그 자체에서 시적 소재를 발견하는 서정시의 본질을 꿰뚫는다. 시적 형식의 긴장과 이완이 가능한 연작시에서 가장 중요한 것은 시상의 집중을 어떻게 이루는가 하는 점이다. 일반적으로 테마의 반복이 가장 손쉬운 방법이지만, 이 시인은 이른바 물질적 상상력에 기초하여 다양한 이미지를 창조해 내고 있다.

(가)
나만 흐르고
너는 흐르지 않아도
나는 흘러서
네가 있는 곳으로 간다

흐르다 만나지는
아무 데서나
빛을 키워 되얻는
너의 모습

---

54 김초혜(金初蕙, 1943~ ). 충북 청주 출생. 동국대 국문학과 졸업. 1963년 《현대문학》에 「사월」, 「문 앞에서」 등 추천. 시집 『어떤 전설(傳說)』(1972), 『떠돌이 별』(1984), 『어머니』(1988), 『사랑굿 1』(1985), 『사랑굿 2』(1986), 『떠돌이 별의 노래』(1989), 『사랑굿 1, 2, 3』(1992), 『그리운 집』(1998), 『고요에 기대어』(2006) 등 출간.

생각이 어지러우면
너를 놓아 버리고
생각이 자면
네게 가까이 가
몇 개의 바다를
가슴에 포갠다.

—「사랑굿 33」

(나)
오늘은 강물이
무슨 일로
한밤내
울고 있는가

흔들리며
웅얼웅얼
어떤 추억을
우는 것인가

달도 쉬어가고
그리움도 쉬어가는
월유봉(月留峯)에
분꽃은 수줍은데

건드리면

눈물이 될

마음을 안고

그대에게

가야 하리

불이 꺼져도.

——「사랑굿 43」


앞의 예에서 볼 수 있듯이 연작시 「사랑굿」이 추구하고 있는 서정성의 의미를 작품의 언어적 진술 속에서 찾으려 한다는 것은 무의미한 일이다. 서정적인 것은 본질적으로 모든 수사적 효과를 넘어서는 곳에 자리한다. 서정적인 것은 번득이는 직관이나 논리 정연한 사고보다 더 내밀한 곳에서 비롯된다. 그리고 그것은 단지 심정에 호소할 뿐이다. 앞의 (가)와 (나)에서 시인은 '사랑'의 형체를 '물'의 흐름이라는 동적 이미지를 통해 포착하고 있다. 그리고 그 본질적 속성을 이지와 논리로 설명하는 것이 아니라 마음속 깊은 곳에서 흐르는 정조를 통해 그대로 표현하고 있다.


(가)

단추를 채워보니 알겠다.

세상이 잘 채워지지 않는다는 걸

단추를 채우는 일이

단추만의 일이 아니라는 걸

단추를 채워보니 알겠다.

잘못 채운 첫 단추, 첫 연애, 첫 결혼, 첫 실패

누구에겐가 잘못하고

절하는 밤

잘못 채운 단추가

잘못을 채운다.

그래, 그래 산다는 건

옷에 매달린 단추의 구멍찾기 같은 것이야

단추를 채워보니 알겠다.

단추도 잘못 채워지기 쉽다는 걸

옷 한 벌 입기도 힘들다는 걸.

———천양희, 「단추를 채우면서」


(나)

봄날이 빠르게 화면 위 아이콘처럼 떴다 지워진다.

임대 아파트 유리벽에

갈 곳 없는 비애 한 가구가 남았다.

봄은 강 둔치에서 느리고 낮게 포복해 온다.


단지 밖

기우뚱 넘어진 마음 일으킬 생각조차 없는 경사로

멀리 부서진 휠체어 한 대

햇빛만 쬐고 앉았다.

누가 두 발을 벗어두고 갔다 굽이 다 닳았다.

햇빛 두어 점이 눈이 부시도록 반짝인다. 수화(手話)하느라


어디든 낯익은 역에 내려서

가슴 쓸어내리라.

장애로 남은 발목으로 풀들은 골목을 절뚝이며

맴돈다. 황사바람이 지나갔는지

쌀겨처럼 보얗게 시간을 뒤집어썼다.

아무리 귀 막아도 들린다.

시멘트 벽에 기대어 근육위축증으로

몸을 뒤트는

봄풀의 관절 풀리는 소리.

— 노향림, 「낯익은 봄」


천양희[55]는 시적 출발 단계에서부터 자기 존재에 대한 탐구와 모색에 힘을 기울인다. 이러한 경향은 시에서 일종의 나르시시즘의 시적 변용을 통해 잘 드러나고 있다. 물론 고독과 허무를 잔잔한 음성으로 노래한 시 편들을 주로 발표했다. 초기작 「여자」에서는 그리워하나 그리워할 대상 조차 생각나지 않는 절대적인 그리움을 노래했다. 여성적인 따뜻한 문 체가 돋보인다. 시집 『신이 우리에게 묻는다면』(1983), 『사람 그리운 도 시』(1988) 등에서는 시적 자아의 존재에 대한 자기 성찰이 강조된 바 있 다. 하지만 『낙타여 낙타여』(1997), 『오래된 골목』(1998), 『너무 많은 입』 (2005) 등을 보면 삶의 현실에 대한 초극의 자세와 함께 인고의 시간을 돌 아보는 회고적 태도가 잘 드러나고 있다.

노향림[56]은 시집 『눈이 오지 않는 나라』(1987), 『그리움이 없는 사람은

55 천양희(千良姬, 1942~ ). 부산 출생. 경남여고를 거쳐 이화여대 국문과 졸업. 1965년 《현대문학》에 「화 음」, 「아침」이 추천 등단. 《기독교시단》 동인. 시집 『신이 우리에게 묻는다면』(1983), 『사람 그리운 도시』 (1988), 『마음의 수수밭』(1994), 『낙타여 낙타여』(1997), 『오래된 골목』(1998), 『너무 많은 입』(2005) 등 출간.

56 노향림(盧香林, 1942~ ). 전남 해남 출생. 중앙대 영문과 졸업. 1969년 《월간문학》에 「겨울 과원」을, 1970년 《월간문학》에 「불」을 발표하며 등단. 시집 『눈이 오지 않는 나라』(1987), 『그리움이 없는 사람은

압해도를 보지 못하네』(1992), 『그가 있는 이유』(1993), 『후투티가 오지 않는 섬』(1998), 『해에게선 깨진 종소리가 난다』(2005) 등을 간행한 바 있다. 『눈이 오지 않는 나라』에서는 상처와 아픔, 쓸쓸함의 기억들을 승화시키고 있으며, 『그리움이 없는 사람은 압해도를 보지 못하네』는 원초의 꿈과 신화 속 원형의 공간을 그려 내고 있다. 노향림은 절제된 감정을 깔끔하고 선명한 이미지와 생생한 정황 묘사를 통해 표현하는 시인이라는 평을 받고 있다.

---

압해도를 보지 못하네』(1992), 『그가 있는 이유』(1993), 『후투티가 오지 않는 섬』(1998), 『해에게선 깨진 종소리가 난다』(2005) 등 출간.

# 4 전통의 계승과 새로운 무대 실험

## (1) 전통 의식과 실험 정신

한국의 극문학은 산업화를 맞으면서 중대한 변혁기에 접어들고 있다. 우선 극문학의 전문적인 매체로서 《연극평론》,《현대연극》,《드라마》, 《한국연극》 등이 모두 1970년대에 창간됨으로써, 창작 활동의 기반이 확대되고 있다. 역량 있는 극작가들도 많이 배출되었으며, 연극 공연 무대도 확충되었다. 특히 소극장 운동이 활발하게 전개되면서 전문적인 극단도 여럿 창설되어 극예술 전반의 활성화가 가능해졌다고 할 수 있다. 극문학의 경우에는 서구적인 극양식과 전통적인 민속극의 구성 원리를 새로이 결합시켜 보려는 움직임이 널리 전개된 점이 주목되는 특징이다. 전통적인 탈춤과 판소리의 기법이 연구되고 미학적인 요건들이 새롭게 조명되면서, 현대극으로의 재현이 시도된 경우가 적지 않다. 그 결과 한국 현대 극문학이 전통적인 것에 뿌리내릴 수 있는 새로운 가능성을 확보하게 된다. 이러한 움직임은 1980년대의 민중극이 지향하던 반체제적 속성으로 귀결되기도 했지만, 한국 현대 극문학의 정체성 확립이라는 의미에서 문학사적 성격을 인정받을 수 있을 것이다.

오태석[57]의 작품 세계는 1970년대 극문학의 변화 과정을 잘 보여 주고 있다. 오태석은 그의 작품 「환절기」(1968)에서부터 인간 내면의 미묘한 심리적 갈등을 집요하게 파고든다. 이근삼이 보여 주었던 외부적 현실에 대한 비판적인 관심과는 달리 그는 현대적인 심리극에 치중하고 있다. 「환절기」는 평범한 남녀 간의 애정 갈등을 극적 구성의 표면에 내세우고 있다. 그러나 이 작품의 핵심은 삼각관계의 애정 갈등이 어떤 결말에 이르는가가 아니다. 작가는 현대인들의 일상적인 삶에서 인간에 대한 불신과 자기 소외가 얼마나 무서운 결과를 초래할 수 있는가를 보여 준다. 애정 갈등이라는 외관 속에는 현대인들의 정신적 병리 현상이 적나라하게 펼쳐지고 있다. 작품의 무대가 되고 있는 외딴 산장은 닫혀 있는 인간의 현실 공간을 상징한다. 그리고 거기에 등장하는 세 인물은 모두 자기 정체성을 상실한 인간들이다. 이들이 벌이는 갈등은 행위의 반전에 따라 발전되고 해소되는 것이 아니다. 오히려 상호 소통이 단절되어 버린 소외 상태에서 의식의 추이에 따라 확대되고 심화된다. 이 작품과 유사한 패턴을 보여 주는 「유다여, 닭이 울기 전에」(1969)에서도 오태석은 부조리한 상황 속에서 파멸해 가는 여인의 모습과 그 내면적 고통을 극적으로 포착해 내고 있다.

오태석이 인간의 내면을 추구하는 심리적 기법에 역사의식과 전통에 대한 감각을 덧붙이기 시작한 것은 1960년대를 지나면서부터이다. 「초

---

57 오태석(吳泰錫, 1940~ ). 충남 서천 태생. 연세대 철학과 졸업. 1967년 《조선일보》 신춘문예 희곡 당선. 희곡 「유다의 닭」(1969), 「초분」(1973), 「태」(1974), 「춘풍의 처」(1976), 「물보라」(1978), 「어미」(1982), 「자전거」(1983), 「필부의 꿈」(1986), 「비닐하우스」(1988), 「운상각」(1989) 등 발표. 평민사에서 『오태석 희곡 전집』(1994) 발간.

분」(1973), 「태(胎)」(1974), 「춘풍의 처」(1976) 등에서 오태석은 한국인들의 전통적인 삶의 양식을 통해 인간의 원시적 생명력과 본능을 확인하고 있다. 문명적인 것에서 원시적인 것으로, 심리적인 것에서 본능적인 것으로, 현실에서 역사적 과거로 관심을 돌리기 시작한 오태석의 작품 세계는 전통적인 마당극의 연극적 정신을 추구하기 시작한 1970년대의 새로운 연극운동과 미묘하게 조응하고 있다. 오태석이 새로이 창안한 이 같은 극 양식에는 우선 극적 장면의 다양성과 변화를 유도하기 위한 춤의 도입이 두드러진 특징으로 나타난다. 그리고 많은 노래가 극 중에 삽입됨으로써 춤의 시각적 효과와 함께 극적 사건의 진전을 도모하고 있다. 물론 대사의 경우에도 대담하게 판소리나 타령조의 사설을 활용한다. 놀이 형태로서의 극 양식에 대한 그의 새로운 시도는 마당놀이의 무대적 확대로서의 의미를 지니는 것이라고 할 수 있다.

오태석의 희곡 「초분」은 1973년 드라마센터에서 초연되었는데, 한국 최초로 미국에서 해외 공연을 했던 화제작이다. 이 작품은 남해안의 섬에만 남아 있었던 가매장 습속이라 할 '초분(草墳)'이라는 장례 의식에 소재의 원천을 두고 있다. 살인죄로 복역 중이던 주인공이 모친의 별세 소식에 사흘간의 외출을 허가받아 감시자와 함께 섬으로 돌아오는 데서 이야기가 시작된다. 그가 돌아온 섬은 섬사람들의 생명줄인 미역이 폐수로 썩어 가기 시작해 조상의 혼백을 초분에 모셔 오던 그들의 습속이 파괴당할 위기에 놓인다. 부조리극의 형식을 통해 전통적인 의식과 현대적인 삶의 미묘한 갈등을 포착한 이 작품은 오태석 특유의 실험 의식으로 자유와 속박의 대립 개념을 극화함으로써 리얼리즘극의 흐름에서 벗어나게 된다. 특히 작품의 소재나 전체적인 짜임새가 제의적으로 형성되어 있어 관객들에게 원시 제의에 참여하는 느낌을 받게 한다는 것이 특징이다. 「태」는 1974년 국립예술극장에서 초연된 후 수차례 재공연되었다.

이 작품은 조선의 6대 왕 단종이 숙부 수양대군에게 양위 교서를 내리는 것으로 시작된다. 사육신이 일제히 반발하고 유성원이 자결하자, 새로 왕위에 오른 세조는 성삼문, 박팽년, 이개를 연달아 국문하고 박팽년의 가문에 삼족을 멸하라는 명령이 내린다. 박팽년의 부친이 가문의 족멸을 비통해 하고 있을 때 집안에서 부리던 하인이 자신의 갓난아이를 내밀며 박팽년의 처가 아들을 낳거든 바꿔 기르겠다고 한다. 결국 하인의 아들이 대신 죽임을 당하고 박팽년의 처는 뒤에 아들을 낳는다. 세조는 숱한 참살을 직접 지휘하고 왕위에 오르게 되지만 자신에 의해 희생된 사육신들의 환영에 시달리며 고통에 휩싸인다. 세조는 박팽년의 아들이 살아 있음을 알고는 그를 구하고 대를 이을 것을 명한다. 이 작품은 혈흔 가득한 얼룩진 왕조의 역사를 다루면서 인간 혈연의 중요성을 인정할 줄 아는 휴머니즘을 강조하고 있다. 실험적 무대 기법을 통해 세조의 내면 갈등을 고조시키고 권력을 향한 욕망의 실체를 적나라하게 펼쳐 보인다.


### (2) 민속극의 현대적 변용

1970년대 이후의 극문학 분야에서 활발한 창작 활동을 전개한 극작가로서 이재현과 윤대성을 들 수 있다. 이들은 현실의 부조리에 대한 비판과 함께 삶의 고통을 벗어나고자 하는 인간의 욕망을 리얼리즘의 수법으로 그려 내기도 했지만, 전통적인 것과 역사적인 것에 대한 관심을 확대하고 있다.

이재현[58]은 「신시」(1971), 「포로들」(1972), 「성웅 이순신」(1973), 「썰물」

---

58 이재현(李載賢, 1940~ ). 평남 평양 출생. 서울대학 사범대학 졸업하고 동국대 대학원에서 연극학 수학.

(1974) 등과 「화가 이중섭」(1979) 등에서 인간의 내면에 깃들어 있는 이 상을 향한 의지를 극적으로 구현하는 데에 성공하고 있다. 「성웅 이순 신」과 같은 작품은 이미 널리 알려진 소재이지만, 영웅적 인간상으로서 의 이순신에 대한 관심보다는 일상적 인간으로서의 이순신의 내면을 치 밀하게 묘사하려는 시도를 보여 준 작품이다. 이러한 방법은 「화가 이중 섭」에서도 확인된다. 「썰물」의 경우에는 극 중의 모든 대사를 전통적 운 문 형태로 바꾸어 놓음으로써, 판소리나 가사 등이 낭창되는 방법을 현 대적으로 재현하려는 시도를 보여 주기도 한다. 이러한 관심은 1970년 대에 관심이 고조된 전통적인 민속극의 현대화 작업에 영향을 받은 것이 라고 할 수 있다. 1972년에 초연된 「포로들」은 거제도 포로수용소의 폭 동 사건을 소재로 하고 있다. 그의 또 다른 작품인 「멀고 긴 터널」(1978) 과 「적과 백」(1983) 등은 모두 거제도 포로수용소 사건을 다루고 있어서 '포로수용소 3부작'이라고 일컬어지기도 한다. 거제가 고향이라는 이유 로 석방되기를 거절한 반공 포로인 주인공은 이 때문에 공산 수용소에 납치되며, 폭동 진압 과정에서 다른 30명과 함께 살해되고 만다. 이 작 품은 역사적인 사건 속에 묻혀 버린 한 개인의 욕망과 좌절, 삶과 죽음의 과정이 극적으로 형상화되고 있다.

윤대성[59]은 「망나니」(1969)에서부터 전통적인 탈춤의 구성 원리를 활 용한 바 있다. 그의 「노비 문서」(1973)는 민속극 형식의 현대적 수용에 있

---

1965년 국립극장 장막 희곡 모집에 「바꼬지」 당선. 극단 '부활' 대표. 대표작으로는 「신시(神市)」(1971), 「성웅 이순신」(1973), 「멀고 긴 터널」(1978), 「님의 침묵」(1979), 「화가 이중섭」(1979), 「적과 백」(1983), 「세종대왕」(1983), 「유다의 십자가」(1987), 「동반자」(1989) 등이 있으며, 희곡집 「비목」(1978), 「화가 이 중섭」(1979) 등 출간.

59 윤대성(尹大星, 1939~ ). 만주 목단강 출생. 연세대 법학과 졸업. 1967년 《동아일보》 신춘문예 희곡 「출발」 당선. 서울예술전문대학, 한국예술종합학교 교수 역임. 대표작으로 「망나니」(1969), 「노비문서」 (1973), 「너도 먹고 물러나라」(1973), 「출세기」(1974), 「신화 1900」(1982), 「사의 찬미」(1988) 등과 희 곡집 「신화 1900」(1982), 「윤대성 희곡집」(1990), 「남사당의 하늘」(1994) 등 출간.

어서 극적인 효과를 거두어들인 대표적인 작품에 속한다. 이 작품은 몽골군의 침입이 빈번하던 고려 시대의 충주성을 배경으로 신분 해방을 둘러싸고 일어나는 관리와 노비 간의 첨예한 갈등을 배경 삼아 관리의 딸과 노비의 지도자 사이의 사랑을 다루고 있다. 기본 형식은 리얼리즘이 주조를 이루고 있으나 노승과 취발이의 역할, 대사에 있어서 탈춤의 재담 활용, 민요를 부르는 코러스의 삽입 등으로 전통극을 현대극에 이입시키려는 시도가 돋보인다. 이 작품에서 작가가 관심을 기울이고 있는 것은 등장인물의 성격이나 사건의 추이가 아니다. 오히려 극 양식 자체의 완결성에 대한 관심이 더욱 크다. 그러므로 전체적인 극의 구성과 그 표현 기법에 대한 배려가 더 큰 비중을 지니는 것임을 알 수 있다. 「너도 먹고 물러나라」(1973)와 같은 작품은 무대의 개방을 통하여 극중의 현실과 무대 밖의 청중 사이의 거리를 제거하는 방식을 택하고 있다. 마당놀이의 극적 변용이라고 할 수 있는 이러한 기법은 1980년대에 이르기까지 많은 극작가들에 의해 널리 활용되었다.

1970년대 이후 대표적인 연출가로 활동했던 허규[60]는 1970년대 후반에는 국립창극단의 창극 연출을 맡아 창극 속에 다양한 민속 예능을 융합시킴으로써 창극의 양식적 발전을 이끌었다. 그의 첫 희곡인 「물도리동」(1977)은 하회탈 제작에 얽힌 '허도령' 전설을 극화한 것인데, 전통의 계승 또는 전통의 현대화를 목표로 한국 연극의 정체성을 고민했던 작가의 대표작이라고 할 수 있다. 이 작품에서는 하회별신굿 탈놀이에 등장하는 인물들을 모두 극중 인물로 등장시키고 탈놀이 속의 서사를 극화하고 있다. 우리 사회에 남아 있는 사회적 금기와 희생 제의를 새롭게 해석

---

60 허규(許圭, 1934~2000). 경기 고양 출생. 서울대 농과대학 졸업. 경희대 국문학과 수학. 1960년 '실험극장' 창단 멤버. 1972년 극단 '민예극장'을 창단. 국립극장장 역임. 대표작으로는 「물도리동」(1977), 「다시라기」(1979) 등이 있고, 「놀부뎐」(최인훈 작, 1975), 「성웅 이순신」(이재현 작, 1973) 등 연출.

하고 그 속에 담긴 순결한 사랑의 의미를 극적인 형식을 통해 되살고 있는 셈이다. 이 밖에도 판소리, 민속놀이, 정악, 노동요, 탈춤 등 전통연희를 수용하여 현대적인 극의 양식으로 재탄생시킨 「다시라기」(1979)가 유명하다. 「다시라기」는 전라남도 진도 지방에서 전래되는 장례 의식을 극적으로 재구성한 작품이다. 작가는 한국인의 삶과 죽음에 대한 인식을 잘 보여 주는 이 의식에서 원형적 연극의 특징을 찾아내어 무대화하고 있다.

김용락은 1971년 《서울신문》 장막희곡 모집에 「부정병동(不貞病棟)」이 당선되어 무대에 올려지면서 극작가의 지위를 확고하게 했다. 「소시민」(1971), 「돼지들의 산책」(1972), 「동리자전」(1974), 「태초에 말씀이 계십니다」(1975), 「방자놀이」(1984) 등을 잇달아 발표했다. 「동리자전」은 박지원의 한문 소설 「호질(虎叱)」을 원작으로 한 작품으로 연극적인 요소를 가미하여 새롭게 각색하여 공연했다. 이 밖에도 1970년대 이후의 극문학에서 중요한 의미를 차지하고 있는 작품은 상당히 많다. 차범석의 「새야 새야 파랑새야」(1974), 하유상의 「꽃상여」(1970), 「에밀레종」(1978), 노경식의 「소작의 땅」(1976) 등은 모두 극적인 완결성을 보여 주는 문제작들이다.


### (3) 1980년대 이후의 극문학


한국의 극문학은 산업화 과정과 민주화 운동을 겪으면서 시대적 상황에 대응하기 위한 다양한 극적 기법과 주제를 탐구했다. 1980년대는 마당극과 같은 전통 양식의 극적 변용이 여전히 성행했지만 사회 현실과 정치 상황의 폭력성을 우회적으로 비판하고 폭로하기 위해 역사적 소재들을 현재화하는 작품들도 많이 등장했다. 그런데 1990년대에 접어들면서 사회 현실의 거대한 전환 속에서 극단의 상황도 변화하게 되었다. 특히 거대 자본이 참여한 뮤지컬이 급성장하면서 「명성황후」와 같은 성공적인 작품이 나왔지만, 연극 무대는 여전히 소극장 위주의 공연으로 그 성격을 유지했다.

이강백[61]의 초기 희곡들은 당대의 폭력적인 정치 상황에 대한 비판 의식을 극적으로 형상화한 작품들이 많다. 「파수꾼」(1974)과 같은 작품을 보면 제도적 폭력에 억눌려 있는 개인의 비극적인 삶을 사실적으로 제시하기보다는 현실의 이면 숨겨진 보이지 않는 권력의 횡포와 그 위선을 폭로하는 데에 주안점을 두고 있다. 이강백이 만들어 내고 있는 연극의 우화적 장치는 1980년대를 거치면서 서사극적 요소가 늘어나고 상징주의적 기법이 자주 활용된다. 「족보」(1981), 「봄날」(1984) 등의 작품을 보면 극적 주제 자체도 정치 사회적인 요소나 현실적 조건보다는 인간의 존재와 그 운명에 대한 극적인 탐구에 관심을 기울이고 있다. 이러한 경향은 「칠산리」(1989), 「동지섣달 꽃 본 듯이」(1991)에 이르러서는 보다 더 본질적인 문제의식을 추구하면서 인간의 운명에 대한 탐구로 접근해 간다. 1989년 극단 민중극장이 상연한 「칠산리」는 한 여인의 무덤 이장을 둘러싸고 벌어지는 칠산리 마을 주민 사이의 갈등을 극화하고 있다. 한국 전쟁 중에 빨치산의 아이들을 12명이나 거두어 기르다가 죽은 이 여인의 무덤을 놓고 마을 주민들은 칠산리의 발전을 위하여 무덤을 이장시켜야 한다고 주장한다. 그러나 어머니의 묘소를 지키는 것이 자식들의 도리라고 생각한 사람들이 이에 반대하면서 갈등이 증폭된다. 물론 작가가 초점을 두고 있는 것은 빨갱이의 흔적을 마을에서 지워 버리고자 하는

---

61  이강백(李康白, 1947~ ). 전북 전주 출생. 1971년 《동아일보》 신춘문예에 희곡 「다섯」 당선. 서울예술대학 교수 역임. 중요 작품으로 「파수꾼」(1974), 「족보」(1981), 「봄날」(1984), 「칠산리」(1989), 「물거품」(1991), 「동지섣달 꽃 본 듯이」(1991), 「영월행 일기」(1996) 등 발표. 『이강백 희곡 전집』 전8권 발간.

마을 사람들과 그동안 감추고 지냈던 과거의 흔적을 지우고 떳떳이 세상에 나서고자 하는 자식들의 대립을 통해 분단의 상처가 여전히 치유되지 않고 있음을 드러내는 데에 있다. 특히 이 작품은 민족 분단과 이념의 갈등 문제를 다루고 있으면서도 전란의 현장과 관계없이 우리의 일상적인 삶과 의식 속에 분단 이데올로기가 깊은 상흔으로 숨겨져 있음을 잘 보여 주고 있다. 한편 「동지섣달 꽃 본 듯이」는 우리 사회의 정치, 종교, 예술의 모습을 우리 고유의 정서 속에서 보여 주고자 한 작품으로서, 그가 추구해 온 현실적 장면과 설화 속의 모티프를 서로 겹쳐 보이게 하는 효과를 성공적으로 거두고 있다. 근작에 속하는 「영월행 일기」(1996)는 조선 시대 궁중의 역사 속의 사건을 무대로 끌어올리고 있다. 이 작품의 제목인 '영월행 일기'는 허구적 설정에 따른 것으로 신숙주의 하인이 쓴 일기이다. 그러므로 작품 속 신숙주의 하인은 허구의 인물이며 '영월행 일기'라는 고문서 역시 작가가 만들어 낸 허구이다. 작가는 단종, 세조, 한명회 등과 같은 역사적 실존 인물과 작가가 창소해 낸 허구의 인물을 활용하여 현재와 전생을 오가는 작품을 구성해 냈다. 「영월행 일기」는 현재의 시점에서 고문서 '영월행 일기'의 진품 검증을 위해 모인 '고서적 연구회' 회원들을 중심으로 현재와 과거를 넘나들며 진행되지만 극중의 이야기를 통해 영월로 유배 갔던 단종의 깊은 고뇌와 인간으로서 지니고 있는 자유에 대한 갈망, 그리고 살아 있는 자들에 대한 연민 등이 상징적으로 드러나고 있다.

이현화[62]는 등단 초기에 발표했던 「누구세요」(1974), 「쉬쉬쉬잇」(1976) 등을 통해 개인과 개인의 의식을 억압하는 보이지 않는 폭력의 힘을 긴

---

62  이현화(李鉉和, 1943~ ). 황해 재령 출생. 연세대 영문과 졸업. 1970년 《중앙일보》 신춘문예에 희곡 「요한을 찾습니다」로 당선. 중요 작품으로 「누구세요」(1974), 「쉬쉬쉬잇」(1976), 「카덴자」(1978), 「불가불가」(1982) 등과 작품집 「누구세요?」 출간.

장감 있게 무대 위로 올려 놓았다. 이 작품들은 일련의 사건의 흐름이나 전개 과정을 보여 주기 보다는 플롯 자체를 해체하면서 새로운 무대 경험을 극적으로 제시하는 데에 특징이 있다. 「누구세요」의 경우는 태풍주의보로 인하여 바깥 활동을 하지 못하게 된 두 인물이 집으로 돌아와서는 서로가 자신의 집이라고 주장하는 부조리한 상황이 연출된다. 이들은 그 집이 자신들이 살던 일상의 공간이 아님을 깨닫게 되지만 태풍으로 인하여 외부와 연락하지 못한 채 집 안에 갇혀 있게 된다. 공간의 밀폐와 그 속에 갇혀 버린 인간의 모습이 극적 상황으로 이어지지만 이들의 존재 자체가 누군가에 의해 의심되고 자신의 의사와는 관계없이 밀폐된 공간에서 나오지도 못한다. 「쉬쉬쉬잇」의 경우도 호텔 방이라는 제약된 공간을 무대 위에 설정하고 있는데 신혼여행을 온 부부가 그 방 안에 갇히게 되는 부조리한 상황이 연출된다. 그리고 이들에게 어떤 혐의가 덧씌워지는 과정을 통해 보이지 않는 거대한 권력의 힘이 개인을 억압하면서 교묘하게 그 일상적인 삶의 질서를 파괴하고 있음을 보여 준다. 이현화는 이러한 부조리한 상황을 역사의 현장 속에서 비슷한 방식으로 찾아내어 극화하는 데에도 성공하고 있다. 「카덴자」(1978), 「불가불가」(1982)와 같은 작품이 그 예에 속한다. 이 작품들은 과거의 역사적 사실과 현재의 모습을 무대 위에 겹쳐 보여 주고 있다. 과거와 현재 모두가 어둡고 폐쇄적인 이미지로 무대 위에 형상화되고 있기 때문에 시간의 격차에도 불구하고 그 공간의 상징적 의미는 동일하게 처리된다. 「카덴자」는 세조의 왕위 찬탈 과정을 극적 소재로 다루고 있지만 실제로 작가가 중시하는 것은 권력에 대한 욕망의 추악함과 그 포악성을 고발하는 데 있다. 이 작품에서 수양대군이 사육신을 비롯한 반대 세력을 국문하는 장면은 관객을 향하여 역사를 방관하는 경우 누구든지 그 잔인한 고문을 함께 당해야 한다는 심리적 충격을 주고, 이것을 극적으로 활용하고 있다. 물론 이

현화는 역사적 사실 자체에 대한 인식의 중요성을 문제 삼지는 않는다. 그가 그리는 역사물은 현실을 그려 내기 위한 극적 장치로서의 역사의 재현이기 때문에 오히려 현대적 심리극과도 통한다.

이윤택[63]은 시인으로 등단했지만 1986년 부산에서 '연희단거리패'라는 극단을 결성하여 공연 활동을 지속하면서 많은 실험적인 연극을 무대에 올렸다. 그는 전래의 거리굿을 한국적인 연희(演戱)의 전통으로 보고 여기에서 한국적인 연극의 원형을 찾아내고자 한다. 이러한 그의 관심은 그의 첫 작품 「동해안 별신굿」(1986)에서 잘 드러나고 있다. 특히 그의 대표작으로 손꼽히는 「오구 ― 죽음의 형식」(1989)은 이윤택 연극의 모든 가능성을 말해 주는 화제작이 되었다. 「오구 ― 죽음의 형식」에서 이윤택은 전래하는 굿과 제의와 같은 우리 민족의 고유한 연희 형태를 통해 서구의 무대극과는 다른 새로운 극 양식을 찾아내고자 한다. 이것을 달리 전통 연희의 현대화라고 간단히 규정할 수도 있지만 이윤택은 무대 공연 기법을 다채롭게 활용함으로써 그 실험 정신을 돋보이게 하고 있다. 이 작품에는 전통적인 굿의 장면에서 볼 수 있는 것처럼 주인공의 성격의 형상화라든지 어떤 사건의 전개 과정 등이 전혀 문제시되지 않는다. 오히려 작가 자신이 강조하고자 하는 것은 굿 자체의 역동성을 극적으로 보여 줄 수 있는 다채로운 무대 장치와 거기에 수반하는 음악의 활용이라고 할 수 있다. 이 환상적인 이미지와 소리 자체가 환기하는 것은 무대 위에 올려진 굿판 자체의 연희성이다. 그러므로 이 작품은 연극 자체를 관람하는 것이 아니라 한판의 즐거운 놀이로 함께 즐길 수 있도록

---

63 이윤택(李潤澤, 1952~ ). 부산 출생. 서울연극학교 중퇴. 한국방송통신대학 수학. 1979년 《현대시학》에 시 「도깨비 불」로 등단. 「부산일보」 편집부 기자 역임. 1986년 부산에서 '연희단거리패'라는 극단 창단 후 극작과 연출에 진력. 대표작으로는 「시민 K」(1988), 「오구 ― 죽음의 형식」(1989), 「바보 각시」(1993), 「문제적 인간 연산」(1995), 「청바지를 입은 파우스트」(1995), 「햄릿」(1996), 「산 너머 개똥아」(1998), 「도솔가」(2000), 등이 있음.

만드는 것이다. 이 작품에서 작가가 의도한 연극의 대중성이라는 의미를 바로 이러한 특징을 통해 확인할 수 있다.

이윤택의 희곡 가운데 「눈물의 여왕」(1998)은 특이한 소재와 함께 이윤택 특유의 연극적 관점이 돋보이는 작품이다. 이 작품을 통해 이윤택은 그 전통과 맥락을 모두 놓쳐 버린 우리 대중극의 역사에 새로운 방식으로 접근하고자 한다. 이러한 색다른 시도는 연극의 공연 무대 설정과 관객의 관극 체험을 새롭게 복원하고 그것을 체험할 수 있도록 하는 데 목표를 둔 것이라고 할 수 있다. 「눈물의 여왕」은 좌우 이념에 의해 희생된 한 여인의 비극적인 삶을 극적으로 형상화하고 있다. 그런데 이 작품은 극중극 형식을 취함으로써 무대와 관객 사이의 거리의 이중성을 극적으로 활용하고 있다. 이러한 작가적 태도는 그의 작품 「어머니」를 통해서도 확인된다. 이 작품은 극적 무대 위에 올려진 어머니의 일대기에 해당하는데, 여성으로서의 자신의 정체성을 찾아가는 한 여인의 삶의 과정이 잔잔하게 전개되고 있다. 이윤택의 연극 작업은 서구 사실극을 중심으로 전개된 한국 연극에서 그동안 제대로 주목받지 못했던 전통적인 연희의 회복에 그 목표를 두고 있다. 이를 위해 이윤택은 연극의 무대와 관객을 극의 내용과 형식 면에서 더욱 가까이 연결시키기 위해 다양한 시도를 꾀하고 있다. 근작 가운데 화제가 되었던 「문제적 인물 연산」(1995)의 경우에도 작가는 조선의 10대 왕 연산군을 사치와 향락에 빠져 있던 폭군으로 규정하는 것에 반대한다. 그는 연산군의 내면세계를 초현실주의적으로 재해석하고 그 인간적 고뇌를 무대 위에 재현해 보임으로써 연산군의 인간적 면모를 새롭게 발견했다.

# 1 한국 사회의 대전환

## (1) 민주화운동과 한국문학

### 민주화 과정과 민중의식의 성장

한국 사회는 1980년 광주 민주화운동 이후 사회 정치적 민주화라는 거대한 변혁의 과정에 접어들었다. 물론 1980년대 중반까지 군부 독재의 폭압적인 정치 행태와 사회적 혼란이 지속되었다. 이 시기의 진보적 문화운동은 폭넓은 민중운동에 근거하여 반체제적 성격을 분명히 드러냈고, 모든 사회운동의 중심에서 그 이념적 선도 역할을 담당했다. 그리고 사회 전반에 걸쳐서 자유 민주에 대한 신념을 확대시키면서 민중을 기반으로 그 실천적 자생력을 키울 수 있게 되었다. 당시의 변화를 놓고 보면, 광주 민주화운동을 기점으로 하나의 커다란 사회 문화적 조류를 형성하게 된 민중운동이 문학을 통해 그 논리와 관점과 방법을 확립했고 미술, 음악, 연극 등의 예술 영역으로 이를 확대시켰다. 그리고 역사학,

사회학, 경제학 등의 학술 분야에까지도 큰 영향을 미치게 되면서 각 영역에서 민중론의 독자적인 논리 구조와 새로운 모델의 고안에도 힘을 기울였다. 결국 민중운동은 민중 개념의 확립과 민중 주체의 자기 인식을 가능하게 하는 폭넓은 문화운동으로 발전되었다. 이 같은 과정의 가속화를 가능하게 한 것은 민중이라는 말로 지칭할 수 있는 사회 구성원들의 의식의 성장과 함께 한국 정치의 파행성에 대한 비판적 각성에 따른 것이었다. 산업화의 과정에서 드러나기 시작한 사회적 모순이 정치권력의 일방적인 횡포에 의해 더욱 심화되자, 군부 독재 체제에 대한 비판과 민주화에 대한 요구가 비판적 지식인과 행동적 청년 학생층을 민중 의식을 통해 결집시켰던 것이다.

1980년대의 민중문학론[1]은 그 이전의 민족문학론의 관점이나 방법보다 더욱 진보적 성격을 드러내면서 그 실천적 한계를 극복하고자 했다. 민중문학은 민족문학론에서 비롯되어 그 속에서 지지 기반을 넓혀왔기 때문에, 이 두 가지 개념 사이에는 동어반복적인 요소가 개재되어 있다. 실제로 민중에 대한 논의는 민족문학론의 출발 단계에서부터 자연스럽게 민족문학과 민중문학의 등질적인 상관관계가 중시되었고 민중문학으로서의 민족문학이 논의의 초점이 되곤 했다. 이미 앞에서 검토한 바 있는 백낙청의 민족문학론에서도 민족문학의 개념 자체가 대다수 민족 구성원인 민중의 삶에 기초한다는 점을 분명히 지적했음은 물론이다. 민중문학의 진보적 이념은 그 주체와 토대에 대한 논의 가운데에서 발견된다. 민중의식에 관한 판단은 사회 윤리적 가치에 집중될 수 있지만, 주

---

1 민중문학론의 전개 양상은 다음과 같은 글들을 통해 확인된다. 백낙청, 「민족문학의 새로운 고비를 맞아」, 『한국문학의 현 단계 2』(창작과비평사, 1981); 성민엽, 「민중문학의 논리」, 《예술과비평》(1984. 가을); 고은, 「민족의 언어, 민중의 시」, 《오늘의책》(1984. 가을); 채광석, 「민족문학과 민중문화」, 《문학의시대》(1984. 겨울); 박현채, 「민중과 문학」, 《한국문학》(1985. 2); 김정환, 「민중문학의 전망에 대한 몇 가지 생각」, 《한국문학》(1985. 2).

체와 토대에 대한 문제는 문학의 생산과 수용의 전체 과정을 역동적으로 파악할 수 있게 하는 요소가 된다. 민중문학론에서는 문학이 특정의 개별적인 문학인의 전유물이 아니라, 민중 전체의 것임을 강조한다. 문학이 민중의 삶과 그 질서를 토대로 하여 민중적 주체의 확립을 이룰 수 있다면, 그것은 민중문학 운동의 사회적 실천으로 평가될 수 있다. 그러므로 민중문학은 민중 의식을 이념적 지표로 내세우고 있다 하더라도, 문학의 독자적 영역이나 그 자립적 속성을 중시하지 않고 오히려 문학의 생산 주체와 수용 기반을 포괄하여 사회적 현상의 하나로 문학을 파악하고자 한다. 이러한 관점에서 볼 때 민중 문학은 민중 의식과 민중적 기반을 떠나서는 설명하기 어렵다. 물론 민중 문학론에서는 문학과 현실의 기계적 대응을 주장하지 않고 있지만, 사회 현실과 문학 사이에 내재하는 능동적인 과정으로서의 매개 개념을 통해 문학의 사회적 위상을 포괄적으로 전망하고자 했다.

민중운동이 내세우고 있는 다양한 담론의 틀 안에서 민중 이념에 대한 논의에 관심이 집중된 것은 1980년대 정치 현실과 사회 상황의 직접적인 영향을 그대로 드러낸다. 민중운동의 사회적 확대와 이에 근거한 민중문학론의 등장은 어떤 의미에서 당연한 일이라고 할 수 있다. 민중 의식의 구현을 위한 민중문학이 당대 현실이 요구하는 진보적인 시대정신의 한 부분을 담당하고 있었다는 것은 그것이 한국 사회의 민주화 과정에서 중요한 이념적 가치의 일부를 차지하게 되었음을 말해 주는 것이다.[2] 민중문학론은 민중운동의 주체로서의 민중과 그 기반으로서의 민중 계층에 대한 과학적인 인식을 통해 일종의 사회 문화적 실천운동으로

---

2 김병익의 「민중문학론의 실천적 과제」(《민족문학》(1985. 5)는 민중문학의 성과와 그 한계를 객관적으로 조명하면서 실천적 과제를 제시하고 있다.

확대되었던 것이다. 민중운동은 그 이념적 편향성과 실천 전략의 과격성이 문제시되긴 했지만, 군부 독재 체제에 대한 저항과 도전, 기존의 사회 구성체의 관습에 대한 거부, 민중 이념의 확대 등을 위한 급진적인 사상과 실천 방법을 고안해 냈으며, 한국의 기층 세력의 사회화에 기여하면서 정치적 민주화의 추동력이 되었던 것이다. 실제로 민중운동은 사회의 민주화와 공동체 의식의 확립을 목표로 함으로써 그 지지 기반을 넓혔다. 민중운동에서는 소수의 지식층이나 권력층에 의해 확립된 지배적인 이데올로기를 배격했고 그 허위의식을 드러내고자 했다. 사회의 모든 영역에서 민중이 주체적으로 참여하여 자신들의 역량을 발휘할 수 있도록 기회의 균등화를 이루고, 삶의 동질성을 회복할 수 있기를 촉구하기도 했다. 이러한 주장은 실질적으로 정치 사회의 민주화에 대한 요구를 그대로 담고 있기 때문에 진보적인 학생 계층과 각성된 근로자, 비판적인 지식인들에 의해 적극적으로 수용되었던 것으로 생각된다.

　민중운동의 실천적 성과는 산업화 시대 한국 사회가 빠져들었던 왜곡된 정치 사회적 현상을 극복하기 위한 노력으로 평가할 수 있다. 문화의 영역에서 민중운동은 민중 문화 양식에 대한 탐구와 그 실천을 지속시킴으로써, 민중문학, 민중연극, 민중미술 등으로 분화되어 민중의 문화영역에 대한 참여와 관심을 불러일으켰다. 물론 이 같은 경향은 그 정치적 성향 때문에 일부 예술인과 그 향수 계층의 반발을 야기한 바 있다. 대부분의 민중예술이 민중적 소재에 집착함으로써 민중 의식과 민중예술양식의 미적 통합에 도달하지 못하고 있다는 지적도 제기되었다. 하지만 민중운동은 문화의 영역에서 기존의 가치와 규범에 대한 도전을 가능하게 함으로써, 문화 예술의 기반과 그 틀에 대한 반성을 제기하게 되었던 것이 사실이다. 특히 사회적 억압과 소외와 불평등에 대한 민중의 자각을 가능하게 하였으며 진보적이고 창조적인 문화에 대한 욕구를 더욱 증폭시켰다. 이 소중한 경험은 문화적 상상력의 폭과 깊이를 더해 주게 되었고 개인의 자유와 권리와 책임이라는 민주주의의 기본 요건을 새롭게 인식할 수 있는 기회가 되기도 했다.

한국 사회의 민주화 과정을 보면 산업화 과정에서 추적된 경제적 역량을 기반으로 민중 의식이 성장하면서 사회 변혁을 가능하게 했음을 확인할 수 있다. 한국사회의 민주화를 주도했던 민중 계층은 개인적 삶을 희생할 수밖에 없었던 이전 세대와 달리 정치 사회적 민주화를 통해 개인적 삶의 질을 추구하는 가치관을 실현하고자 했다. 이러한 진보적 계층으로서의 민중의 성장은 민주적 시민사회를 실현할 수 있는 기반이 되었으며 민주주의적인 '문민정부'의 등장을 가능하게 했다. 이 과정에서 한국사회는 탈권위주의를 지향하면서 지방자치제도를 정착시켰으며 문화의 중앙집권적 현상을 탈피하고 지역 문화의 다양한 성격을 중시하게 되었다. 그 결과 한국 사회는 사회 문화적 개방을 실현하였고 문화의 다양성과 자율성을 보장할 수 있게 되었다.

세계 질서의 재편과 정보화의 물결

한국 사회는 사회 정치적 민주화를 확립하는 과정 속에서 특이하게도 세계화와 정보화라는 거대한 지구적 변혁의 물결에 직면하게 되었다. '세계화'라는 말은 다국적 기업의 성장과 함께 자본의 재구조화에 따라 야기된 새로운 세계 경제 질서의 흐름을 통칭한다. 이 거대한 변화의 첫 단계는 독일의 통일, 구소련 체제의 붕괴로부터 시작되어 동서 냉전 체제의 종식으로 이어졌다. 여기에서 이데올로기의 장벽에 의해 막혀 있던 국가별 경계가 무너지게 되었으며, 세계가 하나의 거대한 자본주의 시장으로 통합되기 시작했다. 20세기를 마감하면서 이루어진 세계화라는 새로운 변화는 세계 각 지역이 상호 의존을 통해 경제 발전을 도모한다는 긍정적 목표를 내세우고 있지만 이 변화 자체가 세계 각국이 자본과 기술을 동원한 무한 경쟁의 시대로 돌입하고 있다는 것을 의미한다. 이 경쟁력에서 뒤처지면 후진국으로 전락할 수밖에 없다. 더구나 전 세계의 인구가 인터넷으로 연결되면서 빠르게 지식 정보를 공유하게 됨으로써 고유한 생활 방식과 삶의 영역에서 모든 경계가 허물어지기 시작한다. 여기에서 주목되는 것이 통합된 하나의 세계라는 새로운 개념이다. 세계가 하나의 생활 단위로 통합되고 긴밀하게 연결됨에 따라, 국가적인 차원에서는 해결할 수 없는 환경오염, 인구의 노령화, 테러 등과 같은 문제들이 전 지구적 공동의 과제로 부각되기도 했다. 이로 인해 세계는 각국의 호혜 협력의 필연성이 강화되고 있으며 기존의 국제 협력의 틀을 재조정해야 할 상황에 놓이게 되었다.[3]

한국은 1990년대 초반부터 대내적으로 정치 사회적 민주화를 정착시켜 나아가는 한편 대외적으로 세계화라는 새로운 변화를 주목했으며, 이 지구적 상황의 변화 자체를 국가 사회 발전의 중대한 기회로 활용하고자 했다. 그러나 한국 사회는 세계화의 물결 속에서 국제적 이해관계가 서로 충돌하게 되자, 정치 경제적 불확실성과 불안정성에 직면하여 'IMF 사태'와 같은 환란을 겪기도 했다. 이 과정에서 한국 사회가 서구의 근대화 모델에 입각하여 추진했던 경제 발전의 방향을 근본적으로 반성하게 되었으며, 선진국들이 보여 준 근대에서 탈근대로의 변혁과정을 어떤 식으로 적응해 나아갈 수 있는가에 대해서도 다양한 논의를 거쳐야만 했다. 거대 시장을 거느리고 있는 국가와의 자유무역협정이 연이어 성사되는 동안 자유주의 체제에 대한 내부적 비판과 갈등도 적지 않았다. 일부

---

3 임현진, 『세계화와 반세계화』(세창출판사, 2011), 18쪽.

지식층에서 동아시아적 정체성이라는 지역화 특성에 대한 대안적 제시가 있었지만 중국의 '동북공정'이라든지 일본의 역사 왜곡 등이 맞물리면서 논의의 진전을 보지 못했다. 하지만 한국 사회는 지속적인 경제 성장과 무역 확대를 통해 세계화에 대한 우려를 점차 극복하게 되었다.

그런데 한국 사회는 민주화의 과정 속에서 세계화의 물결에 대응하면서 정보화 사회의 도래라는 또 다른 변화에 직면했다. 정보 기술의 발달과 매체 환경의 급격한 변화에 따라 한국 사회가 새로운 단계의 지식 정보화 사회로 진입하게 되면서 지식과 정보의 생산과 소통의 형식과 방법도 바뀌기 시작했으며, 개인의 의견이 다양한 매체를 통해 사회적으로 확장되기 시작했다. 정보화 사회의 등장을 확인할 수 있는 새로운 변화 가운데 먼저 눈에 띄는 것은 지식과 정보의 저장과 유통을 중심으로 언론, 출판, 광고, 방송, 영화, 서비스업 등이 새롭게 발전하게 된 점이다. 특히 1990년대 이후 컴퓨터와 정보 매체의 결합에 따른 인터넷 방송, 인터넷 신문 등이 일반화되기 시작했다. 인터넷을 통한 지식 정보의 유통과 서비스가 매우 빠른 속도로 발달하면서 문학적 환경도 크게 변화하게 되었다. 특히 '인터넷 소설'이라는 것이 등장할 정도로 작가와 독자가 매체를 통해 직접 연결되는 새로운 방식의 글쓰기가 가능하게 되었다. 이같은 사회적 변화에 한국문학이 어떤 방식으로 적응하느냐 하는 것은 단순히 문학과 정보화 문제에만 국한되는 것이 아니다.

### (2) 한국문학의 새로운 전환

한국 사회는 산업화 과정과 민주화 과정이라는 두 개의 변혁 과정을 통해서 새로운 전환이 가능해졌다. 그리고 세계화와 정보화라는 거대한 흐름 속에서 새로운 이념과 가치를 모색하게 되었다. 세계화 시대의 한국문학이라는 명제는 세계화의 상황 속에서 일어나게 되는 문학의 위상 변화와 함께 한국문학의 세계화라는 새로운 과제에 대한 논의를 함께 요구하는 것이라고 할 수 있다. 여기에서 먼저 문제가 되는 것은 한국문학의 세계화 또는 한국문학의 해외 소개 작업이다. 한국문학의 세계화는 문학작품의 외국어 번역이라는 복잡한 과정을 통해서 문학 수용의 공간적인 확대를 꾀하는 것이 일차적인 과제가 되고 있다. 이 문제를 해결하기 위해서는 문학의 민족적 특수성을 넘어서서 인류적 보편성의 구현이라는 개념으로 문학 정신을 해방시키는 노력도 요구되고 있다.

그런데 먼저 주목해야 하는 것이 이른바 '한류'라는 이름의 한국 대중문화의 세계적 확산 현상이다. 한국의 생활 문화 가운데 음식이라든지 패션에 감각이 보편화되면서 종족적 지역적 특성을 넘어서게 되었고, 대중 매체의 확장과 멀티미디어의 발전에 힘입어 대중적 취향을 강조하는 한국 대중문화의 지구적 확산이 빠르게 이루어지고 있다. 그 결과 한국의 대중음악, 드라마, 영화 등이 다른 지역과 국가의 경계를 넘어서 다른 문화를 가진 사람들로부터 빠르고 열광적으로 수용되고 환영받게 되었다. 한국문학 작품의 해외 소개는 한류라는 이름으로 포장되고 있는 한국 문화 산업의 해외 확대와도 같은 상업적 논리로 이해되기 쉽다. 그러나 문학 작품의 해외 소개는 문화 상품의 소비와는 달리 문화의 전파와 수용이라는 새로운 문제를 야기하는 것이다. 이것은 가격과 품질과 디자인에 의해 좌우되는 상품 소비 시장의 원리와는 전혀 다른 요건들에 의해 지배된다. 이 문제는 경제적인 접근에 의해서가 아니라, 문화적 접근에 의해서만 가능한 일이다.

한국문학이 세계문학의 하나로서 위상을 재정립하고 세계 무대로 나아가기 위해서는 문학의 보편적 가치에 대한 인식의 공유가 전제되어야 한다. 한국적인 것에서 세계적인 것으로의 확대, 특수성에서 보편성으로의 전환, 이것이 바로 세계화의 과제이다. 한국문학의 세계화는 한국문학이 이질적인 외국문학 속에 들어가 서로 충돌하기도 하고 화해로운 만남을 이루기도 하는 과정 속에서 이루어진다. 이것은 문학적인 기법과 주제에 대한 독자들의 고급한 취향의 문제에 의해 그 성패가 좌우된다. 이 경우에 중요한 것이 바로 정서의 보편적인 가치를 추구하는 문학의 본질적인 속성이다. 이 문제에 대한 공감이 없이는 한국문학의 해외 소개는 가능하지 않다. 한국문학은 바로 이러한 문제성의 인식을 바탕으로 세계의 무대에서 해외 독자와 만나야 하는 것이다.

한국문학이 당면한 또 다른 과제는 정보화 사회와 매체 환경의 변화 속에서 문학의 새로운 역할을 규정하는 일이다. 물론 이러한 사회 변화를 두고 평단에서는 문학의 위기를 수없이 지적했고 위기의 상황 속에서 문학의 새로운 가능성을 모색하고자 하는 다양한 시도가 등장했다. 새로운 사회 변화 속에서 먼저 주목된 것이 문학을 포함한 '넓은 개념의 문화'의 역할이다. 컴퓨터 기술의 발전과 인터넷의 확대를 통해 급속하게 전개되고 있는 정보화는 본질적으로 문화의 대중화에 기여한다. 문화의 영역에 정보 기술이 접합되면서 컴퓨터 그래픽, 전자음악, 테크놀로지 아트 같은 새로운 문화 예술의 장르도 나타나고 있다. 이 새로운 문화 양식은 장르 간의 상호 연관을 확대시킬 뿐만 아니라 더 나아가 문화의 생산 양식 자체를 변화시켜 놓게 된다. 이 같은 추세에 문학이 어떤 방식으로 기존의 글쓰기의 방법을 유지할 수 있는지 지켜볼 필요가 있다.[4] 정보화 사회는 제품 생산 중심으로 움직이는 사회라기보다는 서비스 생산 중심으로 연결되는 사회이다. 문제는 무엇을 서비스할 것인가에 달려 있

---

4 김성곤, 「한국문학과 문화의 세계화」, *Comparative Korean Studies* 9호(2001), 74쪽.

다. 문학이 정보화 사회의 변화에 추수하여 향락적이고 소비적인 형태로 나아갈 것인지 아니면 삶의 질을 향상시킬 수 있는 방향이나 문화적 방향으로 나아갈 것인지에 따라서 문학의 미래가 달려 있다.

## 2 전환 시대의 상황과 소설의 양상

### (1) 서사 기법과 주제 의식의 확대

기법의 발견과 주제 의식

한국 현대소설은 산업화 시대를 거치면서 주제 의식의 확대라는 커다란 변화를 겪었지만 이러한 경향보다 더욱 관심 있게 주목해야 할 것은 소설의 기법에 대한 다양한 접근이 이루어졌다는 사실이다. 소설에서 중요하게 생각하는 주제 의식이란 흔히 소설의 소재 영역과 직결된다. '무엇을 말하고자 하는가?'라는 질문으로 대치될 수 있는 이 문제는 소설 자체의 예술성이라든지 미학보다는 그 내용의 사회 윤리적 가치를 먼저 내세우게 된다. 그러나 소설이 하나의 문학 양식으로서의 의미를 지탱하기 위해서는 소재의 영역보다 주어진 소재를 '어떻게' 말하고 있는가 하는 점이 중요시된다. 소설에서 '어떻게'의 문제를 생각하지 않고는 소설의 미학을 논하기 어렵기 때문이다. 소설에서의 기법이란 대상을 파악하고 주제를 형상화하는 방법이다. 더 넓게 말한다면 기법은 작가의 관점을 좌우하기도 하며, 기법을 통해서만 일상의 소재가 소설이라는 예술의 영역으로 포괄된다. 한국의 소설 작가들 사이에 기법에 대한 관심이 재고되기 시작했다는 것은 전체적인 소설 문단에서 보면 소설 자체에 대한 반성이 시작되었다는 점에서 일단 긍정적인 것으로 평가할 만하다.

이문열[5]의 등장은 1980년대 이후 소설의 전반적인 흐름에 상당한 영향을 미친다. 그것은 소설적 주제의 영역만이 아니라 기법 면에서도 확인할 수 있다. 그의 소설은 인간의 삶의 궁극성을 따지는 종교적인 문제, 미적 가치와 예술의 본질에 대한 추구 등의 관념적 주제에서부터 분단과 이데올로기 갈등, 근대화 과정과 삶의 변화 그리고 자신의 사적 체험 등에 이르는 일상의 영역까지 다양한 제재들을 다루고 있으며, 이것을 형상화하는 기법 또한 현란할 정도로 다채롭다. 이문열의 소설은 작가 의식의 지향과 소설적 기법 등을 놓고 볼 때 크게 세 가지의 경향으로 대별해 볼 수 있다. 첫째는 「사람의 아들」(1979), 「들소」(1979), 「황제를 위하여」(1982) 등에서처럼 신화와 역사의 한 부분을 소설 속에 끌어들여 일종의 대체 역사 또는 우화적 형식으로 소설을 만든 경우이다. 이 작품들은 작품 내적 현실 자체가 다분히 당대의 현실 상황을 우회적으로 비판하거나 상징적으로 대체하고 있다는 점에서 소설적인 흥미를 더욱 고조시키고 있다. 「사람의 아들」은 주제의 관념성을 기법으로 극복하고 있

---

5 이문열(李文烈, 1948~ ). 서울 출생. 서울대 사범대 중퇴. 1979년 《동아일보》 신춘문예 소설 당선. 동인문학상, 이상문학상 수상. 소설집 『사람의 아들』(1979), 『그해 겨울』(1980), 『그대 다시는 고향에 가지 못하리』(1980), 『금시조』(1983), 장편소설 『젊은 날의 초상』(1981), 『황제를 위하여』(1982), 『영웅 시대』(1984), 『시인』(1991), 『변경』(1998) 등 발간. 참고 문헌: 김병익, 「관찰과 성찰」, 《세계의 문학》(1982. 봄); 성민엽, 「젊음의 소설, 그 문화적 의미」, 《문예중앙》(1983. 봄); 김인환, 「권력의 논리」, 《세계의 문학》(1985. 봄); 김주연, 「이데올로기 모티브와 문학—이문열의 『변경』을 읽으며」, 《문학과사회》(1989. 여름); 조남현, 「소설 공간의 확대와 사상의 실험」, 《작가세계》(1989. 여름); 류철균 편, 『이문열』(살림, 1993); 이태동 편, 『이문열』(서강대 출판부, 1994).

으며,「들소」의 경우에는 상황의 상징성이 주제 의식을 살려 낸다.「황제를 위하여」는 가공의 역사를 현실 위에 펼쳐 보임으로써, 역사의 본질에 대한 작가 나름의 해석을 현란한 '의고체(擬古體)'로 제시하고 있다. 이문열의 능란한 장인적 솜씨가 이들 작품에서 돋보인다. 둘째는 「영웅 시대」(1984),「변경」(1986~1998),「우리들의 일그러진 영웅」(1987),「구로 아리랑」(1987) 등과 같이 분단의 상황과 당대적 현실을 포괄하는 작품들을 들 수 있다. 이 작품들은 모두 작가 의식의 치열성이 주목되고 있지만 무엇보다도 이문열 문학의 필생의 주제들을 담고 있다고 할 것이다. 이념의 선택과 이데올로기의 갈등을 정면으로 다룸으로써 분단문학의 새로운 차원을 개척하고 있는 「영웅 시대」, 그리고 당대의 현실과 그 삶의 역사를 소설의 세계에 끌어들이고 있는 「변경」 등은 이문열 문학의 폭과 깊이를 가늠하게 하는 대표적인 작품이다. 셋째는 작가 자신의 개인적인 체험과 예술에 대한 신념을 소설화한 「젊은 날의 초상」(1981),「그대 다시는 고향에 가지 못하리」(1980),「금시조」(1983),「시인」(1991) 등을 들 수 있다. 이 작품들은 스타일리스트로서의 이문열의 면모를 확인시켜 준다. 이문열 소설의 예술적 감각과 낭만적 요소가 이들 작품에 두루 나타나 있다. 이문열의 소설은 무엇보다도 현실을 하나의 비유 체계로 인식하고 있다는 점이 특징이다. 기존의 작가들이 보여 주는 소설적 경향과는 달리, 그의 소설에는 리얼리티의 추구보다는 오히려 낭만성이라고 이름 붙여도 좋을 여러 요소들이 자리하고 있다. 그는 치밀한 묘사와 유려한 문체를 통해 바로 그 구체적 형상화에 접근한다. 그의 소설이 문학의 품격을 지키면서도 광범위한 대중적 호응을 받고 있는 것은 문체의 감응력과도 관계된다고 할 수 있다.

이문열의 소설 가운데 주목받는 작품들은 대개가 자신의 개인적 체험이나 가족에 얽힌 이야기들을 다루고 있다. 이 같은 작품에는 격렬한 삶의 충동에 시달렸던 청년 시절의 체험들이 자주 등장하고 있으며, 근대사의 격동 속에서 그 고유의 가치와 의미를 제대로 지키지 못한 채 무너져 버린 자기 가족 이야기가 직접적으로 그려진 경우도 많다. 가족만이 아니라 이를 좀 더 확대시킨 가문 또는 문중의 이야기도 그의 작품 속에서는 특이한 감응을 불러일으키는 요소로 작용하고 있다. 젊음의 이상과 그 이상을 찾아 방황하는 인간의 모습을 그려 낸 「젊은날의 초상」은 자신의 청년 시대의 방황을 소재로 하고 있는 작품이다. 이념의 허위성을 한 혁명주의자의 인생을 통해 그려 내고 있는 「영웅 시대」는 이문열의 숨겨진 가족사가 이야기의 동기가 되고 있으며, 그의 삶의 뿌리가 되었던 문중은 고향이라는 이름으로 기억되어 「그대 다시는 고향에 가지 못하리」 속에서 되살아나고 있다. 그는 자신의 가족사를 현실의 역사에 견주는 대작 「변경」을 쓰기도 했고, 자아의 형상을 기초로 하여 미적 주체의 새로운 가능성을 꿈꾸면서 「시인」을 발표했다.

이문열의 소설 가운데 주인공의 개인적인 방황과 갈등을 시대적인 상황과 대응시킨 「젊은날의 초상」과 「시인」은 그 이야기의 서사적인 요건이 서로 다르지만 그 정신적 지향 자체가 현실의 초월을 문제 삼고 있다는 점에서 맥락을 같이하고 있다. 두 소설의 주인공은 각각 다른 시대적 상황을 살고 있으며, 그 삶의 방식도 다르다. 그러나 이들 주인공은 경험적 자아로서의 작가 자신이 선택하고자 하는 삶의 지표와 연결되어 있다. 물론 이 두 작품의 주인공을 모두 작가 이문열과 연결시키는 것은 지나친 비약이다. 이들 작품에서는 경험적 자아와 허구적 자아의 사이에 일정한 간격을 유지할 수 있도록 성격의 형상화가 이루어지고 있기 때문이다. 그런데 「젊은 날의 초상」과 「시인」에서 공통적으로 주목되는 것은 두 작품에 자아의 욕망이 짙게 드러나 있다는 점이다. 그 욕망은 이념적인 지향성보다는 오히려 정서 자체의 충동에 가깝게 느껴지기도 한다.

물론 두 작품에서 자아의 욕망은 현실의 초월을 꿈꾼다. 이 초월의 문제가 두 작품에서 낭만적인 것으로 인식되기도 하는데, 초월의 의미가 극명하게 드러나는 것은 오히려 「시인」에서라고 할 것이다. 「젊은 날의 초상」은 절망의 끝에서 존재의 새로운 가능성에 대한 꿈을 보여 주지만, 그 존재의 새로운 가능성은 그저 암시될 뿐이다. 「시인」의 경우는 시 또는 문장이라는 것이 지니는 가치, 다시 말해 예술이 가지는 가치를 통해 초월성의 의미를 강조하고 있다.

소설 「영웅 시대」와 「변경」은 보다 직접적으로 작가 이문열 개인사의 모든 이야기가 얽혀 있다. 「영웅 시대」는 부성(父性)의 존재에 대한 질문의 형식을 취한다. 소설 속의 주인공은 작가 이문열이 허구적 장치 속에 재현한 그의 아버지의 모습을 담고 있다. 일제 시대 양반 지주의 아들로서 신학문을 배우고 새로운 이념을 찾아 사회주의자로 변신한 주인공은 보다 적극적인 사회 변혁의 꿈을 실현하기 위해 혁명주의자가 된다. 해방 직후의 사회적 혼란 속에서 이 혁명주의자가 선택한 것은 무엇인가? 이 소설은 한 지식인의 이념 선택과 파멸의 과정을 보여 준다. 여기에는 이념과 탈이념의 대립 속에서 비극적인 결말에 이르는 혁명주의자의 고뇌가 깃들여 있다. 「변경」은 작품의 규모와 문제의식이 앞의 두 소설과 구별된다. 이 작품은 비록 부성이 부재하는 가족의 삶의 과정을 이야기의 중심으로 삼았지만 그 문제의 범위는 세계사적인 흐름을 내포하는 수준으로 넓다. 물론 서구 제국주의의 지배 전략과 한국의 대응이라는 정치적인 과제까지 생각해야 한다면 이 작품의 의미를 지나치게 과장하고 있는 것처럼 보일 수도 있다. 그러나 작가 이문열은 한 가족 구성원들이 보여 주는 삶의 형태를 통해 서구 제국주의의 거대한 문화 침략과 그 모순의 현실적 의미를 제시한다. 신식민주의의 논리를 전제할 때, 이 문화 충돌은 언제나 변두리로 밀려 있는 한국 문화의 정체성 훼손 과정에 해당된다. 작가 이문열이 이러한 문제에 관심을 집중시키고 있는 것은 자기 의식의 역사적 확대라고 할 수 있다. 이처럼 이문열의 중요 작품들은 경험적 자아로서의 작가 자신과 그가 기초하고 있는 사회적 기반으로서의 가족을 대상으로 하고 있다. 「선택」의 경우도 혈연적인 관계 집단을 이야기의 중심축에 올려놓았다는 점에서 동일한 범주에 속한다고 할 수 있다. 「선택」에서 강조되는 양반 계층의 삶과 그 법도의 문제성은 일찍이 이문열 자신이 「그대 다시는 고향에 가지 못하리」에서 포괄적으로 다루어 본 적이 있다. 「그대 다시는 고향에 가지 못하리」는 작가 자신의 출생 기반을 이루는 문중의 이야기이다. 고향을 떠났던 작품의 작중 화자가 오랜만에 고향에 들러서 이미 퇴락해 버린 문중과 문중 사람들의 변모를 찬찬히 보여 준다. 조선 시대 영남 지방 남인 계보의 핵심을 이루었던 선조들의 위풍과 당당했던 가문의 권세는 모두 무너져 버렸고, 사대부 가문의 삶의 법도와 예절과 습속이 모두 붕괴되어 버렸다. 양반의 후예로서의 체면이나 자존심 같은 것을 이미 모두 던져 버린 문중 사람들은 뼈대만 엉성하게 남은 가문과 문중이라는 것 자체를 오히려 부담스러워한다. 식민지 시대와 민족 분단의 비극으로 이어진 한국 사회의 왜곡된 근대화 과정은 이렇게 고향을 송두리째 붕괴시킨 것이다. 이 작품에서 작가 이문열은 물론 봉건적인 문중의 족벌주의와 배타주의적 권위를 긍정하는 것은 아니다. 그는 우리 삶에서 전통적인 것과 근대적인 것이 서로 불균형과 부조화를 이루며 얽혀 있는 상황을 제시한다. 그가 아쉬워하는 것은 사대부의 가문에서 유지했던 법도와 풍습, 인간으로서의 자존과 가치이다. 이러한 것들은 우리가 지켰어야 할 문화이지만, 마치 쓸어 버려야 할 구습처럼 근대화의 과정 속에서 함께 무너져 버렸던 것이다. 작가는 우리 문화의 저급화를 초래한 현실 사회의 황폐성을 '고향의 상실'이라는 말로 상징하고 있는 셈이다.

이문열의 대표작들이 자신의 개인적 체험이나 출신 기반에 얽힌 가족과 문중에 연관되어 있다는 것은 특기할 만한 일이다. 그의 문학이 지닌 자기 지향성은 그것이 비록 자전적 요소에 근거한다 하더라도 자기 삶과 그 체험의 과정을 서사적으로 재구성하는 것만을 목표로 하지 않는다. 그것은 오히려 역사적 실재성과 구체성을 넘어서서 보다 본질적인 인간적 가치를 자기 내부에서부터 찾아보고자 하는 데에 목표를 두고 있다. 그러므로 그의 소설은 자기 정체를 찾는 상상력의 도정이라고 할 만하다. 내면적 여로(旅路)의 형식을 취하고 있는 그의 소설의 언어는 객관적인 현실과 외부의 독자들을 향해 있는 것이 아니라 때로는 자신의 심장을 향해 있다. 이러한 특성으로 인하여 이문열의 소설들은 동시대의 비평가들로부터 실존적 휴머니즘의 문학으로 평가되기도 하고, 낭만적 상상력의 소산으로 평가되기도 한다. 어떤 비평가는 그의 소설 속에서 허무주의적 경향을 지적하기도 했고, 어떤 작품에서는 그 관념 편향의 창작 방법이 비판된 경우도 있다.

윤후명[6]은 시의 창작에서 그의 문학적 상상력을 소설의 영역으로 확장시킨 특이한 경력의 소유자이다. 1977년 발간한 시집 『명궁』에는 황폐한 현실에 대한 비극적 인식을 명징한 이미지를 통해 형상화한 작품들이 많다. 하지만 그는 1979년 《한국일보》 신춘문예에 소설 「산역」이 당선된 이후 작가로서의 자기 개성을 가장 뚜렷하게 보여 주는 소설 「돈황(敦煌)의 사랑」(1982), 「알함브라 궁전의 추억」(1984), 「섬」(1985) 등을 발표

---

6 윤후명(尹厚明, 1946~ ). 본명 윤상규. 강원 강릉 출생. 연세대 철학과 졸업. 1967년 《경향신문》 신춘문예에 시 「빙하의 새」 당선. 첫 시집 『명궁』(1977) 출간. 1979년 《한국일보》 신춘문예 소설 「산역」 당선. 소설집 『돈황의 사랑』(1982), 『부활하는 새』(1985), 『모든 별들은 음악 소리를 낸다』(1987), 『원숭이는 없다』(1989), 『협궤열차』(1992), 『여우 사냥』(1997), 『새의 말을 듣다』(2007) 등 출간. 참고 문헌: 하응백, 「폐허의 사랑」, 《작가세계》(1995. 겨울); 양진오, 여행하는 영혼과 여행의 소설, 《작가세계》(1995. 겨울); 고명철, 「시대고를 견디는 몽환의 비의성과 자기 존재의 정립 ─ 윤후명의 경우」, 《흰민족문화연구》(2011. 12).

했다. 이 초기 작품에서부터 윤후명은 1980년대 소설이 보여 주었던 주제 의식과 상반되는 경향을 보여 주면서 자기 스타일을 갖추기 시작했다. 그는 현실과 사회 문제에 매달려 역사의식과 진보적 이념을 요구하던 문학적 경향을 외면한 채 개인의 내면과 환상의 세계에 매달려 인간의 존재와 사물의 본질에 대한 특이한 관심을 펼친다.

윤후명 소설 세계의 원점에 해당하는 「돈황의 사랑」은 그가 찾아 나서게 되는 소설적 주제의 단초를 보여 준다. 소설 속의 주인공인 '나'는 대학 시절 극회 활동으로 알고 지내던 친구로부터 '돈황'이라는 소재를 가지고 신라 고승 혜초의 이야기를 희곡으로 써 보라는 제안을 받는다. 친구는 돈황 유적에 대한 여러 가지 정보들을 전해 주면서 '나'의 글쓰기를 통해 '돈황'에 대한 생각들이 극적으로 형상화될 수 있기를 바라며 도와 준다. '나'는 신라의 고승 혜초의 『왕오천축국전』을 패러디하고 '공후(箜篌)'에 관한 노래를 끌어오고 민속극의 '북청 사자' 등을 연결하면서 그러한 설화적 공간의 배면에 숨겨진 어떤 거대하고 비밀스러운 의미의 연결 고리를 찾아내고자 애를 쓴다. '나'의 무기력한 일상과 설화적 세계의 환상이 서로 부딪는 가운데 이 소설은 극동의 신라 서라벌에서 멀리 서역 땅으로 가 인간의 삶의 본질과 그 존재 의미를 묻고자 했던 혜초의 발길을 상상적으로 복원하면서, 그 서역의 땅에서 멀리 신라까지 달려온 사자의 형상을 이 길 위에 겹쳐 놓는다. 그리고 '나' 스스로 한 마리의 사자가 되기에 이른다. 이처럼 「돈황의 사랑」은 일반적인 '소설' 양식의 틀을 벗어나 있다. 다시 말하자면 이 소설에는 플롯이라는 개념을 내세워 설명할 만한 어떤 사건의 발전 과정이 드러나지 않는다. 그러므로 이야기 속에서 행동을 통해 발전해 가는 성격도 찾아보기 어렵다. 이 작품 속의 1인칭 주인공 '나'는 말과 행동을 통해 성격화되기보다는 의식과 사고를 통해 그 존재를 드러낸다. 그리고 이야기 속에 설화적 세계의 환상적 장면들을 서로 얽어 놓았기 때문에 하나의 잘 짜인 스토리를 기대하는 독자들에게는 혼란스럽게 느껴질 수 있다.

윤후명은 「돈황의 사랑」을 시작으로 하여 「누란(樓蘭)의 사랑」, 「사랑의 돌사자」, 「사막의 여자」를 이어 장편소설 「둔황의 사랑」(2005)[7]을 완결한다. 이 특이한 연작 형식 이야기의 전체적 구도 가운데 일상과 환상의 대조를 가장 선명하게 드러내는 작품은 「누란의 사랑」이다. 작가는 여기에서 시인 김춘수가 남긴 시 「누란」의 시적 상상을 기반으로 특이한 환상 속에 '누란'이라는 공간을 구축해 낸다. 「누란의 사랑」에서 환상의 의미를 극대화하는 것은 소설의 화자 '나'의 무기력한 일상의 반복이다. '나'는 잡지사 일을 집어치운 후 할 일 없이 빈둥대는 실업자이다. 동거하는 여자가 아침에 직장으로 출근하고 나면 '나'는 방구석에 드러누워 낮잠만 자기가 일쑤다. 간혹 친구를 만나면 술을 마시는 것이 고작이다. 그러면서도 '나'는 자신이 처한 답답한 일상을 벗어날 수 없다는 사실에 절망한다. '나'의 의식을 짓누르고 있는 일상으로부터의 탈출에 대한 욕망이 '누란'의 환상을 서사 공간 속에 대조적으로 배치하게 된다. '나'는 여름이 끝나 갈 무렵 여자와의 동거를 끝내겠다고 결심하면서 바닷가로 여행을 떠난다. 그리고 그 여자와 함께 어머니를 찾아갔던 날을 생각한다. 한쪽 다리를 의족에 기대고 살아온 어머니는 오랜만에 찾아온 아들이 선물로 사 온 새 의족을 보면서 아버지에 관한 이야기를 처음으로 들려준다. 아버지는 중국에서 광복군으로 활동하다가 몸을 피하여 서역으로 떠난 후 다시 돌아오지 않았다는 것이다. 그러면서 어머니는 자신의 한쪽 다리가 되어 준 헌 의족 속에 간직해 온 아버지의 필적이 적힌 두루마기를 꺼내 준다. 그 여름이 지난 후에 여자는 '나'의 곁을 떠나고 두 사

---

7 작가는 '돈황(敦煌)'을 '둔황'으로, '누란(樓蘭)'을 '로울란'으로 고쳤다. 그리고 「둔황의 사랑」, 「로울란의 사랑」, 「사랑의 돌사자」, 「사막의 여자」로 이어지는 중편들을 합쳐 하나의 장편소설로 만들었다.

람의 사랑은 아무런 흔적도 없이 사라진다. '나'의 아버지가 피신하여 떠났다는 서역 어딘가에 지금은 폐허가 된 옛 누란(樓蘭)의 땅에서 여자의 미라가 발견되었다고 한다. 이 소설에서 이야기의 서사적 진술은 회상적 어조로 이어지면서 지나 버린 허망한 일상과 그 속에 스며 있던 사랑의 의미를 직조한다. 그리고 바로 거기에 '누란'의 환상이 자리 잡는다. 어머니의 의족 속에 숨겨져 있던 아버지의 이야기는 그것이 바로 한 인간의 삶을 가능하게 만든 사랑이었을 것이다. 장편소설 「둔황의 사랑」은 이야기의 후반부에 「사랑의 돌사자」와 「사막의 여자」라는 두 개의 삽화를 이어 놓는다. 「사랑의 돌사자」는 충주 미륵리에서 사자상의 석탑을 보고 서역 아쇼카 왕의 네 마리 사자 기둥을 연상하면서 그 속에 담긴 사랑의 의미를 확인하는 과정을 보여 준다. 「사막의 여자」는 '돈황' 이야기의 결말에 해당하는데, 주인공인 '나' 자신이 직접 돈황을 찾아가는 여행의 과정을 그린다. 돈황의 명사산에 올라 주인공이 밝혀 낸 것은 신비한 사랑의 울림이다. 이처럼 장편소설 「둔황의 사랑」은 소설의 리얼리티의 개념 대신에 암시와 상징을 통해 드러나는 환상적인 세계를 대치한다. 이 환상의 공간 속에서 윤후명은 새롭고 낯선 서사의 문법을 만들어 내면서 자신이 가지는 특수한 시각, 사물에 대한 인식과 그 상상적 재구성에 충실할 뿐이다. 1980년대 소설 문단에 충만해 있던 세속주의를 외면하면서 윤후명이 찾아낸 것은 이미 그 위력을 잃기 시작한 절대적 가치라든지 역사적 전망이라든지 하는 것들이 아니라 인간에 대한 영원불멸의 사랑이다.

　윤후명의 소설 세계에서 하나의 변곡점에 자리하고 있는 것이 장편소설 「협궤열차」(1992)이다. 이 소설은 이야기의 구성에 초점을 둔 소설이라기보다는 오히려 자기 고백적인 진술에 기대고 있는 일종의 '서정 소설'에 해당한다. 이야기 속 화자인 '나'의 목소리에 담긴 고백의 내용은 흘러간 사랑에 대한 애틋함에 무게를 두고 있다. '나'는 지나 버린 사랑은 그것으로 완성된 것이라고 고집한다. 그리고 애틋함이나 그리움은 저 세상에 가는 날까지 가슴에 묻어 두어야 한다고 주장하면서 "헤어진 사람을 다시 만나고 싶거들랑 자기 혼자만의 풍경 속으로 가라. 그 풍경 속에 설정되어 있는 그 사람의 그림자와 홀로 만나라."라고 자신에게 충고한다. 그리고 스스로 찾아 나선 가장 쓸쓸한 풍경이 바로 수인선 '협궤열차'이다. '나'의 시각을 따라 올라선 협궤열차는 새로운 곳을 향하는 설렘과 지나간 것을 떠나보내는 아쉬움이 함께 뒤섞인 특이한 공간으로 느껴진다. 이 쓸쓸하고도 황량한 공간에서 '나'는 옛사랑과 다시 만나고 또다시 그 애틋함을 더해 가면서 헤어진다. 인간의 사랑에 묻어나는 그 쓸쓸함을 이렇게 애잔하게 서정적 문체로 그려 낸 소설은 달리 찾아보기 어렵다. 하지만 이 소설에서 말하고자 하는 사랑은 기실 그 실체를 알아보기 어렵다. 지나 버린 사랑은 그것으로 이미 완성된 것이라고 했던 작가의 말은 역설적이긴 하지만 영원히 미완의 것으로 남겨질 수밖에 없는 사랑의 의미를 강조하기 위한 것일지도 모른다. 이 소설에 상징적으로 배치된 '솟대'의 의미를 생각해 보면 그 애틋함의 심정이 무한의 세계를 향하는 것임을 알 수 있다. 윤후명은 소설 「협궤열차」를 통해 자신의 젊은 시절에 남겨 두었던 사랑이라는 감정의 상처를 용케도 잘 다스린다. 그가 '협궤열차' 위에 실어 보낸 사랑은 시작도 끝도 없는 삶의 한 풍경이었던 것이다.

윤후명이 소설 「협궤열차」 이후 시도하고 있는 작가적 변모를 확인할 수 있는 작품이 중편소설 「하얀 배」(1995)이다. 이 작품에서부터 윤후명은 인간과 사물의 존재와 그 인식의 문제에 매달린다. 물론 이 같은 주제의 관념성은 소설적이라기보다는 시적이다. 소설의 이야기는 실재성의 감각을 중시하기 때문이다. 이 작품의 주인공인 '나'는 중앙아시아에 거주하고 있는 고려인 여성이 쓴 「말 배우는 아이」라는 글을 읽게 된다. '류다'라는 이 여성의 글은 모국어인 한국어를 배우기 위해 힘쓰는 고려인 후손들의 이야기인데, '나'는 그 이야기를 읽는 순간 '안녕하십니까'라는 평범한 인사말이 가지는 의미에 깊이 공감한다. '나'는 취재를 겸하여 러시아 여행길에 중앙아시아를 경유하는 긴 여정을 준비한다. 중앙아시아의 황량하게 펼쳐진 사막을 거쳐 드넓은 초원을 지나 천산 산맥을 뒤덮고 있는 만년설이 녹아 흘러든 호수 이시쿨에 이르기까지 '나'는 일상의 찌든 생각들을 모두 털어 버리면서 그 환상적인 풍경 속으로 빠져든다. 거대한 설산의 풍경이 드넓은 호수의 푸른 물에 비치는 모습은 마치 호수 위를 떠가는 하얀 배처럼 느껴진다. 그리고 거기에서 "안녕하십니까."라고 또박또박 인사를 건너는 류다를 만나게 된다. 키르기스스탄 출산 작가 아이트마토프의 소설 『하얀 배』의 한 장면을 패러디하고 있는 이 소설의 결말은 인간의 삶과 그 존재의 의미를 다시 생각하게 만든다. 자기 존재 의미를 드러내기 위해 인간은 각자 자신의 말(소리)을 하게 된다. 실제로 윤후명은 모든 사물이 자기 존재를 드러내기 위해 내는 소리의 의미를 찾아 나선다. 그는 『새의 말을 듣다』(2007)를 엮어 내었고 『꽃의 말을 듣다』(2012)를 다시 발간하면서 사물의 존재의 근원으로 통할 수 있는 길을 찾고 있다.

윤후명의 소설은 그 창작의 과정에서부터 이미 본질적으로 사실주의적인 속성과 거리가 먼 양식적 요소로 채워지고 있다. 그는 소설적 리얼리티에 대한 효과를 포기하면서 자신의 주관적 감정과 경험적 요소들을 환상 속으로 끌어들인다. 그의 소설은 현실을 통합적으로 인식하고 거기에 어떤 합리적 질서를 부여하는 작업과는 거리가 멀다. 오히려 현실의 한 부분을 자기화하는 작업에만 매달리고 있다. 그렇기 때문에 현실의 어떤 부분을 잘 반영하여 묘사하고 있는 것이 아니라 오히려 그 현실의 어떤 측면에 대응할 수 있는 하나의 독자적인 환상의 공간을 창조해 낸다. 어떤 의미에서 볼 때 윤후명이 그의 소설에서 그려 내고 있는 환상의 공간은 그의 소설 속에서 하나의 구체적 현실처럼 탄생하고 있는 것이다.

김원우[8]는 등단 직후부터 서사의 기법적 탐구에 주력한다. 초기에 발표한 「무기질 청년」(1981), 「장애물 경주」(1986) 등에서 일상의 현실을 벗어나기 위한 그의 소설적 모험이 잘 드러나고 있다. 김원우는 일상적 경험의 세계에서 거의 무의식적으로 반복되어 일어나고 있는 사소한 일들을 소설의 세계 속으로 끌어들임으로써, 그러한 습관화된 일상의 체험들에 의해 마비된 감수성에 자극을 준다. 김원우의 소설에서 그려지는 사소한 일들이 아무런 의식과 자각 없이 지속되는 것이라면, 그런 행위를 반복하면서 살고 있는 일상의 인간들이 얼마나 무의미한 삶을 누리고 있는 것인지를 쉽게 짐작할 수 있다. 그의 초기 작품 속에는 유년기와 청소년기를 어렵게 보낸 체험들이 생생하게 드러나고 있는 것이 특징이다. 당대 한국인의 삶과 의식 구조가 그 삶의 고단한 속살을 통해서 표출되고 있는 셈이다.

김원우의 소설적 기법은 장편소설 「짐승의 시간」을 통해 그 독자적 성격과 의미를 잘 보여 준다. 그리고 이야기 속에 스며들어 있는 작가 자신의 정직한 시선과 깊은 비판 의식도 자연스럽게 확인할 수 있다. 이 소설의 이야기는 극단 '시그널'이라는 한정된 공간을 배경으로 하고 있지

---

8 김원우(金源祐 1947~ ). 본명 김원수(金源守). 경남 진영 출생. 경북대 영어영문학과 졸업. 서강대 대학원 수료. 계명대 문예창작과 교수 역임. 1977년 《한국문학》 중편소설 공모에 작품 「임지」 당선. 작품집 『무기질 청년』(1981), 『인생 공부』(1983), 『장애물 경주』(1986), 『겨울 속의 너』(1987), 『아득한 나날』(1991), 『벌거벗은 마음』(1992), 『미궁 뒤지기』(1999), 『객수산록』(2002), 『젊은 천사』(2005) 등과 장편소설 『짐승의 시간』(1986), 『가슴 없는 세상』(1987), 『모노가미의 새 얼굴』(1996), 『일인극 가족』(1999), 『모서리에서의 인생 독법』(2008) 등 출간.

만 그 자체가 격동기의 한국 사회의 한 측면을 그대로 압축하여 보여 준다. 1970년대 말 암울했던 사회적 상황을 회상적으로 진술하는 이 작품에서 주인공은 극단의 공연 준비에 몰두하는데, 테러리스트를 등장시킨 이 번역극 공연은 허가를 받지 못한다. 주인공은 공연을 강행했지만 이틀 만에 중단된다. 그 뒤 극단의 가을 공연도 겨우 워크숍 형식으로 마칠 수밖에 없게 된다. 그런데 가을 공연을 마친 날 대통령이 서거했다는 뉴스가 들려온다. 이 작품에서 주인공이 겪는 고통의 세월은 극단의 공연 불허 과정에서 드러나는 정치적 규제와 탄압을 통해 구체화된다. 주인공을 둘러싸고 있는 주변 인물들의 좌절과 방황 속에서 작가는 어두운 시대를 살아가는 고통과 아픔을 보여 주고자 한다. 그리고 바로 여기에 참다운 인간의 시간을 찾아야 한다는 작가 자신의 소망과 이미지가 이야기의 참주제로 자리하고 있다.

김원우의 근작에 해당하는 장편소설 「모서리에서의 인생 독법」(2008)은 작가가 보여 주는 절묘한 서사 기법의 소설적 성취를 확인할 수 있게 한다. 이 소설의 이야기는 월남민으로서 한평생을 살았던 유명한 외과 의사의 생애를 복원해 가는 과정을 서사의 중심에 배치하고 있다. 주인공인 외과 의사가 세상을 떠난 후에 그 제자들이 모여 스승을 추모하기 위한 문집을 준비한다. 그런데 스승이 의사로서 살아온 과정에 대한 이런저런 자료를 모으던 제자들은 스승인 외과 의사가 살아생전에 자신에 관한 모든 자료를 없애 버렸다는 사실을 확인하게 된다. 제자들은 스승의 태도에 자못 망연해하면서도 주변 사람들의 증언과 기억에 의존하여 한 부분씩 스승의 삶의 모습을 복원해 나간다. 이 소설은 주인공의 자기 삶에 대한 은폐와 그 후예들에 의해 이루어지는 생애의 복원 사이의 긴장 관계를 이해하는 과정이 이야기의 핵심에 해당한다. 유족들의 기억과 몇몇 유지들의 증언에 따라 주인공의 생애가 새롭게 복원된다. 여기에서 주관적 기억과 객관적 사실의 아득한 거리를 넘어 인간 진실의 불가해하면서도 보편적인 국면을 열어 가는 문학적 상상력 혹은 소설 서사의 구성적 힘을 음미해 볼 수 있다. 작가 자신은 소설의 주인공이 자기 생애의 중요한 자취를 스스로 지우면서 살아온 과정을 놓고 일종의 집단적 무의식으로서의 '난민 의식'이라고 명명했는데, 이 소설을 통해 한국인에게 난민적인 삶과 강박적 '난민 의식'을 강요한 실체가 바로 파란의 역사라는 사실이 저절로 드러난다.

박범신[9]은 섬세하고 감각적인 필치로 현대인들의 세태와 풍물을 예리하게 묘사한 많은 작품을 발표했다. 그가 1978년 첫 창작집 『토끼와 잠수함』을 낸 이래 발표한 장편소설 『죽음보다 깊은 잠』(1979), 『숲은 잠들지 않는다』(1985), 『풀잎처럼 눕다』(1980), 『겨울강, 하늬바람』(1981) 등은 어두운 삶에 대한 허무주의적 대결, 비정한 문명과 인간성에 대한 비판 등에 주력하면서 대중적인 호응을 얻게 된다. 현대를 살아가는 개인의 욕망과 좌절을 근간으로 물질 만능의 속물근성, 기회주의적 태도 등 다양한 인간 세태를 그리는 데 주력하던 그는 1993년 절필을 선언하고 1996년 중반까지 칩거에 들어갔다. 중편소설 「흰 소가 끄는 수레」(1996)를 발표하면서 다시 창작 생활을 시작한 그는 인간의 원초적인 본능에 대한 탐구, 자연과 생명의 의미에 대한 깊은 인식 등을 중심으로 「외등」(2001), 「빈 방」(2004) 등의 작품을 내놓았다.

---

9 박범신(朴範信, 1946~ ) 충남 논산 출생. 전주교대를 거쳐 원광대 국문학과, 고려대 교육대학원 졸업. 1973년 《중앙일보》 신춘문예에 소설 「여름의 잔해」가 당선. 첫 창작집 『토끼와 잠수함』(1978)을 비롯하여 『아침에 날린 풍선』(1978), 『덫』(1979), 『미지의 흰 새』(1982), 『흰 소가 끄는 수레』(1997) 등이 있고, 장편소설 『죽음보다 깊은 잠』(1979), 『밤이면 내리는 비』(1979), 『숲은 잠들지 않는다』(1985), 『풀잎처럼 눕다』(1980), 『겨울강, 하늬바람』(1981), 『불의 나라』(1987), 『더러운 책상』(2003), 『빈 방』(2004), 『나마스테』(2005), 『촐라체』(2008), 『고산자』(2009) 등 발표. 참고 문헌: 박진, 「박범신 장편소설 『나마스테』에 나타난 이주 노동자의 재현 이미지와 국민 국가의 문제」, 《현대문학이론연구》 40집(2010. 3); 정은경, 「낭만주의의 한 맥락 ─ 박범신 문학론」, 《현대문학이론연구》 67집(2016. 3).

김성동은『만다라』(1978),『피안의 새』(1981),『하산』(1981) 등에서 불교의 종교적 체험을 바탕으로 삶의 차원을 존재의 차원으로 바꾸어 놓는일에 관심을 기울이고 있다. 조성기는 기독교적인 성서의 정신으로 현실을 재해석한『라하트 하헤렙』(1985),『야훼의 밤』(1986)을 내놓았고,『우리 시대의 사랑』(1990)을 통해 현실의 세태를 날카롭게 풍자 비판하고 있다. 박영한은 월남전의 체험을 바탕으로 한『머나먼 쏭바강』(1978),『인간의 새벽』(1980) 등을 발표한 후,『왕룽일가』(1988)에서 세태 풍자의 가능성을 보여 준다. 정종명은『이명』(1983)에서 폐쇄적인 현실의 상황적문제성을 치밀하게 그려 낸 바 있다. 이인성은 실험적 문체를 통해 젊은이의 자아 성장을 다룬『낯선 시간 속으로』(1983), 인간의 의식과 삶의 실체를 가리는 허위의식을 폭로하는『한없이 낮은 숨결』(1989) 등을 간행한 바 있다. 이 작품들에서 이인성은 기존의 서술 문장의 문체론적 기반을 전복시키면서 거듭된 쉼표의 사용과 문장의 파격적 단절 및 행갈이등 전위적인 형태 실험을 통해 인간의 내면 의식과 거기에 잠복되어 있는 욕망에 주목하는 독특한 작품 세계를 보여 주고 있다.

### (2) 현실의 변화와 서사의 전환

한국 현대소설에서 산업화 시대의 변화와 민주화 운동의 격정을 동시에 체험해야 했던 새로운 세대의 작가로 임철우[10]의 등장이 먼저 주목된

---

10 임철우(林哲佑, 1954~ ). 전남 완도 태생. 전남대 영문학과 졸업 후 서강대 대학원 영문학 전공. 한신대 문창과 교수. 1981년 《서울신문》 신춘문예에 「개도둑」 당선. 소설집 「아버지의 땅」(1984), 「달빛 밟기」 (1987), 「직선과 독가스」(1989), 「그 섬에 가고 싶다」(1991), 「등대 아래서 휘파람」(1993), 「곡두 운동회」 (1995), 「봄날」(1998), 「백년여관」(2004) 등 출간.

다. 임철우는 한국전쟁 이후 출생한 새로운 세대이지만 분단과 전쟁과 이념의 갈등 문제가 본질적으로 1980년대 광주 민주화운동에 맞닿아 있음을 소설적으로 형상화하고 있다. 그의 소설 세계는 두 가지의 축을 중심으로 전개된다. 하나는 민족 분단에서 한국전쟁으로 이어지는 이념의 대립과 갈등 그리고 그 상처의 정신적 회복 문제를 새로운 세대의 관점에서 검토하는 작업이다. 이 작업은 그의 소설 「아버지의 땅」(1984), 「붉은 산, 흰 새」(1990)를 통해 문제적인 상태로 표출된다. 「아버지의 땅」에는 '나'라는 젊은이가 화자로 등장한다. 전방에서 군 복무 중인 '나'는 참호를 파다가 유골 한 구를 발견한다. 몇 겹이나 되는 철사 줄에 감겨 있는 유골을 보고 '나'는 불현듯 혼자서 자기를 키워 준 어머니의 얼굴을 떠올린다. 이렇게 소설 속의 이야기는 두 가지 내용이 서로 겹쳐 있다. 하나는 주인공이 군부대에서 작업 중에 발견한 유골에 관한 이야기이며, 다른 하나는 주인공이 떠올린 어머니 모습과 좌익 운동에 가담했다가 행방불명이 된 아버지에 대한 생각이다. 전혀 상관없어 보이는 두 가지 삽화가 하나의 이야기로 통합되는 과정은 유골을 정성껏 수습하는 노인의 모습을 통해 가능해진다. 유골의 주인공이 '빨갱이'일 거라고 추측했던 병사들과는 달리 노인은 그 처참한 죽음을 감싸 안는다. 여기에서 주인공이 아버지에 대한 주인공의 원망과 죄책감에서 벗어날 수 있는 가능성이 암시된다. 분단과 이념의 갈등 문제를 정신적으로 극복하는 길은 결국 그 실체를 포용하는 방법뿐이라는 것이다. 장편소설 「붉은 산 흰 새」에서도 작가는 한국전쟁 당시의 비극적 상황을 낙일도라는 작은 섬을 공간적 배경으로 하여 복원하고 있다. 분단소설에서 흔히 볼 수 있는 '귀향 모티프'를 그대로 활용하고 있는 이 작품에서 작가가 주목하고 있는 것은 전쟁 자체의 야만성과 그 잔혹한 인간성의 파괴이다. 그리고 그 전쟁의 피해자를 좌익 운동에 가담했던 인물들이 아니라 악덕 지주로 몰려 참혹하게 죽음을 당한 사람들을 중심으로 그려 낸다. 소설의 주인공은 전쟁 뒤 15년 만에 부친의 묘소를 이장하기 위해 고향 낙일도를 찾는다. 부친은 전쟁 당시 지주로 지목되어 죽었고, 아내마저 공산당 청년들에게 강간당한다. 주인공은 아내가 낳은 첫 아들이 자신의 아들이 아닐 수 있다고 생각하면서 아내를 구박하고 끝내 실성한 아내를 밖으로 내친다. 결국 전쟁으로 인하여 일가족은 처참하게 붕괴된 셈이지만, 주인공은 모든 아픔을 확인하고 다시 그것을 덮어 버림으로써 살아남은 자의 고통을 극복할 수 있는 길을 찾는다.

임철우의 또 다른 소설적 작업은 자전적 경험을 바탕으로 하여 삶의 공동체에 대한 조화로운 복원을 꿈꾸는 「그 섬에 가고 싶다」(1991)와 「등대 아래 휘파람」(1993)으로 이어진다. 「그 섬에 가고 싶다」는 주인공이 소년 시절까지의 성장 과정을 통해 보고 들었던 이야기들이 삽화적으로 연결되어 있다. 섬마을 사람들의 평화로웠던 삶과 소탈한 모습들이 자유롭게 어린아이의 시선으로 조명된다. 「등대 아래 휘파람」은 섬마을을 떠나 가족과 함께 도시의 변두리에서 살게 된 소년 시절부터 청년기로의 이행 과정을 그린다. 아버지의 부재와 어머니의 죽음 그리고 생계조차 이어 가기 어려웠던 가난 속에서도 주인공은 꿈꾸는 자만이 길을 찾을 수 있다는 생각을 놓지 않고 황량한 도회에서 살아간다. 자신의 삶의 지표를 자기 내면에 설정하고 스스로 밤하늘에 빛나는 '별'이 되고자 하는 주인공의 삶이 감동적으로 그려져 있다.

임철우의 소설 가운데 1980년 5월의 광주 민주화운동의 현장을 일종의 보고서 형식으로 정리한 장편소설 「봄날」(1997)이 있다. 그런데 이 소설의 이야기에 등장하는 한 가족을 장편소설 「붉은 산 흰 새」의 한씨네 일가로 설정한 점이 주목을 요한다. 광주에서 전당포를 운영하고 있는 한원구는 「붉은 산 흰 새」에서 부친의 묘소 이장을 위해 고향 낙일도를 찾았던 바로 그 인물이다. 그는 아내 청산댁과 아들 무석, 명치, 명기 그리고 딸 명옥을 슬하에 거느리고 있다. 한원구의 전처 귀단은 실성한 후 집을 나가 행방불명이 되었다. 작가는 이 가족 구성원들을 광주 민주화운동의 거대한 흐름 속에 다시 배치한다. 그리고 이들이 한편으로는 계엄군에 서서, 다른 한편에서는 시민의 입장이 되어 다시 대립하는 과정을 그대로 보여 준다. 이것은 한국전쟁 당시의 상황과 광주 민주화운동이 역사적인 필연처럼 서로 연결되어 있음을 암시한다. 그리고 민족 분단이라는 시대적 조건이 전쟁의 비극과 광주 민주화운동의 엄청난 희생을 강요했음을 말해 주고 있다.

이승우[11]의 소설은 등단 초기부터 일상적인 삶과 현실 문제로부터 일정한 거리를 둔 채 보다 본질적인 인간의 내면적 고뇌, 신의 존재와 구원의 문제, 존재의 불안과 갈등과 같은 다소 무겁고 관념적인 주제에 매달리고 있다. 그의 등단작인 「에리직톤의 초상」(1981)을 비롯하여 「가시나무 그늘」(1990)이나 「생의 이면」(1992)과 같은 화제작에서도 작가가 고심하는 주제는 인간의 존재와 기독교적 구원의 문제라고 할 수 있다. 이승우는 물론 이러한 주제를 종교적 관점으로 몰아가는 것이 아니라 넓은 의미에서 시대적 고뇌라고 할 수 있는 본질적인 문제의식으로 끌어올리고 있다. 그는 소설 속에 등장하는 여러 유형의 인간들을 통해 그 내면에 깊숙이 자리한 원죄 의식과 그로 인한 불안을 섬세하게 그려 내면서 신의 존재와 구원의 가능성을 열어 보이기도 한다. 그리고 예술가의 정체성에 대한 문제를 지속적으로 주목하면서 「세상 밖으로」(1990), 「미궁에

---

11 이승우(李承雨, 1959~ ). 전남 장흥 출생. 서울 신학대학 졸업. 연세대 연합신학대학원 수학. 조선대 문예창작학과 교수 역임. 1981년 《한국문학》 신인상에 장편소설 「에리직톤의 초상」 당선. 창작집 『구평목 씨의 바퀴벌레』(1987), 『일식에 대하여』(1989), 『세상 밖으로』(1991), 『길을 잃어야 새 길을 만난다』(1994), 『목련공원』(1998), 『오래된 일기』(2008) 등 출간. 장편소설 「가시나무 그늘」(1990), 『생의 이면』(1992), 『식물들의 사생활』(2000) 등 발표.

대한 추측」(1994) 등의 작품을 통해 언어의 가치 붕괴와 타락에 대한 환멸과 이의 극복 가능성에 대해 진지하게 고찰하고 있다. 이처럼 이승우의 작품들은 인간 존재의 인식, 성(聖)과 속(俗)의 이원성의 극복, 인간의 삶과 초월의 세계 등 다소 무겁고 관념적인 주제를 즐겨 다룬다. 그렇지만 이승우는 소설이라는 양식을 구성하는 서사의 구조를 아주 복잡하게 얽어 놓고 이를 정밀한 묘사와 유려한 문체를 기반으로 하는 서술 방식을 통해 새롭게 구조화함으로써 그 주제의 관념성을 극복할 수 있는 풍부한 이야기를 만들어 내고 있다.

장편소설 「생의 이면」은 소설 속에서의 소설 쓰기라는 특이한 구성법으로 이야기를 전개한다. 실제로 이 작품은 '나'라는 서술자를 등장시켜 한 작가의 생애를 그가 남긴 자전적 소설 「지상의 양식」을 추적하여 새롭게 복원해 내고 있다. 이 작품에서 독자들은 두 개의 서사적 상황이 겹치면서 빚어내는 한 인간의 생의 이면을 엿볼 수 있게 된다. 여기에서 서술자의 관점을 통해 강조하고자 하는 것은 한 작가의 내면세계에 잠복해 있던 두 가지의 상처이다. 하나는 부친의 자살을 방조했다는 죄의식에 사로잡혀 정신적 고통에 시달렸다는 점이고 다른 하나는 한 여인에 대한 사랑의 실패와 좌절을 겪었다는 사실이다. 이 두 가지의 상처가 「지상의 양식」에 감춰졌던 가장 깊숙한 생의 이면이었던 셈이다. 이 작품은 한 작가의 글에 감춰져 있던 삶의 어두운 상처가 어떻게 숨겨지고 또 드러날 수 있는지를 섬세하게 추적함으로써 이승우의 새로운 소설법의 가능성을 제시하고 있다. 이 같은 소설의 구조적 복합성은 근작에 속하는 장편소설 「식물들의 사생활」에서도 확인된다. 이 소설에서 작가가 노린 것은 '식물적인 사랑'이라는 말로 이름 붙일 수 있는 절대적인 사랑의 의미이다. 이야기 속에 복잡하게 얽혀 있는 어머니의 사랑 이야기와 형제 사이의 애정 갈등은 동물성의 인간 생활 속에서 과연 사랑이라는 것이 어떤 의미를 지닐 수 있는지를 질문하기 위한 소재에 불과하다. 이리저리 뒤얽힌 남녀 관계의 양상을 설정한 후 이를 다시 풀어헤쳐 가며 서사의 경중을 가려내는 이 독특한 서사 기법은 작가 이승우가 찾아낸 소설의 방법이다. 작가는 동물적 욕망을 넘어설 수 있는 지점을 '식물'의 세계라고 말하고 있지만 육체적 욕망과 정신적 사랑의 관계를 어떻게 설명해야 하는 것인지는 하나의 영원한 숙제이다.

구효서[12]는 전통적 서사의 기법을 해체하고 시간과 공간의 경계를 넘나드는 알레고리적 상황을 연출하면서 시점과 문체의 변화를 통해 자기 나름의 새로운 소설적 문법을 만들어 가고 있다. 이러한 방법의 천착은 자기 주제에 대한 독특한 해석법을 스스로 만들어 내기 위한 상상적 고안으로 이어지면서 탄탄한 서사 구조, 재미를 겸비한 이야기의 전개 등에 일정한 성과를 거두고 있다. 시간 개념과 공간 개념을 무시한 그로테스크한 과장법이 나타나는 「자공(子公), 소설에 먹히다」(1993)부터 일상 속의 부조리를 다룬 「포천에는 시지프스가 산다」(1999)에 이르는 단편소설들은 그가 기법 고안에 끈질기게 집착하고 있음을 보여 주는 긍정적 성과에 해당한다. 장편소설의 경우에서도 작가는 자신이 발견한 소재에 잘 부합되는 기법을 찾아낸다. 역사의 이중성과 상대성에 대해 고민한 장편소설 『늪을 건너는 법』(1991), 『악당 임꺽정』(2000), 『랩소디 인 베를린』(2010) 등은 모두가 소설적 기법의 변형을 통해 주제의 깊이를 실현하고 있는 문제작이다. 『랩소디 인 베를린』의 경우 이국땅에서 떠돌며 생

---

12 구효서(具孝書, 1958~ ). 인천 강화군 출생. 목원대 국어교육과 졸업. 1987년 《중앙일보》 신춘문예에 단편 「마디」 당선. 창작집 『노을은 다시 뜨는가』(1991), 『확성기가 있었고 저격병이 있었다』(1993), 『깡통따개가 없는 마을』(1995), 『도라지꽃 누님』(1999), 『아침 깜짝 물결무늬 풍뎅이』(2003), 『시계가 걸렸던 자리』(2005), 『저녁이 아름다운 집』(2009), 『별명의 달인』(2013) 등과 장편소설 『늪을 건너는 법』(1991), 『남자의 서쪽』(1997), 『내 목련 한 그루』(1997), 『악당 임꺽정』(2000), 『메별』(2001), 『나가사키 파파』(2008), 『랩소디 인 베를린』(2010) 등 출간.

애를 마감한 조선인 음악가의 예술적 삶과 그 역경의 과정을 특이한 액
자식 구성을 통해 시간과 공간을 직조하면서 새롭게 변주한다. 이 소설
에서 작가가 주목하고 있는 자유로운 예술혼과 인간애는 조국으로 귀환
하지 못한 채 국외자로서 차별당하면서도 예술에 대한 열정으로 자기 존
재를 입증하고자 했던 주인공의 치열한 삶의 여정을 통해 감동적으로 형
상화되고 있다. 한국적 디아스포라의 비극성이 시대적 상황과 역사적 조
건 속에서 입체적으로 조명되고 있는 셈이다.

박상우[13]는 감각적인 문체의 힘을 빌려 시대와 개인의 상처를 그려 내
면서 1990년대의 새로운 문학의 장에 합류하고 있다. 그의 화제작이었
던 단편소설 「샤갈의 마을에 내리는 눈」(1991)은 민주화 투쟁의 시대를
함께 살았던 친구들의 의식의 변화를 어떤 술자리를 통해 적나라하게 그
린다. 새로운 1990년대를 맞는 기분 풀이로 함께한 친구들의 술자리에
흥이 오르지 않는다. 지난 시대에 그들을 흥분시키며 열기를 더하고 서
로 단단하게 뭉칠 수 있게 했던 '정치적 관심사'가 사라졌기 때문이다.
모두가 일상에 빠져 있는 자신들의 모습을 숨기려고 서로 눈길을 피하는
어색한 분위기가 지속된다. 당대 현실의 정치적 관심사였던 민주화를 향
한 열망을 공유하며 미래에 대한 희망을 함께 나누었던 그들이 이제는
각자 자기 생활에 열중한다. 여섯이 모였던 술자리에서 하나둘 자리를
빠져나가고 급기야는 캄캄한 밤거리에 단둘이 남게 된다. 두 사람은 서
로 상대편이 먼저 가 버릴까 봐 불안해하며 나머지 하나의 손을 필사적
으로 거머쥐려고 한다. 이 결말의 장면은 개별적 주체로 흩어지는 개인

---

13 박상우(朴相禹, 1958~ ). 경기 광주 출생. 중앙대 문예창작과 졸업. 1988년 단편소설 「스러지지 않
는 빛」으로 《문예중앙》 신인문학상 당선. 소설집 「샤갈의 마을에 내리는 눈」(1991), 「독산동 천사의 시」
(1995), 「사탄의 마을에 내리는 비」(2000), 「사랑보다 낯선」(2004), 「인형의 마을」(2008) 등과 장편소설
「시인 마테오」(1992), 「호텔 캘리포니아」(1996), 「청춘의 동쪽」(1999), 「지붕」(2005), 「칼」(2005) 등 출간.

의 모습을 부각시키면서 마무리된다. 「내 마음의 옥탑방」(1999)의 경우에도 일상의 테두리에 갇혀 있는 한 개인의 내면을 그린다. 이 작품은 사랑이라는 이름으로 겪을 수 있는 하나의 이야기를 만들어 내고 있지만, 사실은 그 형체가 불분명하다. '옥탑방'이라는 작은 공간을 통해 상징적으로 그려 낸 삶의 진정성에도 불구하고 이 소설은 오늘을 살아가는 개인의 삶에 내재해 있는 매혹과 절망의 이중성을 그대로 암시하고 있다. 이야기 속에서 우의적으로 다루어지고 있는 '시지프의 신화'는 삶의 의지를 상실한 개인의 자기변명에 지나지 않는다는 점에서 문제적이라고 할 수 있다.

윤대녕[14]의 소설은 1990년대 문학의 새로운 감수성을 그대로 대변한다. 첫 창작집 『은어낚시통신』(1994)의 작품들이 보여 주는 주목되는 특징은 두 가지로 요약할 수 있다. 하나는 소설 속의 이야기에서 그려 내는 실재의 세계에 환상의 요소를 부여함으로써 그 공간을 확장하고 있는 점이며, 다른 하나는 모든 이야기가 존재의 시원(始原)을 향한 욕망을 담고 있다는 점이다. 이러한 경향은 이념적 요건에 크게 좌우되던 1980년대의 소설과는 전혀 다른 서사의 방법에 따라 가능해진 것이다. 그의 소설은 새로운 시대 상황과 특이한 대응 관계를 유지함으로써 자기 문학의 거점을 분명하게 드러내고 있는데, 획일적인 인간관을 거부하면서 새로운 인간의 가치를 환상적인 문체를 통해 추구하고 있다. 초기의 대표작인 단편소설 「은어낚시통신」은 무의미하게 반복되는 일상에 파묻혀 있

---

14 윤대녕(尹大寧, 1958~ ). 충남 예산 출생. 단국대 불문학과 졸업. 1988년 《대전일보》 신춘문예에 단편소설 「원(圓)」 당선. 1990년 단편 「어머니의 숲」으로 《문학사상》 신인상 수상. 소설집 『은어낚시통신』(1994), 『남쪽 계단을 보라』(1995), 『지나가는 자의 초상』(1996), 『많은 별들이 한곳으로 흘러갔다』(2004), 『누가 걸어간다』(2004), 『제비를 기르다』(2007) 등과 장편소설 『옛날 영화를 보러 갔다』(1995), 『추억의 아주 먼 곳』(1996), 『달의 지평선』(1998), 『코카콜라 애인』(1999), 『사슴벌레여자』(2001), 『눈의 여행자』(2003), 『호랑이는 왜 바다로 갔나』(2005) 등 출간.

던 젊은 주인공이 '은어낚시모임'의 통신을 받고 그 모임에 나가는 것으로 시작된다. '컴퓨터 통신'이라는 이름으로 개인과 개인을 연결지어 주던 가상의 공간이 새로운 매체로 이 소설에 등장한다. 이 컴퓨터 통신은 주인공을 일상의 현실 공간에서 조금씩 과거의 시간, 기억의 공간 속으로 끌어간다. 삶의 모든 조건으로부터 소외된 채 삭막한 현실에 혼자 갇혀 있던 주인공은 고독한 도시의 일상을 벗어나 생의 본질적 욕망과 그 존재의 의미를 찾기 위해, 은어의 귀소 본능을 그대로 따라 자기 존재의 시원으로 거슬러 올라가는 것이다. 일상을 벗어나 존재의 근원을 찾고자 하는 주인공의 내적 욕망은 생명의 본질을 회복하고자 하는 과정과 그대로 일치한다. 이러한 주인공의 의식의 변화 자체가 새로운 시대의 삶에 대한 전망을 가능하게 한다는 점은 주목할 만하다. 화제작이었던 「천지간(天地間)」(1996)의 경우에도 소설 속에 환상적 요소를 배치함으로써 서사 내적 공간을 확장시키고 있다. 삶과 죽음이라는 인간의 근원적 문제를 '인연의 끈'이라는 운명의 논리로 새롭게 해석한 이 소설의 이야기는 우연의 요소가 많고 의외로 단순한 결말을 보여 준다. 주인공은 외숙모의 부음을 받고 문상을 가는 길에 버스 터미널에서 한 여인을 만난다. 그리고 스물대여섯 살 정도로 보이는 그녀의 얼굴에서 죽음의 그림자를 발견한다. 그로부터 나는 기이한 인연의 줄에 이끌려 그녀의 뒤를 따르게 되고, 나의 목적지와는 무관한 완도행 버스를 타고 남도의 외진 바닷가에 이른다. 그리고 여관 주인과 함께 그 여인을 죽음의 그림자에서 건져 낸다. 여인은 자신의 과거에서 벗어나 새로 태어나게 된다. 생명의 끈을 잡고 있는 주인공의 태도에서 인간 구원의 자세를 확인할 수 있지만, 이 소설에서 중요한 것은 환상적 요소의 처리 방식과 다양한 상징적 장치의 조화 속에서 만들어지는 생명의 흔적이라고 할 것이다.

윤대녕의 첫 장편 「옛날 영화를 보러 갔다」(1995)는 작가의 소설적 작업이 지향하는 목표를 여러 방면에서 확인해 볼 수 있는 작품이다. 이 소설에서 활용하고 있는 잃어버린 기억의 시간 같은 환상적 요소는 윤대녕의 소설에서 즐겨 다루는 소재로 자리 잡고 있다. 일상을 살아가는 현대인의 병리적인 불안 의식을 사랑의 발견이라는 주제와 연결시켜 새롭게 해석하고자 하는 의욕을 보여 준다. 이 소설의 이야기 속에 등장하는 중심인물은 30대 초반의 젊은 남성이다. 그는 대기업 기획실에서 근무하는 유망한 젊은이로 회사 임원의 딸(승미)과 결혼한다. 하지만 이 결혼은 아내가 된 승미의 원인 모를 집착 증세와 공황장애로 인해 파탄에 이르고 결국 10여 개월의 별거 끝에 두 사람은 이혼한다. 주인공은 어느 날 우연히 신문 기사를 통해 되새 떼의 귀환 소식을 보게 되면서 여러 가지 사건을 만난다. 작가는 겨울에 찾아오는 철새 되새 떼가 날아왔다가 이듬해 봄에 다시 날아간다는 자연의 순환과 반복을 환각처럼 바닥에 깔아 두고 있다. 그리고 소설의 이야기에서 과거와 현재가 서로 뒤엉키면서 기억 속의 인물들과 회상의 방식으로 조우하게 되는 과정을 통해 스스로 사랑의 의미를 찾게 된다. 망각과 기억의 사이에서 착종하는 실재와 환상의 세계는 그의 장편소설 『달의 지평선』(1998)이나 『사슴벌레여자』(2001) 등에서 반복적으로 그리고 있는 소재들이며, 작가 스스로 내세우고 있는 자기 존재의 확인을 위한 기법의 문제임을 알 수 있다.

윤대녕의 소설적 자기반성은 메타 픽션의 성격을 강하게 드러내고 있는 『눈의 여행자』(2003)를 통해 구체적으로 그려진다. 이 소설은 계약해 놓은 작품을 1년이 넘도록 쓰지 못하고 고민하는 소설가를 이야기의 주인공으로 등장시킨다. 소설 속에서 소설 쓰기에 대한 작가의 고뇌를 고스란히 드러낸다는 점에서 이 작품은 분명 메타적이다. 그런데 여기에서 문제가 되는 것은 소설 쓰기 자체가 아니라 작가의 자기 반영 방식이다. 주인공은 자신의 소설의 애독자라는 재일 동포 여성의 편지 한 통을 받게 된다. 일본으로의 '눈의 여행' 권유하는 편지를 받고 주인공은 마음속 깊은 곳에서 작동하는 어떤 보이지 않는 끌림의 힘에 따라 '눈의 여행'을 위해 일본으로 떠난다. 온 세상을 하얗게 덮어 누르는 눈의 세계를 돌아다니면서 주인공은 시간과 공간을 모두 초월해 버린 어떤 절대적 지점에 들어선 듯한 느낌에 사로잡힌다. 그리고 그가 눈 속에서 찾아낸 것은 자신의 가슴속에 묻어 두었던 사련(邪戀)의 깊은 상처였음이 드러난다. 기억 속의 상처를 찾아내며 자기 정체성을 새롭게 확인하는 이 소설의 줄거리에서 느껴지는 낭만적 요소는 윤대녕의 소설이 지켜 오고 있는 하나의 작풍(作風)과도 같다.

성석제[15]는 시를 통해 문단에 나섰지만 1990년대 중반부터 다양한 소재와 양식을 활용하여 해학과 풍자 혹은 과장과 익살의 언어를 자기 문체로 끌어들이면서 인간의 다양한 삶의 국면을 묘파하는 흥미로운 작품들을 발표했다. 첫 창작집 『그곳에는 어처구니들이 산다』(1994)의 경우에는 일상에서 발견된 사소한 이야기 속에 위트와 유머를 가미한 속도감 있는 문체가 돋보인다. 『재미나는 인생』(1997)에 포함되어 있는 작품들도 모두 일종의 콩트 형식의 짤막한 이야기들이다. 전통적인 우화와 풍자의 현대적 변용이라고 할 수 있는 단형의 서사 양식을 통해 이야기의 긴장을 살려 내면서 통쾌한 웃음을 자아내는 수법이 특이하다. 전통 서사 양식의 하나였던 전(傳)의 형식을 현대적으로 변용한 여러 가지 형태의 이야기들은 소설집 『아빠 아빠 오, 불쌍한 우리 아빠』(1997, 2002년 『황

---

15 성석제(成碩濟, 1960~ ). 경북 상주 출생. 연세대 법학과 졸업. 1986년 《문학사상》에 시 「우리 닦는 사람」으로 신인상 수상. 1994년 무렵부터 소설 쓰기에 주력했다. 소설집 『그곳에는 어처구니들이 산다』(1994), 『새가 되었네』(1996), 『재미나는 인생』(1997), 『아빠 아빠 오, 불쌍한 우리 아빠』(1997), 『홀림』(1999), 『황만근은 이렇게 말했다』(2002), 『내 인생의 마지막 4.5초』(2003), 『번쩍하는 황홀한 순간』(2003), 『조동관 약전』(2003), 『지금 행복해』(2008) 등과 장편소설 『왕을 찾아서』(1996), 『호랑이를 봤다』(1999), 『순정』(2000), 『인간의 힘』(2003) 등 출간.

만근은 이렇게 말했다』)로 묶여 있다. 술판과 노름판 등에서 벌어지는 인간사와 인간의 속성을 그린 『홀림』(1999) 등은 전통 야담집의 흥미를 새롭게 해석한 것처럼 느껴지기도 한다.

초기의 소설에 속하는 「내 인생의 마지막 4.5초」(1995)는 제목 그대로 교통사고로 자동차가 다리 난간에서 강으로 추락하기까지의 4.5초라는 짧은 동안을 이야기의 시간으로 한정한다. 그리고 사고의 순간을 감지한 주인공의 의식 속에 그가 살아온 삶의 전체 과정이 함께 스쳐 지나도록 고안하고 있다. 이야기는 작은 폭탄 터지는 소리가 들리면서 자동차 한 대가 다리에서 강으로 떨어지는 순간부터 시작된다. 자동차가 다리 난간에 부딪혀 앞부분이 몹시 비틀리고 보닛에서 연기가 나고 있는데 그래도 엔진은 계속 돌아 바퀴를 힘차게 움직인다. 바퀴가 공중에 들린 지 0.5초 후 차 안의 사내가 정신을 차린다. 그리고 육감으로 아래로 떨어지면 살지 못하리라는 것도 알아차린다. 순간의 시간을 최대한 공간적으로 확장하는 이 서사의 방법은 짧은 시간 속에서 담아내야 하는 것과 덜어 내야 하는 것 사이의 긴장을 시간을 통해 인식하게 만든다. 하나의 이야기에서 시간성의 문제를 어떤 방식으로 처리할 수 있는지를 흥미롭게 보여 주는 작품이라고 할 수 있지만, 그 짧은 순간에도 주인공의 성격의 형상화가 완벽하게 처리되고 있다.

그런데 첫 장편 「왕을 찾아서」(1996)부터는 공간성에 근거한 이야기 만들기에 작가의 관심이 집중된다. 모든 이야기는 그 연원이 시간이 아니라 공간이라는 사실을 이 작품은 흥미롭게 제시한다. '은척'이라는 지명에서 이야기의 실마리를 풀어 가고 있기 때문이다. 이 소설의 이야기는 작중 화자가 주먹으로 지역을 평정했던 건달 마사오의 장례식에 찾아가는 데서 시작된다. 작중 화자의 어린 시절에는 주먹으로 판을 치던 마사오가 영웅처럼 상상되었다. 마사오의 주먹에 얽힌 소문이 신화처럼 떠돌던 시절을 돌아본다는 점에서 이 소설의 이야기는 현재에서 과거로, 외지에서 고향으로의 여행에 그대로 대응한다. 주먹 하나만으로 인근 지역을 모두 평정했던 건달패의 두목 마사오의 장례식은 그의 화려했던 지난날과는 달리 초라하고 어수선하다. 작중 화자는 주먹이 가장 센 사내였던 마사오의 존재가 그 위력을 잃어 가는 장면을 바라보며 어린 시절을 추억하게 된다. 여기에서 작가가 그려 내고자 하는 것은 주먹에도 낭만이 있었던 시절에 대한 회억(回憶)만은 아니다. 마사오가 인근 마을을 모두 주먹으로 억압하기 위해 동원한 온갖 비열한 방법이 어이없는 웃음을 자아내는 활극을 연출한다. 그러나 무엇보다도 기존의 문학이 채우지 못한 이야기의 재미를 만들어 내는 작가의 재담에 가까운 입심이 더욱 돋보인다. 장편소설 「순정」(2000)은 악인형 주인공의 모험과 도전을 이야기의 소재로 삼고 있다. 일종의 피카레스크 양식의 현대적 변용이라고 할 수 있는 이 작품은 '이치도'라는 도둑의 이야기를 그린다. 구화(口話)적 말투를 활용하여 들려주는 이치도의 성장 과정과 그 놀라운 도둑질 솜씨는 긴장과 웃음을 동시에 유발시킨다. 단편소설 「황만근은 이렇게 말했다」(2000)에서는 바보형 주인공의 이야기를 들려준다. '공갈못'에 연기된 설화를 현대적으로 재해석하는 형식을 차용하고 있는 이 작품에서는 '황만근'이라는 동네의 바보로 인하여 생겨나는 일들이 호기심을 불러일으킨다. 마을 구성원 모두에게 반푼이 취급받는 농부 황만근은 어리석지만 순진하다. 각박한 농촌의 현실 속에서 황만근은 바보라고 손가락질을 당하지만 그 어리숙한 행동이 웃음을 자아내고, 그러면서도 어둡고 쓸쓸하게 느껴진다. 이러한 작품을 통해 확인되는 소설적 기법과 성격 창조의 방식은 소설가 성석제가 지니고 있는 현대의 이야기꾼의 면모를 그대로 보여 주고 있다.

## (3) 여성적 글쓰기와 여성소설

### 여성적 글쓰기의 의미

한국 현대소설에서 여성적인 것의 문학적인 탐색은 이른바 '여성적 글쓰기'의 새로운 도전이 확산되면서 상당한 성과를 드러내고 있다. 이러한 현상은 달리 말하자면, 여성주의에 대한 인식이 글쓰기 방식 자체의 변화를 추구하는 방향으로 작용하는 것이 아닌가 생각한다. 여성소설은 전통문화 속에서의 여성의 사회적인 역할과 그 실천, 그리고 여성적 삶의 체험과 새로운 가치의 인식 등을 가능하게 하고 있기 때문이다. 기존의 여성 작가 가운데 박완서, 오정희, 서영은 등이 보여 준 삶에 대한 진지한 탐구 자세는 김채원, 강석경, 양귀자 등으로 이어지면서 기법과 문체의 변화를 일으키고 있다.

김채원[16]은 「초록빛 모자」(1979), 「애천」(1984), 「겨울의 환」(1989)과 같은 작품에서 자의식의 세계를 보다 내밀한 언어로 추적하고 있다. 단편소설 「달의 몰락」(1994)과 장편 「달의 강」(1997) 등에서는 인간의 내면에 잠복되어 있는 억압된 자아의 상처를 특이한 시각으로 들춰 내기도 한다. 김채원의 초기 소설은 대체로 이국적인 취향과 서정적 분위기를 바탕으로 섬세한 문체를 통해 인간관계의 미묘한 양상을 치밀하게 그린 것이 특징이다. 이러한 작품 경향은 중편소설 「겨울의 환」에서 일정한 소설적 성취에 도달했고, 「봄의 환」, 「여름의 환」, 「가을의 환」을 잇달아 발

---

16 김채원(金采原, 1946~ ). 경기 덕소 태생. 이화여대 회화과 졸업. 1975년 《현대문학》에 단편 「밤인사」가 추천되어 등단. 작품집 『초록빛 모자』(1984), 『장미빛 인생』(1992), 『달의 몰락』(1995), 『가을의 환』(2003), 『지붕 밑의 바이올린』(2004) 등이 있으며, 장편소설 『형자와 그 옆 사람』(1993), 『달의 강』(1997), 『미친 사랑의 노래: 여름의 환』(1998) 등 출간.

표하여 연작 형식의 고리를 서사 구성의 원리로 활용하면서 여성적 주체의 자기 정립 과정에서 볼 수 있는 갈등과 번민을 내밀하게 형상화했다. 「겨울의 환」은 고백체 형식을 진술법을 활용하여 소설 내적 화자의 어조를 정감 있게 조절하면서 중년 여성의 내면 심리를 예리하게 포착했다. 이 소설 속에서 작중 화자 '나'는 할머니와 어머니 그리고 '나'로 이어지는 가족의 내력을 한국이라는 시대 역사적 상황에 빗대어 단편적으로 보여 준다. 그리고 그 이야기 속에서 여인 삼대에 걸친 특이한 애증(愛憎)의 감정을 드러내기도 한다. 할머니와 어머니 그리고 '나'는 모두가 젊은 시절에 남편에게 버림받은 아픈 상처를 갖고 있다. 이 소설에서 시간적 과거와 현재를 오가는 '나'의 의식의 내면 풍경은 일종의 몽환적 분위기를 연출하기도 하는데, 그 속에서 삶의 비의적 단면을 놓치지 않는 작가의 섬세하고도 예리한 시각이 돋보인다. 비슷한 시기에 발표한 장편 소설 「달의 강」은 김채원 문학의 정점에 해당한다. 특히 「달의 강」의 이야기에는 작가 자신의 자전적 요소에 남북 북단의 현실적, 역사적 조건이 덧붙여지면서 그 운명적인 양상이 비극성을 드러낸다. 작중 화자 '나'로 등장하는 여주인공(성혜)은 나이 50살이 되어 자신을 옭죄던 현실과 정면으로 마주한다. 베를린 장벽 붕괴 7주년 기사를 읽던 나는 까마득하게 잊고 있었던 '하자'라는 여성을 떠올리게 된다. 그리고는 먼지가 쌓인 편지 더미를 뒤져 그녀가 쓴 편지들을 읽던 도중, 파리 유학 시절에 썼던 '파리 시절'이라는 노트를 찾아낸다. 소설의 이야기는 이 노트의 기록을 사연 삼아 전개된다. 소설 속의 이야기는 분단의 아픔을 배경으로 남과 북의 젊은이가 나누었던 우정과 예술에 대한 꿈이 중심을 이룬다. 중년의 나이에 접어든 한 여인이 자신이 살아온 과거를 추억하는 이야기이지만 그 밑바닥에 분단이라는 상황을 전제하고 있다는 점에서 그 주제가 결코 가볍지 않다. 이 작품은 분단 현실을 보는 일상적인 여성의 관점을 그리고 있다는 측면에서도 새롭게 음미할 수 있다. 특히 작가 자신의 가족사까지 투영되어 있기 때문에, 역사적 조건과 현실적 상황의 문제성을 자신의 사적 경험 속에 녹여 내는 작가의 소설적 역량을 확인해 볼 수 있다.

강석경[17]의 초기 소설은 그 이야기 속에서 예술과 현실의 팽팽한 긴장을 보여 주고 있다. 돈만을 위해 살 수 없다 하여 모델 생활을 시작하는 주인공을 그린 「밤과 요람」(1983), 화가의 집을 그린 「거미의 집」(1983) 등처럼 소설 속의 인물들은 예술 세계와 현실 세계의 경계 지역에 있는 매우 위태로운 위치에 서 있다. 그들은 현실 세계와의 대결에서 실패하거나 고립된 인물들이다. 따라서 인물과 세계와의 대결은 이미 과거에 존재했고 과거의 한 점으로 끝나 있으므로 소설에 나타난 사건은 한낱 부스러기처럼 보인다. 장편소설 「숲속의 방」(1985)은 서울 중산층의 한 가정에서 성장한 세 자매의 삶의 양상을 대조적으로 보여 주면서 1980년대 한국 사회에 커다란 문제로 대두되었던 이념적 대립, 가치의 혼동과 갈등을 섬세한 필치로 그려 내고 있다. 소설의 중심에는 이야기의 화자로 등장하는 '나(미양)'와 동생인 소양이 있고, 둘 사이에 의과 대학에 다니는 공붓벌레 혜양이가 있다. 부자인 아버지는 모든 가치의 기준을 물질에만 두고 있으며, 어머니는 이기적이고 소극적이어서 자식에 대해 사랑과 이해가 부족하다. 미양은 대학을 졸업한 후 은행에 취직하여 직장 생활을 하는 여성이며, 소양은 남녀 공학의 대학에 다니는 불문학과 학생이다. 그런데 동생이 며칠째 외박을 하고 집에 들어오지 않자, 집안

---

17 강석경(1951~ ). 본명 강성애(姜聖愛). 대구 출생. 이화여대 조소과 졸업. 1974년 《문학사상》에 단편소설 「근(根)」, 「오픈게임」 등을 발표하여 제1회 신인상 수상. 소설집 『순례자의 노래』(1981), 『밤과 요람』(1983), 『가까운 골짜기』(1989) 등과 장편소설 『숲속의 방』(1985), 『세상의 별은 다 라사에 뜬다』(1996), 『내 안의 깊은 계단』(1999), 『미불』(2004) 등 출간.

이 온통 난리가 난다. 언니는 동생의 생활에 변화가 있음을 알고 동생을 찾아 나선다. 동생 소양은 새 학기 등록도 하지 않고 휴학했고, 술집에서 아르바이트를 하며 밤을 전전한다. 그녀는 어느 쪽에도 속하지 못하고 중심 없이 방황하다가 끝내는 자살한다. 언니 미양은 동생의 일기장을 넘겨 보기도 하고, 친구들을 만나 동생의 행적을 알아보기도 하면서 동생이 비극적인 죽음을 택하게 되는 과정을 조밀하게 추적한다. 이 작품에서 젊은이들이 넘쳐흐르던 1980년대 중반의 종로라는 특정한 거리는 환락의 장소이면서 혼돈의 미로이다. 소양은 종로 거리로 대변되는 1980년대 한국 사회의 시대적 소용돌이 속에서 자기 주체를 제대로 확립하지 못한 채 타인을 지켜보고자 했던 삶의 방관자였던 것이다. 명문 음대에서 피아노를 공부한 언니와 현실의 혼돈 속에서 방황하다가 죽음을 택한 여동생이 보여 주는 갈등과 고뇌는 1980년대 한국 사회에 커다란 문제로 대두되었던 이념적 대립, 가치의 혼동과 갈등을 그대로 축소한 것이라고 볼 수 있다.

강석경의 후기작으로 주목된 장편소설 「미불」(2004)은 그녀가 초기 소설에서 관심을 두었던 삶과 예술의 문제로 회귀하고 있음을 보여 준다. 이 소설에서 에로티시즘을 추구하는 칠순의 화가 이평조의 삶을 통해 예술의 미적 가치의 본질에 접근하고자 하는 시도를 다시 보여 주고 있기 때문이다. 소설의 주인공은 칠순이란 나이가 암시하는 육체의 한계에도 불구하고 몸 안에서 꿈틀대는 본능의 욕구를 외면하지 않는다. 그는 붓을 잡고 화폭 앞에서 서면 자신이 구축하려는 하나의 완결된 세계를 위해 구도를 결정하고 마치 제왕처럼 전체 화폭을 지배하면서 하나의 완성에 도달하고자 한다. 작가 자신은 이 소설에서 예술의 완전과 불완전, 미와 추를 별개의 것으로 구분하려 하지는 않는다. 예술의 경지와 범속의 세계를 나들며 자기 욕망을 따르고 스스로의 삶에서 고통과 열락을 동시에 체험하도록 고안했기 때문이다.

양귀자[18]는 1980년대 중반 경기도 부천의 한 동네 '원미동'에 사는 서민들의 애환을 따뜻한 시선으로 담담하게 그려 낸 「원미동 사람들」(1987)을 통해 평단의 주목을 받았다. 이 소설은 전체 11편의 단편들이 연작 형식으로 연결되어 있는데, 작가 자신이 살았던 '원미동'을 배경으로 그곳에서 살고 있는 다양한 계층의 인물들의 삶을 보여 주고 있다. 변두리의 도시가 갖는 공간적 특성으로 인하여 일부 토박이들을 제외하고는 사람들이 자주 이사를 하고 머물러 사는 기간도 길지 않다. 여기 살고 있는 토박이들은 조상 대대로 물려받은 땅이 개발 바람에 비싼 값에 팔려 나가기를 기다리고 자녀들은 그 땅이 팔리면 돈을 가져다가 새로운 사업에 투자하여 더 큰 부자가 될 것을 꿈꾼다. 원미동 사람들의 일상은 대개가 엇비슷하지만 가끔씩 그들의 삶을 뒤흔드는 사건을 겪기도 한다. 이 작은 소설적 공간은 새로운 삶의 터전이면서 이곳을 떠나려는 사람들에게는 탈출을 꿈꾸는 땅이 되기도 하다. 이 작품에서 작가는 원미동 사람들의 삶을 지배하고 반복적인 일상과 체념적인 태도를 비판적으로 그리기도 하지만 그들이 각자 지니고 있는 삶에 대한 작은 소망들을 더욱 소중하게 담아내고 있다. 양귀자는 원미동이라는 소설적 공간을 벗어나면서 그녀의 문학의 새로운 시대를 준비한다. 첫 장편소설 「잘가라 밤이여」(1990, 「희망」으로 개제)를 통해 1980년대의 시대적 상황과 정치 사회적 모순을 민족 분단의 조건 속에서 조명한 바 있다. 그런데 양귀자는 「나는 소망한다 내게 금지된 것을」(1992)을 통해 여성과 성에 대한 왜곡된 시각

18 양귀자(梁貴子, 1955~ ). 전북 전주 출생. 원광대 국문과 졸업. 1978년 《문학사상》 신인상에 단편 「다시 시작하는 아침」, 「이미 닫힌 문」이 당선되어 등단. 1985년 첫 창작집 『귀머거리 새』를 출간한 후 작품집 『원미동 사람들』(1987), 『지구를 색칠하는 페인트공』(1989), 『슬픔도 힘이 된다』(1993), 『길모퉁이에서 만난 사람』(1993) 등과 장편소설 『바빌론 강가에서』(1985), 『희망』(1990), 『나는 소망한다 내게 금지된 것을』(1992), 『천년의 사랑』(1995), 『모순』(1998) 등 출간.

의 문제성을 밀도 있게 파헤치면서 새로운 자기 주제를 찾아 나선다. 이 소설은 어린 시절에 아버지로부터 성적 폭력을 당하면서 성장한 주인공이 그로 인한 정신적 충격과 상처에서 벗어나지 못한 채 남성 혐오증에 빠져드는 과정을 속도감 있게 그려 내고 있다. 여주인공은 성에 부정적인 시각을 벗어나지 못한 상태로 성장하였으며, 심리학을 전공한 후 여성 상담소에서 일하게 된다. 그녀는 남성들의 폭력에 상처받은 여인들을 만나 그네들의 이야기를 들으면서 자신의 고통과 아픔, 상처를 기억해 내고 남성에 대한 극도의 분노를 키우게 된다. 이 소설이 제기하는 여성에 대한 폭력 문제는 이야기의 후반부에서 여주인공이 당대 최고의 남자 배우를 납치하는 황당한 사건으로 이어지면서 통속화되고 말았지만, 한국 사회에 만연해 있는 여성에 대한 성폭력과 가정 폭력의 문제를 사회적으로 다시 제기하는 계기를 만들고 있다.

### 여성적 어조와 서사의 기법

한국 현대소설의 새로운 가능성은 여성 작가들이 거두어들인 1990년대 이후의 소설적 성과를 통해 구체적으로 확인할 수 있다. 이 시기의 여성소설은 남성적 글쓰기의 주류를 전복시키고자 하는 급진적 여성주의 이념을 표방하는 것은 아니지만 삶의 현실을 다양한 관점으로 파악하고 그 속에서 특이한 이중적 자의식을 추구하는 작품들이 많다. 이들 소설에서 주목되는 현상은 서사적 자아의 형상이 전혀 고정되어 있지 않지만 자아 표현의 욕망을 기저로 하는 자전적인 요소가 강하게 반영되어 있다는 점이다.

김인숙[19]은 등단 초기에는 주로 민주화 투쟁에 앞장섰던 학생들의 체

---

19 김인숙(金仁淑, 1963~ ). 서울 출생. 연세대 신문방송학과 졸업. 1983년 《조선일보》 신춘문예에 단편

험이나 노동운동의 현장을 그린 작품들이 많이 발표했다. 격동기의 학생운동 현장을 다루고 있는 장편소설 『79~80 겨울에서 봄 사이』(1987)를 비롯하여 노동 체험과 노동운동의 실상을 다룬 여러 작품들이 소설집 『함께 걷는 길』(1989)에 수록되어 있다. 역사와 현실에 정면으로 대응하는 작가의 의지가 이들 작품을 통해 잘 구현되고 있다. 1990년대에 들어서면서 정치 사회적 민주화가 정착되는 동안 현실 사회를 향해 있던 작가의 시선이 개인의 일상적인 삶의 공간으로 바뀌기 시작한다. 현실 문제에 대한 예각적인 접근보다는 개인의 삶과 그 존재와 가치를 추구하려는 내면화의 경향을 읽을 수 있다. 특히 남편의 외도와 무의미한 결혼 생활에서 벗어난 여성들의 존재 방식과 새로운 삶의 선택에 주목하고 있는 작품들이 많다.

장편소설 『꽃의 기억』(1999)은 여성 주인공이 내면의 상처를 극복하며 이를 성숙한 사랑으로 승화시키는 과정을 섬세하게 그려 낸 화제작이다. 한국 사회에서 성의 개방화 경향을 통해 드러나기 시작한 불륜과 이혼 등의 문제를 다루고 있다. 작가는 소재가 갖는 통속성의 한계를 극복하기 위해 두 가지 성격적 특징을 여주인공에게 부여한다. 하나는 여주인공의 냉정함이며 다른 하나는 자기 일에 대한 충실성이다. 이야기의 주인공은 변호사인 남편의 외도를 알아차리고 곧바로 이혼을 결정한다. 하지만 재산 싸움에 매달리거나 아이들 문제로 갈등을 키우지 않는다. 남편을 원망하지도 않고 남편에게 매달리지도 않으며, 아이만 자신이 키우겠다면서 깨끗하게 결혼 생활을 청산한다. 그녀는 큐레이터라는 직업

소설 「상실의 계절」 당선. 소설집 『함께 걷는 길』(1989), 『칼날과 사랑』(1993), 『당신』(1996), 『유리 구두』(1998), 『브라스밴드를 기다리며』(2001), 『그 여자의 자서전』(2005), 『안녕, 엘레나』(2009) 등과 장편소설 『핏줄』(1984), 『불꽃』(1985), 『79~80 겨울에서 봄 사이로』(1987), 『그래서 너를 안는다』(1993), 『먼 길』(1995), 『꽃의 기억』(1999), 『우연』(2002), 『봉지』(2006), 『소현』(2010) 등 출간.

을 그대로 유지하면서 자신의 새로운 삶을 꾸려 나간다. 하지만 그녀는 자신의 내면에 잠복되어 있는 성에 대한 욕망을 자제하지 않으며 아이를 남의 집에 맡겨 놓고 자연스럽게 다른 남자를 만나고 자기 일에 열성을 다한다. 이 소설에서 이혼녀인 여주인공이 보여 주는 삶의 방식은 철저하게 자기중심적이다. 그러므로 새로운 남자와의 만남에서도 자신의 감정을 숨긴 채 긴장을 유지하고 있다. 이와 비슷한 소설적 설정은 장편소설 『우연』(2002)에서도 확인된다. 백화점에서 고객의 카드 발급에 관한 일을 담당하고 있는 여주인공은 스물아홉의 젊은 나이이지만 3년 전에 이미 이혼했다. 그녀는 우연하게도 건축 설계를 하는 남성과 만나게 되었고 두 사람은 처음 만난 날 모텔에서 섹스를 나눈다. 하지만 육체적 욕망에도 불구하고 그녀는 일정 부분 자신의 감정을 사내에게 숨기고자 한다. 물론 이 소설은 여주인공이 교통사고로 사망하게 됨으로써 비극적 결말에 이르게 되지만 새로운 사랑의 가능성이 열려 있음을 보여 주기도 한다.

김인숙의 소설 세계는 단편소설 「바다와 나비」(2002)를 전후한 시기부터 그 주제와 기법의 전환을 통해 개인사적인 경험의 테두리를 넘어설 수 있게 된다. 「바다와 나비」는 이야기 속에 두 개의 공간을 대조적으로 배치하면서 거기에 자리 잡은 주인공의 내면을 섬세하게 포착하고 있다. 남편과 불화 때문에 한국을 벗어나 중국으로 떠나 온 여주인공은 중국에서 채금이라는 조선족 처녀를 찾아 만나게 된다. 한국의 국밥집에서 일하는 그녀의 모친이 자신이 모은 돈을 딸 채금에게 전해 달라고 부탁했기 때문이다. 마침 채금은 어린 나이에도 한국 국적을 얻기 위해 마흔이 넘은 한국 남자와 혼인신고를 하고 한국으로 떠나려던 중이다. 작가는 여주인공과 채금의 만남을 놓고 결혼과 삶의 행복이라는 것이 가지는 의미를 되묻도록 하고 있다. 자신이 꿈꾸는 삶을 위해 바다를 건너야 하는 나비의 위험스러운 도정을 환상처럼 그려 낸 이 작품에서 삶의 가치라는 보편적인 주제의 무게를 가늠하기란 그리 쉽지는 않다. 장편소설『봉지』(2006)는 산업화 시대의 격변과 혼란한 시대 상황을 배경으로 삼고 있다. 이 시기의 닫힌 상황을 통과하면서 성장해 가는 여주인공 '봉지'의 삶의 과정을 그려 내고 있다는 점에서 성장소설의 성격을 보여 준다. 주인공 봉지는 자전거 사고로 열일곱 살에 이마가 찢어지면서 자신의 삶을 지켜 줬던 안전한 껍질이 깨졌다는 것을 깨닫는다. 봉지는 학생운동을 하는 대학생을 사랑하면서 사랑과 현실을 함께 배워 간다. 그리고 사회적 현실의 변화를 요구하면서도 그 뜨거운 열정만큼 개인의 삶과 그 사랑의 의미도 중요하다는 사실을 깨닫는다. 그녀의 주변에는 열아홉에 아이를 가져 결혼한 영주가 있고, 화려한 삶을 꿈꾸며 술집에 나가는 여대생 순미도 있다. 이 소설의 주인공에게 붙여진 '봉지'라는 이름은 상징적이다. 충만을 꿈꾸면서 텅 빈 상태일 때 언제나 새로운 가능성을 인정받는 삶의 아이러니를 그 속에 담고 있기 때문이다. 봉지는 언제나 찢길 수 있고 숱하게 버려지기도 하지만 사물의 존재와 그 '있음'의 의미를 스스로 드러낸다. 그러므로 이 소설은 구멍이 뚫린 채로 균열의 시대를 살아감으로써 결국은 자기 생의 의미를 찾게 되는 '봉지'들의 이야기임에 틀림없다. 여리고 약한 상태로 봉지에 담겨 있어서는 자기 존재의 의미를 찾을 수 없다는 성장의 참주제를 찾아내는 것이야말로 이 소설의 가장 중요한 독법이라고 할 수 있다. 물론 작가는 삶의 과정 자체를 '텅 빈 봉지'라고 표현하고 있다. 숱한 고통과 아픈 상처를 겪으면서도 그 시간이 지나간 자리는 언제나 텅 빈 '봉지'로 남을 수밖에 없기 때문이다. 그러나 중요한 것은 남겨진 '봉지'가 아니다. 세상의 삶은 언제나 '봉지'를 뚫고 나온 자들이 꾸려야 할 자기 몫을 가지는 것이다.

신경숙[20]의 문학적 출발은 1980년대 중반에 이루어졌지만, 창작집 『풍금이 있던 자리』(1993)을 펴내면서 1990년대 소설의 중심에 자리 잡게 되었다. 표제작인 「풍금이 있던 자리」는 주변에서 흔히 볼 수 있는 '불륜'이라는 헛된 사랑의 이야기이다. 이 통속적인 소재를 소설 미학의 세계로 끌어올린 것은 여주인공의 내면 심리를 따라가는 섬세한 문체의 힘이다. 스포츠 센터에서 강사로 일하는 여주인공은 비를 맞고 서 있던 중에 우산을 씌워 준 한 남자를 만나 사랑에 빠진다. 하지만 상대방은 이미 한 가정을 꾸리고 있는 유부남이다. 이런 식의 스토리라면 텔레비전의 치정극으로 내달을 가능성이 없지 않지만 작가는 여주인공의 내면에 숨겨져 있던 아버지의 여자 이야기를 그 위에 덧씌우면서 사랑의 의미에 대한 판단을 유보시킨다. 회상적 관점과 고백의 어투를 뒤섞어 만들어 낸 이 소설의 문체는 여성의 자기 목소리를 깊은 심중에서부터 끌어내는 데 성공함으로써 특이한 소설적 감응력을 발휘하게 된다. 신경숙의 감성적 문체는 첫 장편소설 『깊은 슬픔』(1994)에서도 그 힘을 발휘한다. 이 소설은 서사 자체의 무게를 제거한 대신에 그 문체의 힘을 통해 인물의 행동 방식보다 그 감정의 기복을 차분하게 살려 낸다. 작가는 여주인공을 중심으로 두 남자를 이야기의 표층에 올려 놓고 자신의 경험한 삶의 짧은 순간을 거기에 덧씌운다. 여기에 '사랑'이라는 이름으로 채색된 절망과 고통과 환희와 기쁨이 담긴다. 이 소설의 이야기는 등단작이었던 소설 「겨울 우화」의 인물 구도를 훨씬 정교하게 다시 짜 맞추고 그들의 삶과 사랑을 운명처럼 서로 겹치고 어긋나게 해서 만들어 냈다.

---

20　신경숙(申京淑, 1963~ ). 전북 정읍 출생. 서울예대 문예창작과 졸업. 1985년 《문예중앙》 신인문학상에 중편소설 「겨울 우화」 당선. 첫 창작집 『겨울 우화』(1991) 이후 『풍금이 있던 자리』(1993), 『아름다운 그늘』(1995), 『오래전 집을 떠날 때』(1996), 『딸기밭』(2000), 『종소리』(2003), 『모르는 여인들』(2011) 등과 장편소설 『깊은 슬픔』(1994), 『외딴 방』(1995), 『바이올렛』(2001), 『리진』(2007), 『엄마를 부탁해』(2008), 『어디선가 나를 찾는 전화벨이 울리고』(2010) 등 출간.

신경숙의 두 번째 장편소설『외딴 방』(1995)은 작가 신경숙의 개인적 경험을 바탕으로 쓰인 자전적인 작품으로 평가된다. 소설의 여주인공은 시골에서 올라와 구로 공단의 한 공장에서 일하며 고등학교에 다닌다. 열여섯 살에서 스무 살까지의 감성의 폭과 깊이를 회상의 수법으로 서술하고 있는 이 소설에서 '외딴 방'은 그녀만이 소유할 수 있는 작은 공간이지만 그녀의 존재를 가능하게 하는 가장 큰 공간이 되기도 한다. 여주인공은 열악한 노동 환경에서 고된 노동을 하면서도 힘들게 야간 학교에 다니며 자신의 꿈을 키운다. 거기서 만난 희재 언니는 가난하고 불우한 일상을 보내야 했던 젊은이들을 대변하는 인물이지만, 희재는 자살을 통해 시대와의 불화와 그 아픔을 마감한다. 이 허망한 삶을 보면서 여주인공은 외딴 방에서 탈출할 수 있게 된다. 이 작품은 신경숙 문학의 한 성과이지만 그 정점은 아니다. 신경숙의 작가로서의 내면 의식과 그 공간을 어떤 방식으로 확대할 것인가를 새롭게 되묻도록 만든 하나의 전환점에 해당하기 때문이다.

신경숙의「엄마를 부탁해」(2008)는 세계화 시대 한국문학의 새로운 지향을 제시한 화제작이다. 본격적인 의미에서 한국소설 가운데 최초로 영어권의 대중 독자들과 직접적으로 대면하게 된 이 소설은 전 세계 30여 개국에서 번역 출판될 정도로 화제를 불러일으켰다. 이 소설은 실종된 엄마를 두고 모성에 대한 반성적인 성찰을 제시하면서 가족 구성원들이 이 위기의 상황을 자신의 시각으로 파악하고 가장 가까운 자신의 목소리로 이야기하도록 고안하고 있다. 그러므로 이 소설의 서술 시점과 시점에 따른 어조의 변화와 그 변화를 가능하게 하는 섬세한 문체는 이야기의 서두에 엄마의 실종을 배치한 후 모성 부재의 공간에서 그 존재의 당위를 인정하지 않을 수 없는 하나의 아이러니 속으로 독자들을 끌어간다. 작가 신경숙은 지하철역에서 아버지의 손을 놓치고 실종된 엄마의 흔적을 추적한다. 엄마에 대한 기억을 복원하는 과정은 기억의 주체들이 각자 자신의 목소리에 의존하지만, 엄마는 부재의 공간에 던져져 현실 속에서 어디론가 사라짐으로써 드디어 가족 속에서 그 존재 가치를 부각시킨다. 엄마의 부재와 존재의 역설적 공간에서 벌어지는 이 허망한 아이러니를 작가 신경숙은 '이야기하는 자'와 '보는 자'의 목소리와 시각을 교묘하게 중첩시켜 긴장감 있게 형상화한다. 이 소설의 독자들은 그 속에서 자신의 맥 빠진 목소리를 발견하기도 하고 자신의 이기적인 시선에 흠칫 놀라기도 한다. 엄마는 언제나 있지만 늘 없고, 늘 없지만 언제나 있다. 아니 있어야 한다. 작가 신경숙은 자신의 소설적 주제로 '엄마'라는 하나의 문화적 아이콘을 만들어 냈고 그것을 통해 세계문학의 독자들 앞에 당당하게 섰던 것이다.

공지영[21]은 1980년대 민주화운동에 투신했던 자신의 경험을 바탕으로 한국 사회의 부조리한 현실을 다양한 각도에서 비판적으로 조명하기 시작했다. 첫 장편소설 「더 이상 아름다운 방황은 없다」(1989)를 발표한 후 자신이 겪어 온 사회 체험을 소재로 소설적 작업에 집중하면서 그 체험의 일부를 독자들과 나누는 과정에서 일종의 연대감을 형성하며 대중적인 인기를 누렸다. 공지영은 젊은이들을 소설의 전면에 배치하면서 사회적 불평등을 폭로하기도 하고, 남녀의 성차별을 문제 삼는 등 우리 사회가 안고 있던 시대적 아픔들을 형상화했다. 작가 스스로 부조리한 상황을 비판하고 이를 개혁하려는 의지를 강렬하게 표현하면서 진보적 여성주의자로서 독자들에게 각인되기도 했지만, 여성의 삶의 문제

---

21  공지영(孔枝泳, 1963~ ). 서울 출생. 연세대 영문학과 졸업. 1988년 단편 「동트는 새벽」을 《창작과비평》 가을호에 발표하며 등단. 장편소설 「무소의 뿔처럼 혼자서 가라」(1993), 「고등어」(1994), 「착한 여자」(1997), 「봉순이 언니」(1998), 「우리들의 행복한 시간」(2005), 「즐거운 나의 집」(2007), 「도가니」(2009) 등과 소설집 「인간에 대한 예의」(1994), 「존재는 눈물을 흘린다」(1999), 「별들의 들판」(2004) 등 출간.

를 작품의 중심 주제로 제시하면서 오히려 인간다운 삶의 의미에 대해 깊이 천착하는 자세도 보여 주었다. 공지영이 일종의 '후일담' 형식으로 쓴 1980년대 운동권에 얽힌 이야기는 장편소설 「고등어」(1994)를 통해 사실적으로 그려지고 있다. 이 소설의 등장인물들은 노동운동을 하면서 만나 동지적인 우정을 나누다가 사랑에 빠지지만 현실이 요구하는 도덕적 기준과 노동운동이 요구하는 이념적 가치 안에서 고민하다가 결국은 서로 헤어진다. 소설은 두 사람이 헤어진 후 10여 년의 세월이 흘러 버린 뒤에 다시 만나는 장면부터 시작함으로써 자신들의 경험을 돌아볼 수 있는 시간적 거리를 확보하게 한다. 그리고 여기에서 확보된 객관적 거리를 통해 격동의 시대를 살아야 했던 젊은이들의 삶과 그 이념적 열기 속에 숨겨진 격정의 진정성을 다시 돌아보게 하고 있다. 작가 자신이 가담했던 1980년대 운동권의 집단적 이념과 개인적 열정의 진면목을 드러내고자 하는 의욕을 잘 보여 주고 있다.

공지영의 문학적 관심이 여성의 삶과 그 사회적 지위에 집중되어 있다는 것은 그녀가 발표한 대부분의 소설들을 통해 쉽게 확인된다. 장편소설 「무소의 뿔처럼 혼자서 가라」(1993)는 여성들에게 가해지는 차별과 억압을 사회 전반의 문제로 끌어올려 여성주의 논쟁에 불을 붙였던 화제작이다. 이 작품은 남녀 차별과 여성에 대한 편견 등이 여성의 삶에 얼마나 큰 문제를 야기하게 되는가를 세 여성의 삶을 통해 사실적으로 보여 준다. 소설에 등장하는 세 주인공은 모두 대학 동창생들로서 교양을 갖춘 여성이지만 남성 중심의 현실 속에서 주체적 삶을 잃고 상처받은 채 방황한다. 작가는 이들의 삶의 모습을 통해 부조리한 현실을 고발하고 부당한 현실에 타협하거나 순응하면 파멸을 자초하게 된다는 점을 경고한다. 이 소설의 제목 자체가 그대로 이러한 주제 의식을 강하게 드러내고 있다. 물론 이 소설의 내용 자체가 진보적인 여성주의의 새로운 세계

인식을 보여 주는 것인가에 대해서는 이론의 여지가 없지 않다. 하지만 진정한 인간의 삶이라는 것이 무엇인가를 여성의 삶의 자세와 그 현실적 조건 속에서 총체적으로 문제 삼고 있다는 점은 부인할 수 없는 일이다. 「봉순이 언니」(1998)는 산업화 과정의 격변 속에서 하층민으로 살아야 했던 여주인공의 삶을 그린다. 대학을 졸업한 도시의 상층부의 여성들의 모습을 그려 낸 「무소의 뿔처럼 혼자서 가라」와는 그 소재 자체가 다르지만 여성의 삶과 그 인간적 고통을 동시에 파헤치고 있다는 점에서는 일맥상통하는 바가 있다. 이 소설은 '짱아'라는 여성 화자의 회상을 통해 복원되는 식모 '봉순이'의 이야기이다. 소설 속의 봉순이 언니의 삶은 핍박과 고통 속에서 이루어진다. 여주인공 봉순이는 소녀 시절에 의붓아버지의 폭력에 시달리다가 가족들로부터 버림을 받는다. 그녀는 고아원을 전전하며 살아가던 중 짱아의 집에서 식모살이를 하지만 남자로부터 버림받으면서 아비가 다른 아이들을 거느리고 전전하게 된다. 자신에게 가해지는 성적 차별과 하층민으로서의 계급적 차별이 겹쳐지는 과정에서도 삶에 대한 의지를 굽히지 않고 스스로 고통을 감내하려는 주인공 봉순이의 모습이 인상적이다. 이 소설에서 일종의 초점 화자로서의 역할을 부여받은 '짱아'가 식모인 봉순이 언니의 삶에 대해 긍정적 시선을 보내면서 스스로 자신의 삶의 태도를 조정하는 것도 작가의 의도된 접근법이라고 할 수 있다.

공지영은 2000년대에 들어서면서 장편소설 「우리들의 행복한 시간」(2005), 「즐거운 나의 집」(2007), 「도가니」(2009) 등을 잇달아 발표했다. 「우리들의 행복한 시간」은 한국 사회의 인권 문제와 사형 제도에 대해 새로운 문제의식을 제기한 작품으로 널리 알려져 있다. 이 소설은 살인범과 한 지식인 여성의 만남을 통해 삶과 죽음이라는 인간 본연의 문제에 깊이 있게 접근하고 있다. 소설 속의 두 인물은 각자 자신의 시각으로 상대방의 힘든 세상살이와 삶의 상처들을 확인한다. 그리고 두 사람이 보낸 시간을 통하여 진정한 인간의 사랑과 용서가 어떤 것인지, 참다운 인간의 조건이란 무엇인지를 가르치고 있다. 「즐거운 나의 집」은 작가 자신의 사적 체험을 기반으로 새롭게 구축되는 가족의 의미를 섬세하게 그렸다. 이 소설에서는 불안전한 가족의 테두리 안에서 고뇌하며 사춘기를 넘는 딸이 화자로 등장한다. 그녀는 10대의 마지막을 엄마와 함께 보내면서, 그토록 간절했던 진정한 이해와 사랑을 통해 자신의 소중함을 되찾고 삶의 주체로 당당하게 자리 잡게 된다. 아버지가 서로 다른 아이들이 엄마의 품 안에서 가족이라는 이름으로 함께 살면서 자신들의 가슴속에 남겨진 상처와 고통을 치유하는 장면이 아름답게 그려지고 있다. 「도가니」의 경우는 청각 장애인 학생들을 교장과 교직원들이 지속적으로 성폭행했지만 솜방망이 처벌로 판결이 완료된 광주 인화학교 사건을 소재로 그 부당성을 고발함으로써 사회적인 파장을 불러일으켰다.

최윤[22]은 자기 주제의 발견과 그 소설적 형상화를 위해 전통적 서사기법보다는 서술 방식과 문체의 변화를 기반으로 다양하고 새로운 소설 문법을 시도한다. 최윤의 소설 가운데에는 역사와 이념의 문제, 사회 현실과 계층의 문제와 같은 무게 있는 주제를 다루고 있는 작품들이 많다. 그러나 작가는 자신의 주제를 결코 무겁게 다루지 않는다. 예컨대 소설 「아버지 감시」(1990), 「속삭임, 속삭임」(1993) 등은 분명 이념적 대립과 갈등의 문제에 접근하고 있지만 그 갈등을 증폭시키거나 치열한 대립 과정

---

22 최윤(1953~ ). 본명은 최현무(崔賢茂). 서울 출생. 서강대 국문학과 졸업. 1978년 프랑스 프로방스 대학에서 문학 박사 학위 취득. 서강대 불어불문학과 교수로 재직 중 한국소설을 프랑스어로 번역 출간. 1988년 중편소설 「저기 소리 없이 한 점 꽃잎이 지고」를 《문학과 사회》에 발표. 첫 작품집 『저기 소리 없이 한 점 꽃잎이 지고』(1992) 이후 『속삭임, 속삭임』(1994), 『열세 가지 이름의 꽃향기』(1999), 『첫 만남』(2005) 등을 냈고, 장편소설 『너는 더 이상 너가 아니다』(1991), 『겨울, 아틀란티스』(1997), 『마네킹』(2003) 등 발표.

을 설정하지는 않는다. 오히려 이데올로기는 주인공의 일상적인 삶의 과정 속에서 해체되는 경우가 많다. 광주 민주화운동의 과정을 그린 「저기 소리 없이 한 점 꽃잎이 지고」(1988)의 경우에도 그 소설적 상징의 처리 방식 자체가 먼저 주목된다. 「회색 눈사람」(1992)은 경제적인 빈곤과 외로움에 갇혀 살던 한 여대생이 1970년대 어떤 반체제운동 조직에 연루되어 겪었던 고뇌와 갈등의 내면 풍경을 그렸다. 이 소설에서 여주인공은 자신이 관여되어 있는 조직을 통해 새로운 삶에 대한 희망과 좌절을 맛보고 사랑과 배신을 경험하기도 한다. 하지만 여주인공은 자기 감정을 전혀 표시하지 않고 자신에게 부여된 일을 수행한다. 그녀는 조직의 구성이나 이념적 목표를 제대로 알지 못하며 그 핵심부에 근접하지도 못하면서도, 그곳으로부터 아무도 모르는 희망을 발견하고 삶에 대한 어떤 확신을 발견한다. 이러한 소설적 접근법은 집단이라든지 조직 같은 것보다 개인의 존재와 역할과 그 가치에 대한 새로운 인식을 보여 준다는 점에서 특기할 만하다. 「하나코는 없다」(1994)에서도 여성의 자기 존재와 그 의미를 드러내는 방식 자체가 작가 특유의 관념과 지성으로 절제되어 있는 점을 높이 평가할 필요가 있다.

최윤의 소설적 관심이 치밀한 구도와 상징성을 더하면서 서사의 우화적 중층성까지도 실현하고 있는 것이 장편소설 「마네킹」(2003)이다. 이 소설은 가면과 실체가 공존하는 절묘한 현실을 우화적 공간으로 재구성하면서 이야기를 끌어간다. 소설 속의 주인공은 자신의 존재 의미를 제대로 인식하지 못한 채 타자의 욕망의 대신하면서 살아간다. 자신의 실체를 가면 속에 가두고 있는 '마네킹'처럼 살아야 했던 주인공은 자기 자신을 발견하는 순간 그 가면을 벗어 버리고 자신을 구속했던 모든 것으로부터 자유로워지고자 한다. 이 새로운 자기 찾기의 여행이 소설의 핵심적인 주제에 해당한다. 하지만 삶의 진정한 아름다움을 찾아가는 이 여행이 결국 죽음이라는 자기 소멸의 길임을 보여 주는 장면에서 소설이라는 양식이 가지는 숙명적 아이러니의 의미를 새롭게 발견할 수 있다.


### (4) 역사적 상황과 심리극


전환기의 한국 현대소설은 사회적 변혁 과정을 거치는 동안 다양한 형태의 역사소설이 등장하여 대중적 관심의 대상이 되었다. 역사소설은 역사 속의 특정 시대와 인물을 서사의 기본 요건으로 삼는 것이지만 그 문학적 지향 자체는 현실적인 삶의 문제를 과거 역사 속에서 새롭게 발견하고 그 인식의 지평을 현실 속에서 확대하고자 하는 데 의미가 있다. 여기에서 문제가 되는 것은 소설적 상상력을 통한 역사적 사실에 대한 재해석이 과연 새로운 소설 미학적 가능성을 열어 놓을 수 있는가 하는 문제이다.

소설가 김훈[23]은 21세기 역사소설의 새로운 장을 열었다. 그는 「칼의 노래」(2001), 「현의 노래」(2004), 「남한산성」(2007), 「흑산」(2011) 등과 같이 역사적으로 존재했던 영웅적 인물의 성격에 대한 소설적 재구성을 목표로 한 작품들을 많이 썼다. 소설 속에서 그려지는 역사적 배경과 그 사회적 의미는 대부분 인물의 형상을 위해 장식적으로 기능한다. 그의 역사소설이 영웅적 주인공의 성격 탐구에 관심을 두고 있다는 것은 역사 자체에 대한 관심보다는 인간에 대한 이해를 목표로 하고 있음을 의미한다.

---

23  김훈(金薰, 1948~ ). 서울 출생. 고려대 정치외교학과 입학. 영문학과 전과 후 중퇴. 1973년 《한국일보》에 입사한 후 편집위원 역임. 1994년 장편소설 「빗살무늬토기의 추억」을 《문학동네》에 연재. 역사소설 『칼의 노래』(2001), 『현의 노래』(2004), 『남한산성』(2007), 『흑산』(2011)을 출간했고, 소설집 『강산무진』(2006), 장편소설 『공무도하』(2009) 출간.

『칼의 노래』는 조선 왕조 최대의 위기였던 임진왜란의 명장 이순신을 이야기의 중심에 내세운다. 여러 작가들에 의해 소설화된 이순신의 이야기를 풀어 가는 김훈의 서사 방식이 우선 주목된다. 작가는 이 소설에서 임진왜란(1592~1598)의 전 과정을 설명하지도 않고 이순신의 전 생애를 보여 주려 하지도 않는다. 그리고 조선 선조 시대의 정치 사회적 상황을 배경사적으로 길게 설명하려 하지 않는다. 임진왜란이라는 긴 전쟁이 파국의 직전에 이르게 된 시점을 이야기의 출발점으로 삼고 그 긴박한 상황에 이순신이라는 개인적 영웅이 어떻게 대처하는가를 질문한다. 그러므로 이 소설은 이순신이 왕명을 거역했다는 죄로 옥고를 치르던 중 전란의 형세가 크게 기울자 다시 풀려나 삼도 수군통제사를 맡게 된 시기부터 이야기를 시작한다. 그리고 이순신이 노량해전에서 장렬하게 전사하는 장면에서 이야기를 끝낸다. 이 과정에서 작가가 주목하고 있는 것은 이순신의 영웅적 결단과 애국 충절이 아니라 한 인간으로서 그가 겪었을 고뇌와 내적 갈등이다. 적과의 치열한 전쟁을 겪는 과정에서 이순신은 오히려 전쟁과는 상관없이 전개되는 복잡한 선조 시대의 정치 상황의 논리에 의해 수모를 당하고 희생을 강요받았기 때문이다. 그러므로 이 소설은 이순신이라는 개인의 내면에 대한 치밀한 분석과 그 설명이 서사의 전체적 방향을 결정하고 있다. 여기에 우유부단한 왕과 그의 실정뿐만 아니라 전쟁 중에도 대국 명나라의 눈치를 살펴야 하는 조선 왕조의 비애도 함께 작동한다. 임진왜란에 대한 배경 설명을 생략한 상태에서 절체절명의 상황에 내몰린 이순신이 의지를 다지는 과정은 비장미가 넘쳐흐른다. 결국 이 소설은 역사에 관한 이야기가 아니라 역사적 상황 속의 개인과 그 개인의 내면을 그린 일종의 심리극이 된 셈이다.

김훈의 역사소설은 「현의 노래」, 「남한산성」, 「흑산」으로 이어지면서 대중적인 지지와 호응을 얻게 된다. 「현의 노래」는 역사적 사실이 제대로 밝혀지지 않은 가야 왕국의 우륵을 주인공으로 내세우고 있는데 상상적으로 재구성한 당대의 현실이 '쇠'와 '현'이라는 두 개의 상징에 의해 그 신화적 의미를 더욱 긴장감 있게 고조시킨다. 「남한산성」은 「칼의 노래」에서 획득했던 서사의 긴장과 그 묘사의 박진감을 그대로 살려 내면서 전란의 상황극을 완벽하게 재현하는 데 성공한다. 이 소설에서도 작가는 병자호란으로 일컬어지는 전쟁의 전후 배경에 대한 구구한 설명을 일체 배제한다. 소설 속의 이야기는 청나라 군사들이 서울로 진격해 오자, 조선 왕조가 남한산성으로 피해 들어온 1636년 12월 14일부터 1637년 1월 30일까지 47일 동안으로 그 시간을 고정시켜 놓고 있다. 그런데 이 과정에서 작가는 한 사람의 영웅적 인물에 관심을 집중시키지 않는다. 겁에 질려 결단을 미루는 왕의 우유부단한 모습과 함께 결사 항쟁을 고집하는 척화파 김상헌과 이에 맞서 삶의 길을 택해야 한다고 주장하는 주화파 최명길이 사사건건 대립한다. 이들의 정치 논리 속에서 제대로 된 군사 작전을 펴지 못하는 전시 총사령관 영의정 김류의 소심한 모습과 산성의 방어를 위해 결연하게 나선 수어사 이시백의 용맹이 대비되면서 남한산성이라는 제약된 공간 속에서 전란의 혼란과 긴장으로 고조시킨다. 소설 「남한산성」은 조선의 왕이 '오랑캐'의 황제에게 무릎을 꿇고 머리를 땅에 닿도록 절하는 치욕의 장면을 그대로 재현하면서 "죽어서 살 것인가, 살아서 죽을 것인가? 죽어서 아름다울 것인가, 살아서 더러울 것인가?"라고 독자들에게 다시 묻고 있다. 「칼의 노래」를 역사를 매개로 하는 개인의 심리극으로 엮어 놓은 작가는 「남한산성」을 일종의 집단적 상황극으로 발전시킨 셈이다.

김영하의 장편소설 『검은 꽃』(2003)은 1904년 일본인 중개업자들에 속아 멕시코 농장으로 팔려 나간 후 역사 속에서 망각되었던 조선인 11명의 삶을 소설적으로 복원시키고 있다. 한국적 디아스포라의 실상을 생생하게 그려 낸 이 작품은 일본인에 의해 이루어졌던 하와이 노동자 모집이라든지 멕시코 유이민의 실상을 보여 주는 몇 가지 보고 자료 등을 근거로 하여 멕시코로 팔려 간 조선인들이 멕시코 농장주들의 억압 속에서 고통의 삶을 살아가는 모습을 그린다. 당시 조선인들은 멕시코에 도착하자 곧바로 에네켄 농장의 노예로 전락하여 고통의 삶을 맞이한다. 이들은 무지와 멸시 속에서도 언젠가는 귀국할 수 있다는 꿈을 버리지 않는다. 하지만 멕시코 혁명이 일어나면서 이들도 혁명의 소용돌이에 휩싸이고 이웃 나라 과테말라의 정변 때에는 전장으로 내몰리기도 한다. 이들은 전란의 땅에서 스스로 자신들의 민족적 정체성을 지켜 내고자 '신대한'이라는 이름을 내걸고 작은 국가 형태의 공동체를 결성하기도 한다. 하지만 이들은 혁명이 반전되면서 정부의 소탕 작전에 의해 대부분 전사하고 만다. 이 소설은 한민족의 유이민의 역사를 새로운 각도에서 바라볼 수 있도록 만들었을 뿐 아니라 한국 근대사의 왜곡된 흐름 속에서 한국인의 의식의 지평에서 사라져 버린 멕시코 유이민의 역사를 복원해 내고 있다는 점에서 문제적이다. 작가는 이 소설을 통해 자기 백성을 제대로 지켜 내지 못한 국가의 존재와 그 역사에 허점에 대해서도 무거운 질문을 던지고 있다. 그것은 세계화 시대를 살아가는 오늘의 한국인들에게 민족적 정체성과 세계화의 참뜻이 무엇인가를 다시 생각하게 만들어 주는 질문이기도 하다.

신경숙의 소설 『리진』(2007)의 신문 연재 당시 원제는 "푸른 눈물"이다. 조선 말엽 궁중의 무희로 프랑스 외교관을 사랑한 '리진'이라는 여인은 실존 인물이지만 그녀에 대한 기록은 국내의 문헌 속에서는 찾을 수 없다. 100년 전 프랑스에서 출판된 책 가운데 조선에 온 프랑스 외교관과 궁중 무희 리진에 대한 사연이 짤막하게 소개되어 있을 뿐이다. 조선의 궁중 무희 리진이 외교관을 따라 파리로 가서 우울증에 걸려 지냈다는 간단한 내용을 바탕으로 신경숙은 리진이라는 여인을 자신의 소설 속에서 살려 낸다. 주인공 리진은 기울어 가는 왕조의 마지막 명운을 붙잡고 섰던 왕비의 총애 속에서 궁중의 무희로 자라났다. 조선의 궁중에서 나비같이 춤을 추던 이 아리따운 여인은 낯선 프랑스로 건너가 물빛 드레스를 입고 파리의 거리를 거닐었다. 신경숙은 이 여인에게 모국어의 영역을 벗어나 프랑스어를 습득하게 했다. 그리고 새로 배운 프랑스어로 모파상의 작품을 낭독하도록 했다. 그러나 그녀의 가슴에는 이 새로운 삶이 환희가 되지 못했다. 그녀는 무너지고 있는 조선 왕조와 그 왕조의 비극을 고스란히 품에 담은 왕비만이 언제나 걱정이었다. 그녀는 자기에게 허용된 각별한 운명 속에서 자신만이 알아낸 역사를 살아야 했고, 자신만의 생각으로 새로운 문명을 받아들이고, 자신만의 기억 속에 사랑을 담았다. 모두가 망각해 버린 이 여인의 삶을 통해 작가 신경숙이 말하고자 한 것은 패망해 가는 왕조의 마지막 모습이라고 할 수 있다. 리진은 우여곡절 끝에 그리던 고국으로 돌아오지만 이미 근대적 문물에 익숙해진 그녀는 예전으로 돌아갈 수가 없다. 그녀는 결국 참극의 주인공이 된 왕비 명성황후의 죽음의 진실을 자신의 죽음으로 알리는 길을 택한다. 소설 속에서 리진은 참혹하게 죽어 갔다. 그녀가 서양을 배우기 위해 터득했던 프랑스어를 모두 자기 목구멍으로 삼켜 버리듯, 독이 묻은 프랑스어 사전 한 장 한 장을 뜯어 삼켜야 했다. 그녀는 그녀가 몸소 부딪치고, 맑은 눈으로 보고, 아름다운 입으로 말했던 새로운 세계를 다시는 이야기할 수 없게 된다. 봉건 왕조의 붕괴 과정 속에서 근대를 한 몸에 지니고 살아야 했던 리진이라는 여인의 삶에서 여성적인 것과 근대적인 것의 불화를 함께 읽어 낼 수 있다는 것은 이 소설의 풍부한 서사성을 말해 준다.

　전경린의 『황진이』(2004)는 조선 시대 야사에 숱하게 그 이름이 오르

내린 기생 황진이의 삶을 소설적으로 새롭게 구축했다. 황진이가 정확히 언제 어디에서 태어나 어떻게 기생이 되었는지는 확실하지 않다. 그녀의 생몰 연대와 가계를 제대로 전하고 있는 기록도 없다. 그러므로 황진이는 역사 속의 인물이지만 사실적 존재로 남아 있지 못하다. 황진이의 부친은 양반층의 진사로 알려져 있으나 모친에 대해서는 여염집 맹인이라는 설과 기생이라는 설이 엇갈린다. 이 소설에서 작가 전경린은 황진이의 모친이 '진현학금'이라는 신비로운 눈먼 기생이었다고 적고 있다. 그리고 '진'이라는 이름도 황 진사와 기생 '진현학금'의 애절한 사랑을 상징적으로 암시하는 것으로 설명하고 있다. 전경린이 그려 낸 기생 황진이의 이야기는 그녀의 운명적인 삶 그대로 서러운 정서가 절절하게 넘쳐난다. 하지만 이 소설의 섬세하고도 감각적인 묘사와 간결한 문체가 작품 전체의 분위기를 그리 어둡게 만들지 않아 아름다움을 전달한다. 이야기의 시공간적 배경을 제거한다면 소설 속의 황진이는 오히려 진보적인 현대 여성의 당찬 모습으로 살아 있다. 사회적 제도로 고정된 신분상의 제약과 여성으로서의 한계에도 불구하고 황진이는 자기가 마주치는 삶의 고비마다 스스로 자신의 판단에 따라 삶의 방향을 결정한다. 그리고 그 방향대로 살아가고자 한다. 작가는 봉건적인 조선 사회에서 한낱 기생의 신분에 불과한 황진이에게 자기 주체의 확립과 그 실천이라는 현대적 가치를 부여함으로써 시대를 앞서가는 여성의 이미지를 덧붙여 주었다. 그러므로 이 소설은 많은 남성 작가들이 만들어 낸 역사 속의 기녀와는 달리 자기 운명에 당당하고 자신의 아름다움을 알며 그 아름다움으로 살아가는 한 여성으로서의 황진이를 만들어 내고 있다.

김별아[24]는 사회적 현실의 전환과 그 혼란을 직면한 개인의 내면을 감

---

24 김별아(1969~ ). 강원 강릉 출생. 연세대 국어국문학과 졸업. 1993년 《실천문학》에 단편소설 「닫힌 문

각적으로 그려 낸『내 마음의 포르노그라피』(1995)를 발표하면서 새로운 감성의 작가로서 주목받기 시작했으며, 새로운 소설적 소재와 그 기법적 해석에 성과를 드러낸『축구 전쟁』으로 호평을 받기도 했다. 그리고 역사소설『미실』(2005)을 통해 역사의 기록에 대한 소설적 상상력의 폭과 깊이를 유감없이 자랑하면서 미지의 여성으로 설화 속에 갇혀 있던 '미실'이라는 인물을 살려 내고 있다. 이 소설의 주인공 미실에 관한 이야기는『화랑세기(花郎世記)』에 기록되어 있지만 그 삶은 작가 김별아에 의해 소설적으로 재구성되었다. 이 소설 속의 미실은 '색공지신(色供之臣)'의 혈통으로 태어난다. 빼어난 미모를 지닌 그녀는 가무의 비법을 배우면서 성장한다. 그리고 자신의 운명대로 권력의 중심부로 다가간다. 미실의 첫 번째 입궁은 세종 전군의 호의에 따른 것이다. 그러나 그녀는 궁에서 쫓겨나면서 권력 세계의 냉혹함을 체험한다. 미실은 궁을 나온 후 화랑 사다함을 만나 사랑하게 되면서 삶의 의지를 되찾는다. 하지만 세종과 지소태후의 부름으로 두 번째의 입궁이 이루어진다. 그녀는 사다함과 이별한 후 권부에 깊숙이 들어서면서 권력을 휘두를 수 있는 위치에 이른다. 진흥제의 총애를 독차지하게 된 미실은 나라의 정사에도 개입하고 원화의 자리에까지 오른다. 그러나 동륜 태자가 진흥제의 후궁과 사통하다가 죽게 되자 그동안 태자를 부추겨 왔던 미실은 원화의 자리를 내놓고 출궁하여 몸을 피한다. 미실을 아끼던 진흥제는 다시 그녀를 궁으로 불러들인다. 이렇게 그녀의 세 번째 입궁이 이루어졌다. 진흥제가 죽은 후 미실은 금륜 태자를 진지제로 추대하고 자신은 황후의 자리를 약속받지만, 일이 뜻대로 되지 않자 진지제를 폐위시켜 버리고 진평제를 추

밖의 바람 소리」 발표. 장편소설『신촌 블루스』(1993),『내 마음의 포르노그라피』(1995),『개인적 체험』(1999),『축구 전쟁』(2002),『미실』(2005) 등과 작품집『꿈의 부족』(2002) 등 출간.

대한다. 그녀는 왕을 도우면서 화랑도를 키우는 데 크게 일조한다. 미실이라는 여주인공은 타고난 미색으로 진흥제, 진지제, 진평제 3대에 걸쳐 왕을 모셨고 사다함과 같은 빼어난 화랑과 상대하면서 권력을 휘두른 인물이다. 여성의 아름다운 육체를 통해 최고 권력을 장악할 수 있었던 미실의 생애에 대한 소설적 복원이 이 소설의 서사 구조에 해당한다면, 신라 시대라는 역사의 무대에서 이루어진 자유로운 성 풍속과 그 윤리에 대한 해석은 여성의 성에 관한 작가의 개방적인 인식을 말해 준다. 김별아가 그려 낸 또 다른 역사소설 가운데 「논개」(2007)가 있다. 임진왜란이라는 전란의 시대를 살았던 기생 논개의 짧은 생애를 그려 낸 이 소설에서 작가는 전란의 현실과 그 긴박한 상황 속에서 이루어지는 사랑과 죽음의 의미를 감동적으로 그린다. 여기에서 주목되는 것은 위기에 처한 국가를 위한 의기(義妓) 논개의 결단과 의지가 아니라 자신이 간직하고 있던 사랑을 한 남자를 위해 실현하고자 하는 여인의 아름다운 뜻과 그 열정이다. 이것은 김별아의 역사소설이 보여 주는 특징이기도 하다.

　김인숙의 「소현」(2010)은 조선 인조의 첫 아들인 소현 세자를 문제적 인물로 내세운다. 소현 세자는 혼란기 왕조의 세자가 되었지만 시대와 역사의 중심에 들어서지 못한 채 그 운명을 마감한 비극적 주인공이다. 작가는 병자호란에서 패한 조선이 청나라에 항복한 이후 펼쳐진 고통의 시대를 소설의 배경으로 삼고 있다. 전쟁 자체보다도 처참한 패배와 항복으로 인한 민중의 절망과 혼란한 삶, 그리소 거기에서 비롯된 깊은 패배 의식에 작가의 초점이 모아진다. 소현 세자는 바로 이 같은 상황에서 청국에 볼모로 잡혀 10여 년을 고독과 절망 속에서 살다가 환국한 후 정치적 갈등 속에서 의문의 죽음을 맞는다. 소현 세자는 왕위를 승계할 수 있는 세자의 신분임에도 불구하고 치욕의 역사 속에서 당대의 권력층이 보여 주었던 대명을 향한 명분과 야만에 불과하다고 여겼던 청국에 대한 이중적 시각이 서로 갈등하는 가운데 세상을 떠난 셈이다. 이 소설에서 문제적 인물 소현 세자의 내면 풍경이 유별나게 강조되고 있는 것은 작가가 역사적 사실의 소설적 복원보다는 그 성격을 상상적으로 형상화하는 데 관심을 두고 있기 때문이라고 생각된다. 작가가 디테일한 효과를 위해 동원하고 있는 상상적 인물들이 실존 인물들 사이에서 극적인 활동을 보여 주고 있는 것도 이와 무관하지 않다. 결국 이 소설은 역사적 사건과 상상적 구성을 결합함으로써 소현 세자라는 문제적 성격을 새롭게 창조하는 데 성공했다고 볼 수 있다.

## (5) 세계화 시대를 열어 가는 작가들

1990년대 이후 소설 문단의 새로운 세대로 주목받는 작가로는 김영하, 김연수, 박민규, 김경욱, 전성태, 손홍규, 이장욱, 김종광 등이 있다. 한국 현대소설의 민주화 시대를 열고 있는 이들의 소설을 보면, 인물의 사회 계급적 성격을 규정하던 여러 가지 징표들을 지우면서 일상적 삶의 현실 속에서 오히려 인물의 성격 자체를 해체한다. 인물의 개인적 존재와 삶의 현실 사이에 애매한 긴장이 가로놓여 있지만 대체로 그 사회적 근거를 분명하게 제시하는 경우는 별로 많지 않다. 이들에게는 개인의 삶의 사회적 조건을 어느 정도 규제해 온 가정이라는 사회 단위의 개념이 아무런 구속력을 발휘하지 못한다. 이들의 삶은 가장 기초적인 사회 단위인 가정으로부터 유리됨으로써 기성적 질서로부터 해방되고 있다. 이와 같은 특징적인 인물 설정은 소설적 서술의 기법 문제를 새롭게 제기한다. 우선 행위의 인과적 논리가 철저하게 거부되고 있으며, 구성의 원리라는 고전적인 소설적 규범도 무너지고 있다. 그러므로 플롯의 완결이라는 개념은 이들 소설에서 통하지 않는다. 상황의 끊임없는 변화와 그 내밀성을 천착하기 위해 이야기는 해체되고, 잡다하게 변화하는 현실의 임의적인 환상들이 닥치는 대로 그려진다. 소설 속의 이야기는 모두 단편적인 것이 되고 행위는 연속성에서 벗어난다. 이러한 기법은 경험적 현실 세계의 다층성과 가변성, 그리고 그 불연속적인 자의성을 드러내기 위한 고안으로 생각되는데, 이른바 산업화 과정과 민주화운동을 추동했던 거대 서사의 소멸이라는 변화로도 설명이 가능하다.

김영하[25]는 도회 속의 일상을 살아가는 인물의 내면을 추적하는 소설들을 잇달아 발표하면서 1990년대 도시적 감수성을 가장 잘 대변하는 작가로 주목받았다. 그의 출세작이라고 할 수 있는 장편소설 「나는 나를 파괴할 권리가 있다」(1996)는 인간의 삶과 죽음의 문제를 색다른 소재를 통해 접근해 보이면서 이른바 '환상'의 리얼리즘이라고 할 수 있는 새로운 문학적 영역을 열었다. 이 작품의 이야기는 다비드의 「마라의 죽음」, 클림트의 「유디트」, 들라크루아의 「사르다나팔의 죽음」이라는 세 편의 회화의 핵심적 모티프인 죽음을 서사의 중심으로 끌어들인다. 작중 화자인 '나'는 다른 사람의 자살을 도와주는 일을 한다. 물론 직접적으로 죽음 자체를 다루는 것은 아니다. 작중 화자가 안내하는 일이란 일상에 삶에 지친 이들이 그들을 가두고 있는 일상의 테두리를 벗어날 수 있도록 돕는 것뿐이다. 그리고 일을 마치면 작중 화자는 다시 자신의 세계로 돌아온다. 마치 화집에서 죽음을 다루고 있는 그림을 찾아보는 것처럼 타

---

25 김영하(金英夏, 1968~ ). 경북 고령 출생. 연세대 경영학과 및 동 대학원 졸업. 1995년 「거울에 대한 명상」으로 《리뷰》를 통해 등단. 1996년 장편소설 「나는 나를 파괴할 권리가 있다」로 제1회 문학동네 신인작가상 수상. 소설집 「호출」(1997), 「엘리베이터에 낀 그 남자는 어떻게 되었나」(1999), 「오빠가 돌아왔다」(2004), 「퀴즈 쇼」(2007), 「무슨 일이 일어났는지는 아무도」(2010) 등과 장편소설 「아랑은 왜」(2001), 「검은 꽃」(2003), 「빛의 제국」(2006), 「너의 목소리가 들려」(2012), 「살인자의 기억법」(2013) 등 출간.

자의 죽음을 일정한 거리를 두고 지켜볼 뿐이다. 그러므로 이 작품의 문제성은 사회적으로 터부시되고 있는 자살이라는 죽음의 방식을 소재로 끌어들인 관점의 파격성에 있는 것이 아니라, 그것을 소설이라는 이야기의 틀 속에서 다루는 방식에 있다고 할 것이다. 이 소설 속의 이야기는 경험적 실재와는 거리가 있는 '환상'을 기법적 장치로 활용하면서 작중 화자가 써 내려가는 하나의 소설이라는 형태로 모든 내용이 제시된다. 그러므로 서사의 삽화들은 서로 중첩되고 이야기 속에 새로운 이야기가 담기는 일종의 액자 구조를 드러낸다. 특히 매우 건조하지만 정교하고도 섬세하게 죽음이라는 소재를 다루고 있기 때문에, 죽음 자체가 슬프거나 음울하거나 어둡게 처리되지 않는다. 삶의 주변에서 빈번히 일어나는 자잘한 일상사처럼, 그렇게 가깝고 익숙한 것으로 만들어 낸다. 그렇기 때문에 이 소설 속에서 다루어지는 자살이라는 죽음의 과정은 삶의 문제로부터 기원하며 삶의 문제로 발전하고 삶의 궁극인 것처럼 처리된다. 죽음 그 자체는 삶과 분리되지 않는 또 다른 삶의 모습이라고 할 수 있다.

김영하 소설의 기법적 특성과 그 경향은 소설집 『호출』(1997)이나 『엘리베이터에 낀 그 남자는 어떻게 되었나』(1999) 등에 수록된 작품들을 통해 쉽게 확인할 수 있다. 『호출』에 실린 화제의 단편 「도마뱀」은 육체적 욕망과 그 상상적 재현을 위해 '도마뱀'이라는 상징을 소설 속에 차용한다. 작품 속의 여주인공은 목사 아버지의 엄한 규율 속에서 자란다. 어느 날 같은 직장인 학원에서 국어를 가르치는 남자 강사가 여주인공에게 쇠로 만든 도마뱀 모형을 선물한다. 그런데 그 도마뱀 모형을 벽에 걸어 놓은 후부터 그녀의 밤마다 꿈속에 그 도마뱀이 그녀의 육체에 들어와 성적 욕망을 부추긴다. 여주인공은 환각처럼 자신의 몸 안에 꿈틀대는 욕망의 실체를 스스로 확인한다. 이 소설은 환상의 소설적 장치를 통해 인간의 내부에 잠복된 욕망의 실체를 폭로하고 기존의 윤리와 가치에 도전하면서 그 질서를 전복시킨다. 단편소설 「거울에 대한 명상」은 불륜이라는 성적 코드를 활용하면서 그 배면에 동성애의 욕망을 폭로하여 기성의 성적 관념을 도전적으로 전복시킨다. 소설이 담고 있는 엽기적인 요소가 당혹스럽게 느껴지기도 하지만 작가는 결국 자기 정체성의 혼란을 겪고 있는 현대인의 성적 욕망과 그 실현 방식을 파격적으로 제시하고 있는 셈이다. 김영하의 첫 장편소설 『아랑은 왜』(2001)는 전설 속의 '아랑' 이야기에 대한 소설적 패러디라고 할 수 있다. 작가 김영하의 소설적 기법을 생각한다면 설화의 빈틈 속으로 새로운 삽화들을 집어넣어 하나의 이야기가 만들어지는 과정 자체를 보여 주고 있다는 점에서 메타 소설에 해당한다. 실제로 이 작품은 '아랑' 전설을 소재로 소설을 쓰려고 하는 한 소설가가 가상의 고전소설 「정옥낭자전」을 소개하면서 '아랑' 전설의 다른 여러 판본들을 비교하고 그 설화의 내용 가운데 어떤 간극을 찾아내어 거기에서부터 새로운 소설의 구상을 이끌어 낸다. 그리고 실세로 작품을 써 나가는 과정 자체를 상세하게 제시하면서 그 방향과 성격을 스스로 분석하고 끊임없이 반성하는 과정 자체를 이야기의 중심으로 내세우고 있다. 그러므로 이 소설에서 아랑 전설 자체가 중요한 것이 아니라 그 설화가 하나의 소설로 재탄생되는 과정이 중요하다. 이 소설의 독자들은 소설이 제작되는 과정에 상상적으로 참여하여 '아랑'의 이야기를 소설로 다시 쓰고 있는 작가를 만나고, 소설 속에서 주인공을 설정하는 과정, 행위와 행위가 충돌하면서 새로운 국면을 만들어 내는 이야기의 전개 양상 등을 모두 함께 경험하게 된다. 작가의 자기 반영이라는 문제까지 생각한다면 전통적인 소설에서 중시하던 실재성의 원리 자체를 거부하고 있는 작가 의식의 지향이 미메시스의 한계를 극복하기 위한 노력과도 통한다는 점을 주목할 필요가 있다.

김연수[26]의 소설은 밀도 있는 묘사와 재치 넘치는 구성법 등이 늘 관심의 대상이 된다. 초기 장편소설 「꾿빠이 이상」(2001)의 경우에는 역사의 빈틈을 메우고자 하는 고도의 상상력이 돋보이는 가운데 인물의 성격에 대한 치밀한 해석이 소설적 흥미를 배가한다. 그리고 사물의 존재와 그 관계를 조밀하게 재구성하여 하나의 연결 고리로 이어 주는 방식도 특이하다. 이러한 소설적 문법의 특징을 잘 보여 주는 작품이 단편소설 「세계의 끝 여자 친구」(2008)이다. 작가가 주목하는 것은 개체로 존재하는 모든 사물들이 사실은 거대한 어떤 흐름 속에서 서로 연결된다는 사실이다. 이 관계의 망을 드러내는 작업이 바로 김연수의 소설법이라고 할 수 있다. 이 소설에서 이야기는 「세계의 끝 여자 친구」라는 시의 의미를 추적하는 과정으로 이어진다. 이 시를 쓴 시인은 남편이 있는 여자를 혼자 사랑한다. 하지만 끝내 그 사랑을 이루지 못한 채 세상을 떠난다. 시인의 슬픈 사랑 이야기를 전해 주고 싶은 마음에 시인의 지인이 도서관 게시판에 그 시인의 시를 써 붙인다. 작중 화자인 '나'는 그 시에서 "호수를 바라보며 서 있는 메타세쿼이아 한 그루"라는 구절을 기억하게 된다. 그 구절이 마음이 끌려 『메타세쿼이아, 살아 있는 화석』이라는 책을 대출한다. 이런 방식으로 이 소설은 서로 관계없던 존재들이 우연처럼 서로 이어지면서 관계를 맺는다. 사랑하는 여인을 남기고 죽은 시인의 이야기와 소설 속의 화자인 '나'는 사실 아무런 외적 연관이 없지만 서사 내적 공간에서 우연히 마주치면서 보이지 않는 연결 고리를 지니게 되는 것이다.

---

26　김연수(1970~ ). 경북 김천 출생. 성균관대 영문학과 졸업. 1993년 계간 《작가세계》 여름호에 시를 발표. 이듬해 장편소설 「가면을 가리키며 걷기」로 제3회 《작가세계》 문학상 수상. 소설집으로 『스무 살』(2000), 『내가 아직 아이였을 때』(2002), 『나는 유령 작가입니다』(2005), 『세계의 끝 여자 친구』(2009) 등이 있고, 장편소설 『가면을 가리키며 걷기』(1994), 『7번 국도』(1997), 『꾿빠이 이상』(2001), 『사랑이라니, 선영아』(2003), 『네가 누구든 얼마나 외롭든』(2007), 『밤은 노래한다』(2008) 등 출간.

김연수의 장편소설 「네가 누구든 얼마나 외롭든」(2007)은 역사의 흐름 속에 파묻힌 개인들의 삶의 흔적을 보고의 형식으로 들려준다. '나'라는 화자를 중심으로 하는 시점의 일관성을 제외한다면 이 소설 속의 인물들과 그 이야기들은 서로 어떤 긴밀한 연관성은 없다. 그런데도 불구하고 이 소설에서 들려주는 이야기들은 개인의 삶과 그 존재의 불확실성에 대한 작가 자신의 집요한 관심에 의해 서로 이어지면서 하나의 공통적인 문제성을 드러낸다. 작중 화자이면서 동시에 이야기의 한 축을 담당하고 있는 '나'는 '5월 투쟁'으로 일컬어지는 민주화운동이 끝난 후 자신의 역할과 그 위상을 돌아보며 새로운 시대를 향한 자기 존재의 의미를 되묻게 되는 대학생이다. 1991년 여름 '나'는 학생 대표 자격으로 통일 독일의 현장인 베를린을 찾는다. 그런데 갑작스럽게 학생운동 지도부가 붕괴되고 새로운 인물들로 교체되면서 '나'의 존재가 잊혀지게 된다. '나'는 자신이 어디로 가야 할지 고뇌에 빠져든다. 한국으로 돌아가야 하는 것인지, 아니면 옛날 동베를린 사태 때처럼 북한으로 들어갈지 모른다는 상상도 하면서 독일에서의 체류를 연장한다. 자기 존재의 의미와 그 지향 자체가 불투명해진 상황에서 '나'는 독일에서의 체류 기간 동안 스스로 자기를 일으켜 세울 수 있는 하나의 방편으로 노트에 자신이 보고 듣고 만났던 이야기를 쓰기 시작한다. 특히 독일인 헬무트 베르크의 이야기가 인상적이다. 그는 유대인 강제수용소에서 살아남은 뒤 거기서 죽은 동료 이름으로 자기 이름을 바꾸고 제3세계 망명객들의 후원자로 살아간다. 여기에 대비되는 것이 한국인 이길용이라는 사람의 이야기이다. 그는 떠돌이 일용직 노동자로 광주 민주화운동에 참여했고 진보적인 문화운동가로 변신하여 강시우라는 인물로 살고 있다. 폭력으로 인한 희생과 거기서 살아남은 자의 새로운 삶이 서로 연결된다. 이 작품 속에서 '나'는 주인공이면서 또 다른 인물들을 만나는 관찰자가 되기도 하고 이야기를 듣는 청자의 역할도 수행한다. 이 특이한 시점의 설정을 통해 '나'는 여러 이야기들을 모으고 그 속에 끼어들어 논평을 가하기도 한다. 특별한 인과관계 없이 이어지는 이야기들은 베를린에서 만난 사람들과 그들로부터 들은 기구한 사연들이 대부분이지만 '나'의 기억 속에서 되살아난 이야기까지 서로 뒤섞여 있다. 작가는 이 작품의 이야기 무대를 역사적 전환의 현장인 베를린으로 설정하면서 인간의 폭력에 의해 파괴된 개인들의 삶에 대한 비판적 반성을 기록하고 변혁의 시대를 살아가야 하는 인간의 새로운 삶의 태도를 나름대로 제시하고 있는 셈이다. 근작에 속하는 장편소설 「밤은 노래한다」(2008)의 경우에도 역사의 기록과는 관계없이 그 거대한 흐름 속에서 살았던 개인들의 삶과 그 고통을 소설적으로 상상해 내고 있다.

김경욱[27]의 초기 소설은 1990년대 이후 한국 사회의 변동과 매우 밀접하게 연결되어 있다. 여기에서 말하는 연관성은 이른바 소설과 사회의 상동 구조를 의미하는 것은 아니다. 작가가 대중 매체의 확대와 함께 이루어진 대중문화의 사회적 영향을 적극적으로 수용하면서 소설의 서사적 속성으로 이를 활용하고 있음을 말하는 것이다. 이것은 김경욱 소설이 드러내고 있는 하드보일드적인 스타일과 직결되기도 하고 특이한 상상력의 비약과 환상 속에서 만들어 내는 왜곡된 인간상과도 무관하지 않다. 그의 첫 소설집 『바그다드 카페에는 커피가 없다』(1996)에서부터 『베티를 만나러 가다』(1999), 『누가 커트 코베인을 죽였는가』(2003), 『장국영

---

27 김경욱(金勁旭, 1971~ ) 광주 태생. 서울대 영문과 졸업, 동 대학 국문과 박사 과정 수료. 1993년 《작가세계》 신인상에 중편소설 「아웃사이더」가 당선. 현재 한국예술종합학교 협동과정 서사창작과 교수. 작품집 『바그다드 카페에는 커피가 없다』(1996), 『베티를 만나러 가다』(1999), 『누가 커트 코베인을 죽였는가』(2003), 『장국영이 죽었다고?』(2005), 『위험한 독서』(2008), 『신에게는 손자가 없다』(2011) 등과 장편소설 『아크로폴리스』(1995), 『모리슨 호텔』(1997), 『황금 사과』(2002), 『천년의 왕국』(2007), 『동화처럼』(2010) 등 발표.

이 죽었다고?』(2005) 등은 모두 영화의 서사에서 그 중심 모티프를 빌려 온다. 그리고 이를 바탕으로 예상하기 힘든 새로운 소설적 장면들을 만들어 낸다. 소설집 『바그다드 카페에는 커피가 없다』(1996)에 수록된 여덟 편의 단편은 그 제목에서부터 영화의 모티프를 차용하고 있다. 표제작인 「바그다드 카페에는 커피가 없다」의 경우 작중 화자인 '나'는 서울에서 직장을 그만두고 영화를 찍겠다고 C읍으로 떠난다. 소설의 이야기는 C읍에서 '나'의 눈을 통해 확인되는 황량한 풍경들을 중심으로 전개된다. 물론 이 풍경 속에 겹쳐지는 것이 바로 영화 '바그다드 카페'의 장면들이다. 있어야 할 것들이 제대로 갖춰져 있지 않은 결여의 땅에서는 일상적인 것 자체가 아무런 의미가 없다. 물론 사랑이라는 이름의 감정마저 고갈된 것은 아니다. 김경욱의 소설 쓰기가 영상의 상상력과 거리를 두면서 패러디의 방식에 현실주의적 접근법을 가미하여 생겨난 변화는 화제작이었던 「위험한 독서」(2005)를 통해 확인된다. 이 소설에서 서사적 자아를 '독서 치료사'라는 이름으로 위장하고 있는 작중 화자는 책을 읽는 행위 자체를 개인의 내밀한 정신의 영역을 꿰뚫어 보는 방식으로 설명한다. 그러나 여기에서 주목되는 것은 책에 관한 이야기가 아니라 인간에 관한 관심과 의식의 공유라는 특이한 소통 과정이다. 작중화자인 '나'에게 상담을 위해 찾아온 여자는 처음에는 읽어 내기 힘든 책처럼 접근하기 어려운 상대였다. 하지만 상담을 계속할수록 '나'는 여자의 내면 깊숙이 감춰진 욕망의 정체를 조금씩 알아차리게 된다. 여자는 상담사인 작중 화자가 권하는 책을 읽어 가면서 자기의식의 내면을 스스로 드러내기 시작하면서 조금씩 상태가 좋아진다. 그런데 여기에서 문제가 되는 것은 여자가 치유되는 동안 그 여자를 지켜보던 작중 화자가 점차 그 여자에게 매혹된다는 점이다. 이 특이한 상황의 역전이 이 소설이 구상하고 있는 아이러니의 상황인데, 중요한 것은 인간에 대한 상호 이해와 신뢰의 구축이다.

김경욱의 장편소설은 「아크로폴리스」(1995)부터 「동화처럼」(2010)에 이르기까지 다채로운 패러디의 기법과 주제의 변주를 보여주고 있다. 소설 「모리슨 호텔」(1997)은 1960~1970년대 반체제적 저항과 자유를 구가하던 히피 문화의 상징이었던 록 그룹 '도어스'의 중심인물인 짐 모리슨을 그 제목에서부터 호명하고 있다. 이 소설이 1990년대 한국 사회의 저변에 깔려 있던 이념적 가치 상실의 특이한 징후를 읽어 내고 있음은 주목할 만하다. 이 소설에는 네 사람의 인물이 등장한다. 이들은 모두 자기 존재의 기반이었던 가족과 격리된 채 혼자만의 삶을 꾸려 간다. 이 고립된 개인들의 근거지가 바로 '모리슨 호텔'이다. 이들은 현실과는 등을 돌린 채 모리슨 호텔이라는 어둑한 공간에서 짐 모리슨의 음악에 빠지고 영화에 몰입하면서 서로 만나 섹스를 나누고 자신들의 삶의 시간을 소비한다. 이들은 모두 정서적으로나 이성적으로 자신에게 주어진 새로운 가치를 향한 성장 자체가 불가능한 상태에 빠져 있다. 자기 존재의 의미와 삶의 지향 자체를 모두 상실해 버린 이들은 태양을 등진 채 방기된 상태의 자유를 자기 몫으로 즐길 뿐이다. 「동화처럼」은 그 소재 자체가 통속적이다. 그러나 사랑이라는 이름 속에서 실패한 연애의 의미와 그 잘못된 만남을 추적하는 과정은 작가 김경욱의 소설적 기법을 유감없이 발휘한다. 연애의 실패 없이는 사랑이 성립되지 않는다. 이 특이한 아이러니는 인간의 삶에 미만해 있는 것이지만 연애에 빠지는 사람들은 누구나 그 사랑이 영원할 것으로 믿는다. 대학 신입생 때 노래패 동아리에 함께 가입하여 서로 엇갈린 사랑으로 아파했던 네 사람이 세월이 지난 후 다시 한자리에 모이게 되는 것이 이 이야기의 핵심이다. 연애와 결혼 그리고 이혼으로 이어지는 파탄의 과정을 겪으면서 서로 다르게 성장한 이들이 꿈꾸었던 사랑은 어떤 의미가 있는가를 묻는 것은 독자들의 몫이다.

작가는 "동화처럼"이라는 제목을 붙이고 있지만 이 소설의 이야기는 결코 동화적이지는 않다.

박민규[28]의 등장은 21세기 한국소설의 가능성에 대한 새로운 도전을 의미한다. 그는 다채로운 소재 영역을 넘나들면서 기발한 착상으로 그것들을 자신의 소설적 공간 속에서 서로 결합시킨다. 그는 만화, 영화, TV 등에 등장하는 캐릭터를 소설적으로 변용하고 새로운 차원으로 패러디하면서 실재와 환상, 경험적 현실과 가상의 공간 사이의 경계를 허물어 버린다. 그의 등단작인 장편소설 『지구영웅전설』(2003)은 미국 만화에 등장하는 슈퍼맨, 배트맨, 원더우먼, 아쿠아맨 등의 영웅 가운데에 '바나나맨'이라는 새로운 제3의 캐릭터를 끼워 넣음으로써 미국이라는 거대한 제국의 정치, 군사, 경제적 패권주의를 적나라하게 폭로한다. 박민규가 창조한 '바나나맨'은 작중 화자로서 슈퍼특공대 영웅들의 활약에 환호하며 그것을 선망하지만 사실은 이를 우의적으로 비판하고 조소하기 위해 만들어 낸 제3의 주체일 뿐이다. 이렇게 황당하게 느껴지는 인물과 이야깃거리를 연결시켜 하나의 서사적 질서를 구축해 내는 박민규의 소설은 일단 경쾌하고 재미가 있다. 그러나 이 유머의 관점 뒤에는 현대 문명의 속도라든지 힘의 논리만을 강조하는 경쟁에 제대로 따르지 못하고 뒤처진 사람들의 비애감이 무겁게 자리 잡고 있다. 이러한 문명 비판적 시선의 균형을 지켜 냄으로써 박민규의 소설은 단순한 대중적 취향물의 수준을 넘어서게 된다.

장편소설 「삼미 슈퍼스타즈의 마지막 팬클럽」(2003)은 프로 야구의

---

28 박민규(朴玟奎, 1968~ ). 울산 출생. 중앙대 문예창작학과 졸업. 장편소설 『지구영웅전설』(2003)로 2003년 문학동네 신인작가상 수상. 창작집 『카스테라』(2005), 『더블』(2010) 등과 장편소설 『지구영웅전설』(2003), 『삼미 슈퍼스타즈의 마지막 팬클럽』(2003), 『핑퐁』(2006), 『죽은 왕녀를 위한 파반느』(2009) 등 출간.

등장이라는 대중 스포츠의 한 장면을 소재로 삼고 있다. '삼미 슈퍼스타즈'는 프로 야구 원년 멤버였지만 흥미로운 기록들을 남기고 해체된 프로 야구단이다. 삼미는 팀 최다 실점 기록을 남겼고, 시즌 최소 득점의 기록도 지닌 팀이다. 한 게임에서 최다 안타를 허용한 것도 삼미였고, 최다 홈런을 허용한 팀으로도 유명하다. 최다 사사구 허용이라든지 시즌 최다 병살타 기록 등도 모두 삼미 슈퍼스타즈가 남긴 야구 기록이다. 이 만년 꼴찌의 야구단을 위해 팬클럽을 결성하고 거기에 가담했던 사람들의 이야기가 소설 속에서 펼쳐진다. 이야기 속의 등장인물들도 그들이 응원했던 야구단 못지않게 특이한 경력을 가지고 있다. IMF 사태의 여파로 구조 조정의 대상이 되어 대기업에서 밀려나게 된 소설의 주인공의 곁에는 여러 인물들이 등장한다. 같은 직장에 다니다가 밀려나 분식집 주인이 된 친구도 있고, 하는 일 없이 떠돌던 PC방에서 만난 친구들도 있고, 여인도 등장하고 카페의 주인도 함께한다. 이렇게 뒤처진 사람들이 서로 어울려 전혀 색다른 시대의 풍경을 재현한다. 이 소설에서 작가가 노린 것은 끝없는 경쟁으로 내몰리는 현대인들의 삶에 대한 비판과 풍자이다. 이른바 '프로의 시대'를 구가하면서 등장한 경쟁 사회가 어떻게 인간의 순수한 열정과 그 가치를 자본의 논리로 왜곡하고 있는가를 확인할 수 있다. 이와 비슷한 시각은 장편소설 「핑퐁」(2006)으로 이어진다. 친구들로부터 따돌림을 당하는 두 명의 중학생이 중심인물로 등장하는 이 소설은 삶의 숨 가쁜 경쟁을 탁구의 세계로 해석하면서 기상천외한 이야기로 발전한다. 인간 사회에서 배제당한 두 소년이 자신들을 배제해 온 인간 사회를 제거해 버린다는 설정 자체가 황당하게 느껴지면서도 어딘지 허탈하게 생각되는 이유는 이런 인물의 설정 자체가 전혀 낯설지 않다는 데 있다.

1990년대 이후의 소설에서 주목되는 작가로 전성태를 지목할 수 있다. 그의 초기 소설 「매향」(1999)은 농촌의 소외된 삶과 이를 극복할 수 있는 대안으로서의 공동체의 문제를 다루었다. 이러한 초기의 경향 이후 작가는 관점과 시야를 확대하면서 자본주의와 그에 의해 변질되어 가는 현대의 삶을 그려 냈다. 「늑대」(2009)의 경우에는 몽골의 여행 체험을 바탕으로 문명이라는 이름으로 이루어지고 있는 야성의 상실, 문화적 혼종성의 문제를 다루고 있다.

손홍규의 소설적 상상력은 인간다움의 가치 문제로 집약된다. 그가 쓴 「사람의 신화」(2005)는 사람다운 삶의 문제에 대한 탐구라고 할 만하다. 이러한 독특한 휴머니티의 정신은 이색적인 성장소설 「이슬람 정육점」(2010)으로 이어진다. 이 작품은 한국전쟁에 참전한 후 분단의 땅에 눌러 앉게 된 터키인을 등장시켜 분단 현실의 아픔을 타자의 시선으로 돌아본다. 이 밖에도 한창훈의 「홍합」(1998), 천명관의 「고래」(2004), 「고령화 가족」(2010), 이응준의 「국가의 사생활」(2009), 김중혁의 「좀비들」(2010), 박형서의 「새벽의 나나」(2010) 등이 한국 현대소설의 새로운 가능성을 열어 가고 있다.

이 시기의 소설적 경향 가운데 특기할 만한 것은 여성소설의 문단적 확대 현상이다. 특히 1990년대 이후 등단한 공선옥, 은희경, 전경린, 이혜경, 정미경, 권여선, 조경란, 배수아, 정이현, 한강, 편혜영, 김애란, 김숨, 윤이형, 한유주 등은 남성적 글쓰기의 주류를 전복시키는 새로운 관점과 방법을 통해 특이한 이중적 자의식을 추구하는 작품들을 발표하면서 문단의 주목을 받고 있다. 비슷한 세대의 작가들은 대개 자기 세대가 공유하고 있는 문제의식에 공통적인 관심을 기울이는 경우가 많은데, 이들의 시각은 각각 유별나다. 집단적인 이념에서부터 개인적인 내면 의식에 이르기까지 다채로운 변주를 보여 주는 이들 소설에서 가장 주목되는 현상은 서사적 자아의 형상이 전혀 고정되어 있지 않다는 점이다. 대부분의 소설이 인간의 경험이나 감정의 극단적인 이탈을 그리고 있기 때문에, 이상적인 인물형이라는 고정적인 개념을 적용하기 힘들다. 그리고 여성 작가들의 소설은 자아의 표현 욕망을 기저로 하는 자전적인 요소가 강하게 반영되어 있다. 이야기의 서술은 회상의 방식이 주류를 이루며, 그 회상적 주체가 '작가'이다. 이 작품들은 성격화에 치중한다기보다는 오히려 고정적인 성격의 틀을 깨뜨리는 경우가 많다. 한국소설에서 드러나고 있는 여성적 글쓰기의 새로운 미학적 도전은 결국 한국소설의 전반적인 흐름을 전환시키고 있다. 이러한 현상은 여성적인 것에 대한 인식이 글쓰기 방식 자체의 변화를 추구하는 방향으로 작용하는 것이 아닌가 생각된다.

은희경[29]은 등단 직후 발표한 첫 장편소설 「새의 선물」(1995)을 통해 작가로서의 개성을 분명하게 발휘했다. 이 작품에서 주목되는 것은 30대 중반을 넘긴 여성 화자 '나'의 시선이다. 초등학교 5학년 무렵의 어린 시절을 회상하는 방식으로 전개되는 이 소설의 이야기는 작중 화자의 냉소적 어조와 치밀한 내적 분석에 의해 탄력을 받으면서 다양한 삽화들로 이어진다. 열두 살 소녀의 버릇처럼 굳어진 '눈치 보기'의 방식을 하나의 관점으로 차용한 이 소설에서 느껴지는 삶에 대한 환멸은 자살한 엄마와 사라져 버린 아빠의 공백 속에서 너무 일찍 철이 든 '나'의 깊은 상처에서 비롯된 것이라고 할 수 있다. 이야기의 서술 방식과 그 시점의 일관성을 통해 포착되는 인간들의 행태가 더러는 유머러스하고 더러는 과장된 포즈로 읽히기도 하지만 남의 속내를 예리하게 간파해 내는 '눈치 보기'의 방식이 소설 내적 풍경을 더욱 다채롭게 빚어낸다. 이 소설을 통해 삶

---

29  은희경(殷熙耕, 1959~ ). 전북 고창 출생. 숙명여대 국문과 졸업. 연세대 대학원 국문과 졸업. 1995년 《동아일보》 신춘문예에 중편소설 「이중주」 당선. 장편소설 『새의 선물』(1995), 『마지막 춤은 나와 함께』(1998), 『그것은 꿈이었을까』(1999), 『마이너리그』(2001), 『비밀과 거짓말』(2005), 『태연한 인생』(2012) 등과 소설집 『타인에게 말 걸기』(1996), 『행복한 사람은 시계를 보지 않는다』(1999), 『상속』(2002), 『아름다움이 나를 멸시한다』(2007) 등 출간.

의 진실이라는 것이 무엇인가를 되묻게 되는 이유는 사람들 사이의 비밀스러운 관계를 절묘하게 파헤치는 작가의 통찰력에 대한 신뢰 때문이다. 은희경의 주제 의식이 섬세한 기법과 조화를 이루고 있는 중편소설 「아내의 상자」(1997)는 삭막한 신도시를 배경으로 한 젊은 부부의 삶의 부조화를 극적으로 드러낸다. 이 부부의 삶의 이면에는 소통 부재의 공간에서 이루어지는 무미건조한 일상의 황폐함이 감춰져 있는데, 바로 그것이 젊은 부부를 돌이킬 수 없는 비극으로 치닫게 한다. 아내는 자신이 불임임을 알아차리고는 자신에게 유전적인 열성 인자가 있기 때문에 임신할 수 없는 것이라고 믿는다. 이러한 병적인 자기 인식은 남편과의 소통 부재와 갑갑한 일상에 갇힌 생활에서 비롯된 것이지만 아내는 엉뚱하게도 돌이킬 수 없는 외도를 감행하고 이로 인해 결국 정신 병원으로 보내진다. 이 소설에서 여성으로서의 아내의 존재에 대한 천착은 어둡게 진행되고 있지만 젊은 부부의 불임과 신도시의 불모성이 닫혀 있는 '상자'의 상징적 이미지를 통해 형상화되고 있는 점은 특기할 만한 일이다. 특히 '상자'에서 연상되는 폐쇄된 공간이 아내의 삶 전체를 의미하고 있다는 점에서 이 작품이 존재의 심연에까지 파고드는 깊이 있는 성찰에 근거하고 있음을 확인할 수 있다.

은희경의 소설적 관심이 한국 사회가 안고 있는 갖가지 허위의식과 부조리한 현상에 집중되면서 화제가 되었던 작품이 장편소설 「마이너리그」(2001)이다. 이 소설은 서사적 구도 자체가 흥미를 끈다. 1958년 개띠로 태어난 고교 동창생 네 사람이 이야기의 중심에 서 있기 때문이다. 이들이 고교 생활을 했던 1970년대 중반의 사회적 상황은 '유신'이라는 정치적 폭압과 거기에 대한 저항이 전면에 펼쳐지고, 월남전에서의 미군이 패전과 전쟁 종결이 커다란 국제적 변화로 드러난다. 고등학생들의 교련대회, 미국의 인기 팝송, 사회적 불안과 '휴거(携擧)' 소동, 그리고 홍콩 배우 이소룡과 원조 아이돌 임예진 등이 시대적 아이콘으로 등장하여 이야기를 치장한다. 아직은 성년에 이르지 못한 고등학생 신분이지만 세상 물정을 훤하게 알아차리고 있는 다 큰 아이들의 성숙한 자세와 냉소적 시선을 통해 격동기 한국 사회의 다양한 풍속도가 펼쳐진다. 이들의 삶의 과정에 주목하는 작가의 서술적 관점도 흥미롭다. 비판적 시선 속에 해학과 기지가 숨겨져 있고 더러는 허탈한 웃음도 선사한다. 이들의 삶의 모습을 심각하게 다루기보다는 경쾌한 터치로 건너뛰면서 '마이너리그'라는 말로 한국 사회의 보통 시민들의 삶의 애환을 그려 낸 것이다. 이러한 접근법은 대다수 보통 사람들이 '일류'가 되지 못한 채 살아가는 비주류의 '삼류 인생'이라는 점을 놓치지 않고 있기 때문에 그들의 삶에 대한 긍정과 포용의 시선을 느낄 수 있다. 장편소설 「비밀과 거짓말」(2005)은 그 통속적인 소재에도 불구하고 소설가 은희경의 시선이 자기 세계를 지향하고 있으며 자신의 삶에 대면하고 있기 때문에 내면세계에 대한 분석과 깊은 통찰을 잘 보여 주고 있다. 이 소설의 중심 소재는 출생과 성장에 얽힌 '비밀과 거짓말'에 관한 것이지만 한 가족 내부에서 일어나고 있는 가족 구성원 사이의 갈등과 화해의 이야기로 발전하고 있다. 이 소설이 혈연으로 이루어지는 가족 사이의 갈등을 풀어 가는 과정에서 그 통속적 속성을 극복하는 방식은 그 속에 인간의 삶과 죽음, 사랑과 운명을 담아내고자 하는 진지한 성찰과 간결한 문체의 힘에 있다. 은희경의 언어와 문체가 작품 내적 세계와의 긴장된 거리 두기에 성공하면서 서사의 활력을 살려 내고 있다는 점은 작가의 이야기꾼으로서 재능을 방증한다고 할 수 있다.

전경린[30]의 소설적 경향은 그의 첫 창작집 『염소를 모는 여자』(1996)

---

30  전경린(1962~ ). 본명 안애금. 경북 함안 출생. 경남대 독문과 졸업. 1995년《동아일보》신춘문예에 중

을 통해 잘 드러나고 있다. 등단작인 「사막의 달」(1995)에서부터 전경린의 소설적 주제는 여성과 그 삶의 주변 문제에 집중되어 있다. 특히 여성의 성과 그 내밀한 욕망의 실체를 서사의 핵심으로 끌어내면서 억압된 자아를 찾아가는 과정을 긴장감 있게 풀어내고 있다. 「염소를 모는 여자」의 작중 화자는 평범한 주부이다. 결혼이라는 제도의 틀 속에 갇혀 자신에게 부여된 아내로서의 역할을 위해 자기 욕망을 모두 억제하고 살아간다. 시간이 지나 남편과 관계가 소홀해지면서 일상적인 삶 자체가 무료하고 권태롭게 느껴진다. 그녀는 과외 광고를 보고 연락해 온 낯선 남자로부터 염소를 맡아 달라는 부탁을 받게 된다. 그리고 그 염소를 아파트 주변의 숲에 매어 놓고 지켜보는 동안 자기 내부에 억압된 채로 숨겨져 있던 본능적 욕망이 살아난다. 특히 남편의 외도를 알아차린 그녀는 순종적이었던 태도에서 벗어나 집을 뛰쳐나온다. '염소'라는 매개를 통해 주부의 변신을 섬세하면서도 강렬하게 묘사해 냄으로써 자기 주제의 본질을 설득력 있게 제시하고 있다.

전경린의 소설에서 확인할 수 있는 여성과 성의 문제는 불륜이라든지 이혼이라든지 하는 사회적 제도와 연결되기보다는 여성의 자기 정체성과 본연의 욕망이라는 내적인 문제의식으로 발전한다. 장편소설 「내 생에 꼭 하루뿐일 특별한 날」(1999)은 사회 윤리적으로 '불륜'이라는 낙인이 찍힐 수 있는, 사랑이라는 이름의 일탈을 소재로 삼고 있다. 이 작품 속의 문제적 인물은 안락한 가정을 이루고 평화로운 삶을 꾸려 가고자 하는 평범한 주부이다. 그러나 이 같은 꿈은 남편의 외도로 모두 무너진

---

편소설 「사막의 달」 당선으로 등단. 소설집 『염소를 모는 여자』(1996), 『바닷가 마지막 집』(1998), 『물의 정거장』(2003) 등과 장편소설 『아무 곳에도 없는 남자』(1997), 『내 생에 꼭 하루뿐일 특별한 날』(1999), 『난 유리로 만든 배를 타고 낯선 바다를 떠도네』(2001), 『황진이』(2004), 『유리로 만든 배』(2005), 『언젠가 내가 돌아오면』(2006), 『엄마의 집』(2007) 등 출간.

다. 그런데 이 주인공은 무너져 버린 자신의 가정에 집착하거나 자신에게서 마음이 떠난 남편에게 더 이상 매달리지 않는다. 그녀 앞에 그녀를 끌어들이는 새로운 남성이 등장하자 걷잡을 수 없는 감정의 동요를 일으키게 되고 결국은 두 사람의 또 다른 사랑 속으로 빠져든다. 여기에서 문제가 되는 여주인공의 선택은 남편의 외도를 그대로 되받아치는 복수의 행위로 읽힐 수도 있고 '맞바람'의 막장극으로 치달을 가능성도 없지 않다. 하지만 작가는 이 단계에서 통속의 함정을 교묘하게 벗어난다. 여주인공의 무의미한 일상과 그 삶의 권태 속에 숨겨져 있던 인간적 본능과 자기 욕망의 빛을 찾아내고 있기 때문이다. 이 자기 발견의 내밀한 과정을 소설의 참주제로 형상화하고 있기 때문에 이 작품은 외도와 이혼, 불륜과 사랑의 통속적 범주를 넘어서게 되는 것이다.

전경린이 여성의 사회적 역할 문제에 대해 새롭게 제시하고 있는 그 나름의 해법은 장편소설 『엄마의 집』(2007)에서 구상하고 있는 '집'이라는 공간 개념을 통해 설명이 가능하다. 여기에서 말하는 '집'은 '엄마의 집'이라는 점을 유의할 필요가 있다. 전경린이 즐겨 다룬 소설적 소재로서 불륜, 외도, 별거, 이혼 등의 과정을 보면 해체된 가정과 홀로된 여성의 삶의 문제로 귀착된다. 이 소설에서 작가는 '집'이라는 공간의 의미를 새롭게 정하고자 한다. '아버지'가 중심을 이루는 집이 아니라 '엄마'가 중심에 자리하고 있는 집을 꿈꾼다. 이 집은 부성을 중심으로 하는 가부장적 제도의 실체로서의 가정이 아니라 모성을 근간으로 하는 집이기 때문에 남성 중심의 위계와 질서를 따르지 않는다. 이 소설에서 '엄마'가 집을 갖는다는 것은, 작가 스스로 밝히고 있듯이 한 여자가 경제적이고 정신적이고 육체적이고 윤리적인 문제를 생애 속에서 전적으로 통제하는 일이다. 그리고 자신의 힘으로 누구의 간섭이나 방해도 받지 않고 온전히 자유롭게 존재할 수 있는 공간을 만드는 것이다. 이 특별한 공간은 누구든 서로 돕고 서로 끌어안고 이해하며 서로 자유로워질 수 있어야 한다. 이 집의 주인은 이혼한 엄마일 수도 있고 미망인이 된 엄마일 수도 있다. 당초부터 사내와 상관없이 혼자 아이를 키우게 된 '싱글맘'이 될 수도 있다. 입양아를 키우며 혼자 살아가는 미혼의 엄마라도 상관없다. 부성이 배제된 공간에서 종래와는 다른 의미의 '엄마'로서 홀로 살아갈 수 있는 특별한 집이기 때문이다.

조경란[31]은 일상의 체험 가운데 음식에 대한 감각과 요리의 방식을 특이하게 변형시키면서 자신의 소설적 문법을 만들어 간다. 이것은 일종의 '레시피의 상상력'이라고 말할 수 있을 정도로 다채롭고 변화무쌍하다. 식품의 재료를 가지고 특정의 레시피에 따라 음식을 만들어 가는 조리법을 따르다 보면 물과 불의 균형과 조화를 통해 요리의 완성에 도달한다. 이것은 인간의 욕망을 채워 주면서 서서히 몸 안으로 들어와 인간의 육체의 일부가 된다. 조경란의 첫 장편소설 「식빵 굽는 시간」(1996)은 주인공의 의식 내부에 들어와 있는 여러 가지 '빵'을 만드는 방법이 그대로 그 외적 행동 양식을 결정하고 타자와의 관계를 암시하기도 한다. 밀가루와 물의 반죽, 그리고 적절한 숙성의 시간을 거친 후에 만들어지는 각종 빵은 주인공이 꿈꾸는 삶의 방향과도 이어진다. 근친상간의 모티프를 교묘하게 숨기고 있는 이 소설에서 빵 만들기의 방법 자체가 지나치게 설명적인 느낌을 주기도 하지만 타인에 대한 감각과 인식 자체를 빵이라는 대상을 통해 구체적으로 형상화하는 기법이 매우 섬세하다.

장편소설 「혀」(2007)에서는 작가 자신이 추구해 온 소설 문법을 보다

---

31 조경란(趙京蘭, 1969~ ). 서울 출생. 서울예전 문예창작과 졸업. 1996년 《동아일보》 신춘문예에 단편 「불란서 안경원」 당선. 소설집 『불란서 안경원』(1997), 『나의 자줏빛 소파』(2000), 『국자 이야기』(2004), 『풍선을 샀어』(2008) 등과 장편소설 『식빵 굽는 시간』(1996), 『가족의 기원』(1999), 『혀』(2007), 『복어』(2010) 등 출간.

정교하게 다듬어 내고 있다. 이 작품에서 먼저 주목되는 것은 '혀'라는 표제어의 이중적 의미이다. 혀는 먹는 것과 관련된다. 맛을 알아내는 모든 감각이 혀를 통해 결정된다. 그러므로 이것은 중요한 몸의 일부가 된다. 그런데 혀가 없이는 말을 하지 못한다. 말은 인간 정신의 기본적인 능력과 통한다. 이것은 인식의 영역에 해당되므로 정신과 연결된다. 혀는 결국 몸과 마음, 육체와 정신, 감각과 인식이라는 서로 다른 영역을 넘나든다. 이 소설의 여주인공은 이탈리안 요리를 학교에서 배웠고, 스물세 살부터 7년 동안 이탈리안 레스토랑에서 일해 온 서른 살의 요리사이다. 자신의 요리 교실 'WON'S KITCHEN'을 운영하면서 한 남자를 사랑하게 된다. 하지만 그녀의 애인이 요리 교실의 학생이었던 젊고 도발적인 여성에게 빠져 그녀의 곁을 떠나면서 여주인공은 그네들이 키워 왔던 '늙은 개' 폴리와 함께 버려진다. 사실 이런 식의 애정 갈등이라면 그 흔해 빠진 통속적 줄거리에 독자들도 외면하기 마련이지만 작가는 맛이라는 감각을 사랑의 달콤함의 경지로 끌어올리면서 자신의 소설적 상상력을 고조시킨다. 요리의 방법과 사랑의 길을 하나로 엮어 내는 것이야말로 이 소설이 꿈꾸는 현란한 서사의 경지에 해당한다. 장편소설 「혀」의 소설적 구도를 좀 더 차원 높은 존재의 인식 문제로 전환시켜 놓고 있는 것이 장편소설 「복어」(2010)이다. 이 소설에서도 '복어'라는 표제어가 가지는 의미의 복합성을 주목하게 한다. 삶과 죽음의 문제를 동시에 드러내는 표상으로 이 표제어를 활용하고 있는 것처럼 보이기 때문이다. 소설의 이야기는 서로 다른 두 남녀의 이야기를 교차시키면서 그들이 서로 부딪치면서 알아 가게 되는 과정을 추적한다. 그리고 각각 서로에게 깊이 감춰졌던 상처와 죽음을 향한 충동을 알아차린다. 물론 이 소설이 '타나토스'의 속성만을 드러내지 않는다는 것은 분명하다. 둘은 결국 서로 만나고 서로를 구원하고 살려 내고 있기 때문이다. 작가는 죽음이라는 것이 선택의 문제가 아니라는 사실을 '복어'에 내재해 있는 치명적인 독의 실체를 통해 밝혀 낸다. 그리고 인간이 본래적으로 가지게 된 삶과 죽음의 길은 결국 하나라는 사실을 이 소설은 묵시적으로 가리킨다.

배수아[32]의 소설적 상상력은 철저하게 도시적이다. 하지만 도시라는 공간이 가지는 특정 장소로서의 서사성이 모두 제거된 상태로 이야기가 전개된다. 다시 말하면 소설 속에서 서사 구성적 요소로서 장소가 드러내는 구체성이 별로 중시되지 않고 있다는 말이다. 이러한 특징은 소설에서 서사의 공간성을 약화시키기 위한 작가의 계산된 의도일 가능성이 크다. 이 같은 소설적 상황 속에 배치된 인물들은 대개가 자기 정체성을 잃어버린 채 떠돌 뿐이다. 초기의 소설에 속하는 「랩소디 인 블루」(1995), 「부주의한 사랑」(1996), 「나는 이제 니가 지겨워」(2000) 등에는 한결같이 도시의 뒷골목을 떠도는 젊은이들이 등장한다. 이들은 가족이라는 자기 존재의 기반으로부터 유리된 상태에서 사회가 요구하는 규범에 제대로 적응하지 못하고 도시의 주변에서 빈둥거린다. 작가는 이러한 인물들이 보여 주는 파격적인 일상을 파고들면서 거기에 숨겨져 있는 존재의 어둠과 불안을 들춰내고, 그들의 삶의 파편적인 요소와 이중적 풍경을 감각적으로 묘사한다. 육체의 욕망과 넘쳐 나는 섹스도 여과 없이 그려지고 컴퓨터게임에 몰두하면서 현실과 비현실의 공간을 구별하지 못하는 특이한 착시 현상도 그대로 노출된다. 익명으로 넘쳐 나는 부유하는 젊은이들의 삶의 어두운 풍경이 배수아가 포착해 낸 한국소설의 새로운 장면

---

32  배수아(1965~ ). 서울 출생. 이화여대 화학과 졸업. 1993년 《소설과 사상》에 「천구백팔십팔년의 어두운 방」이 당선. 소설집으로 『푸른 사과가 있는 국도』(1995), 『바람 인형』(1996), 『심야통신』(1998), 『그 사람의 첫사랑』(1999), 『훌』(2006) 등이 있으며, 장편소설 『랩소디 인 블루』(1995), 『부주의한 사랑』(1996), 『나는 이제 니가 지겨워』(2000), 『붉은 손 클럽』(2000), 『이바나』(2002), 『동물원 킨트』(2002), 『일요일 스키야키 식당』(2003), 『에세이스트의 책상』(2003), 『독학자』(2004), 『당나귀들』(2005), 『북쪽 거실』(2009), 『올빼미의 없음』(2010) 등 출간.

임을 부인할 수는 없다.

배수아의 소설은 2000년대에 들어서면서 발표한 「이바나」(2002)에서 부터 그 서사의 지향점을 분명하게 드러낸다. 이 소설에서 '이바나'라는 고유명사는 하나의 사물에 고정되어 붙는 명칭이 아니다. 소설의 초반부에는 중고차를 구입하여 여행을 떠나는 주인공 '나'와 K의 여행이 서사의 중심을 차지한다. 하지만 이야기가 진행되면서 그 성격이 바뀌고 이해하기 어려운 상황으로 사건이 진전된다. 말하자면 서사 자체의 지향점도 사라지고 성격도 해체된다. 이런 식의 변화는 '이바나'라는 명칭의 지시 내용이 바뀌는 상황과 직결되어 나타나고 있다. '이바나'는 이 소설의 서두에서 중고차의 명칭으로 표시된다. 그런데 이야기가 전개되면서 그 차를 타고 주인공과 K가 찾아다니는 여행지의 명칭으로 바뀐다. 그리고 이들이 쓴 여행기의 이름이기도 하면서 그 여행 자체를 명명하는 이름이 되기도 한다. 이처럼 '이바나'는 모든 사물만이 아니라 시간과 공간을 아우르는 행위에도 붙여진다. 이런 식의 이름이라면 결국 '이바나'는 어디에나 붙일 수 있는 이름이 되기도 하고 아무 이름도 아닌 것이 되기도 한다. 소설 속에 등장하는 인물도 고유한 이름이 없이 서술 주체인 '나'를 중심으로 K, B, Y 등으로만 언급하고 있다. 그러므로 인물의 행위와 성격이 모호하며, 그 특징이 제대로 드러나지 않은 채 비슷한 상황이 전개된다. 이와 같은 서사의 방식으로 인하여 이 소설은 '나' 이외의 모든 인물과 이들을 둘러싸고 있는 사물의 실체가 모호하다. 언어로 명명되고 기표화한 모든 기존의 질서를 거부하면서 시작된 이 특이한 여행은 그 자체가 하나의 커다란 아이러니를 만들어 내고 있다. 배수아의 소설법이 보여 주는 언어의 상징체계와 그 질서에 대한 도전은 우화적 속성이 가미된 소설 「동물원 킨트」(2002)에서도 발견된다. 일반적으로 '동물원'이라는 공간은 일정한 시설을 구비하여 여러 가지 동물을 사람들에게 관람시키는 장소이다. 하지만 이 소설에서는 동물원이라는 말이 지시하는 공간적 속성 자체가 이야기의 흐름 속에서 자연스럽게 해체된다. 소설 속의 화자인 '나'는 '동물원'에 들어가는 순간 자신의 존재를 잃어버리고 동물원 속으로 사라져 버린다. 이 특이한 경험은 이방의 세계에 '나'를 투기하는 순간의 느낌과 그대로 일치한다. 장편소설 「에세이스트의 책상」(2003)에서는 음악과 언어에서 드러나는 감각과 인식, 혹은 소리와 말의 관계를 남녀의 사랑이라는 문제와 결부시켜 새롭게 해석한다. 이러한 특이한 관계망의 설정과 그 소설적 인식 방법은 장편소설 「독학자」(2004), 「당나귀들」(2005) 등으로 이어지면서 더욱 내성적인 깊이와 구체적 형상성을 갖추고 있다.

한국 여성소설은 문단적 확대 과정을 통해 다양한 경향으로 분화 발전하고 있다. 하성란의 소설에는 주로 자본주의 사회에서 소외되어 가는 인물들의 무력감과 파편화된 현대인의 초상이 그려져 있다. 작품집 『옆집 여자』(1999)에 수록된 작품들의 주인공들은 타인들과 제대로 된 소통을 하지 못하며 이로 인해 고독한 내면을 지닌다. 작가는 이러한 인물들에 밀착하여 그 내면을 매우 섬세하게 그리고 있는데, 이러한 묘사 방식은 장편소설 『식사의 즐거움』(1998)에서 추리적 기법으로 발전하면서 인간의 내면에 깊숙이 숨겨진 욕망의 실체를 벗겨 내며 소설적 흥미를 더하게 된다. 이혜경의 소설은 가족 이야기를 중심 소재로 하여, 붕괴되어 가는 현대의 가족 구조 속에서 이타적 사랑에 기반한 여성적 공동체에 대한 지향을 드러내고 있다. 장편소설 『길 위의 집』(1995)은 흥미 위주의 서사 구조를 지양하고 단단한 문체에 기반한 다채로운 이미지와 은유를 보여 주는 것이 특징이다. 공선옥은 초기 소설에서부터 한국 사회의 어두운 구석을 파헤치고 소외된 이웃에 대한 관심을 표하는 따뜻한 작품들을 발표해 왔다. 생명에 대한 애착과 모성의 의미를 새롭게 해석하도록 했던『붉은 포대기』(2003)와 사람의 터전을 따라 고통의 세월을 보내면서 흩어져 살고 있는 우리 시대의 유랑민들의 애환을 그린『유랑가족』(2005)은 공선옥의 대표작으로 손꼽을 수 있다. 권여선은『푸르른 틈새』(2007)를 통해 격동의 시대를 거쳐 온 젊은이들의 고뇌를 내밀하게 그려낸다. 소설 쓰기의 방법에 대한 작가적 탐색을 통해 서사 기법과 언어적 진술에 정교함을 더하고 있는 것이 특징이다. 몸의 언어를 중심으로 하는 장편소설『채식주의자』(2007)로 주목받는 한강과 물질적 상상력에 근거하여『철』(2008),『물』(2010)과 같은 소설을 통해 현실의 삶의 고통을 추적하고 있는 김숨은 여성소설의 새로운 가능성을 열어 가고 있다. 인간의 몸과 욕망의 문제를 중심으로 새로운 여성 미학을 추구하고 있는 천운영은 우리 사회에 내재해 있는 불신과 폭력의 문제점을 폭로한 장편소설『잘가라 서커스』(2005),『생강』(2011) 등을 발표했으며, 김애란은 사소한 소재에서 사소하지 않은 새로움을 발견하며 삶의 의미를 찾아가는『두근두근 내 인생』(2011)과 같은 작품을 통해 신세대의 경쾌하고 발랄한 감성을 대변하고 있다. 정이현의『달콤한 나의 도시』(2006), 한유주의『불가능한 동화』(2013), 황정은의『백의 그림자』(2010) 등도 개성 있는 새로운 여성소설의 목록에 추가할 수 있다.

# 3 현실주의적 상상력과 시적 감수성

## (1) 시정신과 경험적 진실성

한국 현대시는 급격한 산업화의 과정 속에서 훼손되어 가는 인간의 삶을 회복시키려는 다양한 시도를 통해 시의 영역을 확대했다. 시적 서정성을 최대한 살리면서 삶의 현실을 포괄하고자 하는 이 움직임은 1970년대에 시단에 등단하여 1980년대 민주화 시대에 활발한 시작 활동을 전개한 제3세대 시인들에 의해 주도된다. 이 시인들의 시적 출발은 각자의 성향에 따라 부분적으로 발견되는 사상의 빈곤이나 기법의 과잉 등이 문제가 되기도 하였지만, 시대적 상황에 대응하면서 시적 주체를 확립하고 삶의 현실로 그 관심을 확대시킴으로써 정서적 균형을 유지할 수 있게 된다. 이들이 보여 주고 있는 시적 주체의 확립이란 현실에 대한 시인 자신의 관점과 태도의 정립에서부터 가능해진다. 시를 통해 구현하려는 바가 궁극적으로 자아와 세계의 조화로운 질서의 발견이라고 한다면, 시적 자아의 확립이 그 대상으로서의 현실에 대한 정직한 반응이 된다는 것은 당연한 일이다. 이 시인들의 작품 경향은 대체로 도시적 감성을 바탕으로 현실에 접근하면서 파편화된 인간의 삶의 피폐함을 지적인 언어로 묘사하는 특이한 균형을 보여 주는 것들이 많이 있다. 김명인의 『동두천』(1979), 『머나먼 곳 스와니』(1988), 이태수의 『우울한 비상의 꿈』(1982), 『그의 집은 둥글다』(1995), 김광규의 『아니다 그렇지 않다』(1983), 『좀팽이처럼』(1988), 『가진 것 하나도 없지만』(1998), 이기철의 『지상에서 부르고 싶은 노래』(1993), 송재학의 『얼음 시집』(1988), 이하석의 『김씨의 옆얼굴』(1984), 이성복의 『뒹구는 돌은 언제 잠깨는가』(1986), 『남해 금산』(1986), 『호랑가시나무의 기억』(1993), 박남철의 『지상의 인간』(1984), 정호승의 『서울의 예수』(1982), 『새벽편지』(1987), 『별들은 따뜻하다』(1990), 이동순의 『개밥풀』(1980), 『맨드라미의 하늘』(1988), 박주택의 『꿈의 이동 건축』(1991), 『카프카와 만나는 잠의 노래』(2004) 등이 대표적인 예가 된다.

김광규[33]의 시에서는 도시의 일상적 생활 감각이 그대로 살아난다. 그의 시는 시적 정황에 대한 설명적인 묘사가 많다. 시적 언어라는 말로서 지칭되고 있던 언어의 압축, 율격의 배려, 비유와 상징성 등이 그의 시에서는 상당 부분 제거되고, 대상에 대한 설명적 묘사와 서술이 평범한 일상어를 통해 이루어진다. 이것은 분명히 중대한 변화에 속하는 것이다. 이러한 현상은 시의 언어적인 압축과 긴장을 해칠 수 있다는 우려가 있지만 시의 텍스트 자체가 일상적 언어를 통한 설명적 진술법을 활용함으

---

33  김광규(金光圭, 1941~ ) 서울 출생. 서울대 독문과 졸업. 1975년 《문학과지성》에 시를 발표. 시집 『우리를 적시는 마지막 꿈』(1979), 『반달곰에게』(1981), 『아니다 그렇지 않다』(1983), 『크낙산의 마음』(1986), 『희미한 옛사랑의 그림자』(1988), 『좀팽이처럼』(1988), 『아니리』(1990) 등 출간. 참고 문헌: 오규원, 「여섯 개의 관점 또는 시점」, 《문학과 지성》(1980. 봄); 김사인, 「지금 이곳에서의 시 — 김광규론」, 『한국문학의 현단계 1』(창작과비평사, 1981); 유종호, 「시와 구비적 상상력」, 《예술과비평》(1984. 봄); 성민엽편, 『김광규: 깊이 읽기』(문학과지성사, 2001).

로써 경험의 진실성을 회복할 수 있게 된 점은 특기할 만하다.

(가)
굳어 버린 껍질을 뚫고
따끔따끔 나뭇잎들 돋아나고
진달래꽃 피어나는 아픔
성난 함성이 되어
땅을 흔들던 날
앞장서서 달려가던
그는 적선동에서 쓰러졌다
도시락과 사전이 불룩한
책가방을 옆에 낀 채
그 환한 웃음과
싱그러운 몸짓 빼앗기고
아스팔트에 쓰러져
끝내 일어나지 못했다
스무 살의 젊은 나이로
그는 헛되이 사라지고
말았는가

아니다
그렇지 않다
무너가라 외치던 그날부터
그는 영원히 젊은 사자가 되어
본관 앞 잔디밭에서

사납게 울부짖고
분수가 되어 하늘 높이
솟아오른다
살아남은 동기생들이 멋적게
대학을 졸업하고 군대에
갔다 와서
결혼하고 자식 낳고 어느새
중년의 월급장이가 된
오늘도
그는 늙지 않는 대학
초년생으로 남아
부지런히 강의를 듣고
진지한 토론에 열중하고
날렵하게 볼을 쫓는다
굽힘없이 진리를 따르는
자랑스런 후배
온몸으로 나라를 지키는
믿음직한 아들이 되어
우리의 잃어버린 이상을
새롭게 가꿔가는
그의 힘찬 모습을 보라

그렇다
적선동에서 쓰러진 그날부터
그는 끊임없이 다시 일어나

우리의 앞장을 서서
달려가고 있다

──「아니다 그렇지 않다」

(나)
4·19가 나던 해 세밑
우리는 오후 다섯시에 만나
반갑게 악수를 나누고
불도 없이 차가운 방에 앉아
하얀 입김 뿜으며
열띤 토론을 벌였다
어리석게도 우리는 무엇인가를
정치와는 전혀 관계 없는 무엇인가를
위해서 살리라 믿었던 것이다
결론 없는 모임을 끝낸 밤
혜화동 로터리에서 대포를 마시며
사랑과 아르바이트와 병역 문제 때문에
우리는 때묻지 않은 고민을 했고
아무도 귀기울이지 않는 노래를
누구도 흉내낼 수 없는 노래를
저마다 목청껏 불렀다
돈을 받지 않고 부르는 노래는
겨울밤 하늘로 올라가
별똥별이 되어 떨어졌다
그로부터 18년 오랜만에

우리는 모두 무엇인가 되어

혁명이 두려운 기성세대가 되어

넥타이를 매고 다시 모였다

회비를 만원씩 걷고

처자식들의 안부를 나누고

월급이 얼마인가 서로 물었다

치솟는 물가를 걱정하며

즐겁게 세상을 개탄하고

익숙하게 목소리를 낮추어

떠도는 이야기를 주고받았다

모두가 살기 위해 살고 있었다

아무도 이젠 노래를 부르지 않았다

적잖은 술과 비싼 안주를 남긴 채

우리는 달라진 전화번호를 적고 헤어졌다

몇이서는 포커를 하러 갔고

몇이서는 춤을 추러 갔고

몇이서는 허전하게 동숭동 길을 걸었다

돌돌 말은 달력을 소중하게 옆에 끼고

오랜 방황 끝에 되돌아온 곳

우리는 옛사랑이 피흘린 곳에

낯선 건물들 수상하게 들어섰고

플라타너스 가로수들은 여전히 제자리에 서서

아직도 남아 있는 몇 개의 마른잎 흔들며

우리의 고개를 떨구게 했다

부끄럽지 않은가

부끄럽지 않은가

바람의 속삭임 귓전으로 흘리며

우리는 짐짓 중년기의 건강을 이야기했고

또 한 발짝 깊숙이 늪으로 발을 옮겼다

— 「희미한 옛사랑의 그림자」

앞에 인용한 (가) 「아니다 그렇지 않다」와 (나) 「희미한 옛사랑의 그림자」는 시인 자신이 속해 있던 4·19세대의 의식의 변화와 삶의 자세를 잔잔하게 서술하고 있다. 물론 시인은 "아니다/ 그렇지 않다/ 물러가라 외치던 그날부터 그는 영원히 젊은 사자가 되어/ 본관 앞 잔디밭에서/ 사납게 울부짖고/ 분수가 되어 하늘높이 솟아오른다"라는 구절에서 보듯 좌절된 혁명보다는 그 혁명 정신의 연면한 흐름을 강조한다. 여기서 주목되는 것은 시적 진술 자체에서 압축, 생략 등의 방법보다는 상황의 사실적 묘사와 직접적 진술 방법을 택함으로써 산문적인 느낌을 주지만 경험적 진실을 설득력 있게 제시할 수 있게 되었다는 점이다. 이러한 특징은 김광규의 시에서 경험적 일상에 대한 시적 해석과 그 표현의 한 방법으로 자리 잡고 있다. 「희미한 옛사랑의 그림자」는 4·19 세대의 자의식과 자기반성을 서술적 어조로 표현한다. 시의 전반부에는 일상에 찌든 도시의 직장인으로 꿈과 열정을 모두 잃고 살아가는 현재의 삶의 모습이 제시된다. 그리고 후반부는 자신들의 삶의 방식과 태도를 반성하는 방식으로 시상을 종결하고 있다. 자신만의 목소리로 신념에 찬 노래를 불렀던 젊음과 열정이 사라지고 이제는 일상의 삶에 얽매여 살아가는 소시민으로 바뀐 시적 화자의 모습이 실감 있게 대비되고 있다. 혁명의 시대를 구가했던 젊음과 일상에 찌든 중년을 대조하여 보여 주면서 현실에 대한 기성세대의 책임을 조용히 다시 일깨우고 있는 점도 이 시의 깊은 감응력이라고 할 수 있다. 시인 김광규가 일상적 경험의 세계에 관심을 집중하고 있는 모습은 시집 『좀팽이처럼』(1988)에서도 지속된다. 일상의 현실과 그 경험에서 때로는 비탄과 한숨을, 때로는 작은 행복과 웃음을 찾는 그의 시는 일상 자체를 미적 경지로 끌어올리고 있다. 시가 일상어를 포괄할 경우 더욱 절실한 현실 감각을 살릴 수 있다는 것은 사실이다. 하지만 시의 지향 자체가 일상적인 감각의 실현에만 고정될 수는 없다. 시적 언어에서 일상성의 획득이란 한 시대의 정신과 삶을 통합시킬 수 있는 감수성이 바탕을 이룰 때에 얻을 수 있는 것이기 때문이다. 시적 대상이나 시적 체험이 일상적 경험의 현실과는 별도로 존재하는 것처럼 생각하고 있는 사람들에게는 김광규의 시적 태도가 결코 달갑게 느껴지지 않을지도 모른다. 그렇지만 시가 삶의 현실을 떠나서 존재할 수 있다고 믿었던 시대는 이미 지나 버렸으며 시적 상상력이라는 것도 초월적인 세계나 이상적인 세계를 지향한다기보다는 잡다한 경험적 충동을 균형 잡아 주는 질서의 원리로 설명될 수 있을 만큼, 시에 대한 태도 자체가 변하고 있는 것이 사실이다.

김광규는 후기의 시에서도 평범한 일상의 체험을 시적 대상으로 끌어들이면서 '묘사적 설명'이라는 산문적 진술법을 일관되게 활용한다. 이러한 방법은 압축과 생략을 강조해 온 시적 언어의 긴장을 이완시키면서 일상 그 자체를 시적 공간으로 변용시킨다. 함축이라든지 상징과 비유라든지 하는 시적 언어의 속성들도 그대로 배제된다. 언어를 통해 관념과 씨름해 온 정현종이나 이승훈 등의 실험과는 정반대의 방향에서, 김광규는 시와 산문 사이의 구획을 해체시킨 '일상시'라고 할 수 있는 새로운 영역을 개척한다. 그리고 이 새로운 영역에서 그는 삶의 자연스러움과 생명의 부드러움이라는 주제를 다시 해석하고 있다. 이러한 근작시의 경향은 『가진 것 하나도 없지만』(1998), 『처음 만나던 때』(2003), 『시간의 부드러운 손』(2007) 등을 통해 확인할 수 있다.

김명인[34]의 시적 관심은 미군 기지촌이 자리한 동두천이라는 공간에서 출발하고 있다. 여기서 시인이 주목하고 있는 것은 미군 부대 주변의 하층민들이 미군에 빌붙어 살아가고 있는 참담한 모습이다. '기지촌 소설'이라는 영역과 대비되는 그의 초기 시들은 시인 자신이 교사 생활을 했던 동두천 일대의 미군 기지촌 주변에서 벌어진 일들을 소재로 하여 씌어진 것들이 많다. 미군 부대 주변 하층민들의 삶을 시적으로 투영함으로써, 냉전 시대를 살아가는 한국 하층민들의 고통을 적나라하게 담고 있다. 첫 시집 『동두천』(1979)에 수록된 연작시 「동두천」에서 시인이 주목하고 있는 것은 동두천역 근처 저탄장 구석에서 태어난 혼혈아의 운명이다. 아무도 관심을 두지 않았던 이 특이한 존재들의 아픔을 시적 화자가 일정한 거리를 둔 채 응시하고 있다. 혼혈아의 유일한 희망은 부유한 아버지의 나라, 미국으로 건너가는 것이다. 그러나 이들의 희망은 이루어질 수 없는 막연한 '그리움'으로 남겨질 뿐이다.

김명인의 초기 시에서 확인 할 수 있는 탈식민주의적 시각은 버려진 혼혈아에 덧씌워진 혈연적 요소와 이념적 요소의 혼종성을 강조하는 데에 머물지 않는다. 김명인은 시집 『머나먼 곳 스와니』(1988)을 전후한 시기부터 화자인 '나'를 아버지로부터 버려진 존재로 시적 정서의 한가운데 내세우면서 대상으로서의 '아버지'의 모습을 다양하게 형상화하게 된다. 김명인의 시에서 '아버지'는 시적 주체의 존재를 가능하게 만들어 준 자기 정체성의 기반으로 작용한다. 그러나 시인의 무의식 속에서 아버지는 시적

---

34  김명인(金明仁, 1946~ ). 경북 울진 출생. 고려대학교 국어국문학과 졸업, 동 대학원 문학 박사. 경기대학교 교수를 거쳐 고려대 미디어문예창작과 교수 역임. 1973년 중앙일보 신춘문예 시「출항제」당선. 이종욱, 김명수 등과 함께 《반시》 동인. 시집 『동두천』(1979), 『머나먼 곳 스와니』(1988), 『푸른 강아지와 놀다』(1994), 『길의 침묵』(1999), 『바다의 아코디언』(2002), 『파문』(2005), 『꽃차례』(2009) 등 출간.

주체와 동일시되기도 하고 타자화되기도 하면서 공존과 대립을 반복한다.

(가)
아버지 빗속으로 가신다, 시간의
굳게 잠긴 빗장을 걸고
빗줄기가 풀어놓은 비낱의 창 너머 무수히
그어지는 텅 빈 골목길로
아버지 걸어가신다, 얼마만큼 쫓아가다
내 기억의 비 그쳐

다시 꽃밭이었을까요, 아버지
화안한 그 꽃밭 뭉개며 내 마음의 어둔
그림자로 우뚝 서 계시는 아버지
얘야, 식구들 모두 모여 살 수 없단다, 네가
잠시만 떨어져 있어야겠다

담을 것 없어도 주체할 길 없이 쏟아지는 잠과
잠의 깊은 늑골을 비집고
비가 온다 어느새
한 세상 빗속으로 저무는데
밥과 밤으로 이어지는 중년을 흔들어 깨우며
머리맡에 앉아 계신 아버지, 기다려라
내가 너를 데리러 다시 올 때까지

그러므로 아버지, 제가 여기 있어야 한다면

저는 녹스는 제 몸을 온전히 닦아낼 수 있을까요?

칼날의 시간 작두 위에 세웠던 세월이여

아직도 식지 않은 증오 서리처럼 흐리는 창 너머로

아버지 빗속으로 걸어가신다

　　　　　　　　　　　　　　　　　—「빗속의 아버지」


　(나)

풍랑에 부풀린 바다로부터

항구가 비좁은 듯 배들이 든다

또 폭풍주의보가 내린 게지, 이런 날은

낡은 배들 포구 안에서 숨죽이고 젊은 선단들만

황천(荒天) 무릅쓰고 조업 중이다

청맹이 아니라면

파도에게 저당 잡히는 두려운 바다임을 아는 까닭에

너의 배 지금 어느 풍파 갈기에 걸쳤을까

한 번의 좌초 영원한 난파라 해도

힘껏 그물을 던져 온몸으로 사로잡아야 하는 세월이니

네 파도는 또박또박 네가 타 넘는 것

나는 평평탄탄(平平坦坦)만을 네게 권하지 못한다

섬은 여기 있어라 저기 있어라

모든 외로움도 결국 네가 견디는 것

몸이 있어 바람과 맞서고 항구의 선술로

입안 달게 헹구리니

아들아, 울안에 들어 바람 비끼는 너였다가

마침내 너 아닌 것으로 돌아서서

네 뒤 아득한 배후로 멀어질 것이니

더 많은 멀미와 수고를 바쳐

너는 너이기 위해 네 몫의 풍파와 마주 설 것!

——「아들에게」

　　김명인이 앞의 시 (가)와 (나)를 통해 노래하고 있는 것은 시적 화자가 '아버지'의 세계로부터 격리되는 과정이다. 이 놀라운 경험은 시인 자신만의 것이 아니라 모든 사람들이 겪게 되는 자기 주체의 확립 과정과 서로 통한다. 아버지로부터 떨어져 나온 '나'는 이제 스스로 자신의 길을 찾고 자기 존재를 입증할 수 있어야 한다. 인간의 성장에서 필수적인 경험에 속하는 '아버지'의 세계로부터의 격리 과정은 하나의 커다란 상처와 충격으로 남아서 누구에게나 일종의 원형적 패턴처럼 간직된다. 물론 이 상처는 스스로 '아버지'가 됨으로써 극복되는 것이지만 '아버지'에 대한 존경과 증오라는 양가적 감정은 내면 깊숙이 자리 잡을 수밖에 없는 일이다. 김명인이 자신의 시적 주제로 이 모순의 존재로서의 '아버지'를 찾아낸 것은 매우 소중한 발견에 해당한다. 김명인의 시적 작업은 주체로서의 '나'와 대상으로서의 '아버지'를 두고 그 관계 양상에 대한 여러 가지 시적 변용을 꾀하고 있는 셈이다.

　　정호승[35]은 첫 시집 『슬픔이 기쁨에게』(1979)에서부터 비애의 감정을 자기 시의 정서적 기반으로 삼고 있다. 여기서 말하는 비애의 정서는 흔

---

[35] 정호승(鄭浩承, 1950~ ). 경남 하동 출생. 경희대 국문학과 및 동 대학원 졸업. 1972년 《한국일보》 신춘문예 동시 「석굴암을 오르는 영희」 당선. 1973년 《대한일보》 신춘문예 시 「첨성대」 당선. 1982년 《조선일보》 신춘문예 단편소설 「위령제」 당선. 1976년 김명인, 김창완, 이동순 등과 함께 《반시(反詩)》 동인 결성. 첫 시집 『슬픔이 기쁨에게』(1979), 『서울의 예수』(1982), 『새벽편지』(1987), 『별들은 따뜻하다』(1990), 『사랑하다가 죽어버려라』(1997), 『외로우니까 사람이다』(1998), 『눈물이 나면 기차를 타라』(1999), 시선집 『흔들리지 않는 갈대』(2000), 『내가 사랑하는 사람』(2000) 등 출간.

히 말하는 정한(情恨)의 세계와 구별된다. 시인 자신은 이를 '슬픔'이라고 말한다. 산업화 과정을 거치면서 사회 경제적으로 소외된 사람들의 삶에 보내는 따스한 눈길과 시인이 느끼는 안쓰러운 감정을 표현하기 위해 시인은 '슬픔'이라는 일상적인 말을 그대로 활용한다. 시인이 슬픔의 언어로 힘없고 가진 것이 없는 가난한 민중들의 삶을 그려 낸다. 하지만 시인이 노래하는 슬픔은 좌절과 허무의 감상(感傷)으로 빠져들지 않으며, 서러움의 감정에만 머물지 않는다. 자신이 이미 그 슬픔의 한복판에 서 있기 때문이다. 그러므로 시인이 노래하고 있는 슬픔은 슬픔을 함께 나누는 슬픔이며 고통을 함께 아파하는 슬픔이다.

(가)

나는 이제 너에게도 슬픔을 주겠다.

사랑보다 소중한 슬픔을 주겠다.

겨울밤 거리에서 귤 몇 개 놓고

살아온 추위와 떨고 있는 할머니에게

귤 값을 깎으면서 기뻐하던 너를 위하여

나는 슬픔의 평등한 얼굴을 보여 주겠다.

내가 어둠 속에서 너를 부를 때

단 한번도 평등하게 웃어 주질 않은

가마니에 덮인 동사자가 다시 얼어죽을 때

가마니 한 장조차 덮어 주지 않은

무관심한 너의 사랑을 위해

흘릴 줄 모르는 너의 눈물을 위해

나는 이제 너에게도 기다림을 주겠다.

이 세상에 내리던 함박눈을 멈추겠다.

보리밭에 내리던 봄눈들을 데리고
추위 떠는 사람들의 슬픔에게 다녀와서
눈 그친 눈길을 너와 함께 걷겠다.
슬픔의 힘에 대한 이야기를 하며
기다림의 슬픔까지 걸어가겠다.

—「슬픔이 기쁨에게」


(나)

지는 저녁해를 바라보며
오늘도 그대를 사랑하였습니다.
날 저문 하늘에 별들은 보이지 않고
잠든 세상 밖으로 새벽달 빈 길에 뜨면
사랑과 어둠의 바닷가에 나가
저무는 섬 하나 떠올리며 울었습니다.
외로운 사람들은 어디론가 사라져서
해마다 첫눈으로 내리고
새벽보다 깊은 새벽 섬기슭에 앉아
오늘도 그대를 사랑하는 일보다
기다리는 일이 더 행복하였습니다.

—「또 기다리는 편지」


앞의 인용 (가)에서도 확인 할 수 있는 것처럼, 시인은 '슬픔'과 '기쁨'
이 가지고 있는 일반적 정서를 뒤집어 놓고 있다. '슬픔'은 남의 아픔을
아프게 느끼는 느낌이며, 남의 슬픔을 슬프게 느끼는 느낌이다. 이 평범
한 사실을 놓고 본다면 슬픔이란 따뜻한 사랑의 감정을 내포하고 있는

것이다. 그러므로 시인에게는 '슬픔'이 오히려 새로운 삶의 에너지가 된
다. 이 역설적인 시적 발상이 어두운 현실에 대한 비판적 인식을 가능하
게 한다는 것은 서정의 울림이 가지는 힘이라고 할 수 있다. (나)의 경우
에도 사랑하는 이와 이별한 후 그를 다시 기다리는 흔한 내용이며 슬픔
의 정서가 주조를 이룬다. 하지만 시적 화자는 "오늘도 그대를 사랑하는
일보다/ 기다리는 일이 더 행복하였습니다."라고 말함으로써 '기다림'과
'사랑'의 의미를 등치의 관계로 설정한다. 그리고 사랑하는 일이 기다림
보다 행복할 것임을 반어적으로 표현하고 있다.

　정호승의 시는 1980년대 민주화 투쟁의 열기에서 비껴 있으면서도
자기 내면의 목소리를 호소력 있게 유지한다. 그는 시적 대상과의 거리
를 더욱 밀착시킴으로써 타자와의 공감의 영역을 넓히고 서정성과 격조
를 살린다. 이러한 특징은 시집 『별들은 따뜻하다』(1990)에서 『외로우니
까 사람이다』(1998)에 이르기까지 일관되게 드러나는 서정의 깊이를 통
해 확인할 수 있다. 물론 이러한 경향 때문에 시적 어조의 단조로움을 벗
어나지 못하고 있는 듯한 느낌을 주기도 한다. 그러나 서정시의 본질은
모든 정서적 충동을 끌어안으면서도 그것을 내면화하는 가운데 생기는
긴장을 놓치지 않는 데 있다. 정호승이 일상의 경험을 쉬운 언어로 부드
럽게 표현하면서도 대중적 정서에 호응하는 힘을 지탱하고 있는 것은 바
로 이 때문이다.

　이성복[36]의 첫 시집 『뒹구는 돌은 언제 잠깨는가』(1980)는 시적 발상
과 기법의 실험성이 유별난 특징을 보여 주었다. 시적 언어에 난무하는

---

36 이성복(李晟馥, 1952~ ). 경북 상주 출생. 서울대 불문과 및 동 대학원 졸업. 계명대 교수. 1977년 《문
　학과지성》에 「정든 유곽에서」를 발표하며 등단. 시집 『뒹구는 돌은 언제 잠깨는가』(1980), 『남해 금산』
　(1986), 『그 여름의 끝』(1990), 『호랑가시나무의 기억』(1993), 『아, 입이 없는 것들』(2003), 『오름 오르
　다』(2004) 등 출간.

비속어의 세계는 허세에 불과한 일상의 격식을 깨뜨리기 위한 방편이다. 타이포그래피 기법을 활용한 텍스트의 질서 파괴는 기성 권위에 대한 도전으로 읽힌다. 말장난처럼 보이는 언어의 생략과 반복, 이질적 이미지의 대담한 병치와 그 부조화는 현실의 불합리에 그대로 대응한다. 이러한 시적 경향은 왜곡된 현실에 비판적으로 접근하기 위한 시인의 개인적인 고안에 의해 이루어진 것이지만 그 전위적 실험성이 지속되지는 못한다. 그의 두 번째 시집 『남해 금산』(1987)에서 시인은 언어의 기법의 실험 대신에 서정에 바탕을 둔 시 쓰기로의 변화를 시도하고 있다.

> 어두운 물속에서 밝은 불 속에서
> 서러움은 내 얼굴을 알아보았네
> 아무에게도 드릴 수 없는 꽃을 안고
> 그림자 밟히며 먼 길을 갈 때
> 어김없이 서러움은 알아보았네
> 감출 수 없는 얼굴 숨길 수 없는 비밀
> 서러움이 저를 알아보았을 때부터
> 나의 비밀은 빛이 되었네 빛나는 웃음이었네
> 하지만 나는 서러움의 얼굴을 알지 못하네
> 그것은 서러움의 비밀이기에
> 서러움은 제 얼굴을 지워 버렸네
>
> ─「숨길 수 없는 노래 1」

앞의 인용에서처럼 시인은 여성적 어조로의 전환을 꾀하면서 독백체의 진술 방법을 활용하여 연가풍의 시를 만들어 낸다. 그런데 이러한 작품에서 표현하고 있는 사랑은 감정의 흘러넘침을 그대로 보여 주기보다는 깊은 자기 성찰의 과정을 거침으로써 그 느낌이 더욱 절실해지고 있다. 여기서 "나는 서러움의 얼굴을 알지 못하네/ 그것은 서러움의 비밀이기에/ 서러움은 제 얼굴을 지워 버렸네"와 같은 진술은 시인 자신이 '서러움'이라는 정서의 영역을 하나의 사상이나 관념과 같은 새로운 차원으로 변용시키고 있음을 말해 준다.

이성복의 시 세계는 시집 『그 여름의 끝』(1990)을 전후하여 더욱 관념적 성격이 강해진다. 연가풍의 진술 방법을 유지하면서도 시적 대상으로서의 현실 세계에 대한 보다 근원적인 인식에 도달하고 있다. 여기서 주목되는 것은 시적 주체와 타자의 관계를 하나의 세계로 읽어 내고자 하는 시인의 자세이다. 시인은 객관적 현실과의 일정한 거리 두기라든지 시적 인식 자체의 관념적 지향에도 불구하고 서정성의 본질을 벗어나지 않는다. 또한 서구적 지성과 동양적 정서의 조화를 확인할 수 있다.

### (2) 민중적 상상력과 서정의 깊이

한국 현대시에서 산업화 과정과 민주화 운동의 전개 과정에 실천적으로 대응해 온 것이 이른바 민중시운동이었다는 사실은 부인하기 어렵다. 민중시는 민중 의식이라는 이념적 요소를 언제나 앞에 내세웠지만 그 시적 기반은 민중적 서정성이라는 공감의 영역이라고 할 수 있다. 민중시운동에서 가장 큰 문제로 제기되는 것은 비판적 의지와 창조적 감성을 어떻게 시적 형식 속에서 통합시켜 나아갈 수 있는가 하는 문제이다. 이것은 민중적 의지나 민중적 이념의 시적 구현을 위해서도 반드시 검토되어야 할 과제이다. 여기서 주목되는 것이 바로 민중적 상상력의 창조적 실천이다.

민중적 상상력이란 일상성을 회복해 가고 있는 1980년대 시가 이념에 빠져들지 않고 현실에 대한 비판적 인식과 그 새로운 창조의 정신을 동시에 포괄할 수 있는 하나의 방법이다. 그것은 민중의 시를 만들기 위한 것이 아니라 오직 시 그 자체를 이루기 위한 것이다. 시인이 누구를 위해서 시를 쓴다는 생각부터가 어쭙잖은 자기 과시인데, 먼저 진실되게 자기 자신을 위해 시를 쓴다는 태도가 필요할 것 같다. 민중적 상상력은 민중적 현실에 기초하지 않고서는 불가능하다. 민중 속에서 스스로 민중의 삶의 주체가 될 수 있을 때, 그 속에서 민중 의식도 민중의 언어도 함께 배태될 수 있을 것이다.

산업화 시대의 민중시운동은 1970년대 이후에 등단한 젊은 시인들의 시에 대한 인식과 태도에 적지 않은 영향을 미쳤다. 그것은 시의 기법에서도 찾아볼 수 있고, 시정신의 지향을 통해서도 확인할 수 있다. 특히 민중 의식의 시적 구현을 주장하는 시인들에게는 시와 현실 자체가 등가적인 것으로 이해될 만큼 치열한 의식을 드러내고 있다. 김준태의『참깨를 털면서』(1977),『국밥과 희망』(1984), 이시영의『만월』(1976),『바람 속으로』(1986), 정희성의『저문 강에 삽을 씻고』(1978), 김명수의『월식』(1980),『하급반 교과서』(1983) 등의 시집은 모두 그 구체적인 성과로 주목된다. 이들은 삶의 현실에 안주하고자 하는 소시민적 의식의 한계를 극복하고 민중적인 삶의 현실에 그들의 시가 정서적 뿌리를 내릴 수 있도록 철저한 의식을 가지고 창작에 임했다. 이들의 민중 지향적 태도는 투쟁적인 언어와 냉철한 현실 비판을 수반하고 있는 경우가 많기 때문에, 그 비판적 감수성 자체가 민중시의 정서적 기반처럼 고정되는 경우도 많다.

정희성[37]은 민중시의 정서적 긴장을 그 주제와 형식의 변화를 통해 잘

---

37 정희성(鄭喜成, 1945~ ). 경남 창원. 서울대 국문과 졸업. 1970년 《동아일보》 신춘문예 시「변신」당선. 제1회 김수영문학상 수상. 시집『답청』(1974),『저문 강에 삽을 씻고』(1978),『한 그리움이 다른 그리움에게』(1991) 등 출간.

살려 내고 있다. 그는 첫 시집 『답청』(1974)에서 『저문 강에 삽을 씻고』(1978)에 이르기까지 시적 형식의 절제와 이완을 거듭 시도하면서 민중적 정서의 시적 형상화에 주력한다. 시집 『답청』에서 정희성은 전통적인 것, 신화적인 것에 대한 현대적 인식의 가능성을 시를 통해 점검하기도 하고, 언어의 압축을 꾀하면서 서정성의 진폭을 시험하기도 한다. 그러나 이러한 시도 자체가 곧바로 정희성의 시적 특질을 규정해 주는 요소가 되지 못한다. 그는 절제된 형식에서 벗어나면서 형식의 자유로움과 감수성의 역동적 요건을 확보하기 시작한다. 시집 『저문 강에 삽을 씻고』를 내놓을 무렵에 이미 정희성은 현실의 한가운데에 서 있게 된 것이다. 이 시집에서 정희성의 시 세계는 두 가지의 방향으로 시정신의 지향이 자리 잡히고 있음을 확인할 수 있다. 하나는 시적 진실성에 대한 관심이며 다른 하나는 민중적인 삶에 대한 애착이다. 이 두 가지의 지향은 아래 인용한 (가)의 경우와 같은 시적 성과로 나타난다. 이 시에서 시인은 민중적인 삶에 대한 애착과 거기서 확인할 수 있는 삶의 진실성에 대한 깊은 신뢰를 밀도 있게 그려 내고 있다.

(가)
흐르는 것이 물뿐이랴.
우리가 저와 같아서
강변에 나가 삽을 씻으며
거기 슬픔도 퍼다 버린다.
일이 끝나 저물어
스스로 깊어 가는 강을 보며
쭈그려 앉아 담배나 피우고
나는 돌아갈 뿐이다.

삽자루에 맡긴 한 생애가

이렇게 저물고, 저물어서

샛강 바닥 썩은 물에

달이 뜨는구나.

우리가 저와 같아서

흐르는 물에 삽을 씻고

먹을 것 없는 사람들의 마을로

다시 어두워 돌아가야 한다.

―― 정희성, 「저문 강에 삽을 씻고」


(나)

새들은 날아오른다

겨울 추운 북풍 속으로

빠알간 부리를 빛내며

온몸으로 새들은 날아오른다

핏빛 연기 잠든 마을에 더 이상의

큰 슬픔이 없을 때까지

지상에 붙박힌 그들의 영혼을 차며

저 광막한 하늘 위로

노여움 속으로

―― 이시영, 「새 1」


이시영[38]은 무엇보다도 민중의 일상적인 삶에 내재해 있는 건강성과

38  이시영(李時英, 1949~ ). 전남 구례 태생. 1972년 서라벌예대 문예창작과 졸업. 1969년 《중앙일보》

생명력을 포괄적으로 형상화하고 있는 점이 주목된다. 이러한 성과는 자기감정의 억제와 자기 의지의 숨김을 통해 자연스럽게 실현된다. 이 작품에서 정서의 균형과 내면적인 의지의 충일 상태를 시적 긴장이라고 이름 붙일 수 있다면, 그것이 바로 민중시가 추구해야 할 미적 질서라고 말할 수 있을 것이다.

민중시의 중요한 특징의 하나가 현실 지향적인 태도와 그 시적 구현임은 주지의 사실이다. 그러나 이러한 경향의 한가운데서 이념적 과격성과 기법적 과격성을 함께 내세우고 있는 젊은 시인들의 또 다른 움직임을 1980년대 시단에서 쉽게 찾아볼 수 있다. 이들은 경험적 진실성에 대한 시적 추구 작업이 보다 적극적인 실천운동으로 확대되기를 요망하고 있으며, 민중에 의해서 창작되고 민중의 삶을 그리며, 민중을 위해 씌어지는 시로서의 민중시를 내세우기도 한다. 하종오의 『벼는 벼끼리 피는 피끼리』(1981), 『사월에서 오월로』(1984), 김정환의 『지울 수 없는 노래』(1982), 『황색 예수전』(1983), 김진경의 『갈문리의 아이들』(1984), 『광화문을 지나며』(1986), 박노해의 『노동의 새벽』(1984), 곽재구의 『사평역에서』(1983), 최두석의 시집 『대꽃』(1984), 『임진강』(1986) 정일근의 시집 『바다가 보이는 교실』(1987), 『유배지에서 보내는 정약용의 편지』(1991) 등이 이 시기의 경향을 잘 보여 주는 시집들이다.

(가)
타는 봄날에
가랑비나 기다릴 일이 아니다

---

신춘문예에 시조 「수(繡)」가 당선. 같은 해 《월간문학》 신인상에 시 「채탄」 외 1편 당선. 주요 시집으로 『만월(滿月)』(1976), 『바람 속으로』(1986), 『길은 멀다 친구여』(1988), 『피뢰침과 심장』(1989), 『이슬 맺힌 사랑 노래』(1991), 『무늬』(1995), 『사이』(1996), 『조용한 푸른 하늘』(1997) 등 출간.

아니다 다만 가랑비는

가랑가랑 내려서

아스팔트에 깔려 들끓던 수많은 것들이

이제사 다시 설운 김을 내뿜고

설움이 모여 사랑이 되고 사랑이 모여서

분노가 되고

우리는 애국가라도 부르며 일송정 부르며

우리는 우리의 맺힌 한을 모아야 한다

우리는 우리의 맺힌 사랑을 키워야 한다

— 김정환, 「타는 봄날에」


(나)

막차는 좀처럼 오지 않았다

대합실 밖에는 밤새 송이눈이 쌓이고

흰 보라 수수꽃 눈시린 유리창마다

톱밥난로가 지펴지고 있었다

그믐처럼 몇은 졸고

몇은 감기에 쿨럭이고

그리웠던 순간들을 생각하며 나는

한 줌의 톱밥을 불빛 속에 던져 주었다

내면 깊숙히 할 말들은 가득해도

청색의 손바닥을 불빛 속에 적셔 두고

모두들 아무 말도 하지 않았다

산다는 것이 때론 술에 취한 듯

한 두릅의 굴비 한 광주리의 사과를

만지작거리며 귀향하는 기분으로

침묵해야 한다는 것을

모두들 알고 있었다

오래 앓은 기침 소리와

쓴 약 같은 입술 담배 연기 속에서

싸륵싸륵 눈꽃은 쌓이고

그래 지금은 모두들

눈꽃의 화음에 귀를 적신다

자정 넘으면

낯설음도 뼈아픔도 다 설원인데

단풍잎 같은 몇 잎의 차창을 달고

밤열차는 또 어디로 흘러가는지

그리웠던 순간들을 호명하며 나는

한 줌의 눈물을 불빛 속에 던져 주었다

— 곽재구, 「사평역에서」

민중시 운동의 전개 과정 속에서 언제나 문제시되었던 것은 이념 지향적인 태도가 자칫 시 자체를 이념을 위한 도구로 전락시킬 위험을 내포하고 있다는 점이다. 민중시 운동 자체가 경직된 이념에 대응하기 위한 것이라면, 또 다른 이념의 도그마를 만들어 내면서 거기에 대응한다는 것이 시정신의 경직성을 자초할 우려도 없지 않다는 지적도 여기서 기인한 것이다. 민중시 운동은 자유로운 시적 상상력과 그 포괄적인 의지가 확산될 수 있도록, 시에 대한 민중의 관심과 참여를 촉구하는 방향으로 전개되어야 한다는 것이 일반적인 견해이다. 그렇기 때문에 민중시 운동의 방향에 대한 새로운 반성이 꾸준히 제기되어 왔음을 간과해서는 안된다. 민중시를 지향하고 있는 시인들의 목소리가 보다 절제되고, 삶에 대한 상상적 비전을 지닐 수 있게 된 것은 민중적 상상력의 시적 구현이 바람직하게 실현되고 있음을 뜻하는 것이다.


### (3) 생태주의적 관점과 시적 생명력

한국의 현대시는 산업화 과정과 민주화운동이 지속되는 시대 상황 속에서 전통적 서정성에 바탕을 두면서 자기 시의 내적 공간을 새롭게 확대해 나아간 많은 시인들을 산출하고 있다. 이 새로운 시인들은 서정시라는 장르의 속성을 따르기도 하고 그것을 거역하기도 한다. 하지만 이들은 기법의 과격성이나 언어 실험보다는 시적 정서 영역의 폭을 그 대상을 통해 확대시켜 나가고 있으며, 언어의 활력을 살려 내어 자기 시대의 삶의 가치와 그 정신적 지향을 함께 표현하고자 고민하고 있다. 삶의 한복판에서 자연과 인간을 함께 다루면서 인간과 자연이 조화롭게 살아야 한다는 생태적 상상력의 요구도 외면하지 않는다. 한국 현대시가 도시적 문물을 중심으로 하는 일상만이 아니라 토속적 공간의 생명력을 추구하면서 새로운 가능성을 열어 두고 있다는 사실을 이들의 노력을 통해 확인할 수 있다.

김용택[39]은 연작시 「섬진강」을 통해 자신의 시적 개성을 분명하게 표

---

39 김용택(金龍澤, 1948~ ). 전북 임실 출생. 순창농림고교 졸업. 전남 지역의 초등학교 교사로 30년간 근무한 후 퇴임. 전북작가회 회장. 전북환경운동 공동 의장 등 역임. 1982년 창작과 비평사의 『21인 신작 시집』에 연작시 「섬진강」을 발표. 첫 시집 『섬진강』(1985) 이후 『맑은 날』(1986), 『꽃산 가는 길』(1988), 『누이야 날이 저문다』(1988), 『그리운 꽃 편지』(1989), 『그대, 거침없는 사랑』(1992), 『강 같은 세월』(1995), 『마당은 비뚤어졌어도 장구는 바로 치자』(1996), 『그 여자네 집』(1998), 『콩, 너는 죽었다』(1998), 『그리운 꽃편지』(1999), 『나무』(2002), 『연애시집』(2002), 『그래서 당신』(2006), 『삶이 너에게

현하고 있다. 그의 시는 농민의 삶과 현실을 소재로 다루고 있으면서도 섬진강이라는 자연적 배경과 그것을 터전으로 삼아 살아가는 농민들의 끈질긴 생명력을 조화롭게 통합하여 형상화함으로써 수준 높은 시적 성취에 도달하고 있다. 「섬진강」 연작은 시적 서정성이 지배적인 정조를 이루고 있지만, 농민들의 일상을 조밀하게 사실적으로 묘사하기도 하고, 현실의 각박한 변화와 농촌의 퇴락을 비판과 풍자의 시선으로 지켜보기도 한다. 이 연작시는 모두 20편이 김용택의 첫 시집 『섬진강』(1985)을 통해 묶이면서 1980년대의 대표적인 민중적 서정시로 자리 잡게 된다.

(가)

가문 섬진강을 따라가며 보라

퍼 가도 퍼 가도 전라도 실핏줄 같은

개울물들이 끊기지 않고 모여 흐르며

해 저물면 저무는 강변에

쌀밥 같은 토끼풀 꽃,

숯불 같은 자운영 꽃 머리에 이어 주며

지도에도 없는 동네 강변

식물도감에도 없는 풀에

어둠을 끌어다 죽이며

그을린 이마 훤하게

꽃등도 달아 준다

흐르다 흐르다 목메이면

영산강으로 가는 물줄기를 불러

해답을 가져다줄 것이다』(2008), 『수양버들』(2009) 등 출간.

뼈 으스러지게 그리워 얼싸안고

지리산 뭉툭한 허리를 감고 돌아가는

섬진강을 따라가며 보라

섬진강물이 어디 몇 놈이 달려들어

퍼낸다고 마를 강물이더냐고,

지리산이 저문 강물에 얼굴을 씻고

일어서서 껄껄 웃으며

무등산을 보며 그렇지 않느냐고 물어보면

노을 띤 무등산이 그렇다고 훤한 이마 끄덕이는

고갯짓을 바라보며

저무는 섬진강을 따라가며 보라

어디 몇몇 애비 없는 후레자식들이

퍼 간다고 마를 강물인가를.

—「섬진강 1」

(나)

　강 건너 산밭에 하루 내내 스무 번도 더 거름을 져 나르셨단다. 어머님은 발바닥이 뜨겁다며 강물에 발을 담그시며 자꾸 발바닥이 뜨겁단다. 세상이야 이래도 몸만 성하면 농사짓고 사는 것 이상 재미있고 속 편한 게 어디 있겠냐며 자꾸 갈라진 발바닥을 쓰다듬으시며 자꾸 발바닥이 뜨겁단다.

　어머니, 우리들의 땅이신 어머니. 오늘도 강을 건너 비탈진 산길 거름을 져다 부리고 빈 지게로 집에 오기 아까워 묵은 고추대 한짐 짊어지시고 해 저문 강길을 홀로 어둑어둑 돌아오시는 어머니, 마른 풀잎보다 더 가볍게 흔들리시며 징검다리에서 봄바람 타시는 어머니. 아, 불보다 더 뜨겁게, 불

붙을 살도 피도 땀도 없이 식지 않는 발바닥으로 뜨겁게 뜨겁게 바람 타시
는 어머니. 어느 물 이 나라 어느 강물인들 어머님의 발바닥을 식히겠습니
까 어머니, 우리들의 땅이신 어머님.

—「섬진강 9」

김용택은 섬진강이라는 공간을 자신의 시의 정신적 거점으로 설정하
면서 민중적 정서의 소박성을 형상화하는 기법에 각별한 관심을 기울이
고 있다. 연작시 「섬진강」에서 그려 낸 섬진강이라는 시적 공간은 작품
전체의 정서적 기반을 이룬다. 시인은 섬진강을 인간과 자연이 함께하
는 삶의 터전으로 형상화하고 있다. 섬진강에는 시인 자신을 낳아 키워
준 어머니의 자애로움이 있고 함께 자라난 농촌의 친구들이 살고 있다.
그리고 시인이 가르치는 해맑은 아이들이 아름다운 자연을 벗삼아 모두
의 소박한 꿈을 키운다. 시인은 섬진강을 통해 그 순연한 자연의 생명력
과 아름다움을 찾아내고 거기에 깃들여 살고 있는 민중의 삶과 그 끈질
긴 생명력을 발견한다. 시인은 먼저 일상의 감각을 그대로 살릴 수 있는
남도의 토속어를 시 속에 그대로 동원한다. 이 같은 시적 언어의 소박성
은 일상적 체험의 진실을 시적으로 형상화하는 데 크게 기여하고 있다.
게다가 외형상 산문적 진술이 중심을 이루고 있는 것처럼 보이는 시의
텍스트에서 어구의 반복을 통해 얻어지는 타령조의 가락을 무리없이 살
린다. 특히 다양한 어조의 변화를 통해 시적 진술 내용 자체를 더욱 극적
인 상황으로 꾸미기도 한다. 시인은 생명의 순정함을 가능하게 하는 섬
진강의 흐름과 거기서 비롯되는 민중의 소박한 삶의 모습을 아름답게 그
려 내면서도 그 조화로운 풍경을 깨뜨리는 무자비한 현실의 비윤리와 사
회적 부도덕을 편잔하는 목소리를 내기도 한다. 근대화의 과정에서
뒤로 밀려나면서 궁핍에 시달리는 농민들의 표정 속에서 시인은 생명의

땅을 버릴 수 없는 이들의 진정한 아픔을 발견하기도 한다. 그러므로 이 작품은 민중의 삶과 그 생명력을 감동적으로 그리면서도 인간의 삶과 자연의 질서를 하나의 생태적 상상력으로 연결하고자 하는 시인의 실천적 노력의 진정성을 그대로 보여 주고 있다. 특히 「섬진강」은 민중시가 빠져들었던 이념적 가치에 얽매이지 않고 정서적 균형을 이루어 냄으로써 민중적 서정성의 새로운 시적 가능성을 확대하고 있다.

김용택의 시적 경향은 1990년대에 접어들면서 보다 더 직관적이면서도 깊이 있는 시적 감성을 담아 내는 격조 있는 서정시로 변모하고 있다. 이 같은 변화는 시 「사람들은 왜 모를까」와 같은 작품에 이르면 더욱 분명하게 하나의 시적 개성으로 자리 잡게 된다.

이별은 손끝에 있고
서러움은 먼 데서 온다
강 언덕 풀잎들이 돋아나며
아침 햇살에 핏줄이 일어선다
마른 풀잎들이 더 깊이 숨을 쉬고
아침 산그늘 속에
산벚꽃은 피어서 희다
누가 알랴 사람마다
누구도 닿지 않는 고독이 있다는 것을
돌아앉은 산들은 외롭고
마주보는 산은 흰 이마가 서럽다
아픈데서 피지 않는 꽃이 어디 있으랴
슬픔은 손끝에 닿지만
고통은 천천히 꽃처럼 피어난다

저문 산 아래

쓸쓸히 서 있는 사람아

뒤로 오는 여인이 더 다정하듯이

그리운 것들은 다 산 뒤에 있다

사람들은 왜 모를까 봄이 되면

손에 닿지 않는 것들이 꽃이 된다는 것을

—「사람들은 왜 모를까」


　　김용택의 시는 삶의 현실을 다루면서도 자연과 더불어 살아가는 자연
친화적 태도를 중요한 가치로 내세운다. 그의 시에서 확인할 수 있는 생
태주의적 상상력은 자연의 생명력에 대한 깊은 인식과 그 발견을 바탕으
로 하고 있다. 생명의 존귀한 가치를 중심으로 인간의 삶을 바라보는 여
유로운 자세까지도 보여 준다. 그는 자연으로의 귀의를 통해 인간의 생
명의 존엄을 확인하고 자연의 질서 속에서 인간의 존재와 그 의미를 찾
아낸다. 김용택의 근작시가 대체로 자연 혹은 고향을 소재로 하여 절제
된 감정, 균형 잡힌 시적 형식을 보여 주면서 그윽하고도 아름다운 정서
를 표현하고 있는 것은 이러한 시적 경향의 변화를 말해 주는 것이라고
할 수 있다.


(가)

누이야 아는가

이 봄 한나절 너는 살아서 듣는가

안방문을 치닫고 안방문을 치닫고

옛날은 수단 치마폭에 꽃수실 모냥 흘러간

뻐꾹새 울음을

시방 저 실실한 물결 속에 자물리는
한 산맥들을 보는가

한 산맥들은 또 한 산맥들을 불러내어
그 마지막 한 산맥들까지
다 자물리어
푸른 물결로만 잇대어 오는 것을
푸른 물결로만 잇대어 와서는
봄 하룻날
쬐그만 섬 몇 개
만드는 것을
누이야 아는가
이 봄 한낮을 너는 살아서 듣는가
마지막 맨 마지막에 모이는
푸른 물결 속
섬 한 개 동두렷이 떠올라
이 못물 속 연꽃으로 비쳐 오는 것을

─송수권, 「속 산문에 기대어」

(나)
자세히 보아야
예쁘다

오래 보아야
사랑스럽다

너도 그렇다

──나태주, 「풀꽃」


  (다)
날로 기우듬해 가는 마을회관 옆,
청솔 한 그루 꼿꼿이 서 있다.


한때는 앰프방송 하나로
집집의 새앙쥐까지 깨우던 회관 옆,
그 둥치의 터지고 갈라진 아픔으로
푸른 눈 더욱 못 감는다.


그 회관 들창 거덜내는 댑바람 때마다
청솔은 또 한바탕 노엽게 운다.
거기 술만 취하면 앰프를 켜고
박달재를 울고 넘는 이장과 함께.


생산도 새마을도 다 끊긴 궁벽, 그러나
저기 난장 난 비닐하우스를 일으키다
그 청솔 바라다보는 몇몇들 보아라.


그때마다, 삭바람마저 빗질하여
서러움조차 잘 걸러내어
푸른 숨결을 풀어내는 청솔 보아라

나는 희망의 노예는 아니거니와

까막까치 얼어죽는 이 아침에도

저 동녘에선 꼭두서니빛 타오른다.

— 고재종, 「세한도」

나태주[40]는 시집 『누님의 가을』(1977), 『빈손의 노래』(1988), 『눈물난
다』(1991), 『산촌 엽서』(2002) 등을 통해 대상으로서의 자연을 일상의 경
험과 밀착시켜 섬세하게 그려 낸다. 그러므로 모든 사물이 시인의 일상
의 삶 속에 함께 녹아든다. 나태주는 서정시의 본질을 자기 정서에 대한
충실성에서 우선 찾고자 한다. 소박하면서도 솔직하게 대상에 대한 자신
의 감정을 노래할 때, 거기서 시적 상상의 자유를 만끽할 수 있다는 생각
이다. 그러므로 그는 자연 속에 존재하는 모든 사물에서 작지만 소중한
생명의 의미를 찾아내고 존재의 참뜻을 확인한다. 시인이 노래하고 있는
자연은 서정적 자아의 경험 속에서 인식된 것이기 때문에, 그만큼 실감
의 정서에 가깝고 그 새로운 발견에 모두가 공감할 수밖에 없다.

송수권[41]은 토속적인 정서를 바탕으로 자기 세계를 구축하고 있는 시
인이다. 삶의 모든 영역이 근대화의 물결에 휩쓸리는 가운데 시인이 전
통적인 서정시의 가닥을 붙잡고 있는 모습은 이채롭다. 송수권은 첫 시

---

40  나태주(羅泰柱, 1945~ ) 충남 서천 출생. 공주사범, 충남대 교육대학원 졸업. 초등학교 교사로 활동.
    1971년 《서울신문》 신춘문예에 「대숲 아래서」가 당선. 시집으로 『대숲 아래서』(1973), 『막동리 소묘』
    (1980), 『사랑하는 마음 내게 있어도』(1985), 『빈손의 노래』(1988), 『그대 지키는 나의 등불』(1987), 『눈
    물난다』(1991), 『산촌엽서』(2002), 『쪼금은 보랏빛으로 물들 때』(2005), 『꽃이 되어 새가 되어』(2007),
    『눈부신 속살』(2008) 등 출간.

41  송수권(宋秀權, 1940~2016) 전남 고흥 출생. 순천사범학교를 거쳐 서라벌예술대학 문예창작과 졸업.
    1975년 《문학사상》에 시 「산문(山門)에 기대어」로 신인상 수상. 시집 『산문에 기대어』(1980), 『꿈꾸는
    섬』(1982), 『아도(啞陶)』(1984), 『새야 새야 파랑새야』(1986), 『우리들의 땅』(1988), 『별밤지기』(1992),
    『들꽃세상』(1999), 『파천무』(2001), 『언 땅에 조선매화 한 그루 심고』(2005), 『시골길 또는 술통』(2007)
    등 출간.

집 『산문에 기대어』(1980)에서부터 '산기슭'이라는 시적 공간의 정서를 끌어안고 투박하지만 실감의 표현에 기여하는 남도의 사투리를 자신의 시어로 살려 낸다. 그리고 시집 『새야 새야 파랑새야』(1986), 『우리들의 땅』(1988), 『별밤지기』(1992), 『들꽃세상』(1999) 등을 통해 토속적인 삶의 공간에 서려 있는 정한의 의미를 보다 높은 차원의 정서로 가다듬었다. 그의 시는 재래의 무력하고 자조적인 한의 정서가 아니라 한 속에 내재한 은근하고 무게 있는 남성적인 힘을 강조하고 있다고 평가받고 있다. 또한 남도의 토속어가 가진 특유의 맛과 멋을 무리 없이 살리는 데 성공하였으며, 역사의식을 매개로 투쟁의 정신과 생명의 의지를 구현하고자 하는 작품을 많이 발표했다.

고재종[42]은 농촌이라는 공간의 양면을 질박한 언어로 형상화하고 있다. 이러한 경향은 첫 시집 『바람부는 솔숲에 사랑은 머물고』(1987)와 『새벽 들』(1989)에서 쉽게 확인된다. 그가 그리고 있는 농촌은 근대화의 격랑에 휩싸여 피폐해지고 있는 어두운 삶의 공간이다. 젊은이들이 모두 떠나 버린 곳에서 농사일에 시달리고 누적되는 농가 부채에 짓눌린 농민들이 거기에 남아 있다. 그러나 시인은 인간의 삶과 그 생명을 가능하게 하는 자연의 위대한 힘을 농촌에서 찾아내고 끈질긴 생명력에 대한 깊이 있는 성찰을 시를 통해 보여 준다. 시인의 초기 시를 보면 도시화의 그늘에 가리어 활력을 잃고 있는 농촌에 대한 애틋한 정서를 다루고 있는 것들이 많은데, 점차 파괴되고 있는 농촌 공동체의 뒤틀린 모습도 비판적으로 그려진다. 고재종의 농촌시는 1990년대 중반 이후 시집 『앞강도 야

---

42　고재종(高在鍾, 1959~ ) 전남 담양 출생. 담양농업고등학교 졸업. 1984년 실천문학사의 신작시집 『시
　　여 무기여』에 「동구 밖 집 열 두 식구」를 발표. 시집 『바람 부는 솔숲에 사랑은 머물고』(1987), 『새벽 들』
　　(1989), 『쌀밥의 힘』(1991), 『사람의 등불』(1992), 『날랜 사랑』(1995), 『사람의 길은 하늘에 닿는다』
　　(1996), 『앞강도 야위는 이 그리움』(1997), 『그때 휘파람새가 울었다』(2001), 『쪽빛 문장』(2004) 등 출간.

위는 이 그리움』(1997)을 전후하여 농촌의 현실 문제보다는 농촌의 자연
과 환경에 대한 생태주의적 관심을 심화시키고 있다. 그리고 시집『그때
휘파람새가 울었다』(2001)에 이르면 완결된 시상, 긴장된 비유, 절제된
언어 표현 등을 수반하면서 더욱 긴장감 있게 시적 형상성을 구축하고
있다.

(가)
봄날 나무 아래 벗어 둔 신발 속에 꽃잎이 쌓였다.

쌓인 꽃잎 속에서 꽃 먹은 어린 여자 아이가 걸어 나오고, 머리에 하얀 명주
수건 두른 젊은 어머니가 걸어 나오고, 허리 꼬부장한 할머니가 지팡이도 없이
걸어 나왔다.

봄날 꽃나무에 기댄 파란 하늘이 소금쟁이 지나간 자리처럼 파문지고 있었
다. 채울수록 가득 비는 꽃 지는 나무 아래의 허공, 손가락으로 울컥거리는 목
을 누르며, 나는 한 우주가 가만가만 숨 쉬는 것을 바라보았다.

가장 아름다이 자기를 버려 시간과 공간을 얻는 꽃들의 길,

차마 벗어둔 신발 신을 수 없었다.

천년을 걸어가는 꽃잎도 있었다. 나는 가만가만 천년을 걸어가는 사랑이 되
고 싶었다. 한 우주가 되고 싶었다.

— 배한봉, 「복사꽃 아래 천년」

(나)

심연에 내려가려면,
날개가 있어야 하리

버드나무 가지가
물 아래 잠겨 있다
잎사귀가
물 속까지 피어 있다

깊은 곳에서
날갯짓을 하며
요동치고 있다

심연을 잃고
물 밖에 떨어진 잎사귀
그게 나다
도망이 끝난 지 오래다
물을 움켜쥘 어떤 발톱도
가지고 있지 못하기에

심연 속에
가득한 날개가
모래와 자갈을 헤치며
물 속을 뒤엎을 때
흐린 잎맥의 기억으로

폭풍을 예감할 뿐

── 박형준, 「폭풍의 날개」

현대의 서정시에서 서정성의 깊이가 시공간의 경계를 초월하여 하나의 새로운 상상적 세계를 만들어 낼 수도 있다는 생각은 앞에 인용한 두 작품에서도 쉽게 확인된다. 시인이 지키고자 하는 사물에 대한 생태주의적 관점은 주체로서의 인간과 대상으로서의 자연을 공존 상태의 유기적 관계로 인식하도록 이끈다. 물론 이 부드러운 이끌림 속에 자연과 사물에 내재하는 생명의 질서에 대한 감각이 살아 움직인다. 배한봉의 『우포늪 왁새』(2002), 박형준의 『물속까지 잎사귀가 피어 있다』(2002) 등에서 발견할 수 있는 이 특이한 정서를 생태주의적 상상력이라고 말할 수 있다면 이들의 시적 경향과 함께 이성선의 『하늘문을 두드리며』(1977), 『새벽꽃 향기』(1989), 고형렬의 『대청봉 수박밭』(1985), 『사진리 대설』(1993), 『밤 미시령』(2006), 송찬호의 『붉은 눈, 동백』(2000), 김수복의 『낮에 나온 반달』(1980), 『새를 기다리며』(1988), 이재무 『몸에 피는 꽃』(1996) 등도 함께 그 시적 성과를 주목할 필요가 있다.

## (4) 여성시의 새로운 계보

강은교[43]의 시적 출발은 1968년 《사상계》 신인문학상 당선과 함께 이

---

43 강은교(姜恩喬, 1945~ ). 함남 홍원 출생. 서울에서 성장하며 경기여고를 거쳐 연세대 영문과 및 동 대학원 국문과 졸업. 1968년 《사상계》 신인문학상에 시 「순례자의 잠」이 당선. 김형영, 정희성 등과 《70년대》 동인 활동. 시집 『허무집』(1971), 『풀잎』(1974), 『빈자일기(貧者日記)』(1977), 『소리집』(1982), 『우리가 물이 되어』(1987), 『바람 노래』(1987), 『슬픈 노래』(1988), 『단지 그대가 여자라는 이유만으로』(1989), 『벽 속의 편지』(1992), 『어느 별에서의 하루』(1996), 『시간은 주머니에 은빛 별 하나 넣고 다녔

루어졌지만 김형영, 윤상규, 임정남, 정희성 등과 함께 《70년대》 동인으로 활동하면서 그 문단적 존재가 분명하게 드러나고 있다. 첫 시집 『허무집』(1971)에서부터 시집 『풀잎』(1974)과 『빈자일기(貧者日記)』(1977) 등으로 이어지는 초기의 시에서는 시적 대상의 인식 자체가 존재의 차원을 넘어서는 형이상의 세계와 이어져 있음을 볼 수 있다. 시인 자신도 이 같은 자신의 시적 태도를 '허무'의 관념과 연결시켜 언급한 적이 있다.

우리가 물이 되어 만난다면
가문 어느 집에선들 좋아하지 않으랴.
우리가 키 큰 나무와 함께 서서
우르르 우르르 비 오는 소리로 흐른다면.

흐르고 흘러서 저물녘엔
저 혼자 깊어지는 강물에 누워
죽은 나무뿌리를 적시기도 한다면.
아아, 아직 처녀인
부끄러운 바다에 닿는다면.

그러나 지금 우리는
불로 만나려 한다.
벌써 숯이 된 뼈 하나가
세상에 불타는 것들을 쓰다듬고 있나니

---

다』(2002), 『초록 거미의 사랑』(2006) 등 출간.

만 리 밖에서 기다리는 그대여

저 불 지난 뒤에

흐르는 물로 만나자.

푸시시 푸시시 불 꺼지는 소리로 말하면서

올 때는 인적 그친

넓고 깨끗한 하늘로 오라.

─「우리가 물이 되어」


　강은교의 초기 시를 설명하는 데 즐겨 인용하는 '허무'라는 개념은 문
자 그대로의 의미만을 놓고 보자면 '아무것도 없고 텅 빔'으로 읽히지만
무의미하고 무가치한 것을 말하는 개념은 아니다. 오히려 노장사상(老莊
思想)에서 말하고 있듯이, 천지 만물의 본체로서 형상이 없어서 볼 수도
들을 수도 없는 것에 해당한다. 그러므로 '허무'라는 관념적 주제는 삶의
경험에서 얻어지는 어떤 정서적 편린을 두고 하는 말이 아니다. 그것은
존재의 궁극을 의미하는 깊은 사고의 영역을 포섭하고 있다. 시인은 일
상적인 사물의 모든 형상 속에서 '허무'의 실체를 찾아낸다. 끝까지 남
아 있는 잔광의 어스름 속에서도 '허무'의 그림자가 보이고, 저무는 시
간 속에서 일상적 삶의 허울이 떨려 나가고 삶 전체가 흔들리는 듯한 순
간에도 '허무'를 느낀다. 앞의 시에서 시인은 '허무'에 대한 인식을 통해
모든 것을 놓아 버리고 새로운 자유에의 길을 모색한다. 이 시에서 '물'
은 사물의 근원적 존재 원리이며 생명의 근원이라고 할 수 있다. 삶과 죽
음의 이미지가 어지럽게 교차하는 이 시에서 시인은 '불'과 '물'의 대조
적인 두 세계를 통해 생명의 원리와 재생의 역동적인 여정을 그려 내는
것이다.

　강은교는 산업화 시대의 벽두부터 사회적 변화와 갈등 속에서 존재의

근원과 비의를 찾기 위해 어둡고 깊은 허무의 세계로 침잠하게 되었지만, 육신의 병고를 겪으면서 신앙적 자기 존재를 새롭게 발견한다. 이 소중한 체험을 통해 보다 적극적으로 삶의 현실에 자기를 투여하면서 역사와 현실에 대한 관심으로 시적 인식의 지평을 넓혀가고 있음을 알 수 있다. 1980년대 초반에 펴낸 시집 『소리집』(1982)이나 『붉은 강』(1984)의 작품들은 물론 시집 『슬픈 노래』(1988)에 실린 시들은 대체로 개인의 존재와 사회적 현실의 갈등, 인간의 실존적 고뇌와 현실적 삶의 고통 등을 생동감 있게 그려 낸 경우가 많다. 강은교의 시적 상상력이 허무에 대한 인식과 시적 주체에 대한 새로운 발견을 바탕으로 타자에 대한 관심과 배려로 확대되고 있는 과정은 『벽 속의 편지』(1992)에 실린 연작시 「벽 속의 편지」에서 확인할 수 있다. 이 시에서 시적 대상으로 지칭되는 '그대'는 그 지시 범위가 아주 넓다. 하지만 시적 화자는 자신이 추구하는 삶에 대한 인식의 높이에 '그대'와 함께 도달하기를 꿈꾼다. 그 이유는 '그대'가 아직 '길 위에서 길을 버리지 못하는' 상황이기 때문이다.

(가)
눈을 맞으며 비로소
눈을 생각하듯이
눈을 밟으며 비로소
길을 생각하듯이

그대를 지나서 비로소
그대를 생각하듯이

———「눈을 맞으며—벽 속의 편지」

(나)

이 세상의 모든 눈물이

이 세상의 모든 흐린 눈들과 헤어지는 날


이 세상의 모든 상처가

이 세상의 모든 곪는 살들과 헤어지는 날


별의 가슴이 어둠의 허리를 껴안는 날

기쁨의 손바닥이 슬픔의 손등을 어루만지는 날


그날을 사랑이라고 하자

사랑이야말로 혁명이라고 하자

그대, 아직

길 위에서 길을 버리지 못하는 이여.

— 「그날 — 벽 속의 편지」


앞의 인용을 통해 확인할 수 있는 것처럼 시인은 시적 주체와 현실의 한복판에 서 있는 대상으로서의 타자를 매개하고 통합할 수 있는 관계에 깊은 관심을 기울인다. '벽 속의 편지'는 그 자체가 이미 전언으로서의 기능을 상실한 기호에 불과하다. 하지만 시인은 깊이 감춰져 있던 그 전언의 기표에 생명력을 불어넣고 그것이 전달될 상대방의 움직임을 주목한다. 이렇게 시적 화자와 '그대'의 관계가 회복되는 과정은 시인의 깊은 가슴속의 울림이 타자와 소통하면서 서로 화답하는 통합의 세계를 지향하고 있음을 말해 준다.

강은교는 허무의 늪에서 빠져나와 타자와 함께 만드는 시의 궁전을 꿈꾸고 있다. 모든 사물의 빛에 눈길을 던지고, 그 소리에 귀를 기울이고 또한 그 작은 움직임에 스스로 따르며 그 속에 내재해 있는 질서를 찾아낸다. 여기서 시인의 날카로운 감성과 빛나는 통찰력은 새로운 삶의 경계에서 보다 더 포괄적으로 살아 숨 쉬고 있음을 알 수 있다. 이러한 특징은 시인의 시적 경향이 사물에 대한 감각과 인식을 중시하면서 주체와 타자의 합일을 꿈꾸는 새로운 경지로 더욱 넓고 깊어졌음을 뜻하는 것이다.

문정희[44]의 시적 출발은 시집 『문정희 시집』(1973) 이후 『혼자 무너지는 종소리』(1984)에 이르기까지 소재의 다양성을 자랑한다. 일상적 경험을 청순한 감각과 명징한 언어로 형상화하고 있는 경우가 많지만 설화적 모티브에서 과감하게 차용한 시적 상징을 자기감정에 연결하여 표현한 경우도 많다. 그런데 1980년대를 거치면서 문정희의 시는 자기 내면에 숨겨져 있던 관능적 욕구를 솔직하게 드러내기 시작하면서 여성적 목소리를 분명하게 자기화한다. 이러한 변화는 시인의 풍부한 감성에 이지적인 관점이 통합되면서 만들어진 것이다.

이제부터 세상의 남자들을
모두 오빠라고 부르기로 했다.

집안에서 용돈을 제일 많이 쓰고
유산도 고스란히 제 몫으로 차지한
우리집의 아들들만 오빠가 아니다.

---

44 문정희(文貞姬, 1947~ ). 전남 보성 출생. 진명여고를 거쳐 동국대 국문과 및 동 대학원 졸업. 1969년 《월간문학》 신인상에 「불면」과 「하늘」이 당선. 시집 『문정희 시집』(1973), 『혼자 무너지는 종소리』(1984), 『아우내의 새』(1986), 『그리운 나의 집』(1987), 『제 몸속에 살고 있는 새를 꺼내어 주세요』(1990), 『남자를 위하여』(1996), 『오라, 거짓 사랑아』(2001), 『모든 사랑은 첫사랑이다』(2003), 『양귀비꽃 머리에 꽂고』(2004), 『나는 문이다』(2007), 『찔레』(2008) 등 출간.

오빠!

이 자지러질 듯 상큼하고 든든한 이름을

이제 모든 남자를 향해

다정히 불러주기로 했다.


오빠라는 말로 한 방 먹이면

어느 남자인들 가벼이 무너지지 않으리

꽃이 되지 않으리


모처럼 물안개 걷혀

길도 하늘도 보이기 시작한

불혹의 기념으로

세상 남자들은

이제 모두 나의 오빠가 되었다.


나를 어지럽히던 그 거칠던 숨소리

으쓱거리며 휘파람을 불러주던 그 헌신을

어찌 오빠라 불러주지 않을 수 있으랴


오빠로 불리워지고 싶어 안달이던

그 마음을

어찌 나물캐듯 캐내어주지 않을 수 있으랴


오빠! 이렇게 불러주고 나면

세상엔 모든 짐승이 사라지고

헐떡임이 사라지고

오히려 두둑한 지갑을 송두리째 들고 와
비단구두 사주고 싶어 가슴 설레이는
오빠들이 사방에 있음을
나 이제 용케도 알아버렸다.

——「오빠」

　문정희의 시에서 여성적 자아는 타자로서의 남성을 적대시하거나 도
전하려 들지 않는다. 오히려 가부장적 권위에 길들여져 있는 남성들을
여성적 언어로 유혹한다. 그리고 그 여성적 언어 속에 가두어 둔 채 남
성적 권위와 폭력성을 제거함으로써 스스로 자유로워진다. 앞의 시에서
"오빠! 이렇게 불러주고 나면/ 세상엔 모든 짐승이 사라지고/ 헐떡임이
사라지고"에서 등장하는 '오빠'라는 호칭은 남성들에게는 언제나 하나
의 로망에 해당한다. 이 로망의 언어 속에 남성의 위압과 권위, 폭력과 공
격성이 감싸진다. 문정희의 여성적 언어가 만들어 내는 유화적 제스처가
남성을 위한 것이 아니라 사실은 자신을 향한 것임을 눈치챌 수 있다. 문
정희의 시가 보여 주는 여성성의 본질이 여기서 확인된다.
　김승희[45]의 경우는 사물에 대한 인식과 상상력의 진폭을 강렬하게 보

---

45　김승희(金勝熙, 1952~ ). 전남 광주 출생. 서강대 영문과를 졸업하고, 동 대학원 국문과를 졸업. 서강대
　　학교 국문학과 교수. 1973년 《경향신문》 신춘문예에 시 「그림 속의 물」이 당선. 1994년 《동아일보》 신
　　춘문예 소설 「산타페로 가는 사람」 당선. 시집 「태양미사」(1979), 「왼손을 위한 협주곡」(1983), 「미완성
　　을 위한 연가」(1987), 「달걀 속의 생」(1989), 「어떻게 밖으로 나갈까」(1991), 「세상에서 가장 무거운 싸
　　움」(1995), 「빗자루를 타고 달리는 웃음」(2000), 「냄비는 둥둥」(2006), 「그렇게 사랑하고 그래서 행복
　　합니다」(2008), 「희망이 외롭다」(2012) 등이 있으며, 소설집 「꿈꿀 자유」(1993), 「산타페로 가는 사람」
　　(1997)과 장편소설 「왼쪽 날개가 약간 무거운 새」(1999) 등 출간.

여 준다. 첫 시집 『태양미사』(1979)에서는 언어의 파격과 강렬하게 대조되는 이미지의 충돌을 통해 사물에 대한 인식의 문에 들어서고 있지만, 공허한 관념의 턱을 벗어나지 못한다. 그러나 『달걀 속의 생』에 이르러 자의식과 관념의 찌꺼기를 벗어나고 있다. 이 시인의 시는 정서의 단조로움을 배격한다. 모든 삶의 충동을 포괄하고자 하는 시적 열정이 절제된 언어로 표출되고 있다.

달걀을 보면
알 수 있지.
아, 저렇게 해방을 기다리는 사람도
있구나.

조그맣게 차갑게
두 눈을 감고
아, 어찌해,
저리도 못다한
벙어리사랑을.

외치고 싶고
깨지고 싶어도
시간의 실금이 온몸에 강물처럼 퍼지기를
기다려. 배꼽같은 씨눈이
노른자위를 먹어치워
흰자위를 먹어치워
아, 그 안에서 원무처럼 일어서는

열애 같은 혁명을 기다려.

달걀을 보면
눈물이 어리지.
아, 저렇게 미해방의 절벽 위에서
꿈꾸는 사람!

—「달걀 속의 생 5」

김승희가 구축하고 있는 시적 세계의 본질은 '달걀 속의 생'이라는 상징 속에 그대로 담겨 있다. 여기서 시인은 존재의 내적 탐구라는 자기 지향적 언어와 외적 세계로의 탈출과 새로운 탄생을 향한 욕망의 언어를 하나로 통합하고자 한다. 그런데 중요한 것은 김승희의 시가 철저한 내면 추구와 자아 성찰에만 머물러 있지 않다는 점이다. 내적인 긴장을 바탕으로 기존의 제도와 질서로부터 적극적으로 탈출을 시도한다. 이 과정에서 빚어지는 과격한 비유와 압축적 긴장이 김승희 시의 외형적 특징으로 자리 잡게 된다. 그리고 시적 경향 자체가 다소 관념적이기는 하지만 기지(機智)의 언어에서 발휘되는 이지적인 면모, 사물에 대한 깊은 통찰과 날카로운 분석 등이 시 세계의 독자성을 가능하게 하고 있다. 이것은 시인이 서정의 세계나 페미니즘적 울타리 안에 머물러 있지 않고 현실과 문명에 대한 강렬한 비판을 시도하고 제도와 인습으로부터 탈출을 시도하는 모험을 감행해 온 결과라고 할 것이다.

김혜순[46]의 시는 시적 언어에 대한 탐구와 실험에서부터 출발한다. 이

---

46  김혜순(1955~ ) 경북 울진 출생. 건국대학교 국문학과와 동 대학원 졸업. 1978년 《동아일보》 신춘문예 평론 당선. 1979년 《문학과 지성》에 「담배를 피우는 시인」 외 4편 발표. 서울예전 문예창작학과 교수. 시집 『또 다른 별에서』(1981), 『아버지가 세운 허수아비』(1985), 『어느 별의 지옥』(1988), 『나의 우파니

것은 시적 정서에 기반해 온 전통적인 서정시와는 다른 영역을 시를 통해 고집하고 있다는 것을 뜻한다. 김혜순이 초기의 시에서부터 지속적으로 관심을 두고 있는 것은 사물에 대한 새로운 인식과 그 시적 이미지의 형상에 대한 새로운 창조다. 이런 경향은 시집 『어느 별의 지옥』(1988)에 이르기까지 다채로운 변주를 드러내면서 지속된다. 이러한 변주는 시의 언어적 실험에서 시작되는 것이므로 언어와 기법, 그리고 형식의 문제가 여전히 시인의 시적 작업의 핵심이라는 사실을 확인할 수 있다. 1990년대에 들어서면서 김혜순의 시는 초기 시의 실험적 경향을 기반으로 여성이라는 자기 정체성의 인식에 치중하면서 여성의 사회적 존재 방식과 경험을 시적 영역으로 끌어들인다. 그리고 여성적 글쓰기의 시적 실천이라는 새로운 도전을 시작한다. 여기서 주목되는 것이 육체의 시적 재발견이다. 1994년에 출간한 시집 『나의 우파니샤드, 서울』을 보면 현실적 세계의 부조리에 대응하여 격렬한 언어와 이미지를 사용한다거나, 부정적 현실을 비꼬는 과장적 어조를 활용하여 언어 표현의 뛰어난 감각을 살리고 있다. 그런데 시인의 시적 인식은 모든 대상을 육체 속으로 끌어들이는 방식으로 변화한다. 이것은 몸 자체를 하나의 생명이 깃들어 있는 작은 우주 공간으로 인식함을 뜻한다. 모든 사물은 육체라는 작은 우주 속에 담기고 새롭게 확장, 변형되어 움직인다. 그러므로 육체가 곧 생명의 기원이 되는 셈이다.

(가)

내가 세상에서 가장 질투하는 것, 당신의 첫.

당신이 세상에서 가장 질투하는 것, 그건 내가 모르지.

---

샤드, 서울』(1994), 『불쌍한 사랑기계』(1997), 『우리들의 음화』(1997), 『달력 공장장님 보세요』(2000), 『한 잔의 붉은 거울』(2004), 『당신의 첫』(2008) 등과 시론집 『여성이 글을 쓴다는 것은』(2002) 등 출간.

당신의 잠든 얼굴 속에서 슬며시 스며 나오는 당신의 첫.

당신이 여기 올 때 거기서 가져온 것.

나는 당신의 첫을 끊어버리고 싶어.

나는 당신의 얼굴, 그 속의 무엇을 질투하지?

무엇이 무엇인데? 그건 나도 모르지.

아마도 당신을 만든 당신 어머니의 첫 젖 같은 것.

그런 성분으로 만들어진 당신의 첫.


당신은 사진첩을 열고 당신의 첫을 본다. 아마도 사진 속 첫이 당신을 생각한다. 생각한다고 생각한다. 당신의 사랑하는 첫은 사진 속에 숨어 있는데, 당신의 손목은 이제 컴퓨터 자판의 벌판 위로 기차를 띄우고 첫, 첫, 첫, 첫, 기차의 칸칸을 더듬는다. 당신의 첫. 어디에 숨어 있을까? 그 옛날 당신 몸속으로 뿜어지던 엄마 젖으로 만든 수증기처럼 수줍고 더운 첫. 뭉클뭉클 전율하며 당신 몸이 되던 첫. 첫을 만난 당신에겐 노을 속으로 기러기 떼 지나갈 때 같은 간지러움. 지금 당신이 나에게 작별의 편지를 쓰고 있으므로, 당신의 첫은 살며시 웃고 있을까? 사진 속에서 더 열심히 당신을 생각하고 있을까? 엄마 뱃속에서 몸을 웅크리고 매달려 가던 당신의 무서운 첫 고독이이여. 그 고독을 나누어 먹던 첫사랑이여. 세상의 모든 첫 가슴엔 칼이 들어 있다. 첫처럼 매정한 것이 또 있을까. 첫은 항상 잘라버린다. 첫은 항상 죽는다. 첫이라고 부르는 순간 죽는다. 첫이 끊고 달아난 당신의 입술 한 점. 첫. 첫. 첫. 첫. 자판의 레일 위를 몸도 없이 혼자 달려가는 당신의 손목 두 개, 당신의 첫과 당신. 뿌연 달밤에 모가지가 두 개인 개 한 마리가 울부짖으며, 달려가며 찾고 있는 것. 잊어버린 줄도 모르면서 잊어버린 것. 죽었다. 당신의 첫은 죽었다. 당신의 관자놀이에 아직도 파닥이는 첫.

당신의 첫, 나의 첫, 영원히 만날 수 없는 첫.

오늘 밤 처음 만난 것처럼 당신에게 다가가서

나는 첫을 잃었어요 당신도 그런가요 그럼 손 잡고 뽀뽀라도?

그렇게 말할까요?


그리고 그때 당신의 첫은 끝, 꽃, 꺼억.

죽었다. 주 긋 다. 주깄다.

그렇게 말해 줄까요?

—「당신의 첫」


(나)

사당역 4호선에서 2호선으로 갈아타려고

에스컬레이터에 실려 올라가서

뒤돌아보다 마주친 저 수많은 얼굴들

모두 붉은 흙 가면 같다

얼마나 많은 불가마들이 저 얼굴들을 구워냈을까


무표정한 저 얼굴 속 어디에

아침마다 두 눈을 번쩍 뜨게 하는 힘 숨어 있었을까

밖에서는 기척도 들리지 않을 이 깊은 땅속을

밀물져 가게 하는 힘 숨어 있었을까


하늘 한구석 별자리마다 쪼그리고 앉아

별들을 가마에서 구워내는 분 계시겠지만

그분이 점지하는 운명의 별빛 지상에 내리겠지만

물이 쏟아진 듯 몰려가는

땅속은 너무나 깊어

그 별빛 여기까지 닿기나 할는지


수많은 저 사람들 몸속마다에는

밖에선 볼 수 없는 뜨거움이 일렁거리나 보다

저마다 진흙으로 돌아가려는 몸을 일으켜 세우는

불가마 하나씩 깃들어 있나 보다


저렇듯 십 년 이십 년 오십 년 얼굴을 구워내고 있었으니

모든 얼굴은 뜨거운 속이 굽는 붉은 흙 가면인가 보다

———「별을 굽다」

　　김혜순이 시도한 육체의 시적 변용은 단순한 수사적 장치가 아니다.
시인은 스스로 자기 육체의 경계를 해체하고 모든 시적 대상을 그 자리
에 끌어들임으로써 자신이 만들어 낸 공백을 채운다. 이 해체와 포섭의
과정을 통해 이른바 육체적 상상력의 시적 성취에 도달하고 있다. 앞의
인용에서 확인할 수 있는 것처럼 (가)는 시적 인식과 그 형상화의 방식
자체가 주목된다. '첫'이라는 관형사는 그 쓰임이 특이하다. 이 말은 언
제나 명사 앞에서 이를 한정하는 기능만을 갖는다. 이때 '첫'은 감각적
인식의 방법과 밀접하게 연관된다. 육체의 경험에 의존하지 않고서는
'첫'이라는 말이 한정할 수 있는 무수한 대상을 말할 수 없는 것이다. 시
인은 이 시에서 '첫'의 뒤에 올 수 있는 모든 명사를 말하지 않고 그 가능
성의 공간을 열어 둔다. 그리고 이 공간을 채우는 방식으로 몸을 활용함
으로써 그 인식의 구체적 형상성에 도달한다. 이처럼 시인은 시적 공간

의 확정 또는 변형을 위해 육체를 내세운다. 육체는 생명의 집이며 궁극적으로는 자기 존재의 집에 해당한다. 육체를 통한 대상과의 접촉이 인간의 삶이라는 사실을 자연스럽게 확인할 수 있다.

김혜순의 시가 보여 주는 육체의 변용과 그 시적 확장은 여성의 자기 정체성에 대한 인식으로 심화되기도 하고 영원한 모성의 확인으로 드러나기도 한다. 이러한 방식은 결국 시인의 글쓰기가 여성적인 것에 대한 질문으로 발전하고 있음을 뜻한다. 여성으로서의 자기 존재를 인식하고 그 존재 자체를 드러내기 위해 시인이 육체를 자기 시의 공간으로 활용하고 있다는 것은 한국 현대시가 거두고 있는 하나의 성과로 평가할 수 있다.


## (5) 현대시의 도전과 실험

한국 사회는 새로운 세기에 들어서면서 문화 예술의 영역에서 문학이 차지하고 있던 사회적 역할과 그 영향력이 전반적으로 저조해지는 경향을 드러내기 시작했다. 시단에 이름을 올린 시인의 숫자가 늘어나고 문학을 지망하는 젊은이들이 많아지고 있지만 독자층이 엷어지고 대중이 문학의 영역으로부터 멀어지고 있다. 해마다 쏟아져 나오는 수많은 신간 시집에도 불구하고 독자층의 관심을 끌어모은 시인은 별로 없다. 정보 통신 분야에서 일어난 인터넷의 영역 확대와 SNS의 폭발적 관심, 그리고 휴대 전화의 놀라운 변신 등이 이루어지면서 독자들이 책과 멀어지고 있다는 경고의 소리도 끊이지 않는다.

한국 현대시는 사회적 현실 문제의 민감한 쟁점들이 사라지자 자기중심적 화법이 그만큼 강조되기 시작했다. 자기 발언으로서의 시의 성격이 더욱 분명해진 것이다. 한국 현대시가 보여 주고 있는 중요한 변화는 산업화 과정과 민주화 운동에서 볼 수 있었던 집단적인 이념이나 현실 지향적 경향에서 벗어나 각각의 시인들의 개별적인 시적 실험이 확대된 점이라고 할 수 있다. 이 새로운 시대적 전환은 역설적이기는 하지만 시인의 시대를 준비하게 되었다. 사회적 조건이나 현실적 삶의 양상 자체가 문제가 되는 것이 아니라 '나' 자신의 존재와 그 가치가 중요시되는 시대가 되었기 때문이다. 그러므로 새로운 시대의 시인들은 민중시라든지 서정시라든지 실험시라는 오래된 분류 개념을 사실상 폐기하고 자신의 개성적 목소리 하나로 자기 주체를 내세우는 시적 작업에 주력하고 있는 것이다.

근래에 출간된 시집 가운데 문인수의 『동강의 높은 새』(2000), 김사인의 『가만히 좋아하는』(2006), 이문재의 『제국호텔』(2004), 장석남의 『왼쪽 가슴 아래께에 온 통증』(2001), 『미소는, 어디로 가시려는가』(2005), 문태준의 『수런거리는 뒤란』(2000), 『가재미』(2006), 손택수의 『호랑이 발자국』(2003), 『목련 전차』(2006), 함민복의 『말랑말랑한 힘』(2005), 이정록의 『제비꽃 여인숙』(2001) 등을 보면 대부분의 작품들이 일상의 한복판에 자리하고 있는 시인의 모습을 보여 준다. 시인은 일상적 현실과 경험의 세계 속에서 삶의 진실을 찾아내고 자기 존재의 의미를 새롭게 발견한다. 여기서 비롯되는 서정의 세계는 그 깊이와 울림이 모두 시인의 개성적인 목소리를 통해 살아나고 있다.

(가)
아무 소리도 없이 말도 없이
등 뒤로 털썩
밧줄이 날아와 나는
뛰어가 밧줄을 잡아다 배를 맨다.

아주 천천히 그리고 조용히
배는 멀리서부터 닿는다

사랑은,
호젓한 부둣가에 우연히,
별 그럴 일도 없이 넋 놓고 앉았다가
배가 들어와
던져지는 밧줄을 받는 것
그래서 어찌할 수 없이
배를 매게 되는 것

잔잔한 바닷물 위에
구름과 빛과 시간과 함께
떠 있는 배

배를 매면 구름과 빛과 시간이 함께
매어진다는 것도 처음 알았다
사랑이란 그런 것을 처음 아는 것

빛 가운데 배는 울렁이며
온종일 떠 있다

— 장석남, 「배를 매며」

(나)

김천의료원 6인실 302호에 산소마스크를 쓰고 암투병중인 그녀가 누워있다

바닥에 바짝 엎드린 가재미처럼 그녀가 누워 있다

나는 그녀의 옆에 나란히 한 마리 가재미로 눕는다

가재미가 가재미에게 눈길을 건네자 그녀가 울컥 눈물을 쏟아낸다

한쪽 눈이 다른 한쪽 눈으로 옮겨 붙은 야윈 그녀가 운다

그녀는 죽음만을 보고 있고 나는 그녀가 살아 온 파랑 같은 날들을 보고 있다

좌우를 흔들며 살던 그녀의 물 속 삶을 나는 떠올린다

그녀의 오솔길이며 그 길에 돋아나던 대낮의 뻐꾸기 소리며

가늘은 국수를 삶던 저녁이며 흙담조차 없었던 그녀 누대의 가계를 떠올린다

두 다리는 서서히 멀어져 가랑이지고

폭설을 견디지 못하는 나뭇가지처럼 등뼈가 구부정해지던 그 겨울 어느날
을 생각한다

그녀의 숨소리가 느릅나무 껍질처럼 점점 거칠어진다

나는 그녀가 죽음 바깥의 세상을 이제 볼 수 없다는 것을 안다

한쪽 눈이 다른 쪽 눈으로 캄캄하게 쏠려버렸다는 것을 안다

나는 다만 좌우를 흔들며 헤엄쳐 가 그녀의 물속에 나란히 눕는다

산소호흡기로 들어마신 물을 마른 내 몸 위에 그녀가 가만히 적셔준다

——문태준, 「가재미」

앞의 인용에서 (가)와 (나)는 지배적 인상을 중심으로 포착한 상황 묘
사가 시적 어조의 절창을 만들어 낸다. 시인은 '사랑'을 주체와 시공간
이 모두 하나로 묶여 버리는 '배가 매어지는 순간'의 상황으로 묘사한다.
(나)의 경우도 시적 상황의 정적인 묘사가 절묘하다. 시적 진술 자체에
서 주체와 대상의 합치 과정을 두고 이렇게 비통한 정서를 이끌어 낸 예
를 찾아보기 어렵다.

그런데 사회 현실의 물신주의 경향의 심화라든지 자본주의 질서의

확대 등이 보여 주는 사회 구조적 모순에 대응하고자 하는 시인들의 자기 발언도 여전히 살아 있음을 볼 수 있다. 현실의 어두운 구석이나 약자들의 삶의 어려움을 대변한다기보다는 현실에 대한 비판적 발언으로서의 시의 역할을 지켜 내고자 하는 시인의 노력이 지속되고 있다는 말이다. 유홍준의 『상가에 모인 구두들』(2004), 맹문재의 『책이 무거운 이유』(2005), 백무산의 『길 밖의 길』(2004) 등과 같은 시집 속에서 이러한 경향의 비판 의식을 확인할 수 있다. 다음에 인용하는 (가)와 (나)의 경우는 서로 상이한 시적 정황을 그리고 있지만 시인이 발견한 것은 사회의 밑바닥에서 짓밟히면서 살아가는 서민들의 힘겨운 삶의 모습이다. 시인은 자신이 발견하고 있는 시적 대상과 동일한 높이의 시각을 유지함으로써 그 민중적 삶의 고통에 동참하고 있다.

(가)

저녁 상가(喪家)에 구두들이 모인다

아무리 단정히 벗어놓아도

문상을 하고 나면 흐트러져 있는 신발들,

젠장, 구두들이 구두를

짓밟는 게 삶이다

밟히지 않는 건 망자의 신발뿐이다

정리가 되지 않는 상가의 구두들이여

저건 네 구두고 저건 네 슬리퍼야

돼지고기 삶는 마당가에

어울리지 않는 화환 몇 개 세워놓고

봉투 받아라 봉투,

화투짝처럼 배를 까집는 구두들

밤 깊어 헐렁한 구두 하나 아무렇게나 꿰신고

담장가에 가서 오줌을 누면, 보인다

북천(北天)에 새로 생긴 신발자리 별 몇 개

— 유홍준, 「상가에 모인 구두들」


(나)

가락시장의 저녁 바람은 심하다

어물 궤짝이 자리잡지 못한 난전에는

화덕을 피우는 아낙들로 붐빈다

횡단보도와 신호등이 정지한 지 오래

차나 사람이나 제각기 알아서 지나가야 한다

회사원들은 꺼진 신호등 아래에서 퇴근을 기다리고

학생들은 주머니 속 토큰을 쩔렁거리며

발을 구른다

버스는 여전히 오지 않고

달리는 차들에 횡단보도가 점점 까맣게 지워진다

그 때 한 할머니

잘록한 허리에 리어카를 매달고

차 사이를 위험하게 빠져나간다 허리에는

라면 박스를 비롯한 고물들이

잔뜩 실려 있다

언제 밟힐지도 모르면서

저보다 몇 배나 큰 식량을 옮기는 아, 개미 같은

— 맹문재, 「개미 같은」

2000년대에 들어서면서 새로운 시에 대한 열망도 적지 않게 시적 성과로 나타나고 있다. 자기 언어와 기법의 실험을 통해 기존의 시법에 도전하고자 하는 시인들은 즐겨 시의 언어와 그 형식의 해체를 꿈꾼다. 이장욱의『내 잠 속의 모래산』(2002), 김언의『숨쉬는 무덤』(2003), 황병승의『여장남자 시코쿠』(2005), 권혁웅의『마징가 계보학』(2005), 여태천의『국외자들』(2006) 등을 보면 존재의 위기를 새로운 양식의 확립을 통해 모색하기도 하고, 기존의 언어의 질서를 해체시킴으로써 존재의 새로운 의미를 찾아내기도 한다. 이들의 노력이 시적 주제와 기법의 상호 관계에 대한 미학적 인식으로 심화될 수 있을지, 하나의 실험적 시도로 그치게 될 것인지는 더 지켜보아야 할 일이다.

한국 현대시는 최영미, 허수경, 나희덕, 정끝별, 황인숙, 조용미, 김행숙, 김선우, 신현림 이수명 등의 개성적인 여성 시인을 만남으로써 시적 대상에 대한 인식의 폭을 확대하고 감수성이 더욱 풍성해졌다. 나희덕의 시집『뿌리에게』(1991),『그곳이 멀지 않다』(1997),『어두워진다는 것』(2001), 정끝별의『자작나무 내 인생』(1996),『흰책』(2000),『와락』(2008), 최영미의『서른, 잔치는 끝났다』(1994),『꿈의 페달을 밟고』(1998), 허수경『내 영혼은 오래되었으나』(2001), 이수명의『붉은 담장의 커브』(2001), 김선우『도화 아래 잠들다』(2003), 조용미의『불안은 영혼을 잠식한다』(1996),『삼베옷을 입은 자화상』(2004), 김행숙의『유리창 나비』(1998),『햇살 한 줌』(2003) 등은 현대 여성시의 새로운 지향을 확인할 수 있는 다채로운 창구가 되고 있다.

(가)
꽃이
피는 건 힘들어도

지는 건 잠깐이더군
골고루 쳐다볼 틈 없이
님 한 번 생각할 틈 없이
아주 잠깐이더군

그대가 처음
내 속에 피어날 때처럼
잊는 것 또한 그렇게
순간이면 좋겠네

멀리서 웃는 그대여
산 넘어 가는 그대여
꽃이
지는 건 쉬워도
잊는 건 한참이더군
영영 한참이더군

— 최영미, 「선운사에서」


(나)
깊은 곳에서 네가 나의 뿌리였을 때
나는 막 갈구어진 연한 흙이어서
너를 잘 기억할 수 있다
네 숨결 처음 대이던 그 자리에 더운 김이 오르고
밝은 피 뽑아 네게 흘려보내며 즐거움에 떨던
아 나의 사랑을

먼 우물 앞에서도 목마르던 나의 뿌리여

나를 뚫고 오르렴

눈부셔 잘 부스러지는 살이니

내 밝은 피에 즐겁게 발 적시며 뻗어가려무나


척추를 휘어접고 더 넓게 뻗으면

그때마다 나는 착한 그릇이 되어 너를 감싸고,

불꽃 같은 바람이 가슴을 두드려 세워도

네 뻗어가는 끝을 하냥 축복하는 나는

어리석고도 은밀한 기쁨을 가졌어라


네가 타고 내려올수록

단단해지는 나의 살을 보아라

이제 거무스레 늙었으니

슬픔만 한두름 꿰어 있는 껍데기의

마지막 잔을 마셔다오


깊은 곳에서 네가 나의 뿌리였을 때

내 가슴에 끓어오르던 벌레들,

그러나 지금은 하나의 빈 그릇,

너의 푸른 줄기 솟아 햇살에 반짝이면

나는 어느 산비탈 연한 흙으로 일구어지고 있을 테니

— 나희덕, 「뿌리에게」

(다)

우리는 저녁 여섯 시에 약속을 하자.

풀잎마다 입술을 굳게 닫아걸었으니

풀잎은 녹슨 열쇠처럼 지천에 버려져 있으니

그리운 얼굴들을 공중에 매달고

땅 밑에 가라앉은 풀들을 일으키자.

우리 혀를 염소의 고독한 뿔처럼 뾰족하게 만들고

서둘러, 서둘러서 키스를 하자.

가장 깊은 곳까지 내려가 찔리자. 찌르자.

입술이 뭉개져 다 없어지도록

저녁 여섯 시에 흐르는, 흐르는 피

젖은 내장을 꺼내어

검은 새떼들을 저 하늘 가득하게 불러 모으자.

이제 우리는 뜨거운 어둠을 약속하자.

— 김행숙, 「해 질 녘 벌판에서」


최영미는 첫 시집 『서른, 잔치는 끝났다』를 통해 1980년대의 사회 현실과 경험적 삶에 대한 전면적이며 충격적인 고발과 부정에 시정신을 집중하고 있지만, 시인 자신의 체험에 근거하여 자기 내면을 고백적으로 진술함으로써 서정성의 깊이를 유지하게 된다. 두 번째 시집 『꿈의 페달을 밟고』는 시적 경향 자체가 보다 적극적인 현실 지향성을 드러내면서 개인의 내적 욕망의 문제에 좀 더 치밀하게, 그러나 차분하게 천착해 들어가는 정제된 언어를 보여 주고 있다. 초기 시의 도발적이고 생경한 언어의 표현이 점차 사념과 내성의 성과를 차분하게 시적 언어로 포착하는 경향으로 바뀌고 있는 것은 매우 중요한 변화라고 할 수 있다.

나희덕은 그 시적 출발에서부터 사물의 존재와 시적 인식의 새로운 가능성에 도전한다. 여기서 시인이 강조하고자 하는 것은 생명의 존엄성과 그 가치에 대한 시적 발견이다. 나희덕은 시집『뿌리에게』(1991)에서『어두워진다는 것』(2001)에 이르기까지의 작품을 통해 생명의 터전이야말로 어둡고 음습한 그늘이거나 땅속이라는 사실을 발견한다. 그리고 그것이 모성의 본질과도 통한다는 사실을 인식하고 이를 시적 의미로 변용하고자 한다. 그의 시가 보여 주는 넉넉한 포용력은 이 같은 시적 태도와 무관하지 않다. 정끝별은 사물의 존재를 언어적 질서와 그 관계의 전복을 통해 새롭게 질문한다. 그의 시는 경쾌한 리듬감과 충만한 이미지를 추구하던 초기 경향에서 시적 언어와 그 진술 방식 자체에 대한 탐구로 이어진다. 근작 시집『와락』(2008)의 작품들은 수식과 접속에 한정되어 쓰이는 부사(副詞)의 시적 기능에 주목한다. 체언과 용언 결합에 집중된 문장 구성법의 새로운 변화를 실험하는 이런 작업은 시적 진술의 묘미가 언어적 감각의 미묘한 차이에서 비롯된다는 사실을 말해 주기도 한다. 황인숙은 첫 시집『새는 하늘을 자유롭게 풀어놓고』(1988)에서부터 경쾌한 언어 감각으로 시적 주체와 대상 사이의 긴장을 살리면서 독특하고 개성적인 공간을 만들어 내고 있다. 초기 시에 즐겨 동원되었던 '새'의 모티프는 새로운 세계를 지향하는 욕망과 그것을 가로막는 현실적 한계를 대비적으로 보여 준다.『나의 침울한, 소중한 이여』(1998)에 이르면 생의 비극성에 대한 깊이 있는 인식을 통해 환멸의 의미를 절제된 언어로 그려 내는 데 성공하고 있다.

허수경은 사물에 대한 인식 자체를 여성적 시각으로 바꾸기도 하고 그 본질을 여성적인 것에 연결시키면서 여성성에 대한 시적 인식의 확대를 꾀하고 있다.

김선우, 조용미, 김행숙, 신현림, 이수명 등은 각각 서로 다른 지점에서 개성적인 언어를 구가한다. 김선우는 시와 산문을 넘나드는 상상력의 진폭을 자랑하면서도 시적 대상에 대한 절제된 감각을 놓치지 않고 있으며, 조용미는 결코 화려한 수사를 동원하지 않으면서도 대상의 본질을 감각적으로 드러내는 특이한 시각을 늘 유지하고 있다. 김행숙은 평범한 듯하면서도 날카로운 언어 감각을 놓치지 않고 있다. 의미보다는 느낌을 중시하는 이런 태도 자체가 시인만의 목소리를 가능하게 한다. 이수명의 상상력은 언어의 질서를 넘어선다. 행간의 언어를 생략하고 건너뜀으로써 시적 대상과 언어의 인식을 교란시키는 특이한 진술 방식은 인습에 갇혀 있는 모든 것들을 파괴하고 거기에 새로운 상상의 자유를 불어넣고 있다. 이러한 시적 실험이 새로운 시대를 열어 가는 시인의 개성으로 자리 잡고 있다는 것은 주목할 만한 일이다.

# 4 하나의 매듭: 세계화 시대 한국문학의 방향

　한국문학은 지난 한 세기동안 근대적 문학의 형태로 변모 발전해 오면서 문학의 형식과 기법, 주제와 정신이 모두 '근대성'의 인식과 그 확립을 추구해왔다. 한국문학이 지표로 삼았던 근대성의 개념에는 한국 사회의 근대적 변혁이라는 시대적인 특수성이 항상 전제된다. 봉건적인 조선 사회의 해체와 근대적인 시민 사회의 성립 과정에서 한국은 일제 식민지 시대를 거쳤고, 근대적인 민족국가의 건설에 즈음하여 국토와 민족의 분단을 체험하게 되었다. 이러한 역사적 특수성은 한국문학의 근대성 자체를 제약하는 요건이 되기도 하였고, 서구적인 개념으로서의 근대성을 한국문학 속에서 논의하기 어렵게 만들기도 하였다. 일반적으로 문학에 있어서의 근대성이라는 말은 그 자체가 어떤 가치 지향성을 의미한다. 그리고 이것은 근대라는 말 자체가 지니고 있는 시대적 순서 개념을 벗어나기 어렵다. 그러므로 문학의 근대성이라는 것이 주체의 인식과 관련되는 철학적인 또는 사변적인 것의 결정이라면, 한국문학의 근대성은 여전히 그 인식의 수준과 그 문제성의 극복이 과제로 놓여 있다고 할 수 있다. 물론 근대성이라는 것이 사회적 제도로서의 근대에서 비롯되는 것이라면, 한국문학은 식민지 시대와 분단 시대를 거치면서 왜곡된 근대를 체험해 온 셈이 된다.

한국 사회의 대변혁과 그 새로운 전환은 컴퓨터 기술의 혁신과 지식 정보의 발전과 확대를 통해 더욱 공고해졌다. 컴퓨터와 정보통신 기술의 발달에 따라 멀티미디어의 보편화 현상을 가져오게 되자, 지식 정보의 증가와 함께 지식 효용의 증대 등을 초래하게 되면서 지식 정보화 사회로의 진입이 빠르게 이루어지고 있다. 정보 기술 발전은 정치 경제적 변혁만이 아니라 사회 문화적 변동을 주도했다고 할 수 있다. 이것은 산업 사회로부터 정보화 사회로의 이행을 가능하게 한 근본적인 동력이 되었다. 하지만 컴퓨터의 발달에서부터 시작된 정보화의 물결은 문학의 위기 또는 글쓰기의 위기라는 새로운 도전적 과제를 던져 주었다. 한국 사회의 사회 정치적 민주화가 정착되면서 새롭게 관심의 대상이 된 세계화라든지 정보화라는 말은 지난 1960년대 이후 줄기차게 논의해 온 근대화라는 말과 좋은 대조를 이룬다. 정보화와 세계화는 한국 사회의 발전을 시대적 순서 개념에 의해서가 아니라, 새로운 차원의 본질 개념으로 바꾸어 놓는 패러다임의 변화를 요구하고 있다. 이 경우에 주목되는 것은, 한국 사회에 대한 인식의 관점과 방법의 일대 전환이다. 한국적인 시대적 특수성에 대한 논의에서 벗어나 어떻게 공간적으로 확장된 세계적 보편성에 대한 논의로 관심을 전환할 수 있는가 하는 것이 당연한 과제가 된다고 할 것이다.

21세기의 한국문학은 산업화 과정에서 이룩해 낸 경제 발전과 사회 정치적 민주화의 실현을 기반으로 개인과 사회의 관계에 새로운 의미와 생명력을 부여할 수 있는 창조적 힘을 발휘해야 한다. 한국 사회가 세계화라는 거대한 물결을 타고 개방적인 국제 질서를 선택하면서 한국문학

역시 그 무대를 해외로 넓혀가야만 하는 것은 당연한 일이다. 민족문학으로서의 한국문학이라는 개념은 문학에서 민족의 역사성과 특수성을 강조할 필요가 있었던 민족사 변혁 시대의 산물이었다. 한국문학이 언제까지 민족문학이라는 좁은 울타리 속에 갇혀 있을 수는 없는 일이다. 사회의 변화와 함께 발전 변모하면서 더욱 새로운 삶의 가치를 추구해야하고, 민족적 특수성을 바탕으로 세계적인 보편성을 확보해야 한다. 그렇게 될 때, 한국문학은 독창성을 지닌 고유한 민족문학으로 발전하면서차원 높은 세계문학의 대열에 함께 동참할 수 있다. 세계화 시대에 한국문학이 나아가야 하는 길은 세계문학의 일원으로서 그 문화적 역할을 수행하는 일이다.

# 1 북한문학이란 무엇인가

　분단 시대라는 말은 한국 현대 사회의 역사적 성격을 규정해 주는 가장 포괄적인 용어로 일반화되어 있다. 민족과 국토의 분단이라는 시대적 상황을 생각한다면, 분단이라는 말이 당연한 역사적 시대 개념으로 고정될 수 있다는 점을 부인할 사람은 없을 것이다. 그러나 좀 더 깊이 있게 해방 이후 한국 사회의 변화를 더듬어 볼 경우, 분단 시대라는 말은 그 전대의 식민지 시대라는 명칭과 마찬가지로 역사적 피해 의식을 바닥에 깔고 있음이 사실이다. 민족과 국토의 분단이 한국 민족의 요구와는 아무 상관없이 강대국의 지배 논리와 이데올로기의 대립에 의해 강요된 것이기 때문이다.

　한국의 남북 분단은 6·25전쟁과 그 뒤를 이어 지속된 냉전 체제에 의해 분단 의식을 일상화하는 민족사적 모순을 노정하고 있다. 북한은 김일성의 독재 체제를 유지하기 위해 남반부 해방을 내세우며 분단의 논리를 이용했고, 남한의 권위주의 정부에서는 안보의 논리를 내세워 민주화 추진에 제동을 걸기도 했다. 그리고 남북 분단의 상황 속에서 이념과 체제를 달리하는 정치권력이 내부의 모순을 은폐하기 위해 분단 상황을 더욱 과장하기도 했다. 실제로 분단의 현실 속에서 노정된 정치 사회적 모순이 거듭되는 동안 남북한 사회의 모든 영역에 분단 의식이 일상적인 것으로 확대되었고, 그로 인한 의식의 편향이 두드러지게 나타나고 있다. 북한은 자유 민주주의의 사상을 자본주의의 모순과 부르주아의 타락을 의미하는 것으로 배척하면서 마르크스 레닌주의의 전체주의적 변형에 다름 아닌 김일성의 주체사상을 모든 가치 개념의 정점으로 내세우고 있다. 남한의 경우에는 이데올로기에 대한 극심한 피해 의식을 한동안 제대로 벗어나지 못하였다. 그 결과로 진보적인 사회 사상이 반체제 논리로 비판되기도 하였고, 분단의 상황에 안주할 수밖에 없는 의식의 편향이 초래되기도 하였다.

이와 같은 현상은 문학의 경우에도 비슷하게 나타났다. 북한의 문학은 해방 직후부터 이미 집단성의 이념에 매달렸고, 남한의 문학은 개인성의 추구에 더 많은 관심을 기울였다. 북한의 문학은 사회주의 예술에서 요구하는 이념성에 근거하여 당의 정책에 따라 변화해 왔다. 1970년대 후반에는 주체사상에 입각하여 주체 문예 이론을 확립하였고, 그 논리를 문학의 기본 방침으로 내세우고 있다. 남한의 경우는 해방 직후 탈이데올로기를 지향한 순수 예술에 대한 주장이 표면화되었고, 이 경향은 문화 예술의 영역을 정치 사회적인 현실과 분리하고자 하는 순수주의를 낳은 바 있다. 그런데 1960년대 중반 이후 이러한 태도는 민족문학에 대한 새로운 인식을 근거로 도전받기 시작했다. 사회 현실에 문예 영역의 비상한 관심이 제기되면서 통합론적 관점에서 문학의 방향을 새롭게 논의하고자 하는 다양한 시도가 이루어졌던 것이다.

북한문학의 성격을 어떻게 규정할 것인가 하는 질문을 제기할 경우, 그것은 분단 시대의 문학에 대한 논의에 있어서 피할 수 없는 여러 가지 문제를 제기한다. 우선 북한문학의 실체에 대한 인정이 전제되어야 하고, 그 객관적인 실상의 파악이 이루어져야 한다. 그리고 남북한의 문학을 통틀어서 분단 시대라는 하나의 민족사적 시대 단위의 개념 속에 포괄해 볼 수 있는 관점이 확립되어야 한다. 이 경우에 한국 문단에서 흔히 사용되고 있는 분단문학이라는 말을 보다 넓은 개념으로 확대시켜 분단 상황에서 이루어진 이질적인 남북한의 문학을 통칭하는 개념으로 활용할 수도 있을 것이다. 말하자면 분단문학이라는 하나의 문학사적 단위 개념을 설정하고, 그 속에서 북한의 문학을 논의할 수 있다면 북한문학을 보는 새로운 시각과 논리가 정립될 수 있을 것이라고 생각된다. 물론 이러한 관점의 확립은 궁극적으로 분단문학을 극복하고 새로운 민족 공동체 의식을 구현하는 민족문학의 정신을 추구해야 한다는 시대적 요구가 뒷받침되어야 할 것이다. 특히 남북한문학이 이질적인 속성을 극복하고 그 동질성을 확립해야 한다는 당위론적 전제가 필요하다.

## 2 북한문학의 시대적 변화

북한의 문학은 사회주의 문화 건설을 목표로 하는 북한 정권의 문화 정책에 의해 그 성격과 방향이 결정되고 있다. 북한의 사회주의 체제가 확립되는 과정 속에서 형성된 북한문학은 사회주의 문화의 이념적 가치를 일관되게 추구하고 있지만, 시대적 변화에 따라 그 전개 양상에 차이를 드러낸다. 북한의 문학은 그것이 지향하고 있는 이념적인 속성에 근거하여 볼 경우, 1960년대 중반을 분기점으로 하여 상당한 변화를 겪고 있음을 확인할 수 있다. 해방 직후부터 1960년대 초반까지 북한의 문학은 사회주의 이념의 예술적 실천을 위해 당과 인민에게 복무할 것을 요구받는다. 해방 직후의 사회적인 혼란과 격동, 한국전쟁, 그리고 전후의 사회 복구 작업을 벌이기까지, 북한 사회는 사회주의 체제의 확립을 위해 모든 노력을 기울였고, 문학은 북한 사회의 체제 확립과 그 이념적 정비를 위한 가장 중요한, 일종의 선동적 무기로 이용되었다. 문학인들이 사회주의 문화의 건설을 목표로 하는 당의 문예 정책에 따라 조직, 동원되어 사회주의 이념을 계몽하고 선전하게 되었음은 물론이다.

1960년대 중반에서부터 북한의 문학은 김일성의 독재 체제를 합리화하고 김일성을 영웅화하는 데 더욱 관심을 기울이기 시작한다. 당의 유일사상 체계가 확립되고 뒤이어 김일성의 주체사상이 내세워지면서, 주체사상에 입각한 문학이 새롭게 강조된 것이다. 주체의 문예 이론에서는 김일성의 혁명 투쟁과 혁명 사상을 혁명 전통의 규범으로 내세우고 있으며, 당의 유일사상인 수령의 혁명 이념을 기리는 것으로서 주체문학 예술의 꽃을 피워야 한다는 주장이 일반화되어 있다.

결국 북한의 문학은 해방 직후부터 1960년대 초반까지 사회주의 이념을 예술적으로 실천하고자 했으며, 1960년대 중반 이후 김일성의 주체사상에 의해 그 개념과 가치가 새롭게 규정되었다. 주체사상의 등장과 함께 사회주의적 사실주의의 미학적 원칙보다 주체사상에 입각한 혁명의 이념을 더욱 강조하고 있다. 그렇기 때문에 북한문학의 근본적인 목표가 사회주의 이념의 예술적 실천에서 주체사상에 근거한 혁명의 구현으로 바뀌었다고 할 것이다.

### (1) 북한문학과 사회주의국가 건설

북한의 문학이 사회주의 국가 건설과 그 체제의 정립을 위해 사상과 이념에 대한 선전 계몽에 앞장선 것은, 1945년 해방 직후 북한 지역에 소련군이 주둔하고 김일성이 권력을 장악하면서부터의 일이다. 이 시기에 북한에서는 사회주의 정치 체제의 확립을 위해 토지 개혁을 비롯한 각종 개혁 사업을 전개하고 있었기 때문에, 사회주의 사상의 선전 계몽이 무엇보다도 중시되었다. 사회주의 문예 정책의 확립과 그 실천을 위해 문화 예술인들이 조직 동원되었고, 모든 문학 예술 활동이 당과 인민에게 복무하기 위해 사회주의 이념의 대중적 선전 계몽에 바쳐졌다.

북한에서 사회주의 이념의 예술적 실천을 목표로 하여 조직된 본격적인 문예 단체는 북조선예술총연맹(1946. 3)이다. 이 조직은 그해 10월 북조선문학예술총동맹으로 개편되고, 예술의 각 영역의 동맹체로서의 성격을 분명히 하게 된다. 남북한의 분단이 점차 고정되자, 북조선문학예술총동맹은 서울에서 결성된 조선문학가동맹(1945. 12)과 분리되어 평양을 중심으로 하는 북한 지역의 독자적인 문예 활동을 장악하는 단체가 되었다. 이 조직의 중심인물들은 대부분 서울에서의 활동을 포기하고 사회주의 이념에 입각한 새로운 문예 활동을 위해 월북한 이기영, 한설야, 안함광, 송영, 박세영 등을 들 수 있다. 그리고 북한 지역에 남아 있던 일부 문인과 만주와 소련 지역으로부터 귀환한 문인들이 여기에 합세한 것으로 볼 수 있다. 이들은 "진보적 민주주의에 의한 민족 문화의 수립, 반봉건 반민족적 예술 세력과 관념의 소탕, 민족 문화유산의 비판적 계승" 등의 슬로건을 내세우며 북한 지역의 모든 문예 활동을 장악하게 되었다.

북조선문학예술총동맹은 문예운동의 방향을 사회주의적 사실주의의 미학을 바탕으로 공산당의 정치 노선에 종속시키고, 중앙예술공작단(1946. 5)을 조직하여 그 이념의 선전 활동을 적극적으로 전개했다. 이른바 건국사상동원운동은 당시 북한 주민의 사상을 공산주의로 개조하기 위한 의식개혁운동이었다고 할 수 있는데, 문화 예술가들이 선봉에 나서서 교화계몽운동을 담당했던 것이다. 그리고 당조직 내에서도 문예운동의 노선과 그 정책의 방향을 고정시키기 위해 자체 내의 이론과 정강을 정리하게 된다. 1947년 3월 당중앙위원회 제29차 회의에서 채택한 「북조선에 있어서의 민주주의 민족 문화 건설에 관하여」라는 결정은 북한의 공산당이 문예운동에 대한 규제를 구체적으로 제시한 것이다. 이 결정에는 문화 예술이 조국과 인민에게 복무해야 한다는 전제가 내세워져 있으며, 문화 예술이 프롤레타리아 독재 아래에서 대중을 사회주의의 정신으로 교양하는 데에 목적을 두어야 한다고 규정되어 있다. 이러한 규정은 곧바로 북한의 모든 문화 예술인들에게 하나의 복무 조항으로 강요되었음은 물론이다. 그 결과로 북한문학은 해방 직후부터 사회주의 체제의 확립을 위한 사상의 선전과 계몽에 주력하게 된다. 이 시기의 북한문학은 새로운 사회주의 국가 건설에 열렬한 지지와 긍정을 보내면서, 이른바 혁명적 낭만성이라고 부르는 사회 변혁에 대한 낙관적 전망을 풍부하게 드러내고 있다.

북한의 초기 시단에서는 박세영, 박팔양, 이찬, 김조규, 이정구, 오장환, 이용악, 조벽암, 조영출, 민병균, 김상훈, 백석 등이 활동했다. 그리고 소련 거주 한인 2세로 해방 직후 평양 문단에 등장한 조기천과 본격적인 시작 활동을 시작한 강승한 등이 문단의 각광을 받았다. 조기천[47]은 시 「두만강」(1946), 「땅의 노래」(1946) 등을 발표하고, 장편 서사시 「백두산」(1947)을 내놓음으로써, 북한 시단의 한복판에 자리하게 된다. 그의 「백두산」은 일제 시대 북만주 일대에서 항일 투쟁을 벌인 김일성의 혁명적 업적을 찬양하고 있는 작품이다. 이 작품 속에서 김일성의 혁명 투쟁은 영웅적인 형상으로 묘사되고 있으며, 민중의 적극적인 지지와 호응을 얻고 있는 것으로 기술된다. 일본 제국주의의 탄압을 극복하고 투쟁을 승리로 이끌어 가는 과정을 통하여 시인은 김일성의 혁명적 투쟁이 조국의 해방이라는 역사적인 승리에 도달하고 있음을 역설하고 있다. 이러한 시적 주제는 북한의 시문학이 김일성을 영웅화하기 위해 그의 항일 투쟁을

---

47 조기천(趙基天, 1913~1951). 함북 회령 태생. 소비에트 러시아 옴스크 고리키 사범대학 졸업. 해방 직후 소련군과 함께 평양에 들어와 《조선신문》에 근무하면서 시작 활동. 한국전쟁 당시 사망. 시 「두만강」(1946), 「땅의 노래」(1946), 장시 「조선은 싸운다」(1951), 장편서사시 「백두산」(1947), 「생의 노래」(1950) 등이 있다.

어떻게 묘사해야 하는가를 구체적으로 예시하고 있는 셈이다. 북한 문단에 새로이 등장한 강승한[48]은 서사시 「한라산」(1948)을 발표하면서 문단의 주목을 받게 된다. 이 작품은 4·3 사건으로 알려져 있는 제주도의 공산주의자 폭동 사건을 서사적인 시적 형식에 담아 놓고 있는데, 특정의 개인을 영웅적으로 묘사한 것이 아니라 집단적인 주체로서의 인민의 계급적 단합과 그 투쟁 의지를 표출하고 있다는 점에서 「백두산」의 경우와 대조를 보인다. 물론 이러한 작품들은 특정의 이념에 대한 요구를 과장하고 있다는 점에서, 역사적 사실의 객관적 인식과 그 서사적인 기술이라는 서사시의 기본적인 요건을 벗어나고 있다. 그러나 이 같은 문제를 제외하고 본다면, 시적 형식으로서의 서사시의 가능성을 해방 직후에 새로이 시도하고 있다는 점을 인정할 수 있을 것이다.

북한의 소설 문단은 일제 식민지 시대부터 프롤레타리아 문학을 주장해 온 이기영, 한설야, 이북명, 이동규, 송영, 이근영, 엄흥섭 등과 해방 직후 북한 지역에 머물러 있던 최명익, 허준, 현경준 등과 새로운 작가로 등장한 황건, 천세봉 등의 활동이 중심을 이루고 있다. 이북명[49]의 「노동 일가」(1947)는 이 작가가 꾸준히 써온 노동소설의 연장선상에 놓여 있는 작품이다. 그러나 이 작품에서는 사회주의 국가 건설이라는 당면의 현실이 적극적으로 긍정되고 있기 때문에, 노동계급의 극렬한 투쟁을 그려내고 있지는 않다. 작가는 해방 직후 흥남 비료 공장 노동자들의 노동 현장을 통해, 사회주의 국가 건설을 위해 개인적인 이기심을 극복하고 집

---

48 강승한(康承翰, 1928~1950). 황해 신천 태생. 일제 말기 한때 아동문학에 관심을 두다가 광복 직후 평양 문단에 가담. 한국전쟁 당시 유엔군에 체포되어 처형된 것으로 알려져 있다. 서사시 「한나산」(1948), 장시 「민족의 태양」(1950) 등.

49 이북명(李北鳴, 1910~미상). 함남 함흥 태생. 함흥고보 졸업. 1932년 《조선일보》에 소설 「질소비료공장」 발표. 광복 직후 조선프롤레타리아문학동맹 가담. 북조선문학예술총동맹 가담 후 북한에서 창작 활동. 소설 「출근 정지」(1932), 「민보의 생활표」(1935), 「답싸리」(1937) 등.

단적인 계급 의식을 확립해 가는 과정을 보여 준다. 노동계급의 창조적인 노동 생활을 적극적으로 긍정하고 있다는 평가를 받고 있긴 하지만, 이 작품의 저변에는 노동계급이 주인이 되는 사회를 실현한다는 사회주의 이념을 선전하고자 하는 의도가 짙게 깔려 있다. 이동규[50]의 「그 전날 밤」(1948)은 5 · 10 총선거를 치르는 남한의 정치 상황을 비판하는 작품으로, 단독 정부의 수립에 반대하는 노동자들의 정치 투쟁이 이야기의 중심을 이룬다. 이기영[51]의 「땅」(1949)은 북한의 토지개혁운동을 배경으로 하여 무산 계급의 사회적 성장과 사회주의 체제의 확립을 역사적인 필연성으로 해석하고 있다. 이 작품 속에서 작가는 일제 식민지 시대에 악덕 지주의 집에서 머슴살이를 하며 고난을 겪던 주인공이 해방과 함께 토지개혁이 실시되자 진정한 땅의 주인공이 되어 농촌 건설에 헌신적으로 나선다는 이야기를 들려준다. 소설 구성의 도식성에도 불구하고, 전체 이야기 속에서 지주의 횡포 아래 착취당하고 있던 농민의 모습은 해방 후 새로운 사회주의 국가에서 땅의 주인이 되어 자유와 권익을 누리는 농민의 형상과 극적으로 대조를 이루고 있다. 이 소설이 민주적 국가 건설기에 알맞은 새로운 인간형의 창조에 성공하고 있다는 평을 받고 있는 것은 바로 이 때문이다.

---

50  이동규(李東珪, 1911~1952) 서울 출생. 1932년 《집단》에 소설 발표. 카프에 가담하여 활동하다 1934년 카프 2차 검거 시에 투옥. 광복 직후 조선프롤레타리아문학동맹 가담 후 월북. 한국전쟁 당시 사망. 소설 「자유 노동자」(1932), 「울분의 밤」(1938), 「소춘」(1946), 「눈」(1946) 등.

51  이기영(李箕永, 1896~1988). 충남 아산 출생. 동경 세이고쿠 영어학교 수학. 1924년 《개벽》 현상문예에 소설 「오빠의 비밀편지」 당선. 카프 1, 2차 검거 사건으로 투옥. 해방 직후 조선프롤레타리아문학동맹 결성 후 월북. 평양에서 북조선문학예술총동맹 조직을 주도. 단편소설 「홍수」(1930), 「서화」(1934) 등과 장편소설 「고향」(1934), 「신개지」(1938), 「인간수업」(1941), 「봄」(1942) 등.

## (2) 한국전쟁과 전후의 북한문학

1950년 한국전쟁을 겪으면서 북한의 문학은 새로운 변화를 겪게 된다. 전쟁이 끝난 뒤에 휴전과 함께 사회적 혼란이 어느 정도 평정되자, 북한에서는 문학, 예술인에 대한 대대적인 숙청이 단행된다. 남로당의 정치적 몰락과 함께 월북 문인들 가운데 임화, 김남천, 이태준, 설정식 등 상당수의 문인들이 문단에서 제거된 것이다. 전쟁 직후의 복구 작업에 들어서기 전에 이루어진 문인 숙청은, 문학 예술가들의 당적 통일성을 파괴하려는 일체의 종파주의적 행위를 거부하고, 대중의 혁명 투쟁 의식과 전투 의식을 마비시키는 부르주아 문학 사상을 분쇄해야 한다는 당의 지시에 따른 것이다. 문단 숙청과 사상 통제를 실현한 후에, 북한 당국은 전후 복구 사업과 경제 발전을 위해 문학 예술인들을 다시 조직, 동원하게 된다. '천리마운동'으로 지칭되는 전후 복구 사업의 수행은 북한에서 사회주의 체제의 정착을 가능하게 하였으며, 대중에 대한 사상적 통제를 쉽게 할 수 있도록 만들었다.

한국전쟁이 끝난 후부터 북한문학에서는 김일성을 찬양하고, 그 지도력을 선전하는 작품들이 많이 등장하고 있는 점이 또 다른 특징으로 지적될 수 있을 것이다. 김일성의 항일 무장 투쟁의 혁명성을 찬양하거나, 한국전쟁 당시의 지도력을 과장하여 선전하고 있는 시와 소설들이 이 무렵부터 북한문학의 주류를 이루게 되었다. 그리고 미국과 미군에 대한 증오와 비난, 남한의 현실에 대한 비판도 중요한 문학적인 내용이 되고 있다.

전시 문단에서 시인 이용악은 「핏발 선 새해」(1951)를 발표하여 조국 해방을 위한 투쟁의 필연성을 내세워 전쟁을 합리화하고 있으며, 백인준은 「얼굴을 붉히라, 아메리카여」(1951)에서 한국 전쟁에 참여한 미국을 격렬하게 비난하고 있다. 조기천의 장시 「조선은 싸운다」(1951)는 혁명 투쟁의 과정으로서의 전쟁과 그 승리를 다짐하는 작품이며, 민병균의 서사시 『어러리벌』(1953)은 평범한 농촌의 아낙이 전쟁에서 남편과 가족을 잃고 적개심에 불타서 구월산의 유격대에 가담하여 투쟁의 길에 나선다는 줄거리를 담고 있다.

이러한 시적 경향은 전후의 시단에서도 그대로 지속되고 있다. 조벽암[52]의 시 「광장에서」(1953)는 김일성의 영도력에 의해 조국 해방 전쟁에서 승리했음을 노래한다. "우리 수령님 따라/ 험산준령도 넘었고/ 물결 센 강하도 건너/ 물불도 헤아리지 않았다// 그럴 때마다 우리는/ 이날 있기를 기약했거니"라는 구절에서 그러한 주제 의식이 드러나고 있다. 그는 「삼각산이 보인다」(1956)에서 남녘 하늘을 바라보며 통일을 기리는 노래를 부르기도 한다. 정문향의 시 「새들은 숲으로 간다」(1954)는 전후 복구 사업에 동원된 노동자들의 결의를 노래하고 있는 작품이다. "아, 모든 것을 다시 추켜세운 구내 우로/ 새들이 난다/ 그 모진 싸움 속에서도 가슴 드높지 않던/ 제철공들의 무쇠의 가슴을 치며"라고 이어지는 이 작품은 작업 교대 시간을 알리는 고동 소리에 놀라서 하늘로 날아오르는 새들의 모습을 통하여, 노동자들의 고양된 의지를 비유적으로 표현하고 있다.

소설의 경우는 주로 전후 복구 사업에 노동자들을 동원하고 그 성과를 선전하는 작품들이 전후에 많이 발표되고 있다. 이른바 천리마운동으로 일컬어졌던 노동의 현장을 그린 작품으로는 황건의 「개마고원」(1956), 윤세중의 「시련 속에서」(1957), 천세봉의 「석개울의 새봄」(1960)

---

52  조벽암(趙碧岩, 1908~1985). 충북 진천 출생. 경성제대 법문학부 졸업. 1930년대 초기부터 시와 소설을 발표. 해방 직후 조선문학가동맹 가담 후 월북. 시집 『향수』(1938), 『지열』(1948), 소설 「벽촌」(1932), 「실직과 강아지」(1934), 「파행기」(1936) 등.

등이 주목되었던 것들이다. 이 작품들은 그 내용이 공통적으로 전후 복구 사업의 성공적인 사례에 해당되지만, 개인주의의 불식을 통한 집단 의식의 고양과 계급적 단결의 중요성 등을 강조하고 있다. 「개마고원」의 무대는 북부 산간 지대이다. 해방 직후부터 전쟁을 거치기까지 산간 마을에서 이루어진 사회주의 계급 사상에 대한 선전 활동과 그 투쟁 과정을 보여 주고 있다. 「시련 속에서」의 경우는 전후 복구 작업에 나선 공장 노동자들의 결의와 의지를 다루고 있다. 미군 폭격으로 파괴된 제철소를 다시 복구하기 위해 노동자들이 더욱 결속하여 고난을 극복해 나간다는 것이 그 줄거리이다. 농촌의 복구 작업은 「석개울의 새봄」에서 그려지고 있다. 이 작품은 전쟁으로 황폐화된 농촌을 다시 건설하기 위해 모든 농민들이 개인적인 이기심을 버리고 협동조합을 결성하여 생산 활동에 적극 참여하는 것을 그 내용으로 하고 있다.

이 시기의 소설 가운데 주목되는 작품은 최명익[53]의 「서산대사」(1956)와 이기영의 「두만강」(1961)이다. 임진왜란 당시의 평양성 선두를 배경으로 한 「서산대사」는 서산대사를 중심으로 하는 승병과 의병들이 왜적의 침략에 대항하여 싸우는 영웅적 기상을 강조하고 있다. 이 소설은 제재를 역사에서 빌려와 왜군의 잔학상과 조선 민족의 투쟁 의식을 대비시키고 있지만, 한국전쟁 당시 유엔군의 평양 입성 과정을 우회적으로 비판하고 있다고 할 수 있다. 이기영의 대하 장편소설 「두만강」은 전쟁 직후 제1부가 발표되었고, 1961년에 제3부까지 완결된 작품이다. 이 소설의 전체적인 내용은 작가가 일제 시대에 발표한 소설 「봄」(1942)의 연장 선상에 놓인다. 19세기 말 봉건적인 조선 사회의 붕괴와 일제의 침략, 그

---

53  최명익(崔明翊, 1903~972). 평양 출생. 평양고보 졸업. 1937년 유항림, 김이석 등과 함께 동인지 《단층》을 주관함. 1945년 해방 직후 평양 예술문화협회 회장. 북조선문학예술총동맹에 가담. 소설 「무성격자」(1937), 「심문」(1939), 「장삼이사」(1941), 「담배 한 대」(1948) 등과 소설집 『장삼이사』(1947) 등.

리고 식민지 시대로 이어지는 근대사의 격동을 배경으로 한 이 작품에서 작가가 관심을 기울이고 있는 것은 농민들의 계급적 성장 과정이다. 작가는 계급적 모순과 봉건적 사회 제도 타파를 위해 고통 속에서도 투쟁하는 농민들의 모습을 형상화하고자 사회주의 리얼리즘의 이념적인 요건에 충실하고 있다. 그리고 김일성의 혁명 투쟁을 농민들의 계급 투쟁 속으로 끌어들이면서 그 승리의 역사적 필연성을 강조하고 있다.

### (3) 김일성 주체사상과 주체 시대의 문학

1960년대 이후 북한의 문학예술은 사회주의적 사실주의의 미학적 요건을 김일성의 주체사상에 입각하여 새롭게 규정함으로써 주체성과 혁명성이 더욱 고양되는 변모를 보여 준다. 1960년대 이전의 문학이 사회주의의 이념, 계급적 요소, 인민성의 요건 등을 중시하고 집단적인 것과 전형적인 것의 창조를 강조했다면, 1960년대 이후의 문학에서는 주체적인 것과 혁명적 투쟁 의식이 내세워짐으로써 그만큼 이념성이 강화되고 있다고 할 것이다.

북한의 문학이 주체사상의 요구에 따라 그 혁명적 개념을 재정립하게 된 것은 당의 유일 사상 체계를 확고히 하고 모든 사회를 주체사상화한다는 당의 방침과 밀접한 연관을 갖는다. 문학의 경우에는 1970년대부터 등장한 '주체의 문예 이론'에서 그 윤곽과 전체적인 성격을 확인해 볼 수 있다. 주체의 문예 이론은 논리상으로 문학예술의 민족적 형식과 사회주의적 혁명 이념이라는 내용을 통합론적으로 재해석하고 있는 것처럼 보인다. 예술 형식의 민족적 특수성을 내세우면서 동시에 그 내용에서 혁명적 이념이라는 사회주의적 사상의 보편성을 강조하고 있기 때문이다. 그러나 실제로 주체의 문예 이론과 그 이론에 입각하여 창작된 문학예술을 보면 몇 가지 중요한 개념의 변질을 확인할 수가 있다. 주체의 문예 이론에서 강조하고 있는 문예의 민족적 형식이라는 것이 전통적인 민족문학과 예술의 형식에 대한 현대적 재인식과는 거리가 멀다. 사회주의적 사실주의의 미학적 원칙보다는 김일성의 혁명 사상에 근거하여 혁명적 이념을 구현하고 있는 '혁명적 문예 형식'을 민족문학예술의 전형으로 내세우고 있기 때문이다. 혁명적 문예 형식이란 일제 식민지 시대 김일성의 항일 무장 투쟁 시기에 김일성의 지도 아래 창작되었다고 하는 항일 혁명 문학예술의 형식을 지칭한다. 항일 혁명 문학예술은 노동계급의 영도 아래 진행되는 혁명 투쟁을 마르크스 레닌주의의 혁명적 입장에서 예술적으로 형상화한 것으로 평가되고 있다. 그리고 그것은 인민대중의 계급적 각성을 가능하게 하고 혁명 투쟁에 참여할 수 있도록 혁명적 세계관의 형성에 적극적으로 기여하고 있으며, 인민대중의 요구와 참여에 의해 이루어졌다는 점에서 사회주의 문학예술이 본받아야 할 불멸의 전형으로 평가되고 있는 것이다. 주체의 문예 이론에서 민족적 문예 형식이 민족적 전통에 기초한 것이 아니라 혁명적 투쟁 의식의 표현 형태로 고정되고 있는 것처럼, 사회주의적 이념이라는 그 내용적 요건도 사실은 김일성의 혁명 사상으로 귀결되고 있다. 당의 유일한 지도 사상인 김일성의 혁명 사상이, 혁명 투쟁의 승리와 건설 사업의 성과를 위해 문학예술을 통해 구현되는 것은 당연한 일이다.

주체의 문예 이론에서는 사회주의적 사실주의의 개념도 인민대중이 선호하며 향수하고 있는 민족적인 문예의 형식을 통해 사회주의의 이념과 노동계급의 혁명적 의식을 구현하고 형상화하는 방법으로 인식된다. 이것은 물론 노동계급의 혁명적 세계관인 마르크스주의를 기초로 하여 혁명적인 것의 승리를 지향하는 역사 발전의 합법칙성을 정확히 반영하기 위한 것이라고 설명하고 있다. 사회주의적 사실주의는 계급적 존재로서의 인간의 투쟁을 구체적인 사회 역사적 환경과의 통일 속에서 묘사하는 것으로 그 본질 개념이 정식화되어 있지만, 북한에서는 사회주의적 사실주의 문학예술이 특정한 국가의 사회, 역사적 조건에 따라 달라질 수밖에 없음을 강조한다. 북한 사회가 추구하는 사회주의적 국가 건설의 혁명적 수행이라는 과업에 따라 문학예술도 그 요구를 실천해 나아가기 위한 독자적인 요건을 갖추어야 한다는 것이다. 그렇기 때문에 북한의 문학예술은 노동계급의 문학예술이 추구하는 국제주의적인 속성보다 오히려 민족적인 것, 주체적인 것을 강조하고 있다. 말하자면 민족적 주체성에 대한 요구가 강조되고 있는 것이다.

주체의 문예 이론을 창작적 실천에 적용하기 위해, 북한에서는 문학예술의 혁명적 사상성의 요건을 강조하는 창작 지도 방법으로서 종자론을 내세우고 있으며 집단적 혁명 의식의 형상화를 효과적으로 수행하기 위한 집체 창작과 속도전의 방법을 널리 활용하고 있다. 종자라는 것은 작품의 기본적인 핵이라고 규정된다. 북한의 문학자들은 종자를 작품의 가치를 규정하는 데에 있어서 가장 근본적인 문제로 취급하고 있다. 작품을 창작하기 위해서는 종자를 똑바로 잡아야 자기의 사상과 미학적 의도를 정확히 전달할 수 있고, 작품의 철학성을 보장할 수 있다는 것이다. 그렇기 때문에 모든 문학예술 작품에는 반드시 작가의 개성적이고도 독창적인 종자가 드러나 있어야 하며, 거기서 예술적인 형상화가 이루어져야 한다고 주장하고 있다. 이러한 주장에서 본다면 문학예술 작품에서의 종자란 작품 속에 담기는 가장 핵심적인 미적 요소이며, 동시에 사상적 요소라고 할 것이다. 종자에는 작가가 말하려는 핵심적인 주제와 사상의 근본 요소가 담겨 있기 때문이다. 그리고 여기서 작품의 주제와 사상이 모두 종자에 의해 규정되며, 예술적 형상마저도 종자에 따라 좌우된다는 논리가 나오게 되는 것이다.

종자론에서 중요한 것은 두말할 필요도 없이 사상성의 문제라고 할 것이다. 여기서의 사상성이란 당의 정책을 정확히 반영하고 당의 노선과 정책에 철저하게 의거하여 시대가 제기하는 사회 정치적인 과제에 올바른 사상적 해답을 제기할 수 있는 것을 뜻한다. 종자에 관한 인식은 주제, 사상, 소재 등과 같은 문제와 직결되며, 작품의 구성이나 형상화의 방법도 이로부터 기초가 서게 된다고 한다. 그러나 무엇보다도 먼저 근로 대중을 공산주의 혁명 정신으로 교양시킬 수 있는 사상성을 갖지 않으면 안 된다. 그러므로 사상성이야말로 예술 작품의 가치를 규정하는 유일하고도 정당한 기준이 되는 것이며, 바로 이것이 종자를 바로잡는 데서 비롯된다고 말하고 있는 것이다. 다시 말하면 종자를 바로잡는 것이야말로 예술의 형상적 창조 과정에서 사상성과 예술성을 올바르게 결합하는 일이며, 문학예술을 참다운 공산주의 인간학으로 만들 수 있다는 것이다.

그런데 이 같은 종자론의 내용과 직결되는 창작 원칙으로서 속도전의 개념을 주목할 필요가 있다. 속도전이란 종자를 바로잡고 작품에 대한 파악이 생긴 뒤에 높은 창작 속도를 보장해야만 작품의 질도 높아진다는 특이한 창작 방법이다. 속도전의 기본 원칙은 발전하는 혁명 투쟁의 현실에 맞게 작가 예술가들이 답보와 침체를 모르고 언제나 긴장된 상태에서 기동적으로 창작에 임하여 우수한 작품을 더 많이, 더 빨리 창작하는 것이다. 이 같은 속도전의 원칙은 창작의 속도를 높여 창작 기간을 줄이면서도 작품의 사상 예술적 질은 높아지게 한다는 데에 그 요체가 있다고 한다. 속도전이 작품의 질을 높일 수 있게 되는 것은 작가 예술가들에게 고도의 정치적 열의를 집중하고 창조적 사색을 적극적으로 지속시킬 수 있다는 점에 근거한다. 작가 예술가들이 하나의 창조적 열정에 휩싸여 모든 소극적 사고를 극복하고, 당의 유일 사상인 수령의 혁명 사상에 집중할 때 작품의 질을 높일 수 있다는 것이다. 이 같은 속도전의 원칙을 효과적으로 수행하기 위해 북한의 문학예술가들은 집체 창작이라는 일종의 공동 창작을 많이 하게 되고, 속도전을 벌이는 과정 자체를 긴장된 창작 전투의 과정으로 생각하면서 창작에 임했다.

주체의 문예 이론이 일반화된 1970년대의 문학예술은 그 내용이 크게 세 가지로 대별된다. 첫째는 김일성의 항일 무장 투쟁의 혁명적 위업을 찬양한 것, 둘째는 북한의 사회주의 국가 건설의 위대함을 선전하는 것, 셋째는 남한에 대한 혁명적 통일의 과제를 강조하는 것이다. 이 가운데서 가장 중시되는 것은 김일성의 혁명 투쟁을 찬양하는 작업으로서, 김일성 일가의 모든 행적이 문학적 형상화의 대상이 되고 있다. 김일성의 혁명 투쟁과 그 과업의 위대성을 찬양하기 위해 기획된『불멸의 역사』총서는 1970년대 중반부터 1980년대에 이르기까지 오랜 시간에 걸쳐 창작, 간행되었다. 이 총서에는 김일성의 혁명 투쟁을 시기별로 소설화한 장편들이 15편이나 포함되어 있는데, 김일성의 행적을 따라「닻은 올랐다」(김정, 1982),「은하수」(천세봉, 1982),「근거지의 봄」(리종렬, 1981),「고난의 행군」(석윤기, 1981),「백두산 기슭」(현승걸, 최학수, 1978) 등이 이어지고 있다. 이 작품들은 김일성에 대해 절대적인 숭배와 예찬을 바치고, 그의 모든 행적을 신성한 것으로 그렸다. 김일성의 부모를 소설의 주인공으로 내세워 김일성 일가의 혁명적인 사상을 강조하고 있는 작품은「역사의 새벽길」(이기영, 1972),「조선의 어머니」(남효재, 1970)가 있으며, 김일성의 처 김정숙의 일생을 소설화한 것은『충성의 한길에서』라는 총서로 꾸며져,「유격구의 기수」(천세봉, 1974),「사령부로 가는 길」(천세봉, 1979),「광복의 해발」(박유학, 1982),「그리운 조국 산천」(박유학, 1985),「진달래」(리종렬, 1985) 등 5편의 장편소설이 이어져 있다. 시의 경우에도 1960년대의 작품으로는 김일성의 혁명 투쟁과 그 정신적 기반 위에서 당의 역사가 이루어지고 있음을 노래한 이용악의 「우리 당의 행군로」(1961), 김일성의 혁명 투쟁 전적지를 참배하고 그 과정을 노래한 박세영의 「밀림의 역사」(1962), 그리고 집체작으로 나온 「인민은 노래한다」(1962) 등을 지목할 수 있다. 1970년대 이후에는 북한의 시 형식 가운데 김일성을 찬양하는 시 형식을 송가 형식이라는 독자적인 형식으로 구분하여 부를 정도로 그 영역이 넓어진다.

이 시기의 문학에는 사회주의 국가 건설의 위대성을 선전하는 작품도 상당한 비중을 차지하고 있다. 소설의 경우, 권정웅의 「백일홍」(1956), 석윤기의 「행복」(1963), 「시대의 탄생」(1966), 최학수의 「평양 시간」(1976), 변희근의 「생명수」(1978), 김규엽의 「새봄」(1978) 등이 주목받은 작품들이다. 「백일홍」은 천리마 시대의 인간상을 창조한 것으로 평가되었던 작품인데, 낭림산의 골짜기를 통과하는 철로를 오고 가면서 철로 감시원으로 일하고 있는 인물을 주인공으로 하고 있다. 남편의 직업에 불만을 품은 아내는 도시로 나가서 살고 싶어 하지만, 결국은 동료 철로 감시원들의 헌신적인 봉사 정신에 감화되어 아내도 적극적으로 남편을 돕게 된다는 것이 그 줄거리이다. 「시대의 탄생」은 한국전쟁을 그려 낸 장편이다. 이 작품에서 작가는 한 광산 노동자가 전쟁에 참여하여 혁명적 투쟁 의지를 가지고 대전 전투에서 미군 사단장을 생포하는 과정을 그리고 있으며, 작품의 서두에서부터 주인공의 미국에 대한 적개심을 강조하고 있다. 「평양 시간」은 전후 복구 사업 가운데 폐허화된 평양 시가를 복구하는 과정을 한 노동자의 체험을 소재로 하여 소설화하고 있으며, 「생명수」에서는 농촌 관개 사업의 성공담을 늘어놓고 있다. 「새봄」은 해방 직후의 토지 개혁과 인민 정권이 들어서기까지의 과정을 여러 계층의 대립과 갈등을 통해 묘사하고 있으며, 혁명의 이념으로 그 갈등을 극복한다는 내용을 담고 있다. 시의 경우는 김일성의 위대한 지침에 의해 전후 복구 사업과 공장 건설이 성공적으로 이루어지고 있음을 노래한 백인준의 「대동강에 흐르는 이야기」(1962), 정문향의 「시대에 대한 생각」(1961), 오영재의 「조국이 사랑하는 처녀」(1963) 등이 비슷한 주제 의식을 보여 준다. "마치 아득한 옛말과도 같다/ 초가집을 놓고/ 함석과 기와집을 이야기하던 일은// 그렇듯 아찔하게 솟아/ 가슴을 놀래우던 큰 집도/ 어마어마하게 생각되던 큰 일도/ 이제는 흔히 있는 보통일로 되었구나!"라고 노래하고 있는 「시대에 대한 생각」은 천리마운동으로 새로이 변모, 발전하고 있는 삶의 현실을 보여 준다. 「조국이 사랑하는 처녀」에서는 농촌 여성의 소박한 눈으로 천리마운동에 의해 발전하는 농촌의 모습을 그렸다.

1970년대 후반 이후에 발표된 박태원의 「갑오 농민 전쟁」(1977~1986)과 홍석중의 「높새바람」(1983)은 각각 전봉준을 중심으로 하는 동학 혁명의 과정과 조선 시대 삼포 왜란을 소재로 하여 왜적과 대항했던 역사의 현장을 그려 낸 역사소설로서 주목되었던 작품들이다.

이 시기에 항일 혁명 문학 예술작품을 대작의 형식으로 재창작하는 작업도 집체적인 방법에 의해 널리 행해져서 「꽃 파는 처녀」, 「피바다」, 「한 자위단원의 운명」 등이 혁명 가극, 혁명소설, 혁명 영화 등의 이름으로 널리 선전되고 있으며, 북한의 문학 예술에서 항일 혁명 문학의 전통이 가장 중요한 이념적 요건으로 자리 잡게 되었음을 확인할 수 있다.


### (4) 1980년대 이후의 북한문학

1980년대 북한문학은 그 전체적인 방향의 면에서 두 가지의 특징을 드러내고 있다. 첫째는 주체사상에 근거한 사회주의 문화 건설의 목표를 완수하기 위해 사회주의 문화의 정통성을 확립하는 데 관심을 집중하고 있다는 점이다. 다시 말하면 사회주의 문화의 혁명성을 민족문화의 정통성으로 내세우면서 이를 주체사상에 입각하여 더욱 공고히 하려는 것이다. 특히 주체사상의 계승을 위해 김정일을 영웅적으로 형상화하는 과정이 눈에 띄게 드러나고 있다. 둘째는 1980년대에 들어서는 과정에서 일어난 남한의 정치 사회적 현실 변화를 배경으로 하여, 보다 적극적인 남한 현실에 대한 비판이 문화예술 영역에서 일어나고 있다는 점을 지적할 수 있다. 남한 문학 비평에 대한 비판, 남한 현실에 대한 비판, 광주 문제를 둘러싼 사회 갈등의 강조 등을 통해 사회주의 문화의 위대성을 선전하고, 그 역사적 정당성을 내세우고 있는 셈이다.

1980년대 북한문학의 이 같은 현상은 북한 내부에서 문제가 되고 있는 김정일의 후계 체제 구축과 연관되는 것이며, 남한의 사회적 분열과 계층적 갈등을 더욱 강조, 조장하기 위한 정치 문화적 공세와도 관련되는 것이라고 할 수 있다. 1980년 이후 《조선문학》에 수록된 작품 가운데에서 김정일을 영웅적으로 그린 작품들과 남한 현실을 비판하는 작품을 개괄적으로 검토하면 그러한 경향을 더욱 명확하게 확인할 수 있다.

북한의 소설에서 김일성을 소재로 삼은 헤아릴 수 없이 많다. 수령의 위대성을 강조하기 위한 개인숭배의 차원을 떠나서 김일성의 의미는 거의 모든 영역에 걸쳐 절대적이라고 할 것이다. 이미 앞 장에서도 지적한 것처럼, 4·15문학창작단에 의해 김일성의 생애 자체가 『불멸의 역사』라는 소설 형식으로 정리되었고, 바로 그 작품을 사회주의 문학의 불멸의 전형으로 내세워지는 것만 보아도 그 실상을 충분히 짐작할 수 있다. 그런데 1980년대 이후에는 새로운 지도자로서 김정일의 형상을 그리는 작품이 늘고 있으며, 김정일의 문화예술 영역에 대한 지침이 자주 인용되고 있다. 김정일을 소재로 하고 있는 소설을 추려 보면 「아끼시는 마음」

(박현, 1984), 「다시 쓴 논문」(리대상, 1984), 「대지」(현승걸, 1985), 「영생」(김영근, 1985), 「안녕」(김성관, 1987), 「사랑의 샘」(백은팔, 1988), 「눈부시다」(최학수, 1988) 등 많은 작품을 지목할 수 있다. 이들 작품에서 김정일은 혁명적 투사라기보다는 온후한 인격자로 형상화되고 있는 것이 보통이다. 김정일이 보여 주는 행위는 모두 북한 사회 내부에서 벌어지는 갖가지 문제들에 대한 세심한 배려와 지도 활동이다. 그렇기 때문에 소설 속의 김정일은 주인공이 아니라 주인공의 바로 곁에서 사태를 수습하는 갈등의 해결사가 되어 주며 인간 사랑의 화신으로 내세워지고 있다.

해고의 위기에 처한 지배인의 생활을 깊이 헤아려 오히려 인간적인 사랑으로 그를 격려하는 인정을 베푸는 지도자(「아끼시는 마음」)로 내세워지기도 하고, 새로운 군사 전법을 창안한 군사 교원으로, 우리 것을 사랑하는 마음으로 더욱 칭찬하는 자상한 지도자(「다시 쓴 논문」)로 그려지기도 한다. 졸업 연주회의 공연을 관찰하면서 특정한 인물의 개인적인 신상에 대해서도 관심을 갖고 배려해 주는 인자한 지도자(「영생」)로 부각된 경우도 있다. 「사랑의 샘」과 같은 작품에서도 김정일은 당의 중견 작가와 함께 영화를 보면서, 영화의 장면을 그 작가의 사생활과 함께 연관 지어, 그 작가가 아내의 병환을 근심하고 있음을 알아낸다. 병석에 누워 있는 작가의 아내를 위해 부엉이를 잡아 약에 쓰도록 배려하는 인정을 보여 주는 김정일의 모습을 그림으로써, 개개인의 생활에까지도 따뜻하게 사랑을 베푸는 인물로 형상화되고 있다. 이처럼 김정일은 지극히 인간적인 지도자의 모습으로 부각됨으로써 자연스럽게 '인민에 대한 애정'을 가진 지도자로 선전되고 있는 것이다.

《조선문학》에 수록된 시의 경우에도 김정일의 지도자적 인격을 찬양하는 작품이 적지 않다. 김정일이 태어났다고 하는 백두산에 '정일봉'이라는 지명을 만들어 놓고 이를 찬양하기도 하고, '김정일화'라는 꽃을 정해 두고 그 아름다움을 노래하기도 한다. 소설의 경우와 마찬가지로 김정일은 위대한 주체의 시대에 등장한 인민의 지도자로서 추앙받는 것이다. 김정일이 김일성의 혁명 사상을 계승하고 그것을 종합하여 완전한 사회주의의 승리를 향해 전진하는 혁명의 지도자라는 것이 대개 시의 내용이다. 김정일의 지도자적 인격의 고상함을 찬양한 작품 속에서도, 혁명적 전통의 계승자로서의 존재가 언제나 강조되고 있다. 김정일의 권력 승계를 공식화하고 있는 북한 사회에서 그의 지도자로서의 위치를 더욱 확고히 하기 위해 이 같은 작품들이 정책적으로 만들어지고 있다고 할 것이다.

1980년대 이후 북한의 소설과 시에서 특이하게 드러나고 있는 현상 중의 하나는 남한 사회 현실에 대한 비판이다. 1980년 초반의 사회 정치적인 갈등의 한복판에서 돌출한 광주 민주화운동을 배경으로, 남한 사회의 문제를 부각시키고자 하고 있다. 소설 「봄우뢰」(석윤기, 1985)와 「행진곡」(리경숙, 1988)이 바로 이에 해당한다. 「량심의 길」(리명훈, 1988)과 같은 작품은 대학생의 노동운동을 소재로 하고 있다.

소설 「봄우뢰」는 광주에서 부상당한 남자 주인공이 중심을 이룬다. 부상 이후 그는 사회운동의 영역에서 벗어나 과학을 전공하여 기술자로서 사회에 봉사할 것을 결심한다. 투쟁의 대열에서 벗어나려는 것이다. 그러나 의사 집안의 딸로서 부유한 환경 속에서도 현실 투쟁에 앞장서고 있는 여주인공의 열정 앞에서 결국은 자신의 판단을 바꾸게 된다. 그들은 모두 새로운 혁명적 투쟁의 선봉에 서게 된다는 것이다. 소설 「량심의 길」의 경우에는 공학을 전공하고 있는 대학생이 주인공이다. 빈곤으로 인하여 생활이 곤경에 빠진 주인공은, 아내가 피를 뽑아 판 돈으로 생계를 유지하다가 결국 퇴학 경고까지 받는다. 민주화 투쟁으로 많은 대학생들이 투옥되는 중에도 주인공은 간신히 직장을 얻게 되지만, 공장에서의 직공 해고에 반대하다가 노동운동의 한복판에 서게 된다.

이러한 소설들은 남한 사회의 일면을 과장적으로 확대하여 그려 놓고 있기 때문에 그 사실성 자체에 한계가 분명하며, 인물의 형상도 작위적인 것을 쉽게 확인할 수가 있다. 현실의 궁핍에 대한 과장이나 미국에 대한 철저한 비난, 그리고 투쟁의 강조 등은 모두 북한의 문예 정책이 내세우고 있는 사회주의 문화의 우월성을 강조하기 위한 정책적인 고려에서 비롯된 것이라고 하겠다.

시의 경우에는 더욱 직접적인 비난과 선동이 드러나고 있다. 제5공화국의 성립 과정과 광주의 참상을 비난하는 작품들이 특히 많이 눈에 띤다. 「저주」(조성관, 1981), 「단죄한다 매국 역적을」(리동후, 1984), 「피의 부름」(조성관, 1985), 「피흘린 땅에 자유는 오리」(구희철, 1988), 「정해진 운명」(안정기, 1989) 등은 모두 남한의 정치 현실을 비판하고 있는 시들이다. 북한의 시들이 남한의 사회 현실을 문제 삼아 선동적인 주장을 내세우고 있는 것은 남한의 해방과 사회주의 혁명의 완수를 내세우고 있는 그들의 정치적 주장과 일치하는 것이다. 남한의 정치 사회적 불안이 그들의 이 같은 주장을 더욱 적극화할 수 있는 명분과 기회를 제공하고 있다는 점도 주목할 만한 일이다.

# 3 북한문학의 이념적 성격

## (1) 주체사상과 문학

북한의 문학예술에서는 사회주의 문화에서 강조되고 있는 당성, 인민성, 계급성 등의 보편적인 요건만이 아니라, 혁명성이라는 이념적 가치도 강조되고 있다. 북한 문예정책의 기본 방향이 되고 있는 사회주의 문화 건설이라는 과업 자체가 사회주의 혁명이라는 개념으로 설명되고 있으며, 주체사상으로 사회를 변혁 발전시키는 것을 혁명의 당면 과제로 내세우고 있다. 그러므로 북한의 문학예술은 이러한 정책 노선에 따라, 사회주의 혁명의 무기로서의 사명을 강요받고 있는 것이다. 특히 혁명성의 이념은 북한 사회의 혁명적 건설이라는 당면 과제를 위해서만이 아니라, 그것이 남조선 해방이라는 또 하나의 혁명적 과업으로 이어지고 있다는 점에서 주목을 요한다.

북한의 문학예술에서 혁명성의 문제가 실천적으로 제시되기 시작한 것은 1960년대 초기의 일이다. 1964년 11월에 행해진 「혁명적 문학예술을 창작할 데 대하여」라는 김일성의 연설을 보면 그 성격을 확인할 수 있다. 이 연설은 미국의 패권주의의 확대와 월남전의 발발, 남한 군사 정부의 정권 강화, 소련과 중국의 갈등과 북한의 소외 등 북한이 처해 있던 대내외적 여건의 변화를 배경으로 남조선 해방이라는 혁명적 임무를 북한의 인민들에게 강요하는 과정에서 발표된 것이다. 남조선 해방이라는 혁명적 대사변을 주동적으로 맞이하기 위해 혁명적 교양의 강화를 목적으로 하고 있는 이 연설에서 김일성이 강조한 것은 다음과 같다.

> 사람들을 혁명적으로 교양하는 데서 문학, 영화, 연극, 음악, 무용 같은 문예 부문 일군들의 역할은 매우 큽니다. 우리의 문학예술은 북반부에서의 사회주의 건설에 복무해야 할 뿐만 아니라 남조선 혁명과 조국 통일을 위한 전체 조선인민의 투쟁에 복무해야 합니다. (……) 남조선 사람들에게 혁명 투쟁의 방법을 가르쳐 주며 그들의 혁명적 정열을 북돋아 주며 계급적 각성을 높여 주는 문예작품을 창작하는 데 힘을 기울여야 하겠습니다. 사회주의를 노래하는 문학예술이 물론 필요합니다. 필요할 뿐만 아니라 더 좋은 작품이 많이 나와야 할 것입니다. 그러나 우리에게 매우 절실히 필요한 것은 남반부 인민들과 혁명가들을 교양하며 북반부 인민들을 혁명 정신으로 교양하기 위한 문학예술 작품입니다. (……) 조선의 통일이 어떤 방법으로 되든지 남북 조선인민들을 끊임없이 혁명 정신으로 교양하는 것이 가장 중요합니다. 작가 예술인들은 지난날의 혁명 투쟁 경험, 북반부에서의 혁명과 건설 투쟁의 경험을 문학예술 작품에서 그려 낼 뿐만 아니라 남반부 인민들과 혁명가들의 투쟁을 그려 내야 합니다.[54]

---

54  과학백과사전출판사 편, 『문학예술사전』(과학백과사전출판사 평양: 1972), 956쪽.

이 연설에서 혁명성의 이념은 북한 사회에서의 사회주의 건설을 위해서만이 아니라 남조선의 혁명과 통일을 위해서도 필요한 것으로 강조되고 있다. 그리고 이를 위해서는 첫째, 북한의 사회주의 건설을 강화하여 정치, 경제, 군사, 문화의 모든 부문에서 혁명적 근거지를 확립하며, 둘째, 남반부의 혁명 역량을 제고하기 위해 북한의 인민들이 남조선 혁명 문제를 자기들의 사활적 혁명 임무로 여기도록 철저히 교양해야 하며, 셋째, 국제 혁명 역량과 단결하여 미 제국주의를 고립시키고 반대할 것을 강조하고 있다. 이러한 요구에 따라 북한에서는 1960년대 이후 혁명적 문학예술의 산출에 최대의 관심을 기울이게 된다. 김일성의 혁명 사상을 기초로 하는 주체의 문예 이론을 만들었고, 김일성의 항일 무장 투쟁의 영향 아래 창작, 공연되었다는 1930년대의 항일 혁명 문학예술을 북한문학의 전통적 기반으로 삼아, 그 이념적 요건에 따라 문학사를 재편하고 창작적 방법까지도 제시하게 되는 것이다.

북한의 문학에서 강조되는 혁명성의 이념은 김일성의 주체사상의 핵심에 해당된다. 전후 복구 사업의 추진 과정에서 김일성은 노동계급의 민족적 임무에 대한 레닌의 주장을 기초로 하여, 민족의 사회주의적 혁명은 인민대중이 주체가 되어 인민대중의 이익을 위해 민족적 현실에 맞게 추진되어야 한다고 주장한 바 있다. 이러한 주장은 인민대중의 자주성과 창조성을 발양시키는 새로운 마르크스 레닌주의적 지도 사상으로 공식화되었으며, 1960년대 중반 이후부터는 사회주의 혁명에서 견지해야 할 근본 입장과 근본 방법을 밝혀 주는 위대한 혁명 사상으로 떠받들어지면서 북한 노동당의 유일 사상으로 규정되기에 이르는 것이다. 사상에서의 주체, 정치에서의 자주, 경제에서의 자립, 국방에서의 자위의 원칙을 내세운 주체사상은 오늘날 북한사회를 주체의 시대로 고정시켜 놓은 확정된 지도 이념으로 자리잡고 있다.

북한의 문학은 노동계급을 당의 유일 사상으로 무장시켜 그들 속에서 혁명적 세계관을 확고히 세우며 그들을 혁명 투쟁과 건설 사업에로 의지를 적극 불러일으켜야 할 사명을 지닌다. 북한문학의 혁명성의 요건은 김일성의 혁명 사상을 문예의 영역에 적용한 이른바 '주체의 문예 이론'이 정립되면서 더욱 공고화된다. 주체의 문예 이론은 문예에서 주체 확립의 본질적인 내용을 과학적으로 밝히고 그것이 문학예술을 시대의 현실적 조건과 문예 자체 발전의 요구에 맞게 창조, 발전시키는 올바른 길임을 천명한다는 목표를 지니고 있다. 1970년대 초반에 주체사상에 근거하여 그 논리적인 체계의 완성을 본 주체의 문예 이론[55]은 북한 문예 정책의 원칙을 이루고 있는 동시에 문예 연구와 문예 창작에서도 지도적 지침으로 내세워지고 있다.

주체의 문예 이론에서 강조되고 있는 문예에서의 주체 확립이란 자기 인민의 정서와 감정에 맞게 문예를 창조하여 자기 나라 혁명과 자기 나라 인민을 위해 적극적으로 복무하는 문예를 건설함을 의미한다. 문예의 창작과 그 향수 과정이 모두 주체 요구에 이어진다는 뜻이다. 그렇기 때문에 주체의 문예 이론에서는 문예의 문제를 사회주의 리얼리즘의 방법으로 설명하더라도 철저히 주체적인 입장에서 자기 현실과 이익을 염두에 두기 마련이다. 사회주의 리얼리즘의 속성 자체가 민족적 형식에 사회주의적 내용을 담는 것을 원칙으로 하는 문예의 창작 방법으로 규정되고 있는 이유가 여기에 있다.

북한에서는 사회주의 리얼리즘이 혁명적 내용, 계급적 내용을 자기 나라 인민이 좋아하고 그들의 구미와 정서에 맞는 민족적 형식으로 표현

---

55 주체의 문예 이론은 조선민주주의인민공화국 사회과학원 문학연구소 편, 『주체사상에 기초한 문예이론』 (사회과학출판사, 1975)에 종합, 정리되어 있다.

함으로써 사람들을 공산주의적 혁명 정신으로 튼튼히 무장시키며 자기 나라 혁명을 위하여 적극 투쟁하는 열렬한 혁명가로, 참된 공산주의자로 교양하는 데 이바지할 수 있다[56]고 설명된다. 사회주의 리얼리즘의 발생과 그 발전 과정이 특정의 국가와 사회의 구체적인 역사적 조건에 따라 달라지게 된다는 점이 강조되어 있는 것이다. 주체의 문예 이론의 논리적인 기초는 바로 이 같은 사회주의 리얼리즘에 대한 이념적 재해석에 근거한다. 김일성이 말한대로 "민족적 형식에 사회주의적 내용을 담는 것"이라는 사회주의 리얼리즘에 대한 정의는 사회주의 리얼리즘의 개념을 북한의 사회 역사적 조건에 맞추어 재해석한 것이다. 이것은 주체적인 입장에서 혁명적인 문화예술의 발전 방향을 제시하는 요건이 되고 있으며, 주체의 문예 이론의 핵심으로 강조되고 있다고 할 것이다.

주체의 문예 이론에서는 예술의 형상을 민족적인 정서와 감정에 맞는 민족적 문예 형식을 통해 추구하고 있다. 민족적 문예 형식에는 인민의 예술적 재능과 창조적 지혜와 생활 감정이 깃들어 있다고 믿기 때문이다. 그러므로 문예의 예술적 형상성을 높이기 위해서는 민족적 문예 형식을 통해 현실 생활을 진실하게 반영하고 작품의 높은 사상 예술성을 보장할 수 있도록 노력해야 한다는 것이다. 그렇지만 주체의 문예 이론에서 강조하고 있는 것은 예술적 형상성 그 자체가 아니다. 민족적 문예의 형식을 통해 노동계급의 혁명 사상을 철저하게 구현하고 사회주의 이념을 제시하는 데에서 내용과 형식의 통일을 얻을 수 있기 때문이다. 민족적 형식을 바탕으로 삼고 거기에 사회주의적 내용을 통일시킴으로써 인민대중의 생활 감정에 맞는 혁명적 문학예술을 발전시킬 수 있다는 것이다. 물론 여기서 말하는 사회주의적 내용이란 작가 예술가들이 당적,

---

56 『문학예술사전』, 497쪽.

노동계급적, 인민적 입장에 서서 생활 현실을 진실하게 반영함으로써 가능한 것이다. 이 같은 성격으로 볼 때, 주체의 문예 이론은 사회주의 이념이라는 내용의 보편성과 민족적 문예의 형식이라는 형식의 특수성을 통일하고자 하는 특이한 논리적 귀결을 보여 준다. 북한이 주체의 문예 이론을 문예학의 최고의 경지로 내세우는 것도 이러한 논리적 성격을 중시하고 있기 때문이다.

그러나 이 같은 외견상의 논리성에도 불구하고 민족적 문예의 형식이라든지 사회주의 이념이라든지 하는 것의 구체적인 내용을 검토해 보면 주체의 문예 이론의 지향점이 분명히 드러나고 있다. 주체의 문예 이론에서 강조하고 있는 문예의 민족적 형식이란 전통적인 민족문예의 형식과는 거리가 멀다. 김일성에 의해 일제 식민지 시대 항일 무장 투쟁기에 지도 창작되었다는「꽃 파는 처녀」,「피바다」,「한 자위단원의 운명」,「조선의 노래」등 이른바 항일 혁명 문학예술을 혁명적 문예 형식의 규범으로 내세우고 있기 때문이다. 이 항일 혁명 문학예술은 일제의 제국주의적 침략에 대항하여 인민대중이 스스로 혁명의 대열에 참여하면서 인민대중의 투쟁의 현실을 예술적으로 형상화한 것들이다. 그러므로 이러한 혁명적 문예 형식이야말로 인민들이 민족적 요구에 따라 주체적으로 창조하고 스스로 향유한 것이라는 점에서 민족적 문예 형식의 전형이라고 평가되고 있다. 이 작품들은 노동계급의 영도 아래 진행되는 혁명 투쟁과 건설 사업을 마르크스 레닌주의의 혁명적 입장에서 형상화함으로써 인민대중에게 계급적 각성을 가능하게 하고, 혁명 투쟁에 참여할 수 있도록 혁명적 세계관 형성에 이바지하고 있다고 평가되고 있으며, 북한의 문학사에서 가장 중요한 위치에 자리하고 있다. 더구나 이들 항일 혁명 문학예술의 전통을 이어받아, 전 사회의 노동계급화, 혁명화에 이바지하기 위해, 영광스런 항일 무장 투쟁과 그것을 계승하고 있는 장엄한 혁명 위업을 위한 투쟁을 형상화하는 작품들을 지속적으로 창작해야 한다는 것이 당 정책의 핵심이라고 할 것이다.

결국 주체의 문예 이론에서 내세우고 있는 민족적 문예 형식은 혁명적 문예 형식을 뜻한다고 할 수 있다. 민족적 문예 형식과 통일을 이루어야 한다는 사회주의 이념이라는 것도 마찬가지로 당의 유일 사상인 김일성의 혁명 사상임은 논의의 여지가 없는 일이다. 당의 유일 사상인 수령의 혁명 사상과 그 구현인 당의 정책 노선을 정확히 반영하고 거기에 철저히 복무하는 것만이 사회주의 문학예술의 올바른 발전 과정임을 전제하고 있기 때문이다. 이러한 속성을 놓고 볼 때, 주체의 문예 이론이란 김일성의 혁명 사상에 대한 철저한 신봉을 목표로 하는 문예의 교조적인 강령임을 짐작할 수 있다.


## (2) 문학과 혁명성의 전통

북한문학에서 강조되고 있는 혁명성의 이념은 김일성의 항일 투쟁 시기에 만들어진 것으로 알려져 있는 항일 혁명문학예술에 기초하고 있다. 1925년에 결성된 조선공산당의 조직이 1928년 일제의 탄압으로 와해되어 조직적인 계급 투쟁을 주도할 수 없게 되자, 김일성은 1926년 독자적으로 결성한 이른바 '타도제국주의동맹'이라는 조직을 기반으로 항일 혁명 투쟁에 나선 것으로 되어 있다. 또한 1931년 일제의 만주 침략으로 야기된 만주 사변의 확대로 인하여 시대적 정세가 더욱 악화되고 사상 탄압이 가중되자, 김일성은 1932년 반일 인민 유격대를 조직하여 자신의 항일 혁명 투쟁의 방향을 무장 투쟁으로 확대하여 나아가게 된 것으로 알려져 있다.

항일 혁명 문학예술은 이러한 항일 혁명 투쟁의 과정 속에서 김일성의 지도적 지침에 의해 혁명 투쟁에 적극 기여하도록 창작된 가요, 가극, 연극, 무용 등을 말하는 것이다. 항일 혁명 문학예술은 인민대중을 혁명 사상으로 교양하고 일제에 대한 투쟁 의욕을 촉발시키는 데에 필요한 힘 있는 무기로서, 다음과 같이 그 성격이 규정되어 있다.

> 항일 혁명 문학예술은 경애하는 수령 김일성 동지의 위대한 혁명 사상과 그 구현인 조선 혁명의 주체적 로선과 전략 전술적 방침들을 여러 가지 예술적 형식으로 해설, 선전하였으며, 문학예술의 력사에서 처음으로 조국 해방을 위한 투쟁을 직접 화폭의 중심에서 그려 내었으며 수령님의 현명한 령도 밑에 손에 무장을 들고 조국 광복과 인민의 자유와 해방을 위하여 몸 바쳐 싸우는 공산주의자 항일 혁명 투사들의 전형을 창조하였다.
> 항잉 혁명문학예술은 경애하는 수령 김일성 동지의 주체적 문예 사상을 철저히 구현함으로써 정치성과 예술성을 옳게 결합하여 민족적 형식에 사회주의적 내용을 담은 가장 혁명적이며 인민적인 문학예술로 되었으며, 문학, 음악, 무용, 연극, 미술 등 모든 형태의 예술 분야에서 혁명하는 시대의 요구에 맞는 새로운 예술적 형식을 개척하고 발전, 풍부화시켰다.[57]

항일 혁명 문학예술의 기본적인 성격은 혁명 투쟁을 위한 힘 있는 무기로서의 문학예술이라는 정치적 도구 개념으로 요약된다. 북한의 문학 연구가들이 주장하고 있는 대로라면, 항일 혁명 문학예술은 일제와 착취 계급의 포악한 지배 방식에 대한 비판 의식을 강하게 드러내고 있다. 그러므로 일제에 대한 혁명적 투쟁의 필요성과 그 정당성을 강조하고, 이

---

57 『문학예술사전』, 928쪽.

에 동참할 수 있도록 대중을 선동하고 고무하는 기능을 수행한다. 말하자면 항일 혁명 문학예술은 혁명 사상으로 인민대중을 교양시켜 투쟁을 불러일으킬 수 있는 혁명성을 지니고 있다는 것이다.

더구나 항일 혁명 문학예술은 인민대중의 직접적인 참여에 의하여 만들어진 것이기 때문에, 인민대중의 요구에 따라 그들의 사상과 감정에 맞게 그 정서적 기반 위에서 이루어졌다는 점이 높이 평가되고 있다. 혁명 투쟁에 대한 인민들의 주체적 의욕과 참여를 통해 인민성의 의미가 강조되기도 한다. 그러나 항일 혁명문학예술에서 강조되고 있는 주체의식이나 계급적 자각, 인민성의 요건이나 혁명적 주제 의식 등이 모두 김일성의 혁명 사상의 위대성을 강조하기 위한 개념임은 두말할 필요도 없다. 항일 혁명 문학예술이 모두 김일성의 창작물이라고 강변하고 있는 사실 하나만으로도 이를 쉽게 알 수 있다.

항일 혁명 문학예술은 혁명가요, 혁명 사극, 혁명 연극 등이 주류를 이룬다. 항일 혁명 가요는 "항일 혁명투쟁의 준엄한 불길 속에서 수령님의 구체적인 지도 밑에서 창조된 혁명의 노래, 가장 혁명적이며 전투적인 시가문학으로서 인민들의 힘 있는 사상 정신적 무기였다."라고 『문학예술사전』에 설명되어 있다. 항일 혁명 가요의 형식과 내용이 모두 혁명성과 전투성으로 규정되고 있는 것이다. 항일 혁명 가요 가운데에서 가장 중요시되고 있는 작품은 혁명 투쟁의 초기에 창작된 것으로 알려진 「조선의 노래」, 「혁명가」, 「조선의 별」 등이 있다. 이 가요들은 대부분 조국에 대한 사랑과 광복에 대한 열망을 노래하고 있는데, 형식의 단조로움과 직설적 언어를 그 특징으로 하고 있다. 무장 투쟁기의 가요로 알려진 「조선광복회 10대 강령가」, 「반일전가」, 「유격대 행진곡」 등은 언어 표현 자체가 이보다 더욱 과격하고 선동적이다. 「조선광복회 10대 강령가」는 조선광복회의 이념적 지표와 실천 강령 등을 10개 조항으로 구분하여 노래로 만든 것이다. 일제에 반대하고 민족 해방을 강조하는 항일 의식과 반봉건적인 계급 투쟁 의식을 바탕으로 하고 있다.「반일전가」,「조선인민혁명군」등은 모두 인민혁명군의 전투적 사명과 투쟁 과업을 내세운 것들이다. 이들 항일 혁명 가요는 형식의 단순성, 주제의 반복성, 표현의 격렬성 등을 활용하여 정치적인 의도와 목표를 직접적으로 드러내고 있다.

항일 혁명 연극과 혁명 가극에 대해서는『문학예술사전』에서 인민대중을 혁명사상으로 무장시키고 혁명 투쟁의 과업에 참여하도록 고무시키는 데 필수적인 예술 형태라고 강조하고 있다. 혁명 연극으로 손꼽히고 있는「안중근 이등박문을 쏘다」,「성황당」,「피바다」,「한 자위단원의 운명」과 혁명 가극「꽃 파는 처녀」등은 모두 일제 식민지 시대의 지배 세력과 피지배 민족인 조선인들 사이에 야기되는 적대적 갈등을 기본적 정서로 하고 있다. 인민대중의 고통스런 생활과 투쟁의 과정을 바탕으로 형성되어 인민대중의 지지 속에서 발전한 것이기 때문에, 집체적인 성격이 강하다. 이들 작품 가운데「꽃 파는 처녀」,「피바다」,「한 자위단원의 운명」등은 일제 식민지 현실의 민족 계급적 모순을 폭로하면서 계급 혁명과 항일 투쟁의 당위성을 강조하고 있다는 점에서 그 모티프가 공통적이다. 각 작품들의 주인공들이 좌절과 실의를 딛고 굴욕의 현실에서 벗어나 혁명의 대열에 동참하는 과정 자체가 구조상의 일치를 보이고 있는 것이다.

「꽃 파는 처녀」의 경우, 일제 시대 농촌을 배경으로 일제의 탄압과 지주들의 횡포로 부모를 잃은 여주인공이 조선 혁명군의 대원이 된 오빠의 도움으로 시련의 삶을 벗어나 혁명의 길에 나서는 내용이다.「피바다」의 주인공은 일제의 침략으로 남편을 여읜 아낙네다. 그녀는 혁명 조직의 공작원을 살리기 위해 아들마저 잃게 되지만 강인한 의지로 곤경을 벗어나 혁명 투쟁의 길로 나서게 된다. 「한 자위단원의 운명」은 일제의 강압으로 친일 조직인 자위단에 끌려 간 남자 주인공이 소극적이고 순응적인 태도에서 벗어나 일제에 대항하여 싸우며 유격대에 참여하게 되는 이야기이다. 이러한 내용에서 볼 수 있는 것처럼 이들 항일 혁명 연극은 인민대중을 혁명 대열에 참여하도록 하는 선동적 기능이 가장 강조되고 있으며, 혁명 투쟁의 당위성을 극적으로 제시하고 있다.

항일 혁명 문학예술은 항일 혁명 투쟁이라는 현실적으로 가장 절박한 과제를 수행하기 위한 하나의 수단으로 문학예술을 활용하였다는 점에 그 핵심적 의미가 있다. 인민대중에게 항일 투쟁 의식을 심어 주고 계급적 각성에 도달하게 하기 위해 투쟁의 현실을 처절하게 묘사하며 혁명의 당위성을 강조하고 있기 때문이다. 항일 혁명 문학예술은 인민대중의 참여와 지지 속에서 성립되었으며, 항일 혁명 투쟁에 대한 인민대중의 요구를 그대로 반영하고 있다고 평가받고 있다. 인민들의 주체적인 혁명 투쟁을 항일 혁명 문학예술에서 강조하고 혁명성의 이념을 중시하는 이유가 여기에 있다.

북한의 문학사 연구가들은 항일 혁명 문학예술을 선행한 시기의 모든 문학예술이 드러내고 있던 제한성을 극복해 낸 새로운 노동계급의 혁명적 문학예술로 평가하고 있다. 그 이유는 우선 선행 시기의 문학예술이 그 사상적 기초와 계급적 성격으로 보아 노동계급과 그 당이 건설하는 새로운 사회주의 문학예술과는 거리가 먼 것이라는 사실과 연관된다. 북한의 문학예술 연구가들은 노동 계급의 이념과 당의 조직에 의해 영도되지 못한 문학예술은 사회주의 문화의 뿌리가 될 수 없다고 주장한다. 그들은 수령의 혁명 사상을 철저히 구현하고 있는 혁명적인 문학예술만이 새로운 사회주의 문학예술이 될 수 있다고 내세움으로써, 김일성에 의해 창작되고 인민대중이 참여하여 만든 항일 혁명 문학예술이야말로 문학예술의 혁명적 전통의 뿌리가 될 수 있다고 말하고 있는 것이다. 이러한 평가와 그 성격의 규정에 따라 항일 혁명 문학예술은 북한의 문학사에서 일대 전환를 가져온 역사적 계기를 제공하고 있는 것으로 받아들여지고 있다. 항일 혁명 문학예술이 등장함으로써 진정한 인민의 문학, 혁명적 노동계급의 문학이 발전하게 되었으며, 그 전통에 기초하여 새로운 사회주의 문학예술이 꽃필 수 있게 되었다는 것이다.

해방 이후 오늘에 이르기까지 북한의 문학은 항일 혁명 문학예술의 혁명적 전통을 계승 발전시켜 나아가는 것을 중요한 과제의 하나로 내세우고 있다. 이미 앞에서 검토한 바와 같이 김일성의 주체사상에 기초한 문예 이론에서도 혁명 사상을 핵심적인 요건으로 강조하고 있음을 확인할 수 있다. 더구나 당의 문예 정책 또한 혁명 사상의 구현을 중요한 지표로 내세움으로써, 문학예술의 창작과 그 연구에서 혁명성의 이념이 최고의 가치로 인정받지 않을 수 없게 되는 것이다.

북한에서는 혁명적 문학예술의 불후의 명작으로 떠받들고 있는 「피바다」, 「꽃 파는 처녀」, 「한 자위단원의 운명」과 같은 작품들을 이른바 혁명적 대작으로 완성하기 위하여 소설, 연극, 가극, 영화 등의 형태로 재구성했고, 그 결과로 항일 혁명 문예의 집체적인 완성을 보게 된다. 그리고 한국전쟁에서의 인민 전사들의 투쟁이라든지, 남한에서의 반체제 활동에 대한 선전 등을 소재로 하는 문화예술 작품들이 지속적으로 창작되기에 이르는 것이다. 특히 김일성의 혁명 투쟁 과정은 과장적으로 확대 해석하여 『불멸의 역사』라는 대하적 형태로 완성했다.

북한의 문화예술에서 강조하고 있는 혁명성의 이념은 당의 문예 정책에 의해 철저하게 지지받고 있다. 북한의 문예 정책은 곧바로 조선노동당의 문예 정책을 뜻하며, 김일성의 혁명적인 주체적 문예 사상을 실천 구현한다는 목표를 지닌다. 북한에서 당은 혁명 사상을 실현하는 정치적 무기라고 규정되고 있다. 모든 예술은 당에 의해 통제되며, 모든 예술인들도 정치적인 자각과 열의를 가지고 창작에 참여하도록 당에 의해 지도된다. 그러므로 작가 예술가 모두 당의 정책과 노선을 정확히 포착해야 하며 이를 창작을 통해 실천적으로 구현하지 않으면 안 된다.

북한의 문예 정책의 근본 목표는 제국주의적 사상 문화의 침투를 막고, 김일성의 주체사상에 입각하여 혁명 위업에 힘 있게 복무하는 혁명적 문예의 발전을 추구하는 것으로 규정되어 있다. 북한의 문화예술은 반드시 조선노동당의 노선과 정책에 의거하여 창작되어야 하며, 혁명 발전의 매 시기에 당의 정책을 높은 예술성을 가지고 진실하게 반영하여야 한다. 그리고 당대의 가장 절실한 사회 정치적 문제들에 예술적 해명을 줌으로써 인민들을 당의 유일 사상, 김일성의 혁명 사상으로 무장시키고 혁명화, 노동계급화의 과정에 참여하도록 하여 당의 정책을 관철시키는 데 선봉이 되어야 한다. 작가 예술인들의 이념적 무장은 혁명적인 문예의 창작을 위해 필수적인 요소로 지목된다. 사상적으로 철저하게 무장된 작가 예술인만이 문화 예술을 통해서 인민대중을 당의 유일 사상으로 교양할 수 있다고 믿기 때문이다. 그러므로 북한 당국은 문화예술인들을 사상적으로 개조하며, 노동자 농민 출신의 작가 예술인들을 양성하여 이른바 '붉은 문예 전사'로 키우고 있는 셈이다.

| 강상희 | 한국 모더니즘 소설론 | 문예출판사 | 1999 |
| 강영주 | 한국 역사소설의 재인식 | 창작과비평사 | 1991 |
| 강우식 | 한국 상징주의 시 연구 | 문학아카데미 | 1999 |
| 강인숙 | 자연주의 문학론 | 고려원 | 1987 |
| 고명수 | 한국 모더니즘 시인론 | 문학아카데미 | 1995 |
| 곽근 | 일제하의 한국문학 연구 | 집문당 | 1986 |
| 구인환 | 한국 근대소설 연구 | 삼영사 | 1980 |
| 권영민 | 한국 민족문학론 연구 | 민음사 | 1988 |
| 권영민 | 한국 계급문학운동 연구 | 서울대 출판문화원 | 2014 |
| 권영민 | 서사 양식과 담론의 근대성 | 서울대 출판부 | 1999 |
| 권오만 | 개화기 시가 연구 | 새문사 | 1989 |
| 김미현 | 한국 여성소설과 페미니즘 | 신구문화사 | 1996 |
| 김방옥 | 한국 사실주의희곡 연구 | 동양고연예술연 | 1989 |
| 김병철 | 한국 근대번역문학사 연구 | 을유문화사 | 1981 |
| 김병철 | 한국 근대서양문학이입사 연구 | 을유문화사 | 1983 |

김병철   한국 현대번역문학사 연구        을유문화사          1998

김상태   한국 현대 소설론             학연사             1993

김석하   한국문학사                 신아사             1975

김시태   한국 프로문학비평 연구         아세아문화사         1978

김열규   한국문학사                 탐구당             1983

김영민   한국 근대문학비평사 연구        세계사             1989

김영민   한국 문학비평논쟁사           한길사             1992

김영민   한국 근대소설사             솔출판사            1997

김영철   한국 개화기 시가의 장르 연구     사사연             1987

김용직   한국 현대시 연구             일지사             1974

김용직   전형기의 한국 문예비평         열화당             1979

김용직   해방기 한국 시문학사          민음사             1989

김용직   한국 현대시사               한국문연            1996

김용직   한국 현대시인 연구           서울대 출판부        2000

김우종   한국 현대 소설사             성문각             1968

김우창   궁핍한 시대의 시인           민음사             1977

김윤식   한국 근대문예비평사 연구        한얼문고            1973

김윤식   한국 문학사                민음사             1973
 ·김현

김윤식   한국 문학사논고             법문사             1973

김윤식   한국 근대작가논고            일지사             1974

김윤식   한국 근대문학사상사           한길사             1984

김윤식   한국 소설사                문학동네            2000
 ·정호웅

김은전 편 한국 현대시사의 쟁점         시와시학사           1991

김인환   한국 문학이론의 연구          을유문화사          1987

김재용 편 카프 비평의 이해           풀빛              1989

| 김재홍 | 한국 현대시형성론 | 인하대출판부 | 1985 |
|---|---|---|---|
| 김재홍 | 한국 현대시인 연구 | 일지사 | 1987 |
| 김재홍 | 한국 현대시의 사적 탐구 | 일지사 | 1998 |
| 김정자 | 한국 여성소설 연구 | 민지사 | 1991 |
| 김종균 | 일제 말기의 한국소설 연구 | 고려대 민족문화연구소 | 1999 |
| 김준오 | 한국 현대 장르비평론 | 문학과지성사 | 1991 |
| 김학동 | 한국문학의 비교문학적 연구 | 일조각 | 1972 |
| 김학동 | 한국 근대시인 연구 | 일조각 | 1974 |
| 김학동 | 한국 현대시인 연구 | 민음사 | 1977 |
| 김학동 | 한국 개화기시가 연구 | 시문학사 | 1980 |
| 김학동 | 한국 근대시의 비교문학적 연구 | 일조각 | 1981 |
| 김현 | 한국문학의 위상 | 문학과지성사 | 1977 |
| 김현자 | 한국 현대시작품 연구 | 민음사 | 1989 |
| 문덕수 | 한국 모더니즘시 연구 | 시문학사 | 1981 |
| 문흥술 | 모더니즘 문학과 욕망의 언어 | 동인 | 1999 |
| 민병욱 | 한국 서사시와 서사시인 연구 | 태학사 | 1998 |
| 민족문학사 연구소 | 민족문학사 강좌 상, 하 | 창작과비평사 | 1996 |
| 민현기 | 한국 현대 소설 연구 | 계명대 출판부 | 1998 |
| 박동규 | 전후 한국소설의 연구 | 서울대 출판부 | 1996 |
| 박철석 | 한국 현대문학사론 | 민지사 | 1995 |
| 박철희 | 한국 시사 연구 | 일조각 | 1980 |
| 백철 | 조선 신문학사조사 | 수선사 | 1947 |
| 백철 | 조선 신문학사조사(현대 편) | 백양당 | 1949 |
| 서경석 | 한국 근대 리얼리즘 문학사 연구 | 태학사 | 1998 |
| 서연호 | 한국 근대희곡사 연구 | 고려대 민족문화연구소 | 1982 |
| 서연호 | 식민지시대의 친일극 연구 | 태학사 | 1997 |

| 서연호 | 한국 근대 극작가론 | 고려대 출판부 | 1998 |
| 서종택 | 한국 현대 소설사론 | 고려대 출판부 | 1999 |
| 서준섭 | 식민지 시대의 시인 연구 | 시인사 | 1985 |
| 서준섭 | 한국 모더니즘문학 연구 | 일지사 | 1988 |
| 송민호 | 한국 개화기 소설의 사적 연구 | 일지사 | 1975 |
| 송민호 | 일제 말 암흑기 문학 연구 | 새문사 | 1991 |
| 송백헌 | 한국 근대역사소설 연구 | 삼지원 | 1985 |
| 송현호 | 한국 근대소설론 연구 | 국학자료원 | 1990 |
| 송희복 | 한국 문학사론 연구 | 문예출판사 | 1995 |
| 신동욱 | 한국 현대문학론 | 박영사 | 1972 |
| 신동욱 | 한국 현대 비평사 | 한국일보사 | 1975 |
| 신동욱 | 우리시의 역사적 연구 | 새문사 | 1982 |
| 신동욱 | 한국 현대 비평사 | 대방출판사 | 1983 |
| 신범순 | 한국 현대시사의 매듭과 혼 | 민지사 | 1992 |
| 양승국 | 한국현대희곡론 | 연극과인간 | 2001 |
| 양승국 | 한국신연극연구 | 연극과인간 | 2001 |
| 양왕용 | 한국 근대시 연구 | 삼영사 | 1982 |
| 오세영 | 한국 낭만주의시 연구 | 일지사 | 1980 |
| 오세영 | 20세기 한국 시 연구 | 새문사 | 1989 |
| 오세영 | 한국 근대문학론과 근대시 | 민음사 | 1996 |
| 오양호 | 한국문학과 간도 | 문예출판사 | 1988 |
| 원명수 | 모더니즘시 연구 | 계명대 출판부 | 1988 |
| 유민영 | 한국 현대 희곡사 | 홍성사 | 1982 |
| 유민영 | 한국 극장사 | 한길사 | 1982 |
| 유민영 | 개화기연극사회사 | 새문사 | 1987 |
| 유민영 | 한국 현대희곡사 | 새미 | 1997 |
| 윤병로 | 한국 현대 비평문학론 | 청록출판사 | 1982 |

| 이동하 | 현대 소설의 정신사적 연구 | 일지사 | 1989 |
|---|---|---|---|
| 이두현 | 한국 신극사 연구 | 서울대 출판부 | 1966 |
| 이명재 | 식민지시대의 한국 문학 | 중앙대 출판부 | 1991 |
| 이보영 | 식민지 시대 문학론 | 필그림 | 1984 |
| 이숭원 | 한국 현대시인론 | 개문사 | 1993 |
| 이숭원 | 20세기 한국시인론 | 국학자료원 | 1997 |
| 이어령 | 한국 작가전기 연구 | 동화출판공사 | 1975 |
| 이어령 | 시 다시 읽기: 한국 시의 기호론적 접근 | 문학사상사 | 1995 |
| 이익성 | 한국 현대 서정소설론 | 태학사 | 1995 |
| 이인복 | 한국 문학과 기독교 사상 | 우신사 | 1987 |
| 이재선 | 한국 개화기 소설 연구 | 일조각 | 1972 |
| 이재선 | 한국 단편소설 연구 | 일조각 | 1975 |
| 이재선 | 한국 현대 소설사 | 홍성사 | 1979 |
| 이재선 | 현대 한국 소설사 | 민음사 | 1990 |
| 이재선 | 한국 소설사 | 민음사 | 2000 |
| 이재철 | 한국 현대 아동문학사 | 일지사 | 1978 |
| 이재철 | 한국 현대아동문학작가 작품론 | 집문당 | 1997 |
| 이주형 | 한국 근대소설 연구 | 창작과비평사 | 1995 |
| 임규찬 | 일본 프로문학과 한국 문학 | 연구사 | 1987 |
| 임규찬 편 | 카프비평자료총서 | 태학사 | 1989 |
| 임종국 | 친일문학론 | 평화출판사 | 1966 |
| 임형택 | 한국 문학사의 시각 | 창작과비평사 | 1984 |
| 임화 | 문학의 논리 | 학예사 | 1940 |
| 장백일 | 한국 현대 문학론 | 관동출판사 | 1978 |
| 장사선 | 한국 리얼리즘문학론 | 새문사 | 1988 |
| 장수익 | 한국 근대 소설사의 탐색 | 월인 | 1999 |

| 전광용 | 신소설 연구 | 새문사 | 1986 |
| 전광용 | 한국 현대 문학논고 | 민음사 | 1986 |
| 정선태 | 개화기 신문 논설의 서사 수용 양상 | 소명출판 | 1999 |
| 정영자 | 한국 페미니즘 문학 연구 | 좋은날 | 1999 |
| 정한모 | 한국 현대시문학사 | 일지사 | 1974 |
| 정한숙 | 현대 한국 작가론 | 고려대 출판부 | 1976 |
| 정한숙 | 현대 한국문학사 | 고려대 출판부 | 1982 |
| 정호웅 | 한국 현대소설사론 | 새미 | 1996 |
| 조남현 | 일제하의 지식인 문학 | 평민사 | 1978 |
| 조남현 | 한국 지식인소설 연구 | 일지사 | 1984 |
| 조남현 | 한국 현대 소설 연구 | 민음사 | 1988 |
| 조남현 | 한국 현대 문학사상 연구 | 서울대 출판부 | 1994 |
| 조남현 | 한국 현대 소설사(1-2) | 문학과지성사 | 2012 |
| 조동일 | 신소설의 문학사적 성격 | 한국문화연구소 | 1973 |
| 조동일 | 개화기의 우국문학 | 신구문화사 | 1974 |
| 조동일 | 한국 소설의 이론 | 지식산업사 | 1978 |
| 조동일 | 한국 문학사상사 시론 | 지식산업사 | 1978 |
| 조동일 | 한국 시가의 전통과 율격 | 한길사 | 1982 |
| 조동일 | 한국문학통사 | 지식산업사 | 1982 |
| 조연현 | 한국 현대작가론 | 청운출판사 | 1966 |
| 조연현 | 한국 신문학고 | 문화당 | 1966 |
| 조연현 | 한국 현대문학사 | 인간사 | 1968 |
| 조연현 | 한국 현대 작가 연구 | 새문사 | 1981 |
| 조연현 | 한국 현대문학사 | 성문각 | 1983 |
| 조영복 | 한국 모더니즘 문학의 근대성과 일상성 | 다운샘 | 1997 |
| 조용만 | 일제하 한국 신문화운동사 | 정음사 | 1974 |

| | | | |
|---|---|---|---|
| 조윤제 | 한국 문학사 | 탐구당 | 1976 |
| 조정래 | 한국 근대사와 농민소설 | 국학자료원 | 1998 |
| 주종연 | 한국 근대단편소설 연구 | 형설출판사 | 1981 |
| 채호석 | 한국 근대문학과 계몽의 서사 | 소명출판 | 1999 |
| 채훈 | 1920년대 한국 작가 연구 | 일지사 | 1976 |
| 채훈 | 일제강점기 재만한국 문학 연구 | 깊은샘 | 1990 |
| 천이두 | 한국 현대 소설론 | 형설출판사 | 1969 |
| 최동호 | 현대시의 정신사 | 열음사 | 1985 |
| 최동호 | 한국 현대시의 의식현상학적 연구 | 고려대 민족문화연구소 | 1989 |
| 최두석 | 시와 리얼리즘: 한국 현대 리얼리즘시 연구 | 창작과비평사 | 1996 |
| 최원식 | 민족문학의 논리 | 창작과비평사 | 1982 |
| 최원식 | 한국 근대소설사론 | 창작사 | 1987 |
| 최재서 | 문학과 지성 | 인문사 | 1938 |
| 최재서 | 轉換期の 朝鮮文學 | 인문사 | 1943 |
| 하동호 | 한국 근대문학산고 | 백록출판사 | 1976 |
| 하동호 | 한국 근대문학의 서지 연구 | 깊은샘 | 1981 |
| 한계전 | 한국 현대시론 연구 | 일지사 | 1982 |
| 한승옥 | 한국 현대 장편소설 연구 | 민음사 | 1989 |
| 한원영 | 한국 근대 신문연재소설 연구 | 일지사 | 1996 |
| 홍일식 | 한국 개화기의 문학사상 연구 | 열화당 | 1982 |
| 홍일식 | 근대전환기의 언어와 문학 | 고려대 민족문화연구소 | 1991 |

## 북한문학

권영민

충남 보령에서 태어났다. 서울대학교 국문학과를 졸업하고 동 대학원에서 박사 학위를 받았다. 서울대학교 국문학과 교수로 재직했고, 하버드 대학교 객원교수, 캘리포니아 버클리 한국문학 초빙교수, 도쿄 대학교 한국문학 객원교수 등을 역임했으며, 현재 서울대학교 명예교수, 버클리 대학교 겸임교수로 활동 중이다. 주요 저서로『우리 문장 강의』,『서사 양식과 담론의 근대성』,『한국 계급문학 운동 연구』,『한국 민족문학론 연구』,『한국 현대문학의 이해』,『이상 문학의 비밀 12』,『오감도의 탄생』,『정지용 전집』1, 2, 3,『정지용 시 126편 다시 읽기』,『문학사와 문학 비평』등이 있다. 현대문학상, 김환태평론문학상, 만해대상 학술상, 세종문화상 등을 수상했다.

# 한국 현대문학사 2
## -1945~2010

1판 1쇄 펴냄 1993년 7월 20일
2판 1쇄 펴냄 2002년 8월 30일
3판 1쇄 펴냄 2020년 2월 28일
3판 3쇄 펴냄 2022년 12월 2일

지은이   권영민
발행인   박근섭·박상준
펴낸곳   (주)민음사

출판등록   1966. 5. 19. 제16-490호
주소       서울특별시 강남구 도산대로1길 62 (신사동)
           강남출판문화센터 5층 (06027)
대표전화   02-515-2000 | 팩시밀리   02-515-2007
홈페이지   www.minumsa.com

ISBN 978-89-374-2039-9 04810
ISBN 978-89-374-2040-5 (세트)